Über dieses Buch Die Geschichte spielt in einem ländlichen Pfarrhaus, in dem die blinde Lucilla mit der kinderreichen Familie ihres Vaters lebt. Ein junger Mann mit dunkler Vergangenheit und einer geheimnisvollen Krankheit wirbt um ihre Liebe – und erhält sie. Aber wird diese Liebe der geplanten Augenoperation standhalten? Denn Lucilla hat panische Angst vor dunklen Farben. Plötzlich taucht neben dem dunkelhäutigen Oscar sein ihm täuschend ähnlicher Zwillingsbruder auf. Diese spannende Dreiecksgeschichte wird von Lucillas Gesellschafterin der »republikanischen Witwe« Madame Pratolungo erzählt. Wie immer bei Collins bringen die Nebenfiguren Leben und Atmosphäre: der geldhungrige Pfarrer und seine schlampige Frau, ihre kleine Tochter Jicks, der Augenarzt Grosse. Nach den Erfolgen der »Frau in Weiß« und des »Roten Schal« braucht man den vielen begeisterten Collins-Lesern nichts weiter zu sagen, um sie zu überzeugen, daß dies wieder ein spannender »Schmöker« ist, »dessen Sätze wie ein dunkler alter Portwein im Queen's College in Cambridge nach einem angenehm fülligen Mahle wohltuend durch unsere Seele strömen.« (Richard Gerber im Hessischen Rundfunk)

Der Autor Wilkie Collins, 1824–1889, ist der Begründer des englischen Sensationsromans. Er war mit Dickens befreundet, in dessen Zeitschriften seine Romane in Fortsetzungen erschienen. Im Urteil der Kritik von Dickens bis zur Gegenwart erscheinen »Die Frau in Weiß«, »Der rote Schal« und »Lucilla« als seine Hauptwerke. Als Fischer Taschenbuch erschienen: »Der rote Schal« (Bd. 1993).

Wilkie Collins

Lucilla

Roman

Deutsch von Eva Schönfeld

Fischer
Taschenbuch
Verlag

51.–60. Tausend: Januar 1985

Ungekürzte Ausgabe
Veröffentlicht im Fischer Taschenbuch Verlag GmbH,
Frankfurt am Main, Juli 1971
Lizenzausgabe mit freundlicher Genehmigung der
S. Fischer Verlags GmbH, Frankfurt am Main
Titel der englischen Originalausgabe: »Poor Miss Finch«

Umschlaggestaltung: Rambow, Lienemeyer, van de Sand
Druck und Bindung: Clausen & Bosse, Leck
Printed in Germany
980-ISBN-3-596-28135-0

Inhalt

Zweiter Teil

Widmung für Mrs. Elliot

Liebe, verehrte Kollegin,
wollen Sie mir angesichts unserer langjährigen Freundschaft die Ehre erweisen, die Zueignung dieses Buches wohlwollend anzunehmen?
Gewiß, meine charmante blinde Heldin hat in der Literatur wie auch auf der Bühne schon mehrere Vorgängerinnen gehabt. Doch soweit ich unterrichtet bin, wurde deren Blindheit immer nur von der idealen und sentimentalen Seite betrachtet. Ich hingegen versuche die Teilnahme des Lesers zu fesseln, indem ich Blindheit so darstelle, wie sie wirklich ist. Wie bei all meinen bisherigen Büchern habe ich zu diesem Zweck sorgfältig Informationen gesammelt, die mir von namhaften Fachärzten bereitwillig zur Verfügung gestellt wurden. Meine Lucilla handelt und spricht, wie eben Menschen in ihrer Lage zu handeln und zu sprechen pflegen. Über die weiteren persönlichen Charakterzüge, die ich meiner Heldin verliehen habe, steht mir kein Urteil zu. Erst der Leser wird darüber entscheiden, ob meine Lucilla ihm im Laufe der Erzählung ans Herz gewachsen ist. In ihrer Gestalt und, vielleicht noch ausgeprägter, in den Figuren Nugent Dubourgs und Madame Pratolungos habe ich versucht, das rein Menschliche mit all seinen Ungereimtheiten und Widersprüchen, seine verzwickte Mischung von Gutem und Bösem, Edlem und Kleinlichem, so zu zeigen, wie ich es täglich in meiner nächsten Umwelt beobachte. Aber diese scharfe, nüchterne Beobachtungsgabe scheint rar zu sein. Allenthalben stoße ich auf das sonderbar unlogische Bestreben, logische Folgerichtigkeit im menschlichen Verhalten zu entschlüsseln. Daher halte ich es durchaus für möglich, daß mein Buch, zumindest teilweise, wieder einmal mißverstanden wird und den Unwillen meiner Zeitgenossen heraufbeschwört. Nun denn – die Zeit hat sich bisher immer als mein bester Anwalt erwiesen und verhilft mir vielleicht auch diesmal zu wachsendem Verständnis. Natürlich könnte ich schon jetzt allen Zweiflern das unanfechtbare In-

formationsmaterial auf den Tisch blättern, das mir von Fachleuten, die die Lebensechtheit meiner Erzählung jederzeit bestätigen würden, überlassen worden ist. Ich verzichte darauf. Vorläufig lasse ich diese ›wahren Geschichten‹ lieber in der Schublade ruhen. Die meisten klingen nämlich dermaßen ›an den Haaren herbeigezogen‹, und die (unter uns lebenden) Betroffenen benehmen sich dermaßen ›unwahrscheinlich‹, daß die romanhafte Bearbeitung immer noch glaubhafter wirkt!

Mein Beweggrund, mich überhaupt an den Roman einer Blinden zu wagen, spricht, wie ich hoffe, für sich selbst. Ich bin ein unbedingter Anhänger des Glaubenssatzes, daß unser irdisches Glück von körperlichen Leiden unabhängig ist, ja daß Leiden sogar in manchen Fällen Voraussetzung und Bestandteil des Glücks sein kann.

Um diesen Satz zu verfechten, habe ich meine *Poor Miß Finch* geschrieben. Es wäre mir eine Genugtuung, diesen oder jenen Leser bei Beendigung der Lektüre für meine Ansicht gewonnen zu haben.

16. Januar 1872 W. C.

Erster Teil

1. Madame Pratolungo stellt sich vor

Ich habe mich entschlossen, einem größeren Publikum mitzuteilen, was ich vor einigen Jahren in einem abgelegenen Winkel Englands erlebte.
Statt langer Einleitungen mache ich Sie am besten gleich mit den Hauptpersonen der Handlung bekannt: einem blinden jungen Mädchen, zwei Brüdern (Zwillingen), einem tüchtigen Augenarzt und einer schrulligen Ausländerin. Die schrullige Ausländerin bin ich. Was mich bewog, meine Erlebnisse aufzuzeichnen, wird sich schon zeigen.
Haben Sie mich soweit verstanden? Gut. Ich unterrichte Sie nun zuerst, so kurz und bündig wie möglich, über meine eigene Person. Ich bin Madame Pratolungo. Von Geburt bin ich Französin. Schon vor meiner Heirat mit Dr. Pratolungo hatte ich in meinem Heimatland vielerlei Wechselfälle des Lebens zu bestehen. Diese verhalfen mir bereits in einem Alter, das hier nichts zur Sache tut, zu grundlegenden Welterfahrungen, systematischer Ausbildung meines angeborenen musikalischen Talents (ich spiele Klavier) und einem auskömmlichen kleinen Vermögen, das mir ganz unerwartet von einer Verwandten meiner geliebten verstorbenen Mutter vermacht wurde. Besagtes Vermögen teilte ich freilich mit meinem guten Papa und meinen jüngeren Schwestern. Zu diesen Begünstigungen des Schicksals kam die kostbarste von allen, als Dr. Pratolungo mich zur Lebensgefährtin erkor, denn erst durch ihn wurde ich zur glühenden Anhängerin ultraliberaler Prinzipien. *Vive la République!*
Wie die Leute ihre Flitterwochen gestalten, ist individuell verschieden. Was mich und meinen heroischen Gatten betraf, so bestiegen wir unmittelbar nach der Trauung ein Schiff, das uns an einen der südamerikanischen Brandherde entführte, wo wir uns unverzüglich der heiligen Pflicht weihten, Tyrannen zu entthronen. Ah! Der Feueratem der Revolution war für meinen edlen Gatten Lebensluft. Von frühester Jugend an war er unablässig

zur Befreiung seiner Landsleute tätig gewesen. Wo auch immer im südlichen Teil der Neuen Welt Volkserhebungen stattfanden (und zu meiner Zeit erhob sich die temperamentvolle Bevölkerung fast pausenlos), war mein Doktor dabei, um sich auf dem Altar des jeweiligen Vaterlandes zu opfern. Er war schon fünfzehnmal abgeschoben und sogar *in absentia* zum Tode verurteilt worden, als ich ihn in Paris kennenlernte: ihn, den Inbegriff idealistischer Armut, mit braunem Asketenantlitz und einem lahmen Bein. Wer hätte sich nicht Hals über Kopf in einen solchen Mann verliebt? Ich jedenfalls war stolz und glücklich, als er mir anbot, mich, gemeinsam mit ihm, der großen Sache zu opfern, mich – und natürlich auch mein kleines Vermögen. Denn, *hélas*, nichts auf Erden ist umsonst, auch nicht der Kampf gegen Tyrannen und für die Rettung der Menschenrechte. Mein Geld schmolz dahin wie Butter an der Sonne, und dennoch behielten Tyrannen und Ausbeuter die Oberhand. Wir waren kaum ein Jahr verheiratet, als mein edler Gatte abermals (zum sechzehntenmal) zur Flucht gezwungen wurde, um dem Todesurteil zu entgehen. Mein Mann zum Tode verurteilt, ich mit leeren Taschen, so lohnte die Republik unseren Idealismus. Ah, ihr Monarchisten, die ihr fett und selbstzufrieden unter Tyrannen dahinvegetiert, respektiert wenigstens unsere Haltung!
Diesmal suchten wir in England Zuflucht. Mittelamerika mußte seine Affären ohne uns ausfechten.
Ich dachte daran, uns als Klavierlehrerin ein bißchen Geld zu verdienen, aber mein heroischer Gatte konnte mich nicht entbehren. Wahrscheinlich wären wir verhungert und hätten, vielleicht, einen Dreizeilennachruf in den englischen Zeitungen erhalten, wenn das Ende nicht auf andere Art gekommen wäre. Mein armer Pratolungo hatte sich im wahrsten Sinne des Wortes für seine Ideale verausgabt. Er starb, völlig entkräftet, im sechzehnten Exil. Ich blieb als junge Witwe zurück. Das einzige Erbteil, an dem ich mich aufrichten konnte, waren die edlen Leitsätze meines verblichenen Helden.
Eine kurze Zeitlang erholte ich mich bei meinem guten Papa und meinen Schwestern in Paris. Aber es war meiner ganzen Natur zuwider, auf die Dauer zu bleiben und ihnen zur Last zu fallen. Ich kehrte, ausgestattet mit verschiedenen Empfehlungsbriefen,

nach London zurück. Dennoch stieß ich bei meinen Bemühungen, mir auf ehrbare Art meinen künftigen Lebensunterhalt zu verdienen, auf ungeahnte Schwierigkeiten. Überall sah ich verschwenderischen, unverschämten, protzigen Reichtum – doch nicht der kleinste Brocken von der Herren Tische fiel für mich ab. Woher nehmen gewisse Leute das Recht, reich zu sein? Ich trotze ihnen bis zum letzten Atemzug, wer sie auch sein mögen! Niemand, ich wiederhole: niemand!, hat das Recht auf Reichtum!

Lassen Sie mich über die lange Kette meiner Mißerfolge hinweggehen. Es genügt, wenn ich sage, daß ich eines unschönen Morgens mit genau drei Pfund, sieben Shilling und vier Pence, meinem ungebrochenen Temperament und meinen ebenfalls ungebrochenen republikanischen Prinzipien aufstand. Weiter hatte ich nichts in Aussicht, nicht einmal einen lumpigen Halfpenny, wenn ich ihn nicht selbst verdiente.

Was tut eine anständige Frau in so bedrängter Lage, wenn sie ihre Unabhängigkeit mit eigenen Kräften erhalten will? Sie nimmt dreieinhalb Shilling aus ihrer mageren Börse und inseriert.

Natürlich macht jedermann nur für seine besten Seiten Reklame (arme Menschheit!)... Meine größte Stärke war und ist das musikalische Talent. Zwar war ich vor meiner Heirat, während der oben angedeuteten Wechselfälle meiner stürmischen Jugend, auch als Putzmacherin in Lyon und als Zofe einer ›großen Dame‹ in Paris tätig gewesen, aber auf diese Berufserfahrungen legte ich aus naheliegenden Gründen weniger Wert als auf meine pianistische Begabung. Ich habe mich nie für eine bedeutende Künstlerin gehalten – Gott bewahre! Ich verfügte lediglich über eine solide technische Grundlage und eine dementsprechende, wie nennt man das, ›Geläufigkeit‹ auf dem Klavier. Das strich ich nun in meinem Inserat gebührend heraus.

Tags darauf borgte ich mir die Zeitung von meiner Wirtin, nur um des kindischen Vergnügens willen, meine elegante Formulierung gedruckt zu sehen.

Himmel, was mußte ich entdecken! Dasselbe, was andere unselige Annoncenaufgeber schon vor mir entdeckt haben, daß nämlich genau über dem selbst aufgegebenen Inserat eines zu stehen pflegt, das just den Posten, den man sucht, anbietet. Werfen Sie einen Blick in jede beliebige Zeitung, geneigter Leser, und Sie werden feststellen, daß einander wildfremde Menschen genau gleichzeitig die genau aufeinander zugeschnittenen Wünsche äußern. Ich hatte inseriert: ›Gesellschafterin für alleinstehende Dame, musikalisch (Klavier), Frohnatur‹, und das Inserat über dem meinen schrie es förmlich in Fettdruck hinaus: ›Gesellschafterin für alleinstehende Dame gesucht. Bedingungen pianistisches Können, fröhliches Wesen. Zuschriften unter ...‹ Fast die gleichen Worte! Pfui über mich, ich hatte wieder einmal dreieinhalb Shilling sinnlos vergeudet! Ich warf die Zeitung hin (in törichtem Zorn, wie ich zugebe), nahm sie dann (als vernünftiger Mensch) wieder auf und schrieb ein Bewerbungsschreiben an die angegebene Chiffre.

Hierauf meldete sich zunächst nicht die Applikantin selbst, sondern ihr Rechtsanwalt. Dieser tat sehr geheimnisvoll. Seine Berufsehre schien ihm zu verbieten, irgend jemandem reinen Wein einzuschenken, solange er es irgend vermeiden konnte. Nur stückweise konnte ich diesem ermüdenden Zeitgenossen die Wahrheit abringen. Also, seine Klientin war noch jung. Sie wohnte in einem weltfernen Winkelchen Englands. Sie war die Tochter eines Geistlichen, lebte aber für sich allein in einem abgeschlossenen Flügel des Hauses. Ihr Vater war zum zweitenmal verheiratet. Die junge Dame war sein einziges Kind aus erster Ehe. In der zweiten hatte er, vermutlich zur Abwechslung, einen Haufen Kinder gezeugt. Infolgedessen hatte die junge Dame sich, ihrer Gesundheit zuliebe und aus reiner Notwehr, da sie den ewigen Tumult nicht mehr ertragen konnte, so weit wie möglich von der Familie zurückgezogen... So und ähnlich drückte sich der Rechtsanwalt um die Hauptsache herum, bis er sie nicht mehr verheimlichen konnte: Die junge Dame war blind!

Ich war hingerissen. Jung – einsam – blind! Ich wußte sofort: Hier lag meine neue Aufgabe.

Meine musikalischen Fähigkeiten fielen in diesem traurigen Fall doppelt ins Gewicht. Das einzige Licht, das noch in das dunkle Leben der armen jungen Dame dringen konnte, war Musik. Sie wünschte sich eine Gesellschafterin, die vom Blatt spielen konnte, und zwar anständig: Mozart, Beethoven und die anderen großen Meister, die sie glühend verehrte. Sie wollte danebensitzen und das Gehörte Takt für Takt aus dem Gedächtnis nachspielen. Ich mußte mich einer Prüfung bei einem Musikprofessor unterziehen, der mir glaubhaft bescheinigte, daß ich die großen Meister zumindest nicht verhunzte. Meine früheren Referenzen taten das übrige. Der Rechtsanwalt bemühte sich redlich, sie in Frage zu stellen, aber ohne Erfolg. Schließlich wurde beiderseits abgemacht, daß ich der jungen Dame zunächst für einen Probemonat Gesellschaft leisten sollte. Wollten wir nach Ablauf dieser Frist beieinander bleiben, so träte der Vertrag auf längere Sicht voll in Kraft.

Am nächsten Tag reiste ich bereits mit der Eisenbahn meinem neuen Ziel entgegen.

Die mir übergebenen Instruktionen wiesen mich an, in der Stadt Lewes in Sussex auszusteigen. Dort sollte ich nach der Pony-Chaise des ehrwürdigen Geistlichen Tertius Finch (des Vaters meiner künftigen jungen Herrin) fragen. Der Wagen würde mich zur Pfarre des Dorfes Dimchurch bringen. Dimchurch läge inmitten des Hügellandes der South Downs, nur noch drei oder vier Meilen von der Westküste entfernt.

Mehr wußte ich nicht, als ich ins Eisenbahnabteil stieg. Nach so vielen abenteuerlichen Jahren, nach den vulkanischen Ausbrüchen meiner republikanischen Missionstätigkeit im Kielwasser meines heroischen Gatten, war ich im Begriff, mich in einem gottverlassenen englischen Dorf zu vergraben und das einförmige Leben eines der dort üblichen Schafe zu führen! Konnte das gutgehen? Ah! Trotz all meiner Erfahrungen blieb mir noch die Erkenntnis vorbehalten, daß auch auf engstem Raum größere seelische Umwälzungen stattfinden können. Ich hatte das Drama des Lebens im Gewühl tropischer Revolutionen gesehen und mitgestaltet. Ich sollte es, nicht minder herzbewegend, in der weltfernen Hügellandschaft der South Downs abermals erleben und mitgestalten.

2. Madame Pratolungos Reise über Land

Ein wohlgenährter Bursche mit buttergelbem Haar, eine schäbige, grünangestrichene kleine Chaise, ein struppiges braunes Pony, das waren die drei Gegenstände, die mich am Bahnhof von Lewes erwarteten. »Sind Sie ein Bediensteter des Pfarrers Finch?« fragte ich den Burschen.
»Der bin ich«, erwiderte er.
Wir fuhren durch die sogenannte Stadt, die aus einem hügeligen Auf und Ab und peinlich sauberen Häusern bestand. Keine lebende Seele öffnete oder schloß die stumpffarbigen Türen. Ich erblickte weder ein Theater noch sonst eine Vergnügungsstätte außer einer Art Stadthalle, auf deren weißgetünchten Stufen ein trübsinniger Polizist Wache hielt. Auch die Läden waren leer: keine Kunden, kein Bedienungspersonal. Nur hier und da stand ein Einwohner auf dem Bürgersteig und glotzte uns nach; zu mehr schien seine Geisteskraft nicht zu reichen. »Ist Lewes eine reiche Stadt?« fragte ich den Burschen. »Das ist sie!« erwiderte er aufstrahlend. Gut. Ich wußte also Bescheid. Die infamen Reichen hatten also auch in Lewes keine Ahnung von wahrer Lebenskunst!
Wir verließen diese Stadt freudloser Spießbürger, die sich schon bei Lebzeiten freiwillig in ihre Erbbegräbnisse einmauern, und kamen auf die schöne, immer noch ansteigende Landstraße, auf deren beiden Seiten sich das offene Land erstreckte.
Offene Landschaften werden vom Blick des erfahrenen Reisenden rasch erfaßt und eingeordnet. Ich habe von meinem armen Pratolungo die Gewohnheit geerbt, mich an fremden Orten mehr an die Einwohner zu halten, um die politischen Entwicklungsmöglichkeiten zu erforschen. Mangels anderer Forschungsobjekte hielt ich mich an den Burschen des Pfarrers Finch. Sein politisches Programm hatte ich bald heraus. Es lautete: möglichst viel Bier, möglichst große Fleischportionen, möglichst wenig Arbeit. Dafür zieht man gern den Hut vor dem Gutsherrn und ist zufrieden mit seinem gottgewollten Stand. – Niederschmetternd! Unseliger Finch-Sklave!
Wir erreichten den höchsten Punkt der Straße. Rechter Hand fiel der Boden sanftgewellt in ein fruchtbares Tal ab. Ich bemerkte

ein Dörfchen und eine Kirche und, in vornehmer Absonderung, einen der sogenannten Herrensitze nebst Park, in dem sich ein Feind der Menschheit, ein Tyrann, von seinen unwissenden Artgenossen umschmeicheln und mästen ließ. Linker Hand war die Aussicht noch frei von solchen Schönheitsfehlern; sie erstreckte sich in prächtigen grasgrünen und blau umdunsteten Hügelketten bis zum Horizont. Zu meinem Erstaunen kletterte der Bursche hier vom Kutschbock, nahm das Pony am Halfter und führte es von der Straße mitten in die Graswildnis hinein; jedenfalls konnte ich nicht einmal die Andeutung eines Seitenpfades erkennen. Die Chaise begann zu schlingern wie ein Schiff auf hoher See, und ich sah mich genötigt, mich mit beiden Händen festzuhalten. Ich dachte zuerst an mein Gepäck, dann an meine Knochen. »Wie lange dauert das?« fragte ich.

»Drei Meilen«, erwiderte der Bursche.

Hierauf verlangte ich energisch, das Schiff – ich meine die Chaise – anzuhalten und auch mich absteigen zu lassen. Wir banden mein Gepäck mit einem Seil fest und gingen dann zu Fuß weiter, der Bursche mit dem Pony voraus, ich hintennach.

Ah – welch ein Spaziergang! Was für eine Luft zu meinen Häupten, welch üppiges Gras unter meinen Füßen! Der Duft des Wiesenlandes und der frische Salzhauch der nahen See mischten sich zu einer unvergleichlich köstlichen Brise. Der kurze, von würzigen Kräutern durchwachsene Rasen federte elastisch unter jedem Schritt. In der blauen Himmelsweite schwammen weiße Gutwetterwolken in feierlicher Prozession. Die malerisch verteilten, wildwuchernden Ginsterbüsche standen in leuchtendgelber Blüte. Der Bursche führte das Pony, die Chaise und mich in Schlangenlinien auf und ab, rechts und links. Kein Haus, keine Straße, wohin ich auch blickte, keine Hecke, kein Gatter, keine Mauer, kein Wegzeichen irgendwelcher Art. Nichts als majestätische Einsamkeit ringsum. Die einzigen Lebewesen, die ich gewahrte, waren die hellen Pünktchen einer Schafherde in der verschwimmenden grünen Ferne und die nicht sicht-, aber hörbare jubelnde Lerche über mir. Herrlich! Und alles das lag nur eine Vormittagsfahrt vom geräuschvollen, übervölkerten Brighton entfernt! Wer die Gegend nicht kannte, hätte sich nur mit Hilfe eines Kompasses zurechtfinden können wie ein neuer Kolumbus auf dem Ozean. Je weiter wir vordrangen, desto romantischer und schöner wurde die ungebändigte Natur. Der Bursche stiefelte hinein, wie es ihm paßte; für ihn gab es keine Schranken. Ich, als Nachhut, sah abwechselnd nichts als das in die Lüfte ragende Hinterteil der Chaise, während Bursche und Pferd in einer Bodensenke verschwanden, und dann wieder die allmählich auftauchenden Köpfe und Leiber sowohl des Zwei- als auch des Vierfüßlers, das fast senkrecht kippende Wageninnere und, *grand Dieu*, mein nur von einem schwachen Seil gehaltenes, fürchterlich schaukelndes Gepäck. Mindestens zwanzigmal machte ich mich darauf gefaßt, alles miteinander, Burschen, Pony, Wagen und Gepäck, in den Abgrund purzeln zu sehen. Aber nein! Pfarrer Finchs Bursche mochte zwar politisch beklagenswert unbeleckt sein, aber er verstand wenigstens eins, nämlich: Pony, Wagen und mich sicher durch die Wildnis der South Down Hills zu führen.

Als wir – meiner Berechnung nach – auf der etwa fünfzigsten Anhöhe waren, fing ich allmählich an, mich nach meinem Bestimmungsort umzusehen.

Hinter mir lagen die grandiosen Wellen des bereits überwundenen Hügellandes; dekorative Wolkenschatten glitten über die Einöden. Vor mir, in geheimnisvoll-violetter Ferne, zeigte sich ein Silberstreifen am Horizont: zweifellos das Meer. Unterhalb meines augenblicklichen Standpunktes weitete sich das tiefste Tal, das mir bisher zu Gesicht gekommen war, und in ihm sah ich die ersten häßlichen Narben, die menschliches Wirken im Antlitz der Natur zurückzulassen pflegt: ein paar braune, frisch gepflügte Äcker inmitten all des paradiesischen Grüns. Ich rief dem Burschen zu: »Sind wir nun bald in Dimchurch?« Er drehte sich um, zwinkerte, grinste und erwiderte: »Das sind wir.«

Ein genialer Simpel! Er brachte es fertig, auf jede wie auch immer geartete Frage in drei Silben erschöpfend zu antworten. Gleichzeitig stürzten wir alle vier, Bursche, Pony, Chaise und ich, schon unaufhaltsam dem Tal entgegen.

Die Anzeichen menschlicher Besiedlung mehrten sich, je tiefer wir kamen. Zum erstenmal seit langem erblickte ich wieder eine Art Straße: eine von alters her im kalkigen Boden ausgefahrene Karrenspur. Wir kreuzten sie und bogen um die nächste Hügelecke. Hier wurde die Anwesenheit des Menschen unübersehbar. Zwei kleine Jungen, die offensichtlich als Späher ausgeschickt waren, schossen aus einer Bodensenke in die Höhe und flitzten uns, aus vollem Halse schreiend, voran. Bursche, Pony, Wagen und ich wanden uns schwerfällig um einen weiteren Hügelausläufer und überquerten einen Wasserlauf. Ich hielt es mittlerweile für meine Pflicht, mich mit den Ortsnamen vertraut zu machen. Wie hieß der eben durchquerte Bach? ›Hahnenschuß‹ – komisch. Und der steile Hang zur Rechten? ›Steiler Hang‹. Logisch! Noch fünf Minuten Fußweg, und das erste Haus wurde sichtbar, klein, einsam, aus dem Mischgestein der umliegenden Berge erbaut. Name? ›Browndown‹, braune Düne, ebenfalls logisch. Tiefer und tiefer schlängelten wir uns die geheimnisvollen Windungen des grünen Tals hinab. Und nach etwa zehn Minuten kam endlich das große Ereignis: Pfarrer Finchs Bursche deutete mit der Peitsche geradeaus und erklärte (selbst dieser dramatische Moment konnte ihm nicht mehr als drei Silben entreißen): »Da sind wir!«

Also das war Dimchurch! Ich klopfte den Kalkstaub von meinem Rocksaum und wünschte vergeblich, wenigstens ein Handspiegelchen in Reichweite zu haben. Denn die Bevölkerung von Dimchurch, mindestens fünf oder sechs Personen, hatte sich, von den vorerwähnten Spähern benachrichtigt, zu meinem Empfang versammelt, und als Frau hat man die Pflicht, einen möglichst guten Ersteindruck zu machen. Ich lächelte der Bevölkerung huldvoll zu. Die Bevölkerung starrte mich unbewegt und blöde an. Aus dem Augenwinkel bemerkte ich ein paar Bauernkaten, Äcker, ein Gasthaus mit zwei gekreuzten Händen als Aushängeschild, einen winzigen Metzgerladen mit blutigen Hammelinnereien im Schaufenster (sonst nichts) und danach wieder nichts als Äcker und Hügel. Auf dieser Seite war das Dorf offensichtlich schon zu Ende. Auf der anderen sah ich eine lange Feldsteinmauer, die einen größeren Gutshof zu umfrieden schien. Dann kamen wieder ein paar Katen und, siehe da, das erste Zeichen moderner Zivilisation – in Gestalt eines Postamtes, das zugleich das dörfliche Einkaufszentrum darstellte und, soweit ich auf den ersten Blick sah, Arbeitsstiefel, Speck, Stoffe, Krinolinen und fromme Traktätchen feilbot. In einiger Entfer-

nung erblickte ich wieder eine Mauer, hinter der vermutlich das Pfarrhaus lag, denn es war von einem noch weiter entfernten, wiederum auf ansteigendem Gelände erbauten Kirchlein überragt. Einzige Kulisse dahinter: Noch-Hügel oder Schon-Dünen und der unendliche Himmel. Das war Dimchurch!
Geneigter Leser, wie soll ich meine Gefühle schildern? Am besten wohl wahrheitsgemäß, wie ich es gewohnt bin. Was die Bevölkerung betraf, so bemerkte ich vorläufig nur einen einzigen geborenen Gentleman: einen Schäferhund mit schmählich gestutztem Schwanz, den er zu meiner Begrüßung nur unter sichtlichen Qualen in Bewegung setzen konnte. Er tat es dennoch, denn er war sich bewußt, daß er für alle andern die Honneurs machen mußte, und schmiegte seine schwarze Nase aufs freundlichste in meine Hand. ›Willkommen in Dimchurch, Madame Pratolungo!‹ schien er zu sagen. ›Entschuldigen Sie diese armen Proleten rechts und links, die am Straßenrand stehen und Sie anglotzen. Auch sie sind von Gott geschaffen, obwohl sie Ihm leider nicht so gut gelungen sind wie Sie und ich.‹
Ich gehöre zufällig zu den wenigen Leuten, die die stumme Sprache der Kreatur verstehen. Daher kann ich beschwören, daß ich die Begrüßungsansprache des Schäferhundes korrekt wiedergegeben habe.
Inzwischen öffnete Finchs Bursche ein Tor in der Pfarrhausmauer und führte das Pony nebst Wagen hindurch. Ich folgte. So kam ich ans Ziel meiner Entdeckungsreise über die South Down Hills.

3. Arme Miß Finch

Das Pfarrhaus von Dimchurch ähnelte der Erzählung, die ich auf diesen Blättern schriftlich niederzulegen gedenke, in einer Hinsicht: Es bestand auch aus zwei Teilen. Der erste Teil, der sofort ins Auge sprang und aus dem allgegenwärtigen Mörtel und Sandstein der Gegend errichtet war, interessierte mich wenig, der zweite, ein rechtwinklig anschließender, offenbar viel älterer Flügel um so mehr. Ich erfuhr bald, daß dieser Flügel ursprünglich ein Nonnenkloster gewesen war. Die gotischen Spitzbogenfenster und die mit dunklem Efeu überwachsenen ehrwürdigen Mauern, die hier und da mit roten Ziegeln ausgebessert waren, zogen mich magisch an, und ich hoffte, dorthin geführt zu werden. Leider nein! Der gelbhaarige Bursche führte mich nach längerem krampfhaftem Nachdenken an die Tür des modernen Gebäudes und zog die Glocke. Ein sehr junges und sehr schlampiges Dienstmädchen öffnete. Möglich, daß sie vor mir noch nie eine Dame von Welt empfangen hatte; möglich, daß das plötzliche Auftauchen, Aufkreischen und wieselartige Wiederverschwinden zahlreicher schmutziger Kinder im Hintergrund des Korridors sie verwirrte. Jedenfalls wußte sie zunächst durchaus nicht, was sie mit mir anfangen sollte. Sie starrte mein fremdes Gesicht stumm an, wie es schon die übrige Bevölkerung getan hatte, riß dann ruckartig eine Tür auf und wies mich in ein kleines Zimmer. Sofort retteten sich zwei weitere schmutzige Kinder schreiend an mir vorbei in den Korridor. Ich wartete, bis der Lärm abebbte, um in normaler Lautstärke meinen Namen nennen zu können. Das Mädchen war der Zumutung, so viele Silben auf einmal behalten zu sollen, sichtlich nicht gewachsen. Ich gab ihr meine Visitenkarte, die sie ungeschickt entgegennahm, von allen Seiten betrachtete wie eine nie gesehene Kuriosität und reichlich mit schwärzlichen Daumen- und Zeigefingerabdrücken versah, ehe sie es aufgab, hinter die Bedeutung dieses Stückchens Papier zu kommen, und ratlos das Zimmer verließ. Aus dem anschwellenden Lärm auf dem Korridor entnahm ich, daß sie von den wiedererschienenen Kindern um Auskunft bestürmt wurde. Aufgeregtes Gewisper – Kichern – einzelne spitze Schreie – Hin- und Hergeschubse – dumpfes Ballern an der Tür. Diese flog plötzlich wieder auf, und das Dienstmädchen schoß, offenbar unter dem Druck der Kinder, wie eine Kanonenkugel zu mir herein. »Bitte kommen Sie mit – hier lang«, sagte sie atemlos. Ich sah gerade noch den fluchtartigen Rückzug der Kinder über eine Treppe, die in die Schatten des Obergeschosses führte. Eines von ihnen schwenkte triumphierend meine eroberte Visitenkarte.

Ich folgte dem Dienstmädchen ans andere Ende des Korridors. Das Dienstmädchen riß wortlos die Tür zu einem anderen, grö-

ßeren Zimmer auf und ließ mich an sich vorbei eintreten. Was nun? Ich hatte Glück. Durch puren Zufall war ich tatsächlich zur Herrin des Hauses vorgedrungen.
Ich vollführte meinen schönsten Hofknicks und fand mich sodann einer großen, breiten, farblosen (offenbar bleichsüchtigen) Dame unbestimmten Alters gegenüber, die ihren Spaziergang durchs Zimmer meinetwegen unterbrach. Wenn ich vorher nie recht gewußt hatte, was ›ein feuchtes Weib‹ bedeutete (Goethe!), so wußte ich es jetzt. Die farblose Dame machte einen entschieden feuchten Eindruck. Ihr flaches, weißes Gesicht wirkte, als hätte sie eben ein Dampfbad genommen und sich hinterher nicht abgetrocknet, und ihre blaßblauen Augen hatten einen wässerigen, verschwommenen Blick. Unter ihrer verrutschten Spitzenhaube zeigten sich einige unfrisierte, fahle Haarsträhnen. Sie trug lediglich einen flanellenen, ehemals weißen Morgenrock und darüber eine weite blaue Wolljacke. In der einen Hand hielt sie einen zerlesenen, mit vielen Eselsohren verzierten Leihbibliotheksroman, mit der anderen preßte sie einen ebenfalls in Flanell gewickelten Säugling an sich, der sich gerade hingebungsvoll an der Mutterbrust ernährte. Das war mein erster Eindruck von der gegenwärtigen Gattin des ehrwürdigen anglikanischen Pfarrers Finch – ein Eindruck, der sich auch später nie wesentlich veränderte. Ich traf Mrs. Finch nie vollständig angezogen, nie ganz trocken, nie ohne Baby und nie ohne Roman. So war sie nun einmal.
»Oh, sind Sie Madame Pratolungo?« begrüßte sie mich zerstreut. »Ja... Hoffentlich hat jemand meine Stieftochter benachrichtigt, daß Sie hier sind. Ja. Sie hat nämlich ihren eigenen Haushalt, ja... und führt ihre eigene Wirtschaft, müssen Sie wissen. Hatten Sie eine gute Reise?« (Diese höfliche Erkundigung richtete sie ins Leere, als sei sie in Gedanken ganz woanders. Mein Eindruck von ihr festigte sich. Ich hatte es mit einer gutmütigen, aber schwachen Person zu tun, die wahrscheinlich von sogenannten kleinen, aber braven Leuten abstammte.)
»Vielen Dank, Mrs. Finch«, erwiderte ich. »Ich fand die Fahrt durch Ihre wundervolle Hügellandschaft höchst genußreich.«
»Ach ja? Mögen Sie die Landschaft? Entschuldigen Sie, daß ich nicht fertig angezogen bin. Die Kinder haben mich heute früh

eine halbe Stunde aufgehalten. Und in diesem Haushalt ist eine verlorene halbe Stunde nie aufzuholen... ja.« (Ich entdeckte in der Folgezeit sehr bald, daß Mrs. Finch stets eine halbe Morgenstunde verlor und sie trotz heißesten Bemühens nie aufholte. Diesbezüglich sagte sie mir gleich zu Anfang die reine Wahrheit.)
»Ich verstehe, Mrs. Finch«, sagte ich zartfühlend. »Bei einer so vielköpfigen Familie...«
»Ach? Ja, ja, das ist nun mal nicht anders.« (Dies war einer von Mrs. Finchs Lieblingssätzen.) »Finch – mein Mann – steht immer in aller Herrgottsfrühe auf und arbeitet im Garten. Ich wasche die Kinder oder passe auf, daß sie sich waschen, und dann geht schon die Arbeit in der Küche los. Was da vergeudet wird... ja. Mittendrin kommt Finch vom Garten herein und will ordentlich frühstücken. Und ich kann doch das Kleinste nicht allein lassen. Eine halbe Stunde ist weg wie nichts, und ich kann sie nie wieder aufholen. Ich gebe mir furchtbare Mühe, glauben Sie mir, aber ich kann's einfach nicht...«
Das abschließende ›Ja‹ wurde von dem Säugling erstickt, der deutliche Symptome zeigte, daß er mittlerweile zuviel Muttermilch zu sich genommen hatte. Ich nahm Mrs. Finch geistesgegenwärtig den Roman ab, während sie in den Taschen ihres Morgenrocks nach einem Tuch suchte. Da sie keines fand, suchte sie hilflos in allen möglichen und unmöglichen Winkeln des Zimmers herum.
Just in diesen spannenden Sekunden hörte ich ein Klopfen an der Tür. Gleich darauf wurde eine ältere Frau sichtbar, deren Anblick wohltuend von dem der mir bisher bekannten Familienmitglieder abstach. Sie war von Kopf bis Fuß anständig gekleidet und begrüßte mich mit der gelassenen Höflichkeit eines zivilisierten Menschen.
»Verzeihen Sie die Störung, Madame. Meine junge Herrin hat eben erst gehört, daß Sie da sind. Wollen Sie so gütig sein, mir zu folgen?«
Ich wandte mich Mrs. Finch zu, die inzwischen irgendeinen Lappen gefunden hatte und ihr überquellendes Baby damit säuberte. Ich gab ihr respektvoll den Roman zurück.
»Oh, richtig – vielen Dank«, sagte sie mit blassem Lächeln.

»Wissen Sie, Romane beruhigen mich, ja. Lesen Sie auch so gern Romane? Ich kann Ihnen diesen hier morgen geben, ich bin beinah durch, und die Leihfrist ist noch nicht abgelaufen.«
Ich bedankte mich so herzlich wie unverbindlich und zog mich zur Tür zurück. Auf der Schwelle wandte ich mich noch einmal grüßend zur Herrin des Hauses um. Mrs. Finch nahm jedoch keine Notiz mehr von mir. Sie wanderte schon wieder im Zimmer hin und her, den Säugling im linken Arm und den aufgeschlagenen Roman in der rechten Hand. Der Saum ihres schmuddligen Morgengewandes schleppte in gleichmäßigem Rhythmus über den Boden.
Die manierlich gekleidete ältere Frau führte mich über ein paar Stufen durch einen einfach getünchten weiteren Korridor mit vielen Türen, die wahrscheinlich zu den Schlafräumen der Familie gehörten, denn jede einzelne flog beim Geräusch unserer Schritte auf. Allenthalben zeigten sich Kinderköpfe und aufgerissene Augen, die mich einen Moment anstarrten, ehe die Tür wieder zuknallte.
»Wieviel Kinder hat Mrs. Finch gegenwärtig?« fragte ich erschüttert. Die ältere Frau blieb einen Moment stehen und überlegte.
»Vierzehn, glaube ich, Madame, das kleinste eingerechnet... und zweimal waren es Zwillinge... Und dazu das zweitjüngste, das leider schwachsinnig ist... Ja, vierzehn im ganzen.«
Diese Mitteilung bewirkte, daß ich mich in gewisser Weise für den Reverend Finch zu interessieren begann, obgleich ich sonst alle Pfaffen, Könige und Kapitalisten grundsätzlich als Feinde der Menschheit ablehne. Dieser Pfaffe mußte ungewöhnliche Nerven haben. Ob er sich noch nie gewünscht hatte, ein Diener der römisch-katholischen Kirche zu sein und der Gnade teilhaftig zu werden, überhaupt keine Familie haben zu dürfen? Ich hatte mir diese stille Frage noch nicht beantwortet, als meine Führerin einen Schlüssel aus der Tasche zog und damit eine schwere Eichentür am Ende des Korridors aufschloß.
»Wir müssen leider abschließen, Madame«, erklärte sie entschuldigend, »sonst würden die Kinder den ganzen Tag in unserem Flügel herumwimmeln.«
Trotz meiner geringen Erfahrung mit den Kindern konnte ich

diese Vorsichtsmaßnahme verstehen. Ich war innig dankbar, die massive Eichentür zwischen ihnen und mir zu wissen.
Nun bogen wir um eine Ecke und befanden uns im Kreuzgang des ehemaligen Klosters.
Die in dicken Mauern eingebetteten Fenster gingen alle auf den Garten hinaus. Jede Nische war mit bunten Blumenkästen ausgefüllt. Die gegenüberliegende Wand war mit hellem Stoff bespannt. Sämtliche Türen waren cremeweiß gestrichen und mit Goldornamenten verziert. Die farbenfrohen, geflochtenen Matten unter unseren Füßen erkannte ich als südamerikanische Volkskunst. Das Kreuzgewölbe zu unseren Häupten war himmelblau und mit zierlichen Blumenranken bemalt. Nirgends war auch nur eine Spur mittelalterlicher Strenge und Düsternis zu entdecken.
Am Ende des Ganges beugte sich eine schneeweiß gekleidete Gestalt über die Blumen in der letzten gotischen Fensternische. Das war also das blinde Mädchen, dessen Einsamkeit ich mit Musik und Gespräch aufheitern sollte, die ›arme Miß Finch‹, wie die einfachen Leute der Gegend mitleidig zu sagen pflegten. Ich lasse das rührselige Beiwort, das absolut nicht auf sie paßte, lieber weg und nenne sie in dieser Erzählung von vornherein bei ihrem hübschen Vornamen: Lucilla.
Lucilla war gerade damit beschäftigt, welke Teile von den Blumen abzupflücken und in den Garten zu werfen. Doch kaum erkannte ihr feines Ohr einen fremden Schritt, lange bevor ich sie erreichte, so richtete sie sich schnell auf und kam uns mit einem flüchtigen Erröten entgegen. Wie sie aussah? Ich war vor Jahren einmal in der Dresdener Gemäldegalerie und hatte das Glück, das Juwel der Sammlung, Raffaels Sixtinische Madonna, im Original zu sehen. Lucillas Anblick rief unwiderstehlich und tief bewegend die Erinnerung an dieses einmalige Erlebnis in mir wach. Die gleiche Kopfform, die gleiche Haarfarbe, die gleiche eigentümlich bezaubernde Augenpartie, der gleiche zarte Umriß von Wangen und Kinn und die gleichen sensitiven Lippen. Nur die Augen selbst, inmitten ihres dunklen Wimpernkranzes, hatten nicht den leuchtenden, bannenden Blick der sixtinischen Jungfrau. Wohlgemerkt, sie waren in keiner Weise verstellt, sie schielten nicht, sie waren groß und schön, nur eben... ohne

Glanz, ausdruckslos, tot. Bis auf diesen einen traurigen Mangel war sie das reizendste Geschöpf, das mir je begegnet ist. Sie hatte gerade die richtige Größe und eine wohlproportionierte Figur mit langen, schlanken Gliedmaßen, die jeder Frau von vornherein natürliche Anmut sichern. Als sie mich begrüßte, hörte ich mit Entzücken, daß auch ihre Stimme – klar, ungekünstelt und herzlich – ihrer ganzen Erscheinung entsprach. Lucilla hatte mein Herz gewonnen, noch ehe wir uns die Hand drückten. »Ach, Sie liebes Kind«, platzte ich in meiner temperamentvollen Art heraus, »wie freue ich mich, Sie zu sehen!« Im nächsten Moment hätte ich mir die Zunge abbeißen mögen. War es nicht taktlos und brutal, in Gegenwart einer Blinden das Wort ›sehen‹ zu gebrauchen?

Zu meiner Erleichterung zeigte sich Lucilla nicht im mindesten empfindlich. »Darf ich Sie mir auch ansehen?« fragte sie einfach und hielt bittend ihre zartfingrige, wohlgepflegte Hand hoch. »Das heißt: Darf ich Ihr Gesicht berühren?«

Ich setzte mich sofort in ein freies Eckchen der Fensternische. Lucillas Fingerspitzen glitten hauchleicht wie Schmetterlingsfühler über mein Gesicht, einmal, zweimal, dreimal. Ihre eigenen Züge drückten dabei intensivste, gesammelte Aufmerksamkeit aus. Dann hielt sie die Hand über meinem Kopf in der Schwebe und bat: »Sagen Sie noch irgend etwas!« Ich sagte irgend etwas. Was, war gleichgültig, denn sie unterbrach mich mit einem Jubellaut und einem Kuß. »Das genügt!« rief sie. »Ihre Stimme sagt mir dasselbe wie Ihr Gesicht: Ich weiß schon jetzt, daß Sie mir sympathisch sind. Nun kommen Sie mit und schauen Sie sich die Zimmer an, in denen wir miteinander wohnen werden.«

Ich stand auf, und Lucilla legte zutraulich den Arm um meine Taille – zog ihn aber augenblicklich wieder zurück und schüttelte die Finger, als hätte sie sich an irgend etwas gestochen.

»Was ist?« fragte ich bestürzt. »Eine Stecknadel?«

»Nein, nein. Sagen Sie mir nur: Welche Farbe hat Ihr Kleid?«

»Dunkles Weinrot«, erwiderte ich.

»Sehen Sie! Ich hab's doch gespürt! Bitte, tragen Sie möglichst keine dunklen Farben mehr, wenn Sie mit mir zusammen sind. Ich habe, wie die meisten Blinden, eine lächerliche Angst vor allem Dunklen. Bitte, bitte, liebe Madame Pratolungo, tragen Sie immer nur helle oder farbenfrohe Kleider, mir zuliebe!« Damit legte sie den Arm wieder zärtlich um mich, aber diesmal um die Schultern, wo er auf meinem breiten weißen Kragen zu liegen kam. »Schon besser!« flüsterte sie mir halb scherzhaft ins Ohr. »Aber, nicht wahr, Sie ziehen sich vor dem Essen um? Lassen Sie mich beim Kofferauspacken helfen und mich selber sagen, welches Kleid ich am liebsten mag.«

Nun wußte ich, warum der alte Klosterkreuzgang in so hellen, heiteren Farben renoviert war!

Lucilla führte mich durch eine Tür und zeigte mir stolz die Hauptwohnräume: ihr Schlafzimmer, mein Schlafzimmer und einen gemeinsamen Salon zwischen beiden. Es waren die reinsten Schmuckkästchen, hell, blitzblank, hübsch möbliert und mit verspielten Kinkerlitzchen, wo immer sich ein Platz dafür fand. Der ganze Stil erinnerte mich mehr an das galante Rokoko meiner Heimat als an das im allgemeinen so nüchterne, schwerfällige England. Mich wunderte nur, unerfahren, wie ich noch war, daß eine junge Dame, die nicht sehen konnte, sich so allerliebst eingerichtet hatte. Doch sollte ich sehr bald erfahren, daß gerade Blinde sich an hübschen Sachen am meisten freuen und in der Phantasie alles noch schöner machen, als es ist – eine Schwäche, die viele Sehende mit ihnen teilen.

Um mein weinrotes Kleid, wie Lucilla es wünschte, recht bald mit einem helleren zu vertauschen, brauchte ich vor allem mein Gepäck, das der gelbhaarige Bursche meines Wissens mitsamt Pony und Wagen in den Stall gebracht hatte. Doch ehe Lucilla zum Klingelzug griff, um sich nach dem Verbleib meiner Sachen zu erkundigen, erschien die ältere Frau wieder, die sich während der Begrüßung im Kreuzgang stillschweigend von uns getrennt hatte, gefolgt von meinem dreisilbigen Freund und einem weiteren halbwüchsigen Jungen, die meine Koffer trugen. Außerdem brachten sie ein paar Päckchen mit, die sie wohl in der Stadt für ihre junge Herrin besorgt hatten, darunter eine unverkennbare Medizinflasche, die im Lauf des Abends noch eine gewisse Rolle spielen sollte.

»Dies ist meine frühere Kinderfrau«, stellte Lucilla vor. »Sie heißt Zillah, aber ich nenne sie aus alter Gewohnheit nur Nanny. Sie kann alles, auch kochen; das hat sie eigens für mich bei einem französischen Meisterkoch in London gelernt. Sie werden Nanny schon aus diesem Grunde im Handumdrehen so schätzen wie ich, Madame Pratolungo. Würden Sie jetzt bitte Ihre Koffer aufmachen?«

Ich tat ihr den Gefallen, und sie kniete eifrig auf dem Boden nieder, um mit kindlichem Vergnügen in meinen Habseligkeiten zu wühlen. Kein Mädchen im Vollbesitz seiner Sehkraft hätte die schlichte Eleganz meiner geringen Garderobe besser würdigen können als sie. Einmal irrte sie sich allerdings trotz des ans Wunderbare grenzenden Tastsinns ihrer Fingerspitzen: sie hielt ein dunkles Kleid, das zufällig aus dem gleichen Stoff war wie ein helles, ebenfalls für hell. Ich sah, daß sie ziemlich geknickt war, als ich sie über ihren Irrtum aufklärte. Dafür bewies sie freilich schon beim nächsten Griff, daß sie mit den Fingern ›sehen‹ konnte; sie erkannte in einem Paar modischer Strümpfe ohne Zögern die weißen Streifen und freute sich unverhohlen, als ich dies bestätigte. »Bitte ziehen Sie sich recht schnell um«, sagte sie schließlich, ehe sie mich in meinem Zimmer allein ließ. »In einer halben Stunde essen wir – natürlich gibt es zur Feier Ihrer Ankunft ein rein französisches Menü. Ich bin nämlich – wie sagt man noch schnell bei Ihnen – eine *gourmande!* Man sieht ja auch, wo's bleibt!« Sie legte in drolliger Besorgnis einen Finger an ihr allerliebstes Kinn. »Mir droht ein Doppelkinn, und das schon im Alter von zweiundzwanzig. Schlimm, schlimm!«

Lachend machte sie die Tür hinter sich zu. Das war mein erster Eindruck von der ›armen‹ Miß Finch.

4. Begegnung im Zwielicht

Unser kleines, erlesenes Festmahl war seit langem beendet. Anschließend hatten wir stundenlang geplaudert, wie nur Frauen es mit solcher Ausdauer können, und uns gegenseitig in großen Zügen unsere Lebensgeschichten erzählt. Der Tag schwand dahin, rosiges Sonnenuntergangslicht erfüllte den Salon, als Lucilla plötzlich auffuhr, als wäre ihr erst jetzt etwas Wichtiges eingefallen, und nach ihrer Nanny klingelte.

»Wo ist die Flasche vom Apotheker?« fragte sie, als die treue Seele eintrat. »Himmel, das hätte ich fast vergessen!«
»Willst du das Zeug persönlich zu Susan bringen, Liebling?« fragte Nanny.
Ich kann gar nicht sagen, wie mich dieser vertrauliche Ton zwischen Herrin und Dienerin erwärmte. Selten war ich im steifen, klassenbewußten England soviel moderner Aufgeschlossenheit begegnet. Nieder mit dem satanischen Kastensystem aller Länder – das war von jeher mein Schlachtruf!
»Natürlich gehe ich selbst hin«, erwiderte Lucilla.
»Soll ich mitkommen?« fragte Nanny.
»Danke, nein, das ist wirklich nicht nötig.« Sie wandte sich zu mir. »Aber vielleicht machen Sie gern noch einen Spaziergang, falls Sie heute nicht zu reisemüde sind?«
Ich war nach dem guten Essen und dem langen Sitzen völlig erholt und erklärte, ich würde sehr gern noch ein bißchen Luft schnappen. Lucilla strahlte. Aus irgendeinem mir noch nicht ersichtlichen Grund legte sie offenbar Wert auf meine Begleitung.
»Es handelt sich nur um einen kurzen Krankenbesuch im Dorf«, erläuterte sie. »Ich habe eine Einreibung für eine arme Frau besorgt, die an schwerem Rheuma leidet. Sie ist alt und eigensinnig und glaubt nur an Medizinen, die ich ihr selbst bringe. Wenn ich ihr die Flasche durch jemand anderen schicken lasse, schüttet sie sie weg. Pfui über mich – ich habe sie über unserer netten Unterhaltung total vergessen. Wollen wir uns schnell fertigmachen?«
Ich hatte kaum die Tür meines Schlafzimmers hinter mir geschlossen, als ich ein leises Klopfen vernahm. Lucilla? Nein, es war die alte Kinderfrau, die auf Zehenspitzen hereinkam, geheimnisvoll dreinblickte und verschwörerisch einen Finger an die Lippen legte. »Entschuldigen Sie die Störung, Madame«, flüsterte sie, »aber ich muß Ihnen, glaube ich, sagen, daß Miß Lucilla einen Hintergedanken hat, wenn sie Sie heute abend mitschleppt. Sie platzt vor Neugier – das tun wir übrigens alle. Gestern abend hat sie mich mitgenommen, damit ich meine Augen für sie gebrauche, aber das Ergebnis hat sie nicht zufriedengestellt. Nun will sie's mit Ihren Augen probieren.«
»Worauf ist Miß Lucilla denn so neugierig?« erkundigte ich mich.

»Klar, daß die arme Kleine gespannt ist wie ein Flitzbogen«, verfolgte Nanny ihre eigenen Gedanken weiter, ohne meiner Frage die geringste Beachtung zu schenken. »Bis jetzt weiß kein Mensch, was er hier zu suchen hat. Er geht immer erst in der Abenddämmerung spazieren. Sie werden ihn mit ziemlicher Sicherheit treffen, Madame, und vielleicht besser wissen als ich, wie Sie sich in Zukunft zu verhalten haben. Unsere Miß Lucilla ist ja noch so jung und ahnungslos!«
Diese dunklen Andeutungen schürten auch meine Neugier. »Liebe, gute Nanny«, sagte ich, »Sie vergessen, daß ich erst seit wenigen Stunden hier bin. Ich bin ahnungsloser als Sie alle. Was ist denn das für ein ›Er‹? Hat er keinen Namen?« Nanny konnte mich darüber nicht mehr aufklären, denn in diesem Moment klopfte es abermals. »Verraten Sie mich nicht, Madame!« flüsterte sie hastig. »Ich habe Ihnen nur aus Sorge um Miß Lucilla Bescheid gesagt. Das Weitere werden Sie ja selbst sehen.« Damit eilte sie zur Tür, und draußen stand Lucilla, die, ein elegantes Gartenhütchen auf dem Kopf, bereits auf mich wartete.
Wir begaben uns aus dem Separateingang unseres Klosterflügels in den Garten und gelangten durch ein Türchen in der Mauer direkt ins Dorf. Nach Nannys Flüsterwarnung war es mir doppelt unmöglich, unbefangene und womöglich taktlose Fragen zu stellen, wenn ich nicht gleich am ersten Tag meiner Anwesenheit ärgerliche Verwicklungen riskieren wollte. Ich hielt also lieber den Mund und die Augen weit offen. Einen kleinen Fehler beging ich freilich trotzdem, als ich Lucilla zwecks Führung meinen Arm anbieten wollte.
Sie brach in helles, unbeschwertes Lachen aus. »Meine liebe Madame Pratolungo, ich finde mich hier bestimmt besser zurecht als Sie! Ich kenne jeden Weg und Stein von klein auf und brauche weiter keine Hilfe als diese.« Sie hielt illustrierend einen sehr hübschen, mit Elfenbein verzierten und mit blankem Silbergriff versehenen Spazierstock in die Höhe. Hiermit ertastete sie gelegentlich ihren Weg – meist brauchte sie ihn gar nicht. Das Stöckchen in der einen Hand, die Medizinflasche in der anderen, das kecke Hütchen auf dem Kopf, machte sie eine ganz reizende Figur; seit Jahren hatte ich kein anmutigeres weibliches Wesen gesehen als sie.

»Richtig, *chérie*, Sie müssen *mich* führen«, sagte ich und hakte mich bei ihr ein. So gingen wir in heiterster Laune die Dorfstraße hinunter.
Keine geheimnisumwitterte Gestalt ließ sich blicken: Ich sah lediglich einige der Bauern und Arbeiter wieder, die ich bei meiner Ankunft schon gesehen hatte, und dabei blieb es. Lucilla war schweigsam geworden: verdächtig schweigsam, fand ich, Nannys Wink eingedenk. Nur ihr Gesichtsausdruck verriet, wie es mir vorkam, intensives Horchen. An der Kate ihrer alten Rheumatikerin angekommen, bat sie mich, draußen zu warten; sie würde sich nicht lange aufhalten. Wirklich hatte sie ihre Mission in drei Minuten erledigt, und als sie wieder herauskam, hakte sie sich aus eigenem Antrieb bei mir unter.
»Gehen wir noch ein bißchen weiter?« fragte sie schmeichelnd. »Die Abendluft ist so mild und angenehm...«
Ihr heimliches Ziel lag offenbar außerhalb des Dorfes. Im friedlichen Dämmerlicht erkannte ich die gewundenen Pfade, die ich heute schon einmal zurückgelegt hatte. Als das einsame kleine Landhaus ›Browndown‹ in Sicht kam, dessen Namen ich von dem gelbhaarigen Burschen erfragt hatte, fühlte ich Lucillas Hand unwillkürlich auf meinem Arm zucken und dachte: Aha! Browndown scheint irgendwie in ihrem Kopf herumzuspuken!
»Sehr einsam hier, nicht?« fragte sie und beschrieb mit ihrem Stock eine Kreisbewegung über das vor uns liegende Landschaftsbild.
Was sie eigentlich fragen wollte, war natürlich: Ist irgendwer hier unterwegs? – Aber solange sie es nicht angebracht fand, mir ihr volles Vertrauen zu schenken, fand ich es angebracht, Zurückhaltung zu üben. »Ja, sehr einsam und sehr schön«, antwortete ich. Lucilla versank wieder in Schweigen; zweifelsohne war sie genügend mit ihren eigenen Gedanken beschäftigt. Wir bogen um die nächste Talwindung – und jetzt sah ich endlich in der Ferne einen einsamen Wanderer, der uns entgegenkam.
Beim Näherkommen sah ich, daß es sich um einen Herrn der sogenannten besseren Stände handelte (nieder mit den Ständen!); er trug ein modisches Reitjackett und einen Hut in Borsalinoform. Noch etwas näher, und ich sah: Er war noch jung. Noch ein paar Schritte, und ich stellte fest: Er war sogar recht hübsch,

wenn auch für meinen Geschmack etwas zu weichlich. (Ah, mein heroischer, flammenäugiger, ausgemergelter Gatte sah anders aus!) Inzwischen hatte er sich uns so weit genähert, daß auch Lucilla seine Schritte hörte. Eine Blutwelle schoß ihr ins Gesicht, und ihre Hand schloß sich zum zweitenmal unwillkürlich fester um meinen Arm. Sehr gut. Nun bestand kein Zweifel mehr, daß es Nannys ›mysteriöser Fremdling‹ war!
Ich gebe unumwunden zu, daß ich mir gutaussehende Männer auch dann genau anzusehen pflege, wenn ich nicht eigens darum ersucht worden bin. Ich sah dem jungen Mann also offen ins Gesicht, als er an uns vorbeiging. Glauben Sie meiner eidesstattlichen Versicherung, geneigter Leser, daß auch ich nicht gerade häßlich bin. Dennoch verzerrten sich die Züge des Fremdlings, als hätte ihn der Blick eines Basilisken getroffen. Ich beschleunigte meinen Schritt – mit einiger Schwierigkeit, da Lucilla sich an meinen Arm klammerte und geneigt schien, wie angewurzelt stehenzubleiben –, um dem Fremden durch hoheitsvolles Weiterschreiten zu zeigen, daß ich seine beleidigende Reaktion ignorierte. Das wirkte. Nach kurzer Stille hörte ich seinen Schritt wieder hinter uns. Der junge Mann hatte sich auf dem Absatz umgedreht und kam uns nach. Er überholte mich rechts (Lucilla ging links von mir) und zog mit einer Verbeugung den Hut.
»Ich bitte um Verzeihung, Ma'am«, redete er mich an, »aber Sie haben mich eben derart scharf gemustert...«
Lucilla war schon beim ersten Laut seiner Stimme zusammengefahren. Ihre Finger bebten vor unterdrückter Erregung. In dieser zwiefach verblüffenden Situation, in der ich meine Aufmerksamkeit zwischen der rätselhaften Gemütsbewegung meines Schützlings und dem unvermuteten Vorwurf teilen mußte, ich hätte einen Herrn durch ›scharfes Mustern‹ belästigt, passierte mir etwas, was mir nur höchst selten passiert: Mir blieb die Sprache weg. Der Fremde ließ mir auch kaum Zeit zu einer Antwort. Er redete gleich weiter, übrigens in durchaus wohlerzogenem Ton, wie ich zu seinen Gunsten hinzufügen muß, und mit nunmehr höflichem, normalem Gesichtsausdruck.
»Darf ich Ihnen eine Frage stellen, die Ihnen vielleicht etwas seltsam vorkommt? Waren Sie am Dritten des vergangenen Monats zufällig in Exeter?«

Ich wäre keine echte Frau gewesen, wenn ich bei einer so direkten Frage nicht die Sprache wiedergefunden hätte.
»Weder am Dritten vorigen Monats noch überhaupt je in meinem Leben, Sir«, erwiderte ich. »Darf ich mich nun meinerseits nach dem Sinn Ihrer Frage erkundigen?«
Statt zu antworten, richtete er den Blick von mir zu Lucilla. »Ich bitte nochmals um Verzeihung, aber vielleicht war diese junge Dame...« Die Worte »...in Exeter« erstarben auf seinen Lippen, denn erst in diesem Moment erkannte er, was es mit Lucilla für eine Bewandtnis hatte. Sie hatte dem kurzen Wortwechsel in atemloser Spannung gelauscht und dabei dem jungen Mann das Gesicht voll zugekehrt.
Das Abendlicht reichte noch aus, ihn die kurze, traurige Wahrheit von ihren Augen ablesen zu lassen. Kaum hatte er begriffen, so milderte sich sein forschender Blick zu warmer, fast leidvoller Anteilnahme. Er verbeugte sich noch tiefer als das erstemal, mit größtem Respekt.
»Ich muß Sie und die junge Dame nochmals um Verzeihung bitten«, sagte er sehr ernst, mit gedämpfter Stimme. »Mein sonderbares Benehmen hat einen Grund... wenn ich es nur über mich brächte, ihn zu sagen! Ihr scharfer Blick vorhin, Ma'am, hat mich aus der Fassung gebracht, weil... Nein, ich kann es nicht erklären. Guten Abend.«
Er drehte sich abrupt um, wie in heftigster Scham und Verwirrung, und stürzte davon. Dennoch muß ich hier noch einmal betonen, daß er nichts Verrücktes oder Überspanntes an sich hatte. Er hatte auf mich den Eindruck eines gebildeten jungen Mannes im Vollbesitz seiner geistigen Kräfte gemacht. Er war von Haus aus zweifellos ein Gentleman. Man muß den Tatsachen Gerechtigkeit widerfahren lassen.
Ich sah mich nach Lucilla um. Sie stand da, die toten Augen himmelwärts gerichtet und verzückt lächelnd, als hätte sie eine wunderbare Vision.
»Wer war das?« fragte ich trocken.
Meine Frage brachte sie wieder auf die Erde zurück.
»Oh!« seufzte sie vorwurfsvoll, »ich hatte seine Stimme noch in den Ohren... Nun ist sie vertrieben! Wer das war?« wiederholte sie meine Frage nach einer kurzen Pause. »Kein Mensch weiß,

wer er ist. Sagen Sie mir nun wenigstens, wie er aussieht. Ist er schön? Ist er blond? Er muß es sein – mit dieser Stimme!«
»Haben Sie die Stimme heute zum erstenmal gehört?«
»Ja. Ich bin ihm zwar schon gestern begegnet, als ich mit Nanny aus war, aber da hat er kein Wort gesagt. Wie sieht er aus? Nun sagen Sie's mir doch endlich – bitte!«
Die leidenschaftliche Ungeduld in ihrer Stimme warnte mich davor, die ganze Geschichte auf die leichte Achsel zu nehmen. Aber da es inzwischen immer dunkler wurde, schlug ich zunächst vor, nach Hause zu gehen. Lucilla war mit allem einverstanden: Hauptsache, ich befriedigte unterwegs ihren Wissensdurst.
Sie nahm mich auf dem ganzen Heimweg in ein Kreuzverhör wie der geriebenste Advokat. Was sie aus mir hervorzog: Ja, der Fremde war jung, groß, hübsch, blond, schien ihr fürs erste zu genügen. »Ach!« rief sie einmal, ohne Rücksicht darauf, daß sie damit ihr kleines Geheimnis verriet, das ich von Nanny schon wußte, »Sie haben wenigstens Augen im Kopf. Nanny sieht sich die Leute nie richtig an. Sie konnte mir so gut wie gar nichts erzählen.«
Zu Hause schlug ihre Wißbegierde plötzlich eine andere Richtung ein. »Exeter«, murmelte sie nachdenklich vor sich hin. »Er sprach von Exeter. Offenbar war er letzten Monat dort. Ich war noch nie in Exeter, und Sie auch nicht. Ist dort etwas Besonderes los?«
Sie erteilte Nanny den Auftrag, ein Konversationslexikon aus der väterlichen Bücherei zu entleihen. Ich folgte der Kinderfrau in den Korridor, um sie im Flüsterton zu beruhigen: »Miß Lucilla hat keine Ahnung, daß Sie mir schon Bescheid gesagt hatten. Wir haben den Bewußten tatsächlich wieder im Zwielicht getroffen. Ich habe sogar mit ihm gesprochen. Jetzt bin ich genauso neugierig wie Sie beide. Also holen Sie schnell das Lexikon!«
Um die Wahrheit zu gestehen: Lucilla hatte mich mit der Idee angesteckt, genauere Kenntnisse über die Stadt Exeter könnten uns vielleicht einen Hinweis auf das sonderbare Benehmen des Fremden geben, obwohl sicher noch nicht im Konversationslexikon stand, was sich am Dritten vorigen Monats dort ereignet und warum mein ›scharfer Blick‹ den jungen Mann so verletzt hatte. Jedenfalls saß ich fünf Minuten später zwischen Nanny

und Lucilla am Fenster, schlug den dicken Band unter E auf und las meinen gespannten Zuhörerinnen laut folgende Zeilen vor: *Exeter.* Stadt und Hafen in Devonshire. Mittelalterlicher Königssitz. Lebhafter Übersee- und Binnenhandel. 33738 Einwohner. Im Frühjahr und Sommer werden die Assisen für die gesamte Grafschaft Devonshire in E. abgehalten.
»Ist das alles?« fragte Lucilla.
Ich klappte das Lexikon zu und erwiderte in drei Silben, wie es Finchs Bursche getan hätte: »Ja, das wär's.«

5. Mutmaßungen bei Kerzenlicht

Ich hatte die wenigen Zeilen im letzten Abendschein nur noch mit Mühe entziffern können. Nanny zündete jetzt mehrere Kerzen an und zog die Gardinen zu.
»Wer ist er nur?« fing Lucilla endlich von neuem an. »Und warum hat es ihn so gestört, daß Sie, eine ihm völlig Fremde, ihn angeblich scharf gemustert haben?«
Meine Gedanken kreisten noch um ein Wort, das ich nicht recht verstanden hatte, nämlich das Wort ›Assisen‹. Ich hoffe im Verlauf meiner bisherigen Ausführungen gezeigt zu haben, daß ich des Englischen einigermaßen mächtig bin, aber Fachausdrücke, besonders juristische, sind in allen Sprachen meine schwache Seite. Darum schlug ich das Lexikon jetzt noch einmal unter A auf und informierte mich, daß Assisen Geschworenengerichte sind, die in den verschiedenen Teilen Englands zu verschiedenen Zeiten zusammentreten, um das Urteil über die im Laufe des Jahres begangenen Straftaten zu fällen. Ein Geistesblitz durchzuckte mich: Der interessante Fremdling war nichts anderes als ein entsprungener Verbrecher!
Die brave alte Nanny sprang entsetzt auf die Füße. Sie war sofort überzeugt, daß ich, wie die Engländer sagen, ›den Nagel auf den Kopf getroffen‹ hätte. »Gott bewahre uns!« schrie sie auf, »und ich habe die Gartentür noch nicht abgeschlossen!«
Sie eilte hinaus, um uns vor Einbruch und Mord zu schützen, ehe es zu spät war. Lucilla lehnte ruhig in ihrem Sessel, ein mokantes

Lächeln auf dem reizenden Gesicht. »Madame Pratolungo«, bemerkte sie, »das ist das erste dumme Zeug, das ich von Ihnen gehört habe.«

»Warten Sie nur ab, meine Liebe!« entgegnete ich prompt. »Sie haben selber zugegeben, daß kein Mensch etwas über diesen Mann weiß. Das heißt, niemand hat Ihnen bisher eine Auskunft gegeben, die Sie akzeptieren würden. Aber selbst Sie vermuten doch wohl nicht, daß er einfach vom Himmel gefallen ist? Im Dorf weiß man zumindest, seit wann er hier ist, ob er ganz allein oder in Gesellschaft ankam, ob und wo er ein Dach über dem Kopf gefunden hat. Ehe wir das alles wissen, können Sie meinen Verdacht nicht so mir nichts, dir nichts von der Hand weisen. Frage eins: Wie lange hält er sich schon in Dimchurch auf?«

Lucilla schien an solchen rein sachlichen Fragen nicht besonders interessiert zu sein.

»Oh, seit einer Woche«, erwiderte sie obenhin.

»Soviel wissen Sie also doch schon! Ist er auf demselben Weg gekommen wie ich, über die Hügelstraße?«

»Ja.«

»Unter Führung eines Einheimischen, wie ich?«

Lucilla richtete sich plötzlich aus ihrer lässigen Haltung auf. »Nein, er kam mit seinem Bruder, Madame Pratolungo – seinem Zwillingsbruder«, sagte sie.

Auch ich richtete mich steiler auf. Die Existenz eines Zwillingsbruders war eine Komplikation, mit der ich nicht gerechnet hatte. Zwei entwichene Verbrecher statt nur einem!

»Wie haben die beiden hergefunden?« fragte ich.

Lucilla zuckte die Achseln. »Keine Ahnung.«

»Aber sie müssen sich doch wenigstens irgendein Quartier gesucht haben?«

»Ja, in den *Cross-Hands*, dem kleinen Dorfwirtshaus an der Hauptstraße. Der Wirt hat Nanny später erzählt, daß er von der Ähnlichkeit der Brüder vollkommen erschlagen war. Ihre eigene Mutter, meinte er, hätte sie nicht auseinanderhalten können; so etwas von Zwillingen sei überhaupt noch nicht dagewesen. Sie kamen früh am Tage an, als der Schankraum noch leer war, und redeten stundenlang unter vier Augen miteinander. Schließlich klingelten sie wieder den Wirt herbei und fragten, ob sie bei ihm

auch Zimmer haben könnten. Nun, Sie haben wohl schon selbst gesehen, Madame Pratolungo, daß unser Gasthaus im Grunde nur eine kleine Bierkneipe ist. Der Wirt sagte, er hätte höchstens eine kleine Dienstbotenkammer frei, die er aber einem Gentleman nicht zumuten könne. Der eine der Brüder erklärte sich trotzdem bereit, sich für einige Nächte damit zu begnügen.«
»Und was wurde aus dem andern?«
»Er reiste am gleichen Tag wieder ab – sehr wider Willen, wie es schien. Der Wirt beschrieb die Abschiedsszene als äußerst rührend. Der Zwilling, mit dem Sie heute abend gesprochen haben, bestand auf der Trennung, sonst hätte der andere ihn nicht verlassen. Sie sollen alle beide Tränen vergossen haben...«
»Schlimmer«, fiel ihr die eben zurückgekehrte Nanny ins Wort. »Lucilla-Kind, alle Türen und Fenster sind fest verrammelt. Er kann nicht herein, und wenn er sich den Schädel einschlägt.«
»Was haben die Zwillinge denn noch Schlimmeres getan, als Tränen zu vergießen?« forschte ich.
»Sich geküßt!« sagte Nanny mit einer angeekelten Grimasse.
»Vielleicht sind sie Ausländer«, meinte ich besänftigend. »In manchen Ländern gilt es nicht als unschicklich, wenn sich Freunde und Verwandte zum Abschied umarmen und küssen. Wie hießen sie denn?«
»Dubourg«, antwortete Lucilla.
Nun sah ich ganz klar. Dubourg ist in meiner Heimat ein so gewöhnlicher Name wie Jones oder Thompson in England... und ein beliebter Deckname für zwielichtige Gestalten. War dieser Dubourg etwa ein aus Frankreich geflüchteter Verbrecher? Nein. Sein akzentfreies Englisch kennzeichnete ihn als gebürtigen Engländer. Wollte er mit dem angenommenen französischen Namen meine Nation verunglimpfen? Ja! Nicht zufrieden damit, daß er schon Gott weiß welche Verbrechen begangen hatte, entblödete er sich nicht, auch meine Nation in den Schmutz zu ziehen! »Nun?« fragte ich mit gespielter Gelassenheit. »Ihr Bericht hörte damit auf, daß dieser... Dubourg allein im Dorfwirtshaus zurückblieb. Wohnt er immer noch dort?«
»Gott bewahre!« rief Nanny. »Er hat sich in unserer nächsten Nachbarschaft niedergelassen. Er hat Browndown gemietet.«
Ich wandte mich wieder Lucilla zu. »Das Haus muß doch ir-

gendwem gehören. Hat der Besitzer es ihm so einfach überlassen, ohne Erkundigungen über ihn einzuziehen?«
»Browndown ist das Ferienhaus eines Herrn aus Brighton«, antwortete Lucilla. »Und dieser Herr hatte einen Empfehlungsbrief von einem bekannten und allseits geachteten Londoner Großkaufmann. Dieser Brief ist fast das Geheimnisvollste an der ganzen Geschichte. Er lautet: ›Ich kenne Mr. Dubourg seit seiner Kindheit. Er hat triftige Gründe für den Wunsch, eine Weile möglichst zurückgezogen zu leben. Ich verbürge mich für seine Ehrenhaftigkeit; Sie können ihm getrost Ihr Haus anvertrauen. Alles Weitere geht weder Sie noch mich an.‹«
»Lieber Himmel!« entfuhr es mir. »Woher wissen Sie denn sogar den Wortlaut des Briefes?«
»Von meinem Vater«, sagte Lucilla gelassen. »Er kennt den Besitzer von Browndown und hat den Brief mit eigenen Augen gesehen. Ist es nicht aufregend? Mr. Dubourg hat das Haus für sechs Monate fest gemietet. Es ist so kläglich möbliert, daß er sich erst einige Sachen, die er brauchte, von Brighton nachkommen lassen mußte. Außerdem kam heute eine Kiste aus London, die so gut zugenagelt war, daß Mr. Dubourg sie ohne Hilfe des Dorfschreiners nicht aufbekam. Der Dorfschreiner hat nun überall herumerzählt, daß die Kiste bis obenhin mit dünnen Gold- und Silberplättchen gefüllt war – und mit Werkzeugen, wie er sie, obgleich er doch Fachmann ist, noch nie gesehen hat. Mr. Dubourg schloß alles in einem Hinterzimmer ein und steckte den Schlüssel in die Tasche. Er schien zum erstenmal guter Laune zu sein, denn er pfiff ein Liedchen vor sich hin und sagte: ›Nun kann's losgehen!‹ Die Wirtin der *Cross-Hands* schwört darauf, daß er dies wörtlich geäußert hat. Sie und ihre Tochter sind für das bißchen Kochen und Putzen, das ein Einsiedler nötig hat, engagiert, brauchen aber nur für zwei Stunden täglich anzutreten. Ständige Bedienung will er nicht. Über Nacht ist er ganz allein. Interessant, nicht wahr? Endlich etwas Geheimnisvolles in unserem alltäglichen Dörfchen! Die ganze Einwohnerschaft rätselt daran herum.«
»Die Leute hier müssen recht naiv sein, mein Kind«, erwiderte ich. »Was gibt's an einem so klaren Fall noch herumzurätseln?«
»Klar?« wiederholte Lucilla erstaunt.

»Aber natürlich! Die Gold- und Silberplättchen, die sonderbaren Werkzeuge, der Wunsch nach Zurückgezogenheit und nächtlichem Alleinsein – alles deutet klar darauf hin, daß der Mensch ein entwichener Falschmünzer ist. Er ist in Exeter schon einmal erwischt worden, aus der Untersuchungshaft entflohen, und nun will er hier wieder anfangen. Sie können selbstverständlich tun, was Ihnen beliebt, aber ich werde jedenfalls in Dimchurch so bald keine Wechselstube aufsuchen!«
Lucilla ließ sich wieder in ihren Sessel zurücksinken. Ich sah, daß sie mich, soweit es Mr. Dubourg betraf, als unbelehrbar aufgab.
»Ein Falschmünzer, der den Empfehlungsbrief eines der bekanntesten und ehrenwertesten Londoner Handelsherren vorweisen konnte...!« sagte sie. »Wir Engländer mögen ja als exzentrisch verschrien sein, aber so exzentrisch sind wir nun auch wieder nicht. Jeder Spleen hat seine Grenzen. Wollen Sie mir jetzt auf dem Klavier vorspielen?«
Sie war entschieden pikiert. Mr. Dubourg war nun einmal der Held ihrer Träume. Sie nahm mir jeden Versuch, ihm den romantischen Nimbus zu nehmen, ernstlich übel.
Nichtsdestoweniger hielt ich an meiner unromantischen Meinung fest, obwohl ich auf weitere Diskussionen verzichtete. Der Empfehlungsbrief des Londoner Kaufmanns bewies in meinen Augen gar nichts. Lucilla schien die Tatsache, daß dieser Bürge ein reicher Mann war, schon für eine unanfechtbare Garantie zu halten, während meiner sozialistisch geschulten Intelligenz gerade dieser Umstand höchst verdächtig war. Kapitalisten sind Räuber, und Falschmünzer sind es ebenfalls, jeder auf seine Weise. Gegenseitige Empfehlungen aus solchen Kreisen sind für den Wissenden belanglos: Eine Krähe hackt der anderen bekanntlich kein Auge aus. In jedem Fall sind die armen, ehrlich arbeitenden Leute die Leidtragenden. Auf ihren Rücken steigen jene Schurken immer höher; von ihrem sauren Schweiß mästen sie sich. Ich war drauf und dran, Lucilla einen Vortrag darüber zu halten, sah aber rechtzeitig ein, daß das arme Kind noch zu sehr von den engherzigen Vorurteilen ihrer Klasse beeinflußt war. Sollte ich mich gleich am ersten Tag unbeliebt machen? Nein – das ging einfach nicht, aus verschiedenen Gründen. Ich gab der reizenden Blinden einen versöhnlichen Kuß auf die

Wange und folgte ihr sanftmütig zum Klavier. Ihre politische Erziehung verschob ich auf einen günstigeren Zeitpunkt.
Wir hätten den Klavierdeckel an diesem Abend gar nicht erst zu öffnen brauchen. Mein Spiel war kein Erfolg.
Dabei spielte ich besser denn je. Mein Programm reichte, chronologisch aufgebaut, von Mozart zu Beethoven, von Beethoven zu Schubert, von Schubert zu Chopin. Lucilla gab sich rührende Mühe, aufmerksam zuzuhören, und bedankte sich tausendmal für den Kunstgenuß. Sie versuchte sogar, auf meine Aufforderung hin, einiges aus dem Gehör nachzuspielen, und ich erkannte sofort, daß es ihr keineswegs an Talent mangelte – nur an der notwendigen Sammlung. Der gräßliche Dubourg steckte ihr im Kopf und blieb darin. Sie versuchte seine Stimme, die immer noch in ihren Ohren klang, mit anderer Musik zu übertönen – und vermochte es nicht. Als ich ihr Gestümper satt hatte, nahm ich den Platz vor dem Klavier wieder ein und spielte weiter. Doch Lucilla hielt plötzlich, mitten in einer wundervollen Baßpassage, meine linke Hand fest und flüsterte: »Ist Nanny noch im Zimmer?« Ich sagte ihr, daß Nanny schon lange gegangen sei. Daraufhin legte Lucilla ihr Madonnenköpfchen auf meine Schulter und seufzte herzbrechend. »Ich kann ja nichts dafür, daß ich dauernd an ihn denken muß!« brach es ihr aus tiefster Seele heraus. »Ich bin zum erstenmal in meinem Leben unglücklich... Nein! Zum erstenmal bin ich glücklich. Was mag ich nur für einen Eindruck auf ihn gemacht haben? Verzeihen Sie, ich weiß kaum, was ich rede. Ach, hätten Sie ihn doch nur nicht zum Sprechen herausgefordert! Dann hätte ich wahrscheinlich nie seine Stimme gehört...« Sie erbebte, nahm sich aber anerkennenswert zusammen und griff ein paar leise Akkorde auf den Tasten. »Diese Stimme!« flüsterte sie verträumt, während sie kunstvoll von Dur zu Moll überging. »Diese bezaubernde Stimme!« Sie ließ die Hand sinken und ergriff die meine. »Ist das Liebe?« fügte sie nach einer Pause kaum hörbar hinzu, mehr zu sich selbst als zu mir.
Ich fühlte mich jetzt anstandshalber verpflichtet, sie mit einer Lüge zu beruhigen.
»Es ist nichts, liebes Kind«, sagte ich energisch. »Sie haben nur zuviel Neues und Aufregendes an einem einzigen Tag erlebt.

Morgen früh werden Sie wieder Herrin der Lage sein. Heute abend jedoch sind Sie nur noch ein müdes Baby, und darum stecke ich Sie jetzt ins Bett.«
Sie ließ mit mattem Lächeln alles mit sich geschehen. Ich kann nicht schildern, wie feenhaft sie eine halbe Stunde später in ihrem Nachtgewand aussah, wie rührend-kindlich sie ihr stummes Gebet verrichtete.
Ich weiß und gebe zu, daß ich in Liebe und Haß gleichermaßen spontan bin. Als ich mich an diesem ersten Abend in mein eigenes Schlafzimmer zurückzog, hätten meine Gedanken nicht wärmer um Lucilla kreisen können, wenn sie wirklich mein leibliches Kind gewesen wäre. Falls Sie, meine Leser, nicht ungewöhnlich frostig und abweisend sind, kennen Sie gewiß schon meinen Typ: temperamentvolle Personen beiderlei Geschlechts, die Ihnen während einer kurzen Eisenbahnfahrt oder bei zufälligem Zusammentreffen in einem Hotel rückhaltlos ihre ganze Lebensgeschichte erzählen. Ich glaube, daß ich bis an mein Lebensende nicht aufhören werde, dank dieser Wesensart unvermutete Freundschaften zu schließen. Um so mehr regte mich dieser Dubourg auf. Wäre ich in Browndown gewesen, so wäre ich mit ihm verfahren, wie eine mexikanische Putzfrau, die ich in der heroischen Phase meines Lebens kannte, mit ihrem betrunkenen Mann verfuhr. Der Mann hausierte mit Reitgerten und Spazierstöcken. Eines Nachts, als er zum soundsovieltenmal schnarchend im Bett lag und seinen Rausch ausschlief, nähte die tüchtige Frau ihn in das Laken ein und zerschlug seinen ganzen Wagenvorrat auf ihm, bis das letzte Galanteriestöckchen in Stücke ging. Dieser Weg, mich abzureagieren, war mir leider verschlossen. Ich setzte mich also gesittet in meinem Zimmer hin und überlegte, was ich zu tun hatte, falls die Geschichte mit Dubourg sich nicht als Eintagsfliege herausstellte.
Ich habe wohl schon erwähnt, daß Lucilla und ich nach meiner Ankunft stundenlang geplaudert und einander unsere wichtigsten Lebensdaten anvertraut hatten. Sie werden meine Gedankengänge besser verstehen, wenn ich die nächtliche Pause benutze, Ihnen das Wichtigste über Lucillas Sonderstellung in ihrem Vaterhaus mitzuteilen.

6. Der Finkenkäfig

Nach meinen bisherigen Erfahrungen lassen sich große Familien in zwei Kategorien einteilen: Die eine brilliert in gegenseitiger Bewunderung und Ruhmredigkeit, die andere in gesundem Abscheu. Ich persönlich ziehe die zweite Kategorie vor. Ihre Streitigkeiten werden wenigstens in den meisten Fällen unter Ausschluß der Öffentlichkeit abgemacht, und die Beteiligten sind noch fähig (im Gegensatz zu den Mitgliedern der ersten Kategorie), zuweilen auch die Verdienste blutsfremder Personen anzuerkennen. Reines Sippenbewußtsein artet stets in unerträgliche Arroganz aus. Reden Sie mal inmitten einer solchen Idealfamilie von, sagen wir, Shakespeare, einem immerhin universellen Geist. Sofort wird Sie ein weibliches Familienmitglied darauf aufmerksam machen, daß Shakespeare gegen ›Papa‹ ein trauriger Ignorant war. Oder Sie gehen mit einem männlichen Familienmitglied spazieren und sagen angesichts irgendeiner Passantin: ›Was für eine entzückende Erscheinung!‹ Ihr sippentreuer Begleiter wird Ihre törichte Begeisterung nur belächeln und Sie fragen, ob Sie schon einmal seine Schwester in großer Ballrobe gesehen haben. Kein Mitglied solcher Familien kann auch nur für einen Tag verreist sein, ohne seinen Lieben daheim lange Erlebnisberichte zu schreiben, die dann bei sämtlichen Bekannten mit dem Kommentar ›Welcher Berufsschriftsteller könnte sich so ausdrükken?‹ herumgereicht werden. Auch in Ihrer Anwesenheit wird ausschließlich über Privatangelegenheiten geredet, denn natürlich setzt man bei Ihnen glühendes Interesse dafür voraus. Sie lachen sich halbtot über ihre Familienwitze und wundern sich über Ihre Humorlosigkeit, weil Sie nicht so recht mitlachen können. Schwestern und Brüder kosen unausgesetzt miteinander, und Ehemänner erkundigen sich liebevoll besorgt vor fremden Ohren nach den Verdauungs- und anderen Beschwerden ihrer Frauen, als befänden sie sich allein in ihrem ehelichen Schlafgemach. Ich hoffe, daß wir bei fortschreitender Zivilisation solche Leute von Staats wegen in Käfige setzen werden. An den Straßenecken werden dann Warnschilder stehen: ›Vorsicht bei Nummer zwölf! Geschlossene Familie!‹
Ich erfuhr von Lucilla, daß die Familie Finch nicht zu dieser Ka-

tegorie gehörte. Ihre älteren Verwandten waren alle seit Jahren so zerstritten, daß sie nicht mehr miteinander sprachen und das Postministerium Ihrer Majestät nicht einmal mit Weihnachts- oder Geburtstagsglückwünschen behelligten.
Der ehrwürdige Pfarrer Finch hatte in erster Ehe eine geborene Miß Batchford zur Frau gehabt. Deren Familie, die zur Zeit der Eheschließung nur noch aus einem Bruder und einer Schwester bestand, war von vornherein gegen die Heirat gewesen, weil Miß Batchford damit (lächerlicher Standesdünkel!) ›unter ihr Niveau‹ ging. Miß Batchford heiratete Reverend Finch dennoch. Ihre Geschwister weigerten sich, an der Zeremonie teilzunehmen. Erster Krach.
Neun Monate später wurde Lucilla geboren. Reverend Finchs älterer Bruder, der seinerseits sonst mit keinem Familienangehörigen mehr verkehrte, hatte eine christliche Anwandlung und meinte, man solle sich doch über einer Wiege endlich die Hand zur Versöhnung reichen. Das fuhr auch den adelsstolzen Batchfords in die Seele. Erste Versöhnung.
Die Zeit verging. Reverend Finch – damals noch Seelsorger einer sehr armen Gemeinde in einer Fabrikstadt – befand sich in Nöten (Geldnöten) und nahm sich die Freiheit, seinen wohlhabenden Schwager anzupumpen. Mr. Batchford empfand ein solches Ansinnen selbstverständlich als plebejische Unverschämtheit. Seine Schwester war der gleichen Ansicht. Zweiter Krach.
Wieder verging die Zeit. Mrs. Finch, geborene Batchford, starb. Mr. Finchs älterer Bruder hatte, obwohl er mit der übrigen Familie nach wie vor auf Hauen und Stechen stand, abermals eine christliche Anwandlung und meinte, man solle sich doch über dem frischen Hügel der Jungverblichenen die Hand reichen. Vorschlag von sämtlichen trauernden Hinterbliebenen angenommen. Zweite Versöhnung.
Und wieder verstrich die Zeit. Reverend Finch, nunmehr Witwer und Vater einer kleinen Tochter, lernte unter seinen Pfarrkindern einen Schicksalsgenossen kennen, der ebenfalls Witwer und Vater einer allerdings schon heiratsfähigen Tochter war. Dieser Witwer war Fabrikant und seiner Überzeugung nach Radikalbaptist. Finch, der nach wie vor Geld brauchte, ließ sich von religiösen Skrupeln nicht anfechten und heiratete die Tochter

nebst einer Mitgift von dreitausend Pfund. Dieser Schritt vervollständigte den Bruch nicht nur zwischen ihm und den Batchfords, sondern auch zwischen ihm und seinem von christlichen Anwandlungen heimgesuchten älteren Bruder, der von nun an so wenig von ihm wissen wollte wie von der übrigen Familie. Reverend Finch war somit von allen Blutsverwandten isoliert. Seine zweite Frau lieferte zwar alljährlich mit größter Pünktlichkeit die Gelegenheit, sich über einer, manchmal auch zwei Wiegen die Hand zu reichen, aber ihre Fruchtbarkeit fruchtete nichts mehr. Die wohlhabenden Verwandten blieben verstockt. Nur zu einem Kompromiß waren die Batchfords bereit, nämlich Lucilla, die inmitten der rasch anwachsenden Kinderschar des Pfarrers ziemlich ins Hintertreffen kam, jedes Jahr für einige Monate zu sich zu nehmen. Das arme Ding war, obwohl vollkommen gesund geboren, vor Ablauf des ersten Lebensjahres unheilbar erblindet. Davon abgesehen, war sie ihrer verstorbenen Mutter wie aus dem Gesicht geschnitten. Onkel und Tante, die beide unverheiratet geblieben waren, empfanden die zärtlichste Zuneigung für sie. ›Unsere Nichte Lucilla‹, pflegten sie zu sagen, ›erfüllt unsere schönsten Hoffnungen. Sie ist keine Finch, sondern eine echte Batchford!‹ Lucillas Vater, der inzwischen an die Pfarre von Dimchurch versetzt worden war, machte sich nichts daraus. Er prophezeite hellsichtig, daß Lucilla eines Tages ihre hochnäsigen Verwandten beerben würde – und Geld war das einzige, was ihn noch interessierte. Er brauchte es wahrhaftig, angesichts der zahlreichen Wickelkinder, mit denen ihn seine zweite Frau Jahr für Jahr beschenkte. Selbst der Dorfarzt, bei dem er gewissermaßen abonniert war, verlor allmählich die Geduld und äußerte eines Tages das geflügelte Wort: ›Es ist nicht wahr, daß alles ein Ende hat. Der Kindersegen bei Finchs hat jedenfalls keins!‹
Indessen dauerte es noch ziemlich lange, bis die Rechnung des Pfarrers aufging. Lucilla war bereits zwanzig, als ihr Onkel starb und sein Vermögen ihr und seiner Schwester zu gleichen Teilen vermachte. Nicht ohne langatmige Bedingungen, versteht sich. Lucilla sollte vom Tage ihrer Mündigkeit an fünfzehnhundert Pfund Rente pro Jahr erhalten, vorausgesetzt, daß a) der Reverend Finch unter keinen Umständen auf legalem Wege an das Geld herankonnte und b), daß Lucilla sich von der Finch-Familie

trennte und, solange sie selbst nicht heiratete, sich für drei Monate jährlich unter die Fittiche ihrer unverheirateten Tante begab. Der Erblasser begründete diese Einschränkungen mit folgenden Worten:
›Ich lebe und sterbe als treuer Anhänger der High Church of England und als Tory. Abtrünnige und Verräter haben von mir keinen roten Heller zu erwarten. Daher ist es mein Letzter Wille, daß meine geliebte Nichte möglichst weitgehend den verderblichen und radikalen Einflüssen entzogen wird, denen sie unter dem Dach ihres Vaters ausgesetzt ist, und zumindest zeitweise in die Obhut einer englischen Aristokratin kommt, welche außer den Vorzügen von Geburt und Erziehung die unantastbaren Grundsätze der anglikanischen Kirche hochhält...‹ und so weiter, und so weiter.
Man male sich die Gefühle des Reverend Finch aus, als er bei der Testamentseröffnung neben seiner Tochter inmitten der Trauerversammlung saß und dies vernehmen mußte! Als echter Engländer sprang er augenblicklich auf und hielt eine kurze, aber schwungvolle Ansprache.
›Meine Damen und Herren! Ich gebe zu, daß ich politisch liberal denke und daß meine jetzige Frau einer Familie entstammt, deren Glaubensbekenntnis in einigen Punkten von dem der anglikanischen Kirche abweicht. Zum Zeichen der Toleranz, die in meinem Hause herrscht, erkläre ich hiermit als Vater und Seelsorger: Ich gestatte meiner Tochter, die Erbschaft anzunehmen, und verzeihe Mr. Batchford. Er ruhe in Frieden.‹
Damit nahm er Lucilla am Arm und marschierte hocherhobenen Hauptes aus dem Anwaltsbüro, ohne das Ende der Vorlesung abzuwarten. Er hatte genug gehört, um zu wissen, daß Lucilla (solange sie unvermählt blieb) ziemlich frei über ihre Jahresrente verfügen konnte. Noch ehe sie beide wieder in Dimchurch angelangt waren, unterbreitete er seiner Tochter einen perfekt ausgearbeiteten Plan, der ihr die vom Erblasser ausbedungene Unabhängigkeit und ihm fünfhundert Pfund pro Jahr zusicherte: er bot ihr an, den alten Teil des Pfarrhauses von ihm zu mieten und künftig ihre eigene Wirtschaft zu führen.
(Geneigter Leser! Darf ich auch von meinen Gefühlen reden, als ich dies erfuhr? Ich bedauerte zutiefst, daß der liberale Reverend

Finch nicht schon vor Jahren meinem armen Pratolungo und mir in Mittelamerika zur Seite gestanden hatte. Mit einem solchen Geschäftsmann im Bunde hätten wir den heiligen Kampf um die Freiheit gewonnen, ohne unser bißchen Privatvermögen dabei einzubüßen!)

Der alte, seit Jahrhunderten unbewohnte Teil der Pfarre wurde, natürlich auf Lucillas Kosten, renoviert und möbliert, und an ihrem einundzwanzigsten Geburtstag zog sie als zahlende Mieterin in ihr ›eigenes Heim‹ um.

Um Finchs väterliches und seelsorgerisches Feingefühl ganz zu würdigen, muß ich hier einflechten, daß Lucilla wirklich sehr gern umzog. Schon seit langem war es ihr Traum gewesen, sich irgendwie selbständig zu machen. Der immer wachsende Kinderlärm und die Liederlichkeit des väterlichen Haushalts trieben sie, die Blinde und nicht mehr recht Zugehörige, nahezu zur Verzweiflung. Mit ihrer Stiefmutter verband sie überhaupt nichts. Was ihren Vater betraf, so tat er ihr seiner nie endenden Geldsorgen wegen leid, und sie bemühte sich pflichtschuldigst, Geduld und Respekt für ihn aufzubringen – aber von echter Liebe und Verehrung konnte hier kaum die Rede sein. Die glücklichsten Tage ihrer Kindheit und Jugend waren die bei Onkel und Tante Batchford gewesen, und diese Besuche waren von Jahr zu Jahr länger ausgedehnt worden. Hätte ihr Vater nicht so geschickt verstanden, an ihr Mitgefühl zu appellieren und sie, unter Zubilligung aller persönlichen Freiheit, wenigstens als Mieterin in nächster Nähe zu behalten, so wäre Lucilla am Tag ihrer Volljährigkeit vielleicht ganz zu ihrer Tante gezogen oder hätte sich mit ihrer treuen Nanny woanders niedergelassen. Wie die Dinge aber nun lagen, kassierte Vater Finch nicht nur zu beiderseits annehmbaren Bedingungen fünfhundert Pfund Jahresmiete, sondern er behielt seine Tochter auch unauffällig unter den Augen. Denn der Fortbestand des angenehmen Mietverhältnisses war ja von einer schrecklichen Möglichkeit bedroht – der Möglichkeit, daß Lucilla heiratete!

Dies also war die häusliche Situation bei meiner Ankunft. Jedermann wird mir nachfühlen können, daß ich in der ersten Nacht vollständig verwirrt war und nicht wußte, wie ich mich in Zukunft verhalten sollte. Ich hatte in Lucilla ein blindes, hilfloses,

von anderen abhängiges Geschöpf gesehen, bei dem ich die Stelle von Mutter, Schwester und Freundin gleichzeitig zu vertreten hatte. Glücklicherweise hatten wir vom ersten Moment an aufrichtige Sympathie füreinander empfunden, so daß einem harmonischen Zusammenleben nichts im Wege stand. Und doch hatte die Sache einen Haken! Kaum ließ ich mich ahnungslos zu einem Abendspaziergang mit meiner Schutzbefohlenen überreden, so mußte uns dieser mysteriöse Fremdling begegnen, dessen Wirkung auf Lucillas Phantasie ich leichtfertig unterschätzt hatte – andernfalls hätte ich bestimmt zu verhindern gewußt, daß er uns anredete. Und im weiteren Verlauf des Abends hatte das arme Ding, das einfach nicht mehr wußte, wohin mit seinen Gefühlen, mir deutlich genug eingestanden, daß es im wahrsten Sinne des Wortes ›blind‹ verliebt war.
Was sollte ich nur tun?
In jedem anderen Zusammenhang hätte ich die Sache als lächerlich und unerheblich abtun können. Aber Lucillas Fall war eben kein Normalfall.
Blinde sind in einem Maße, das kein Sehender kennt oder sich auch nur vorstellen kann, auf ihr eigenes Seelenleben angewiesen. Kein Licht von außen dringt in das ewige Dunkel, in dem sie leben. Ist es da ein Wunder, daß sie sich ihre private Traumwelt erschaffen und Idealgestalten ersinnen, die es gar nicht gibt? Dazu kommt das unbewußte Bedürfnis nach Liebe, das Blinde ebensowenig verschont wie jeden anderen jungen Menschen und bei ihnen, mangels aller Ablenkungs- und Ernüchterungsmöglichkeiten, die Seele ganz ausfüllen kann. Bei Lucilla hatte ein einziger Eindruck genügt, nämlich der angenehme Klang einer Männerstimme, um dem Sprecher in ihrer durch nichts gehemmten Einbildungskraft sogleich die wunderbarsten Eigenschaften anzudichten. Was andere Leute Liebe auf den ersten Blick nennen, war bei ihr Liebe auf das erste Wort. Mag darüber lachen, wer will! Ich, obgleich ich einer Nation angehöre, die fast alles bespöttelt, vermochte es diesmal nicht. Als ich geistesabwesend mein Haar löste und für die Nacht bürstete, zeigte mir der Spiegel ein todernstes, um Jahre gealtertes Gesicht.
Ich schüttelte mich. Wie sollte ich dieses einsame Mädchen von wirklichkeitsfremden Träumen und unüberlegten Schritten ab-

halten? Sie war ihre eigene Herrin. Sie brauchte mich nicht um Erlaubnis zu fragen, wenn es ihr einfiel, das nächstemal allein nach Browndown zu gehen und sich auf weitere Unterhaltungen mit einem Menschen, der Gott weiß was im Schilde führen mochte, einzulassen. Wer war ich? Nur ihre Gesellschafterin. Ich hatte kein Recht, mich in ihre Privatangelegenheiten einzumischen – und doch würde jeder mir die Schuld geben, wenn sie blindlings in ihr Unglück rannte. Hinterher ist es immer sehr leicht zu sagen: Sie hätten etwas dagegen tun müssen! Aber wen konnte ich jetzt um Rat und Hilfe bitten? Die alte Nanny? Schwerlich. Sie war nichts als die ergebene Dienerin ihrer jungen Herrin. Die lymphatische Dame mit dem Baby in der einen Hand und dem Roman in der andern? Undenkbar! Von Lucillas Stiefmutter war kein vernünftiges Wort zu erwarten. Ihren Vater? Den kannte ich bisher nur vom Hörensagen, und was ich gehört hatte, nahm mich nicht allzusehr für ihn ein. Immerhin war er ihr Vater, und ihm mußte sowohl als solchem als auch im eigenen Interesse daran gelegen sein, Lucilla vor einer bedenklichen Liebesaffäre zu bewahren. Auf jeden Fall konnte es nicht schaden, wenn ich bei ihm erst einmal vorsichtig auf den Busch klopfte.

Ich hörte Nanny, die sich trotz der späten Stunde noch im Korridor zu schaffen machte, und ging zu ihr hinaus, um sie in einen kleinen Schwatz zu verwickeln. Hierbei fragte ich, unter anderem, auch nach dem Herrn des Hauses. Wie komme es eigentlich, daß ich ihn noch nicht gesehen hätte? – Oh, das habe seinen guten Grund: Er sei gerade heute, Dienstag, zu einem Freund nach Brighton gefahren. – Und wann komme er zurück? – Wahrscheinlich nicht vor Samstag, aber dann bestimmt. Er müsse ja am Sonntag predigen.

Mit dieser Information zog ich mich, leicht erbost, in meine vier Wände zurück. Wenn ich mich ärgere, wird mein Scharfsinn besonders rege. Ich hatte einen ausgezeichneten Einfall: Da Mr. Dubourg sich heute abend die Freiheit genommen hatte, mich anzureden, würde ich mir morgen früh die Freiheit nehmen, allein nach Browndown zu gehen und ihn anzureden, und zwar unmißverständlich!

Hatte nur meine Sorge um Lucilla diesen Geistesblitz ausgelöst?

Oder war ich im Grunde meines Herzens so neugierig wie alle andern?
Ich ging zu Bett, ohne diese Nebenfrage tiefer zu erforschen. Ich empfehle Ihnen, meinem Beispiel zu folgen.

7. Wiedersehen bei Tageslicht

Als ich meine Kerze ausblies, beging ich den Fehler, zu sehr darauf zu vertrauen, daß ich, wie immer, beizeiten wieder auf den Beinen sein würde. Ich hätte lieber Nanny beauftragen sollen, mich zu wecken.
Erst konnte ich nach diesem ereignisreichen Tag stundenlang nicht einschlafen, und als es mir im Morgengrauen endlich gelang, schlief ich wie ein Stein. Ein breiter Sonnenstreifen kitzelte mich wach. Ich griff nach meiner Uhr und sah mit Schrecken, daß es bereits zehn Uhr war.
Ich sprang mit beiden Füßen zugleich aus dem Bett und schellte nach der alten Dienerin.
»Ist Miß Lucilla zu Hause?« war meine erste Frage.
»Nein, sie macht einen kleinen Morgenspaziergang.«
»Ganz allein?«
»Ja. Das tut sie ja fast immer.«
»Wissen Sie, in welche Richtung sie gegangen ist?«
»Die Talstraße entlang, Richtung Browndown.«
Ich zog daraus meine eigenen Schlüsse. Lucilla hatte sich meine Langschläferei zunutze gemacht und war mir zuvorgekommen. Mir blieb nichts anders übrig, als ihr so schnell wie möglich zu folgen. Eine halbe Stunde später verließ ich das Haus zu einem kleinen Morgenspaziergang. Wohin? Dreimal dürfen Sie raten.
Idyllische Ruhe und Einsamkeit umgaben das kleine Haus, als ich vorbeipromenierte, um von der nächsten Wegbiegung aus einen besseren Überblick über die Gegend zu bekommen. Weit und breit war niemand zu sehen. Ich kehrte nach Browndown zurück, dem ich mich nun von der Rückseite her näherte. Das Haus stand sehr günstig auf einer sanften Bodenerhebung, und die Fenster waren alle offen: noch günstiger für das, was ich vor-

hatte, nämlich zu lauschen. (Denken Sie vielleicht, ich geniere mich in gewissen Zwangslagen, meine eigene Strategie anzuwenden? Ah bah! Nur ein Dummkopf geniert sich!) Hinter einem der Fenster regte sich etwas. Ich schlich geräuschlos über den dichten Rasen heran und spitzte beide Ohren. Richtig, diese verhängnisvoll angenehme Männerstimme war unverkennbar die von Dubourg. Eine weibliche Stimme antwortete. Lucilla! Da hatte ich sie schon!

»Das grenzt ja ans Wunderbare!« hörte ich ihn sagen. »Ich glaube, Sie haben Augen an den Fingerspitzen. Nun nehmen Sie bitte auch dies. Können Sie erkennen, was es ist?«

»Eine kleine Vase«, antwortete Lucilla ohne Zögern und so selbstverständlich, als seien sie und Dubourg schon seit Jahr und Tag miteinander bekannt. »Warten Sie... ist das Silber? Nein, Gold. Haben Sie das wirklich allein gemacht wie das Kästchen?«

»Ja. Ein komisches Steckenpferd, nicht wahr? Ich habe mich schon als Junge gern in Gold- und Silberschmiedearbeiten versucht, und später hat mich ein Künstler, mit dem ich mich in Italien anfreundete, noch ein bißchen in die Lehre genommen. Es ist mein liebster Zeitvertreib. Diese Vase habe ich in meiner Genesungszeit gemacht – ich war im Frühjahr krank –, und der Entwurf und die Ausführung waren gerade das Richtige gegen trübe Gedanken.«

»Das also ist die Lösung des Rätsels!« rief Lucilla. »Nun ist doch endlich geklärt, wozu Sie die Gold- und Silberplatten brauchen, die Sie sich von London haben schicken lassen. Wissen Sie, was für finstere Mutmaßungen hier schon darüber angestellt worden sind? Daß Sie ein Falschmünzer seien!«

Hierauf brachen sie in ein doppelstimmiges Gelächter aus, heiter und unbefangen wie zwei Kinder. Auf mein Wort, ich hätte am liebsten mitgelacht. Aber nein! Zuerst mußte ich meine Pflicht als Tugendwächterin und Schutzgeist voll erfüllen, und diese Pflicht gebot mir, außer den Ohren auch die Augen zu gebrauchen und zu sehen, ob sich zwischen diesen heiteren jungen Leuten nichts Unschickliches abspielte. Zum Glück war einer der jalousieartig durchbrochenen Fensterläden halb angelehnt, und ich konnte, selbst unbemerkt, durch die Ritzen spähen. (Pflicht, Pflicht – nicht ganz vornehm, aber Pflicht!)

Dubourg saß mit dem Rücken zum Fenster, Lucilla ihm gegenüber, so daß ich ihr Gesicht deutlich erkennen konnte. Es strahlte vor Freude. Sie drehte eine kleine goldene Vase in den Händen und ließ die Fingerspitzen so leicht und flink darüber hinhuschen wie gestern über mein Gesicht.
»Soll ich Ihnen sagen, was die Verzierungen darstellen?« fuhr sie fort, als sie beide genug gelacht hatten.
»Spüren Sie sogar solche Winzigkeiten?«
»Sie werden ja sehen. Also: Es ist Ranken- und Blattwerk... und dazwischen sitzen in gleichmäßigen Abständen kleine Vögel. Die Blätter sind... Halt! Solche Blätter haben wir an der alten Klostermauer. Efeu?«
»Erstaunlich! Es ist wirklich Efeu.«
»Nun muß ich nur noch herausbringen, was für Vögel es sind; vorher gebe ich mich nicht zufrieden. Ich glaube, ich habe dieselbe Art, nur viel größer und in Silber, als Salz- und Pfefferstreuer. Eulen!« jubelte sie triumphierend auf. »Kleine Käuzchen, die im Efeu sitzen. Was für eine entzückende Idee! Darauf ist vor Ihnen bestimmt nie jemand gekommen.«
»Darf ich Ihnen die Vase schenken?« bat Dubourg unvermittelt. »Bitte, nehmen Sie sie an – Sie würden mir damit eine große Ehre erweisen.«
Lucilla schüttelte langsam den Kopf und stand auf.
»Das geht nicht, solange Sie für mich – offiziell, meine ich – ein Fremder sind«, sagte sie. »Warum stellen Sie sich nicht in aller Form bei uns vor und erklären ganz offen, aus welchem Grund Sie sich hier in der Einsamkeit vergraben?« Er stand vor ihr, senkte den Kopf und seufzte bitterlich. »Ich weiß, daß ich das müßte«, erwiderte er leise. »Kein Wunder, daß die Leute mich mit Mißtrauen betrachten. Aber –« Er stockte und fuhr dann noch leiser und sehr ernst fort: »– ich kann es nicht erklären. Nicht *Ihnen!*«
»Warum gerade mir nicht?«
»Bitte, erlassen Sie mir die Antwort!«
Lucilla wartete noch einen Moment vergeblich. Dann tastete sie sich mit ihrem Elfenbeinstock zum Tisch und stellte die kleine Goldvase, sichtlich bedauernd, hin.
»Leben Sie wohl, Mr. Dubourg«, sagte sie.

Er öffnete ihr schweigend die Zimmertür. Ich drückte mich eng an die Hausecke, bis ich die beiden aus dem Vordereingang kommen und über den kleinen Rasenplatz gehen sah. Doch nach wenigen Schritten blieb Lucilla noch einmal stehen.

»Wenn Sie mir Ihr Geheimnis nicht sagen wollen oder können, Mr. Dubourg, so könnten Sie es vielleicht doch einer älteren Freundin von mir anvertrauen? Würden Sie das tun?«

»Wer ist diese Freundin?« fragte er.

»Die Dame, die mich gestern abend begleitet hat.«

Er zögerte. »Leider muß ich befürchten, die Dame unabsichtlich gekränkt zu haben.«

»Das wäre nur ein Grund mehr, ihr alles zu erklären«, fiel Lucilla rasch ein. »Wenn Sie Madame Pratolungo überzeugen können, daß nichts gegen unseren freundnachbarlichen Verkehr einzuwenden ist, genügt es schon. Ich darf Sie dann zu uns einladen – und vielleicht sogar die Vase annehmen.« Nach diesem kräftigen Wink mit dem Zaunpfahl reichte sie ihm zu allem Überfluß noch die Hand zum Abschied. Ich war starr angesichts der unbefangenen Keckheit, die sie diesem Fremden gegenüber nach wie vor an den Tag legte. »Ich schicke Ihnen Madame Pratolungo noch heute«, schloß sie gebieterisch und stieß ihren Stock in den Rasen. »Und ich bitte mir aus, daß Sie ihr die ganze Wahrheit sagen.«

Damit wandte sie sich ab, bedeutete ihm mit einer Handbewegung, daß sie keine Begleitung brauchte, und machte sich allein auf den Rückweg.

Ich konnte mich kaum von meinem Erstaunen über ihre Ruhe und Sicherheit erholen. Jedes normale junge Mädchen wäre beim ersten Gespräch mit einem bislang unbekannten jungen Mann nervös geworden, aber Lucilla schien durch ihre Blindheit dagegen gefeit zu sein. Sie benahm sich vollkommen ungezwungen und natürlich.

Dubourg stand noch an der Stelle, wo sie ihn stehengelassen hatte, und sah ihr unverwandt nach. Ich muß der Gerechtigkeit halber zugeben, daß er sich innerhalb und außerhalb des Hauses einwandfrei, das heißt höflich und ehrerbietig, gegen Lucilla verhalten hatte. Wenn einer von beiden etwas gehemmt gewesen war, so war er es.

Ich verließ vorsichtig meinen Schlupfwinkel und näherte mich Dubourg lautlos von hinten. »Bezaubernd!« murmelte er vor sich hin, die Augen immer noch auf Lucillas entschwindende Gestalt geheftet.
In diesem Moment klopfte ich ihm herzhaft mit meinem zusammengerollten Sonnenschirm auf die Schulter und sagte: »Mr. Dubourg, ich erwarte Ihre Erklärung!«
Er zuckte heftig zusammen, machte kehrt und starrte mich sprach- und fassungslos an. Dabei errötete und erblaßte er wie ein junges Mädchen. Jeder wahre Frauenkenner wird verstehen, daß diese Schlappheit, weit entfernt, mich zu rühren, mich nur ermunterte, ihn noch mehr einzuschüchtern.
»Finden Sie es sehr ehrenhaft, Sir«, fuhr ich mit erhobener Stimme fort, »eine junge Dame, der Sie noch nicht einmal vorgestellt sind, allein und schutzlos in Ihr Haus zu locken – eine junge Dame, die ihres tragischen Schicksals wegen mindestens das doppelte Maß an Rücksicht und Respekt verdient, das Sie dem anderen Geschlecht in jedem Falle schulden?«
Er errötete wieder, jetzt aber eindeutig vor Zorn.
»Madame, Sie tun mir schwer Unrecht. Es ist... es ist unerhört, mir nachzusagen, ich hätte es an Rücksicht und Respekt gegen die junge Dame fehlen lassen! Ich empfinde die größte Bewunderung und Hochachtung für sie! Meine Handlungsweise ist durch die Umstände gerechtfertigt; ich hätte als Gentleman nichts anderes tun können. Das Weitere erfragen Sie wohl am besten von der jungen Dame selbst.« Seine Stimme wurde lauter und lauter, sein Gesicht röter und röter. Ich hatte ihn offenbar so empfindlich in seiner Ehre gekränkt, daß nicht viel fehlte, und er herrschte mich an statt ich ihn. Muß ich noch sagen, daß ich angesichts dieser Lage ungeniert die Taktik wechselte und einen höflicheren Ton anschlug?
»Wenn ich Ihnen Unrecht getan habe, Sir«, erwiderte ich, »bitte ich um Verzeihung. Es würde mich völlig beruhigen, wenn ich die soeben angedeuteten Umstände von Ihnen persönlich erfahren dürfte.«
Das besänftigte ihn. Seine natürliche Liebenswürdigkeit kam wieder zum Vorschein.
»Die einfache Wahrheit ist«, sagte er, »daß ich die nähere Be-

kanntschaft der jungen Dame einem schlecht erzogenen kleinen Hund verdanke, der sich zufällig hier im Haus befand. Er gehört nicht mir, sondern den Leuten im Dorfwirtshaus. Die Frau kommt jeden Vormittag, um bei mir aufzuräumen, und der Hund war ihr nachgelaufen. Als die junge Dame nun auf ihrem Spaziergang vorbeikam, schoß er unversehens auf die Straße und kläffte sie an. Natürlich war sie sehr erschrocken und wußte kaum, wie sie sich des wild um sie herumspringenden Tieres erwehren sollte. Ich eilte ihr zu Hilfe, verscheuchte den Hund und bot der Dame an, sich ein Weilchen im Haus niederzusetzen und sich von dem Schrecken zu erholen. Ist mir daraus ein Vorwurf zu machen? Ich leugne nicht, daß ich die tiefste Anteilnahme für sie empfinde und mein möglichstes tat, sie angenehm zu unterhalten, solange sie mich mit ihrer Anwesenheit beehrte. Darf ich fragen, Madame, ob Ihnen diese Erklärung meines Verhaltens genügt?«

Ungeachtet meines festen Vorsatzes, mir keinen Sand in die Augen streuen zu lassen und dem jungen Mann alles Schlechte zuzutrauen, solange er mich nicht eines Besseren belehrte, mußte ich innerlich zugeben, daß er sich tatsächlich nur wie ein echter Gentleman benommen hatte.

Nebenbei bemerkt, war er wirklich ungewöhnlich hübsch, wenn auch, wie schon gesagt, ein bißchen zu weich für meinen Geschmack. Sein natürlich gewelltes Haar war von einem seidig glänzenden, hellen Aschblond. Dazu hatte er ganz hellbraune Augen (ein durchsichtigeres Braun kann man sich nicht vorstellen), die einen eigentümlich reinen, sanften und gewinnenden Blick hatten. Am auffallendsten aber war die schon mehrfach festgestellte Zartheit seiner Haut, die jede Gemütsbewegung durch Erröten und Erblassen anzeigte. Eine so helle, glatte Haut hätte jeder Frau oder allenfalls einem kleinen Jungen gut gestanden, wirkte aber nicht gerade sehr männlich, zumal Mr. Dubourg keinen Bart trug, nicht einmal einen Schnurrbart oder wenigstens Koteletten. Ich hielt ihn zunächst für jünger als Lucilla, sollte aber bald erfahren, daß er volle drei Jahre älter war. »Unsere Bekanntschaft hat ziemlich ungewöhnlich begonnen, Sir«, sagte ich lächelnd. »Sie haben mich gestern abend etwas merkwürdig angesprochen, und ich habe mich heute etwas übereilt revanchiert. Verzeihen wir einander – und sehen wir zu, ob wir uns nicht auf irgendeiner gemeinsamen Basis verständigen können. Ich bin nämlich noch nicht mit Ihnen fertig. Würden Sie es für ein sehr undamenhaftes Benehmen halten, wenn ich Sie jetzt bäte, auch mir einen Stuhl in Ihrem Hause anzubieten?«

Er lachte herzlich und beeilte sich, mich hineinzuführen.

Wir nahmen die gleichen Plätze ein, auf denen er und Lucilla gesessen hatten, nur mit dem Unterschied, daß ich mich mit dem Rücken zum Fenster setzte, um sein Gesicht hell beleuchtet vor mir zu haben.

»Mr. Dubourg«, fing ich nun den zweiten Teil der Verhandlungen an, »Sie haben mittlerweile wohl schon erraten, daß ich Miß Finchs Abschiedsworte an Sie mit angehört habe?«

Er verbeugte sich stumm bejahend und begann nervös mit der goldenen Vase zu spielen, die Lucilla auf dem Tisch zurückgelassen hatte.

»Was gedenken Sie also zu tun?« fuhr ich fort. »Sie sprachen vorhin von der lebhaften Anteilnahme, die Ihnen meine junge Freundin einflößt. Wenn das wahr ist, können Sie sich sehr um sie verdient machen, indem Sie ihre Bitte erfüllen und offen mit mir reden. Wir können Sie natürlich nur dann als Freund und Nachbar bei uns empfangen, wenn wenigstens ich, als ältere Vertrauensperson, mich für Ihre absolute Ehrenhaftigkeit verbürge. Dazu muß ich aber etwas mehr von Ihnen wissen. Andernfalls wäre es fast meine Pflicht, dem Pfarrer von Dimchurch mitzuteilen, daß seine Tochter ihren Ruf durch den Verkehr mit einem jungen Mann in Gefahr bringt, der offenbar irgend etwas zu verbergen hat.«

Er stellte die Vase auf den Tisch zurück und wurde totenbleich.

»Wenn Sie wüßten, was ich gelitten habe«, sagte er mit bebender Stimme, »wenn Sie durchgemacht hätten, was ich durchmachen mußte...«

Seine Stimme versagte, seine sanften hellbraunen Augen schwammen plötzlich in Tränen; er ließ den Kopf sinken und sagte nichts mehr.

Nun schätze ich, wie alle Frauen, an einem Mann vor allem Männlichkeit. Ich fand die Art, wie Dubourg sich um eine Antwort herumdrückte, obgleich ich ihm wahrhaftig weit genug entgegengekommen war, ausgesprochen schwach und weibisch. Damit erregte er bei mir keinerlei Mitleid; im Gegenteil, er war in Gefahr, sich meine Verachtung zuzuziehen.

»Lieber junger Mann«, erwiderte ich kühl, »auch ich habe gelitten. Auch ich habe einiges durchgemacht. Der Unterschied zwischen uns ist der, daß meine Zivilcourage dadurch nicht beeinträchtigt, sondern eher gestärkt worden ist. Wenn ich an Ihrer Stelle wäre und mich als Ehrenmann fühlte, würde ich auch nicht für drei Sekunden den Schatten eines Verdachts auf mir sitzen lassen. Ich würde mich rechtfertigen, koste es, was es wolle! Ich würde nicht dasitzen und flennen – ich würde reden!«

Der Hieb saß. Er fuhr steil in die Höhe.

»Wenn Sie an meiner Stelle wären ...!« schrie er leidenschaftlich. »Sind *Sie* von hundert eiskalten, hämischen Augen angestarrt worden? Hat man auf *Sie* mit Fingern gewiesen und hinter Ihnen her getuschelt, wo immer Sie sich zeigten? Hat man *Sie* in allen Zeitungen angeprangert? Hat man *Ihren* Steckbrief nebst Fotografie in allen Ladenfenstern ausgehängt?« Er ließ sich auf seinen Stuhl zurückfallen und rang verzweifelt die Hände. »Oh, die Leute!« stöhnte er. »Diese fürchterliche, grausame Öffentlichkeit! Ich kann ihnen nicht entgehen, ich kann mich nirgends verkriechen – nicht einmal hier. Auch Sie haben mich gestern abend angestarrt wie all die andern!« fuhr er mich plötzlich an. »Und ich weiß, warum – ich wußte es bei Ihrem ersten Blick!«

»Dann wissen Sie mehr als ich«, entgegnete ich. »Vor dem gestrigen Abend habe ich Sie nie gesehen, und von Prangern und Steckbriefen weiß ich erst recht nichts. Ehe ich hierherkam, hatte ich andere Sorgen, als vor Ladenfenstern stehenzubleiben. Mit einem Wort: Sie und Ihr Name sind mir gleichermaßen unbekannt. Nun aber heraus mit der Wahrheit, Sir! Sie müssen selbst wissen, daß Sie schon zu weit gegangen sind, um jetzt noch einen Rückzieher zu machen!«

Ich packte ihn bei der Hand. Sein unerklärlicher Ausbruch hatte auch mich in heftige Erregung versetzt; ich wußte kaum, was ich sagte und tat. Eine Art Raserei hatte uns beide ergriffen. Seine Finger umkrampften die meinen; sein Blick hielt dem meinen wild entschlossen stand.

»Lesen Sie niemals Zeitungen?« fragte er unnatürlich leise.

»Doch.«
»Dann müssen Sie meine Geschichte gelesen haben!«
»Ich habe nie etwas über einen Dubourg –«
»Ich heiße nicht Dubourg«, unterbrach er mich.
»Wie denn?«
Er beugte sich zu mir herab und flüsterte mir seinen wahren Namen ins Ohr.
Jetzt war die Reihe an mir, wie vom Blitz getroffen aufzufahren.
»Großer Gott!« rief ich. »Dann sind Sie der Unglückliche, der vorigen Monat fast wegen Mordes an den Galgen gekommen wäre – und das nur, weil eine Uhr falsch gegangen war!«

8. Der Meineid der Uhr

Wir sahen einander stumm an. Wir hatten jetzt alle beide eine Erholungspause nötig, ehe wir weiterreden konnten.
Diese Pause fülle ich am besten gleich mit der Beantwortung zweier Fragen aus, die der Leser unvermeidlich an diesem Punkt der Erzählung stellen wird. Erstens: Was hat die Uhr damit zu tun? Der Kürze halber berichte ich die Geschichte anhand von Protokollabschriften und Zeitungsausschnitten, die mir später zu beliebiger Verwendung übergeben wurden.
Obiger Titel, ›*Der Meineid der Uhr*‹, ist von einem damaligen Journalisten erfunden, nicht von mir, aber ich finde ihn sehr treffend.
Vorausschicken möchte ich noch, daß ich den angenommenen Namen Dubourg in diesen Aufzeichnungen, auch in meinen persönlichen, bis zum Schluß weiterverwenden werde. Einmal durfte der junge Mann ihn nach englischem Recht ohne weiteres tragen, wenn es ihm paßte, denn Dubourg war der Mädchenname seiner Mutter. Zum andern liegen die dramatischen Ereignisse von Dimchurch schon über ein Jahrzehnt zurück (alles, was ich selbst miterlebte, spielte sich in den Jahren 1858 und 1859 ab), und solche Nebensächlichkeiten können heute keinen Menschen mehr interessieren. Unter dem Namen Dubourg habe ich

unseren neuen Bekannten bei meinen Lesern eingeführt. Bleiben wir also bei Dubourg.

Eines Spätsommerabends im Jahre 1857 wurde auf einer Wiese am Rande der Stadt in Devonshire ein Mann erschlagen aufgefunden. Es handelte sich um einen Tischler und Zimmermann, der in der Stadt arbeitete und der sich keines besonderen Leumunds erfreute.

An dem betreffenden Abend benutzte ein Gutsverwalter aus der Nachbarschaft zufällig den Feldweg, der über die Wiese zur Stadt führte, und begegnete dabei einem Herrn, der es offenbar sehr eilig hatte. Er erkannte den Herrn als den jungen Mr. Dubourg.

Nach einer Weile – schätzungsweise eine halbe Stunde später – kehrte der Gutsverwalter über denselben Feldweg zurück. Schon von weitem hörte er aufgeregte Stimmen, denen er quer über die Wiese nachging, um zu sehen, was da los sei. Hinter einem Viehschuppen fand er einen vor Entsetzen kreischenden Jungen, einige herbeigeeilte Dorfbewohner und auf dem Boden, das Gesicht in einer Blutlache, einen Mann, dessen Schädel auf grauenerregende Art zertrümmert war. Unter der Leiche fand sich die Uhr des Erschlagenen. Sie hing an der Kette aus seiner Tasche heraus und war, offensichtlich durch den schweren Sturz ihres Eigentümers (denn das Glas hatte einen Sprung), um Punkt 8 Uhr 30 stehengeblieben. Der Körper des Toten war noch warm. Die Wertsachen, die er bei sich trug, waren unberührt.

Der Gutsverwalter erkannte den Toten sofort als den vorher erwähnten Tischler und benachrichtigte die Polizei.

Bei den ersten Untersuchungen wurde vor allem die stehengebliebene Uhr als wichtiges Indiz gewertet: Sie gab einen unwiderleglichen Hinweis auf die Tatzeit.

Die nächste Frage war naturgemäß, ob irgend jemand um diese Zeit in der Nähe des Tatortes gesehen worden war. Der Gutsverwalter gab an, er hätte kurz nach 8 Uhr 30 Mr. Dubourg beim eiligen Verlassen des Feldweges beobachtet. Befragt, ob er seine eigene Uhr zu Rate gezogen hätte, erklärte er, dies sei nicht nötig gewesen, da er gerade von fern die Dorfuhr hätte schlagen hören. Er wurde mehrfach darauf hingewiesen, daß er sich geirrt oder

verhört haben könnte, blieb jedoch bei seiner Aussage. Kurz nach 8 Uhr 30 hatte er Mr. Dubourg von der Wiese zur Stadt eilen sehen. Punkt 8 Uhr 30 war die Taschenuhr des Ermordeten stehengeblieben.
War sonst noch jemand in der kritischen Zeit in der Nähe des Tatortes beobachtet worden? Hierfür fand sich kein Zeuge.
War die Mordwaffe gefunden, mit welcher der wuchtige Schlag geführt worden war? Nein.
War jemand bekannt, der einen besonderen Groll gegen den Tischler gehegt hatte? (Da Geld und Wertsachen des Toten unangeastet geblieben waren, mußte man nach anderen Motiven suchen als bei einem gewöhnlichen Raubmord.) Nun war es zwar in der Stadt kein Geheimnis, daß der Tischler nicht eben in den besten Kreisen verkehrte; aber das reichte nicht aus, irgendeinem seiner männlichen und weiblichen Bekannten einen Mordverdacht anzuhängen. Keiner der Vernommenen kam als Täter in Frage.
Bei diesem Stand der Dinge war es unumgänglich, auch Mr. Dubourg, der allgemein als vermögender junger Mann von untadeligem Ruf bekannt war, zur Vernehmung vorzuladen.
Er gab sofort zu, daß er an jenem Abend den Feldweg benutzt habe, um eine ältere Dame, die am Stadtrand wohnte, zu besuchen. Im Widerspruch zur Aussage des Gutsverwalters erklärte er jedoch, er habe im Augenblick der Begegnung nach der Uhr gesehen, und da sei es eben erst Viertel nach acht gewesen. Fünf Minuten später (also zehn Minuten vor der festgestellten Tatzeit) habe er bei der erwähnten Dame geklingelt und sich eine halbe Stunde bei ihr aufgehalten. Dies wisse er so genau, weil er beim Verlassen des Hauses abermals auf seine eigene Uhr gesehen habe. Es sei nun ein Viertel vor neun gewesen.
Dies war ein mustergültiges Alibi. Jeder, der Mr. Dubourg wohlwollte – und es war keiner da, der ihm nicht wohlwollte –, gab sich damit zufrieden. Nur um dem Gesetz restlos Genüge zu tun, mußte nun auch noch die erwähnte ältere Dame als Zeugin gehört werden. In der Zwischenzeit stellte man Mr. Dubourg noch eine rein formelle Frage: ob er den ermordeten Tischler überhaupt gekannt habe oder etwas von ihm wisse?
Hier geriet Mr. Dubourg sonderbarerweise etwas in Verlegen-

heit. Er sagte, er hätte den Mann ›leider‹ vor zwei Monaten einmal in seinem Hause beschäftigt. Und auf weiteres Befragen kamen folgende Tatsachen ans Licht:
Der Tischler hatte miserable Arbeit geleistet und einen unverschämten Preis dafür gefordert. Mr. Dubourg hatte ihn daraufhin zur Rede gestellt, und der Mann war ausfallend geworden. Ein heftiger Wortwechsel hatte sich entsponnen, bis Mr. Dubourg im Zorn den aufsässigen Tischler am Kragen gepackt und aus dem Haus geworfen hatte. Leider waren ihm in der Rage auch Worte wie ›Verdammter Schuft‹ und ›Wenn Sie sich noch mal hier blicken lassen, erschlage ich Sie‹ (oder so ähnlich) entfahren – Worte, die er selbstverständlich sofort bereut hatte, als er wieder zur Besinnung kam. Dieser Streit lag sechs Wochen zurück. Seitdem habe er den Tischler weder gesehen noch gesprochen.
Diese Begleitumstände wurden als ein bißchen peinlich für Mr. Dubourg angesehen – weiter nichts. Gegen alle voreiligen Schlüsse, die man aus seinem Jähzorn ziehen konnte, standen sein Alibi und sein sonstiger guter Ruf. Niemand zweifelte an seiner völligen Entlastung.
Dann erschien die ältere Dame als Zeugin.
Von der Bedeutung der Zeitfrage unterrichtet und zu präziser Aussage ermahnt, sah sie sich genötigt, Mr. Dubourg zu widersprechen. Sie konnte sich auf ihre (erst am Tag zuvor vom Uhrmacher selbst regulierte) Kaminuhr verlassen. Sie hatte hingesehen, als Mr. Dubourg klingelte, da sie sich über einen so späten Besuch wunderte, und einwandfrei festgestellt, daß es schon fünfundzwanzig vor neun war...
Ein Lokaltermin ergab, daß ein Mann bei schnellem Gehen vom Feldweg bis zur Haustür der Dame genau fünf Minuten brauchte.
Somit standen drei Aussagen gegen eine: die Aussage des (absolut ehrenwerten und glaubwürdigen) Gutsverwalters, die Aussage der vornehmen und ebenso glaubwürdigen Dame und die Aussage der Kaminuhr, die, wie eine Prüfung ergab, auf die Minute genau ging. Der Uhrmacher hatte den Schlüssel des kostbaren Chronometers in Verwahrung und kam regelmäßig zum Aufziehen und notfalls Regulieren ins Haus, was aber monatlich

nur einmal nötig war. Er bestätigte die Aussage der Dame, daß er die Uhr gerade am Tag vor Mr. Dubourgs Besuch gerichtet hatte.
Dies gab der Mordaffäre eine sensationelle, von niemandem vermutete Wendung. Mr. Dubourg war überführt, zur Mordzeit noch auf der Wiese gewesen zu sein, ferner, laut eigenem Geständnis, vor wenigen Wochen eine schwere Auseinandersetzung mit dem Tischler gehabt, ihn tätlich angegriffen und bedroht zu haben; drittens hatte er versucht, sich ein falsches Alibi zu verschaffen. Die Indizienkette ließ keine andere Möglichkeit offen, als ihn unter Mordverdacht zu verhaften und ihn in der nächsten Assisenperiode in Exeter vor Gericht zu stellen.
Die Schwurgerichtsverhandlung dauerte, als es soweit war, zwei Tage. In der Zwischenzeit hatte sich nichts Neues ergeben. Auch in der Verhandlung ergab sich nichts Neues, obwohl alle Aussagen nach allen Seiten hin immer wieder gedreht, gewendet und überprüft wurden. Mr. Dubourg hatte nicht nur einen namhaften Verteidiger, sondern auch unverkennbar, wenigstens zu Anfang, die Sympathien der Jury auf seiner Seite, die dem guterzogenen, empfindsamen jungen Mann einen so brutalen Mord nicht zutraute und förmlich nach Beweisen seiner Unschuld lechzte. Doch die Tatsachen sprachen so unerbittlich gegen ihn, daß selbst der Verteidiger am Ende des ersten Verhandlungstages am Erfolg seiner Bemühungen zweifelte. Als der Untersuchungshäftling am zweiten Tag auf der Anklagebank Platz nahm, gab es im Gerichtssaal wie in der breiten Öffentlichkeit nur noch eine Meinung: ›Die Uhr bringt ihn an den Galgen!‹
Um zwei Uhr nachmittags, als die Geschworenen sich gerade zur Beratung zurückziehen wollten, hörte man eine leichte Unruhe vor der Saaltür. Ein Gerichtsdiener kam herein und übergab dem Verteidiger einen Zettel. Der Verteidiger las ihn und sprang mit allen Zeichen der Erregung auf. Unter atemloser Spannung des Publikums erklärte er, soeben habe sich noch eine Zeugin gemeldet, deren Aussage von größter Wichtigkeit für den Angeklagten sei. Hierauf beschloß der Gerichtshof nach kurzer Beratung, die Verhandlung fortzusetzen.
Die Zeugin, eine kränklich aussehende junge Frau, gab zunächst die notwendigen Erklärungen über ihre eigene Person ab. Sie sei

damals, als Mr. Dubourg seinen Abendbesuch bei der älteren Dame machte, als Hausmädchen in deren Diensten gewesen. Für den darauffolgenden Tag hatte ihre Herrin ihr einen einwöchigen Urlaub bewilligt, damit sie ihre Verwandten in Cornwall besuchen könnte. Kaum dort angekommen, war sie jedoch schwer erkrankt und bis jetzt noch nicht fähig gewesen, ihren Dienst wiederaufzunehmen.

Was nun die berühmte Kaminuhr betraf, so hatte das Mädchen eine an sich lächerlich geringfügige, in diesem Fall aber entscheidende Neuigkeit zu berichten.

Am Morgen des Tages, an dem Mr. Dubourg die Dame besuchte, hatte das Mädchen beim Staubwischen versehentlich das Pendel der Kaminuhr angestoßen und zum Stehen gebracht. Da ihr das früher schon einmal passiert und ihre Herrin deswegen sehr ungehalten gewesen war, hatte sie Angst – zumal der Uhrmacher gerade erst dagewesen war –, die bereits erteilte Urlaubsbewilligung könnte ihr zur Strafe entzogen werden. Sie beschloß also, nichts zu sagen und die Uhr irgendwie selbst wieder in Gang zu setzen.

Das erwies sich als ziemlich schwierig. Alles vorsichtige Tasten und Stochern mit dem Finger half nichts: Das Perpendikel hing jetzt senkrecht hinter einem breiten Marmorornament des reichverzierten Gehäuses und rührte sich nicht. Das Mädchen versuchte nun, die Uhr anzuheben und zu schütteln, aber das Marmorgehäuse, zum Überfluß noch von einer Bronzefigur gekrönt, war für sie zu schwer; sie mußte zu diesem Zweck irgend etwas als Hebel benutzen. Es dauerte eine Zeitlang, bis sie einen geeigneten Gegenstand gefunden hatte. Damit gelang es ihr schließlich, die Uhr an einer Seite ein paar Fingerbreit anzuheben und mit einem Ruck wieder aufzusetzen, wodurch das Perpendikel denn auch glücklich wieder in Gang kam.

Doch nun mußten natürlich auch die Zeiger vorgestellt werden, und dabei stieß das Mädchen auf ein neues Hindernis. Der Glasdeckel über dem Zifferblatt leistete ihren Fingern entschiedenen Widerstand; sie brauchte abermals irgendein Instrument, um ihn zu öffnen. Da sie keines fand, lief sie zum Kutscher und borgte von ihm (ohne zu sagen, wozu) ein kleines Stemmeisen. Hiermit bekam sie den Deckel auf, nicht ohne einen Kratzer auf dem

Messingrahmen zu hinterlassen, und stellte in ängstlicher Hast, immer in der Sorge, von der Herrin ertappt zu werden, die Zeiger *nach Gefühl* vor. Erst später am Tag merkte sie, daß sie die Zeit, die sie mit ihren Bemühungen verloren hatte, überschätzt und die Zeiger *genau um eine Viertelstunde* zu weit vorgedreht hatte.

Bis zum späten Abend ergab sich keine Gelegenheit mehr für sie, die Uhr wieder richtig zu stellen. Erst als die Herrin des Hauses schon zu Bett gegangen war, konnte sich das Mädchen noch einmal in den Salon schleichen und die Sache in Ordnung bringen. Das war lange nach Mr. Dubourgs Besuch. Das Mädchen beschwor, daß die Uhr, als er da war, noch eine Viertelstunde vorgegangen war: sie zeigte bereits fünfundzwanzig Minuten vor neun, wie ihre Herrin ausgesagt hatte, als Mr. Dubourgs Uhr erst zwanzig nach acht zeigte. Die Unstimmigkeit beider Aussagen war damit befriedigend erklärt.

Die naheliegende Frage, warum sie sich nicht früher als Zeugin gemeldet habe, beantwortete das Mädchen damit, daß in dem abgelegenen Dorf in Cornwall, wohin sie am nächsten Morgen gereist war und wo sie so lange krank gewesen war, kein Mensch etwas von dem Prozeß gehört oder gelesen hatte. Sie würde auch heute nicht vor Gericht erschienen sein, wenn der Zwillingsbruder des Angeklagten sie nicht gestern ausfindig gemacht, ihr die furchtbare Geschichte erzählt und sie gefragt hätte, ob sie noch irgendeinen bisher unbekannten Umstand wüßte. Daraufhin hatte sie selbstverständlich sofort ihre Manipulation an der Uhr eingestanden, und der Bruder hatte nichts Eiligeres zu tun gehabt, als mit ihr zum Bahnhof zu fahren und sie mit dem nächsten Zug nach Exeter zu bringen.

Hiermit war der Prozeß praktisch schon zugunsten des Angeklagten entschieden. Ein allgemeines Aufatmen lief durch den Gerichtssaal.

Natürlich mußten die Aussagen des Dienstmädchens noch durch einige Nachprüfungen erhärtet werden. Der Kutscher bestätigte, daß sie sich damals ein Stemmeisen geborgt hatte, und der Kratzer am Rahmen des Zifferblattes bewies vollends die Wahrheit ihrer Behauptungen. Mr. Dubourg wurde noch am Abend desselben Tages freigesprochen.

Genaugenommen verdankte er sein Leben einzig und allein seinem Bruder. Nur er hatte von Anfang bis Ende hartnäckig darauf bestanden, daß der Uhr weniger zu glauben sei als dem Angeklagten. Er hatte jedermann mit bohrenden Fragen zugesetzt. Er allein hatte bemerkt und sich darüber aufgeregt, daß nicht auch das Dienstmädchen als Zeugin vorgeladen und bei Prozeßbeginn nicht einmal anwesend war. Er hatte sie auf eigene Faust aufgesucht – ohne das Geringste zu ahnen und zu wissen, nur von der Überzeugung getrieben, daß sein Bruder kein Mörder sein könne. Und auch ihr hatte er die Frage gestellt, mit der er alle Leute unablässig verfolgte: ›Wissen Sie irgend etwas über die Uhr? Die Uhr bringt ihn an den Galgen – nichts sonst!‹

Übrigens klärte sich der Mordfall einige Tage später von selbst auf. Einer der Kumpane des Tischlers beichtete auf dem Sterbebett, daß er der Schuldige gewesen sei. Motiv: begründete Eifersucht und Rachgier. Er hatte dem Tischler schon eine Stunde vor der Tat hinter dem Schuppen aufgelauert und war hinterher ungesehen entkommen. Derselbe Zufall, der einen Unschuldigen ins Gefängnis brachte, hatte ihm geholfen, nicht einmal in den Kreis der Verdächtigen zu geraten.

Das waren die wirklichen, höchst gewöhnlichen Umstände, die beinahe ein tragisches Fehlurteil herbeigeführt hätten.

9. Der wahre Held des Prozesses

»Nun haben Sie mir das Geständnis abgerungen. Sie können mit sich zufrieden sein. Auf meine Gefühle kommt es ja nicht an. Gehen Sie!«

Das waren die ersten Worte, die der Held des Prozesses an mich richtete, als er seiner Stimme wieder mächtig war. Er ließ meine Hand los und wich mit verdüstertem, schicksalsergebenem Antlitz an die entfernteste Wand des Zimmers zurück. Da stand er und sah mich an wie ein Mensch, der mit einer verborgenen Krankheit behaftet ist und sich nicht dem Vorwurf aussetzen will, er habe einen ahnungslosen Gesunden durch seine bloße Berührung angesteckt.

»Warum sollte ich gehen?« fragte ich.
»Sie haben für eine Frau ungewöhnlich viel Mut«, erwiderte er, »wenn Sie länger als unbedingt nötig die gleiche Luft mit einem Mann atmen, der als Mörder verfolgt wurde.«
Ich begriff, daß er seelisch noch völlig durcheinander war. Aus diesem Grunde vergrub er sich in Dimchurch, aus diesem Grunde hatte er mich gestern abend mißtrauisch und gereizt angesprochen, und aus diesem Grunde nahm er es mir jetzt übel, daß ich bei seinem leicht erregbaren Temperament zufällig die richtige Methode gefunden hatte, die Wahrheit aus ihm herauszuholen. Wie behandelte man einen derart labilen Menschen? Ich entschloß mich instinktiv, wie man in England sagt, ›den Stier bei den Hörnern zu packen‹.
»Ich finde nichts Beängstigendes daran«, sagte ich, »die gleiche Luft mit einem Mann zu atmen, der öffentlich und ehrenvoll von der Schuld an einer Tat freigesprochen worden ist, die er seinem ganzen Wesen nach nie hätte begehen können. Ein solcher Mann kann bei mir nur Interesse und Sympathie wachrufen. Darf ich Ihnen die Hand drücken, Mr. Dubourg?«
Mein spontaner Antrag, dem ich sogleich die Tat folgen ließ, hatte einen unbeabsichtigten Nebeneffekt. Der arme, schwache, vom Verfolgungswahn besessene Junge verbarg sein Gesicht an meiner Schulter wie ein Kind und brach in Tränen aus.
»Verachten Sie mich nicht zu sehr!« stieß er zwischen zwei Schluchzern hervor. »Es nimmt einen mit, kann ich Ihnen versichern, in der Anklagebank zu stehen und in Hunderte von unerbittlich ablehnenden Gesichtern zu sehen – und dabei zu wissen, daß man unschuldig ist. Und auch hier habe ich mich schrecklich einsam und verlassen gefühlt, seit mein Bruder nicht mehr da ist.« Wir setzten uns wieder hin und rückten nahe zusammen. Dubourg war offenbar der ungereimteste Mensch, dem ich je begegnet war. Wenn er explodierte, und das tat er leicht, entwikkelte er den Grimm eines Tigers. Sobald er sich jedoch wieder abkühlte, war er das reinste Lamm.
»Ich verstehe nur eins nicht, Mr. Dubourg –«, begann ich, wurde aber sofort unterbrochen:
»Bitte, nennen Sie mich nicht Mr. Dubourg! Das erinnert mich jedesmal neu an die gräßliche Geschichte, derentwegen ich mei-

nen Namen wechseln mußte. Nennen Sie mich einfach beim Vornamen. Es ist kein englischer Name, aber da Sie, wie ich an Ihrem Akzent höre, selbst Ausländerin sind, wird er Ihnen vielleicht um so angenehmer sein. Ich bin nach einem Onkel Oscar getauft; meine Mutter stammte nämlich von der normannischen Insel Jersey. – Entschuldigen Sie die Unterbrechung. Was wollten Sie fragen?«

»Ich verstehe nur eins nicht, Oscar«, nahm ich meinen Faden wieder auf. »Warum mußte Ihr Bruder Sie so kurz nach dem Prozeß und in dieser Gemütsverfassung gleich wieder allein lassen?«

Diese einfache Frage genügte, ihn schon wieder in Hitze zu bringen. »Kein Wort gegen meinen Bruder!« fuhr er mich an. »Mein Bruder ist das edelste Wesen, das Gott je geschaffen hat! Überlegen Sie doch, was er schon für mich getan hat. Ohne diesen rettenden Engel wäre ich an den Galgen gekommen. Sein Charakter ist ... ist mit gewöhnlichem Menschenmaß gar nicht zu messen. Er ist ein Engel, ein Erzengel!«

Ich erkannte seinen Bruder mit einer stummen Kopfneigung als Erzengel an. Oscar war augenblicklich besänftigt.

»Die Leute behaupten zwar«, fuhr er fort und rückte seinen Stuhl zutraulich näher, »Nugent und ich (er heißt nach unserem Vater) gleichen uns wie ein Ei dem andern – wir sind Zwillinge –, aber da sieht man wieder, wie oberflächlich die Leute urteilen. Äußerlich sind wir kaum zu unterscheiden, das stimmt. Aber innerlich! Nugent ist ein Held – ein Genie! Ich hätte mich womöglich noch nach dem Prozeß umgebracht, wenn er sich nicht meiner angenommen hätte. Außer ihn hatte ich ja niemanden. Unsere Eltern sind tot, und wir hatten weiter keine Geschwister. Nugent hat die ganze Geschichte noch mehr Kummer bereitet als mir, aber er kann sich beherrschen. Ich will Ihnen sagen, warum es ihn eigentlich schlimmer betraf als mich. Er war gerade im besten Zuge, unseren Namen – den wir nun beide abgelegt haben – weltberühmt zu machen. Er ist Maler – ein genialer Landschaftsmaler. Haben Sie nie von ihm gehört? Ah, dann werden Sie bald unter unserem jetzigen Namen von ihm hören! Und wissen Sie, wo er jetzt ist? Auf Motivsuche in der grandiosen Wildnis Amerikas. Das hatte er schon vor, ehe ich verhaftet wurde, und er hat den Plan nur um meinetwillen verschoben. Er wird eine ganz neue Schule der Landschaftsmalerei gründen, eine weltweite Schule – sein Stil hat überhaupt keine Vorgänger. Und trotz seiner Genialität hat er für mich immer noch soviel schlichte, brüderliche Herzenswärme übrig! Was hat er mir hier in Dimchurch zum Abschied auf seine männlich-edle Art versprochen? Ich weiß es noch auswendig: ›Oscar‹, sagte er, ›der Name Dubourg wird bald weltberühmt sein. Höre auf, unser Inkognito als beschämend zu empfinden. Auch du wirst mit Ehrfurcht genannt werden, als Zwillingsbruder Nugent Dubourgs.‹ So ein Jämmerling bin ich nun auch wieder nicht, daß ich mich seiner Karriere in den Weg gestellt und ihn angefleht hätte, bei mir zu bleiben und hier zu versauern – nach allem, was er mir ohnehin schon geopfert hatte! Was liegt schon daran, wenn ich mir ein Weilchen etwas verloren vorkomme? Was bin ich gegen ihn? Sie hätten sehen müssen, wie er sich nach dem Prozeß mit unserem anrüchigen Ruhm abfand! Auch auf ihn wiesen ja die Leute überall mit den Fingern, weil sie ihn mit mir verwechselten! Er beklagte sich mit keiner Silbe. Er pfiff auf die öffentliche Meinung. Ist das Charakterstärke oder nicht? Wochenlang zogen wir von einem Ort zum andern, aber nirgends konnten wir den Journalisten und Fotografen entgehen, und die gräßliche Geschichte (Überschrift: Roman im wirklichen Leben) wurde bis ins letzte Winkelblättchen immer wieder aufgewärmt. Nugent verlor nicht einen Augenblick den Mut. ›Wir finden schon noch den richtigen Zufluchtsort, Oscar‹, redete er mir täglich gut zu, ›hab keine Angst, ich bringe dich in Sicherheit.‹ Und er erkundigte sich unverdrossen weiter, bis er dieses verträumte Dörfchen, von dem wir beide nie zuvor gehört hatten, ausfindig gemacht hatte. Als wir es über die Hügelstraße erreichten, fand ich es auch gleich sehr anheimelnd, aber natürlich wäre es nie der richtige Rahmen für Nugent gewesen; sein Genie braucht großartigere Anregungen. Er wäre trotzdem bei mir geblieben, wenn ich ihn nicht geradezu gezwungen hätte, mich zu verlassen und seiner eigentlichen Bestimmung zu folgen. Er ging nur wider Willen und nicht ohne mich dem Gastwirt, bei dem wir eingekehrt waren, warm ans Herz zu legen. ›Mein Bruder ist von angegriffener Gesundheit, er muß absolute Ruhe haben, sorgen Sie dafür!‹ Bis zum letzten Moment bemüht, mir jeden Stein aus dem Weg zu räumen... Sogar der Gastwirt, ein schlichter Mann, zeigte sich ganz gerührt. Dann nahmen wir unter Tränen Abschied. Ja, auch Nugent weinte, obwohl er ein Held ist. Was gäbe ich nicht darum, ihm zu gleichen! Immerhin tröstet es mich ein bißchen, daß ich ihm wenigstens äußerlich gleiche. Das sage ich mir, sooft ich in den Spiegel sehe und Nugent mich daraus anblickt... Verzeihen Sie meinen Redeschwall, Madame. Wenn ich von Nugent anfange, weiß ich einfach nicht, wo ich aufhören soll.« Ein Wesenszug an diesem sonst so widersprüchlich zusammengesetzten jungen Mann war jedenfalls sonnenklar. Er vergötterte seinen Bruder.

Ich hätte gern zugegeben, daß besagter Bruder soviel Anbetung verdiente, wenn er Oscar nicht so leichthin in einem weltverlorenen Dorf wie Dimchurch allein gelassen hätte. Mit dem Gedanken konnte ich mich nicht befreunden, zumal ich ja nun gesehen hatte, wie gefährlich rasch die Stimmungen des hartgeprüften jungen Mannes wechselten. Andererseits stimmte es zweifellos, daß Nugent seinen Bruder vor dem sicheren Todesurteil bewahrt hatte, und über seine sonstigen Qualitäten stand mir, da ich ihn nicht kannte, sowieso kein Urteil zu. Nachdem ich mich zu solcher Neutralität durchgerungen hatte, hielt ich es für das rätlichste, das Thema zu wechseln. Nichts ist auf die Dauer ermüdender, als Lobeshymnen auf eine Person anzuhören, die einem vollkommen fremd ist.

»Ist es wahr, daß Sie Browndown für sechs Monate gemietet haben?« fragte ich. »Glauben Sie, sich hier einleben zu können?«

»Ja, wenn Sie mein Geheimnis wahren«, antwortete Oscar. »In Dimchurch weiß noch niemand, wer ich wirklich bin. Bitte, bitte, verraten Sie mich nicht! Das würde mich auch von hier vertreiben!«

»Nur Miß Finch muß natürlich Bescheid wissen«, meinte ich.

»Nein, nein, nein!« fuhr er leidenschaftlich fort. »Gerade sie darf kein Wort davon hören. Man hat mich zu grausam erniedrigt... Etwas bleibt immer an einem hängen. Was würde sie von mir denken!« Ein weiterer Redestrom folgte, der so aller Logik entbehrte, daß ich schließlich die Geduld verlor und ihm ziemlich barsch das Wort abschnitt. »Mein lieber Oscar, ich möchte Sie am liebsten ohrfeigen! Sie verbohren sich ja förmlich in Ihre Opferlammrolle. Haben Sie kein Rückgrat? Haben Sie an gar nichts anderes zu denken? Haben Sie keinen Beruf? Womit verdienen Sie eigentlich Ihr Brot?«

Oscar sah mich verblüfft an und bekannte eingeschüchtert, daß er es nicht nötig hatte, zu arbeiten. (Das hatte ich mir schon gedacht – auch hier war der Kapitalismus die Wurzel alles Übels!) Sein Vater war ein in den ›höheren Kreisen‹ vielbeschäftigter Porträtmaler gewesen und hatte eines seiner Modelle, eine reiche junge Aristokratin, geheiratet. Die Zwillingsbrüder waren nach dem Tode der Eltern in der beneidens-(und verabscheuungs-)werten Lage unabhängiger junger Herren gewesen. Sie brauchten nur die Hand in die Tasche zu stecken, um sie mit Geld gefüllt wieder herauszuziehen, ohne sich über seine Herkunft groß den Kopf zu zerbrechen. Die Würde der Arbeit war ihnen ein unbekannter Begriff. Ich machte kein Hehl aus meiner republikanischen Gesinnung.

»Reiche Müßiggänger sind mir ein Dorn im Auge«, sagte ich streng. »Sehen Sie, darin liegt es: Sie brauchen nichts als Arbeit, um endlich zum Mann heranzureifen. Niemand hat das Recht, in den Tag hinein zu faulenzen. Niemand hat das Recht, reich zu sein. Sie wären an Leib und Seele gesünder, junger Mann, wenn Sie jedes Stückchen Brot und Käse, das Sie essen, erst eigenhändig verdienen müßten.«

Oscar schaute mich kläglich an. Die heroischen Leitsätze meines Pratolungo waren für ihn offenbar nie vernommene, höchst verwirrende Neuigkeiten.

»Nicht böse sein«, bat er mit der entwaffnenden Unschuld eines kleinen Jungen. »Es hat keinen Zweck, daß ich mir Käse verdiene. Ich vertrage nämlich keinen Käse. Übrigens faulenze ich ja nicht nur. Ich beschäftige mich, so gut ich kann.«

Er nahm die kleine Goldvase vom Tisch und erzählte mir zu seiner Rechtfertigung, was ich schon wußte; doch ließ ich mir natürlich nicht anmerken, daß ich ihn und Lucilla bereits vom Fenster aus belauscht hatte.

»Sie hätten mich heute mitten in der Arbeit angetroffen«, fuhr er fort, »wenn die Londoner Firma, von der ich mein Material beziehe, nicht einen dummen Fehler gemacht hätte. Die Legie-

rung der Platten stimmt nicht; ich kann sie für meine Zwecke nicht gebrauchen. Nun muß alles noch einmal zurück und umgeschmolzen werden. Die Kiste steht schon zum Rücktransport bereit, ich warte nur noch auf den Fuhrmann. Ich bin herzlich gern bereit, einige Handwerker hier mitverdienen zu lassen. Ist das nicht auch eine Art, den ärmeren Leuten zu helfen? Ich kann nichts dafür, Madame, daß mein Vater meine Mutter geheiratet hat und daß mein Bruder und ich nun jeder über zweitausend im Jahr verfügen. Hätten wir die Erbschaft stolz ablehnen sollen? Unsere Eltern haben es doch nur gut gemeint!«
Zweitausend Pfund jährlich! Und mein armer, idealistischer Pratolungo hatte kaum je eine Fünfpfundnote in der Hand gehabt, ehe ich ihm mit meinem kleinen Vermögen zu Hilfe kam!
Ich verdrehte die Augen zur Decke. In meinem gerechten Zorn vergaß ich sowohl Lucilla und ihre brennende Neugier als auch Oscar und sein törichtes Grauen vor der Enthüllung seiner Identität. Ich öffnete den Mund, um gegen die unhaltbaren sozialen Zustände unserer Zeit loszuwettern, als die sonderbarste Unterbrechung eintrat, die je eine revolutionäre Rednerin zum Schweigen gebracht hat.

10. Jicks betritt die Bühne

Leise, seelenruhig und mit größter Selbstverständlichkeit, als gehörte sie hierher, kam ein stämmiges kleines Mädchen von etwa drei Jahren durch die offengebliebene Zimmertür. Ein schmutziger Kittel verhüllte die verblüffende kleine Erscheinung vom Hals bis zum Boden. Sie hielt eine Puppe, die ihr erstaunlich ähnelte (besonders, was den lumpigen Aufzug betraf), unter einen Arm geklemmt, trat bis zur Mitte des Zimmers vor, unterzog erst Oscar und dann mich einer ausführlichen Musterung, entschied sich für mich, legte mir vertrauensvoll die schmuddlige Puppe auf den Schoß, deutete auf einen freien Stuhl und appellierte endlich folgendermaßen an unsere Weltgewandtheit und Gastfreundschaft: »Jicks will sitzen.«
War es noch möglich, unter diesen Umständen, und sei es nur

rhetorisch, auf die Barrikaden zu steigen? Es war nicht möglich. Meine große Rede blieb ungeredet. Ich konnte der kleinen Unterbrechung, die sich soeben als Jicks vorgestellt hatte, nur einen Kuß geben und sie auf den Stuhl heben.

»Kennen Sie dieses Kind?« fragte ich Oscar über die Schulter.

Oscar konnte vor Lachen kaum antworten.

Nein, auch er sah die geheimnisvolle junge Dame heute zum erstenmal und fragte sich wie ich, was der seltsame Name Jicks wohl bedeuten mochte.

Die Kleine saß da, mit steif in die Luft ragenden Beinchen, die in staubbedeckten Stiefelchen mit löchrigen Sohlen endeten, und sah uns ernsthaft aus großen, runden Blauaugen an. Das ungekämmte, flachsblonde Haar hing ihr über Stirn und Ohren wie ein Strohdach. Nach längerer, überaus gründlicher Erforschung unserer Gesichter machte sie uns auf die nächste Pflicht der Gastfreundschaft aufmerksam: »Jicks will was trinken.«

Oscar sprang beschämt auf und lief in die Küche. Inzwischen gelang es mir wenigstens, hinter die Herkunft von Jicks zu kommen. Irgend etwas – ich kann nicht recht erklären, was – an der Art, wie das Kind mehr hereingeweht als bewußt gekommen war, hatte mich an die lymphatische Dame im Pfarrhaus erinnert, die, das Baby in einer Hand und den Roman in der andern, selbstvergessen hin und her wandelte. Ich untersuchte, ohne auf Widerstand zu stoßen, Jicks' Kittel und fand auf der Innenseite des Halsausschnittes tatsächlich ein Wäschezeichen: Selina Finch. Die Kleine gehörte also, wie vermutet, zu Mrs. Finchs vielköpfiger Kinderschar. Eigentlich war sie noch etwas zu klein, dachte ich, um so mutterseelenallein durch die Gegend zu strolchen.

Oscar kam mit einem Becher Milch aus der Küche zurück. Jicks bestand darauf, den Becher selbst in beide Händchen zu nehmen. Sie leerte ihn in gleichmäßigem Tempo bis zum letzten Tropfen, ehe sie ihn absetzte, tief aufatmete, das nunmehr mit einem weißen Milchbart gezierte Gesichtchen wieder zu mir hob und das Ende ihrer Visite ankündigte: »Jicks will wieder runter.«

Ich stellte sie wieder auf die Füße. Sie nahm ihre Puppe von meinem Schoß und blieb einen Moment in tiefen Gedanken stehen. Was kam nun? Wir brauchten nicht lange zu warten. Plötzlich

steckte sie ihre warme Patschhand in meine und versuchte, mich aus dem Zimmer zu ziehen.
»Was möchtest du denn?« fragte ich.
Sie erwiderte etwas in ihrer eigenen, unübersetzbaren Sprache: »Mann-hü-hü.«
Ich tat ihr den Willen und ging mit, um ›Mann-hü-hü‹ zu sehen, zu spielen oder zu essen – vorläufig konnte ich mir wirklich nichts darunter vorstellen. Jicks zog mich stetig durch den kleinen Flur und zur Haustür hinaus. Und was stand draußen? Ein Mann, ein Pferd und ein Fuhrwerk, dessen Annäherung wir auf dem grasigen Boden nicht gehört hatten. Oscar, der uns gefolgt war, bestätigte, es sei der erwartete Fuhrmann, der die Gold- und Silberkiste wieder nach London bringen sollte. Wir begriffen nun nicht nur Jicks' meisterliche Wortschöpfung, die sich auf Mann und Pferd beschränkte und den Wagen als unwesentlich überging, sondern auch ihre Aufmerksamkeit und gesellschaftliche Gewandtheit: Statt plump mit der Tür ins Haus zu fallen, hatte sie uns erst nach dem Austausch einiger Höflichkeiten über die Ankunft des Fuhrmanns informiert, die wir sonst wahrscheinlich nie bemerkt hätten. Zuvor hatte sie Mann und Pferd, wie er lachend erzählte, ebenso gründlich besichtigt wie uns und sich nach dem Zweck seines Kommens erkundigt.
Jicks war eine bekannte Figur in Dimchurch. Der Fuhrmann wußte alles über sie. Ihr Spitzname war eigentlich Gipsy, Zigeunerin, weil sie ihre eigenen Wege ging, seit sie laufen konnte, und daraus hatte sie selbst Jicks gemacht. Sie war nicht im Haus zu halten; schließlich konnte man ein Kind nicht Tag und Nacht einsperren, und man hatte alle diesbezüglichen Bemühungen längst aufgegeben. Früher oder später tauchte sie freiwillig wieder auf, oder irgendwer brachte sie nach Hause, oder ein Schäferhund stöberte sie unter einem Busch auf, wo sie sanft und selig schlief, und bellte Alarm.
»Was in diesem Kind vorgeht, weiß Gott allein«, beschloß der Fuhrmann seinen Bericht, während er Jicks mit einem Anflug ehrfürchtiger Scheu betrachtete. »Sie hat mehr eigenen Willen als wir alle zusammen. Sie ist ein Kind, aber manchmal glaubt man's kaum. Das Rätsel kriegt keiner raus. Mehr kann ich da nicht sagen.«

Inzwischen waren der Zimmermann, der die Kiste wieder zugenagelt hatte, und dessen Sohn herangekommen und mit Oscar ins Haus gegangen, um die Kiste, die für einen Mann zu schwer war, gemeinsam ins Fuhrwerk zu verladen. Außerdem wollten beide die Gelegenheit benutzen, nach Brighton mitzufahren. Vater Zimmermann machte darüber einen kleinen Scherz: »Zwischen hier und Brighton ist's eine gottverlassene Gegend, Sir«, sagte er zu Oscar. »Drei Mann sind da nicht zuviel, wenn so 'ne kostbare Ladung sicher bis zum Bahnhof kommen soll!«
Oscar nahm dies ernst. »Meinen Sie, es gibt hier Räuber?«
»Ach was, Sir!« lachte der Mann. »Ich mache ja nur Spaß. Jeder Räuber würde hier Hungers sterben. Weit und breit ist nichts da, was sich zu stehlen lohnt.«
Jicks hatte alles mit einer Aufmerksamkeit beobachtet, der zweifellos nicht das kleinste Detail entging. Jetzt fand sie, es sei allmählich Zeit zum Aufbruch – jedenfalls schwenkte sie gebieterisch die freie Hand in der Luft und schrie gellend: »Los!«
Der Fuhrmann tippte mit komischem Respekt an die Hutkrempe.
»Ganz recht, Miß, Zeit ist Geld. Das meinten Sie doch?«
Er knallte mit der Peitsche, das Pferd zog an, und der Wagen rollte geräuschlos über den Grasboden davon.
Auch für mich war es jetzt höchste Zeit, ins Pfarrhaus zurückzukehren und die wanderlustige Jicks gleich mitzunehmen. Ich wandte mich zu Oscar und bot ihm die Hand zum Abschied.
»Ich würde Sie am liebsten begleiten«, sagte er.
»Sie können nach Belieben im Pfarrhaus ein und aus gehen«, erwiderte ich, »sobald man dort meinen wahrheitsgemäßen Bericht über Ihre Person gehört hat. Und ich bin entschlossen, der Familie zu sagen, wer Sie sind. Sie haben nichts zu fürchten und alles zu gewinnen. Befreien Sie sich endlich von Ihrer Überempfindlichkeit und Ihrem Verfolgungswahn, der eines Mannes unwürdig ist. Morgen können wir schon gute Nachbarn und in einer Woche gute Freunde sein. Einstweilen sage ich Ihnen nur: *au revoir!*«
Ich drehte mich um und wollte Jicks, die ich noch hinter mir glaubte, bei der Hand nehmen, faßte aber ins Leere. Das Kind war spurlos verschwunden. Doch ehe wir dazu kamen, nach ih-

rem Verbleib zu forschen, hörten wir ihre schrill erhobene Stimme hinter der Hausecke.
»Weg mit euch!« schrie die kleine Zigeunerin wütend. »Böse Männer – weg!«
Wir beeilten uns, dem Geschrei nachzuspüren, und erblickten zwei schäbig gekleidete Männer, die in nachlässiger Haltung an der Hauswand lümmelten. Ihre grünlich-bleichen Gaunervisagen kennzeichneten sie für mein erfahrenes Auge sofort als den übelsten Auswurf der sogenannten Zivilisation: Tagediebe aus den Londoner Slums. Da lehnten sie an der Wand, die Hände in den Hosentaschen vergraben, als wollten sie nur eben mal vor einer Kneipe Luft schnappen. Ihnen gegenüber hatte sich Jicks aufgepflanzt, die stämmigen Beinchen unter dem Kittel der Standfestigkeit halber weit gegrätscht, und bedrohte sie mit erhobener Faust.
(Erstaunlich, wie der Sinn für Recht und Eigentum sich schon in so zartem Alter regt!)
»Was wünschen Sie?« fragte Oscar scharf.
Der ältere der beiden Männer schien im Begriff, eine freche Antwort zu geben, aber der jüngere und zweifellos gerissenere kam ihm zuvor und antwortete mit höhnisch übertriebener Unterwürfigkeit: »Wir haben einen langen Fußmarsch hinter uns, Sir. Verzeihen Sie tausendmal, daß wir uns die Freiheit genommen haben, uns an Ihrer Mauer auszuruhen und uns an der Augenweide zu ergötzen, die Ihre junge Dame da bietet.«
Ich hatte mich nicht getäuscht. Der Londoner Gassenjargon, den ich schriftlich leider nicht wiedergeben kann, war trotz seiner Mundfertigkeit unverkennbar. Selbst Jicks hörte die Gemeinheit heraus und schrie noch lauter als zuvor, er solle weggehen.
»Zehn Minuten von hier befindet sich ein Dorfwirtshaus«, erwiderte Oscar beherrscht. »Ruhen Sie sich dort aus, wenn ich bitten darf. Mein Haus ist kein öffentlicher Rastort.« Der ältere Mann stieß einen Fluch aus, wurde aber von dem jüngeren schleunigst wieder zum Schweigen gebracht. »Halt die Klappe, Jim!« zischelte er hörbar. »Der gnädige Herr weiß, wo es Bier gibt. Komm – heben wir einen auf die Gesundheit des gnädigen Herrn!« Dann wandte er sich noch einmal zu Jicks, zog vor ihr den Hut und machte einen tiefen Bückling. »Auf Wiedersehen,

Miß! Sie sind genau der Typ, den ich bewundere. Haben Sie bitte die Güte, sich nicht zu verloben, ehe ich wiederkomme.«
Der ältere Bummler brach über diesen feinsinnigen Scherz in röhrendes Gelächter aus. Dann trollten sich die beiden Arm in Arm in Richtung auf das Dorf weiter.
Unsere drollige kleine Jicks hatte sich während der letzten Sekunden unversehens in eine tragisch wütende Penthesilea verwandelt. Der Hohn der beiden Schurken hatte sie beleidigt, als ob sie wirklich jedes Wort verstanden hätte. Ich habe nie ein so kleines Kind in so maßlosem Zorn gesehen. Sie tobte, sie raste, sie schrie. Sie versuchte, mit ihren schwachen Ärmchen Steine hinter den abziehenden Kerlen herzuschleudern. Sie strampelte und stampfte den Boden, bis sie kirschrot im Gesicht war. Nichts konnte sie beruhigen als Oscars voreiliges Versprechen, die Polizei zu holen und die Kerle auspeitschen zu lassen, weil sie sich unterstanden hatten, Jicks auszulachen. Erst auf dieses Versprechen hin stellte sie ihr Toben ein und wischte sich mit dem Handrücken die Wuttränen aus den Augen.
»Auspeitschen!« wiederholte sie langsam und todernst. »Böse Männer auspeitschen – und Jicks will zusehen!«
(Oscar sollte seine rasche Zusicherung noch lange bereuen, denn Jicks versäumte nicht, ihn täglich daran zu erinnern.) Ich enthielt mich, um die Sache nicht unnötig in die Länge zu ziehen, jeglichen Kommentars. Aber sehr behaglich war mir nicht zumute, als ich mit Jicks nach Hause ging und mir das Ganze im stillen durch den Kopf gehen ließ.
Wer weiß, wie lange die beiden Kerle schon um das Haus herumgestrichen waren, bevor das Kind sie entdeckte. Vielleicht hatten auch sie schon am Fenster gelauscht und mit angehört, was Oscar mir über sein wertvolles Arbeitsmaterial erzählte. Und der Abtransport der schweren Kiste war ihnen sicherlich nicht entgangen. Um den Transport selbst machte ich mir die geringste Sorge; die drei braven Handwerker, die sie zum Güterbahnhof in Brighton brachten, waren ein ausreichendes Schutzgeleit. Ich dachte mehr an zukünftige Gefahren, sobald sich erst einmal herumgesprochen hatte, mit was für einem kostspieligen Steckenpferd sich Oscar beschäftigte und daß er ganz allein in einem Haus wohnte, das mehr als eine halbe Meile vom übrigen

Dorf entfernt war. Goldschmiedearbeit hatte gewiß ihre Reize, aber unter solchen Umständen auch ein nicht zu unterschätzendes Risiko.
Ich fragte mich, was diese beiden typischen Londoner Unterweltblüten bewogen haben mochte, sich – ganz gegen großstädtische Gepflogenheiten – auf eine so weite Wanderschaft zu begeben. Arbeitsscheues Gesindel, das derartige Strapazen auf sich nahm, mußte doch wohl ein bestimmtes Ziel im Auge haben?
Von Zweifeln und Sorgen geplagt, Jicks an der Hand, betrat ich das Pfarrgrundstück, wo ich zufällig auf Nanny stieß. Ich stellte ihr ohne weitere Vorrede die Frage:
»Kommen eigentlich viele Fremde nach Dimchurch?«
»Fremde?« wiederholte Nanny erstaunt. »Nein, Madame – außer Ihnen und den Brüdern Dubourg hat sich hier seit Jahren kein Fremder blicken lassen.«
Hierauf nahm ich mir vor, Oscar eine kleine Warnung zukommen zu lassen, ehe sein umgeschmolzenes Gold und Silber wieder nach Browndown geschickt wurden.

11. Blinde Liebe

Lucilla saß am Klavier, als ich hereinkam.
»Ich habe Sie schon überall gesucht«, empfing sie mich. »Wo haben Sie nur gesteckt?«
Ich sagte es ihr. Sie sprang mit einem Freudenruf in die Höhe.
»Sie haben also schon getan, um was ich Sie bitten wollte – Sie haben mit ihm gesprochen – Sie haben sein Vertrauen errungen – Sie wissen alles. Das höre ich schon an der Art, wie Sie den einzigen Satz ›Ich war in Browndown‹ betonen. Schnell, schnell, erzählen Sie!«
Sie rührte sich nicht, sie atmete kaum, während ich ihr haarklein berichtete, was sich zwischen Oscar und mir zugetragen hatte. Erst als ich fertig war, sprang sie abermals auf und strebte eilig auf die Tür ihres Schlafzimmers zu. »Was haben Sie vor?« fragte ich.
»Ich hole nur schnell Hut und Stock«, antwortete Lucilla.

»Wieso – wollen Sie ausgehen?«
»Ja.«
»Wohin?«
»Wie können Sie das noch fragen? Natürlich nach Browndown!«
Ich bat sie, noch einen Moment zu warten und mich anzuhören. Selbstverständlich mußte ich sie darauf hinweisen, wie grenzenlos ungeschickt und obendrein ungehörig es sein würde, wenn sie als Dame einem fremden Herrn gleich zwei Besuche so kurz hintereinander abstattete. In keinem gesitteten Land der Erde ließ man so etwas durchgehen, ohne daß der gute Ruf der betreffenden Dame Schaden litte.
Meine eindringliche Mahnung zeitigte ein höchst sonderbares und psychologisch interessantes Resultat. Ich erkannte zum erstenmal klar und deutlich, daß damenhafte Zurückhaltung (wohlgemerkt, ich rede hier nicht von innerem Anstand) ein reines Kunstgewächs ist, das heißt: ein Produkt von Erziehung und Konvention, dessen Kultivierung in erster Linie vom Sehvermögen abhängt, nicht von der Macht der Überredung.
Stellen Sie sich ein normales, zum erstenmal verliebtes junges Mädchen vor, dem ich ins Gewissen geredet hätte. Wie hätte es sich verhalten?
Eine normale, mit allen fünf Sinnen ausgestattete junge Dame hätte betroffen gelauscht, einige reizende Verwirrung gezeigt – und sich dann wahrscheinlich sehr genau überlegt, ›wie denn das aussähe‹, wenn sie dem ersten Überschwang ihrer Gefühle folgte.
Lucillas Madonnengesichtchen zeigte indessen nur Enttäuschung, Verständnislosigkeit und leichtes Staunen. Ich wußte schon damals, daß sie ein absolut reines und unerfahrenes Geschöpf war. Und dennoch: keine Spur von Erröten oder sonstigen wohlanständigen Merkmalen jungfräulicher Scham – ungeachtet der Feinfühligkeit, die ich bei jeder anderen Gelegenheit an meinem Schützling bewunderte.
Hier zeigte sich eine merkwürdige, mir bislang unbekannte oder nie bedachte Seite der Blindheit. Scheu und Zurückhaltung entstammen im wesentlichen dem mit den Jahren wachsenden Bewußtsein, daß wir von anderen ›betrachtet‹ und nach unserem

äußeren Verhalten beurteilt werden. Wer nicht sieht, glaubt gewissermaßen, auch selbst nicht gesehen zu werden, und hat darum weniger Hemmungen. Auch das schüchternste Mädchen läßt sich von ihrem Liebhaber eher im Dunkeln küssen als bei Tageslicht. Ich weiß, daß manche Aktmodelle der Pariser Kunstakademie sich zunächst nur mit verbundenen Augen dazu überwinden konnten, vor so vielen Schülern zu posieren.
Meine arme Lucilla kannte das Leben nicht anders als mit verbundenen Augen. Sie hatte nicht die geringste ›Aussicht‹, ihren Geliebten je bei Licht zu treffen. Sie war körperlich zur Frau herangewachsen, in ihrer Seele regte sich das erste leidenschaftliche Liebesverlangen – und dennoch hatte sie das furchtlose und primitiv-unschuldige Stadium des Kindes noch nicht überschritten. Ein kleines Kind tappt fröhlich auf den bissigsten Köter zu, weil es die Gefahr noch nicht *sieht*.
Welch große, heilige Aufgabe habe ich da übernommen. Ich ertrug es kaum, das arme, bezaubernde Madonnengesicht so verständnislos vor mir zu sehen, als ich meine Moralpredigt beendet hatte.
Mir ging das Herz über. Ich zog Lucilla in meine Arme und sagte einfach: »Kurz und gut, Liebling: Sie dürfen heute nicht noch einmal zu Mr. Dubourg gehen.«
»Aber ich habe ihm doch soviel zu sagen!« erwiderte sie ungeduldig. »Ich will ihm sagen, wie gut ich ihm alles nachfühlen kann und wie gern ich mithelfen möchte, sein Leben freundlicher zu gestalten«.
»Liebste Lucilla! So können Sie nicht mit einem jungen Mann reden. Das ist ja, als sagten Sie ihm unverhohlen, daß ... daß Sie ihn schrecklich gern haben.«
»Aber ich habe ihn doch auch schrecklich gern!«
»Schsch! So etwas behält man hübsch für sich, bis man sicher ist, daß der andere ebenso empfindet. In solchen delikaten Angelegenheiten hat der Mann das erste Wort, nicht die Frau.«
»Das ist aber sehr unfair gegen die Frauen. Wenn sie ihrer Gefühle zuerst sicher sind, sollten sie es auch zuerst sagen dürfen.« Sie hielt inne, überlegte einen Moment – und machte sich mit einer raschen Bewegung aus meiner Umarmung los. »Nein, ich muß mit ihm sprechen!« brach sie aus. »Ich muß ihm wenigstens

sagen, daß ich nun alles über ihn weiß und daß er deswegen nicht etwa in meiner Achtung gesunken ist, sondern gestiegen!«
Damit wollte sie schnurstracks in ihr Schlafzimmer. Das einzige Mittel, sie am Ausgehen zu hindern, war ein Kompromiß.
»Schreiben Sie ihm lieber ein...«, begann ich und hielt inne, da mir wieder einmal zu spät ihre Blindheit einfiel. »Diktieren Sie mir ein paar Zeilen«, verbesserte ich mich hastig. »Ein Briefchen tut's für heute ebensogut und besser. Bitte, Lucilla, mir zuliebe!«
Sie gab endlich nach, das arme Ding, wenn auch höchst ungern. Aber für sie schreiben durfte ich nicht.
»Mein erstes Briefchen an ihn muß eigenhändig geschrieben sein«, sagte sie. »O ja, ich kann schreiben! Natürlich nur mühsam und sicher furchtbar, aber man kann es entziffern. Kommen Sie nur und überzeugen Sie sich selbst.«
Sie setzte sich an ein zierliches Damenschreibtischchen, das in einer Ecke des Zimmers stand, nahm die Feder zur Hand und richtete die blinden Augen eine ganze Weile in tiefem Sinnen zur Decke. Endlich brach ihr reizendes, unwiderstehliches Lächeln wie ein Sonnenstrahl durchs Gewölk ihrer sorgenvollen Miene.
»Ich hab's!« verkündete sie fröhlich, tauchte die Feder ein und schrieb langsam, in großen, kindlichen Krakelbuchstaben, folgende Worte:

›Lieber Mr. Oscar,
ich weiß nun alles. Bitte schicken Sie mir die kleine Goldvase.
Ihre Freundin Lucilla‹

Sie steckte den Brief in einen Umschlag, adressierte ihn, klatschte in die Hände und sang mit süßer Stimme aus dem *Figaro:* »Gewiß, das wird – er schon verstehn!«
Unmöglich, demgegenüber noch irgendwelche Einwände zu erheben, obwohl es im Grunde ebenso skandalös war, von einem fremden Herrn gleich am ersten Tag ein Geschenk anzunehmen, wie ihn zum zweitenmal zu besuchen. Ich klingelte resigniert und gab Nanny den Auftrag, den Stallburschen mit dem Brief nach Browndown zu schicken. Innerlich versprach ich mir allerdings, Oscar fest an der Kandare zu halten. Er war der Lenkbarere von den beiden. Die Pause bis zur Rückkehr des Boten

war nicht leicht auszufüllen. Ich schlug eine Klavierlektion vor, aber Lucilla hatte den Kopf zu voll von anderen Dingen. Plötzlich fiel ihr ein, daß ihr Vater und ihre Stiefmutter vor allem erfahren müßten, daß Mr. Dubourg ein Ehrenmann sei, der ohne weiteres im Pfarrhaus empfangen werden könnte. Sie wollte mir gleich einen Brief an ihren Vater diktieren. (Diesmal legte sie keinen Wert darauf, selbst zu schreiben.)
Was bei diesem Diktat zustande kam, klang ziemlich unsachlich und schwärmerisch, so daß ich keineswegs sicher war, daß der Brief den würdigen Geistlichen von vornherein günstig stimmen würde. Nun, das war nicht meine Sache. Ich wurde von Lucilla sehr als kluge und welterfahrene Ratgeberin herausgestrichen, die alle nötigen Erkundigungen eingezogen hätte und deren Urteil man unbedingt vertrauen könne. Natürlich war es für mich ein Gebot des Anstands, kein Wort, das Lucilla mir diktierte, eigenmächtig zu ändern oder wegzulassen. Zum Schluß schrieb ich noch die Adresse in Brighton, die Lucilla mir angab, auf einen Umschlag und war gerade im Begriff, den Brief zu schließen, als Lucilla mich etwas verlegen bat, ihn noch offenzulassen. Ich wunderte mich ein wenig, dachte mir aber nichts weiter dabei. Sehr bald sollte ich erfahren, daß Lucilla mir soeben wieder eine typische Eigenschaft der Blinden enthüllt hatte.
Meine nächste Aufgabe war nun, auch Mrs. Finch zu unterrichten, daß das Rätsel von Browndown geklärt sei und einem Antrittsbesuch unseres neuen Nachbarn nichts im Wege stehe. Lucilla gestand mir offen ein, daß sie kein großes Verlangen nach der Gesellschaft ihrer Stiefmutter habe und mir dankbar wäre, wenn ich ihr diese Unterhaltung abnähme. Für sie sei es zu mühsam, dauernd entweder ein Baby oder einen Roman halten zu müssen oder Mrs. Finchs Taschentuch zu suchen: lauter Pflichten, die sich unweigerlich auf jeden herabsenkten, der sich auch nur für fünf Minuten in der Nähe dieser fruchtbaren Dame befand. Ich bekam den zweiten Schlüssel der bewußten Eichentür ausgehändigt, der unser Refugium vor dem kinderreichen Teil des Hauses sicherte, und zog mich damit zurück.
Ehe ich meinen Auftrag ausführte, mußte ich noch kurz in mein Schlafzimmer, um Hut und Sonnenschirm dort abzulegen. Als ich in den Korridor zurückkehrte, sah ich, daß die Tür des ge-

meinsamen Salons halb offenstand, und hörte Lucilla sagen: »Nimm diesen Brief aus dem Umschlag, Nanny, und lies ihn mir vor.«

Ich setzte meinen Weg fort – allerdings sehr langsam, wie ich gestehen muß –, während die ersten Sätze des Briefes, den ich nach Lucillas Diktat geschrieben hatte, an mein Ohr drangen. Zum erstenmal begegnete ich dem unheilbaren, melancholischen Mißtrauen der Blinden, das auch bei größter gegenseitiger Zuneigung nicht auszurotten ist. Und war es nicht verständlich? Immer im Dunkeln, immer im Zweifel, ob die glücklichen Sehenden keinen mehr oder weniger frommen Betrug verüben! Das war Lucillas Beweggrund, mich hinter meinem Rücken auf meine Ehrlichkeit zu prüfen, indem sie Nannys Augen benutzte, um zu hören, ob ich wirklich alles geschrieben hatte, wie sie es haben wollte. Genauso benutzte sie später unzählige Male meine Augen, um sich zu vergewissern, daß Nanny und andere ihre Aufträge ordentlich ausführten. Da hilft keine Treue, keine Ergebenheit – ein Restchen Mißtrauen bleibt in den Blinden immer lebendig. Ach, die Ärmsten! Immer im Dunkeln – immer im Dunkeln!

Mit dem Öffnen der Eichentür schien ich automatisch sämtliche Türen des jenseitigen Korridors geöffnet zu haben. Überall huschten Kinder hervor wie Kaninchen aus ihren Höhlen.

»Wo ist eure Mama?« fragte ich.

Die Kaninchen antworteten lediglich mit einem gemeinsamen schrillen Gequiek und flitzten in ihre Baue zurück. Ich ging auf gut Glück eine Treppe hinunter, die ins Erdgeschoß führte. Durch ein Fenster auf dem Treppenabsatz sah ich in den Vordergarten und gewahrte dort die Nomadin der Familie, Gipsy-Jicks, offenbar schon wieder auf der Suche nach einem Weg ins Freie. Diese merkwürdige Kleine war völlig aus der Art geschlagen, hielt sich von sämtlichen Geschwistern so fern wie möglich, hockte, wenn sie eingesperrt wurde, tiefsinnig in einer Ecke und aß am liebsten auf arabische Art, nämlich mit gekreuzten Beinen auf dem Boden. Sobald sie aber durch irgendein Schlupfloch entkam, streifte sie umher, bis die Füße sie nicht mehr trugen, und legte sich wie ein kleines Tier im Gras oder Gebüsch zum Schlafen. Zufällig sah sie mich am Fenster stehen und winkte heftig,

aber nicht zu mir hin, sondern von mir weg, in Richtung der Gartenpforte. Die Bedeutung dieser Zeichensprache war klar: Jicks wollte, daß ich ihr hinaushalf!
Ich beschränkte mich darauf, lächelnd abzuwinken, denn im gleichen Moment verriet mir dünnes Säuglingsgeschrei, daß Mrs. Finch in nächster Nähe sein mußte.
Ich ging dem Gewimmer nach, bis ich vor der offenen Tür einer großen Vorratskammer stand, in deren Mitte Mrs. Finch saß und Haushaltsangelegenheiten mit der Köchin besprach. Ihre Robe bestand heute aus einem Unterrock und einem umfangreichen Schal. Sowohl das Baby als auch der Roman lagen aufgeschlagen – ich wollte sagen, beide auf dem Rücken – auf ihrem Schoß.
»Acht Pfund Schmierseife?« stöhnte Mrs. Finch soeben zur Begleitung des Säuglingsgeschreis. »Und fünf Pfund Soda? Ja, waschen wir denn für das ganze Dorf? – Sechs Pfund Kerzen? Ich glaube, ihr eßt Kerzen wie die Russen« (vermutlich meinte sie Küchenschaben) –, »in welcher Familie werden denn sechs Pfund Kerzen pro Woche verbrannt? Und zehn Pfund Zucker! Wer ißt das alles? *Ich* esse das ganze Jahr kein Gramm Zucker. Schlamperei, nichts als Schlamperei!«
Bei diesen Worten sah Mrs. Finch mich auf der Schwelle stehen. »Oh, Madame Pratolungo«, sagte sie zerstreut, »wie geht's? Bitte bleiben Sie – ich bin gleich fertig. Schon wieder eine Dose Schuhwichse? Ich versteh' das nicht – *meine* Schuhe werden nie geputzt, es ist eine Schande. Und fünf Pfund Reis. Ich wünschte, ich hätte indische Dienstboten, die kämen ein Jahr damit aus! Nehmen Sie das Zeug mit in die Küche. Entschuldigen Sie, daß ich nicht fertig angezogen bin, Madama Pratolungo. Aber wie soll ich mich je fertig anziehen, bei allem, was ich um die Ohren habe? Wie bitte? Ach, Sie meinen auch, daß meine Zeit wahrhaftig ausgefüllt sein muß? Ja, ja... Das ist nun mal nicht anders. Eine halbe Stunde am Morgen ist weg wie nichts, und dann holt man sie nie mehr auf. Sie sehen ja, was ich schon allein in der Vorratskammer für Ärger habe, und die Kinder müssen zu essen haben, und das Baby quarrt schon die ganze Nacht – da fährt man gerade in einen Unterrock und einen Schal, und dabei bleibt's. Das ist nun mal so. Ja. Wo ist bloß wieder mein Taschentuch? Würden Sie so gut sein, mal hinter den Flaschen da

nachzusehen? Ach, nicht nötig, hier ist es, unter dem Baby. Aber vielleicht könnten Sie einen Moment das Buch halten? Vielleicht beruhigt sich der Kleine, wenn ich ihn auf den Bauch lege.« Sie tat es und klopfte dem Kind den Rücken, worauf es noch gellender schrie als zuvor. Seine Mutter schien vollkommen lärmunempfindlich zu sein. Diese gewohnheitsmäßige Märtyrerin blickte seelenruhig zu mir auf, während mir bereits die Hand, in der ich den Roman hielt, zitterte. »Eine wirklich spannende Geschichte«, fuhr sie friedlich fort, »ja. Mit viel Liebe und so. Sie wollten sich gewiß das Buch holen? Ja, ja – ich erinnere mich, ich hab's Ihnen gestern versprochen...«

Hier erschien die Köchin wieder auf der Szene, und Mrs. Finch wiederholte in verzweifeltem Ton jede einzelne Forderung.

»Eine Flasche Essig! Ich glaube, ihr gießt die Blumen mit Essig! – Stärke? Bestimmt wird im Palast der Königin nicht halb soviel Stärke gebraucht wie bei uns! Sandpapier? Werft ihr das nach einmaligem Gebrauch weg, oder was ist los? Ich muß mit dem Pfarrer darüber sprechen. Wenn soviel Verschwendung getrieben wird, kann ich mit dem Wirtschaftsgeld unmöglich auskommen. – Bitte, bleiben Sie, Madame Pratolungo, ich bin gleich soweit. Oh, Sie müssen gehen? Ja, dann legen Sie mir das Buch wieder auf den Schoß, bitte – und wenn Sie so gütig sein wollen, schauen Sie doch mal hinter den großen Mehlsack da. Der erste Band ist mir heute früh dahintergerutscht, und ich hatte noch keine Zeit, ihn wiederzuholen. – Sandpapier! Bin ich eine Sandpapierfabrik? – Ah, da ist er ja, tausend Dank. Voller Mehl – der Sack muß ein Loch haben. Verschwendung! Sündhafte Verschwendung, wohin man sieht!« Ich entwich unbemerkt. Das Thema Oscar Dubourg war jetzt und hier fehl am Platze. Das letzte, was ich außer Babygeschrei noch hörte, während ich hastig die Treppe erklomm, war die Fortsetzung des Lamentos über die allwöchentliche Verschwendung von Sandpapier.

Weihen wir dieser geplagten englischen Gattin, Hausfrau und Mutter eine Träne, geneigter Leser, und lassen wir sie einstweilen in ihrer Vorratskammer allein.

Ich hatte Lucilla kaum über das Scheitern meiner Mission berichtet, als der Stallbursche von Browndown zurückkam. Er brachte die sorgfältig verpackte Goldvase und einen Brief mit.

Oscar hatte sich spürbare Mühe gegeben, seinen Brief ebenso kurz zu halten wie Lucillas.

›Sie haben mir neuen Lebensmut geschenkt. Wann darf ich der Vase folgen? Ihr sehr ergebener Oscar‹

Natürlich folgte nun eine weitere Auseinandersetzung mit Lucilla. Ich hatte große Mühe, ihr klarzumachen, daß sie den Antrittsbesuch des jungen Mannes nicht gut in Abwesenheit ihres Vaters empfangen konnte. Um sie zu bewegen, damit wenigstens zu warten, bis ihr Vater sich auf ihren Brief geäußert hatte, mußte ich ihr das Zugeständnis machen, morgen wieder mit ihr in Richtung Browndown ›spazierenzugehen‹. Damit gab sie sich relativ rasch zufrieden. Sie hatte ja nun Oscars Geschenk in Händen, sie war bereits im Briefwechsel mit ihm – mehr verlangte sie vorläufig nicht.

»Glauben Sie, daß er sich in mich verlieben könnte?« war die letzte Frage, die sie mir beim Schlafengehen zuflüsterte. Ich bemerkte, daß sie die Goldvase unter ihr Kissen legte...

»Geben Sie ihm Zeit, mein Schatz«, antwortete ich leichthin. »Nicht jeder hat in so ernsten Dingen ein solches Tempo am Leibe wie Sie.«

Meine sanfte Ironie glitt an ihr ab wie Wasser an der Ölhaut. »Sie können die Kerze ruhig ausblasen«, sagte sie. »Dunkelheit macht mir nichts aus.« Sie kuschelte sich behaglich in das Kissen und klopfte mir scherzhaft auf die Wange, als ich mich über sie beugte. »Sehen Sie, jetzt bin ich Ihnen gegenüber im Vorteil. Sie sind ohne Ihre Kerze hilflos. Ich kann auch in tiefster Nacht aufstehen und im ganzen Haus umhergehen, ohne irgendwo anzustoßen. Und... ich sehe ihn in meinen Träumen.«

Als ich Lucilla an diesem Abend verließ, wußte ich, daß die ›arme‹ Miß Finch im Moment das glücklichste Mädchen von ganz England war.

12. Mr. Finch riecht Geld

Unser geplanter Spaziergang nach Browndown wurde durch einen häuslichen Zwischenfall um einige Stunden verzögert. Nanny war über Nacht unpäßlich geworden. Die vorhandenen Hausmittelchen halfen ihr so wenig, daß es am Morgen rätlicher schien, den Doktor zu rufen. Erst gegen ein Uhr mittags hatte sich Nannys Zustand so weit gebessert, daß wir sie guten Gewissens unter der Aufsicht eines Hausmädchens allein lassen konnten.

Wir zogen uns zum Ausgehen um (Lucilla war viel schneller fertig als ich) und wollten den Garten gerade durch unser Privatpförtchen verlassen, als wir jenseits der Mauer einen wohltönenden Männerbaß vernahmen:

»Aber nein, bester Sir, da besteht nicht die geringste Schwierigkeit. Ich brauche den Scheck nur bei meiner Bank in Brighton einzusenden.«

Lucilla packte mich am Arm.

»Mein Vater!« hauchte sie in äußerster Verblüffung. »Wieso ist er jetzt schon zurück? Und mit wem spricht er?«

Der Schlüssel des Pförtchens steckte in meiner Tasche. »Was für eine grandiose Stimme Ihr Vater hat!« bemerkte ich, während ich ihn hervorzog und die Tür aufschloß. Und wer stand davor, freundschaftlich untergehakt, als seien sie einander von Jugend an innig verbunden? Lucillas Vater – und Oscar Dubourg.

Reverend Finch ließ Oscar los, um seine Tochter mit viel Gefühl in die Arme zu schließen.

»Mein liebes Kind!« orgelte er ergriffen. »Ich habe deinen Brief – deinen hochinteressanten Brief – heute früh erhalten. Er hat mich, noch während ich ihn las, an meine Christenpflicht gemahnt. Selbstverständlich war es für mich, den Seelsorger von Dimchurch, die vordringlichste Aufgabe, einem schwer heimgesuchten Bruder sofort beizustehen. Ich konnte nicht anders – ich mußte zurückeilen, um ihm die hilfreiche Freundeshand zu bieten. Ich borgte mir Wagen und Pferd von meinen Bekannten und fuhr unverzüglich nach Browndown. Mr. Dubourg und ich haben uns lange und herzlich ausgesprochen. Ich habe ihn gleich mitgebracht. Er sei der Unseren einer. – Oh, richtig, darf ich

vorstellen: Mr. Oscar Dubourg – meine älteste Tochter Lucilla.«
Er vollführte die Vorstellungszeremonie mit so unerschütterlichem Ernst, als glaube er tatsächlich, Oscar und seine Tochter hätten einander noch nicht persönlich kennengelernt. Ich war froh, daß er mir durch dieses Theater Zeit ließ, mich von meinem Staunen zu erholen. Nie im Leben hatte ich ein kümmerlicheres Männchen als diesen würdigen Geistlichen gesehen. Er reichte mir kaum bis zur Schulter und war so mager, daß man ihn ohne weiteres für ein Bild unter dem Titel *Hungersnot* hätte verwenden können. Hätte er sich noch ein paar malerische Fetzen umgehängt, so wäre er als Bettler in den Straßen Londons im Handumdrehen ein reicher Mann geworden. Sein Gesicht war von Pockennarben übersät, und sein kurzes, graumeliertes Haar stand ihm bürstenartig zu Berge. Wirklich unangenehm aber waren mir seine kleinen, farblos-glitzernden mauseflinken Augen, die ruhelos hin und her glitten und einen ›gefräßigen‹ Blick hatten; anders kann ich es nicht nennen. Das einzig Großartige an ihm war sein tönender Baß. Aber auch der war kaum zu ertragen, solange man sich nicht an den unglaubwürdigen Kontrast zwischen dieser Stimme und dem dürftigen Körper gewöhnt hatte. Ich mußte an das berühmte lateinische Spottwort denken: *Vox, et praeter eam nihil.* Stimme, und nichts dahinter. Das war mein erster Eindruck von Reverend Tertius Finch. »Madame Pratolungo?« wandte er sich zu mir. »Ich bin entzückt, die welterfahrene Freundin und Beraterin meiner Tochter kennenzulernen. Seien Sie eine der Unseren, wie Mr. Dubourg! Darf ich vorstellen: Mr. Dubourg – Madame Pratolungo. – Dies ist der historisch interessante Teil unserer Pfarre, Sir. Wir haben ihn renovieren lassen... Wann war das? Richtig, gleich nach der vorletzten Niederkunft meiner teuren Gattin.« (Ich merkte bald, daß Mr. Finch den Ablauf der Zeit nach den Niederkünften seiner teuren Gattin berechnete.) »Innen ist das ehemalige Kloster sehr interessant. Lucilla, mein Kind! (Sie müssen wissen, Mr. Dubourg, daß es dem Herrn gefallen hat, meine Tochter mit Blindheit zu schlagen. Unerforschliche Vorsehung!) Lucilla, mein Kind, wir befinden uns auf deinem Terrain. Nimm Mr. Dubourgs Arm und führe ihn. Mache die Honneurs, mein Kind.

Madame Pratolungo, darf ich Ihnen meinen Arm anbieten? Verzeihen Sie, daß ich nicht schon bei Ihrer Ankunft zugegen war, um Sie im Pfarrhaus von Dimchurch willkommen zu heißen. Ich betrachte Sie als eine der Unseren – bitte, verehrte Dame, tun Sie desgleichen.« Er dämpfte seinen tönenden Baß abrupt zu vertraulichem Raunen. »Ein sympathischer Mensch, dieser Mr. Dubourg. Ich kann Ihnen gar nicht sagen, wie sympathisch er mir ist. Und was für eine tragische Geschichte er hinter sich hat! Ich bitte Sie dringend, Madame Pratolungo: Pflegen Sie diese Freundschaft. Unterstützen Sie meine seelsorgerische Tätigkeit!« Damit drückte er mir mit dem Ausdruck innigster Verbundenheit die Hand.

Ich habe zu meiner Zeit reichlich viel unverfrorene Leute kennengelernt. Aber die Unverfrorenheit des Reverend Finch übertraf alle meine diesbezüglichen Erfahrungen. Wie konnte er mir gegenüber so tun, als hätte er Oscar entdeckt, als müsse er ihn Lucilla und mir anpreisen, weil wir ohne ihn Oscars menschliche Qualitäten womöglich nicht richtig einschätzen könnten! Natürlich fragte ich mich sofort, was er mit dieser unerwarteten Herzlichkeit erreichen wollte. Die Antwort war nicht schwer: Geld.

Wir ließen uns in Lucillas Salon nieder. Der einzige von uns, der sich vollkommen wohl in seiner Haut fühlte, war Mr. Finch. Er ließ seine Tochter und unseren Gast nicht eine Sekunde in Ruhe. »Lucilla, mein Kind, zeige Mr. Dubourg doch dies und das. Mr. Dubourg, meine Tochter besitzt dies und jenes...« So hetzte er die beiden unaufhörlich umher. Oscar war von den überströmenden Liebenswürdigkeiten seines neuen Seelsorgers leicht verstört, und Lucilla, wie ich sehr wohl sah, innerlich erbittert. Alles, was sie liebend gern freiwillig getan hätte, wurde ihr nun von ihrem Vater kommandiert. Ich war des gönnerhaften Getues des kleinen Pastors mit der Donnerstimme ohnehin schon müde. Zu unserer unaussprechlichen Erleichterung kam endlich ein Bote von Mrs. Finch, die von der Rückkehr des Gatten gehört hatte und um seinen Beistand auf der anderen Seite des Hauses ersuchte.

Reverend Finch verließ uns selbstverständlich nicht ohne eine feierliche Abschiedsrede. Er hielt dabei Oscars Hand väterlich

schützend zwischen beiden Händen. Sein sonorer Baß schwoll zu so herzbewegender Lautstärke, daß sämtliche Porzellan- und Kristallsächelchen in Lucillas Vitrine melodisch mitklirrten.
»Kommen Sie morgen zum Tee, bester Sir – ganz zwanglos. Abends um sechs. Der Mensch braucht nach des Tages Last ein wenig Zerstreuung und Geselligkeit. Wir werden auch musizieren. Lucilla, mein Kind, du wirst Mr. Dubourg doch gern etwas vorspielen? Und Madame Pratolungo wird nicht zurückstehen – mir zuliebe. Nicht wahr? Unser angeblich ödes Dimchurch wird unserem neuen Nachbarn ans Herz wachsen, ehe er sich dessen versieht. Wie sagt doch der Dichter? ›Das Glück auf unserem Stern – hat keinen festen Ort – hier weilt es immerdar – dort bleibt es ewig fort.‹ Wie wahr! Wie aufmunternd! Leben Sie wohl, Mr. Dubourg – bis morgen.«
Das Gläserklirren verebbte. Mr. Finch war auf seinen dünnen Beinchen aus dem Zimmer gestelzt. Lucilla und ich richteten wie aus einem Munde dieselbe Frage an Oscar: Wie hatte sich der überraschende Besuch des Pfarrers bei ihm wirklich abgespielt?
Es ist ein hoffnungsloses Unterfangen, Männer zu befragen, wenn es sich um bezeichnende Einzelheiten dreht. Eine Frau hätte an Oscars Stelle nicht nur das Gespräch mit dem Pfarrer wortgetreu wiedergegeben, sondern sich auch an die kleinsten Begleitumstände erinnert. Nichts davon bei Oscar! Er konnte nur in ganz großen Zügen berichten, was Mr. Finch von ihm gewollt hatte. Die notwendigen Ergänzungen blieben unserer Kombinationsgabe überlassen.
Oscar erklärte, die unerwartete Güte des Pfarrers hätte ihn so überrascht und gerührt, daß er dessen Aufforderung, ihm sein ganzes Herz zu eröffnen, gern nachgekommen sei und ihn über seine persönliche und finanzielle Lage rückhaltlos aufgeklärt habe. Daraufhin habe Reverend Finch ihm auch seinerseits aufs freimütigste seine seelsorgerischen Nöte geschildert. Oscar hatte bis dahin noch gar nicht recht gewußt, in was für einer bitterarmen Gemeinde er Zuflucht gefunden hatte. Nun wußte er, unter anderem, nach der bewegenden Ansprache des Reverend Finch, daß der historisch interessante alte Kirchturm des Dorfes vom Einsturz bedroht sei, wenn nicht genügend freiwillige Spenden zu seiner Reparatur zusammenkämen. Natürlich hatte der arme,

naive Oscar sofort voller Anteilnahme sein Scheckbuch gezückt und ein nettes Sümmchen für die Kirchenkasse ausgeschrieben. (Das war der Scheck, von dem Mr. Finch sprach, als ich seine gewaltige Stimme zum erstenmal hinter der Gartenmauer vernahm.) Mir war nun schon klar, daß der ehrwürdige Seelenhirt sein neues Schäflein vor allem nach finanziellen Gesichtspunkten gewogen – und nicht zu leicht befunden hatte. Der Kirchturm war ein massiver Fühler, mit dem er vorsichtig die Möglichkeit abtastete, demnächst auch mit privateren Anliegen herauszurükken. Kurzum, ich hielt den Pfarrer für seelenkundig und gerissen genug, um mir sein überaus bereitwilliges Entgegenkommen zu erklären. Er rechnete mit einer Vermehrung – statt der gefürchteten Minderung – seiner Bezüge, falls die Freundschaft seiner Tochter mit diesem vermögenden jungen Mann bis zur Heirat gedieh.

Ob Lucilla den gleichen Gedankengang verfolgte wie ich, kann ich beim besten Willen nicht sagen. Ich weiß nur, daß Oscars harmloser Bericht ihr offensichtlich peinlich war und daß sie das Gespräch so bald wie möglich von ihrem Vater ablenkte.

Für Oscar war das einzig Wichtige, daß er als Freund des Hauses akzeptiert war. Er verabschiedete sich nach einer Weile in bester, geradezu übermütiger Laune. Ich beobachtete, daß Lucilla ihm lange und vielsagend die Hand drückte und er diesen Händedruck heftig erwiderte. Bei dem Tempo der Ereignisse machte ich mich darauf gefaßt, daß Reverend Finch zur morgigen Teestunde bereits im Talar erscheinen würde, um seinen ›schwergeprüften jungen Freund‹ und seine Tochter Lucilla schnell zwischen der ersten und zweiten Tasse zu trauen.

Lucilla und ich waren – das muß gesagt werden – am nächsten Abend sehr elegant gekleidet, und auch Mrs. Finch hatte sich zu Ehren des Gastes unheimliche Mühe gegeben: Sie war wenigstens halb angezogen. Ihre Abendgala bestand aus einer verschossenen grünseidenen Krinoline, auf welcher ein erfahrenes Auge mehrere Spuren einstiger Säuglinge wahrnahm, und der unvermeidlichen blauen Merinojacke. »Ich weiß einfach nicht, wo meine Sachen bleiben«, flüsterte sie mir ins Ohr. »Ich habe natürlich ein passendes Mieder zu dem Rock, aber es ist spurlos verschwunden, ja.« Der Pfarrer redete unermüdlich. Seine pom-

pöse Baßstimme tönte und tönte, bis sogar der Tee in den Tassen Wellen schlug. Die größeren Kinder, die an der Festivität teilnehmen durften, aßen, bis sie nicht mehr konnten, glotzten, bis sie nicht mehr konnten, und gähnten, bis sie auch das nicht mehr konnten, worauf sie zu Bett geschickt wurden. Oscar ging reizend auf alle Anwesenden ein. Mrs. Finch fesselte vor allem der Umstand, daß er ein Zwilling war; aber sie fand es sehr traurig und irgendwie unfaßbar, daß seine Mutter außer ihm und seinem Zwillingsbruder nichts mehr hervorgebracht hatte. Lucilla saß still und glücklich dabei und konzentrierte sich einzig und allein auf Oscars Stimme. Für sie war jede winzige Nuance seiner Sprache genauso aufschlußreich wie für uns Sehende der wechselnde Ausdruck eines geliebten Gesichts. Später am Abend spielte sie auch etwas vor – und ich hörte zum erstenmal, wie ausgezeichnet sie Klavier spielen konnte, wenn sie sich Mühe gab. Sie war grundmusikalisch und hatte einen Anschlag, um den sie mancher unserer größten Virtuosen beneidet hätte. Oscar war hingerissen. Mit einem Wort, der Abend war ein Erfolg.
Trotz alledem hatte ich noch einiges auf dem Herzen, vor allem die Sorgen, die sich auf Oscars Einsiedlerdasein in Browndown bezogen. Ich wurde das Bild der beiden Gaunervisagen nicht los, die vorgestern um das einsame Haus herumgelungert waren, und fand, daß Oscar unbedingt irgendwelche Vorsichtsmaßnahmen treffen müsse, ehe seine wertvolle Kiste von London zurückkam. Beim Abschied hatte ich endlich Gelegenheit, ihm ein warnendes Wörtchen zu sagen. Er schaute gerade auf die Uhr und entschuldigte sich für sein langes Bleiben. Für ländliche Begriffe war es schandbar spät: Mitternacht.
»Bleibt Ihr Diener auf, bis Sie heimkommen?« fragte ich. Selbstverständlich ließ ich mir nicht anmerken, daß ich über seine häuslichen Verhältnisse Bescheid wußte.
Er zog einen großen, ungefügen Schlüssel aus der Tasche. »Das ist mein Diener«, sagte er. »Mehr brauche ich nicht. Die Gastwirtin und ihre Tochter kommen täglich zum Aufräumen und Kochen; das genügt vollständig. Über Nacht bin ich allein.«
Er schüttelte uns der Reihe nach die Hände. Mr. Finch ließ ein paar jovial dröhnende Abschiedsworte vom Stapel. Als das überstanden war, schlüpfte ich mit Oscar hinaus.

»Ich muß noch ein bißchen an die frische Luft«, sagte ich. »Haben Sie etwas dagegen, wenn ich Sie hinausbegleite?« Natürlich hatte er nichts dagegen. Er begann sofort von Lucilla zu schwärmen. Ich schnitt ihm roh und herzlos das Wort ab und kehrte zu meinem Thema zurück.
»Halten Sie es für klug, in der Einsamkeit dahinten so ganz allein zu hausen? Können Sie sich keinen Diener leisten?«
»Das schon, aber mich machen fremde Leute nervös«, gab er zurück. »Ich fühle mich unvergleichlich wohler, wenn ich allein bin.«
»Wann erwarten Sie Ihre Gold- und Silberplatten zurück?«
»In ungefähr einer Woche.«
»Was sind diese Platten wert, rund gerechnet?«
»So zwischen siebzig und achtzig Pfund.«
»Das heißt«, sagte ich, »daß Sie in einer Woche ein kleines Vermögen in Browndown haben werden. Wenn Ihnen einer die Platten stiehlt, braucht er sie nur wieder einzuschmelzen, um jede Spur seines Einbruchs zu verwischen. Beute dieser Art wird selten wieder aufgefunden.«
Oscar blieb stehen und sah mich an.
»Sie kommen aber auf Ideen!« sagte er halb lachend, halb bewundernd. »In dieser ländlich-biederen Gegend gibt's keine Diebe.«
»Diebe gibt's überall«, erwiderte ich. »Haben Sie die Typen schon vergessen, die erst vorgestern um Browndown herumgelungert sind?«
Oscar lächelte. Ich erinnerte ihn an eine komische Szene – und an nichts sonst.
»Wir hätten sie gar nicht bemerkt, wenn dieses ulkige Kind – Jicks – sie nicht aufgestöbert hätte. Was meinen Sie dazu: Sollte ich nicht Jicks als Leibwächter engagieren?«
»Ich scherze nicht«, sagte ich energischer. »Die Kerle sahen übel aus. Und das Fenster stand offen, als Sie mir alles über Ihr Hobby erzählten. Die Burschen wissen jetzt wahrscheinlich, wo Ihre Kiste hingeht und wann sie zurückkommt.«
»Sie haben wirklich eine blühende Phantasie!« rief Oscar. »Sie sehen zwei abgerissene Landstreicher – oder auch nur zwei ärmliche Ausflügler, die zufällig durch Dimchurch wandern –, und

schon argwöhnen Sie die finstersten Pläne! Sie sollten sich mit meinem Bruder Nugent zusammentun. Der denkt sich auch immer die tollsten Räuberpistolen aus.«
»Hören Sie auf meinen Rat«, sagte ich ernst. »Bleiben Sie nicht so allein in Browndown. Irgendeine lebende Seele müßte bei Ihnen sein.«
Oscar war in viel zu guter Laune, um meinen Rat ernst zu nehmen. Er küßte mir die Hand und dankte spaßhaft übertrieben für mein rührendes Interesse an seinem Wohlergehen. »Gut«, sagte er, während er die Gartentür öffnete, »ich werde demnächst eine lebende Seele in meiner Nähe haben. Ich werde mir einen Hund anschaffen.«
Damit trennten wir uns. Ich hatte ihm gesagt, was ich zu sagen hatte. Mehr konnte ich nicht tun. Vielleicht hatte er mit seiner Unbekümmertheit recht und ich unrecht.

13. Jicks' zweiter Auftritt

Während der nächsten fünf Tage entwickelte sich ein reger freundnachbarlicher Verkehr. Entweder kam Oscar ins Pfarrhaus, oder wir besuchten ihn in Browndown. Reverend Finch mimte den Ahnungslosen und harrte der Stunde, in der er dem jungen Paar seinen Segen geben konnte. Es sah ganz so aus, als brauchte er nicht mehr lange zu warten – dafür sorgte Lucilla. Sie trug ihre Verliebtheit offen zur Schau, das arme blinde Ding, und ermutigte Oscar in jeder Weise. Leider war Oscar der ungeschickteste Verehrer, den man sich vorstellen kann. Je mehr auch er sich in Lucilla verliebte, desto schüchterner wurde er. Ehrlich gesagt, ich habe für so reine Toren, denen es an Selbstbewußtsein mangelt, nie viel übrig gehabt, und daher stieg Oscar bei näherer Bekanntschaft nicht besonders in meiner Wertschätzung. Aber es genügte ja, daß Lucilla ihn schätzte! Lucilla war fest entschlossen, aus Oscar ihr männliches Schönheitsideal zu machen. Sie fragte sämtliche Bewohner des Pfarrhauses aus, die Kinder eingeschlossen, wie sie auch mich schon ausgefragt hatte: nach Oscars Gesichtszügen, Haarfarbe, Augenfarbe, Hautfarbe,

Größe und Wuchs, Anzug, Krawatte und so weiter... Ein Detektiv hätte sich nicht genauer nach jeder Kleinigkeit erkundigen können. Besonders beglückt war sie darüber, daß ihr von allen Seiten versichert wurde, Oscar sei blond und hellhäutig. Dies hing mit ihrem krankhaften Grauen vor allem ›Dunklen‹ zusammen, für das sie nichts konnte.
»Ich weiß nicht, ob es bei allen Blinden so ist«, sagte sie zu mir, »aber ich habe jedenfalls in mancher Beziehung einen sechsten Sinn. So habe ich gleich mit jeder Faser meines Wesens gespürt, daß Oscar hell und strahlend sein muß, und alles, was Sie und die andern über sein Aussehen sagen, bestätigt nur das innere Bild, das ich sofort von ihm hatte, als ich seine Stimme hörte – diese Stimme, die mir ins tiefste Herz drang. Mrs. Finch... meine Stiefmutter sagt, seine Haut sei heller als meine. Finden Sie das auch? Ach, wie wäre das herrlich! Ich kann mich manchmal selber nicht leiden, weil ich brünett bin, viel zu dunkel... Haben Sie je ein so verrücktes Ding kennengelernt wie mich? Wenn Sie wüßten, was hinter diesen blinden Augen alles vorgeht und was für Bilder ich mir mache... Leben und Schönheit sind für mich unlösbar mit hellen Farben verbunden, Tod und Verbrechen dagegen mit dunklen. Wenn ich irrtümlich einen dunklen Mann heiratete und plötzlich durch irgendein Wunder mein Augenlicht wiedererlangte – ich glaube, ich würde ihm voller Entsetzen weglaufen.«
Ihr Vorurteil gegen dunkle Menschen ärgerte mich ein bißchen. Erstens war Lucilla selbst brünett, wie sie richtig bemerkte, zweitens bin ich brünett, und drittens... (Verzeihen Sie die persönliche Abschweifung, geneigte Leser, aber mein lieber verstorbener Pratolungo hatte eine Hautfarbe wie dunkles Mahagoni – am ganzen Leib!) Im übrigen begab sich in Dimchurch nichts, was des Aufzeichnens wert wäre. Keine verdächtigen Gestalten ließen sich blicken, und Oscar dachte gar nicht daran, einen Diener zu engagieren oder sich wenigstens einen Hund anzuschaffen. Jicks beehrte ihn mit häufigen Besuchen, und sie allein erinnerte ihn jedesmal mit größtem Ernst an die Landstreicher und sein Versprechen, sie verhaften und auspeitschen zu lassen, weil sie Jicks ausgelacht hatten.
Nach einer knappen Woche kamen die umgeschmolzenen Gold-

und Silberplatten von der Londoner Fabrik zurück. Oscar teilte mir diese Tatsache in einem übermütigen Briefchen mit:

›Liebe Madame Pratolungo,
seit gestern abend bin ich wieder im Besitz meiner Schätze, muß Ihnen jedoch zu meinem Bedauern gestehen, daß niemand davon Notiz genommen hat. Browndown wird von der Verbrecherwelt auf geradzu kränkende Weise ignoriert. Mir wird nichts übrigbleiben, als mich in meine Werkstatt zurückzuziehen und mein Gold und Silber selbst zu verwenden. Im Moment frühstücke ich, woraus Sie ersehen, daß meine Gurgel noch heil ist.

Stets der Ihrige,
Oscar‹

Hierauf war nichts zu erwidern. Mochte Jicks sich noch eine Zeitlang an die ›bösen Männer‹ erinnern. Ältere und klügere Leute konnten sie aus ihrem Gedächtnis streichen. Und wieder kam ein Samstag heran, der zehnte Tag nach der denkwürdigen Aussprache in Browndown. Oscar stattete uns vormittags einen Besuch im Pfarrhaus ab, und am Nachmittag gingen wir zu ihm, um das Anfangsstadium eines goldenen Handschuhkästchens zu begutachten, das nach seiner Vollendung Lucillas Toilettentisch zieren sollte. Wir ließen Oscar bald mit seiner Arbeit allein. Er war Feuer und Flamme und wollte das Tageslicht noch so lange wie möglich ausnutzen.
Nach der Rückkehr setzte sich Lucilla ans Klavier, und ich begab mich in den anderen Teil des Hauses, da ich der unseligen Mrs. Finch in einer schwachen Minute versprochen hatte, ihr bei der Modernisierung ihrer Garderobe zu helfen. Sie versprach sich Wunderdinge von meinem ›französischen Chic‹. »Neue Sachen kann ich mir ja nicht leisten, aber vielleicht läßt sich manches ändern – Sie haben ja soviel Geschmack!« hatte die Ärmste gesagt, und welche Frau könnte einem solchen Appell widerstehen? In meiner Hilfsbereitschaft nahm ich sogar das Baby, den Roman und das übrige Kindergewimmel in Kauf, solange ich wenigstens vor Reverend Finch sicher war. Der saß jedoch Samstag nachmittags traditionsgemäß in Klausur und schrieb seine Predigt.
Ich stellte mich also pünktlich mit Schere, Schnittmustern und einem Kopf voller Ideen bei Mrs. Finch ein. Wir hatten aber ge-

rade erst mit der Durchsicht ihres Kleiderschrankes angefangen, als eines der größeren Kinder kam und berichtete, Jicks sei wieder einmal nicht zum allgemeinen Vesperbrot erschienen.
Man rief und suchte ein wenig nach ihr, aber umsonst. Niemand war besonders erstaunt oder gar besorgt. »Gott, wo wird sie schon sein? Wahrscheinlich wieder in Browndown!« sagten wir und sichteten Mrs. Finchs Plunder weiter.
Ich versuchte Mrs. Finch eben begreiflich zu machen, daß die blaue Merinojacke nun wirklich ausgedient habe, als ein jämmerlicher Schrei an mein Ohr drang. Ich ließ die Jacke fallen und starrte Mrs. Finch an. Das Schreien näherte sich. Es war unverkennbar Jicks' Stimme. Ich rannte zur Tür, riß sie auf – und sah mich Jicks gegenüber.
Der Anblick des Kindes jagte mir einen kalten Schauder über den Rücken. Die arme Kleine war schneeweiß im Gesicht und vor Angst offensichtlich halb von Sinnen. Sie brachte kein Wort hervor, nur ein dumpfes Wimmern. Als ich vor ihr in die Hocke ging, um sie in die Arme zu nehmen und zu beruhigen, ergriff sie krampfhaft meine Hand und versuchte, mich wieder in die Höhe und aus dem Hause zu zerren. Ich umfaßte sie ratlos fester und fühlte plötzlich etwas Feuchtes unter meinen Fingern. Ich zuckte zurück und betrachtete automatisch meine Hand. Großer Gott! Blut! Ich schob Jicks auf Armlänge von mir weg, um sie genauer anzusehen. Mein eigenes Blut gefror mir in den Adern.
Der Kittel der Kleinen war über und über mit feuchtem Blut befleckt. Es war nicht *ihr* Blut; trotz meines Schreckens sah ich rasch, daß sie unverletzt war. Irgend jemand hatte sie absichtlich damit beschmiert. Bei näherem Hinsehen erkannte ich so etwas wie Buchstaben. Ich zog Jicks durch die Tür in besseres Licht. Ja! Die Blutflecken bildeten ein Wort! Ich entzifferte ein H, dann etwas Unleserliches, als sei der schreibende Finger vor Schwäche ausgeglitten, aber die nächsten Buchstaben waren als I, F und E zu erraten. Kein Zweifel mehr! Auf Jicks' Kittel stand das Wort: HILFE!

14. Entdeckungen in Browndown

Dank meiner abenteuerlichen Vergangenheit bin ich noch heute in der Lage, in Notfällen meine Gedanken zusammenzuhalten und rasch die nächsten Schritte zu tun. Daher sah ich auch an jenem Samstagnachmittag sofort klar vor mir, was zu tun war: erstens, mit Hilfskräften nach Browndown zu eilen, und zweitens, Lucilla alles zu verheimlichen, bis ich selbst wußte, was dort geschehen war, und sie gegebenenfalls schonend auf das Schlimmste vorbereiten konnte.

Ich sah mich nach Mrs. Finch um. Sie lag halb ohnmächtig in einem Sessel. »Nehmen Sie sich zusammen!« fauchte ich sie an; mir fehlte im Moment jede Sympathie für hysterische Schwächeanwandlungen. Dabei hatte ich immer noch die arme kleine Jicks in den Armen, die ihrerseits, aber aus handfesteren Gründen, halb ohnmächtig war. Um aktiv zu werden, mußte ich sie loswerden. Mrs. Finch riß bei meinem scharfen Ton die wasserblauen Augen auf und fing an zu schluchzen. Ich legte ihr das Kind kurzerhand in den Schoß und rüttelte sie an der Schulter. »Sie könnten ihr wenigstens den Kittel ausziehen!« sagte ich – und diese Erinnerung an ihre Mutterpflichten schien Mrs. Finch etwas zu sich zu bringen. Sie warf ängstliche Blicke auf das Baby, das diesmal in seiner Wiege schlummerte, dann auf den Roman, der aufgeschlagen auf einem Stuhl lag – und die Nähe dieser beiden vertrauten Dinge setzte sie in den gewohnten Gang. Sie begann Jicks' Kittel aufzuknöpfen. »Legen Sie den Kittel sorgfältig weg«, sagte ich langsam und deutlich, »und sagen Sie niemandem etwas, ehe ich zurück bin. Jicks ist unverletzt, wie Sie sehen. Bringen Sie sie zu Bett und erwarten Sie mich hier. Wo ist Mr. Finch?« Mrs. Finch schniefte, schluckte, wischte sich den Schweiß von der Stirn (sie war feuchter denn je) und erwiderte: »In seinem Arbeitszimmer… ja.«

»Jicks will mitgehen«, murmelte die unverwüstliche kleine Nomadin matt, während ich schon aus dem Zimmer rannte, um den Herrn des Hauses aufzusuchen.

Auf mein Klopfen an der Tür des Arbeitszimmers erhielt ich keine Antwort. Ich erlaubte mir, ohne weitere Formalitäten einzutreten, und sah den ehrwürdigen Geistlichen behaglich in einem Sessel vor seinem Schreibtisch sitzen. Das Papier, das seinen Predigttext aufnehmen sollte, war noch unschuldsweiß und blütenrein. Bei meinem nicht eben leisen Eintritt fuhr er erschrokken hoch, war aber fast sofort wieder im Vollbesitz seiner geistlichen Würde.

»Verzeihen Sie, Madame Pratolungo«, tönte er, »ich war tief in Gedanken versunken. Was wünschen Sie? Bitte fassen Sie sich möglichst kurz.« Er wies mit einer großartigen Geste auf das leere Papier und fügte in tiefstem Baß hinzu: »Meine Predigt!«

Ich faßte mich kurz – so kurz, daß Mr. Finch totenbleich wurde. Ich habe nie einen Menschen gesehen, dem ein Schreck so sichtbar in die Glieder fuhr wie dem Reverend Finch.

»Wollen Sie wirklich selbst hingehen?« fragte er mit merklichem Vibrato. »Ist das nicht gefährlich? Könnten die Verbrecher nicht noch in oder um Browndown sein?«

»Jedenfalls ist keine Sekunde mehr zu verlieren«, antwortete ich. »Wir müssen sofort aufbrechen und unterwegs sehen, ob wir noch ein paar Leute zur Hilfe bekommen.« Ich war schon wieder an der Tür. Mr. Finch, offenbar in der Vorahnung eines fürchterlichen Handgemenges mit Räubern und Mördern, zögerte noch. Ich las ihm an der Stirn ab, daß er sich hundert Meilen weit weg wünschte. Aber er war der Hausherr, er war der Oberhirte der Gemeinde – es blieb ihm nichts anderes übrig, als seinen Hut aufzusetzen und mitzukommen.

Auf dem Weg ins Dorf hielt mein geistlicher Begleiter zum erstenmal, seit ich ihn kannte, den Mund. Ich fragte nach dem einzigen Gendarmen: Er war auf einem Kontrollgang. Ich fragte nach dem Doktor, der außerhalb Dimchurchs wohnte: Niemand wußte, wo er war; er kam samstags nur in den dringendsten Notfällen ins Dorf. Da ich im Laufe der Woche mehrfach gehört hatte, der Gastwirt sei ein braver und zuverlässiger Mann, schlug ich vor, ihn um Hilfe zu bitten. Reverend Finch wurde bei diesem Vorschlag zusehends tapferer. Sein Gefühl für die eigene Wichtigkeit stieg wie Quecksilber in einem Thermometer, das man in warmes Wasser steckt.

»Genau dasselbe wollte auch ich gerade sagen«, verkündete er. »Gootheridge ist – trotz seines niedrigen Standes – ein sehr braver Mann. Wir können ihn ohne weiteres mitnehmen. Fürchten

Sie sich nicht, Madame Pratolungo, das Auge der Vorsehung wacht über uns. Welch ein Glück, daß ich zu Hause war! Was hätten Sie nur ohne mich angefangen? Zittern Sie doch nicht so, bitte. Sollten wir noch irgendwelche Verbrecher in Browndown antreffen – nun, Sie sehen, ich habe einen tüchtigen Knotenstock bei mir. Und ich besitze trotz meiner geringen Körperhöhe enorme Kräfte. Ich bestehe sozusagen nur aus Sehnen und Muskeln. Fühlen Sie nur!«

Er bog prahlerisch sein dünnes Ärmchen, das etwa den halben Umfang hatte wie meine. Wenn mir nach Spotten zumute gewesen wäre, hätte ich sicher erklärt, mit einem solchen Herkules zur Seite brauchte ich den Gastwirt nicht erst zu stören. Ich weiß nicht, ob Mr. Finch eine derartige Folge seiner Protzerei befürchtete; ich weiß nur, daß er sich plötzlich sehr beeilte, zum Gasthof zu kommen und Mr. Gootheridge herauszuschreien. Der Wirt erklärte sich sofort zur Hilfeleistung bereit.

»Nehmen Sie Ihre Flinte mit!« rief der schlotternde Reverend Finch. Gootheridge holte seine Flinte. Wir hasteten zu dritt weiter nach Browndown.

»War Ihre Frau oder Ihre Tochter heute nachmittag in Browndown?« fragte ich den Wirt unterwegs.

»Beide, Ma'am. Samstags ist Großreinemachen. Aber sie sind schon seit über zwei Stunden wieder da.«

»Haben die beiden etwas Ungewöhnliches bemerkt?«

»Nicht daß ich wüßte, Ma'am.«

»Aber vielleicht haben Sie im Laufe des Nachmittags irgendwelche Fremden im Dorf gesehen?«

»Richtig, Ma'am, das stimmt. Vor einer Stunde etwa sind zwei Fremde in einer Chaise an meinem Gasthaus vorbeigefahren.«

»In welcher Richtung?«

»Von Brighton, Richtung Browndown.«

»Haben Sie sich die Gesichter gemerkt?«

»Nein, Ma'am. Ich habe nicht besonders achtgegeben. Ich hatte um die Zeit gerade viel zu tun.«

Der naheliegende Verdacht, daß die beiden Fremden die Herumlungerer sein könnten, die ich schon einmal gesehen hatte, verstärkte sich in mir. Ein dicker Kloß saß mir im Halse. Ich sagte nichts mehr, bis wir nach Browndown kamen.

Um das Haus war alles still und friedlich wie immer. Das einzige Ungewöhnliche waren frische Räderspuren auf dem Rasen des Vorplatzes. Mr. Gootheridge sah sie als erster. »Hier muß die Chaise gehalten haben«, sagte er zu Reverend Finch.
Dieser litt unter einer abermaligen Sprachstörung. Alles, was er herauswürgte, war: »Vorsicht – bitte – Vorsicht!«
Der Wirt und ich wandten uns dennoch unverzüglich zur Haustür. Mr. Finch bildete die Nachhut, jeden Moment zur Flucht in das unübersichtliche Gewirr der South Downs bereit. Gootheridge klopfte laut und rief: »Mr. Dubourg!« Keine Antwort. Nur unheilschwangere Stille. Ich konnte mich nicht länger mit sinnlosen Präliminarien aufhalten und griff nach der Klinke. Die Tür war unverschlossen.
»Lassen Sie mich vorgehen, Ma'am«, bat der Wirt.
Ich ließ ihn vorgehen, folgte ihm aber auf den Fersen. Im Korridor riefen wir noch einmal. Wieder keine Antwort. Wir sahen ins Eß- und Wohnzimmer, die beide leer waren. Auf der Rückseite des Hauses war, wie ich wußte, Oscars sogenannte Werkstatt. Wir drückten auch auf diese Klinke. Die Tür war verschlossen.
Wir klopften und riefen lauter – und auch hier antwortete uns nichts als unheimliche Stille.
Ich bückte mich und sah durch das Schlüsselloch. Der Schlüssel steckte nicht darin. Aber nach kurzem Spähen fuhr ich entsetzt wieder hoch und schrie: »Brechen Sie die Tür auf! Ich habe eine Hand gesehen – mitten auf dem Fußboden!«
Der Wirt war körperlich beinahe ebenso schwächlich wie der Pfarrer, und die Tür war, wie alles in Browndown, plump und solide gebaut. Ohne technische Hilfsmittel war es uns selbst mit vereinten Kräften unmöglich, das Schloß aufzubrechen. In dieser Notlage kam Reverend Finch – zum ersten- und zum letztenmal – auf eine gute Idee. »Halten Sie ein!« sagte er. »Meine Freunde: Vielleicht können wir durch ein Hinterfenster einsteigen.«
Weder Gootheridge noch ich hatten in der Aufregung an das Hinterfenster gedacht. Während wir hinaus und um das Haus herum rannten, sahen wir, daß die Radspuren ebenfalls um das ganze Haus herumgingen. Das ebenerdige Fenster der Werkstatt stand sperrangelweit offen. Wir hatten freien Zutritt.

Und da lag er, der unselige, allzu arglose junge Mann, in seinem Blut! Der brutale Schlag auf den Kopf, den er erhalten hatte, mußte ihn auf der Stelle niedergestreckt haben. Das Blut stammte aus einer tiefen Platzwunde in der Kopfhaut; ob auch die Schädeldecke zertrümmert war, konnte ich beim Betasten der mittlerweile hochaufgeschwollenen Beule nicht feststellen. Immerhin war ich nicht ohne Erfahrung in Erster Hilfe. (Wie oft hatte ich einst verwundete Freiheitshelden an der Seite meines ruhmreichen Gatten verbinden müssen!) Kaltes Wasser, Essig und Leinen – das war alles, was ich für den Moment brauchte.
Gootheridge hatte inzwischen den Schlüssel gefunden, der in einer Ecke des Zimmers lag; er schloß die Tür auf und brachte in Minutenschnelle alles Verlangte herbei. Ich legte eine Essigkompresse auf Oscars Kopf und spülte das Blut von seinem Gesicht. Er war ohne Besinnung, aber er lebte. Reverend Finch, der dem Wirt und mir sonst nur noch im Wege war, fühlte wichtigtuerisch Oscars Puls, als sei das eine lebensrettende Handlung. Und ganz gewiß konnte niemand so dramatisch den Puls fühlen wie er! Nachdem er laut die schwachen Schläge mitgezählt hatte, reckte er sich stolz auf und bemerkte: »Welch ein Glück, daß ich zu Hause war! Was hätten Sie ohne mich angefangen?«
Die nächsten Notwendigkeiten waren nun: den Arzt herbeizuschaffen und Oscar inzwischen irgendwie die Treppe hinauf in sein Schlafzimmer zu transportieren.
Gootheridge erbot sich, ein Pferd zu leihen und über Land zu reiten, um den Doktor zu suchen. Während seiner Abwesenheit würden mir seine Frau und sein Schwager zu Hilfe kommen. Abgemacht – gut. Nun mußte ich mich nur noch des lästigen Reverend Finch entledigen, um in Ruhe Oscars Kompressen wechseln zu können. Seit es feststand, daß die Verbrecher längst das Weite gesucht hatten, war Mr. Finch wieder ungemein mutig, und sein dröhnender Baß vibrierte unaufhörlich in meinen Ohren, als sei eine Kreissäge in der Nachbarschaft in Tätigkeit gesetzt worden. Ich saß auf dem Boden, Oscars Kopf im Schoß, und suchte verzweifelt nach einem Mittel, die Kreissäge abzustellen. Glänzende Idee: Ich gab meinem geistlichen Helfer etwas zu tun. »Sehen Sie doch mal nach«, bat ich, »ob die Kiste mit den Gold- und Silberplatten noch da ist.«

Mr. Finch war sichtlich verdutzt, daß ich ihn wie einen gewöhnlichen Sterblichen zu behandeln wagte und ihm Aufträge erteilte.
»Ruhe bewahren, Madame Pratolungo!« tönte er. »Keine hysterische Überstürzung, bitte! Vertrauen Sie sich meiner Leitung an. Es ist völlig überflüssig, mir zu sagen, daß ich nach der Kiste sehen soll.«
»Allerdings«, gab ich zu. »Ich weiß sowieso, daß sie nicht mehr da ist.«
Auf diese Antwort hin wuselte Mr. Finch augenblicklich in allen Ecken herum. Die Kiste war und blieb verschwunden. Meine trüben Ahnungen hatten sich bestätigt. Die beiden Gauner, die ich vor zehn Tagen an der Hauswand lümmeln gesehen hatte, waren wieder dagewesen.
Mrs. Gootheridge und ihr Bruder kamen im Galopp. Wir trugen Oscar zu dritt hinauf und legten ihn mit freiem Oberkörper aufs Bett, in nächster Nähe des offenen Fensters. Er war immer noch nicht zur Besinnung gekommen. Doch sein Puls klopfte matt und gleichmäßig weiter. Sein Zustand veränderte sich weder zum Guten noch zum Schlechten.
Auf das Eintreffen des Doktors war vor Ablauf der nächsten Stunde keinesfalls zu hoffen. Ich empfand es jetzt als meine dringendste Pflicht, zu Lucilla zu eilen und ihr die Wahrheit so zartfühlend wie möglich beizubringen, ehe vergröbernde und entstellende Gerüchte aus dem Dorf zu ihr drangen. Reverend Finch verzichtete zu meiner Erleichterung darauf, mich bei diesem schweren Gang zu begleiten. Ihm war gerade eingefallen, daß er – als geistliches Oberhaupt der Gemeinde Dimchurch – bei der nächsterreichbaren weltlichen Behörde Bericht erstatten mußte. Er ging also seines Weges, und ich ging den meinen. Nach menschlichem Ermessen war Oscar unter der Obhut Mrs. Gootheridges und ihres Bruders gut aufgehoben. Und ein Glück im Unglück hatten wir ja allesamt gehabt – Reverend Finch trommelte es uns vor seinem Entschwinden noch einmal nachdrücklich ins Gedächtnis. Seine Abschiedsworte waren: »Welch ein Glück, daß ich zu Hause war! Was hätten Sie nur ohne mich angefangen?«

15. Am Krankenbett

Ich bin (wie Sie sich vielleicht erinnern) gebürtige Französin und als solche jeder Art von Weltschmerz abgeneigt, wenn ich ihn irgend vermeiden kann. Erlassen Sie mir deshalb bitte die haargenaue Beschreibung der Szene, die vor über zehn Jahren zwischen meiner armen blinden Lucilla und mir stattfand, als ich von Browndown in ihren heiterverspielten Salon zurückkehrte. Lucillas Reaktion brachte mich damals zu Tränen und würde mich (vielleicht auch Sie, liebe Leser) auch heute wieder zu Tränen bringen, wenn ich allzu eingehend schilderte, wie das zarte, vom Schicksal ohnehin geschlagene und obendrein verliebte junge Ding die furchtbare Botschaft aufnahm. Nein – ich drücke weder auf Ihre Tränendrüsen noch auf meine. Man bekommt nur eine häßliche rote und geschwollene Nase davon, und ich persönlich wache über meine Nase. Sie ist noch heute die beste meiner klassischen ›sieben Schönheiten‹.

Es genügt, wenn ich sage, daß Lucilla selbstverständlich sofort mit mir nach Browndown zurückging.

In dieser schauerlichen Ausnahmesituation bemerkte ich zum erstenmal, daß Lucilla ihre sehenden Mitmenschen um ihr Augenlicht beneidete. Sie konnte uns nicht nahe genug kommen, um alles zu hören und zu spüren, was um sie herum vorging. Sie verdrängte Mrs. Gootheridge beinahe unhöflich von ihrem Platz am Kopfende von Oscars Bett, um von nun an eigenhändig die Kompressen zu wechseln und sein Gesicht zu kühlen. Sie war sogar auf mich eifersüchtig, als sie mich beim Bringen frischen Essigwassers ›ertappte‹, und behauptete ihre Rechte mit ein paar wilden, zärtlichen Küssen auf Augen und Wangen des Bewußtlosen... Gott sei Dank war Mrs. Gootheridge eine Frau nach meinem Herzen und nahm alles mit heiterem Gleichmut hin. »Mächtig verknallt, Ma'am, was?« flüsterte sie mir zu. »Wetten, daß es bald 'ne Hochzeit in Dimchurch gibt?« – Ihr Bruder geriet durch dieses typisch weibliche Geküsse und Getuschel in größte Verlegenheit. Er gehörte dem großen Prozentsatz braver britischer Untertanen an, die nicht wissen, was sie mit ihren großen Händen anfangen oder wie sie im Anstand ein Zimmer verlassen sollen, in dem sie sich überflüssig fühlen. Ich erbarmte mich seiner, denn er gefiel mir in seiner Art ausgezeichnet. »Rauchen Sie ruhig ein Pfeifchen im Garten, Sir«, ermunterte ich ihn. »Wir rufen aus dem Fenster, wenn wir Sie brauchen.« Mrs. Gootheridges Bruder warf mir einen Blick grenzenloser Dankbarkeit zu und verschwand eiligst.

Endlich kam auch der Doktor.

Schon bei seinen ersten Worten fielen uns mehrere Steine vom Herzen. Die Schädeldecke des armen Oscar war nicht eingeschlagen. Er hatte eine Gehirnerschütterung und eine Platzwunde in der Kopfhaut – offensichtlich durch den Schlag mit einem stumpfen Instrument verursacht. In puncto Erster Hilfe hatte ich mich, wie der Arzt galant versicherte, mustergültig bewährt. Die Gehirnerschütterung würde mit der Zeit und bei guter Pflege auch keine schlimmen Nachwirkungen hinterlassen. »Nur Mut!« sagte dieser tröstende Engel. »Bald ist alles wieder in Ordnung.«

Vier oder fünf Stunden nach dem Überfall kam Oscar langsam wieder zu sich. Das heißt: Er öffnete die Augen und starrte verständnislos ins Leere. Seine Gedanken hatte er entschieden noch nicht beisammen, denn er erkannte keinen von uns. Er hob nur immer wieder den rechten Zeigefinger, schrieb Buchstaben in die Luft und sagte mühsam, aber sehr deutlich: »Geh nach Hause, Jicks!« Vermutlich glaubte er, immer noch hilflos auf dem Boden zu liegen und das zufällig hereingeschneite Kind mit der Alarmbotschaft zu uns schicken zu müssen.

Erst in später Nacht schlief er auf anscheinend normale Weise ein, sprach aber noch während des ganzen folgenden Tages verwirrt. Wir mußten weitere vierundzwanzig Stunden warten, bis er schwache Anzeichen klaren Bewußtseins von sich gab. Die erste Person, die er erkannte, war Lucilla, die gerade hingebungsvoll sein schönes aschblondes Haar bürstete. Zu ihrer unaussprechlichen Freude tastete er nach ihrer Hand und murmelte ihren Namen. Lucilla beugte sich über sein Gesicht, schirmte sich bemerkenswert geschickt mit der Haarbürste gegen jeglichen fremden Einblick ab und flüsterte Oscar etwas ins Ohr, worauf seine bleichen Wangen zum erstenmal wieder Farbe und seine Augen Glanz bekamen. Wenig später gestand sie mir, daß sie gesagt hatte: ›Werde gesund – für mich.‹ Es genierte sie nicht

im geringsten, daß dies eine eindeutige Liebeserklärung war; im Gegenteil, sie tat sich etwas darauf zugute. »Überlassen Sie ihn nur mir«, sagte sie zuversichtlich. »Ich werde ihn schon gesundpflegen – und dann werde ich ihn heiraten.«
Eine Woche später war Oscar wieder im Vollbesitz seiner geistigen Fähigkeiten. Körperlich war er allerdings noch jämmerlich dran. Der Schock, den er erlitten hatte, mußte ja grausam gewesen sein. Nach und nach – denn langes Sprechen ermüdete ihn sehr – bekamen wir heraus, was ihm an jenem Samstagnachmittag in seiner Werkstatt zugestoßen war.
Nachdem Mrs. Gootheridge und ihre Tochter ihren Großputz beendet und das Haus verlassen hatten, war er in sein Schlafzimmer gegangen, um sich für die beabsichtigte Goldschmiedearbeit umzuziehen. Als er wieder herunterkam und sich der Werkstatt näherte, hörte er darin fremdes Stimmengemurmel. Natürlich merkte er sofort, daß da etwas nicht mit rechten Dingen zuging. Er drückte vorsichtig auf die Klinke und stellte fest, daß die Tür von innen verschlossen war. Also wirklich Diebe! Oscar verließ nach kurzem Überlegen das Haus und sah die frischen Räderspuren auf dem Rasen. Das verwirrte ihn. Wenn die Tür der Werkstatt nicht verschlossen gewesen wäre, hätte er lediglich gedacht, er hätte unerwarteten Besuch bekommen. Um alle Zweifel zu beheben, begab er sich schleunigst auf die Rückseite des Hauses, stieg über die niedrige Fensterbank – und sah sich Auge in Auge mit den beiden Landstreichern, die Jicks zehn Tage zuvor an der Wand lehnend entdeckt hatte.
Die Gauner waren gerade damit beschäftigt, die berühmte Kiste zuzuschnüren. Oscar störte sie dabei. Sie fuhren auf. Oscar, dessen reizbares Temperament uns ja mittlerweile bekannt ist, erlitt angesichts der Unverschämtheit, mit der man ihn am hellichten Tage berauben wollte, einen Wutanfall und stürzte sich hitzig auf denjenigen der Diebe, der ihm zufällig am nächsten stand. Der, nicht faul, wich ihm aus, ergriff einen bereitliegenden ›Totschläger‹ (einen mit Blei gefüllten Lederschlauch) und versetzte Oscar damit einen wuchtigen Schlag über den Schädel.
Von diesem Moment an hatte Oscar eine Erinnerungslücke. Kein Wunder: Er war besinnungslos zu Boden gestürzt.
Das nächste, was er, in seinem Blut liegend und ziemlich benom-

men, erkannte, war Jicks, die wie versteinert vor ihm stand. Wann und wie das Kind in den Raum gelangt war – jedenfalls auf dem gleichen Wege wie die Diebe und Oscar selbst –, war unerheblich. In Oscars lädiertem Kopf glomm sofort die einzig vernünftige Idee auf, Jicks als Botin zu benutzen, sein Selbsterhaltungsinstinkt funktionierte noch. Er brachte die Kleine mit vielem gutem Zureden dazu, sich näher heranzuwagen, tauchte den Finger in sein eigenes Blut und malte in großen Buchstaben das Wort HI FE auf ihren Kittel. Seine Kraft reichte gerade noch aus, ihr ein paarmal zu sagen: »Nun lauf schnell nach Hause! Nach Hause!«, ehe er abermals, von Blutverlust und Schwäche übermannt, in Ohnmacht sank. Ob und wie Jicks seinen Auftrag ausgeführt hatte, wußte er natürlich nicht. Als er das nächste Mal zum Bewußtsein kam, saß Lucilla an seinem Bett und bürstete ihm das Haar.

Soweit Oscars Bericht. Den Rest lieferte, wenn auch lückenhaft und unbefriedigend, die Polizei.

Die Kriminalmaschinerie setzte sich knarrend in Bewegung, und tagelang fieberte das ganze Dorf vor Aufregung – aber das Resultat war kärglich. Die Polizeiorgane machten sich zwar ungeheuer wichtig, ermittelten jedoch nichts außer dem, was ich schon lange wußte. Der Raub war ein geplantes Verbrechen. Die Diebe hatten sich genau über die Anlage des Hauses und die Gewohnheiten des neuen Mieters informiert. Letzterer hatte ihnen den Diebstahl sträflich leicht gemacht und konnte froh sein, daß er mit dem Leben davongekommen war. Die Aussicht, die Beute wiederzubekommen, war sehr gering. Nichts ließ sich leichter umschmelzen und in illegale Kanäle leiten als Gold und Silber.

Soweit der Polizeibericht. Ich kann, zehn Jahre später, gleich hinzufügen, daß die Räuber nie gefaßt wurden. Der Fall steht bis zum heutigen Tage auf der langen Liste der ungesühnten Verbrechen.

Was uns persönlich betraf, so waren wir uns einig – allen voran Lucilla –, daß jegliches Lamentieren zwecklos war. Hauptsache, Oscar lebte! Was geschehen war, war geschehen, und damit Schluß! In dieser philosophischen Gelassenheit erfreuten wir uns der fortschreitenden Genesung unseres Patienten. Wir alle, auch ich, fanden diese Haltung am vernünftigsten und taten uns nicht wenig darauf zugute. Ach, wir armen, kurzsichtigen Menschen! Unser schrecklicher Irrtum sollte sich erst in Zukunft herausstellen. Das Schlimmste war nicht vorbei, wie wir Hohlköpfe dachten, sondern lag noch vor uns. Die Nachwirkungen des Raubüberfalls auf Browndown sollten auf die sonderbarste und traurigste Weise unser aller Schicksal beeinflussen.

16. Erste Folge des Raubüberfalls

Fünf oder sechs Wochen vergingen. Oscars Kopfwunde war längst geheilt, und er war nicht mehr ans Bett gefesselt.
Lucilla hatte sich seiner Pflege (immer mit dem festen Ziel, ihn nach seiner Genesung zu heiraten) auf eine Art gewidmet, wie ich sie, trotz meines bewegten Lebens, weder vorher noch nachher je gesehen habe. Von früh bis spät war sie unermüdlich um ihn und hielt ihn bei guter Laune. Dieses einzigartige Geschöpf verstand es, sogar ihre Blindheit zu witzigen Einfällen auszunutzen, um den Mann, den sie liebte, zu amüsieren.
Sie setzte sich zum Beispiel vor seinen Schlafzimmerspiegel und imitierte ein kokettes Weibchen, das sich für einen Eroberungsfeldzug zurechtmacht – und zwar mit einer derartigen Echtheit und humoristischen Schärfe, daß man darauf hätte schwören mögen, sie hätte all diese kleinen Tricks und Grimassen schon hundertmal mit angesehen. Bei anderen Gelegenheiten führte sie Oscar vor, wie genau sie den Standort anderer Personen im Zimmer nur nach dem Gehör berechnen konnte. Sie erkor mich zum ›Opfer‹, nahm das Blumensträußchen, das immer auf Oscars Nachttisch stand (dafür sorgte sie), aus der Vase und forderte mich auf, lautlos den Platz zu wechseln, egal wohin, und ganz leise ›Lucilla‹ zu sagen. Ich hatte den Namen noch nicht ausgesprochen, als mir das Sträußchen mit unfehlbarer Sicherheit ins Gesicht flog. Nicht ein einziges Mal verhörte sie sich, obwohl ich ihr das Versteckspiel, von eigenem Ehrgeiz ergriffen, durchaus nicht immer leicht machte – und jedesmal, wenn ich, von den nassen Blumen mitten ins Gesicht getroffen, aufquietschte, freute sie sich wie ein Kind. Niemand als Lucilla durfte Oscar

seine Medizin geben. Sie wußte nach Gefühl und Gehör genau, wann die richtige Menge im Löffel war. Als Oscar sich im Bett aufsetzen konnte, wußte sie den Abstand zwischen ihrem und seinem Gesicht jederzeit anzugeben: Sie spürte an der Luftbewegung, ob er sich vorbeugte oder zurücklehnte. Sie wußte auch stets, selbst wenn sie stundenlang im Zimmer saß, ob der Himmel draußen klar oder bedeckt war. Der leiseste Wetterwechsel teilte sich ihr, wie sie es ausdrückte, über Haut, Nerven und sämtliche Knochen mit.
Ihre glorreichste Stunde aber kam abends, wenn wir Sehenden nichts mehr sehen konnten und daran dachten, Lampen und Kerzen anzuzünden. Das durften wir aber erst, wenn Lucilla das Krankenzimmer nach ihrer Methode aufgeräumt hatte. Wir konnten ihre hin und her huschende Gestalt höchstens noch erkennen, wenn sie am Fenster vorbeikam; dann tauchte sie wieder im absoluten Dunkel unter, und was sie da tat, war ihr Geheimnis. Endlich kommandierte sie: ›Licht!‹ und wir sahen uns inmitten so mustergültiger Ordnung, als wären die Heinzelmännchen dagewesen. Lucilla belächelte unser Staunen und meinte herablassend, die Leute, die sich nur bei Licht zu helfen wüßten, könnten ihr wirklich leid tun.
Auch bei jeder anderen Gelegenheit verblüffte sie uns mit ihrer Selbständigkeit. Sie erforschte Browndown in tiefster Nacht vom Keller bis zum Boden und kannte bald jeden Quadratzoll auswendig. Als Oscar zum erstenmal das Krankenlager verließ, bestand sie darauf, ihn zu führen. ›Nach dem langen Liegen‹, sagte sie, ›hast du sicher alles vergessen. Nimm meinen Arm, damit du nicht stolperst. Nun sind wir im Korridor. Vorsicht, Stufe! Und nun geht's scharf um die Ecke ins Treppenhaus. Paß auf, hier ist eine Leiste locker. Wer das nicht weiß, rutscht glatt auf dem Läufer aus und bricht sich den Hals...‹
Unter solchen Ermahnungen, als wäre er der Blinde, brachte sie Oscar glücklich ins Wohnzimmer hinunter. Wer hätte einer so reizenden Krankenschwester widerstehen können? Ich wunderte mich nicht besonders, als ich – taktvoll zurückgeblieben – gewisse Laute hörte, die verdächtig nach Küssen klangen. Auch da hatte Lucilla zweifellos die Führung übernommen. Sie war die Gelassenheit selbst, als ich mich nach einer Anstandspause zu ih-

nen gesellte – und Oscar war bis über beide Ohren rot und verwirrt wie ein Backfisch!
Nun dauerte es nur noch eine Woche, bis Lucilla ihren Patienten so weit hatte, wie sie ihn wollte – mit anderen Worten, bis er ihr einen Heiratsantrag machte. Wie weit Lucillas Assistenz dabei ging, wage ich nicht zu beurteilen. Ich kann nur berichten, daß sie vor Seligkeit übersprudelte, als sie mir die Verlobung mitteilte, und mich nötigte, trotz meines gesetzten Alters mit ihr im Garten herumzutanzen. Sie faßte mich einfach um die Taille, pfiff einen Walzer, und los ging's. Mrs. Finch stand in der immer noch nicht ausrangierten blauen Merinojacke dabei, das Jüngste am Busen und den Roman in der Hand, und klagte, daß sie diese verlorene halbe Stunde nie aufholen würde. Wir ließen uns davon nicht anfechten und tanzten, bis wir beide außer Atem waren. Lucilla war nur durch pure körperliche Erschöpfung zu bändigen. Was mich betrifft... Nun, ich habe ja mein gesetztes Alter eingestanden. Das mag genügen. Im übrigen bin ich Französin und von unverwüstlicher Gesundheit und sehe keinen Grund – und wenn ich achtzig werden sollte –, je mein angeborenes Temperament zu verleugnen.
Natürlich folgte noch am selben Tag das unvermeidliche Gespräch zwischen Bräutigam und Brautvater.
Ich war nicht dabei und enthalte mich deshalb aller Vermutungen. Der kleine Pfarrer stolzierte jedenfalls hocherhobenen Hauptes in unsere Mitte zurück, schloß seine Tochter dramatisch in die Arme und beehrte auch mich mit einem gnädigen Lächeln und einem Händedruck, als wäre er der Sonnenkönig (wie ihn Voltaire als größten Bluff, der je auf einem Thron saß, beschrieben hat).
Seine Stimme, nachdem er die erste väterliche Rührung überwunden hatte, orgelte so gewaltig, daß ich nicht nur um unsere, sondern sogar um seine Trommelfelle bangte.
Rein sachlich hörte ich aus dem Georgel zweierlei heraus: Erstens begrüßte er Oscar als lieben Sohn (als ob er nicht genug eigene hätte). Zweitens sah er in allem, was geschehen war, die weise Hand der Vorsehung. (Ich sah die weise Hand des Reverend Finch in Oscars Tasche.)
Trotzdem wurde das Hochzeitsdatum nicht sofort festgelegt.

Die Trauung sollte nach allgemeiner Übereinkunft in ungefähr sechs Wochen stattfinden.
Diese Zurückhaltung hatte zwei gute Gründe. Erstens sollte der Ehevertrag juristisch fehlerfrei ausgearbeitet werden, und zweitens mußte Oscar zuvor ganz gesund sein. Dieser zweite Punkt machte uns allen einige Sorgen. Seine Wunde war zwar geheilt, er war wieder auf den Beinen und guter Dinge – und doch stimmte irgend etwas nicht.
Die seltsame Widersprüchlichkeit seines Wesens zeigte sich immer deutlicher. Derselbe Oscar, der es in gerechter Wut unbewaffnet mit zwei Räubern aufgenommen hatte, zitterte jetzt, wenn er nur in die Nähe des Tatorts kam. Derselbe Oscar, der mich verulkt hatte, als ich ihm riet, nicht so einsiedlerisch zu hausen, hatte jetzt zwei Diener als Leibgardisten – und fühlte sich dennoch nicht sicher. Er träumte allnächtlich von Einbrechern, Totschlägern und der kleinen Jicks, auf deren Kittel er immer wieder mit seinem eigenen Blut das Wort HILFE schrieb. Wenn einer von uns ihn drängte, sich wieder mit seinem alten Hobby zu beschäftigen, hielt er sich die Ohren zu. Er konnte kein Gold und Silber und keine Werkzeuge mehr sehen; alles das erinnerte ihn zu sehr an sein furchtbares Erlebnis. Der Doktor sagte uns im Vertrauen, Oscar hätte einen schweren Nervenschock erlitten, dessen Nachwirkungen sich erst mit der Zeit verlieren würden. Wir müßten Geduld mit ihm haben und abwarten.
Ich war, wie ich leider gestehen muß, nicht sehr geduldig. Ich war an heroische Männer gewöhnt wie an meinen lieben verstorbenen Pratolungo und seine Kampfgenossen und fand Oscar ein bißchen zu wehleidig. Mehr als einmal kam es zwischen mir und Lucilla, die ihn natürlich in Schutz nahm, beinahe zum Streit. Ich vergesse nie, wie wir eines Abends am Klavier saßen und sie mir plötzlich ohne besonderen Anlaß mit geröteten Wangen vorwarf: »Eins muß ich Ihnen sagen, Madame Pratolungo, damit sich kein Groll zwischen uns einnistet: Sie haben Oscar von Anfang an nie gerecht beurteilt.«
Ich war sehr betroffen und dachte lange über diese Worte nach. Die Zeit war nicht fern, da ich mich täglich dran erinnern sollte.
Inzwischen rüstete man emsig weiter zur Hochzeit. Die Rechts-

anwälte taten das Ihre, und Oscar schrieb über eine Postlageradresse in New York an seinen Bruder, daß er nächstens heiraten würde, wieso und warum, und was sich seit ihrer Trennung alles begeben hatte.
Der Ehevertrag wurde mir natürlich nicht gezeigt, aber ich entnahm aus verschiedenen Reden und sonstigen Anzeichen, daß Reverend Finch die Geschäftsunerfahrenheit seines künftigen Schwiegersohnes weidlich ausgenutzt hatte. Es hieß, er habe bei der Durchsicht des Dokuments Tränen der Rührung geweint – und Lucilla war nach der Rückkehr aus seinem Arbeitszimmer an jenem Tage wütender denn je. »Fragen Sie mich nicht!« zischte sie mich zwischen den Zähnen an. »Ich schäme mich für meinen Vater.« Als Oscar ihr kurze Zeit später nachkam, fiel sie ihm weinend um den Hals. »Du bist der edelste und großzügigste aller Menschen!«, schluchzte sie. »Ich schäme mich so furchtbar. Nie, nie werde ich deiner würdig sein!« Ich übersetzte diese gefühlvolle Ansprache innerlich in mein sachliches Französisch: Reverend Finch hatte seine Tochter als Mittel benutzt, um sich die größtmöglichen Rechte an Oscars Vermögen zu sichern.
Die Wochen vergingen, alles war zur Hochzeit bereit – und doch mußte der Termin immer wieder hinausgeschoben werden.
Das geduldige Abwarten, das der Doktor uns allen anempfohlen hatte, nützte nämlich nicht viel. Oscar ging es mit der Zeit immer schlechter statt besser. Seine neurovegetativen Störungen (um den medizinischen Fachausdruck zu gebrauchen) nahmen beängstigend zu. Dafür nahm er ständig an Gewicht ab und wurde täglich blasser.
Anfang November mußten wir wieder nach dem Arzt schicken. Lucilla wollte ihn vor allem fragen, ob Oscar nicht eine gründliche Luftveränderung brauchte.
Die Untersuchung fand in Lucillas Salon statt, während sie und ich in meinem Schlafzimmer auf das Resultat warteten. Es dauerte sehr lange. Lucilla wurde ungeduldig und bat mich, doch einmal zu klopfen und mich zu erkundigen, ob und wann sie auf einen Bescheid rechnen könnte.
Ich klopfte und durfte hinein. Der Arzt und sein Patient standen am Fenster. Ich hatte die beiden offensichtlich in einem langen,

aber nicht besonders aufregenden Gespräch unterbrochen. Oscar sah blaß und müde aus, was mir in letzter Zeit nichts Neues war. An irgendeiner besonderen Eröffnung des Arztes konnte es nicht liegen.
»Ich möchte nur daran erinnern«, sagte ich, »daß die Verlobte des Patienten nebenan wartet und sich natürlich alle möglichen Sorgen macht.«
Der Arzt tauschte einen kurzen Blick mit Oscar und lächelte beruhigend.
»Wir können Miß Finch nicht viel Neues berichten«, sagte er. »Mr. Dubourg und ich haben alles noch einmal gründlich durchgesprochen. Irgendeine besorgniserregende Veränderung seines Zustandes ist nicht festzustellen. Nur ist sein Nervensystem eben nicht so schnell wieder in Ordnung gekommen, wie ich es bei seinem Alter erwartet hätte. Das tut mir sehr leid, aber es hilft nichts: Er und die junge Dame müssen noch eine Weile Geduld haben. Mehr kann ich nicht sagen.«
»Miß Finch meint, er sollte es mit einer Luftveränderung versuchen«, sagte ich nun. »Hätten Sie dagegen irgendwelche Bedenken?«
»Aber nicht im geringsten! Großartige Idee: Lassen Sie ihn verreisen und sich nach Herzenslust amüsieren. Sie nehmen den Fall alle miteinander viel zu ernst. Mr. Dubourgs nervöse Störungen sind betrüblich, das gebe ich zu, aber organisch fehlt ihm nichts. Der Puls«, er faßte nach Oscars Handgelenk, »ist geradezu musterhaft. Ich habe nie einen ruhigeren und gleichmäßigeren Puls gespürt.«
In diesem Moment ging eine fürchterliche Veränderung mit Oscar vor. Seine Züge verzerrten sich zu einer Teufelsgrimasse, seine Augäpfel kehrten sich nach oben, daß man nur noch das Weiße sah, und sein ganzer Körper verdrehte sich von oben bis unten, als hätte ihn eine Riesenhand gepackt und wollte ihn wie ein nasses Handtuch auswringen. Eine Sekunde später wälzte er sich in Zuckungen vor uns auf dem Boden.
»Um Gottes willen, was ist das?« schrie ich auf.
Der Arzt antwortete nicht. Er hatte alle Hände voll zu tun, um Oscars Krawatte zu lockern und die Möbel beiseite zu rücken, die den wild um sich schlagenden Armen und Beinen in die

Quere zu kommen drohten. Dann richtete er sich auf und blickte stumm auf die sich windende Gestalt nieder.
»Können Sie weiter gar nichts für ihn tun?« schrie ich außer mir.
Er schüttelte ernst den Kopf. »Im Moment nicht.«
»Was ist es?«
»Ein epileptischer Anfall.«

17. Die ärztliche Meinung

Ehe wir ein weiteres Wort wechseln konnten, öffnete sich meine Schlafzimmertür, und Lucilla kam herein. Der Arzt und ich sahen uns an. Was wir dachten, stand uns beiden ins Gesicht geschrieben: »Gott sei Dank, daß sie blind ist!«
»Was ist hier los?« fragte sie. »Warum haben Sie so aufgeschrien? Oscar, wo bist du? Ist er nicht mehr hier?«
Sie trat schnell einige Schritte vor. Im nächsten Moment wäre sie über Oscar gestolpert, wenn ich sie nicht rasch am Arm zurückgehalten hätte. Bei dieser Berührung merkte sie sofort, daß ich vom Kopf bis zu den Füßen zitterte. Ihr zu höchster Feinheit entwickelter Tastsinn war nicht zu täuschen. »Was ist los?« wiederholte sie angstvoll drängend. »Sie zittern ja! Wo ist Oscar? Warum antwortet er nicht?«
Der Doktor kam mir zu Hilfe. »Mr. Dubourg fühlt sich nicht ganz wohl«, sagte er. »Kein Grund zur Aufregung...«
Lucilla fuhr in plötzlicher Wut zu ihm herum. »Kein Grund zur Aufregung!« schrie sie. »Ich merke doch, daß etwas Furchtbares passiert ist! Die Wahrheit! Ich fordere die Wahrheit! Es ist eine Niedertracht, eine Gemeinheit, daß Sie alle beide meine Blindheit ausnutzen, um mich anzulügen!«
Da der Arzt noch zögerte, sagte ich ihr in dürren Worten die Wahrheit. Sie packte mich an beiden Schultern, schüttelte mich in ihrer Erregung und stieß nur die drei halberstickten Worte heraus: »Wo ist er?«
Ich bat sie, sich zu fassen, und versuchte sie in einen Sessel zu drücken, aber sie schob mich verächtlich weg, ließ sich auf Hände und Knie nieder und begann auf dem Teppich herumzu-

kriechen. »Ich werde ihn schon finden«, murmelte sie, »ich brauche Ihre Hilfe nicht...« Der Anblick war so herzzerreißend, daß ich nicht länger an mich hielt. Ich bemühte mich gerade, Lucilla mit Gewalt wieder in die Höhe zu zerren, als ich den Arzt sagen hörte: »Keinen Ringkampf, meine Damen, bitte! Sie können jetzt ruhig herankommen. Der Anfall ist vorüber.«

Ich sah auf Oscar. Die Zuckungen hatten aufgehört; er lag erschöpft still. Der Arzt führte Lucilla zu ihm. Sie kniete schnell neben ihm nieder und bettete seinen Kopf vorsichtig auf ihren Schoß. Im Moment, als ihre Hände sein Gesicht umschlossen, lockerte sich ihre gespannte Haltung. Es mußte eine wahre Erlösung für sie sein, ihn wieder zu fühlen, ganz als ob man einem Sehenden, der lange mit verbundenen Augen hat umhertappen müssen, endlich die schwarze Binde abnimmt. »Seien Sie mir nicht böse, daß ich Sie angeschrien habe«, sagte sie kindlich einfach zu uns. »Sie wissen ja nicht, wie schrecklich es ist, wenn man blind ist und merkt, daß die andern einen täuschen wollen.« Sie fuhr mit ihrem Taschentuch zart über Oscars Stirn. »Doktor«, fragte sie dann ganz ruhig, »werden diese Anfälle sich wiederholen?«

»Hoffentlich nicht!«

»Was heißt ›hoffentlich‹? Was ist Ihre ärztliche Meinung?«

»Ich kann beim besten Willen nichts voraussagen, Miß Finch.«

»Und was hat nach Ihrer Meinung den heutigen Anfall ausgelöst?«

»Ein Gehirnschaden, fürchte ich. Er muß von dem Schlag über den Kopf etwas zurückbehalten haben.«

Lucilla schwieg. Eine merkwürdige, maskenhafte Ruhe legte sich über ihr Gesicht, dessen Ausdruck doch sonst jede Gemütsbewegung widerspiegelte. Nach der letzten Antwort des Doktors schien sie sich mit ihren Gedanken ganz in sich selbst zu verkapseln. Als Oscar, was bald geschah, wieder zur Besinnung kam, überließ sie es mir, ihm aufzuhelfen und die ersten Fragen an ihn zu stellen. Als er sie direkt ansprach, antwortete sie freundlich, aber kurz. Irgend etwas schien sich wie eine unsichtbare Barriere zwischen sie und ihn gelegt zu haben. Als der Doktor vorschlug, den Patienten nun in seinem Wagen nach Browndown zurückzubringen, bestand sie nicht darauf, mitzufahren, wie ich es bestimmt gedacht hätte. Sie verabschiedete sich liebevoll von Oscar – und ließ ihn allein mit dem Arzt gehen. Als er sich auf der Schwelle noch einmal beklommen nach ihr umsah, wich sie langsam ans andere Ende des Salons zurück, tief in Gedanken, tief in ihre eigene dunkle Welt verschlossen, zu der niemand mehr einen Zugang fand, nicht einmal er. Der Doktor kehrte noch einmal zu ihr zurück, als Oscar schon draußen war, und versuchte ihr Mut zuzusprechen.

»Nehmen Sie's nicht so schwer«, sagte er gedämpft. »Der Patient hat doch selbst gesagt, daß er sich nach dem Anfall bedeutend wohler fühlt als die ganze Zeit vorher. Seine nervöse Spannung hat sich entladen, weiter nichts. Ich versichere Ihnen, daß keine nachteiligen Folgen für seine Gesundheit zu befürchten sind.«

»Können Sie mir auf Ehre und Gewissen versichern«, gab Lucilla ebenso leise zurück, »daß dieser Anfall nicht der erste einer langen Reihe von Anfällen war?«

»Ich kann das nicht allein beurteilen«, sagte der Arzt. »Ich werde einen Spezialisten von Brighton zuziehen. Lassen Sie dessen Meinung den Ausschlag geben.«

Er beeilte sich, zu seinem Patienten hinauszukommen. Als sich die Tür hinter ihm schloß, ließ sich Lucilla schwer an ihrem Schreibtischchen nieder, stützte die Ellbogen auf und verbarg das Gesicht in den Händen. »Adieu!« sagte sie mit einem langen, bitteren Stöhnen vor sich hin.

Sie schien meine Anwesenheit vergessen zu haben. Ich machte mich bemerkbar, indem ich mir einen Stuhl heranzog und mich zu ihr setzte.

»Wem oder was sagen Sie adieu?« fragte ich.

»Unserem gemeinsamen Glück«, sagte sie in unveränderter Haltung. »Nun kommen erst die wirklich dunklen Tage, für Oscar wie für mich.«

»Warum so resigniert? Der Doktor denkt anders darüber.«

»Der Doktor weiß nicht, was ich weiß.«

»Was wissen Sie denn?«

Lucilla schwieg. Erst nach einer langen Pause fragte sie abrupt: »Madame Pratolungo, glauben Sie an Schicksal?«

»Ich glaube an nichts, was uns Menschen in nutzlose Verzweiflung stürzen könnte«, antwortete ich.

Sie hörte nicht zu. Sie spann ihre eigenen Gedanken weiter. »Eins greift ins andere. Wie kommt Oscar zu epileptischen Anfällen? Durch den Schlag, den er über den Kopf bekommen hat. Wie kam es zu dem Schlag? Er versuchte, sein und mein Eigentum zu verteidigen. An jenem Tag war er gerade damit beschäftigt, eine Goldschmiedearbeit für mich zu machen. Ohne seinen Feuereifer meinetwegen wäre die Geschichte wahrscheinlich anders und glimpflicher abgelaufen. Sehen Sie den Zusammenhang? Ich bin überzeugt, daß die Kette der Schicksalsschläge damit erst begonnen hat. Ich ahne Furchtbares. Von unserer baldigen Heirat kann keine Rede mehr sein. Die Hindernisse türmen sich um uns. Morgen oder übermorgen geschieht das nächste Unglück. Sie werden es sehen!« Sie wandte sich zusammenschauernd von mir ab und vergrub das Gesicht noch tiefer in die Hände.
Es hatte keinen Zweck, vernünftig mit ihr reden zu wollen, solange sie in dieser Stimmung war. Ich stand auf und sagte in heiterem Ton: »Ich glaube nicht an Schicksal, aber ich glaube an frische Luft. Wir haben jetzt beide einen Spaziergang nötig.«
»Lassen Sie mich doch in Ruhe!« fuhr sie mich wütend an. Im nächsten Moment aber schlang sie mir schon reuig die Arme um den Hals und flüsterte in ihrer alten, kindlich-zärtlichen Art: »Verzeihen Sie – Sie wissen, ich mein's nicht so. Ach, Madame Pratolungo, mein Herz ist so schwer... Nie hat es hinter meinen armen blinden Augen so schwarz ausgesehen wie heute.« Ich fühlte eine Träne auf meine Schulter fallen. Lucilla ließ mich hastig los und drehte sich um. »Verzeihung«, murmelte sie noch einmal, »lassen Sie mich jetzt lieber allein.« Damit eilte sie in ihr Schlafzimmer, um sich mit ihrem Gram vor mir und aller Welt zu verbergen. Das arme, liebe Ding! Wer hätte sie in dieser Stunde nicht tief bemitleidet – und geliebt?
Natürlich ließ ich sie in Ruhe und ging allein spazieren. Mit ihren abergläubischen Vorahnungen hatte sie mich nicht angesteckt; aber in einem mußte ich ihr leider recht geben: Nach dem, was ich heute mit eigenen Augen gesehen und miterlebt hatte, glaubte auch ich nicht mehr an Lucillas und Oscars baldige Heirat. Die war in weite und nebelhafte Ferne gerückt.

Vier oder fünf Tage später wurden Lucillas pessimistische Ahnungen bestätigt. Oscar erlitt einen zweiten Anfall.
Unser Arzt zog, wie versprochen, seinen Kollegen aus Brighton hinzu. Die Äußerungen dieses Spezialisten klangen nicht sehr hoffnungserweckend. Daß der zweite Anfall so rasch auf den ersten gefolgt war, mußte als schlechtes Zeichen angesehen werden. Der Spezialist verschrieb nervenstärkende Mittel und gab Behandlungsanweisungen. Von einer Erholungsreise versprach er sich keinen besonderen Einfluß auf die epileptischen Anfälle, höchstens eine Besserung des Allgemeinzustandes: Darüber sollte Oscar selbst entscheiden. Auf jeden Fall war an Heiraten vorläufig nicht zu denken.
Lucilla nahm den ärztlichen Bericht in dumpfer Schicksalsergebenheit entgegen. »Erinnern Sie sich an meine Worte?« war alles, was sie zu mir sagte. »Unser schöner Sommer ist vorbei. Nun kommt der lange, dunkle Winter.«
Sie machte in diesen Tagen den Eindruck eines Menschen, der alle Hoffnung aufgegeben hat und nur noch das Schlimmste erwartet. Nur wenn Oscar kam, nahm sie sich um seinetwillen etwas zusammen, denn natürlich war auch er tief niedergeschlagen angesichts der plötzlichen Umwälzung all seiner schönen Pläne. Lucilla versuchte ihn aufzuheitern und oft mit Erfolg. Ich redete Oscar immer wieder zu, für eine Weile zu verreisen und sich an einem interessanteren Ort als Dimchurch auf andere Gedanken zu bringen, aber er scheute jetzt mehr denn je fremde Gesichter und neue Eindrücke. Zwischen diesen beiden schwerfälligen jungen Leuten verlor selbst ich allmählich meinen Schwung. Unsere einzige Rettung war die Musik. Glücklicherweise war Oscar ein ebenso leidenschaftlicher Musikliebhaber wie Lucilla und konnte stundenlang lauschen, während wir abwechselnd oder vierhändig für ihn spielten. Wir arbeiteten uns auf diese Weise durch beachtliche Stöße der klassischen Klaviermusik. Davon abgesehen, kann ich nicht behaupten, daß unsere Unterhaltung sehr geistreich war. Uns fiel immer weniger zu sagen ein.
Um so mehr fiel Lucillas Vater ein: Wann immer wir uns seiner

Gesellschaft erfreuten, redete er uns alle mit seinem dröhnenden Baß an die Wand. Hätten Sie den kleinen Pfarrer damals gehört und gesehen, so hätten Sie geglaubt, alles Unglück sei einzig über sein Haupt gekommen, und niemand hätte eine solche Kummer- und Sorgenlast zu tragen wie er. Er glich einem Miniatur-Hiob, als er nach dem Verdikt des Spezialisten drüben im Wohnzimmer der Pfarre hin und her schritt und eine Rede an sein Volk hielt – das aus seiner Frau, dem Baby und mir bestand. Mrs. Finch saß im Unterrock und Schal, den Roman in der Hand, verschüchtert in einer Ecke, ich in der anderen.

»Ich bin außerstande, Madame Pratolungo – ich wiederhole, ich bin außerstande, mit Worten auszudrücken, was ich unter diesem tragischen Schicksalsschlag empfinde. Sie sind sehr freundlich; Sie haben meiner Tochter und uns die Anteilnahme einer echten Freundin bewiesen. Aber Sie können sich auch nicht annähernd vorstellen, wie es in meinem Herzen aussieht. Madame Pratolungo, ich bin zermalmt. Mrs. Finch!« Er wandte sich dramatisch an seine zusammenzuckende Gattin. »Ich bin zermalmt. Es gibt kein anderes Wort für meinen Seelenzustand: zermalmt.« Er hielt inne und sah uns erwartungsvoll an. Offenbar hätte er es nur natürlich gefunden, wenn seine Frau und ich auf dieses Donnerwetter in tiefe Ohnmacht gesunken wären. Ich wartete aber lieber erst ab, was die Dame des Hauses für richtig befand. Da Mrs. Finch nicht mitsamt Baby und Roman zu Boden stürzte, blieb auch ich einfach sitzen. Der Pfarrer riß seine blassen Glitzeraugen so weit wie möglich auf und sah uns fürchterlich anklagend an. Ich machte ein zerknirschtes Gesicht, während Mrs. Finch verehrungsvoll zu ihrem Gatten aufblickte und das zufällig vorhandene Taschentuch stumm an die Augen führte. Das schien ihm zu genügen, denn er beendete die Kunstpause und orgelte, nun noch eine halbe Oktave tiefer, weiter: »Meine Gesundheit ist angegriffen, Madame Pratolungo. Seit ich diesen Keulenschlag erhalten habe, bin ich nur noch ein halber Mensch. Mein Magen, mein inneres Gleichgewicht und meine Verdauung sind durcheinander. Ich erleide infolge der seelischen Erschütterung Anfälle unerklärlichen Heißhungers – meine gewohnte Regelmäßigkeit ist dahin. Zum Beispiel wünsche ich jetzt etwas zu essen!« schrie er seine Frau unvermittelt an, indem

er die Brauen wild zusammenzog und die Hand in der Magengegend seiner leicht verfärbten schwarzen Weste verkrampfte. Mrs. Finch starrte ihn mit feuchten wasserblauen Augen melancholisch und ratlos an. Auf solche plötzlichen ehelichen Forderungen war sie entschieden nicht vorbereitet.
Ihr Gatte schritt jedoch schon zur Selbsthilfe. Er riß die Tür auf und schrie mit Donnerstimme ins Souterrain hinab: »Rührei!« Dann kam er zurück, pflanzte sich wieder vor uns auf, ging sekundenlang stumm mit sich zu Rate, wobei er mich durchbohrend ansah – und stürzte plötzlich an die Tür zurück, um eine Gegenorder hinauszubellen: »Kein Rührei! Brathering!« Abermals zurückgekehrt, schloß er ermattet die Augen und griff sich an den Kopf.
»Da sehen Sie selbst, Madame Pratolungo – da siehst du es, Mrs. Finch –, in welch kläglichem Zustand ich bin. Es ist ein Jammer, wie weit es schon mit mir gekommen ist. Ich kann meine Gedanken nicht mehr zusammenhalten. Ich weiß nicht mehr, was ich will. Erst wollte ich Rührei – dann wollte ich Brathering – und jetzt fällt mir einfach nicht ein, was ich wirklich wollte. Auf mein Ehrenwort als Seelsorger, Gatte und Vater: Ich bin am Ende. Heißhungeranfälle, Schlaflosigkeit... Schon seit einer Woche, seit mich die ersten Anzeichen dieses Unglücks beunruhigten, habe ich nicht mehr geschlafen. Mrs. Finch! Wie oft habe ich mich letzte Nacht im Bett umgedreht, ehe mich pure Erschöpfung lähmte? Achtmal, sagst du? Bist du dessen sicher? Hast du dich nicht verzählt? Nun gut, gut, ich danke dir, ich weiß, du tust dein Bestes. Madame Pratolungo, nie, ich wiederhole, nie ist mein Haus zuvor von einer solchen Erschütterung heimgesucht worden. Das letzte etwa vergleichbare Mal war vor Jahren... Einen Moment... bei der sechsten Entbindung meiner Gattin. Wie sagst du? Bei der siebenten? Irrst du dich auch nicht? Madame Pratolungo hat ein Recht auf Genauigkeit! Gut, gut, es war deine Entbindung, du mußt es wissen. Damals, Madame Pratolungo, waren es vor allem pekuniäre Schwierigkeiten. Ich habe diese und ähnliche Schicksalsschläge überwunden. Wie soll ich den jetzigen überwinden? Können Sie mir raten? Meine Pläne für Oscar und Lucilla waren aufs schönste geordnet. Ich sah in eine sonnige Zukunft für mich, für die ganze Familie. Und nun? Alles

dahin, mit einem einzigen Keulenschlag zermalmt! Unerforschliche Vorsehung!«
Wieder legte er eine Pause ein und richtete seine Augen fromm zur Decke. In dieser Pause erschien die Köchin mit dem Brathering in der Tür. »Unerforschlich...«, murmelte er leise, in tiefstem Vibrato. »Iß deinen Hering, Bester«, mahnte seine Gattin, »sonst wird er kalt.« Mr. Finch holte seine Augen, empfindlich gestört, von der Decke zurück, wollte weiter predigen – und sah, wie das Mädchen gerade den Deckel von der Schüssel nahm. Dieser Anblick entschied zugunsten seines undisziplinierten Magens. Er ließ für den Moment Vorsehung Vorsehung sein, setzte sich an den Tisch und griff eilig nach Salz und Pfeffer.
Nachdem ich die Ansprache des Reverend Finch leicht gekürzt, aber sonst wortgetreu und sinngemäß wiedergegeben habe, brauche ich nur noch hinzuzufügen, wie männlich er den Schicksalsschlag überwand. Er borgte sich zunächst einmal zweihundert Pfund von Oscar und hörte alsbald auf, sich nachts herumzuwälzen und zu ungewöhnlichen Tageszeiten Rührei oder Brathering zu bestellen.

So kam der trübe Winter heran. Oscars Zustand besserte sich nicht. Die Ärzte taten ihr Möglichstes, ohne die schrecklichen Anfälle, die sich alle paar Tage wiederholten, verhindern zu können. Zwischendurch schleppte sich der Verkehr zwischen den Häusern mühsam und freudlos weiter. Ich begann fast, wie Lucilla, an ein bevorstehendes, noch schlimmeres Unheil zu glauben. »So kann es ja jedenfalls nicht weitergehen«, sagte ich mir. »Irgend etwas muß und wird passieren – vielleicht noch vor Jahresende.«
Doch schon Anfang Dezember passierte etwas. Es hatte nichts mit den Familiensorgen in der Pfarre zu tun, sondern betraf mich ganz persönlich. Ein Alarmbrief von einer meiner jüngeren Schwestern in Paris traf ein: Unser guter Papa gab wieder einmal Anlaß zu ernsterer Sorge. War mein verehrungswürdiger Erzeuger lebensgefährlich erkrankt? *Hélas*, nein, aber es war so etwas Ähnliches: Er hatte sich Hals über Kopf in ein schlecht beleumundetes junges Frauenzimmer verliebt. Mit fünfundsiebzig! Was soll man da sagen? Ich kann Ihnen nur recht geben, wenn

Sie über die Rüstigkeit meines Papas staunen. Sein Herz war jung geblieben.
Es tut mir leid, daß ich Sie mit meinen Familienangelegenheiten behelligen muß, aber sie sind von der Geschichte Oscars und Lucillas nicht zu trennen, wie Sie noch sehen werden. Früher oder später hätte ich Ihnen die einzige (liebenswürdige) Schwäche des reizendsten alten Kavaliers, der je gelebt hat, doch enthüllen müssen.
Ich weiß, daß ich wahre Eiertänze vollführen muß, um in diesen für die Öffentlichkeit bestimmten Blättern eine Figur wie meinen guten Papa heil durch die britische Zensur zu schleusen. Eben jetzt erhebt sich das Gespenst namens Wohlanständigkeit dräuend über meinem Schreibtisch und zischelt mir zu: ›Madame Pratolungo, wenn Sie es wagen, die guten Sitten zu verletzen, können Sie Ihr Manuskript gleich einpacken – es ist aus mit Ihnen!‹ Oh, liebes, leicht schockiertes Gespenst, laß ausnahmsweise ein wenig Milde walten; ich bemühe mich ja, meinen guten Papa so diskret wie möglich zu schildern. Soll ich ihn einen würdigen Hohepriester im Tempel der Venus nennen, der unermüdlich auf dem Altar der Liebe Weihrauch opfert? Nein, das geht beides nicht: Venus ist eine heidnische Göttin, und Liebe ist in diesem Zusammenhang unanständig – ich werde es streichen. Vielleicht klingt es annehmbarer, wenn ich nur sage, daß mein immergrüner Papa von frühester Jugend bis ins hohe Alter die ritterlichste Bewunderung für das schöne Geschlecht empfand und daß meine Schwestern und ich ihn deswegen nicht verdammen konnten. War doch der Fehler dieses im übrigen fehlerfreien Mannes ein einziges Kompliment an die gesamte Frauenwelt! Kein Wunder, daß die Frauen ihm dies mit reicher Gunst vergalten… und meine Schwestern und ich ergaben uns in unser Schicksal. Seit dem frühen Tod unserer lieben Mama lebten wir in ständiger Furcht, daß eines der gewissenlosen Flittchen, deren Existenz ja leider nicht ganz zu vertuschen ist, ihn umgarnen und heiraten könnte oder, noch schlimmer, daß er jüngere Rivalen zum Duell forderte. Papa war ja im *point d'honneur* so empfindlich! Papa war so feuerköpfig! Papa war so tapfer! Dutzende von Malen mußte ich als die Älteste, auf die er noch am ehesten hörte, rettend eingreifen, je nach Art der Affäre auf diplomatische oder

auch handfestere Weise. Leider mußte Papa am Ende fast regelmäßig die Brieftasche zücken, um Schadenersatz zu leisten, für Schäden, bei denen man, soweit eine gewisse Sorte von Damen im Spiel war, bei jedem vernünftigen Gericht eigentlich hätte sagen müssen: ›Geschieht ihr recht!‹

Um auf den jetzigen Alarm zurückzukommen: Es war natürlich wieder einmal die alte Geschichte. Meine Schwestern hatten alles versucht, sie im Keim zu ersticken, aber vergeblich. Mir blieb keine Wahl, als mit meiner ganzen Autorität persönlich auf der Szene zu erscheinen, um Papas neueste Flamme entweder in die Flucht zu schlagen oder sie, was wahrscheinlicher war, mit der üblichen Abfindung zum freiwilligen Verzicht zu bewegen. Die Notwendigkeit, daß ich nach Paris reiste, war diesmal nicht nur ärgerlich. Meine blinde Lucilla empfand darüber aufrichtigen Kummer. Am Abschiedsmorgen umarmte sie mich zärtlich.

»Wie soll ich nur ohne Sie fertigwerden!« klagte sie. »Sie sind doch in diesen trüben Tagen mein einziger Trost und Halt... Wie lange werden Sie wegbleiben?«

»Für die Hin- und Rückreise brauche ich je einen Tag«, rechnete ich ihr vor, »das macht zwei. Und fünf Tage werde ich wohl für meinen Rettungsfeldzug brauchen. Also eine Woche im ganzen, wenn alles gut geht.«

»Auf jeden Fall müssen Sie vor Neujahr wieder hier sein!« sagte Lucilla sehr dringlich.

»Gewiß, hoffentlich schon lange vorher, aber warum erwähnen Sie gerade Neujahr?«

»Weil ich spätestens am 31. Dezember zu meiner Tante Batchford fahren muß. Sie wissen doch, daß ich durch eine Testamentsklausel verpflichtet bin, alljährlich drei Monate bei ihr zuzubringen, solange ich nicht verheiratet bin. Dieses Jahr ist der Besuch schon zweimal aufgeschoben worden, weil ich ja dachte, Oscar und ich...« Sie hielt inne und schluckte, um ihre Stimme zu festigen. »Daraus ist nun nichts geworden. Wir müssen uns für ein Vierteljahr trennen. Aber wenn Sie bis dahin nicht wieder hier wären und ich nicht wüßte, daß Sie sich in meiner Abwesenheit um ihn kümmern, dann... dann bleibe ich in Dimchurch, egal, was kommen mag.«

Mit anderen Worten: Sie war bereit, ihr Erbteil zu opfern. Hätte

Reverend Finch sie soeben gehört, so wäre er nicht einmal imstande gewesen, die ›unerforschliche Vorsehung‹ anzurufen. Er wäre auf der Stelle in Ohnmacht gefallen. »Keine Sorge, Lucilla«, sagte ich rasch, »ich werde rechtzeitig zurück sein. Außerdem ist es ja möglich, daß Oscars Zustand sich bessert. Vielleicht kann er ebenfalls nach London fahren und Sie bei Ihrer Tante besuchen.«

Lucilla schüttelte so traurig und hoffnungslos den Kopf, daß mir die Augen feucht wurden. Ich gab ihr schnell einen letzten Kuß und riß mich schweren Herzens von ihr los.

Wie lieb ich sie gewonnen hatte, merkte ich erst so recht, als ich nach Brighton unterwegs war und das Pfarrhaus meinen Blicken entschwand. Meine Charakterfestigkeit drohte mich im Stich zu lassen. Ich hatte qualvolle Vorgefühle, daß sich in Dimchurch während meiner Abwesenheit ein großes Unglück ereignen würde, und ertappte mich – mich, die Witwe des spartanischen Pratolungo! – sogar bei typisch weiblichen Tränen. Das kommt davon, wenn man ein liebevolles Herz hat. Liebe ist ein Privileg, für das jeder irgendwann seinen Tribut an Schmerzen zahlen muß. Aber wer wollte und könnte deshalb ohne Liebe leben? Ohne sie hätte ich diese Welt nicht ertragen, und selbst wenn ich steinalt werden sollte, werde ich nie aufhören zu lieben. Jetzt habe ich Lucilla. Vor Lucilla hatte ich meinen heldischen Pratolungo. Vor Pratolungo hatte ich ...

Ah, meine Freunde und Leser, verlieren wir uns nicht in die Vergangenheit!

19. Zweite Folge des Raubüberfalls

Über meine Rettungsaktion in Paris ist nicht viel zu berichten. Das Wichtigste für den Fortgang der Haupterzählung ist ein merkwürdiges Erlebnis, das ich im Zusammenhang mit meinen dortigen Unternehmungen hatte. Privat möchte ich noch einflechten, daß Papas neueste Liebesaffäre bereits einen äußerst kritischen Punkt erreicht hatte. Diesmal hatte er es sogar für nötig befunden, sich seiner Angebeteten zuliebe in einen Jüngling

zurückzuverwandeln, und zwar mit Hilfe neuer Zähne, neuer Haare, einer geheimnisvollen Teintauffrischung und eines Korsetts. Ich gestehe, daß ich ihn bei der Begrüßung kaum erkannte – er war so unheimlich und widernatürlich jung. Meine Autorität als älteste (nun sogar äußerlich ältere) Tochter prallte wirkungslos an ihm ab. Er versicherte mich feurig und in den edelsten Ausdrücken seiner unverminderten Vatergefühle, aber sein Entschluß, meine Schwestern und mich mit einer Stiefmutter zu beglücken, stand unerschütterlich fest. Die Angebetete – oder der Tod! Das war die Devise dieses immer noch unerloschenen Vulkans. Besonders kompliziert wurde die Lage dadurch, daß die Angebetete diesmal klüger war als die meisten ihrer Vorgängerinnen. Sie war so ausgekocht und ihrer Sache so sicher, daß sie ihr Trumpf-As gleich zu Anfang ausspielte.
Um der Person gerecht zu werden, muß ich zugeben, daß ihre Haltung unangreifbar war. Ich hatte ihre volle Zustimmung, meinen Vater von ihr fernzuhalten – wenn es mir gelänge. »Wenden Sie sich bitte an Ihren Vater«, sagte sie kühl. »Wenn Sie glauben, ich hielte ihn, so irren Sie sich. Ich habe wahrhaftig nicht den Wunsch, ihn gegen den Willen seiner Töchter zu heiraten. Er braucht sein Wort nur zurückzunehmen. Im selben Moment ist er frei.« (Sie wußte so gut wie wir, daß unser betörter und ritterlicher Papa sein Wort nicht zurücknehmen würde.) Da es unmöglich war, einer Dame von solcher Haltung Geld anzubieten, blieb uns nichts übrig, als dieses Geld für diskrete Ermittlungen auszugeben, die, den Gerüchten zufolge, einige sehr dunkle Punkte aus dem Vorleben der Dame zutage fördern würden.
Es dauerte vierzehn Tage, bis wir unserem Vater Beweise vorlegen konnten, die ihm trotz seiner Verliebtheit die Augen öffneten. Was er da schwarz auf weiß lesen mußte, konnte selbst er nicht als Verleumdung abtun. Es war ein furchtbarer Schlag für ihn. Ich mußte wohl oder übel noch ein paar Tage zugeben, um ihn darüber hinwegzutrösten, daß ich ihn wider seinen Willen vom Rande des (sagen wir: zwanzigsten) Abgrunds zurückgerissen hatte. Seine Verzweiflung war herzzerreißend mit anzusehen. Er knirschte mit den teuren neuen Zähnen, zerraufte die wunderbare Perücke und hätte in seiner Raserei zweifellos das neue Korsett gesprengt, wenn ich es ihm nicht weggenommen

und zum halben Preis weiterverkauft hätte, um wenigstens einen kleinen Teil unserer Auslagen wieder hereinzubekommen. In unserem verrotteten Gesellschaftssystem ist Geld nun einmal der Angelpunkt, um den sich alles dreht. Wird Geld je die Freiheit retten? Wird Geld je Feuerköpfe wie meinen Papa retten? Wann werden all diese Mißstände endlich aufhören? Glauben Sie mir: Die Weltrevolution wird und muß kommen!
Doch nun ist es an der Zeit, daß ich über das vorhin schon angedeutete merkwürdige Erlebnis berichte, das ich im Lauf unserer Ermittlungen hatte. Naturgemäß kam ich mit vielen fremden Menschen zusammen, darunter mit einem Detektiv, dessen Anblick mich, als ich das erstemal sein Büro aufsuchte, geradezu erschreckte. Er war auf eine Art entstellt, wie ich sie in meinem ganzen Leben noch nie gesehen hatte. Ich bin, weiß Gott, weit herumgekommen und kenne Menschen aller Hautfarben – aber das Gesicht, der Hals und die Hände dieses Mannes waren blau! Ich meine: von einem grausig schwärzlichen Blau oder bläulichen Schwarz, wie man es höchstens von Leichen kennt. Der Unglückliche erwies sich später als äußerst entgegenkommend, verständnisvoll und gefällig, aber als ich zum erstenmal unvorbereitet in diese Teufelsmaske sah, entfuhr mir ein unwillkürlicher Laut des Entsetzens.
Der Herr überging meine Taktlosigkeit nicht nur mit dankenswerter Nachsicht, sondern gab mir sogar eine Erklärung ab, um mich, bevor wir uns über mein Anliegen unterhielten, von jeglichem Unbehagen zu befreien.
»Verzeihen Sie«, sagte er mit melancholischem Lächeln, »daß ich den Bürodiener nicht beauftragt habe, Sie zu warnen. Aber alle, die mich kennen, und ich selbst sind nun schon so lange an meine Entstellung gewöhnt, daß wir nur noch in den seltensten Fällen daran denken. Außerdem habe ich hunderte von Leidensgenossen in aller Welt, und es ist nur ein unglücklicher Zufall, daß Sie offenbar noch keinen gesehen haben. Die graublaue Verfärbung der Haut rührt von einem Medikament her, das Silbernitrat enthält und vorläufig das einzige ist, das gegen eine sonst unheilbare Krankheit hilft. Die Leidenden haben keine andere Wahl, als krank zu bleiben – oder völlig geheilt zu werden und dafür die Verfärbung der Haut in Kauf zu nehmen.«

Er erwähnte nicht, an welcher Krankheit er gelitten hatte, und ich fragte ihn selbstverständlich nicht weiter aus. Im Laufe mehrerer Gespräche gewöhnte ich mich so an sein Aussehen, daß ich es schließlich gar nicht mehr beachtete und meinen schwarzblauen Detektiv sicher bald vergessen hätte, wäre ich nicht von anderer Seite, wo ich noch weniger darauf gefaßt war als das erstemal, daran erinnert worden. Um den zeitlichen Ablauf meiner Erzählung nicht durcheinanderzubringen, will ich jedoch nicht vorgreifen und erst über den Rest meines Pariser Aufenthalts berichten.
Natürlich hatte ich die ganze Zeit fast täglich an Lucilla geschrieben. Ihre kurzen Antwortbriefchen wurden von Mal zu Mal trauriger. Oscars epileptische Anfälle wurden immer schwerer und folgten einander in immer kürzeren Abständen. Lucilla hatte keinerlei Hoffnung mehr. Ich schrieb ihr, sobald ich in meinen Familienangelegenheiten einigermaßen klarsah, das Datum meiner Rückkehr, um sie wenigstens ein bißchen aufzumuntern. Trotzdem erhielt ich zwei Tage vor der Abreise noch einen Brief von ihr. Ich muß zu meiner Schande gestehen, daß ich beinahe Angst hatte, ihn aufzumachen: das konnte ja nur das Schlimmste bedeuten! Wenn ihre Nachricht nicht einmal drei Tage warten konnte... Ich gab mir einen Ruck und riß den Brief auf. Ach, was für Toren wir doch mit unseren Vorahnungen sind! Neunzigmal von hundert kommt es anders, als man denkt. Statt der erwarteten Hiobsbotschaft gab es hocherfreuliche Nachrichten. Aber ich lasse am besten Lucilla selbst zu Worte kommen. In ihrer großen, unsicheren Kinderschrift schrieb sie:

›Liebste Freundin,
ich kann meine guten Neuigkeiten unmöglich für mich behalten, bis Sie wieder hier sind. Wir haben jetzt einen Londoner Arzt, nicht mehr den aus Brighton. Wirkliche Könner sitzen eben nur in London! Der Neue kam, sah – und wußte sofort, was zu tun war. Er hat seine eigenen Behandlungsmethoden und verbürgt sich dafür, daß er Oscar in wenigen Monaten vollkommen kurieren kann! Was sagen Sie nun? Kommen Sie recht schnell, damit wir zusammen vor Freude bis an die Decke springen können. Wie dumm war ich, nicht mehr an eine schöne Zukunft zu glau-

ben! Nie, nie wieder will ich so kleinmütig sein. Das ist der längste Brief, den ich je geschrieben habe.

Seien Sie umarmt von Ihrer glücklichen
Lucilla‹

Auf der Rückseite hatte Oscar ein Postskriptum angehängt:

›Lucilla weiß nicht, daß ich noch ein paar Worte dazuschreibe, die nur für Sie bestimmt sind. Es ist wahr, daß endlich Hoffnung für mich besteht. Näheres teile ich Ihnen unter vier Augen mit. Bitte kommen Sie so bald wie irgend möglich zu mir nach Browndown, aber ohne Lucilla und ohne ihr Wissen. Ich möchte Sie um einen großen Freundschaftsdienst bitten. Mein Glück hängt davon ab.

Ihr sehr ergebener Oscar‹

Dieses Postskriptum war mir ein Rätsel. Es paßte nicht zu der unbedingten Offenheit, die Oscar seiner Braut gegenüber bisher stets an den Tag gelegt hatte. Heimlichtuerei war ihm fremd; seine Aufrichtigkeit grenzte manchmal schon an Ungeschicklichkeit. Daß er beim ersten Kennenlernen vor der Enthüllung seiner Identität zurückgescheut war, hatte mit seiner Wesensveranlagung nichts zu tun, sondern nur mit dem Grauen, das ihm seine unfreiwillige Berühmtheit als Held eines Mordprozesses eingeflößt hatte. Das war längst überwunden; in allen normalen Beziehungen war Oscar einfach und ehrlich wie ein Kind. Und nun wolle er mir etwas anvertrauen, was er seiner Braut verheimlichte?

Die Neugier trieb mich an, meine Zelte in Paris so rasch wie möglich abzubrechen, zumal meine Mission erfüllt war. Am Abend des 23. Dezember nahm ich Abschied von meinem noch etwas niedergeschlagenen Papa und meinen Schwestern, deren Obhut ich ihn anempfahl. Am 24. war ich wieder in Dimchurch, wo ich gerade noch den Ausklang des Heiligen Abends miterlebte.

Die Uhr in unserem hübschen gemeinsamen Salon hatte schon eins geschlagen, ehe ich Lucilla dazu bewegen konnte, mir nach der langen Reise ein wenig Ruhe zu gönnen. Sie sprudelte förmlich über vor Heiterkeit, wie einst in ihren besten Zeiten, und war

so redselig, daß nicht einmal ihr Vater gegen sie angekommen wäre. Die Rechnung für ihre nächtlichen Exzesse wurde ihr prompt präsentiert: Morgens hatte sie so elende Kopfschmerzen, daß sie ein paar Stunden länger als gewöhnlich im Bett bleiben mußte. Sie kam selbst auf die Idee, daß ich die Zeit für einen Besuch in Browndown benutzen sollte. Ich möchte zu meiner eigenen Rechtfertigung betonen, daß mich dieser Vorschlag erleichterte. Einer Sehenden gegenüber hätte ich mir kein Gewissen daraus gemacht, eigene Wege zu gehen; aber es hat mir immer widerstanden, etwas hinter dem Rücken meiner blinden Lucilla zu tun, auch wenn es nur Kleinigkeiten waren.
Ich besuchte Oscar also mit Wissen und Billigung Lucillas allein. Ich fand ihn sorgenvoll und nervös, nicht anders als vor meiner Pariser Reise. Nicht der leiseste Abglanz von Lucillas neuer Hoffnungsfreude zeigte sich in seinem Gesicht.
»Hat sie Ihnen von dem neuen Arzt erzählt?« war seine erste Frage.
»Natürlich. Sie hat eine sehr hohe Meinung von ihm«, erwiderte ich. »Sie glaubt fest daran, daß seine Behandlungsmethode auch bei Ihnen Erfolg haben wird, da er sie ja schon mehrfach mit Erfolg angewandt haben soll.«
»Hat Lucilla auch gefragt, wie die Heilung erzielt wird?«
»Nein. Ihr genügt es, daß Sie geheilt werden. Über das Wie scheint sie sich den Kopf nicht zu zerbrechen. Das überläßt sie dem Doktor.«
Oscar lehnte sich mit einem erleichterten Seufzer in seinen Sessel zurück.
»Gut!« murmelte er. »Wenn sie nur nicht plötzlich zu fragen anfängt!«
»Ist die Methode so schmerzhaft oder sonstwie bedenklich, daß der Arzt ein Geheimnis aus ihr macht?« fragte ich beunruhigt.
»Für Lucilla muß sie ein Geheimnis bleiben«, sagte Oscar sehr ernst. »Und falls sie uns auszufragen versucht, dürfen wir ihr – wenigstens vorläufig – nichts Genaueres sagen. Sie haben großen Einfluß auf Lucilla. Ich rechne auf Ihr Verständnis und Ihre Hilfe.«
»Ist das der Gefallen, um den Sie mich bitten wollten?«
»Ja.«

»Werden Sie wenigstens mir diese geheimnisvolle Methode verraten?«
»Natürlich! Wie sollten Sie mir helfen, wenn Sie nicht wüßten, warum ich Lucilla gewisse Einzelheiten verschweigen muß? Ich tue es aus einem sehr ernsten Grund.«
Er legte eine so schwere Betonung auf den letzten Satz, daß mir unbehaglich zumute wurde. Bis jetzt hatte ich Lucillas Blindheit noch nie zu der kleinsten Heimlichkeit ausgenutzt. Und nun wollte mich gerade der Mensch, der ihr am nächsten stand, in eine Art Komplott hineinziehen!
»Ist die Behandlung denn so gefährlich?« fragte ich.
»Nicht im geringsten.«
»Ist der Erfolg vielleicht doch nicht so sicher, wie der Arzt behauptet?«
»Doch, der Erfolg ist sicher.«
»Wieso kannten dann die beiden anderen Ärzte die Methode noch nicht?«
»Sie war ihnen durchaus bekannt.«
»Und warum haben sie sie nicht angewendet?«
»Weil sie gewisse Nebenerscheinungen fürchteten.«
»Nebenerscheinungen...! Nun sagen Sie endlich, worum es sich handelt!«
»Um eine Medizin.«
»Die wie jede andere einfach eingenommen wird?«
»Ja.«
»Wie heißt sie?«
»Silbernitrat.«
Ich sprang auf die Füße, starrte ihn an – und fiel in meinen Sessel zurück.
Der Pariser Detektiv mit seinem schwärzlich-blauen Gesicht tauchte vor meinem inneren Auge auf, und ich empfand noch einmal mit voller Stärke den Schock, den mir sein erster Anblick versetzt hatte. Er hatte mir erklärt, daß die Verfärbung seiner Haut von Silbernitrat herrühre, ohne mir zu sagen, von welcher Krankheit er damit geheilt worden war. Das erfuhr ich nun völlig unvorbereitet von Oscar – und in welchem Zusammenhang! Ich saß wie versteinert da und war im Moment keines Wortes fähig.
Oscar erriet, daß etwas Ungewöhnliches in mir vorging. »Sie ha-

ben offenbar schon einmal jemanden gesehen, der eine Silbernitratkur hinter sich hat«, sagte er mir auf den Kopf zu.
»Ja. Und Sie?«
»Gesehen nicht, aber ich kenne den Preis, den ich für meine Heilung zahlen muß«, antwortete er leise.
Seine Gelassenheit verblüffte mich. »Wie lange nehmen Sie das Teufelszeug schon?« fragte ich aufs Geratewohl.
»Seit acht oder neun Tagen.«
»Ich sehe noch keine Veränderung.«
»So schnell geht das nicht. Der Doktor sagt, daß noch Wochen darüber hingehen können, ehe man äußerlich etwas merkt.«
Ich schöpfte etwas neuen Mut. »Sie haben also Zeit, sich die Sache noch einmal zu überlegen«, sagte ich. »Um Himmels willen, überlegen Sie sich das Für und Wider ganz genau, bevor es zu spät ist!«
Oscar lächelte bitter. »Ich bin zwar ein Schwächling, aber diesmal ist mein Entschluß ausnahmsweise unwiderruflich.« Wahrscheinlich sah ich die Sache zu sehr als Frau an. Ich verlor die Nerven, als ich Oscars auffallend hellen, zarten Teint betrachtete und mir seine künftige Entstellung ausmalte.
»Haben Sie den Verstand verloren?« brach ich aus. »Haben Sie sich klargemacht, daß Sie in kurzer Zeit jedem einen Schrecken einjagen, der Sie sieht?«
»Der einzige Mensch, an dem mir etwas liegt«, antwortete er, »wird mich nie zu sehen bekommen.«
Ich begriff. Das war die Überlegung, die ihn mit seinem unvermeidlichen Los versöhnt hatte!
Daran knüpfte sich bei mir sofort die Frage, ob Lucilla ihm ihre Angst vor dunklen Farben eingestanden hatte. Nein! Ich erinnerte mich in diesem Moment ganz deutlich, daß sie mich ausdrücklich gebeten hatte, Oscar dieses Vorurteil zu verschweigen. Sie fürchtete ihn zu verletzen, weil er ihr einmal erzählt hatte, sein Vater sei schwarzhaarig und brünett gewesen. »Er spricht mit großer Liebe von seinem Vater«, hatte sie mir gesagt. »Es würde ihn kränken, von mir zu hören, daß ich dunkle Leute nicht mag. Es klingt ja auch zu dumm, da Sie meine beste Freundin sind. Allerdings haben Sie ein helles Gesicht... Wir behalten das für uns, ja?«

Ich hatte die Antwort schon auf der Zunge, daß Oscars Bemerkung ›Lucilla wird mich nie sehen‹, illusorisch sei, weil sie von den Sehenden bald genug über seine Entstellung hören würde. Aber da ich seine Motive erst noch etwas besser ergründen wollte, gelang es mir, mich zu zügeln.

»Bevor wir beratschlagen, wie ich Ihnen helfen soll«, sagte ich, »muß ich noch ein paar Fragen stellen. Haben Sie diesen ernsten und folgenschweren Entschluß wirklich ganz allein gefaßt? Hat Sie außer dem Arzt niemand beeinflußt?«

»So beeinflußbar bin ich nun auch wieder nicht«, entgegnete er scharf. »Mein Zustand läßt mir keine andere Wahl. Selbst ein nervenschwacher Jämmerling wie ich ist imstande, nach dem einzigen Strohhalm zu greifen, der sich ihm bietet.«

»Haben die Ärzte gesagt, es gebe keine anderen Heilungsmöglichkeiten?«

»Die Ärzte – alle drei! – hatten Angst, mir reinen Wein einzuschenken. Ich mußte die Wahrheit fast mit Gewalt erzwingen. Ich mußte an ihre Berufsehre appellieren. ›Antworten Sie in einfachen Worten auf eine einfache Frage‹, sagte ich. ›Besteht überhaupt Aussicht, daß ich diese Anfälle je loswerde?‹ Sie drehten und wanden sich: Ich sei ja noch so jung; gerade auf diesem Gebiet der Medizin würden täglich neue und erstaunliche Entdekkungen gemacht; in ein paar Jahren könnte es das Wunderheilmittel gegen epileptische Anfälle geben... Ich nahm sie härter in die Zange. ›Leider bin ich jetzt krank. Ich bin verlobt und möchte heiraten. Können Sie mir klipp und klar sagen, bis wann ich diese Anfälle loswerde?‹ Das konnten sie nicht. Sie konnten nur sagen, ihre Erfahrung berechtige sie zu der Hoffnung, daß ich auch ohne besondere Mittel mit der Zeit darüber hinwegkäme – aber es sei unmöglich, sich da auf einen bestimmten Termin festzulegen. ›Es kann also Jahre dauern?‹ fragte ich. Sie gaben notgedrungen zu, daß es Jahre dauern könne. ›Und es kann sein, daß ich nie wieder normal werde?‹ fragte ich. Hierauf versuchten sie mich vom Thema abzulenken, und wieder forderte ich unüberhörbar eine ehrliche Antwort. Die Ärzte aus Dimchurch und Brighton sahen hilfeflehend auf ihren großen Londoner Kollegen, und der sagte endlich: ›Wenn Sie es durchaus wissen wollen – ja, auch das ist eine der verschiedenen Möglichkeiten.‹ Nun, bitte, stellen Sie sich meine Lage vor! Tag für Tag, Woche für Woche, Monat für Monat zu wissen, daß man jederzeit in Krämpfe fallen kann... Würden Sie das fröhlich auf sich nehmen?«

Was sollte ich darauf antworten? Ich schwieg.

»Stellen Sie sich obendrein vor, Sie wären verlobt. Die fürchterlichste Enttäuschung, die einen Menschen treffen kann, ist mir zuteil geworden. Mein Lebensglück war schon in Reichweite – und ich darf es nicht fassen. Nicht nur meine Gesundheit ist zerstört, sondern mit ihr auch alle übrigen Aussichten. Für die Frau, die ich liebe, ist ein Leben an meiner Seite unzumutbar, solange ich nicht von meinem Leiden befreit bin. Stellen Sie sich das alles recht lebhaft vor – und dazu einen Arzt, der hier am Schreibtisch sitzt, Papier, Tinte und Feder vor sich, und nur ein Rezept auszuschreiben braucht, damit die Kur beginnen kann. Garantie: innerhalb weniger Monate keine Anfälle mehr, Heirat endlich möglich, der Himmel gegen die Hölle, die ich jetzt täglich erdulde. Der einzige Nachteil: eine häßliche Hautverfärbung für den Rest des Lebens. Aber, welch Glück im Unglück: der einzige Mensch, dem man gefallen möchte, wird sich nie an dem Anblick stoßen. Was hätten Sie an meiner Stelle getan? Hätten Sie dem Doktor das Rezept noch im letzten Moment aus der Hand gerissen und geschrien: Nein?«

Ich blieb stumm. Frauen sind störrisch wie Maulesel. Irgend etwas in mir wehrte sich immer noch gegen Oscars Entscheidung, obwohl ich ihm rein sachlich recht geben mußte. Er sprang erregt auf. Das fieberhafte Verlangen, sich zu rechtfertigen, das ich seit unserer allerersten Unterredung in Browndown so gut kannte, hatte ihn wieder ergriffen. »Hätten Sie nein geschrien?« wiederholte er mit hochrotem Kopf und beugte sich über mich wie damals, als er mir seinen wahren Namen ins Ohr geflüstert hatte. »Hätten Sie nein geschrien? Hätten Sie nein ge...«

Seine Frage, die in ein unartikuliertes Gebrüll ausgeartet war, brach mitten im Wort ab. Sein Gesicht verzerrte sich auf die gräßliche, mir schon bekannte Weise, sein Körper wurde wie von einer Teufelsfaust verdreht. Er stürzte in Zuckungen direkt vor mir zu Boden.

Großer Gott! Wer hätte ihm bei diesem Argument noch wider-

sprechen können? Wer hätte nicht eingesehen, daß eine äußere Entstellung hiergegen nur eine Lappalie war?
Oscars Diener rannte herbei und half mir, die Möbel in sicherer Entfernung von Oscars um sich schlagenden Extremitäten zu rücken. »Gott sei Dank, daß das bald aufhört, Ma'am«, sagte er treuherzig zu mir, da er meine Aufregung sah. Es war rührend, wie er mich zu beruhigen versuchte. »Die Medizin wirkt in ein bis zwei Monaten, hat der Doktor gesagt.« Ich konnte dem braven Mann leider nicht antworten. Ich konnte mir innerlich nur bittere Vorwürfe machen, weil meine skeptische Haltung möglicherweise an Oscars heutigem Anfall schuld war.
Diesmal ging es relativ rasch vorbei. Ob sich darin schon die Wirkung des Medikaments zeigte? Jedenfalls war Oscar schon nach zwanzig Minuten imstande, seinen Sessel wieder einzunehmen und mit mir weiterzusprechen.
»Sie sagten vorhin, ich würde allen Leuten Schrecken einjagen, wenn mein Gesicht blau verfärbt ist«, bemerkte er mit schwachem Lächeln. »Glauben Sie, es jagt ihnen weniger Schrecken ein, wenn ich mich in Zuckungen auf dem Boden wälze?«
Ich bat ihn mit einer flehenden Geste, darüber zu schweigen. »Weiß Gott, Sie haben mich überzeugt – so starrköpfig ich auch in manchen Dingen sein kann. Wir wollen jetzt nur noch an Ihre baldige Heilung denken. Was kann ich dazu beitragen?«
»Sie haben großen Einfluß auf Lucilla«, wiederholte er. »Sollte sie im Gespräch mit Ihnen irgendwann auf die naheliegende Frage kommen, ob die Kur Nebenwirkungen hat – etwa, ob ich schon besser aussähe –, so geben Sie ihr bitte eine beruhigende Antwort. Sie muß so ahnungslos bleiben, wie sie jetzt ist.«
»Warum?«
»Warum! Wenn Lucilla wüßte, was Sie wissen, wäre sie genauso entsetzt, wie Sie es zunächst waren. Sie würde sofort herkommen und versuchen, mich zur Aufgabe der Kur zu überreden, ganz wie Sie es versucht haben. Würde Lucilla so reagieren – oder nicht?«
Ich konnte es nicht leugnen.
»Und da ich sie liebe«, fuhr er fort, »kann ich ihr nichts abschlagen. Sie würde mich zu dem Versprechen zwingen, die Medizin nicht mehr anzurühren. Sobald ich dann wieder allein wäre,

würde ich mein Versprechen bereuen und die Medizin doch nehmen, hinter ihrem Rücken. Diese dauernden inneren Kämpfe würden meine Gesundheit bestimmt nicht fördern, und ich habe wirklich nicht mehr viel zuzusetzen. Halten Sie das nach dem Schauspiel, das ich Ihnen vorhin geboten habe, für wünschenswert?«

Ich sah ein, daß es eine sinnlose Grausamkeit gewesen wäre, ihn auch noch seelischen Qualen auszusetzen. Was konnte ich anderes tun, als ihm das unerläßliche Opfer so weit wie möglich zu erleichtern? Ich mußte ihn nur noch auf eines mit allem Ernst hinweisen.

»Wir können keinesfalls darauf hoffen, daß Lucilla für immer in Unwissenheit bleibt. Sobald die Veränderung Ihres Äußeren allgemein auffällt, wird irgend jemand eine Bemerkung darüber machen, durch die sie es doch erfährt.«

»Ich will es ja auch nur solange verheimlichen, wie es vernünftigerweise geht«, versicherte Oscar. »Wenn die Kur ihre Wirkung getan hat – im Guten wie im Schlechten – und nichts mehr zu ändern ist, werde ich es ihr selbst sagen. Jetzt ist sie gerade so glücklich über die Aussicht auf meine Heilung! Wem wäre damit gedient, wenn ich ihr dieses Glück vorzeitig trübte? Meine arme Frau wird später jedenfalls nicht vor meinem entstellten Gesicht zurückschrecken. Was alle anderen Leute betrifft, so werde ich ihnen meinen Anblick gewiß nicht aufdrängen. Ich möchte mit Lucilla zurückgezogen und in Frieden leben. Darüber sind wir uns ohnehin einig. Der kleine Freundeskreis, den wir behalten, wird sich bald an mein Aussehen gewöhnen, zumal Lucilla allen andern mit gutem Beispiel vorangeht. Sie wird sich nicht lange wegen einer rein äußerlichen Veränderung aufregen, die sie weder sehen noch fühlen kann.«

Hätte ich ihn auf das Stichwort ›fühlen‹ noch jetzt, im letzten Moment, warnen sollen? Hätte ich ihn über Lucillas phantastischen, aber unausrottbaren Abscheu vor allem Dunklen aufklären müssen, um ihm die Schwierigkeiten, die seiner harrten, vor Augen zu führen? Wahrscheinlich hätte ich das gemußt. Man wird mir den Vorwurf der Feigheit machen, weil ich mich scheute, einem Mann, der schon soviel gelitten hatte, noch mehr Sorgen und Konflikte zuzumuten. Ich brachte es nicht über

mich. Wären Sie in dieser Stunde hart geblieben? Wenn ja, so bin ich froh, daß ich nie Ihre persönliche Bekanntschaft zu machen brauche. Sie müssen ein Eisklumpen sein!
Wie dem auch sei, ich verließ Browndown mit dem feierlichen Versprechen, Lucilla den schlimmen Preis, den Oscar für seine Heilung zahlen mußte, zu verschweigen, seine Kur nicht zu behindern und ihm die Wahl des Zeitpunktes zu überlassen, an dem seine Braut die ganze Wahrheit erfahren sollte.

20. Oh, mein Papa!

Zum Glück bestand keine große Gefahr, daß ich trotz meines Versprechens etwas verriet, da mein Zusammensein mit Lucilla nur noch fünf Tage dauerte, und wenn diese fünf Tage ohne Zwischenfall vorbeigingen, war für die Zukunft in der Hinsicht nicht mehr viel zu befürchten. Für den 31. Dezember war Lucilla bei ihrer Tante in London angemeldet, um die Testamentsklausel ihres seligen Onkels zu erfüllen und, nun wohl zum letztenmal, drei Monate unter dem Dach der Batchfords zu weilen.
Immerhin brachte sie mich während unseres kurzen Beisammenseins zweimal in Verlegenheit: Das erstemal fragte sie mich, was für eine Medizin Oscar eigentlich nehme. Ich schützte Ahnungslosigkeit vor und brachte das Gespräch schnell auf andere Dinge. Das zweitemal kam sie dem gefährlichen Punkt noch näher. Sie fragte mich, ob ich wisse, wie das Mittel wirkt. Sie machte sich Sorgen, daß es irgendwie das Gehirn schädigen und vielleicht chronische Kopfschmerzen verursachen könnte, da Oscars Anfälle ja auch von irgendeiner Verschiebung oder sonstigen Störung im Gehirn ausgelöst worden waren. Hierüber konnte ich Lucilla natürlich beim besten Willen keine Auskunft geben, und sie legte dieselbe Frage den Ärzten vor. Die Ärzte, von Oscar rechtzeitig gewarnt, beruhigten sie: Nein, das Mittel wirke über die Blutbahn auf das gesamte Nervensystem des Patienten ein und reguliere es; auf diese Weise komme auch das Gehirn wieder in Ordnung und werde auf keine Weise angegriffen. Damit war Lucillas Wissensdurst vollkommen befriedigt

und ihre glückliche Zuversicht wiederhergestellt. Sie hatte vor ihrer Abreise noch an viele andere Dinge zu denken und ließ das heikle Thema fallen.

Das Neueste war, daß ich Lucilla nach London begleiten sollte, und auch Oscar sollte uns folgen, sobald er sich reisefähig fühlte. Als Lucillas Verlobter hatte er das Recht, im Hause ihrer Tante empfangen zu werden. Für mich hatte Lucilla die Vermittlung übernommen und Miß Batchford geschrieben, es fiele ihr gar zu schwer, sich volle drei Monate von mir zu trennen. Daraufhin erhielt ich einen sehr liebenswürdigen Brief von der alten Dame, in dem sie mich jederzeit willkommen hieß, wenigstens tagsüber, denn sie hatte außer für Lucilla keine Unterbringungsmöglichkeit für Gäste. Ich sollte daher in einer benachbarten Pension wohnen, in der auch Oscar von Fall zu Fall übernachten konnte. Lucilla freute sich schon sehr auf seine Besuche. Die Ärzte versicherten, daß er, wenn alles gut ging, in drei Monaten völlig genesen sein würde – vielleicht konnte sogar die Hochzeit als krönender Abschluß von Lucillas Aufenthalt im Hause ihrer Tante gefeiert werden!

Doch am 28. Dezember wurden sämtliche Londoner Pläne, soweit sie mich betrafen, umgeworfen – und zwar durch einen Expreßbrief meiner Schwestern aus Paris. Unser guter Papa war, kaum daß ich den Rücken gekehrt hatte, wieder außer Rand und Band geraten. Die Ärmsten wurden nicht mit ihm fertig und erklärten nur zu glaubhaft, daß er die Person, vor der ich ihn errettet zu haben wähnte, trotz allem heiraten werde, wenn ich nicht augenblicklich zurückeilte und diese Katastrophe verhütete. Was war da zu machen? Nichts. Ich erlitt einen Tobsuchtsanfall, knirschte fast so dramatisch mit den Zähnen wie mein guter Papa, schleuderte in der Einsamkeit meines Zimmers verschiedene Gegenstände an die Wand ... und packte dann meinen Koffer für Paris.

Lucilla benahm sich reizend. Angesichts meiner neuen Sorgen und meines Ärgers stellte sie selbstlos alle eigenen Wünsche zurück, unterdrückte ihre Enttäuschung und zeigte mir nur ihr aufrichtiges Mitgefühl. »Schreiben Sie mir recht oft, wie es Ihnen geht«, bat sie, »und kommen Sie nach London nach, sobald Sie können.« Am nächsten Morgen in aller Frühe befand ich mich

schon auf der vertrauten Route über Newhaven und Dieppe nach Paris.
Ich war nicht in der Stimmung, mich diesmal auf lange diplomatische Verhandlungen einzulassen, um meinen allzu feurigen Papa zur Raison zu bringen. Ich packte ihn sozusagen beim Kragen und zwang ihn, binnen weniger Stunden mit mir nach Italien zu reisen. Ich war immun gegen seine väterlichen Umarmungen, ich war taub gegen seine Klagen. Er erklärte, diese Reise würde sein Tod sein. Heute amüsiert es mich, an meine damalige Grausamkeit zurückzudenken. Ich erwiderte nichts als *»En route, Papa!«*, packte auch ihm ein Köfferchen und zerrte ihn, ungeachtet seines Sträubens, zum Bahnhof.
Die Reise tat ihm gut. Zwischen Paris und Rom verliebte er sich mindestens achtmal in entsprechend viele hübsche Reisegenossinnen. Es war einfach grandios. Erst in Rom selbst, diesem Tyrannentreibhaus, kam mir die richtige Tyrannenidee, meinem munteren Erzeuger einen moralischen Dämpfer aufzusetzen. Die Ewige Stadt umschließt dreihundertfünfundsechzig Kirchen und schätzungsweise drei Millionen und fünfundsechzig Gemälde. Mein Papa mußte ausnahmslos alle besichtigen (im reifen Alter von fünfundsiebzig Jahren), und das erhoffte Resultat blieb nicht aus. Als er vor lauter Kirchen und Museen dem Zusammenbruch nahe war, führte ich ihn absichtlich mit einer marmornen Schönheit in Versuchung: der kapitolinischen Venus. Er schief auf dem Bänkchen ihr gegenüber ein. Ich konnte mich beglückwünschen: Don Juan war bekehrt!
Leider ging nicht alles so glatt wie die Seelenrettung meines guten Papas. Lucillas Briefe aus London, die erst sehr heiter geklungen hatten, nahmen allmählich einen trüberen Ton an. Sie war nun schon seit sechs Wochen von Dimchurch weg, und noch immer konnte Oscar ihr keine Hoffnung auf einen Besuch machen. Seine Genesung machte zwar Fortschritte, aber nicht so schnell, wie die Ärzte vorausgesagt hatten. Es wäre denkbar, schrieb er, und man müsse auch diese Möglichkeit beherzt ins Auge fassen, daß er bis Ende März überhaupt nicht reisen dürfe. Aber dann komme ja Lucilla schon zurück, und er bitte sie innig um Geduld. Er würde gesund, daran müsse sie festhalten... Und so weiter.

Natürlich machte sich Lucilla nun wieder alle möglichen Gedanken. Nie, schrieb sie mir, sei ihr der Aufenthalt im Hause ihrer Tante so schwer geworden wie diesmal.
Ich brauchte nicht viel Kombinationsgabe, um den wahren Sachverhalt zu ahnen.
Mein Briefwechsel mit Oscar war beinahe so lebhaft wie der mit Lucilla. Und was er mir mitteilte, stand in krassem Widerspruch zu dem, was er Lucilla geschrieben hatte. Die Anfälle kämen immer seltener und dauerten immer kürzer; er fühle sich auch im allgemeinen viel kräftiger und könne wohl sehr bald mit seiner völligen Genesung rechnen.
Demnach hatte er an Lucilla einen absichtlich deprimierenden und hinhaltenden Brief geschrieben. Was sollte das heißen?
Sein nächster Brief an mich löste das Rätsel.
›Ich deutete Ihnen neulich schon an‹, schrieb er, ›daß die Verfärbung meiner Haut sich allmählich bemerkbar macht. Inzwischen ist sie unübersehbar geworden. Mein heller Teint, der mir so viel freundliche Komplimente eingetragen hat, ist für immer dahin. Ich bin jetzt auf dem ganzen Körper von einem sonderbar bläulich-aschgrauen Ton überzogen und sehe so leichenhaft aus, daß ich selbst erschrecke, wenn ich in den Spiegel blicke. Der Doktor sagt, das vertieft sich noch zu einer Art Schwarzblau – je zarter die Haut, desto deutlicher die chemische Verfärbung! –, und dann ist die Sättigung erreicht, wie der Fachausdruck lautet. Trotzdem bin ich weit davon entfernt, sinnlose Reue zu empfinden. Im Gegenteil, ich bin unendlich dankbar, daß es diese Silbernitratkur gibt. Seit zehn Tagen habe ich keinen einzigen Anfall mehr gehabt! Ich fühle mich wie aus der Hölle ins Paradies versetzt. Die Zukunft ist mir wiedergeschenkt worden. Dafür hätte ich mit Freuden auch einen Arm oder ein Bein oder beides hingegeben.
Nur eins beunruhigt mich noch. Es gibt eben kein Glück auf Erden ohne Schattenseiten. In letzter Zeit habe ich an Lucilla eine Eigentümlichkeit festgestellt, die mir neu war und es mir sehr erschwert, ihr die Wahrheit zu sagen, wie es zwischen Ihnen und mir in Browndown verabredet wurde. Haben Sie gewußt, daß sie eine heftige Abneigung gegen alle dunklen Farben hegt, einschließlich dunkelhäutiger Menschen?

Dieses sonderbare Vorurteil hängt vermutlich mit ihrer Blindheit zusammen; sie kann es weder sich selbst noch anderen logisch erklären. Sie hat es nun einmal. Bitte lesen Sie beiliegenden Brief, den Mr. Finch mir überlassen hat, und Sie werden verstehen, daß es mir vor dem Moment graut, in dem ich ihr die Nebenwirkung meiner sonst so erfolgreichen Kur gestehen muß.‹

Der Brief Lucillas an ihren Vater, von einer mir fremden Hand geschrieben (vermutlich hatte sie ihn einem Hausmädchen diktiert), enthielt unter anderem folgenden Bericht:

›... Nun muß ich leider noch beichten, daß ich die Tante neulich sehr geärgert habe. Es ist soweit wieder alles gut, ich habe mich entschuldigt; aber sie ist seitdem nicht mehr so ungezwungen herzlich zu mir wie früher. Vorige Woche gab sie ein Dinner zu Ehren eines vornehmen Inders, den sie außerordentlich hochschätzt (er ist schon lange zum christlichen Glauben übergetreten). Während das Mädchen mir beim Anziehen half, fragte ich sie unglücklicherweise nach dem Inder aus und erfuhr, er sei sehr groß und mager und habe einen dunkelbraunen Teint und funkelnde pechschwarze Augen. Du kannst Dir denken, wie meine Phantasie darauf in Gang geriet: Ich stellte mir den Inder wie ein schwarzes Ungeheuer vor und hätte wer weiß was darum gegeben, nicht im Salon erscheinen zu müssen. Aber ich mußte, und gleich darauf wurde der Eintritt des Inders gemeldet. Als er sich mir näherte, fühlte ich mich in meiner Dunkelheit, als sei ich hilflos einer Rotte von schwarzen Dämonen ausgeliefert. Er nahm meine Hand, und obwohl ich mich zu beherrschen versuchte, zitterte ich furchtbar und wich unwillkürlich zurück – was natürlich sehr ungezogen wirkte. Zu allem Unglück hatte ich ihn dann auch noch als Tischherrn! In fünf Minuten sah ich innerlich nichts mehr als dunkelbraune Teufelsfratzen mit schwarzen Glitzeraugen, die mich von allen Seiten umdrängten – mir wurde so schlecht, daß ich aufstehen und das Zimmer verlassen mußte. Die Tante war wütend und machte mir, als die Gäste gegangen waren, die heftigsten Vorwürfe. Ich gab zu, daß mein Verhalten unvernünftig war, bat sie aber gleichzeitig, sich in meine Lage hineinzudenken und mir einige Zugeständnisse zu machen. Ich bin doch schon mit einem Jahr blind geworden und wußte kaum, wie Menschen überhaupt aussehen. Alle meine

Vorstellungen entstammen der Phantasie, den Beschreibungen anderer Leute und meinem Tastsinn. Wenn ich mir nun irgend etwas ganz falsch oder übertrieben gräßlich vorstelle, könnte ich dieses verzerrte Bild nicht mit Hilfe der Augen korrigieren wie sie, die Tante... All mein Reden war umsonst, sie ließ meine Argumente nicht gelten. Das ärgerte nun wieder mich so, daß ich sie an eine ihrer eigenen Aversionen erinnerte, die mindestens so töricht ist wie meine: Sie kann Katzen nicht leiden. Und dabei kann sie doch sehen! Blind, wie ich bin, weiß ich, daß Katzen harmlose, graziöse, angenehm anzufassende Tiere sind, während Tante Batchford, die das alles obendrein noch sieht, wie Espenlaub zittert, wenn ihr eine Katze nur in die Nähe kommt. Hat sie ein Recht, mir mein unvernünftiges Grauen vor dunklen Menschen vorzuwerfen?...‹

An diesen Brief hatte Oscar noch ein eigenes Postskriptum angeheftet.

›Verstehen Sie nun, warum ich Lucilla nicht in London besuche? Sosehr ich mich nach ihr sehne, kann ich es nicht riskieren, sie in meinem jetzigen Zustand zum erstenmal in Gegenwart Fremder wiederzusehen, deren Reaktion ihr sofort alles verraten würde. Stellen Sie sich vor, sie schauderte vor mir so zurück wie vor dem armen Inder! Nur das nicht! Ich muß erst eine Gelegenheit finden, sie hier, in der gewohnten Stille, langsam und schonend auf das vorzubereiten, was sie (es läßt sich wohl nicht vermeiden) wissen muß. Der Schock wird noch immer schlimm genug für sie sein.

Dies alles schreibe ich Ihnen im tiefsten Vertrauen. Sie haben mir versprochen, Schweigen über meine Entstellung zu bewahren, bis ich Sie selbst von diesem Versprechen entbinde. Vorläufig erinnere ich Sie daran – nachdrücklicher denn je. Familie Finch, meine Diener und die paar anderen Leute, die ich gelegentlich sehe, sind alle mit in der Schweigeverschwörung. Wenn es wirklich sein muß, daß Lucilla über mein verändertes Aussehen Bescheid weiß, habe nur ich das Recht, es ihr zu sagen – auf die Art und zu der Zeit, die ich für richtig halte.‹

›Es läßt sich wohl nicht vermeiden...‹, ›Wenn es wirklich sein muß...‹ Diese verräterischen Einschiebsel zeigten mir, wie sehr Oscars Mut ins Schwanken geraten war. Offenbar spielte er

schon mit der trügerischen Hoffnung, es sei möglich, seine Entstellung für immer und ewig vor Lucilla zu verheimlichen! Wäre ich in Dimchurch gewesen, so hätte ich sicher Tag und Nacht über die kommenden Schwierigkeiten nachgedacht und auf Mittel gesonnen, sie so gut wie möglich zu lösen. Aber da ich noch in Italien war, schob ich alle Grübeleien weit von mir. Früher oder später, dachte ich, würde sich schon alles von selbst einrenken; meine beiden Sorgenkinder würden heiraten, und damit basta! Ich hatte einstweilen genug zu tun, meinen guten Papa mit heiligen Familien, Kirchen und Katakomben zu zermürben. Ah, der Ärmste, wie er vor all den Caraccis und Kuppeln gähnte! Und wie inbrünstig er mir schwor, sich nie wieder zu verlieben, wenn ich ihn nur endlich wieder nach Paris brächte!
Wenige Tage später traten wir die Heimreise an. Als ich meinen Vater verließ, streckte er seine müden alten Knochen in seinem eigenen behaglichen Sessel aus, und ich durfte mir schmeicheln, mein Bekehrungswerk vollendet zu haben. Er war allenfalls noch imstande, zarte platonische Beziehungen zu einer älteren Dame anzuspinnen, aber zu mehr nicht. »Oh, mein Kind, laß mich ausruhen!« waren seine matten Abschiedsworte.« »Und zeige mir nie wieder ein Gemälde oder ein Kirche, solange ich lebe!«

21. Madame Pratolungo kehrt nach Dimchurch zurück

Ich erreichte London in der letzten Märzwoche, gerade rechtzeitig, um noch ein paar Tage mit Lucilla im Hause ihrer Tante zu verbringen und sie dann bei der Heimkehr zu begleiten. Seit es sich nicht mehr lohnte, Lucilla in London zu besuchen (und ein unbedachtes Wort fremder Augenzeugen zu riskieren), hatte Oscar sich in seinen Briefen naturgemäß keinen Zwang mehr auferlegt und Lucilla berichtet, es gehe ihm ausgezeichnet und die Ärzte betrachteten ihn als geheilt. Sie war in strahlender Laune, das arme Ding, als wir uns begrüßten, und rührend glücklich, mich wieder bei sich zu haben. Wir genossen die restlichen Tage in vollen Zügen und waren jeden Abend in der Oper oder im Konzert. Auch mit der Tante kam ich sehr gut aus, bis ich, kurz vor der Abreise, die Unvorsichtigkeit beging, meine revolutionären Ansichten durchblicken zu lassen. Nie vergesse ich das konsternierte Gesicht der alten Dame, als ich gegen Könige, Pfaffen und Aristokraten loswetterte und die Neuordnung der Welt, das heißt eine allgemeine gerechte Güterteilung, prophezeite! Es war eine gewisse Genugtuung für mich, bei dieser Gelegenheit wieder einmal eine Aristokratin zittern zu sehen; aber natürlich verschloß ich mir gleichzeitig Miß Batchfords Tür für immer. Was schert mich das! Der Tag wird kommen, an dem die Batchfords der Menschheit keine Tür mehr besitzen werden, um sie vor der Nase der Pratolungos zuzuschlagen. *Vive la République!*

In den ersten Apriltagen nahmen Lucilla und ich Abschied von der Hauptstadt und kehrten nach Dimchurch zurück. Je mehr sich der Wagen dem Pfarrhaus näherte, je zappliger Lucilla in ihrer Vorfreude wurde, desto unbehaglicher fühlte ich mich. Alle Sorgen, die ich in Italien abgestreift hatte, drängten sich mir nun mit doppelter Kraft wieder auf. Meine Phantasie geriet nun ihrerseits unaufhaltsam in Gang und malte mir Schreckensbilder vor: Oscar mit dem Haupte einer Medusa, dessen Anblick kein sterbliches Auge ertrug... Wo würde er uns erwarten? Am Dorfeingang? Nein, da war er nicht. An der Gartenpforte? Nein. Im Garten selbst, wo es still und schattig war? Ja, da stand er – allein!

Lucilla flog ihm mit einem Freudenschrei an die Brust. Ich blieb im Hintergrund stehen.

Ah, wie genau erinnere ich mich noch heute an den ersten Schreck, der mich durchfuhr, als ich die beiden jungen Gesichter so dicht beieinander sah! Das Medikament hatte sein Werk getan. Lucillas rosige Wange schmiegte sich gegen eine bleifarben-bläuliche. Wie schauerlich zeigte gerade diese erste Umarmung den Kontrast zwischen dem jungen Mann, den ich vor Monaten verlassen hatte, und dem, was ich jetzt sah! Oscar wandte mir beschwörend die Augen zu, während er Lucilla noch in den Armen hielt, und dieser Blick sagte mir beredter als Worte: ›Urteilen Sie selbst – wir lieben sie ja beide –: Können wir je die Grausamkeit aufbringen, ihr dies zu schildern?‹

Ich kam heran, um ihm so unbefangen wie möglich die Hand zu schütteln. Im selben Moment ließ Lucilla ihn plötzlich los, hob die Rechte und ließ sie rasch, wie immer, wenn sie jemanden ›sehen‹ wollte, über sein Gesicht gleiten. Ich glaubte, mir stünde das Herz still. Hatte ihr unwahrscheinlicher Tastsinn, mit dem sie am ersten Tag die dunkle Farbe meines Kleides gespürt hatte, ihr auch jetzt etwas verraten?
Nach einer kurzen Pause, in der sie mit der gespannten Aufmerksamkeit, die ich so gut an ihr kannte, in die Luft zu lauschen schien, wiederholte sie die Prüfung. Ihre Finger verweilten länger als das erstemal auf Oscars Gesicht. Dann dachte sie einen Moment angestrengt nach und wandte sich zu mir.
»Was halten Sie von seinem Gesicht? Ich merke, daß ihn irgend etwas bedrückt. Was ist es?«
Wir waren sicher – vorläufig! Die schreckliche Medizin hatte zwar die Farbe, nicht aber die sonstige Beschaffenheit der Haut verändert. Und Oscars Züge waren ja noch die gleichen, auch wenn sie mir, der Sehenden, entstellt schienen. Lucillas Finger hatten nichts Fremdartiges gespürt.
Ehe ich eine Antwort fand, erwiderte Oscar geistesgegenwärtig selbst: »Nichts, Liebling. Ich bin nur vor Freude über dein Kommen ein bißchen durcheinander. Das ist alles.«
Sie schüttelte ungeduldig den Kopf.
»Nein, das ist nicht alles. Dein Herz klopft ja so laut, daß ich es beinahe hören kann! Und deine Hand ist plötzlich eiskalt geworden! Du verbirgst mir etwas. Ich will wissen, was es ist! Komm mit hinein.«
In diesem kritischen Augenblick erschien der lästigste aller mir bekannten Menschen als Retter in der Not: Reverend Finch hatte den Wagen gehört und kam, um seine geliebte Tochter an die Vaterbrust zu drücken. Von seinen Armen umklammert, von seines Basses Grundgewalt umdröhnt, kam Lucilla für eine ganze Weile nicht mehr zu Wort.
Oscar zog mich rasch außer Hörweite und flüsterte mir zu: »Ich habe Sie beobachtet. Sie waren entsetzt über meinen ersten Anblick. Ihnen fiel ein Stein vom Herzen, als Lucillas feinfühlige Finger nichts Dunkles an mir fanden. Ich werde von jetzt an besser auf meinen Gesichtsausdruck achtgeben. Helfen Sie mir noch

zwei Monate lang, jeden Verdacht von ihr fernzuhalten. Ich werde Ihnen ewig dankbar sein.«

»Zwei Monate?« wiederholte ich gedehnt.

»Ja. Wenn ich so lange keinen Anfall mehr habe, erklären mich die Ärzte als einwandfrei geheilt. Lucilla und ich könnten dann heiraten.«

»Lieber junger Freund, Sie planen doch hoffentlich keinen Betrug?«

»Was meinen Sie damit?«

»Tun Sie nicht so, als ob Sie nicht wüßten, was ich meine! Erst bitten Sie mich, zwei Monate lang jeden Verdacht von Lucilla fernzuhalten, und dann reden Sie von Heirat in zwei Monaten. Das heißt, Sie wollen sie in die Falle locken und ihr erst hinterher gestehen, wie Sie jetzt aussehen. Finden Sie das sehr ehrenhaft?«

Er seufzte schwer.

»Ich werde sie von der Heirat abschrecken, wenn ich es vorher gestehe. Sehen Sie mich doch an! Sehen Sie mich ganz genau an!« wiederholte er und hob verzweifelt die blaugrauen Hände an das verfärbte Gesicht.

Ich war entschlossen, selbst diesem Appell nicht nachzugeben.

»Seien Sie ein Mann!« fauchte ich leise. »Nehmen Sie sich zusammen! Denken Sie, Lucilla heiratet Sie wegen Ihres Gesichts, das sie nie gesehen hat und nie sehen wird? Sie heiratet Sie aus Liebe, und die gilt der ganzen Person, Ihrem Herzen, allem, was Sie sind. Vertrauen Sie auf diese Liebe und ihren gesunden Menschenverstand. Sie wird einsehen, was ihr törichtes Vorurteil wert ist, wenn sie erfährt, daß auch Sie davon betroffen sind. Glauben Sie im Ernst, sie wird sich deswegen von Ihnen trennen?«

»Ich fürchte es! Ich fürchte es! Sie kennen ja die Geschichte mit dem Inder. Ich werde sie für immer verlieren, wenn ich nicht mit äußerster Vorsicht vorgehe...«

Ich erlaubte mir, ihn am Arm zu nehmen und Lucilla wieder zuzuführen, denn ich sah, daß die Ärmste mittlerweile von der Begrüßungsansprache ihres Vaters genug hatte und sich nach Oscars Stimme sehnte.

Er versuchte seinen Schritt störrisch zu verlangsamen. Ich wurde ärgerlich. Im nächsten Moment hätte ich etwas gesagt oder getan,

was ich später bereut hätte, wenn nicht eine zweite Unterbrechung dazwischengekommen wäre. Diesmal war es Oscars Diener von Browndown mit einem Brief in der Hand.
»Die Nachmittagspost, Sir«, sagte er zu Oscar. »Es steht ›Eilig‹ drauf, darum dachte ich, ich bringe den Brief besser her.«
Oscar riß ihm den Brief aus der Hand und stieß einen Freudenruf aus. »Das ist Nugents Schrift... Ein Brief von meinem Bruder!«
Er beeilte sich, ihn zu öffnen, und jubelte nach dem Überfliegen der ersten Zeilen so laut auf, daß Lucilla in zwei Sekunden an seiner Seite war.
»Was ist?« fragte sie eifrig.
»Nugent kommt aus Amerika zurück! Nugent ist in einer Woche hier! Oh, Lucilla, wie herrlich! Nugent will längere Zeit bei mir in Browndown bleiben!«
Er umarmte und küßte Lucilla in überströmender Freude. Sie machte sich wortlos von ihm los und drehte ihr armes blindes Gesicht nach rechts und nach links: sie suchte mich.
»Hier bin ich«, sagte ich und trat zu ihr.
Sie hakte sich mit einem wütenden Ruck bei mir ein und zog mich aus Oscars Nähe, zum Haus hin. Eifersucht und Kummer standen ihr im Gesicht geschrieben. Nie hatte Oscars Stimme, wenn er sie begrüßte, so glücklich geklungen wie jetzt bei der Ankündigung dieses Besuches! Nie hatte er sie so spontan geküßt, nie hatte er das Herz so auf den Lippen getragen wie jetzt – weil Nugent aus Amerika zurückkehrte!
»Kann er mich noch hören?« flüsterte sie, als wir den Rasen verließen und sie den Kiespfad unter den Sohlen spürte.
»Nein. Was gibt's, Herzchen?«
»Ich *hasse* diesen Bruder!«

22. Der Brief des geliebten Zwillings

Nicht ahnend, welchen Sturm er mit seinen unangebrachten Freudenbekundungen erregt hatte, folgte uns der arme, unerfahrene Oscar ins Haus, natürlich nicht ohne das väterlich wohlwollende Geleit des Reverend Finch. Dieser hatte volles Ver-

ständnis für Oscars Freude und teilte sie. Ich schloß aus seiner Miene, daß Nugents bevorstehende Ankunft für ihn die Ankunft noch eines vermögenden Familienangehörigen bedeutete. Die Zwillingsbrüder hatten ihre wohlhabenden Eltern ja bekanntlich zu gleichen Teilen beerbt. Fazit: Mr. Finch witterte abermals Geld.
»Seien Sie nicht kindisch«, flüsterte ich Lucilla zu, als die Herren gleich nach uns in den Salon traten. »Auf einen Bruder ist man doch nicht eifersüchtig! In Oscars Herz ist Platz genug für Sie und für ihn.«
Sie kniff mich böse in den Arm und wiederholte grollend: »Trotzdem hasse ich diesen Bruder!«
Oscar hatte zum Glück einigen salbungsvollen Bemerkungen seines künftigen Schwiegervaters gelauscht und nichts von unserem Gezischel gehört. Nun kam er unbefangen heran und zog Lucilla zu einem Sessel.
»Komm, wir müssen dicht beieinander sitzen«, sagte er voller Eifer, »damit ich dir den Brief vorlesen kann. Nugent schreibt immer so interessant! Und er schreibt auch mit so wundervoller Wärme über dich...« Ohne zu bemerken, wie Lucilla abfällig den Mund verzog, strich er emsig seinen Brief glatt und begann die Vorlesung.
»Also, daß er kommt, wißt ihr schon. Nun geht's so weiter: ›Deine vielen Briefe, für die ich Dir herzlich danke, fand ich erst bei meiner Rückkehr in New York vor. Was für eine freudige Überraschung, geliebtes Bruderherz...‹«
Er hielt inne, denn Lucilla war abrupt aufgestanden. »Was ist?« fragte er verwundert.
»Ich sitze nicht gern in diesem Sessel.«
»Dann nimm diesen. Recht so? – Wo war ich? Ach, da: ›Was für eine freudige Überraschung, geliebtes Bruderherz, daß Du Dich verlobt hast! Dein Glück ist mein Glück. Ich fühle mit Dir, ich gratuliere Euch beiden von ganzem Herzen und kann es kaum erwarten, meine künftige Schwägerin kennenzulernen.‹«
Lucilla erhob sich abermals. Oscar fragte verblüfft, was denn nun wieder los sei?
»Ich mag diese Zimmerecke nicht.«
Sie ging ostentativ ans entfernteste Ende des Salons. Oscar folgte

ihr geduldig, den offenen Brief in der Hand, und rückte ihr einen dritten Sessel zurecht.
Sie ignorierte seine Bemühungen und setzte sich mit verschlossener Miene auf den Klavierstuhl. Oscar lehnte sich ans Klavier und las weiter:
»›Wie traurig – und doch auch apart –, daß Deine Braut blind ist! Meine zahlreichen und grandiosen amerikanischen Landschaftsskizzen lagen gerade ausgebreitet vor mir, als ich Deinen Brief las. Mein erster Gedanke war: Welch ein Jammer, daß meine künftige Schwägerin nie diese Skizzen sehen wird, geschweige denn die Gemälde, die ich danach auszuführen gedenke! Der wahre Künstler bringt nun einmal alles in Beziehung zu seinen Werken. Du wirst staunen, Oscar, was ich mitbringe. Vielleicht enttäuscht Dich die scheinbare Flüchtigkeit meiner Studien. Mir liegt mehr an der geistigen Durchdringung der Natur als an pedantischem Abpinseln.‹ Ich sagte Ihnen ja, Nugent ist ein Genie!« flocht Oscar stolz ein und wandte sich zu mir. »Oder habe ich es Ihnen noch nicht gesagt? Dann sehen Sie es schon aus diesen paar Zeilen, nicht wahr? Bleib sitzen, Lucilla, der Brief ist noch nicht zu Ende. Jetzt kommt wieder ein Absatz, der eigens für dich bestimmt ist. Himmel«, er überflog die nächsten Zeilen mit stillem Entzücken, »wie wunderbar er sich ausdrücken kann!«
Lucilla stand dennoch auf. Der eigens für sie geschriebene Absatz schien sie nicht sonderlich zu interessieren. Sie ging ans Fenster und begann an einem Blumentopf herumzuzupfen. Oscar sah ihrem Tun mild erstaunt zu und warf dann fragende Blicke auf mich und den Pfarrer. Dieser fühlte sich jetzt bewogen, einzugreifen und dem brieflichen Seelenaustausch zweier vermögender junger Herren die gebührende Aufmerksamkeit zu sichern.
»Mein liebes Kind, sei so gut, deine Ungeduld zu zügeln. Du störst uns alle beim Genuß dieses hochinteressanten Briefes. Es spricht wenig für deine gute Erziehung, daß du fortgesetzt den Platz wechselst, statt deinem Bräutigam aufmerksam zuzuhören.«
»Fremde Briefe interessieren mich nicht!« gab Lucilla schnippisch zurück, wobei sie vor Nervosität den Blumentopf umwarf.

Oscar beeilte sich, unverändert höflich und freundlich, ihn wieder gerade hinzustellen.
»Fremde Briefe!« wiederholte er, mit heiterem Vorwurf in der Stimme. »Warte nur, ob er dich nicht gleich brennend interessiert! Er schreibt nämlich: ›Bitte richte der künftigen Mrs. Oscar Dubourg‹ (reizend!) ›meine ergebensten Grüße aus und sage ihr, daß ich eigentlich nur ihretwegen meine Rückkehr nach England beschleunige.‹ Da! Ist das nicht hübsch gesagt? Bitte, Lucilla, gib zu, daß Nugent es wert ist, daß du sein Interesse ein bißchen erwiderst!«
Lucilla wandte ihm zum erstenmal wieder das Gesicht zu. Seine Liebenswürdigkeit und Herzenseinfalt entwaffneten sie wider Willen. »Ich bin deinem Bruder sehr verbunden«, antwortete sie leise, »und bitte dich, meine Ungezogenheit zu entschuldigen.« Sie kam rasch zu ihm, drückte verschämt seine Hand und flüsterte ihm ins Ohr: »Ich hatte nur Angst, daß du mich über Nugent ganz vergißt.«
Oscar strahlte, sosehr sein dunkles Gesicht noch strahlen konnte. »Warte nur, bis du ihn kennenlernst«, sagte er, »dann kriege ich Angst, daß du mich über ihm vergißt! Er ist nämlich ganz anders als ich, obgleich wir Zwillinge sind. Nugent nimmt jedes Herz im Sturm. Kein Mensch kann seinem Charme und seiner Intelligenz widerstehen.«
Lucilla wirkte jetzt völlig perplex. Oscars Großherzigkeit, sein absoluter Mangel an Eifersucht, sein Vertrauen auf ihre Liebe und Treue: das alles mußte sie jetzt als verdienten Verweis empfinden.
»Weiter, Oscar«, tönte der Pfarrer in seinem tiefsten und ermutigendsten Baß. »Wie geht es weiter, mein Sohn?«
»Jetzt wird's etwas geheimnisvoll«, sagte Oscar und sah mit krauser Stirn in den Brief. »Nugent schreibt: ›Ich habe hier in New York einen sehr bemerkenswerten Mann kennengelernt und mich mit ihm angefreundet. Er ist von Geburt Deutscher, hat aber sein Vermögen in den Vereinigten Staaten gemacht. Auch er will in diesem Frühjahr nach England kommen und hat mir selbst ein Wiedersehen vorgeschlagen. Mir liegt sehr viel daran, ihn mit Dir und Deiner Braut bekannt zu machen. Das hat einen ganz besonderen Grund. Es ist durchaus möglich, daß

Ihr einmal den Tag segnet... Aber ich will nicht vorgreifen. In Browndown erzähle ich Dir mehr von meinem neuen Freund. Sei umarmt von Deinem treuen Zwilling.‹«

Oscar faltete den Brief zusammen und wiederholte nachdenklich: »Das hat einen ganz besonderen Grund... Nugent würde sich nie so mysteriös ausdrücken, wenn er nicht wirklich einen ganz besonderen Grund hätte. Wer mag dieser deutsche Herr wohl sein?«

Mr. Finch blickte mit deutlicher Besorgnis zu Oscar auf. »Hoffentlich kein Spekulant!« sagte er. »Ihr Bruder erwähnt, er habe sein Vermögen in Amerika gemacht. Das könnte auf Spekulantentum schließen lassen. Ich hoffe, daß Mr. Nugent sich nicht von leichtsinnigen Glücksritterideen anstecken läßt, die das Erbübel vieler Amerikaner sind. Und da Ihr Bruder zweifellos so großzügig ist wie Sie selbst –«

»Bei weitem großzügiger, Mr. Finch!« unterbrach Oscar.

»– und von der Vorsehung, wie Sie«, fuhr Mr. Finch mit steigender Wärme fort, »reich mit irdischen Gütern gesegnet ist –«

»War«, unterbrach Oscar trocken. »Heute hat er wahrhaftig nicht mehr schwer an irdischen Gütern zu tragen.«

»Was?« ächzte der Pfarrer.

»Nugent hat sein Erbteil längst durchgebracht«, erklärte Oscar seelenruhig. »Das Geld für die Amerikareise habe ich ihm geliehen. Mein Bruder ist eben ein Genie, Mr. Finch! Haben Sie je von einem Genie gehört, das sich in Schranken hält? Nugent könnte unmöglich auf die Dauer so einfach und unauffällig vor sich hin leben wie ich. Er hat einen noblen Geschmack – Geld spielt bei ihm keine Rolle. Was tut's? Er wird sich mit seiner Malerei ein neues Vermögen erwerben, wie es schon unser lieber Vater getan hat, nur natürlich in noch viel größerem Stil. Und inzwischen bin ich ja da. Ich helfe ihm gern aus, wenn er in Verlegenheit ist.«

Reverend Finch stand indigniert auf. Sein Gesichtsausdruck war der eines anständigen Mannes, der aufs schmählichste getäuscht worden ist. Welch ein Schlag! Ein Habenichts, ein Pumpgenie gedachte sich unter dem gastlichen Dach seiner Pfarre einzunisten – und er konnte es nicht verhindern, da es sich leider um den Bruder seines vermögenden Schwiegersohnes handelte!

»Ich vermag die Extravaganz Ihres Bruders nicht so leichtfertig hinzunehmen wie Sie«, erklärte er sehr streng und von oben herab (soweit ihm dies bei seiner Statur möglich war). »Ich beklage und verabscheue jeglichen Mißbrauch des Segens, den die gütige Vorsehung an einige ihrer Kinder – wie es scheint – verschwendet. Sie sollten den sündhaften Leichtsinn Ihres Bruders nicht noch bestärken, indem Sie ihm Geld leihen. Wie sagt doch der Barde vom Avon? ›Durch Borgen verliert man oft den Freund mitsamt dem Geld.‹ Nehmen Sie sich dieses tiefe Wort zu Herzen, Oscar! Lucilla, du zappelst schon wieder. Es ist traurig, daß ich dich in deinem Alter noch immer auf diese kindische Unsitte aufmerksam machen muß. Madame Pratolungo, darf ich mich von Ihnen verabschieden? Meine Seelsorgerpflichten rufen. Guten Tag! Guten Tag!«

Er nickte uns allen verbittert zu und verschwand eilig.

Hm, dachte ich, Oscars Zwilling hat sich nicht sehr vorteilhaft bei uns eingeführt. Erst war Lucilla beleidigt, und nun ist es der Vater noch mehr. Schon von der anderen Seite des Atlantiks gefährdet Mr. Nugent Dubourg den Familienfrieden... Wie soll das erst werden, wenn er persönlich die Nase zur Tür hereinstreckt?

Der Rest des Tages verlief ohne besondere Ereignisse. Der Abend schleppte sich mühselig hin. Lucilla war reisemüde und haderte innerlich mit sich selbst; ich hatte mich noch immer nicht ganz an Oscars Entstellung gewöhnt und sah sorgenschwer in die Zukunft.

Niemand, der mich an jenem Abend zum erstenmal gesehen hätte, wäre auf die Idee gekommen, ich könnte eine temperamentvolle und revolutionär gesinnte Französin sein.

Am nächsten Vormittag machte uns der Arzt von Dimchurch, der Oscar zuerst behandelt hatte, einen Abschiedsbesuch. Schon lange mit seiner kümmerlichen Dorfpraxis unzufrieden, hatte er einen Ruf nach Indien angenommen, der seinem Ehrgeiz weit größere Entfaltungsmöglichkeiten bot. Ich fand eine Gelegenheit, kurz unter vier Augen mit ihm zu sprechen. Er war ganz meiner Meinung, daß der Versuch, Oscars Entstellung vor Lucilla geheimzuhalten, absolut sinnlos sei. Mochten die Nahestehenden sich auch noch sehr in acht nehmen: über kurz oder lang

würde es ihr doch zu Ohren kommen, und es sei bedeutend klüger, Lucilla beizeiten auf behutsame Art aufzuklären.
Die Abwesenheit des Doktors – als eines der wichtigsten Augenzeugen und Sachverständigen – sollte sich später noch auf den Gang der Ereignisse auswirken. Ich werde darauf zurückkommen, wenn es soweit ist.
Was die Prophezeiung des Doktors betraf, so hätte sie sich schon am dritten Tag nach seinem Abschiedsbesuch beinahe erfüllt, und zwar durch die Zigeunerin der Finch-Familie, unsere drollige kleine Jicks.
Lucilla, Oscar und ich spazierten friedlich im Garten, als das Kind plötzlich hinter einem Baum hervorschoß, Oscars Beine umklammerte und frischfröhlich »Blaubart, Blaubart!« in sein Gesicht emporrief.
Lucillas Fuß stockte augenblicklich. »Wen rufst du denn Blaubart?« forschte sie.
»Oscar!« erwiderte das Kind lachend.
Lucilla nahm die Kleine hoch. »Wie kommst du darauf? Warum nennst du Oscar gerade Blaubart?«
Jicks zeigte auf Oscars Gesicht. Dann fiel ihr ein, daß die große Schwester nicht sehen konnte, und sie wandte sich an mich. »Sag du's!« kommandierte sie begeistert. Oscar ergriff krampfhaft meine Hand und drückte sie flehend. Ich blieb stumm. Es fiel mir schwer genug, Lucilla durch mein Schweigen im ungewissen zu halten; sie direkt anzulügen, brachte ich nicht fertig. Ich wollte von jetzt an aus dem Spiel bleiben.
Lucilla errötete zornig. Sie stellte Jicks wieder auf die Füße und fragte mit erhobener Stimme: »Seid ihr taub? Oscar! Ich verlange eine klare Antwort: Wie kommst du zu dem Spitznamen Blaubart?«
Oscar war in die Enge getrieben. Ich schämte mich für ihn, denn er log – und, was noch schlimmer war, er log haarsträubend ungeschickt. Er stotterte Lucilla etwas von Märchenerzählen im Kinderzimmer vor – ja, er habe den Kindern neulich das Märchen vom Blaubart erzählt oder vielmehr dramatisch vorgeführt – und sich das Gesicht mit blauer Tusche angemalt, um den grimmigen Ritter recht glaubwürdig darzustellen...
Jicks hatte zu seinem Glück schon das Interesse an uns Erwach-

senen verloren und war weitergehüpft, sonst wäre sie imstande gewesen, Oscar mit dem Zwischenruf ›Stimmt ja gar nicht!‹ Lügen zu strafen. Aber auch so hätte Lucilla jetzt, wenn sie auch nur die leiseste Ahnung gehabt hätte, den wahren Sachverhalt erraten müssen. Aber da sie nichts ahnte, war sie lediglich verärgert.

»Mache dich das nächstemal bitte auf andere Art bei den Kindern beliebt«, sagte sie scharf. »Auch wenn ich dich nicht sehen kann, ist es mir eine unangenehme Vorstellung, daß du vor ihnen den Hanswurst spielst und dich sogar blau anmalst, um Beifall zu ernten. Mir gefällt das nicht!« Damit sonderte sie sich ein wenig von uns ab und ging allein weiter, sichtlich enttäuscht vom Benehmen des Mannes, den sie heiraten wollte.

Oscar warf mir wieder einen flehenden Blick zu. »Haben Sie das gehört? Wie unangenehm ihr die blaue Farbe ist?« flüsterte er.

»Das war nicht der Sinn ihrer Worte«, gab ich zurück. »Sie haben eine ausgezeichnete Gelegenheit, ihr die Wahrheit zu sagen, vorübergehen lassen. Sie werden es noch bereuen. Es ist nicht nur grausam, es ist auch der reine Wahnsinn, sie auf die Dauer täuschen zu wollen.«

Er schüttelte mit dem Eigensinn, den schwache Menschen oft entwickeln, den Kopf.

»Nugent denkt anders«, sagte er, indem er den bekannten Brief aus der Tasche zog und mir gab. »Ich habe neulich einen Absatz unterdrückt, aber nun, da Lucilla außer Hörweite ist, können Sie ihn ja lesen.«

Ich stutzte angesichts des Briefes. Die Ähnlichkeit der Zwillinge erstreckte sich sogar auf ihre Handschrift! Hätte ich dieses Blatt zufällig irgendwo liegen sehen, so hätte ich darauf geschworen, Oscar hätte es selbst geschrieben.

Der Absatz, auf den er deutete, bestand nur aus wenigen Zeilen.

›Die Nachricht von Deiner Erkrankung hat mich schwer erschüttert, wie Du Dir denken kannst, und ich bin froh, daß Dein letzter Brief mich diesbezüglich beruhigt. Selbstverständlich ist die Heilung von diesen furchtbaren Anfällen jedes Opfer wert; ich hätte mich nicht anders entschieden. Zu Deinem Vorhaben, die Veränderung Deines Äußeren vor Deiner blinden Braut geheimzuhalten, kann ich vorläufig nur sagen: Du mußt ja schließ-

lich am besten wissen, was Du tust. Ich kann mir darüber erst an Ort und Stelle eine Meinung bilden.‹
Ich gab Oscar den Brief zurück.
»Hieraus ist nicht gerade zu entnehmen, daß Ihr Bruder Ihnen warm zustimmt. Der einzige Unterschied zwischen ihm und mir ist, daß er seine Meinung noch zurückhält, während ich meine – in Kenntnis der Lage – offen ausdrücke.«
»Von meinem Bruder habe ich nichts zu fürchten«, antwortete Oscar hitzig. »Er wird mit mir fühlen und mich vollkommen verstehen, wenn er erst hier ist. Inzwischen sorge ich dafür, daß so etwas wie heute nicht noch einmal vorkommt!«
Er ging mit langen Schritten auf Jicks los, die wohlig im Gras lag und traumverloren vor sich hin sang. Oscar zog sie unsanft in die Höhe.
»Was soll das geben?« erkundigte ich mich.
»Ich bringe Jicks zu ihren Eltern und erinnere sie an die generelle Abmachung, daß die Kinder nichts in Lucillas Garten zu suchen haben.«
»Ist Mr. Finch eigentlich mit Ihrem Schweigen einverstanden?«
»Mr. Finch, Madame Pratolungo, überläßt mir die Entscheidung in einer Sache, die niemanden angeht als Lucilla und mich.«
Auf diesen Hieb hatte ich natürlich nichts weiter zu erwidern. Oscar zog mit seiner kleinen Gefangenen durch die Gartenpforte ab. Jicks trottete gutwillig mit, sang ihr Liedchen weiter und ahnte nicht, was für Unheil sie angerichtet hatte. Während ich Lucilla nachging, formte sich in mir ein fester Entschluß: Sollte Oscar bei seiner Feigheit beharren, würde ich Lucilla selbst reinen Wein einschenken, und zwar vor der Heirat – komme, was wolle. ›Wie?‹ werden Sie fragen, ›obwohl Sie Oscar Schweigen gelobt haben?‹ Jawohl! An ein Versprechen, das mich zwingt, einen geliebten Menschen fortgesetzt zu belügen, fühle ich mich nicht gebunden. Ich verachte solche Methoden aus tiefstem Herzen.
Zwei weitere Tage verstrichen ohne Zwischenfälle. Dann kam ein Telegramm nach Browndown. Oscar brachte die Neuigkeit fliegenden Fußes zu uns ins Pfarrhaus: Nugent war in Liverpool eingetroffen. Oscar durfte ihn schon morgen in Dimchurch erwarten!

23. Er stößt alle vor den Kopf

Ich habe bisher unbegreiflicherweise versäumt, eines der größten Talente des Reverend Finch zu erwähnen: Er beherrschte meisterlich jene Form der Menschenquälerei, die man Vorlesen nennt, und verübte diese Kunst bei jeder nur möglichen Gelegenheit im trauten Familienkreis. Was wir dabei erduldeten, ist nicht zu schildern. Es genügt, wenn ich versichere, daß der Pfarrer selbst keinen größeren Genuß kannte, als sich reden zu hören.

Wenn dieser Drang ihn überkam, gab es kein Ausweichen. Häufig verschaffte er sich unter fadenscheinigen Vorwänden auch bei Lucilla und mir Eintritt, das Buch auf dem Rücken, trieb uns an eine Wand des Salons, setzte sich an die andere und eröffnete erbarmungslos das Trommelfeuer seiner Deklamationen auf uns – stundenlang. Manchmal las er uns Shakespeare und Milton vor, manchmal die Parlamentsreden Burkes oder Sheridans. Es war ganz gleichgültig, welchen Text er gerade vorhatte; er las alles mit demselben dröhnenden Pathos, spielte sich so in den Vordergrund und drängte die jeweiligen Dichter oder Politiker dermaßen in den Hintergrund, daß sie jede Spur ihrer Eigenpersönlichkeit verloren und zu Karikaturen Mr. Finchs wurden. Ich führe meine peinvollen Zweifel, ob Shakespeare wirklich ein so überragender Dichter war, nur auf die damaligen Vorlesungen des würdigen Pfarrers zurück, und aus der gleichen Wurzel stammt meine unversöhnliche Ablehnung der Politik des Mr. Burke.

Auch an dem Abend, als Nugent Dubourg erwartet wurde und wir besonders gern eine stille Stunde gehabt hätten, um uns für den Besuch umzuziehen und über das bevorstehende Ereignis zu plaudern, wurde Mr. Finch von seiner periodisch wiederkehrenden Vorlesewut ergriffen. Diesmal erwählte er *Hamlet* als Mittel, mit seiner Stimme zu prunken, und zur Einführung behauptete er obendrein, er täte dies im wesentlichen, um – mich zu fördern!

»Beste Madame«, begann er gönnerhaft, »neulich hörte ich Sie zufällig Lucilla etwas vorlesen. Recht hübsch soweit – recht hübsch. Aber gestatten Sie mir, einem Mann der täglichen Praxis, ein paar wohlgemeinte Hinweise. (Mrs. Finch! Höre zu! Ich gebe Madame Pratolungo ein paar Hinweise – auch du kannst davon lernen!) Bitte achten Sie doch in Zukunft mehr auf die Pausen, auf die ökonomische Stimmführung und die Deutlichkeit der Endsilben. Lucilla, mein Kind, dies geht auch dich an. Die Vervollkommnung von Madame Pratolungos Sprechtechnik ist gerade für dich von Wichtigkeit. Bleibe bitte ruhig an deinem Platz!«

Wir waren in regelmäßigen Abständen Gäste am Tisch des Pfarrers (er nannte diese Teestunde schlicht ›des Pastors Abendmahl‹), und unglücklicherweise war gerade heute wieder eines dieser Familientreffen fällig gewesen. Mr. Finch hatte seine Frau, seine älteste Tochter und mich unentrinnbar in den Fängen. Ein fürchterliches Lächeln verklärte seine Züge, während er langsam und mit Genuß den *Hamlet* aufschlug: Das Trauerspiel begann.

»HAMLET. Erster Akt, erster Auftritt. Helsingör. Eine Terrasse vor dem Schlosse. Francisco (Mr. Finch) auf dem Posten. Bernardo (Mr. Finch) tritt auf.

Bernardo (donnernd): Wer da?

Francisco (donnernd): Nein, *mir* antwortet: steht und gebt Euch kund.«

Hier gibt sich Mrs. Finch kund, indem sie die Brust enthüllt, das Baby daran legt und sich bemüht, in ihrer Miene höchsten Kunstgenuß auszudrücken. Francisco und Bernardo lassen ihre Bässe weiterdröhnen – bum, bum, bum. Horatio und Marcellus treten auf (Mr. Finch und Mr. Finch).

»Halt! Wer da? ... Freund dieses Bodens ... Und Vasall des Dänen.« (Madame Pratolungo spürt die Wirkung der gewaltigen Shakespeare-Worte zuerst, wo sie sie immer spürt, nämlich in den Beinen. Sie versucht stillzusitzen. Umsonst! Sie leidet an der Krankheit, die ihr erst seit den bitteren Erfahrungen mit Mr. Finch bekannt ist, dem sogenannten Hamlet-Nervenzucken.)

Bernardo und Francisco, Horatio und Marcellus dröhnen im gleichförmigen Bum-bum-bum weiter. Endlich tritt der Geist auf. Mr. Finch legt eine unheilschwangere Kunstpause ein, in der man das Baby schmatzen hört. Mrs. Finch lächelt intellektuellbeseligt. Madame Pratolungos Beine zucken. Lucilla wird davon

angesteckt und rutscht auf dem Stuhl hin und her. Marcellus-Finch erhebt die Stimme von neuem: »Du bist gelehrt, sprich du mit ihm, Horatio.« Bernardo-Finch: »Sieht's nicht dem König gleich? Schau's an, Horatio!« Lucilla Finch flicht programmwidrig ein: »Entschuldige mich, Papa, ich habe schon den ganzen Tag Kopfschmerzen; ich glaube, ich muß ein Weilchen an die frische Luft.« Der Pfarrer pausiert noch unheilvoller und starrt seine Tochter finster an. Abgang Lucilla. Horatio wendet sich wieder dem Geist zu: »Ganz gleich; es macht mich starr vor Furcht und Staunen.« ...und so weiter, und so weiter. Bum, bum, bum. Das Baby ist hörbar satt. Mrs. Finch sucht ihr Taschentuch. Madame Pratolungo ergreift die willkommene Gelegenheit, ihre kribbelnden Beine zu bewegen, und findet das Taschentuch. Mr. Finch pausiert, wirft verweisende Blicke, nimmt seinen Vortrag wieder auf. »Zweiter Auftritt. Ein Staatszimmer im Schlosse. Der König, die Königin, Hamlet, Polonius, Laertes, Voltimand, Cornelius, Herren vom Hofe und Gefolge...« Alle Mr. Finch! Oh, meine Beine, meine Beine! Alle Mr. Finch – eine halbe Stunde ununterscheidbares Baßgedröhne. »Dritter Auftritt. Laertes und Ophelia treten auf.« (Beide Pfarrer von Dimchurch, beide mit tiefer Baßstimme, beide fünf Fuß groß, pokkennarbig und mit grauweißen Halstüchern geschmückt.) Mr. Finch ist nicht zu dämmen. Mrs. Finch und das Baby schlummern gleichzeitig ein. Madame Pratolungos Unruhe in den Beinen ist so qualvoll geworden, daß sie einen Chirurgen herbeisehnt, der sie ihr amputiert. Mr. Finch erreicht in immer tieferen Baßtönen und immer höherer Begeisterung den vierten Auftritt: Hamlet, Horatio, Marcellus. Gott! Was hör' ich? Naht Entsatz? Ein Befreier aus der Außenwelt? Waren das nicht männliche Schritte in der Diele? Ja! Viktoria! Mrs. Finch reißt die Augen auf und lauscht ebenso entzückt wie ich. Nur Reverend Hamlet hört nichts als die eigene Stimme.
»Die Luft geht scharf, es ist entsetzlich kalt...«
Die Tür öffnet sich. Der Vortragende fühlt einen scharfen Luftzug im Nacken, genau im passenden dramatischen Moment. Er dreht sich um. Wenn es ein Dienstbote ist – die Sklavenseele soll zittern! Nein, es sind Gäste. Dem Himmel sei Dank, Gäste! Willkommen, willkommen! Hamlet muß für heute in der Ver-

senkung verschwinden. Zwei Gestalten sind aufgetreten, deren höflicher Empfang keinen Aufschub duldet: Mr. Oscar Dubourg und sein Zwillingsbruder aus Amerika, Mr. Nugent Dubourg.

Was das Ehepaar Finch und mich bis zur Sprachlosigkeit verblüffte, war die unglaubliche Ähnlichkeit der beiden Brüder. Ohne Oscars Hautverfärbung hätte man sie nie auseinanderhalten können.
Sie glichen sich im Gang, in der Größe, in den Gesichtszügen, im Stimmklang. Beide hatten das gleiche seidig-aschblonde, leicht gewellte Haar. Beide hatten das gleiche Lächeln, die gleichen Eigentümlichkeiten in Gestik und Mimik. Und – was auf mich geradezu erschütternd wirkte – Nugents bartloses Gesicht hatte den auffallend hellen Teint, den Oscar für immer eingebüßt hatte! Ich hätte geglaubt, Oscar vor mir zu haben, wenn er nicht gleich bei der Vorstellung eine Redegewandtheit an den Tag gelegt hätte, die ihn deutlicher von dem Bruder unterschied als die Hautfarbe.
»Ich bin entzückt, Sie kennenzulernen, Mrs. Finch. Schon lange habe ich diese Stunde herbeigesehnt. Ihnen und Ihrem Gatten tausend Dank für alle Güte, die Sie meinem Bruder erwiesen haben. Madame Pratolungo? Erlauben Sie mir einen besonders herzlichen Händedruck. Ich brauche wohl kaum zu sagen, daß der Name Ihres berühmten Gatten mir seit Jahren bekannt ist. Oh, da ist ja auch ein Baby – gewiß Ihr Jüngstes, Mrs. Finch? Junge oder Mädchen? Ein prächtiges Kind, wenn es einem Junggesellen erlaubt ist, darüber eine Meinung zu äußern. Kuckuck! Da-da-da!« Er schäkerte mit dem Kind wie ein routinierter Familienvater und schnippte mit den Fingern vor seiner Nase. Alles lachte. Oscar wandte mir in stillem Triumph sein armes blauschwarzes Gesicht zu. ›Was habe ich Ihnen gesagt?‹ fragte sein Blick. ›Ist er nicht unwiderstehlich?‹ In der Tat, Nugent hatte binnen drei Minuten alle Herzen gewonnen. Er war die glückliche Ergänzung Oscars; er besaß den raschen Witz, das heitere Selbstvertrauen, die Mühelosigkeit des Ausdrucks, deren Oscar ermangelte. Wie er gleich ringsum die richtigen Komplimente zu verteilen wußte! Er war kinderlieb – kein Wunder, daß Mrs.

Finch vor Stolz strahlte. Er äußerte sich respektvoll über meinen heroischen Pratolungo – kein Wunder, daß ich mich von ihm verstanden fühlte. Und nun kam offenbar der Herr des Hauses an die Reihe, denn Nugent deutete auf den aufgeschlagenen Shakespeare-Band.
»Ich fürchte, wir haben Sie gerade an einer der spannendsten Stellen unterbrochen. Sie haben den Damen vorgelesen?«
»Nicht der Rede wert«, winkte der Pfarrer geschmeichelt ab. »Wir werden den *Hamlet* ein andermal fortsetzen. Ich lese regelmäßig im Familienkreise vor, Mr. Nugent. Als Seelsorger, Gatte und Vater halte ich es für meine Pflicht, Geist und Gemüt der Meinen zu bilden. Unsere großen Dichter sind meine Leidenschaft von Jugend an, und als Prediger kultiviere ich ja schon lange die Kunst der Rede...«
»Verehrter Mr. Finch«, fiel ihm Nugent ins Wort, »von Kultur merkt man aber bei Ihnen nicht viel!«
Mr. Finch war wie vom Donner gerührt. Ein junger Naseweis wagte ihn, den Seelsorger von Dimchurch, mitten im Satz zu unterbrechen! Eine eigene Meinung zu äußern! In wahnwitzigem Übermut zu behaupten, er, das geistliche Oberhaupt der Gemeinde, bei dem der Shakespeare groß und breit auf dem Tisch lag, hätte keine Kultur!
»Wir haben Sie schon von weitem gehört«, fuhr Nugent im liebenswürdigsten Plauderton fort, »das ist ja bei Ihrer Lautstärke nicht schwer. ›Die Luft geht scharf, es ist entsetzlich kalt...‹«
(Ich verbiß mir ein Auflachen. Nugent imitierte das Gebrüll des Pfarrers mit einer Treffsicherheit, als hätte er es schon jahrelang geübt.) »Ein guter Schauspieler würde das nie so sprechen. Shakespeares Gestalten reden, denken und handeln natürlich und müssen naturwahr dargestellt werden. Man braucht sich ja nur in die Situation hineinzuversetzen: Hamlet erwartet den Geist seines Vaters. Er ist nervös, gespannt; er fröstelt. Er spricht mit klammen Lippen, leise und schnell, ungefähr so: ›Die Luft geht scharf‹ – kleine Pause, in der er, brrr, zusammenschaudert –, ›es ist entsetzlich kalt.‹ Der Zuhörer muß ordentlich mitfrösteln. Einem Hamlet, der nur pathetisch donnert, glaubt er kein Wort.«
Mr. Finch reckte sich gekränkt so hoch auf, wie es irgend ging,

und schlug mit der flachen Hand auf den unschuldigen Shakespeare. »Gestatten Sie, Sir –«, begann er tönend.
»Oh, Sie sind nicht meiner Ansicht?« unterbrach ihn Nugent wieder, freundlicher denn je. »Gut, lassen wir's! Diskussionen darüber sind zwecklos. Ich weiß nicht, was Sie von Ihren Meinungen halten, Sir, ich bin jedenfalls in meine geradezu verbohrt und durch nichts umzustimmen. Vergeuden Sie Ihre kostbare Zeit nicht mit mir, Sir.« Plötzlich fiel sein Blick wieder auf das Baby, und er wandte sich unvermittelt an Mrs. Finch. »Gott, das arme Kind! Entschuldigen Sie, Ma'am, wenn ich das so frei heraussage, aber die englische Art, kleine Kinder einzumummeln, schreit gen Himmel. Die armen Würmer werden dreimal eingepackt und zugeschnürt und am Wachstum behindert, weil sie sich nicht frei bewegen können. Strampeln wollen sie, und strampeln müssen sie! Was soll diese Schleppe, die dreimal so lang ist wie das ganze Kind? Was denken sich die Mütter nur dabei? Ma'am, ich flehe Sie an: Geben Sie Ihrem Kind endlich Freiheit! Geben Sie ihm Luft! Weg mit der Schleppe! Strampelhöschen oder kurzes Röckchen her!«
Mrs. Finch starrte Nugent aus wasserblauen Augen an, murmelte hilflos: »Das ist nun mal nicht anders, ja...«, betastete verwirrt die Hüllen des Babys und wandte das feuchte Antlitz schließlich ihrem Gatten zu: Verteidigung war Männersache. Mr. Finch säumte nicht, ihr beizustehen. Diesmal versuchte er seine Würde mit doppelt und dreifach betonter Ironie wiederherzustellen.
»Lieber junger Mann, Ihr Rat an eine Gattin und vierzehnfache Mutter hätte mehr praktischen Wert, wenn Sie –«
»– selbst Gatte und vierzehnfacher Vater wären?« vollendete Nugent lachend den Satz. »Pardon, dieser Standpunkt dürfte seit den Zeiten des seligen Dr. Johnson überholt sein. ›Man darf auf den Tischler schimpfen‹, sagte er, ›auch wenn man selbst nie imstande wäre, einen Tisch zu machen.‹ Warum sollte also ein Junggeselle nicht für vernünftige Kinderkleidung eintreten, auch wenn er selbst kein Kind hat? Um ein anderes Beispiel zu wählen: Ich bin kein Architekt, und doch sehe ich auf den ersten Blick, daß dieses Zimmer verbaut ist – es hat ein Fenster zuwenig. Noch ein Beispiel: Dieses Papier hier scheint ein Steuerbe-

scheid zu sein. Sie und ich brauchen kein Finanzminister zu sein, um unsere eigenen Ansichten über das britische Besteuerungssystem zu haben, nicht wahr? Drängt sich nicht auch Ihnen angesichts Ihrer Steuerbescheide die unabweisbare Überzeugung auf, daß unsere ehrwürdige britische Verfassung äußerst reformbedürftig ist?«
»Nur eine republikanische Verfassung wird da Abhilfe schaffen!« warf ich vehement ein. Hier war endlich wieder einmal fruchtbarer Boden für das Pratolungo-Programm! Nugent Dubourg fuhr zu mir herum. »Das denken Sie, Madame«, versetzte er, ohne mit der Wimper zu zucken. »Ihre republikanischen Ideen sind ein totgeborenes Kind. Geben Sie es auf, Madame. Es kann die Menschheit auch nicht retten.«
»Doktor Pratolungo –«, begann ich empört.
»– war ein großer Idealist«, vollendete Nugent. »Ich ehre sein Andenken. Ich denke selbst fortschrittlich-liberal. Aber leider hat er sich, wie alle echten Idealisten, in Träumen gewiegt, die auf dieser Erde nicht zu verwirklichen sind. Er glaubte zum Beispiel an einen europäischen Gemeinschaftsgeist. Holde Illusion! Die europäischen Nationen sind viel zu alt und verkalkt, um noch eine gemeinsame Basis zu finden. Nur junge, aufstrebende Völker haben noch diese Chance – und meistens ist es sehr fraglich, ob sie sie erkennen. Alte Nationen denken nicht mehr über ihr Privatinteresse hinaus. Ihr verstorbener Gatte, Madame, predigte die Republik im irrigen Glauben, die Nation könnte sich auf ihren Schwingen erheben wie der Phönix aus der Asche. Puh! Der einzelne Bürger denkt nur daran, sich selbst zu erheben, und zwar, wie bisher, auf dem Rücken der andern...«
»Mein tapferer Pratolungo –«, versuchte ich zornig zu unterbrechen.
»– hätte es nie über sich gebracht, an die niedrigsten Instinkte seiner Mitmenschen zu appellieren«, fuhr Nugent ungerührt fort. »Das war sein Fehler. Kein Wunder, daß er gescheitert ist«, schloß er mit einem liebenswürdigen Lächeln und einer Geste, die ungefähr besagte: So, nun habe ich allen gehörig meine Meinung gesagt. Sie sind alle drei starr vor Staunen. Ich bin mit ihnen zufrieden – und mit mir am allermeisten!
Sein spitzbübisches Lächeln war unwiderstehlich. Obwohl er

meine heiligsten Gefühle verletzt hatte, konnte ich ihm nicht böse sein. Reverend Finch hingegen war böse. Er saß finster brütend irgendwo in einer Ecke und versuchte die bittere Wahrheit zu verdauen, daß es außer dem Pfarrer von Dimchurch noch einen Menschen gab, der seine eigene Meinung hatte und über die nötige Mundfertigkeit verfügte, sie auszudrücken.
Oscar benutzte die momentane Pause, um auch etwas zu sagen. Bis jetzt hatte es ihm genügt, bewundernd an den Lippen seines klugen Bruders zu hängen. Aber nun fand er es an der Zeit, mich zu fragen, wo Lucilla geblieben sei. »Das Mädchen meinte, sie wäre hier«, sagte er. »Ich kann's kaum erwarten, ihr Nugent vorzustellen!«
Nugent umfaßte brüderlich seine Schultern. »Lieber alter Junge, ich bin mindestens ebenso ungeduldig.«
»Sie hatte Kopfschmerzen«, sagte ich. »Ich glaube, schon während der zweiten Hamlet-Szene. Sie wollte nur ein bißchen Luft schnappen, aber sie ist seitdem nicht wiedergekommen.«
Nugent lächelte verständnisinnig, während Oscar eifrig sagte, er werde sie schon finden, und hinauseilte.
Auch Mr. und Mrs. Finch wurden von dem schlampigen Mädchen mit dringlichem Geflüster auf irgendeinen Notstand im Kinderzimmer hingewiesen und verließen das Zimmer. Ich sah mich unverhofft mit Nugent allein. Er nahm die Gelegenheit augenblicklich wahr.
»Da wir zufällig allein sind, Madame Pratolungo«, sagte er in ernsterem Ton, als ich ihm je zugetraut hätte, »möchte ich Ihnen rasch ein paar Fragen über Miß Finch stellen. Bis jetzt weiß ich nur, daß sie blind ist. Seit wann?«
»Seit ihrem ersten Jahr«, erwiderte ich.
»Durch einen Unfall?«
»Nein.«
»War es die Folge einer Kinderkrankheit, oder wovon sonst?«
Seine exakten medizinischen Fragen brachten mich ein wenig aus dem Konzept.
»Ich habe nie etwas von einer besonderen Kinderkrankheit gehört«, sagte ich unsicher. »Soviel ich weiß, wurde sie sozusagen aus heiterem Himmel blind... Niemand konnte sich erklären, warum.«

»Wie alt ist sie?«
Obwohl ich nicht wußte, was er damit bezweckte, sagte ich es ihm. »Beim gegenwärtigen Stand der Dinge«, erklärte er, »habe ich meine Gründe, lieber mit Ihnen zu sprechen als mit meinem Bruder oder gar Mr. Finch. Bei denen kann ich mit meinen eigentlichen Absichten erst herausrücken, wenn sie einen konkreten Hintergrund haben. Aber ich glaube, mit Ihnen ist auf jeden Fall zu reden. – Als man damals zuerst bemerkte, daß die kleine Lucilla nicht mehr sehen konnte, hat man vermutlich nichts unversucht gelassen, ihr das Augenlicht wiederzugeben?«
»Vermutlich«, war alles, was ich darauf antworten konnte. »Ich war nicht dabei, und es ist so lange her. Und ich habe mich gescheut, danach zu fragen.«
»Sehr begreiflich«, erwiderte Nugent zerstreut. Er überlegte eine Weile, ehe er mir die nächste Frage stellte:
»Und Lucilla hat sich vermutlich damit abgefunden – daß sie ihr Leben lang blind sein wird?«
Mein Herz begann plötzlich atembeklemmend zu klopfen. »Mr. Nugent Dubourg«, sagte ich mit Mühe, »was haben Sie mit Lucilla vor?«
»Madame Pratolungo«, antwortete er, »ich habe etwas mit ihr vor, worauf mich erst ein Bekannter in Amerika gebracht hat.«
»Der Deutsche, den Sie in Ihrem Brief an Oscar erwähnt haben?«
»Derselbe.«
»Von dem Sie schrieben, Oscar und Lucilla würden vielleicht einmal den Tag segnen, an dem Sie ihn kennengelernt hätten?«
»Ja.«
»Darf ich fragen, wer dieser Herr ist?«
Nugent Dubourg sah mich unverwandt an; er schien sich seine Worte genau zu überlegen.
Dann erwiderte er: »Der bedeutendste Augenarzt, den wir zur Zeit auf Erden haben.«
»Großer Gott!« platzte ich heraus, »es wäre ja Irrsinn zu glauben, daß nach einundzwanzig Jahren –«
Nugent schnitt mir mit einer warnenden Geste das Wort ab. Die Tür ging auf. Lucilla und Oscar betraten das Zimmer.

24. Er sieht Lucilla

Der erste Eindruck, den Nugent Dubourg von der ›armen‹ Miß Finch bekam, war haargenau derselbe, den sie vor Monaten auch auf mich gemacht hatte.
»Du meine Güte!« rief er leise. »Das ist ja die Sixtinische Madonna!«
Es war nicht das erste Mal, daß Lucilla diesen Vergleich hörte. Es ließ sie kalt. Was sie hingegen nicht kaltließ und sie bewog, mit einem Ruck stehenzubleiben, war Nugents Stimme, die der seines Bruders so zum Verwechseln ähnelte. »Oscar«, sagte sie irritiert, »wo bist du? Noch hinter mir?«
»Natürlich, hier!« antwortete Oscar lachend und schloß die Tür. Lucilla wandte das Madonnenköpfchen hin und her und sprach Nugent schüchtern an. »Es ist ja unglaublich, wie ähnlich Ihre Stimmen sind. Sind Sie Ihrem Bruder auch äußerlich so ähnlich? Darf ich das selbst nachprüfen? Ich kann es leider nur auf eine Weise... Ich muß Sie berühren.« Oscar beeilte sich, einen Stuhl für Nugent heranzuziehen. »Lucilla hat Augen in den Fingerspitzen«, erläuterte er. »Setz dich bitte hin, damit sie schnell dein Gesicht abtasten kann.«
Nugent setzte sich schweigend. Ich beobachtete eine merkwürdige Veränderung in seinem ganzen Wesen. So überraschend es schien: auch Nugent hatte Hemmungen! Seine flinke Zunge versagte ihm den Dienst. Er, der Selbstsichere, wirkte jetzt beinahe linkisch. Wie er da saß, glich er vollkommen dem einstigen Oscar. Lucilla hatte einen Eindruck auf ihn gemacht, auf den er nicht gefaßt gewesen war. Er war erschüttert. Seine Augen hingen wie gebannt an ihrer lieblichen Gestalt, als sie sich ihm näherte. Er atmete rasch und hörbar, während sie die Finger über sein Gesicht huschen ließ.
»Was ist denn mit dir los?« fragte Oscar erstaunt.
»Nichts«, murmelte Nugent geistesabwesend.
Währenddessen glitt Lucillas Hand ein-, zwei-, dreimal über sein Gesicht. Nugent saß unbeweglich da wie eine Statue. Der lebhafte und redselige junge Mann, der er eine halbe Stunde zuvor gewesen war, hatte sich in einen Ölgötzen verwandelt. Lucilla brauchte zu seiner Prüfung erheblich mehr Zeit, als sie einst für

mich gebraucht hatte. Ich hatte indessen Muße, Nugents intimes Gespräch mit mir noch einmal zu durchdenken und mein seelisches Gleichgewicht wiederzufinden. Welcher Wert war seinen kühnen Andeutungen bei nüchterner Überlegung beizumessen? War es überhaupt denkbar und möglich, daß der empfindlichste aller menschlichen Sinne, das Sehvermögen, nach einundzwanzig Jahren wiederhergestellt werden könnte, wenn nicht ein Wunder geschah? Wahnsinn! So etwas gab es einfach nicht. Hätte meine arme Lucilla die leiseste Chance gehabt, als sie mit einem Jahr das Augenlicht verlor, so hätte man ihr schon damals zu helfen gewußt. Ich schämte mich jetzt meiner eigenen irren Hoffnung und zürnte Nugent, der sie mit ein paar leichtfertigen, von keiner Sachkenntnis getrübten Worten in mir erregt hatte. Ich mußte mit aller Energie dafür sorgen, daß er seine Hirngespinste für sich behielt und meinen Schützling nicht auch noch verrückt machte.

Lucilla unterbrach meine Gedanken.

»Die Ähnlichkeit ist unglaublich«, sagte sie zu mir. »Aber da ist irgend etwas – ein winziger Unterschied –, an dem ich die Brüder, glaube ich, auseinanderhalten kann.«

»Welcher Unterschied?« fragte ich. Zu mehr reichte meine Kraft nicht mehr aus.

Sie kam zu mir; ihr Gesichtsausdruck zeigte, daß sie tief in eigene Gedanken versponnen war.

»Ich kann's nicht erklären«, sagte sie nach einer langen Pause.

Nugent stand hastig auf und griff beinahe grob nach Oscars Hand. »Bruderherz«, sagte er in krampfhaft heiterem Ton, »nun, da ich deine Braut kenne, gratuliere ich dir noch einmal doppelt so herzlich. Sie ist bezaubernd, sie ist einzigartig. Wenn nicht gerade du es wärst, würde ich... dich beneiden!«

Oscar war beseligt. Die Meinung seines Bruders war für ihn nun einmal das Nonplusultra. Nugent ließ ihm jedoch keine Zeit, dies in Worte zu fassen. Er wandte sich ebenso rasch ab, wie er sich genähert hatte, und trat ans Fenster, wo er uns allen fast unhöflich den Rücken zukehrte und hinausblickte.

Lucilla hatte seine paar kurzen Sätze überhört. Ihrem Gesicht nach zu schließen (wie gut ich es mittlerweile kannte!), wälzte sie innerlich noch ein ungelöstes Problem. Schließlich wiederholte sie, als hätte ich Einwände erhoben: »...aber wenn ich doch sage, daß ich einen Unterschied spüre! Sie scheinen mir nicht zu glauben.«

Ich hatte den Eindruck, daß sie sich mehr überzeugen wollte als mich. Für sie als Blinde mußte es schrecklich unangenehm sein, nie ganz genau zu wissen, welchen Bruder sie gerade vor sich hatte. Wenn ich mich in ihre Lage versetzte, konnte ich ihr das nur zu gut nachfühlen. Nun wartete sie ungeduldig darauf, daß ich sie irgendwie unterstützte, und ich sagte (vielleicht etwas zu schnell – Sie wissen ja nun, wie ich bin): »Liebes, ich glaube gern, daß Ihr Gefühl Sie nicht täuscht und Sie die Brüder voneinander unterscheiden können. Das läßt sich ja auf ganz einfache Art beweisen.«

Lucilla errötete. »Wie?« fragte sie kurz.

»Machen Sie die Probe aufs Exempel. Oscar und Nugent setzen sich dicht nebeneinander, ohne daß Sie wissen, wer wo sitzt. Sie prüfen die Gesichter... sagen wir, dreimal. Zwischendurch können die beiden die Plätze wechseln – oder auch nicht, ganz nach Belieben. Falls Sie trotz dieser erschwerten Bedingungen dreimal richtig raten, wer wer ist, ist Ihr Fingerspitzengefühl über allen Zweifel erhaben.« Lucilla trat zu meiner peinlichen Überraschung einen Schritt zurück und schüttelte fast unmerklich den Kopf. Gleichzeitig drehte sich jedoch Nugent vom Fenster um und applaudierte lebhaft.

»Eine großartige Idee, Madame! Ja, machen wir die Probe! Oder hast du was dagegen, Oscar?«

»Ich?« fragte Oscar, ganz verblüfft von dem Gedanken, er könnte etwas gegen den Wunsch seines wunderbaren Bruders haben. »Wenn Lucilla einverstanden ist, bin ich's natürlich auch!«

Die Zwillinge stellten sich vor uns in Positur. Lucilla ließ sich, wenn auch zögernd, zu dem Experiment herbei. Zwei Stühle wurden nebeneinandergerückt, und die Brüder nahmen lautlos darauf Platz: Oscar rechts, Nugent links. Ich sagte Lucilla, sie könnte anfangen.

Sie berührte zunächst beide Gesichter gleichzeitig, danach jedes einzeln: Ich bemerkte, daß sie sich auf ihre rechte Hand mehr verließ als auf die linke. Langsam, mit häufigen Pausen, voll-

kommen auf ihr Vorhaben konzentriert, berührte sie abwechselnd Oscars bläulich verfärbte und Nugents helle Haut. Schließlich atmete sie tief auf, tippte Nugent leicht auf den Kopf und sagte entschieden: »Oscar!«
Nugent brach in Lachen aus. Dieses Gelächter sagte ihr deutlicher als alle Worte, daß ihr erster Versuch mißglückt war.
»Nur Mut, Lucilla«, sagte Oscar liebevoll. »Das nächstemal schaffst du's bestimmt.«
»Nein, danke!« Sie war mit verfinsterter Miene zurückgewichen. »Eine Mystifikation reicht mir!«
Nun wollte auch Nugent ihr gut zureden, aber sie fuhr ihm gleich nach den ersten Worten über den Mund.
»Bilden Sie sich ein, ich tue etwas für Sie, was ich Oscar soeben abgeschlagen habe? Sie haben mich ausgelacht, Mr. Nugent Dubourg. Was gibt es da zu lachen? Sie und Oscar haben bis ins kleinste die gleichen Züge, die gleiche Größe, das gleiche Haar. Wie ich höre, werden Sie sogar von den Sehenden dauernd verwechselt. Ist es da wirklich so lächerlich, daß ich mich täusche? Ich will Ihnen zugute halten, daß Sie heute zum erstenmal mit einer Blinden zusammen sind und sich wohl noch keine Gedanken darüber gemacht haben, wie es ist, wenn man ewig im Dunkeln tappt. Man wird empfindlich – vor allem gegen Auslachen. Tun Sie das nicht wieder, wenn Sie mich nicht zu dem Schluß zwingen wollen, daß Oscars gutes Herz Ihnen fehlt – und das der Hauptunterschied zwischen Ihnen ist!«
Nugent und Oscar wechselten einen stummen Blick. Besonders Nugent war von der verdienten Strafpredigt wie versteinert. Er brachte kein Wort heraus.
Ich suchte in heiterem Ton zwischen den dreien zu vermitteln und die Peinlichkeit des Ganzen zu vertuschen – in meiner Heimat wäre das ein leichtes gewesen, nicht aber in England. Lucilla wurde nun auch noch auf mich böse. »Sie haben den Versuch vorgeschlagen, Sie sind am meisten schuld!« warf sie mir an den Kopf. Ich entschuldigte mich so zahm wie möglich (nicht ohne den respektlosen Nebengedanken, daß die junge Generation in England geradezu ein Vergnügen daran zu finden scheint, bei jeder Gelegenheit einen Sturm im Wasserglas zu entfesseln). Zu meinem dankbaren Erstaunen zeigte sich einzig Oscar als Herr

der Lage und fand die richtige Methode, Lucilla zu besänftigen: Er küßte ihr die Hand, zog sie an sich und flüsterte ihr etwas ins Ohr. Sowohl der Handkuß als auch das Geflüster wirkten auf sie wie ein Zauber. Die eben noch so aufgebrachte Lucilla lächelte sanft, reichte dem abgekanzelten Nugent huldvoll die Hand und schlang mir den anderen Arm um den Nacken.

»Verzeihen Sie, alle beide!« bat sie mit hinreißender Anmut. »Wirklich, ich müßte mittlerweile gelernt haben, geduldiger zu sein und nicht bei jeder Kleinigkeit aufzubrausen... Nur, ach, Mr. Nugent! Wenn Sie wüßten, wie schwer es mir manchmal fällt, mich mit meiner Blindheit abzufinden!«

Ich kann auf diesen Blättern nur die Worte wiedergeben, nicht den einfachen, in keiner Weise wehleidigen und eben deshalb so herzbewegenden Ton, in dem sie gesagt wurden. Lucilla meinte es so ernsthaft und ehrlich wie ein Kind, das ›wieder gut sein‹ will. Nugent war tief bewegt. Er fragte seinen Bruder mit einem Blick: »Darf ich?« und küßte dann ebenfalls die ihm zur Versöhnung gereichte Hand.

Lucilla zuckte ein wenig zusammen. Ihr Gesicht, das alle inneren Vorgänge so deutlich widerspiegelte, kündigte mir an, daß ihr soeben ein neuer Gedanke durch den Kopf geschossen war. Sie behielt Nugents Hand in der ihren, während sie unbeweglich dastand und sich auf diese neue Idee konzentrierte. Dann lächelte sie fröhlich (in ihren Wangen erschienen zwei Grübchen), ließ Nugents Hand achtlos fallen und wandte sich zu mir.

»Werden Sie jetzt sagen: Typisch Lucilla?«

»Warum, Liebling?«

»Ich will die Zwillingsprobe noch einmal machen.«

»Ach bitte, nein! Wenigstens nicht heute!«

»Doch, jetzt gleich. Allerdings werde ich den Versuch abwandeln. Mir ist eben eine todsichere Methode eingefallen. Machst du mit?« wandte sie sich zu Oscar, der selbstverständlich sofort bereit war. »Und Sie?« fragte sie Nugent.

»Ihr Wunsch ist mir Befehl!« antwortete Nugent.

»Dann verfügen Sie sich bitte mit Oscar an die andere Wand. Im Moment weiß ich ja, wo Sie beide stehen. Wenn Sie Ihre neue Position eingenommen haben, ganz gleich, wie, wird Madame Pratolungo mich zu Ihnen führen, und Sie drücken mir jeder eine

Sekunde lang die Hand. Ich habe so ein Gefühl, als ob ... und ich möchte es sehr gern ausprobieren.«
Wir richteten uns genau nach ihren Anordnungen. Die Brüder stellten sich lautlos am anderen Ende des Zimmers nebeneinander, ich führte Lucilla hin und gab Nugent ein stummes Zeichen, als erster Lucillas Hand zu ergreifen.
»Nugent!« sagte sie wie aus der Pistole geschossen.
»Stimmt«, sagte ich.
Sie lachte siegesgewiß. »Nur weiter! Bringen Sie mich nur tüchtig durcheinander, wenn Sie können!«
Die Brüder wechselten auf Zehenspitzen die Plätze. Oscar stand nun da, wo eben noch Nugent gestanden hatte, und nahm Lucillas Hand.
»Oscar!« sagte sie.
»Wieder richtig!« sagte ich.
Nach einer kleinen Pause, in der die Brüder nur ein wenig auf der Stelle traten, ohne die Plätze zu tauschen, drückte Oscar abermals Lucillas Hand. Sie nannte ohne Zögern seinen Namen.
Jetzt ergriff uns sportlicher Ehrgeiz: Nugent, Oscar und ich verständigten uns kurz mit den Blicken, und die Brüder bemächtigten sich gleichzeitig beider Hände – der eine rechts, der andere links. Lucilla brauchte nur einen Herzschlag länger, um ihre Wahl zu treffen. Sie wandte sich mit zärtlichem Lächeln nach links und sagte: »Oscar!«
Es stimmte. Wir drei wußten nicht, was wir zu dieser Treffsicherheit sagen sollten. Ich sah mir Oscars und Nugents Hände genau an. Von dem scheußlichen Farbunterschied abgesehen, waren sie einander völlig gleich: kräftige, aber feingegliederte Männerhände – gleiche Form, gleiche Fingerlänge, gleiche Hautbeschaffenheit, ohne Narben, Warzen oder sonst irgend etwas, woran man sie rein nach dem Gefühl hätte unterscheiden können. Natürlich wollten wir nun wissen, welcher geheimnisvolle Instinkt Lucilla bei den Händen richtig leitete – nachdem sie sich beim Betasten der Gesichter geirrt hatte!
Aber sie konnte oder wollte uns darüber keine rechte Auskunft geben. »Ich merke eben, wer Oscar ist und wer Nugent«, war alles, was sie sagte. »Auf ihren Händedruck reagiere ich verschieden. Das ist alles.«

Und dann schnitt sie alle weiteren Fragen ab, indem sie vorschlug, in unser eigenes Refugium hinüberzuwechseln, ehe womöglich ihr Vater und ihre Stiefmutter zurückkehrten, und den Abend mit Musik zu beschließen.

Wir suchten uns drüben etwas zum Vierhändigspielen aus. Als wir nebeneinander am Klavier saßen und unser Zwillingspublikum in gehörigem Abstand seine Plätze einnahm, flüsterte sie mir zu: »Ihnen kann ich's ja sagen!«

»Was?«

»Wie ich die beiden unterscheide, wenn sie mich anfassen. Bei Oscar läuft mir so was wie... na ja, ein Wonneschauer durch alle Adern. Es klingt blödsinnig, aber ich kann es nicht besser beschreiben.«

»Und bei Nugents Händedruck empfinden Sie –?«

»Nichts!«

»Phantastisch. Jetzt begreife ich, wieso Sie die beiden bei der zweiten Probe so sicher auseinandergehalten haben.«

»Ja. Und so werde ich sie immer auseinanderhalten. Sollte dieser Nugent sich je unterstehen, meine Blindheit zu schlechten Scherzen auszunutzen – er wäre dazu imstande, er hat mich ausgelacht! –, so kann er mich nicht mehr täuschen, sobald er mich anfaßt. Ich hasse ihn!«

»Aber Lucilla!«

»Doch – ich hasse ihn!«

Sie beendete das fast lautlose Geflüster, indem sie energisch den ersten Akkord anschlug. Zwischen ihren hübschen Brauen stand eine steile Falte.

Unser kleines Abendkonzert begann.

25. Nugent verblüfft Madame Pratolungo

Ich dachte nicht daran, mich Lucillas Vorurteil gegen Nugent anzuschließen.

Er hatte uns zwar alle vor den Kopf gestoßen, aber ich fand seine jungenhafte Selbstsicherheit viel zu amüsant, um im geringsten beleidigt zu sein. Humor und Esprit sind Eigenschaften, die ich besonders bei jungen Leuten über alles schätze. Darin kam er dem Idealbild, das ich mir von der unbekümmerten, wagemutigen Jugend mache, bei weitem näher als sein Bruder. Mit Nugent konnte man Pferde stehlen, wie das englische Sprichwort lautet, und mit Oscar nicht. Das heißt, vielleicht auch mit ihm – aber es war eine langwierige Geduldsübung, das herauszufinden. Ich, als Französin, mache aus meinem Herzen keine Mördergrube. Jeder, der täglich mit mir zu tun hat, weiß, wie er mit mir dran ist – und ich erwarte von den andern möglichst dasselbe. Ohne absolute gegenseitige Aufrichtigkeit kann es keine echte Gemeinschaft geben. Aber man soll auch die andern nicht mit jeder kleinen Privatschwierigkeit belasten. Das bedrückt die allgemeine Stimmung.

Was die Beziehungen zwischen Nugent und mir in jenen ersten Tagen etwas behinderte, war nur ein einziger Umstand: Ich kam nicht dahinter, welchen Eindruck Lucilla nun wirklich auf ihn gemacht hatte.

Sobald er mit ihr zusammen war, wurde er ganz sonderbar ungelenk und schüchtern. Jeglicher Witz versiegte. Mr. Finch hatte keinerlei Schwierigkeiten, ihn an die Wand zu reden, wenn Lucilla in der Nähe war. Selbst wenn er sich vor Oscar und mir mit seiner Malerei brüstete (vielmehr mit den Kolossalgemälden, mit denen er schwanger ging), brauchte Lucilla nur aufzutauchen, um ihn zum Verstummen zu bringen. Er zeigte mir gleich in den ersten Tagen seine Skizzenmappe. Nun ja... Meiner Ansicht nach (die ich höflich verschwieg) waren seine Blätter die Machwerke eines kecken und nicht unbegabten Dilettanten – mehr nicht. Nugent aber war ›in Fahrt‹, wie die Engländer sagen; er schritt genialisch im Zimmer auf und ab, schlug sich wiederholt vor die Stirn und verkündete, er sei der ›kommende Mann‹.

»Meine Aufgabe, Madame Pratolungo«, sagte er und meinte es vollkommen ernst, »ist die Wiedervereinigung des Menschen mit der Natur. Ich werde in bisher nie geahntem oder gewagtem Stil zeigen, wie grandios die Natur den Nöten der bedürftigen Menschheit entgegenkommt. Haben Sie je beachtet, wie sich die Stimmung des Himmels und der Landschaft Ihrer jeweiligen Stimmung anpaßt – in Glück und Leid, in Zorn und Liebe? Das werde ich darstellen. Meine Gemälde – meine Farbdichtungen –

werden Ihnen die subtilsten Regungen Ihrer eigenen Seele enthüllen. Welche Aufgabe! Welche Sendung! Meine Werke werden in Tausenden von Kopien über die ganze Erde verteilt werden. Ich empfinde mich als Priester einer neuen Religion. Die leidende Menschheit wird in mir nicht irgendeinen modernen Landschaftsmaler sehen – nein! Ich komme als der große Tröster!«

Es war fabelhaft, wie er in seinen Ausbrüchen Oscar ähnelte, obwohl die Gesprächsthemen so grundverschieden waren. Doch mitten in Nugents Selbstbeweihräucherungsrhapsodie öffnete sich die Tür, und Lucilla trat auf ihre lautlose Weise ein. Augenblicklich schloß der große Tröster sowohl den Mund als auch seine Skizzenmappe. Von Malerei und kommender Größe war nicht mehr die Rede; er bat demütig um Musik und setzte sich, ein Muster der Gesittung, zum Zuhören in irgendeinen Winkel. Später fragte ich ihn, warum er seine Blätter so hastig eingepackt hätte.

»Hab' ich das?« war seine verwirrte Gegenfrage.

Sein Verhalten war wirklich unverständlich. Er bewunderte Lucilla aufrichtig: darüber bestand kein Zweifel. Er hatte keine Ahnung, daß sie ihn nicht mochte – das verbarg sie mit viel Geschick, um Oscar nicht weh zu tun. Nugent empfand echte Teilnahme für ihr Leiden: daher die verrückte, keinesfalls aufgegebene Idee, sie könnte trotz ihrer zweiundzwanzig Jahre noch operiert werden. Er stellte sich der Heirat seines Bruders in keiner Weise in den Weg – im Gegenteil, er reizte den würdigen Pfarrer Finch (den er überhaupt ständig reizte) mit seinem Drängen auf möglichst baldige Trauung. ›Die Kirche ist doch gleich nebenan‹, hörte ich ihn einmal sagen. ›Was hindert Sie, morgen den Talar anzulegen und Oscar gleich nach dem Frühstück glücklich zu machen?‹

Mir gegenüber bekundete er überdies eine beinahe weibliche Neugier. Er wollte durchaus wissen, wie Oscar und Lucillas Liebesgeschichte angefangen hatte. Soweit es Oscar betraf, verwies ich ihn auf diesen als die sicherste Informationsquelle. Oscars Gefühle schien er aber bereits zu kennen, denn er überging diese Seite der Angelegenheit und fragte immer drängender nach Lucilla. Wie und wann hatte sie sich in ihn verliebt?

Ich erinnerte ihn daran, daß Oscar als romantischer, geheimnisumwitterter Fremdling nach Dimchurch gekommen war, der alle Gemüter erregte – am meisten natürlich das eines empfindsamen jungen Mädchens. Die einfache Geschichte unserer ersten Begegnungen war schnell erzählt. Was auf Nugent den stärksten Eindruck machte, war unzweifelhaft die Wirkung, die Oscars Stimme auf Lucilla ausgeübt hatte. Er kam immer wieder auf diesen Nebenumstand zurück, markierte totale Verständnislosigkeit, machte sich lustig darüber, weigerte sich, nur eine Stimme als ausreichendes Verliebungsmotiv anzuerkennen. Ich mußte ihm erst meine eigene Beobachtung unter die Nase reiben, daß, was bei Sehenden Liebe auf den ersten Blick ist, bei Blinden sehr wohl Liebe auf das erste Wort sein kann. Hierauf versank Nugent in tiefes Nachdenken.

»Liebe auf das erste Wort!« murmelte er. »Komisch. Die Leute behaupten immer, Oscars und meine Stimme seien nicht zu unterscheiden. Finden Sie das auch?«

Ich erwiderte wahrheitsgemäß, so sei es.

Nugent dachte noch ein Weilchen nach, schauderte dann plötzlich zusammen, als würde ihm kalt, und wechselte das Thema.

Heute weiß ich, daß ich mich schon an dieser Stelle der Erzählung bei meinen Lesern wegen meiner Begriffsstutzigkeit entschuldigen muß. Sie wissen selbstverständlich jetzt schon, was in Nugent vor sich ging; aber ich, Ehrenwort, ich wußte es damals noch nicht. Kreiden Sie mir das, bitte, nicht voreilig als sträfliche Dummheit an. Bedenken Sie, daß man in schriftlich niedergelegten Erinnerungen notgedrungen vieles ausläßt, zum Beispiel die hundert kleinen Alltagsdinge und -pflichten, die einen daran hindern, alle Leute der Umgebung dauernd zu beobachten wie ein Detektiv. Die klügsten Menschen können gelegentlich verblöden, genauso, wie ein armer Irrer seine lichten Momente hat. Wie dem auch sei – ich dachte mir bei Nugents Verhalten länger, als ich heute gern zugebe, nichts Besonderes. Ich sah nur, daß Lucillas Gegenwart ihm regelmäßig einen Dämpfer aufsetzte, den ich als recht gesund für ihn empfand – und damit hatte es sein Bewenden.

Im Laufe der ersten vierzehn Tage, die Nugent unter uns weilte, kam auch der Londoner Spezialist, um Oscar zu untersuchen. Er verließ uns mit der erhebenden Versicherung, dies sei sein letzter Besuch gewesen. Der Patient sei geheilt. Die furchtbaren Anfälle würden nicht wiederkommen. Oscar könnte heiraten, wann er wollte – viel Glück!

Diese ärztliche Visite erinnerte uns nicht nur an die wirklich wunderbare Heilkraft des Silbernitrats – wir hatten, echt menschlich, kaum beachtet, daß Oscar uns nicht mehr in Zukkungen zu Füßen stürzte –, sondern auch an seine schiefe Stellung gegenüber Lucilla. Nugent und ich sprachen uns in einer stillen Stunde darüber aus. Ich begann das Gespräch mit der leidenschaftlichen Bitte, er möge die Kraft seiner Überredungsgabe mit der meinen vereinen, um Oscar endlich zu männlicher Offenheit zu bewegen. Aber Nugent sagte dazu weder ja noch nein. Er, der sonst mit dem Mund immer vorneweg war, nahm sich diesmal viel Zeit zu reiflicher Überlegung.

»Zunächst möchte ich in einer Beziehung ganz klarsehen«, sagte er bedächtig. »Was hat es eigentlich mit Lucillas Angst vor allem Dunklen auf sich, die dem Verhalten meines Bruders zugrunde liegt? Können Sie es mir erklären?«

»Hat Oscar das nicht schon ausreichend erklärt?« fragte ich zurück.

»Nein. Er hat es zwar schon brieflich versucht, aber ich komme da nicht mit. Meine erste Frage nach der Ankunft in Browndown war, ob seine Braut über die Veränderung seiner Hautfarbe Bescheid wüßte. Er beschwor mich entsetzt, nicht darüber zu reden, und war ganz unglücklich, daß ich seine Schwierigkeiten nicht in vollem Maß würdigte. Ich verstehe nämlich eines nicht.«

»Was?«

»Dies. Ich habe Lucilla vom ersten Tage an genau beobachtet. Und dabei habe ich bemerkt, daß sie brünette Menschen oder dunkle Farben in einem Zimmer durchaus nicht intuitiv erkennt. Sie schaudert erst zurück, wenn man ihr *sagt*, ein Mensch, ein Tier oder ein Gegenstand sei dunkel. Erst dann kommt ihr merkwürdiges Vorurteil zum Vorschein. Meine Frage ist: Wann und warum hat es sich überhaupt in ihr gebildet? Da sie schon als einjähriges Kind erblindet ist, kann sie kaum bleibende Seheindrücke gehabt haben und mit hellen oder dunklen Farben keine besonderen Vorstellungen verknüpfen, weder angenehme noch unerfreuliche. Man hat es ihr eingeredet! Dunkel ist für sie böse, gefährlich, schlimm. Man glaubt das Zaubergeraune primitiver Völkerschaften zu hören. Aber Lucilla ist doch andererseits eine so gescheite und kultivierte junge Dame! Wie erklären Sie sich diesen Widerspruch?«

»Bei ihr ersetzt der Instinkt die praktische Erfahrung«, meinte ich zögernd. »Ich erinnere mich sehr gut, daß auch ich, als ich kaum laufen konnte, vor dem ersten Hund zurückschreckte, der mich anbellte. Damals wußte ich weder aus Erfahrung noch durch Belehrung, daß Hunde, die bellen, manchmal auch beißen. Mein Zurückweichen war also eine reine Instinkthandlung!«

»Ein sehr gutes Beispiel«, sagte Nugent, »aber nicht auf Lucillas Fall anzuwenden. Ein bellender Köter jagt einem Kind schon durch pure Lärmentfaltung Angst ein. Farben machen keinen Lärm. Sie bellen nicht und beißen nicht.«

»Doch, bei ihr ›beißen‹ sie zuweilen. Ihr Tastsinn ist unglaublich fein entwickelt. Ich vergesse nie, wie Lucilla gleich bei meiner Ankunft hier spürte, daß ich ein dunkles Kleid trug, und mich bat, es in ihrer Gegenwart nicht mehr zu tragen.«

»Aber wenn sie Oscars Gesicht berührt, merkt sie nichts!«

Auch da hatte ich noch eine Antwort parat – nicht umsonst hatte ich so lange an Lucillas Eigenart herumgerätselt.

»Ich glaube«, sagte ich, »sie hätte etwas bemerkt, wenn Oscar bei der ersten Begegnung schon diese unselige Hautverfärbung gehabt hätte. Aber damals war er noch licht wie der junge Morgen; sie hat sich in ihn verliebt, und der erste Eindruck hat sich in ihrer Seele so festgesetzt, daß er durch nichts mehr umzustoßen ist. Außerdem hat sich ja nur seine Farbe verändert, nicht die zarte und glatte Beschaffenheit der Hautoberfläche. Wenn man alles das bedenkt, finde ich es recht verständlich, daß sie bisher keinen Verdacht geschöpft hat.«

Nugent schüttelte den Kopf. Er wußte meiner Meinung nichts Schlagendes entgegenzusetzen – aber zufrieden war er noch lange nicht.

»Haben Sie je Erkundigungen eingezogen«, fing er nach einer Pause wieder an, »wie Lucillas erstes Lebensjahr verlaufen ist? Vielleicht krankt sie, bewußt oder unbewußt, noch an einem

Schock, den sie als kleines Kind erhalten hat... Damals, als sie noch sehen konnte.«
»Nein«, sagte ich betroffen, »danach habe ich mich nie erkundigt.«
»Gibt es keinen Menschen mehr, den man darüber befragen kann? Einen verständnis- und liebevollen Menschen, meine ich. Ihren Vater nehme ich da aus naheliegenden Gründen aus.«
»Aber ja!« rief ich. »Lucillas Kinderfrau hat sie von Geburt an liebevoll umsorgt. Nanny ist Ihnen ja schon ein Begriff. Sie wird sich bestimmt an Lucillas Babyzeit erinnern.«
»Bitte, holen Sie Nanny herbei!«
Ich klingelte. Nanny erschien. Wir machten ihr klar, was wir von ihr wollten, und Nugent kam unverzüglich zur Sache.
»Ist Lucilla als Baby je von einer dunklen Gestalt erschreckt worden?«
»Bestimmt nicht, Sir! Ich habe Tag und Nacht aufgepaßt, daß ihr nichts zu nahe kam... Sie hat nichts Häßliches gesehen, bis sie eines Tages blind wurde, das arme Ding.«
»Sind Sie ganz sicher?«
»Gewiß, Sir, auch wenn es schon lange her ist. Bei meinem Baby habe ich mir jede Kleinigkeit gemerkt.«
Nanny wurde mit Dank entlassen. Nugent, der während all dieser Verhandlungen einen Ernst gezeigt hatte, der mich erstaunte, wandte sich mit erleichtertem Lächeln zu mir.
»Sie baten mich zu Anfang unseres Gespräches, Madame, Sie zu unterstützen und Oscar zu völliger Offenheit zu ermutigen. Ich wußte nicht recht, was ich dazu sagen sollte. Ich fürchtete unliebsame Folgen.«
»Welche?«
»Daß Oscars Beichte Lucilla von der geplanten baldigen Heirat abschrecken könnte. Und ich bin gegen jeglichen Aufschub. Je rascher die beiden heiraten, desto besser – für alle! Jetzt kann ich Ihnen ja gestehen, daß ich zu Anfang noch Oscars Meinung war, es sei klüger, zuerst zu heiraten und sich als Ehemann Lucillas Zuneigung zu versichern und dann erst, in vorsichtiger Dosierung, die Katze aus dem Sack zu lassen. Aber nach dem, was die alte Kinderfrau uns gesagt hat, sehe ich keinen Grund zur Heimlichtuerei mehr.«

»Mit einem Wort«, sagte ich, »Sie sind meiner Ansicht?«
»Ja – trotz meines berühmten harten Schädels. Ich glaube jetzt, daß Oscar mit Offenheit die besten Chancen hat. Lucillas Vorurteil ist nicht so krankhaft und tief verwurzelt, wie ich fürchtete. Es handelt sich lediglich um Phantasiegebilde, ein Nebenprodukt der Blindheit.« (Nugent äußerte diese Diagnose mit der ganzen Selbstsicherheit eines vielerfahrenen Psychologen.) »Wenn sie plötzlich wieder sehen könnte, würde sie selbst darüber lachen. Kurzum, ich schließe mich völlig Ihrer Meinung an. Oscar macht einen Elefanten aus einer Mücke. Er hätte sich schon lange mit Lucilla über sein Malheur aussprechen sollen. Zum Glück hört er auf mich. Ich werde Ihre Forderung energisch unterstützen. Oscar wird in den nächsten Tagen reinen Tisch machen.«
Wir schüttelten uns darauf die Hand. Als ich Nugent so hell und strahlend und resolut vor mir stehen sah, empfand ich – zu meiner Schande sei es eingestanden – ein tiefes Bedauern, daß nicht er uns vor Monaten im Zwielicht begegnet war, nicht er Lucillas Herz zu einem ganz neuen Leben erweckt hatte...
Wir trennten uns für den Rest des Tages. Was wir uns zu sagen hatten, war gesagt. Unser Liebespaar war auf einem Spaziergang. Nugent ging ins Dorf, um einen leeren Stall zu besichtigen, den er in ein Atelier umzuwandeln hoffte, da sein Genie in Browndown nicht die nötige Bewegungsfreiheit fand. Das erste Gemälde, mit dem der große Tröster die Welt beglücken wollte, war in entsprechendem Format geplant. Ich hatte für den Moment nichts weiter zu tun und ging meinerseits spazieren. Vielleicht traf ich Oscar und Lucilla auf dem Rückweg.
Ich traf sie nicht. Dafür sah ich Nugent, als ich eine Stunde später an Browndown vorbeikam, zigarrerauchend auf dem niedrigen Mäuerchen vor dem Haus sitzen. Bei meinem Anblick stand er rasch auf und kam mir entgegen, einen Finger geheimnisvoll an die Lippen gelegt.
»Pst!« flüsterte er. »Gehen Sie jetzt nicht hinein – und sprechen Sie bitte leise.« Er deutete über die Schulter auf die Rückseite des Hauses, die dem Leser meines Berichts schon vertraut ist. »Oscar und Lucilla sind drin. Und Oscar legt ihr in diesem Moment seine Beichte ab!«

Ich schlug in stummem Erstaunen die Hände zusammen. Nugent flüsterte weiter.

»Sie wollen natürlich wissen, wieso das so schnell geklappt hat? Kommen Sie ein Stückchen weiter weg – ich erkläre es Ihnen. So. Während ich den Stall besichtigte (lächerliche Bude, nicht halb groß genug für mich), kam Oscars Diener zu mir und richtete mir aus, ich möchte sofort nach Browndown kommen. Oscar erwartete mich auf dem Rasenplatz. Er war schrecklich aufgeregt und gab mir schon von weitem zu verstehen – wie ich Ihnen auch –, ich dürfe nicht laut sprechen. Aus dem gleichen Grund. Lucilla war im Haus.«

»Ich denke, sie waren spazieren?«

»Das waren sie auch. Aber Lucilla wurde heute vorzeitig müde, und Oscar meinte, sie sollte sich in Browndown ein Weilchen ausruhen. Während dieser Ruhepause passierte es zum zweitenmal, daß Lucilla eine grobe Anspielung auf Oscars Entstellung hörte.«

»Wie gräßlich! War Jicks wieder da?« forschte ich.

»Nein, nicht Jicks. In gewisser Weise war vielleicht Oscars Diener daran schuld.«

»Wie das? Er ist doch sonst so diskret!«

»Es kam so. Lucilla und Oscar trafen vor der Haustür einen plärrenden kleinen Jungen aus dem Dorf an. Sie fragten ihn, was er hätte. Der Schlingel beklagte sich: Oscars Diener hätte ihn geohrfeigt. Lucilla war empört und verlangte die näheren Begleitumstände zu wissen. Oscar placierte sie im Wohnzimmer – leider ohne die Tür hinter ihr richtig zu schließen –, knöpfte sich den Diener im Korridor vor und fragte, wie er dazu käme, ein Kind zu mißhandeln. ›Ich habe den Bengel geohrfeigt, Sir‹, erwiderte der Mann, ›damit er und die ganze Bande sich endlich einmal merken, daß mit uns nicht zu spaßen ist.‹ – ›Was hat er denn getan?‹ – ›Mit einem Stecken gegen die Tür getrommelt – es war nicht das erstemal, Sir; die Bengel tun das dauernd, wenn Sie nicht da sind – und gefragt, ob Blaubart zu Hause wäre.‹ – Lucilla hörte jedes Wort durch die nur angelehnte Tür mit an. Sie können sich ja denken, wie sie reagierte.«

Ich konnte es mir denken. Natürlich hatte sie sich sofort daran erinnert, daß schon Jicks einmal den Spitznamen Blaubart gebraucht hatte, aus der Wiederholung ihre eigenen Schlüsse gezogen und eine Erklärung gefordert.

»...und sicher hat Oscar wieder so ungeschickt wie nur möglich versucht, sich aus der Schlinge zu ziehen«, sprach ich den Rest meines Gedankenganges aus, »und Sie zu Hilfe gerufen. Was haben Sie ihm geraten?«

»Genau das, worüber Sie und ich heute übereingekommen sind: endlich die reine Wahrheit zu sagen. Der arme Kerl war ganz verdonnert, daß ich ihm nicht mehr bei seiner Verschleierungstaktik beistand. Wenn er es nicht über sich bringe, ihr reinen Wein einzuschenken, sagte ich, würde ich es tun. Das alles flüsterten wir in fürchterlicher Hast... Lucilla war nicht in der Laune, sich noch lange hinhalten zu lassen. Und in dieser Notlage nahm Oscar die nötige Haltung an. Das tut er immer, wenn ich ihn in die Enge treibe. Er sagte sehr richtig, es sei seine Aufgabe, nicht meine, mit Lucilla ins reine zu kommen. Ich ermutigte den Ärmsten noch mit einer brüderlichen Umarmung, schob ihn ins Zimmer, machte die Tür fest hinter ihm zu und setzte mich hier draußen aufs Mäuerchen. Mittlerweile müßte er mit seiner Beichte eigentlich fertig sein... Richtig! Wie aufs Stichwort – da kommt er!«

Oscar war in großer Eile aus der Haustür getreten. Er sah sich wirr um, und ich ahnte schon, ehe er den Mund öffnete, daß etwas bei der klärenden Aussprache mit Lucilla entsetzlich schiefgegangen war.

»Wie siehst du denn aus?« fragte Nugent bestürzt. »Hast du ihr immer noch nicht die volle Wahrheit gesagt?«

»Ich... ich habe versucht, sie ihr zu sagen«, stammelte Oscar verzweifelt.

»Versucht –? Was heißt das?«

Oscar lehnte sich statt jeder Antwort schwer an seinen Bruder und verbarg sein entstelltes Gesicht an dessen Schulter.

Ich überwand mich, die nächsten Fragen zu stellen, damit die kostbare Zeit nicht sinnlos vertan wurde.

»Hat Lucilla Ihre Erklärung nicht hören wollen?«

»Doch«, murmelte er erstickt.

»Ja, und –? Hat sie so unvernünftig reagiert –?«

Oscar hob den Kopf von Nugents Schulter. »Machen Sie sich

wegen Lucilla keine Sorge«, sagte er in sonderbar herbem Ton. »Ihre Wißbegierde ist gestillt.«
Nugent und ich tauschten einen absolut verständnislosen Blick. Lucilla hatte alles mit angehört; Lucillas Wißbegierde war befriedigt. Nichts deutete auf eine überstandene ›große Szene‹ hin. Warum war Oscar dann so niedergeschmettert statt erleichtert? Nugent verlor als erster die Geduld. Er schob Oscar auf Armlänge von sich und sagte scharf: »Mach's nicht so spannend, bitte. Ich wünsche eine einfache Antwort auf eine einfache Frage. Lucilla weiß, daß ein frecher Lümmel dich wieder Blaubart genannt hat. Wollte sie wissen, was er damit meinte? Ja oder nein?«
»Ja.«
»Also weiß sie jetzt, daß deine Hautverfärbung damit gemeint ist?«
»Nein.«
»Nein... Zum Teufel, wenn sie das immer noch nicht weiß, was denkt sie denn dann?«
Oscar sah bebend auf seinen Bruder.
»Verzeih mir, Nugent«, flüsterte er. »Sie denkt... Sie denkt, *du* wärst es.«

26. Er zeigt sich der Situation gewachsen

Wir hatten keine Zeit, uns auf dieses verblüffende Geständnis zu äußern, denn im Hause klappten Türen, und eine Sekunde später trat Lucilla auf den Rasenvorplatz.
»Oscar!« rief sie schüchtern. »Bist du da? Und... dein Bruder auch?«
»Ja, beide«, sagte ich rasch, denn im Moment waren weder Oscar noch Nugent zu einer Antwort fähig, »und ich auch, Liebes. Nun wollen wir uns mal alle schön beruhigen, ja?« Ich wußte kaum, was ich sagte, aber meine Stimme schien für Lucilla die eines rettenden Engels zu sein. Sie flüchtete förmlich an meine Seite. Sie war sehr blaß, bemühte sich jedoch rührend um Haltung.
»Ich muß ihm etwas Freundliches sagen«, flüsterte sie mir zu.

»Oh, wenn Sie wüßten, wie mir vor ihm graut – ich weiß ja nun Bescheid –, aber er kann ja nichts dafür, und ich muß mich beherrschen, schon um Oscars willen. Verhindern Sie bloß irgendwie, daß er mich anfaßt!«
Sie klammerte sich an meinen Arm und schmiegte sich schutzsuchend an mich. Was sollte ich daraufhin sagen? Was sollte ich tun? Ein paar Meter entfernt von uns standen die Zwillingsbrüder: Oscar, der Schwächling, unter der Bürde seiner beschämenden Doppellüge dem Zusammenbruch nahe, und Nugent, der Starke, der sich bewundernswert rasch faßte, seinen Bruder stützte und mir mit stolz erhobenem Kopf ein Zeichen gab, den Mund zu halten. Er hatte recht. Ein Blick in Lucillas Gesicht genügte, um uns vor jedem Versuch einer Richtigstellung zu warnen. Die heillose Verwirrung, die Oscar angerichtet hatte, war nur allmählich und mit größter Behutsamkeit zu lösen.
»Sie sind überanstrengt«, sagte ich zu ihr. »Gehen wir nach Hause.«
»Nicht ohne ein teilnahmsvolles Abschiedswort!« erwiderte sie leise und hastig. »Je früher ich mich daran gewöhne, normal mit ihm zu reden, desto besser. Nur... ich glaube, ich kann ihm heute noch nicht die Hand geben. Sie sind so gewandt, Madame Pratolungo, Sie werden das schon irgendwie überbrücken. Wo ist er?«
Nugent, der Lucillas Geflüster zwar sicher nicht verstand, sich aber zusammenreimen konnte, machte sich von Oscar los, dessen Unfähigkeit, die Situation zu retten, klar auf der Hand lag. Er bedeutete ihm stumm, sich auf das Mäuerchen zu setzen und außer Reichweite zu bleiben, bis er sich von dem nervösen Schluchzen, das ihn würgte, erholt hatte.
Als Lucilla ängstlich fragte, wo Oscar wäre, antwortete er wunderbar gefaßt: »Im Haus. Er holt nur schnell seinen Hut, um Sie zurückzubegleiten.«
Lucilla ging tapfer auf Nugent zu, freilich ohne meinen Arm loszulassen, und blieb zwei Schritte vor ihm stehen. »Nugent«, sagte sie, »durch einen Zufall... habe ich heute von Oscar erfahren... was er mir schon lange hätte sagen sollen.« (Sie mußte nach jedem halben Satz eine Pause machen und mühsam Luft holen.) »Er hat es mir verschwiegen, weil... weil er weiß, daß

ich ... unter einer dummen Zwangsvorstellung leide. Wie er das herausgebracht hat, ist mir unklar ... Meines Wissens habe ich es ihm nie gesagt.« Sie machte eine längere Pause, rang nach Atem und umklammerte meinen Arm immer fester im verzweifelten Bestreben, ihr blindes Vorurteil zu überwinden. Nugent hörte ihr mit gesenktem Kopf zu. Die sonderbare Befangenheit, die ihn, den Selbstsicheren, in Lucillas Nähe immer überkam, war deutlicher spürbar denn je. Und dabei hatte er doch wahrhaftig den geringsten Grund, sich zu schämen! »Jedenfalls verstehe ich«, fuhr Lucilla fort, »warum Oscar nicht gewußt hat, wie ... gezögert hat, mir mitzuteilen ...« Sie verhaspelte sich in ihrem krampfhaften Bemühen, ihn nicht zu verletzen. »... daß Sie ... sich äußerlich doch ein wenig von ihm unterscheiden. Er befürchtete, ich könnte Sie deshalb ... falsch einschätzen. Ich möchte ausdrücklich sagen, daß das nicht der Fall ist. Nie habe ich mich meiner dummen Schwäche mehr geschämt als heute. Schließlich bin ich selbst körperlich nicht ganz in Ordnung. Ich habe also allen Anlaß, für die Gebrechen anderer Verständnis und Sympathie ...«

Sie war nicht imstande, den Satz zu beenden. Ihre Stimme versagte; sie stützte sich immer schwerer auf meinen Arm, und ich hegte die Befürchtung, sie würde in Ohnmacht fallen, wenn sie sich noch mehr abzuringen versuchte.

»So, und jetzt gehen wir nach Hause«, sagte ich energisch. »Bitte sagen Sie Ihrem Bruder, Nugent, daß wir keine Begleitung brauchen. Lucilla und ich genügen einander.«

Nugent blickte auf. »Sie haben recht. Bringen Sie Lucilla heim. Ich werde Oscar Bescheid sagen.« Er legte noch einmal warnend den Finger auf die Lippen und begab sich lautlos über den Rasen zu Oscar, der noch immer völlig gebrochen auf dem Mäuerchen saß. Lucilla und ich wandten uns zum Gehen.

»Ist er weg?« fragte sie leise.

»Ja.«

Ihre Stirn glitzerte von feinen Schweißperlen. Ich trocknete sie mit meinem Taschentuch und drehte ihr Gesicht sanft dem Wind entgegen.

»Geht's Ihnen nun besser?«

»Ja, danke.«

»Werden Sie den Heimweg zu Fuß schaffen?«
»Natürlich!«
Aber schon nach wenigen Schritten blieb sie – die sonst so sicher alle gewohnten Wege ging – unsicher stehen, als spüre sie ein ungewohntes Hindernis vor ihren Füßen. Sie stocherte vorsichtig mit ihrem Elfenbeinstöckchen in der leeren Luft herum, genau wie jemand, der bei Nacht durch einen dichten Wald geht und sich jeden Schritt ertasten muß, um nicht über Wurzeln und Gestrüpp zu stolpern.
»Was machen Sie denn da?« fragte ich verdutzt.
»Ich weiß nicht ... Ist wirklich niemand vor uns? Mir ist, als lauerten mir auf Schritt und Tritt unheimliche Gestalten auf ... alle mit schwarzblauen Gesichtern. Bitte nehmen Sie mich wieder am Arm!«
»Lucilla!«
»Nicht böse sein ... Ich komme schon wieder zur Vernunft, keine Sorge. Niemand weiß so gut wie ich, wie idiotisch und unbegründet meine Angst ist. Ich habe einen Willen dagegen einzusetzen, und ich verspreche Ihnen, daß ich es diesmal tue! Oscars Bruder darf und soll nie merken, daß er mir Grauen einflößt – nur wegen seiner dunklen Hautfarbe. So etwas Blödes!« Sie blieb abermals stehen und gab mir mit gespitzten Lippen einen kindlich bittenden Kuß auf die Wange. »Schimpfen Sie auf das Schicksal, nicht auf mich. Wie kann ich mich nur jemandem verständlich machen, der nicht immer im Dunkeln lebt wie ich?« Sie ging, nun ruhiger, ein paar Schritte weiter und hing ihren Gedanken nach.
»Werden Sie mich nicht auslachen«, fragte sie plötzlich, »wenn ich noch etwas zu diesem Thema sage?«
»Sie wissen, daß ich Sie nie auslache.«
»Also stellen Sie sich mal vor, es ist tiefe Nacht, und Sie liegen im Bett.«
»Ja?«
»Sie sind aus dem Schlaf aufgeschreckt, ohne zu wissen, warum. Vielleicht haben Sie schlecht geträumt. Ich weiß, daß es allen Menschen zuweilen so geht – ohne ersichtlichen Grund, auch wenn alles ringsumher still und friedlich ist. Und dann haben Sie das gruselige Gefühl, Sie seien nicht allein. Irgend etwas – oder

irgendwer – ist bei Ihnen im dunklen Zimmer. Haben Sie das schon mal erlebt?«

»Natürlich, mein Liebes, oft. Das passiert allen Leuten hin und wieder, besonders wenn ihre Nerven nicht ganz in Ordnung sind.«

»Soweit verstehen wir uns also. Auch ich habe gruselige Gefühle, wenn meine Nerven nicht ganz in Ordnung sind. Was tun Sie nun, wenn Sie nachts aufschrecken und das Gefühl haben, jemand belauert Sie im dunklen Zimmer?«

»Ich zünde die Kerze an und überzeuge mich, daß niemand da ist.«

»Sehen Sie! Und nun stellen Sie sich vor, Sie hätten keine Kerze und keine Zündhölzer, die Nacht wäre endlos und undurchdringlich, und Sie blieben Ihren Ängsten hilflos preisgegeben. Das ist mein Los! Ob Ihr kritischer Verstand Ihnen dabei immer nützte? Ich glaube, Sie würden im Dunkeln manchmal ebenso unvernünftig zittern wie ich...« Sie hob traurig lächelnd ihr Elfenbeinstöckchen. »Und Sie würden mit so einem Ding in der Luft herumstochern – wie ich!«

Die einfache Wahrheit und Überzeugungskraft ihrer Worte war erschütternd. Tatsächlich hatte ich mir nie zuvor ganz klargemacht, was es heißt, mit lebhafter Phantasie gesegnet und zugleich zur Blindheit verdammt zu sein. Mein Herz quoll vor Bewunderung und Liebe über. Ich vergaß sekundenlang sogar die Zwickmühle, in der wir uns alle befanden. Doch schon der nächste Satz Lucillas erinnerte mich daran.

»Vielleicht war es unrecht von mir, Oscar die Wahrheit abzuringen«, sagte sie beim Weitergehen. »Ich hätte mich sicher schneller an seinen Bruder gewöhnt, wenn ich nie erfahren hätte, wie er aussieht. Aber es ist doch seltsam, daß ich bei ihm gleich etwas Fremdes gespürt habe – ohne die leiseste Ahnung, was es sein könnte. Ich mochte ihn von Anfang an nicht. Nun wissen wir den Grund.«

Ich verriet mit keiner Regung, was ich über diesen beklagenswerten Irrtum dachte. Ich fragte vorsichtig: »Sie haben Oscar die Wahrheit abgerungen, wie Sie sagen. Woran haben Sie eigentlich gemerkt, daß er Ihnen etwas verheimlichte?«

»An seiner fürchterlichen Verlegenheit«, erwiderte Lucilla. »Je-

der an meiner Stelle hätte gemerkt, daß da etwas nicht stimmte.«
»Und wie haben Sie ihn zum Reden gebracht?«
»Ach, ich habe eigentlich nur meine Beobachtungen aneinandergereiht, und das Resultat ergab sich von selbst. Wenn die Dorfkinder einem der Bewohner von Browndown ständig Blaubart nachschreien, mußte das einen Grund haben, der mein eigenes Fingerspitzengefühl bestätigte. Sie erinnern sich, daß ich Nugent vom ersten Tag an – nachdem ich sein Gesicht mit dem Oscars verglichen hatte – nicht so recht leiden konnte?«
»Ja, ich erinnere mich.«
»Nun, und heute – während Oscar meinen Fragen auswich und sich in Widersprüche verwickelte – sagte er aus Versehen eine Kleinigkeit, die mir völlig klarmachte, daß der bewußte Blaubart, vielmehr der Unglückliche mit dem mißfarbenen Gesicht, kein anderer als sein Bruder sein konnte. Ich fühlte es förmlich wieder in den Fingerspitzen, wie ich damals, als wir uns kennenlernten, gleich Ihr scheußliches dunkelrotes Kleid gefühlt habe. Erkennen Sie den Zusammenhang?«
Ich erkannte ihn nur zu deutlich. Oscar hatte den Umstand, daß er mit knapper Not entkommen war, nur irgendeinem winzigen Mißverständnis im Laufe des Gesprächs zu verdanken. Lucilla war – unbewußt – nur zu gern bereit gewesen, ihrem Vorurteil gegen Nugent einen handfesten Grund zu geben. Und Oscar hatte in seiner Liebe und Schwäche nicht den Mut aufgebracht, das Mißverständnis zu korrigieren. Ich wußte, daß ich mich aufs Glatteis begab, aber mein Gewissen zwang mich, Lucilla nicht allzu sicher bei ihrem jetzigen Irrglauben zu lassen.
»Eins verstehe ich nicht«, sagte ich. »Warum hat Oscar nicht schon viel früher aufrichtig mit Ihnen gesprochen? Was hatte er zu fürchten?«
»Liebe Madame Pratolungo, und was hatten Sie zu fürchten? Sie hatten noch viel weniger Grund zum Schweigen als Oscar, und doch haben auch Sie keine Silbe über Nugents Entstellung verloren. Sie empfanden die Peinlichkeit der Lage eben genauso wie Oscar. Meine Schwäche war Ihnen bekannt: das verschloß Ihnen den Mund. Und Oscar liebt seinen Bruder. Aber er liebt auch mich und weiß, wie ich es hasse, wenn man meine Blindheit benutzt, um mir etwas Wichtiges zu verbergen. Dieser Konflikt

wurde nun heute durch den Zwischenfall mit dem frechen Jungen auf die Spitze getrieben; Oscar konnte nicht länger schweigen. Ist es da ein Wunder, daß er verwirrt und verlegen war, der arme Kerl? Wo er doch sowieso schüchtern veranlagt ist!« Sie wurde ernst. »Nun brachte es ihn vollends durcheinander, daß ich eingedenk seines früheren Verhaltens in gewisser Weise enttäuscht und auch verletzt war.«

»Wieso das?« fragte ich kurz.

»Erinnern Sie sich nicht, wie Jicks ihn einmal Blaubart nannte und er gestand, er hätte sich, um die Kinder zu amüsieren, blau angemalt? Ich ärgerte mich schon damals über diese Geschmacklosigkeit; und heute, als ich erfuhr, daß sein Bruder von der Natur mit einer so scheußlichen Entstellung geschlagen ist, fand ich es ganz besonders taktlos. Wie kann er sich nur über das Schicksal Nugents, den er doch liebt, gewissermaßen lustig machen – oder so gedankenlos sein! Ich hätte es meinem sensiblen Oscar eigentlich nie zugetraut. Nun... lassen wir das. Wir sind an der Mauer, wie ich bemerke. Wir wollen hineingehen und musizieren, das hilft am besten über alles hinweg.«

Ich hielt den Mund. Solange ich mich nicht mit beiden Brüdern über unsere nächsten Schritte verständigt hatte, konnte und durfte ich nichts sagen. Ich muß gestehen, daß ich nicht geringe Angst vor den nächsten Tagen hatte. Lucillas Irrtum mußte natürlich bereinigt werden – aber wie würde sie sich dann zu ihrem Verlobten stellen, wenn sie schon jetzt etwas von ihm enttäuscht war? Ich wagte mir die Konsequenzen nicht auszumalen.

Ein kleiner Trost blieb mir, und an den klammerte ich mich. Ich hatte mich unterwegs noch einmal umgesehen, ehe wir die Wegbiegung erreichten, die Browndown meinem Blick entzog, und das ferne Bild der Zwillinge hatte sich mir irgendwie tief eingeprägt. Ihre Gesichter waren nicht mehr zu erkennen, wohl aber die Haltung. Oscar hockte nach wie vor zusammengesunken auf der Mauer; Nugent stand aufrecht neben ihm und hatte ihm tröstend die Hand auf die Schulter gelegt. Nichts hätte die verschiedenen Charaktere der beiden besser kennzeichnen können. ›Nugent wird einen Ausweg finden!‹ dachte ich. ›Nugent wird uns allen aus dieser elenden Bredouille heraushelfen!‹

27. Er findet einen Ausweg

Wir setzten uns ans Klavier. Lucilla hatte angefangen, eine ihr noch unbekannte Mozart-Sonate nach dem Gehör zu lernen, und zu diesem Zweck war immer neues Vorspielen der einzelnen Sätze unerläßlich. Ich tat, was ich konnte; aber nie vorher und nie nachher habe ich so schlecht gespielt wie an jenem aufreibenden Tag. Mozart, den ich über alles liebe, konnte mir nur leid tun. Wer ihn würdig interpretieren will, muß seine Gedanken vollkommen auf diese göttliche Musik konzentrieren. Ich brachte es nicht fertig. Meine irdischen Sorgen lasteten zu schwer auf mir. Lucilla ließ meine Entschuldigung freundlich gelten, wechselte den Platz mit mir und spielte selbst eines der Stücke, die sie schon längst auswendig konnte. Ich horchte innerlich fortwährend auf die nächste Botschaft von Browndown. Es war ja unmöglich, daß die Brüder Dubourg uns nach dem überstürzten Abschied einfach in der Luft hängen ließen! Die Relativität unserer Zeitbegriffe setzt uns unser Leben lang immer wieder in Erstaunen. Einmal ist eine halbe Stunde ein Nichts – ein andermal dehnt sie sich zur Ewigkeit. Lucilla war ruhiger als ich, da sie den Fall geklärt glaubte, während mir jede Minute, die ich sie in ihrem Wahn ließ, wie mit glühenden Nadeln ins Gewissen stach. Ich zerriß mich innerlich. Lucilla klagte über Müdigkeit: die Normalreaktion nach den Aufregungen des Vormittags. Ich riet ihr, sich für ein Stündchen hinzulegen, und sie nahm meinen Vorschlag dankbar an.

Für mich war es eine große Erleichterung, eine Weile mit meinen Gedanken allein zu sein. Ich ging im Salon auf und ab, versuchte vergeblich, eine Lösung der verzwickten Situation zu finden, und beschloß endlich, nicht länger tatenlos auf weitere Nachrichten zu warten. Die Brüder beratschlagten wahrscheinlich noch in Browndown. Ich gedachte dabei ein energisches Wörtchen mitzureden.

Ehe ich aufbrach, sah ich vorsichtig durch den Türspalt in Lucillas Zimmer. Lucilla lag fest schlafend auf dem Bett. Ich suchte Nanny, schärfte ihr ein, ihre junge Herrin in der nächsten Stunde nicht ungerufen zu stören, und schlüpfte aus dem Haus. Beim Öffnen des Gartenpförtchens prallte ich beinahe mit dem Mann

zusammen, den ich vor allen anderen zu sprechen wünschte – mit Nugent Dubourg, der eben hereinwollte.
»Das ist der erste glückliche Zufall heute«, bemerkte er. »Auf dem Weg hierher habe ich mir dauernd überlegt, wie ich Sie allein sprechen könnte. Und da kommen Sie mir entgegen – allein! Ist Lucilla außer Hörweite? Haben wir den Garten für uns?«
Ich beruhigte ihn in dieser Hinsicht. Er sah beklagenswert bleich und abgespannt aus. Es war nicht schwer zu erraten, daß Oscars Schlappheit auch seine Geduld auf eine harte Probe gestellt hatte. Wir steuerten in stummem Einverständnis auf die Laube am äußersten Ende des Gartens zu, wo wir vor Sicht geschützt waren und jenseits der Mauer nichts als die einsame Hügellandschaft vor uns hatten. Wir setzten uns, und ich eröffnete das Gespräch mit der unverblümten Frage: »Wer soll nun Lucilla über ihren Irrtum aufklären?«
»Niemand«, erwiderte Nugent.
Mir blieb die Sprache weg. Ich sah ihn nur groß an.
»So erstaunlich ist das gar nicht«, sagte er. »Lassen Sie mich meine Ansicht in wenigen Sätzen darlegen. Ich habe eine ernste Aussprache mit Oscar hinter mir, und –«
Frauen sind im allgemeinen schlechte Zuhörer, und wenn ich mich aufrege, bilde ich keine Ausnahme. Ich fiel ihm ins Wort: »Hat Oscar Ihnen plausibel erklärt, wie es zu diesem wahnsinnigen Irrtum kam?«
»Das weiß er selber nicht. Alles ging so rasch über seinen Kopf hinweg, daß er total verwirrt war. Er kann das Gespräch beim besten Willen nicht mehr wortgetreu wiedergeben. Er verlor den Kopf, und Lucilla verlor die Geduld. Sie wissen ja, wie reizbar sie ist, wenn sie irgend etwas hinter ihrem Rücken argwöhnt. Sie redeten hoffnungslos aneinander vorbei, und das Resultat war ein absolutes Mißverständnis. Ich habe inzwischen gründlich über die so entstandene Sachlage nachgedacht und glaube, daß vorerst nichts daran zu ändern ist. Ich muß mich eben mit möglichstem Anstand hineinfügen. ›Würde es dich erleichtern‹, fragte ich Oscar, ›wenn wir Lucilla bei ihrem heute gewonnenen Eindruck ließen, bis ihr glücklich verheiratet seid?‹ Sie kennen ihn. Ich brauche Ihnen seine Antwort nicht mitzuteilen. ›Schön‹, sagte ich, ›also reg dich ab. Wenn Lucilla mich als Blaubart sieht,

werde ich die Rolle eben bis zum guten Ende weiterspielen; mich kostet das keine besondere Überwindung.‹ Oscar war zu Tränen gerührt. Davon abgesehen, wüßte ich wirklich keinen anderen Ausweg aus dem Dilemma.«
»Das ist ein feiger Betrug, kein Ausweg!« protestierte ich. »Sie und Ihr Bruder sind übereingekommen, Lucilla arglistig zu täuschen. Rechnen Sie nicht auf meine Hilfe. Ich will damit nichts zu tun haben.«
Nugent zog ein Etui aus der Tasche und entnahm ihm eine Zigarre. »Tun Sie, was Sie für richtig halten«, sagte er kühl. »Sie haben ja selbst mit angesehen, was für eine Qual es für Lucilla bedeutete, nur ein paar teilnehmende Worte an mich zu richten. Sie konnte vor Grauen und Ekel keinen vernünftigen Satz herausbringen. Nun übertragen Sie dieses Grauen und diesen Ekel auf Oscar, fügen Sie Zorn und Verachtung hinzu, wenn sie erfährt, wie die Sache sich wirklich verhält – und malen Sie sich das Endresultat selber aus. Die Verlobung geht unweigerlich in die Brüche, noch ehe Oscar – als Ehemann – ihrer Gefühle sicher ist. Wollen Sie das verantworten? Dann haben Sie mehr Mut als ich – oder weniger Verständnis für die menschliche Seite der Angelegenheit. Ich verstehe den armen Kerl, meinen Bruder, sehr gut, weil ich ihn zufällig auch liebe. – Stört es Sie, wenn ich rauche?«
Ich verneinte mit einer ungeduldigen Geste. Ehe ich diesem rätselhaften jungen Herrn eine passende Antwort gab, mußte ich hinter seine wirklichen Beweggründe kommen. Seine brüderliche Hilfsbereitschaft war an sich natürlich, auch wenn er sich dabei selbst in Schwierigkeiten verwickelte, die sich andere Leute dreimal überlegt hätten. Der Feuergeist, der ihn einst befähigt hatte, seinen Bruder in letzter Minute vor dem Galgen zu retten, mochte ihn auch jetzt wieder zu ungewöhnlichem Opfermut entflammen. Das war es nicht, worüber ich stutzte – es war sein veränderter Ton. Der weltmännische, gewandte Gentleman, den ich bisher kannte, redete und benahm sich in den letzten Minuten beinahe flegelhaft. Er paffte mit störrischer Miene vor sich hin, ohne mir einen Blick zu gönnen. So hatte ich ihn noch nie gesehen. Daß etwas in ihm vorging, was er weder seinem Bruder noch mir anvertraute, war klar wie der helle Tag, aber was es war, konnte ich trotz allen Grübelns nicht erraten. Nicht der leiseste

Schimmer des Geheimnisses, das er vor mir und allen anderen hütete, erleuchtete mich. Ich ahnte nicht, daß ich in diesen Momenten Augenzeugin eines schweren inneren Kampfes war. Erst viel später ging mir auf, daß der Ärmste sich selbst vergewaltigte, um seinem Bruder die Treue zu bewahren und die verzehrende Leidenschaft, die ihn gepackt hatte, für immer zu ersticken. Solange Lucilla fälschlich glaubte, *er* sei der Zwilling mit dem entstellten Äußeren, konnte er sich ›rücksichtsvoll‹ von ihr fernhalten; jedermann würde das verstehen und gutheißen. Und darin sah Nugent seine letzte Chance, eine unüberwindliche Barriere zwischen sich und Lucilla aufzurichten, bis sie Oscar heiratete und für ihn völlig unerreichbar wurde. Nicht von ungefähr hatte er schon mehrfach auf eine baldige Heirat gedrängt. Da diese Bemühungen bisher erfolglos geblieben waren, war die heute entstandene Situation für ihn der letzte Rettungsanker. Lucilla würde nie den wahren Grund ahnen, aus dem er ihr von jetzt an so weit wie möglich aus dem Wege ging.
Das war Nugents höchst ehrenhaftes und anständiges Motiv, sich für seinen Bruder zu opfern und selbst den Blaubart-Popanz zu spielen – und ich war zu dumm, ihn zu durchschauen! Ich protestierte, ich machte seinen ohnehin schweren Weg noch dornenvoller! Heute weiß ich das alles. Aber damals wußte ich es nicht und ärgerte mich nur über seine plötzliche Querköpfigkeit und die schroffe Art, in der er mit mir sprach.
»Nun?« fragte er nach einer langen Pause. »Sind wir Bundesgenossen oder nicht? Sind Sie dafür oder dagegen?«
Ich gab es auf, nach seinen Motiven zu forschen, und antwortete kurz und bündig.
»Ich gebe zu, daß die Richtigstellung jetzt unendlich erschwert ist, aber ich halte es nach wie vor für eine Gemeinheit, Lucilla zu täuschen, und lehne es ab, mich daran zu beteiligen.«
Nugent hob warnend den Zeigefinger.
»Zügeln Sie Ihr revolutionäres Temperament, Madame Pratolungo! Das Unheil, das Sie mit Ihrem Wahrheitsfanatismus anrichten können, ist vielleicht nie mehr gutzumachen. Ich kann natürlich nicht verlangen, daß Sie Ihre Meinung ändern. Ich kann Sie nur bitten, keine voreiligen Schritte zu tun. Bis zur Hochzeit dauert es noch eine gute Weile. Inzwischen kann alles mögliche

passieren, was Sie der Notwendigkeit enthebt, Lucilla persönlich über ihren Irrtum aufzuklären.«

»Worauf spielen Sie jetzt an?« fragte ich.

»Lucilla könnte Oscar eines Tages mit eigenen Augen sehen – wie wir ihn sehen – und dahinterkommen, daß alles nur halb so schlimm ist.«

Ich schnappte nach Luft. »Was! Haben Sie Ihre verrückte Idee, Lucilla könnte wieder sehend gemacht werden, noch immer nicht aufgegeben?«

»Ich werde diese Idee erst als verrückt beiseite legen, wenn mein Freund, der deutsche Augenarzt, sie für verrückt erklärt. Vorher nicht.«

»Haben Sie denn schon mit Oscar darüber gesprochen?«

»Ich werde mich hüten! Ehe der Professor sicher in England gelandet ist, rede ich mit niemandem darüber, außer mit Ihnen.«

»Glauben Sie, er kommt noch vor der Hochzeit?«

»Sicher. Eigentlich wollte er schon dasselbe Schiff benutzen wie ich, aber er hatte noch einen Patienten in New York, den er bis zur völligen Ausheilung unter Aufsicht behalten wollte. Neue Patienten hat er, wie er mir versicherte, nicht angenommen. Er will schon sein Leben lang England besuchen, und nun kann er es sich dank seiner ungewöhnlichen Erfolge leisten und läßt sich durch nichts mehr zurückhalten. Er kann jeden Tag in Liverpool ankommen.«

»Und er hat Ihnen zugesagt, Lucilla zu untersuchen?«

»Ja, wenn sie nichts dagegen hat.«

»Und wenn Oscar etwas dagegen hat? Lucilla hat sich längst mit ihrer Blindheit abgefunden. Wenn Sie sie aus ihrer Resignation aufrütteln und Hoffnungen in ihr erwecken, die sich nachher doch nicht erfüllen, machen Sie sie für den Rest ihres Lebens unglücklich. An Oscars Stelle würde ich das Risiko nicht eingehen.«

»Oscar hat doppelte und dreifache Gründe, jedes Risiko in Kauf zu nehmen. Falls Lucilla ihr Augenlicht zurückerhält, wären die seelischen Folgen beinahe noch wichtiger als die körperlichen. Sie würde in jedem Sinne ›erleuchtet‹. Solange sie blind ist, hat Oscar alles mögliche von ihrer krankhaften Phantasie zu befürchten. Aber wenn sie endlich wie ein normaler Mensch sehen

könnte, würde ihr klarwerden, wie verzerrt und übertrieben sie sich manches vorgestellt hat. Sie würde sich an Oscars Hautverfärbung gewöhnen wie wir alle, sachlicher darüber denken – und ihrer gemeinsamen Zukunft stünde nichts mehr im Wege. Wollen wir so verbleiben, bis mein deutscher Freund hier ist und sein ärztliches Urteil abgibt?«
Ich erklärte mich soweit einverstanden, zumal Nugents Ausführungen mich lebhaft an Lucillas eigene Worte erinnerten. Sie betonte ja immer wieder, daß nur das ewige Dunkel, in dem sie herumtappte, für manche ihrer scheinbar grundlosen Aversionen verantwortlich war. Nugents rein theoretische Hoffnung, sie sei noch zu operieren, ließ ich einstweilen auf sich beruhen. Ein anderes Problem lag mir im Moment näher. »Und wie gedenken Sie sich in den nächsten Wochen zu verhalten«, fragte ich, »nachdem Lucilla sich heute einen derart falschen Eindruck von Ihnen gebildet hat?«
Nugent beantwortete die Frage bedeutend fließender und angenehmer als die vorigen. Er verwandelte sich zusehends in den liebenswürdigen Mann zurück, als den ich ihn kannte. »Oh, wenn es nach mir ginge«, sagte er leichthin, »brauchte Lucilla überhaupt keine Wiederbegegnung mit mir zu fürchten. Ich würde dringende Geschäfte vorschützen und Dimchurch verlassen.«
»Wer hält Sie zurück? Oscar?«
»Ja. Er will nichts davon hören. Ich habe ihm zugeredet wie einem lahmen Esel; ich habe ihm versprochen, zur Hochzeit wieder dazusein. Alles zwecklos. Er kann jetzt nicht allein bleiben; er zermürbt sich mit Gewissensbissen und ist einem seelischen Zusammenbruch nahe. Nun, und ich bin ebenso weich wie Oscar, wenn mir mit solchen Argumenten zugesetzt wird. Ich habe – wider mein besseres Wissen, wider meine Überzeugung – nachgegeben und ihm versprochen, bei ihm zu bleiben. Natürlich wäre ich besser weit von hier entfernt – so weit wie möglich!«
Der Ton, in dem er den letzten Satz hervorstieß, erschreckte mich. Es war die pure Verzweiflung – und doch verstand ich noch immer nichts. Heute weiß ich alles und begreife meine damalige Dickfelligkeit nicht mehr. Zum letztenmal kamen Nugents Ehrgefühl und Wahrheitsliebe zu Wort, ehe die Ereignisse

auch über ihn hinwegrollten. Arme, ahnungslose Lucilla! Armer, schuldbewußter Nugent!
»Also, Sie bleiben in Dimchurch«, sagte ich trocken. »Und?«
»Ich werde mich selbstverständlich bemühen, Lucilla alle unnötigen Peinlichkeiten zu ersparen. Ich werde ihr meine Gegenwart nicht aufdrängen. Ihr Abscheu gegen mich ist unkontrollierbar – das haben wir ja heute gesehen. Folglich werde ich ihr aus dem Wege gehen, mich unmerklich zurückziehen, Oscar immer seltener bei seinen Besuchen begleiten. Und wenn sie dann endlich verheiratet sind –«
Er stockte, als wäre ihm etwas in die Kehle gekommen, und beschäftigte sich mit dem Wiederanzünden seiner ausgegangenen Zigarre. Er brauchte sehr viel Zeit dazu.
»Wenn sie endlich verheiratet sind«, wiederholte ich unbarmherzig, »was dann?«
»Dann wird Oscar mich nicht mehr so dringend brauchen. Ich werde verschwinden.«
»Sie werden einen plausiblen Grund nennen müssen.«
»Nichts leichter als das. Ich finde hier kein passendes Atelier. Und selbst wenn ich eins fände, könnte ich meine Ideen in einem Nest wie Dimchurch nicht entfalten. Ich spüre schon jetzt, daß ich einroste und in Stumpfsinn versinke. Mag Oscar hier ein friedliches Familienleben führen – ich bin dafür nicht geschaffen. Ich will wieder in richtige Künstlerkreise, nach London oder Paris...« Er brach seufzend ab und blickte über die Hügel in den von weißen Federwölkchen gestrichelten Himmel.
»Wer hätte je gedacht, daß auch Sie so niedergedrückt sein können«, bemerkte ich. »Wissen Sie noch, wie keck Sie Mr. Finch am ersten Abend in seiner Hamlet-Vorlesung unterbrachen? Damals hielt ich Ihren Humor für unverwüstlich.«
Nugent lachte bitter auf, warf den Rest seiner Zigarre auf den Boden und trat die Glut sorgfältig aus.
»Wir Künstler fallen immer von einem Extrem ins andere«, sagte er. »Wissen Sie, was ich mir im Moment am innigsten wünsche?«
»Wie soll ich das erraten?«
»Ich wünschte, ich hätte nie einen Fuß in dieses Dimchurch gesetzt!« sagte er leise und heftig. Ich kam zu keiner Antwort, denn

in diesem Moment war Lucillas Stimme vom Kreuzgang her zu hören. Sie rief nach mir. Nugent sprang hastig auf.
»Haben wir das Nötigste gesagt?« fragte er schnell.
»Ja, ich glaube – für heute jedenfalls«, erwiderte ich.
»Dann leben Sie wohl!«
Er ergriff im Sprunge mit bemerkenswerter Geschicklichkeit den Querbalken des Laubeneingangs, schwang sich von dort auf die Gartenmauer und verschwand auf der anderen Seite. Ich beeilte mich, auf Lucillas Ruf zu antworten und ihr entgegenzugehen. Wir trafen uns mitten auf dem Rasen. Ihr Gesicht war bleich und verstört.
»Raten Sie mir bitte nie wieder zu einem Mittagsschläfchen, wenn ich tagsüber müde werde!« empfing sie mich.
»Warum, was ist los? Ich habe noch einmal zu Ihnen hereingeschaut, ehe ich in den Garten ging. Sie lagen da wie ein Engel – wunderbar friedlich.«
»Ich habe ganz entsetzlich geträumt!«
»Davon habe ich wirklich nichts gemerkt.«
»Dann muß ich geträumt haben, nachdem Sie weg waren. Es war fürchterlich. Heute nacht dürfen Sie mich nicht allein lassen – ich habe solche Angst, daß der Traum wiederkommt!«
»Was war es denn?«
»Ich träumte, ich stände im Brautkleid vor dem Traualtar, aber in einer fremden Kirche und vor einem fremden Pfarrer, dessen Stimme ich nicht kannte...« Sie hielt inne und malte nervös eine Linie in die Luft. »Oh, wie deutlich ich ihn vor mir sehe!«
»Den Pfarrer?«
»Nein«, sagte sie ungeduldig, »den Bräutigam!«
»Oscar?«
»Nein.«
»Wen denn?«
»Seinen Bruder... Nugent Dubourg.«
Habe ich auf diesen Seiten schon einmal erwähnt, daß auch ich mich manchmal idiotisch und taktlos benehme? Sollte ich es noch nicht gesagt haben, so muß ich es an dieser Stelle nachholen. Ich lachte!
»Was gibt es da zu lachen?« fragte Lucilla gereizt. »Ich sah sein schreckliches, blauschwarzes Gesicht – in meinen Träumen bin

ich niemals blind! Seine verfärbte Hand nahm die meine und schob mir den Trauring auf den Finger. Und, was das schlimmste war: Ich wehrte mich nicht. Ich heiratete Nugent Dubourg aus freiem Willen, ohne auch nur einen Gedanken an meinen wirklichen Verlobten, Oscar, zu verschwenden... Natürlich, natürlich, es war nur ein wirrer Traum. Aber er hat mich erschüttert. Wie konnte ich Oscar die Treue brechen – und sei es nur im Traum! Ich muß sofort zu ihm und mich vergewissern, daß er mich noch liebt. Bitte, Madame Pratolungo, begleiten Sie mich nach Browndown. Ich bin heute so nervös, daß ich nicht allein gehen mag.«

Noch ein Geständnis. Ich hatte durchaus keine Lust, Lucilla den Willen zu tun.

(Die oberflächliche und herzlose Französin, wie sie im Buche steht, nicht wahr?)

Allerdings hatte ich ein paar Gründe für meine Unlust. Ich fand es falsch, daß Nugent sich für seinen Bruder opferte und dessen egoistische Schwäche damit noch unterstützte. Und Oscar war in meiner Achtung ohnehin sehr, sehr tief gesunken. Ich wußte nicht, ob ich meine wahren Gefühle verbergen könnte, wenn ich ihn schon jetzt wiedersah.

»Wenn Sie sich nur vergewissern wollen, daß zwischen Ihnen alles beim alten ist«, sagte ich vorsichtig, »sehe ich nicht recht ein, was ich dabei soll.«

»Das habe ich doch eben gesagt!« rief Lucilla ungeduldig. »Meine Nerven sind total durcheinander – ich habe Angst vor dem Weg und vor dem Wiedersehen. Können Sie sich denn gar nicht mehr in meine Lage hineinversetzen? Stellen Sie sich mal vor, Sie heiraten aus Versehen Nugent statt Oscar!«

»Ah, bah! Ich würde mich beglückwünschen, daß ich den angenehmeren von den beiden gekriegt habe.«

»Den angenehmeren –!« rief Lucilla empört. »Das ist echt Sie – immer ungerecht gegen Oscar!«

»Mein liebes Kind, ohne Ihre betrüblichen Vorurteile würden Sie Nugents gute Eigenschaften so klar erkennen wie ich.«

»Ich ziehe Oscars gute Eigenschaften vor.«

»Darin besteht ja eben Ihr Vorurteil.«

»Sie sind genauso parteiisch, Madame!«

»Es war der reine Zufall, Lucilla, daß Sie Oscar zuerst begegnet sind.«
»Das hat nichts damit zu tun!«
»O doch. Seine Stimme hat es Ihnen zuerst angetan, nichts weiter. Nugent hat genau die gleiche Stimme. Wäre er uns damals begegnet, nicht Oscar, und hätte er uns angesprochen –«
»Ich verbitte mir jedes weitere Wort!«
»Papperlapapp! Es war zufällig Oscar. Es hätte ebensogut Nugent sein können.«
»Madame Pratolungo, ich bin derart massive Beleidigungen nicht gewöhnt. Ich habe Ihnen nichts mehr zu sagen.«
Lucilla drehte mir hochrot, aber mit königlicher Würde den graziösen Rücken zu und machte sich allein auf den Weg nach Browndown.
Ich hätte mir wieder einmal meine rasche französische Zunge abbeißen mögen. Wie konnte ich das arme, liebe, verstörte Ding so ärgern? Mußte ich, die Ältere, ihr nicht mit gutem Beispiel vorangehen und in jeder Lage Selbstbeherrschung üben? Natürlich hätte ich das gemußt. Aber welche Frau wäre imstande, sich dauernd zu beherrschen? Wußte Eva, warum sie der Lockung der Schlange erlag und in den Apfel biß? Bestimmt nicht! Die am allerwenigsten! Meine nächsten Pflichten lagen auf der Hand: erstens, mich zu fassen. Zweitens, Lucilla zu folgen. Drittens, mich auf nette Art mit ihr zu versöhnen.
Entweder brauchte ich ein paar Minuten länger, um mich zu fassen, oder Lucilla ging in ihrer Rage ungewöhnlich schnell; jedenfalls gelang es mir nicht mehr, sie einzuholen. Als ich die Haustür von Browndown öffnete, hörte ich sie schon drinnen mit Oscar sprechen. Es war vermutlich nicht sehr ratsam, sie zu stören, solange ich in Ungnade war. Während ich noch überlegte, fiel mein Blick auf einen Brief, der auf dem Garderobentischchen im Flur lag. Er war an Nugent adressiert, und ich entzifferte den Poststempel LIVERPOOL. Das konnte nur eins bedeuten: Der deutsche Augenarzt war bereits in England angekommen!

28. Er überschreitet den Rubikon

Ich schwankte noch, ob ich ins Zimmer gehen oder lieber draußen warten sollte, bis Lucilla den Heimweg antrat, als sich die Tür öffnete und Oscar in den Flur spähte.
»Hat Lucilla doch wieder richtig gehört!« sagte er bewundernd. »Sie bestand darauf, daß jemand im Flur wäre. Wie schön, daß Sie es sind! Aber kommen Sie doch herein!«
Er hielt mir höflich die Tür auf, und ich trat an ihm vorbei ins Zimmer. »Dein Gehör ist großartig«, sagte er zu Lucilla. »Es ist Madame Pratolungo.«
Lucilla nahm weder von ihm noch von mir Notiz. Sie hatte einen Haufen Frühlingsblumen im Schoß und ordnete sie mit geschickten Fingern zu einem Strauß – so rasch und geschmackvoll, als könnte sie die Formen und Farben sehen. Aber ihr Gesicht war trotz dieser anmutigen Beschäftigung so hart und steinern, wie ich es nie zuvor erlebt hatte. Keine Spur mehr von Madonnenmilde! Ich hatte sie tödlich beleidigt – das sah ich auf den ersten Blick.
»Ich hoffe, Sie werden mein Eindringen hier verzeihen«, sagte ich demütig, »wenn ich Ihnen den Grund sage. Ich möchte mich nämlich entschuldigen.«
»Oh, das haben Sie doch nicht nötig!« versetzte sie obenhin, ohne ihre Tätigkeit zu unterbrechen. »Sie hätten sich den Weg sparen können. Ich stimme der Meinung, die Sie zuletzt im Garten geäußert haben, jetzt vollkommen bei. Sie fanden Ihre Anwesenheit bei dem, was ich in Browndown vorhatte, überflüssig. Und damit hatten Sie recht – wie immer.«
Ich hielt musterhaft an mich. Geduld ist zwar nicht meine stärkste Seite, aber diesmal lag mir wirklich nichts an einer Verlängerung des Kriegszustandes.
»Ich möchte mich entschuldigen«, wiederholte ich. »Es ging alles so schnell, ich hatte keine Zeit, mir meine Worte richtig zu überlegen. Sie wissen doch, Lucilla, daß ich Sie nie mit Absicht beleidigen würde.«
Ich hätte ebensogut zu einem der Möbelstücke reden können: Lucillas Aufmerksamkeit galt einzig ihrem Strauß.
»War ich beleidigt?« fragte sie eine der Blumen. »Wenn ja, so

zeigt das nur wieder, was für ein törichtes Hohlköpfchen ich bin.« Plötzlich schien sie sich meiner Gegenwart bewußt zu werden. »Es ist Ihr gutes Recht, Ihre Meinung zu sagen«, warf sie hochmütig in meine Richtung. »Ich muß mich entschuldigen, daß ich gewagt habe, Ihnen zu widersprechen.« Sie reckte das zierliche Kinn in die Luft. Ihr Gesicht war von lieblichstem Rosenrot überflogen; ihr Füßchen pochte nervös auf die Dielen. Oh, Lucilla, Lucilla! Ich nahm mich immer noch zusammen, jetzt freilich mehr Oscars wegen als ihretwegen. Der Ärmste genierte sich furchtbar und wollte vermittelnd eingreifen; er wußte nur nicht, wie.

»Aber liebste Lucilla!« fing er beschwörend an. »Du wirst doch Madame Pratolungo nicht –«

Sie unterbrach ihn äußerst ungnädig und hob das Näschen noch etwas höher.

»Wie käme ich dazu, Madame Pratolungos überlegene Einsichten anzuzweifeln! Besser ich ziere mich nicht länger und gebe zu, daß ich mich voriges Jahr in den Erstbesten verliebt hätte, der mir zufällig über den Weg gelaufen wäre. Natürlich hätte es statt deiner auch dein Bruder sein können. Dann hätte ich mich augenblicklich in ihn verknallt. Höchst wahrscheinlich!«

»Das fürchte ich auch«, erwiderte der unselige Oscar demütig. »Es war ein großes Glück für mich, daß du mich zuerst kennengelernt hast.«

Sie warf mit einem Ruck sämtliche Blumen auf den Tisch und fauchte ihn an wie eine Katze. Oscar hätte keine schlimmere Sünde begehen können, als mir in diesem Moment zuzustimmen. Ich gestattete mir ein heimliches Lächeln; sie konnte es ja nicht sehen.

»So, du bist mit Madame Pratolungo einverstanden?« fuhr sie ihn an. »Weißt du auch genau, was sie gesagt hat? Dein Bruder Nugent wäre der angenehmere von euch beiden!« Oscar, der Sanftmütige, nickte dazu nur melancholisch. »Darüber kann ja wohl kein Zweifel bestehen«, bemerkte er gottergeben.

Lucilla stampfte mit dem Fuß auf. Ein Staubwölkchen wirbelte von den Dielen; die Damen Gootheridge hatten das Zimmer offenbar nur sehr summarisch gefegt. Da meine Atemwege staubempfindlich sind, erlaubte ich mir ein leichtes Hüsteln. Lucilla

erstarrte. Sie nahm mein Gehüstel als spöttischen Kommentar. »Komm her, Oscar«, sagte sie plötzlich mit ungewöhnlich süßer Stimme, »und setze dich neben mich.«
Oscar willfahrte ihrem Wunsch.
»Lege mir den Arm um die Schulter!«
Oscar sah sich verlegen nach mir um. Ihm, dem Sehenden, war eine solche Demonstration vor Dritten selbstverständlich peinlich, während sie wieder einmal keinen Begriff davon hatte, ›wie so etwas aussieht‹. Sie wiederholte ihren Befehl in einem Ton, der deutlich verriet, daß sie sich keine Widerrede mehr bieten lassen würde.
Oscar legte ihr schüchtern den Arm um die Schultern, nicht ohne mich mit einem Blick um Verständnis zu bitten. Und schon kam Lucillas nächstes Kommando: »Sag mir, daß du mich liebst!«
Oscar zögerte.
»Sag mir, daß du mich liebst!«
Er flüsterte etwas.
»Lauter!«
Alles hat Grenzen. Ich verlor die Geduld. Lucilla hätte nicht ungenierter auf ihren Liebhaber eindringen können.
»Erlauben Sie mir den Hinweis, daß ich noch im Zimmer bin«, sagte ich.
Lucilla stellte sich taub. Sie trieb ihre geschmacklosen Kommandos auf die Spitze.
»Gib mir einen Kuß, Oscar!«
Der arme Oscar, als hilfloses Opfer einer typischen Weiberauseinandersetzung, wand sich vor Verlegenheit. Ich erhob die Stimme. »Miß Finch! Ich wäre schon längst draußen, wenn ich nicht mit einem bestimmten Vorsatz nach Browndown gekommen wäre: mich in aller Form bei Ihnen zu entschuldigen. Wollen Sie meine Entschuldigung nicht ebenfalls in aller Form annehmen?«
»Du sollst mir einen Kuß geben, Oscar!«
Sie warf dem Zögernden die Arme um den Hals und zog ihn an sich. Ich war es meiner Selbstachtung schuldig, mich zu entfernen. »Auf Wiedersehen, Mr. Dubourg«, sagte ich hoheitsvoll und wandte mich zur Tür. Neben der Tür befand sich ein langer Wandspiegel. Ich stellte unwillkürlich fest, daß der vornehme

Unwille mir ausgezeichnet stand. Meine Haltung war unerhört würdig, aber nicht ohne Anmut. Mein großer Landsmann Delacroix hätte mich, wie ich da stand, als Modell für eine Allegorie der Menschenfreiheit nehmen können.
»Madame Pratolungo?« rief Lucilla herausfordernd.
»Miß Finch?«
»Das ist der Mann, der nicht halb so angenehm ist wie sein Bruder. Sehen Sie nur recht genau hin!«
Sie zog ihn noch näher und gab ihm ostentativ den Kuß, den er ihr aus begreiflicher Scham verweigerte. Ich griff schweigend nach der Türklinke. Meine Haltung drückte nun edlen Gram aus – ich glich einer antiken Niobe.
»Madame Pratolungo!«
Ich antwortete nicht mehr. Während Lucilla den armen Oscar hörbar abküßte, riß ich die Tür auf – und prallte, zum zweitenmal an diesem Tage, fast mit Nugent Dubourg zusammen, der dicht davorstand, den geöffneten Brief aus Liverpool in der Hand. Wahrscheinlich hatte er die lächerliche Szene drinnen zum größten Teil mit angehört. Eine Sekunde später folgte mir Oscar in den Korridor, schloß die Tür hinter sich, entschuldigte sich bei mir für Lucillas Benehmen und erklärte seinem Bruder kurz, worum es sich handelte. Nugent hörte kaum hin. Er nickte zerstreut, sah in seinen Brief und klopfte lächelnd darauf.
»Ihr werdet bald an Besseres zu denken haben, als euch zu verzanken. Ich habe eine Bitte, Oscar. Würdest du wohl so gut sein und schnell mal zu Mr. Gootheridge ins Wirtshaus gehen? Er erwartet mich wegen des Stalls, den ich als Atelier umbauen lassen will, aber ich habe heute keine Zeit mehr. Halt! Gib ihm auch dies – er möge das so schnell wie möglich ins Pfarrhaus weiterleiten.«
Er entnahm seiner Brieftasche eine Visitenkarte, schrieb mit Bleistift ein paar Worte darauf und überreichte sie seinem Bruder. Oscar kam gar nicht auf die Idee, seinen Diener zu rufen und auf den Botengang zu schicken. Nugents Aufträge waren für ihn immer so wichtig, daß er sie am liebsten selbst übernahm.
Nugent ging mit bis an die Haustür und wartete, bis Oscar außer Hörweite war. »Nun kann ich reden«, sagte er zu mir. »Dr. Grosse ist in England. Der deutsche Augenarzt. Es ist soweit.«

»Und?« rief ich erregt.
»Sie werden meine Pläne gleich hören. Ich lasse ja all meine persönlichen Interessen deswegen zurückstehen, wie Sie soeben bemerkt haben. Ich gedenke meinen Freund schon morgen von London abzuholen und nach Dimchurch zu bringen. Machen Sie sich auf ein Original gefaßt! Er ist unvergleichlich. Ich habe Mr. Finch auf meiner Visitenkarte gebeten, zwecks Familienrats gleich hierher nach Browndown zu kommen. Er ist schließlich Lucillas Vater, wir können unsere nächsten Schritte nicht gut über seinen Kopf hinweg beschließen. Sobald er und Oscar hier sind, bereden wir alles Weitere!«
Nugent war offenbar wieder ganz er selbst: heiter, zuversichtlich, selbstbewußt. Die düstere Anwandlung, die ihn während unseres Gesprächs im Garten befallen hatte, war wie weggeblasen. Er gewahrte, daß ich seinen Stimmungsumschwung bemerkte.
»Ja, ich versauere hier in Dimchurch«, fuhr er fort. »Ein Glück, daß ich endlich wieder etwas zu tun bekomme. Ich bin nicht wie Oscar. Ich muß aktiv bleiben, sonst versinke ich in heulendes Elend. Nur dieser Eigenschaft ist es zu verdanken, daß ich damals die Unschuld meines Bruders beweisen konnte. Ich wäre verrückt geworden, wenn ich während des Prozesses die Hände in den Schoß gelegt hätte. Folglich wurde ich aktiv, und Oscar war gerettet. Und jetzt habe ich wieder eine Aufgabe vor mir. Denken Sie an meine Worte! Ich gebe nicht Ruhe, bis Lucilla ihr Augenlicht wiedererlangt hat!«
»Das ist eine sehr ernste Sache«, warnte ich. »Bitte denken Sie dreimal darüber nach, bevor Sie handeln!«
»Nachdenken! Ich hasse das Wort. Ich bin der Mann der schnellen Entschlüsse. Wenn Dr. Grosse Lucilla für unheilbar hält, hilft uns alles Nachdenken nicht weiter. Ist sie aber heilbar, so bedeutet jeder Tag des Aufschubs einen Raub an ihr. Aber warum stehen wir eigentlich immer noch auf der Hausschwelle? Die arme Lucilla denkt sich ja Gott weiß was. Gehen wir hinein!«
Er ging in den Korridor zurück. Ich folgte ihm zögernd: Einerseits trieb es mich unter den veränderten Voraussetzungen zu Lucilla, andererseits hatte ich ihr schlechtes Benehmen noch zu

frisch im Gedächtnis. Wenn sie mich weiter so behandelte, konnte ich für nichts garantieren. Ich blieb unsicher neben dem Garderobentischchen stehen.

Nugent, der die Tür schon erreicht hatte, sah sich über die Schulter nach mir um. »Ach was, nun kommen Sie schon!« trieb er mich an. »Es ist unter Ihrer Würde, die Worte eines launischen jungen Mädchens auf die Goldwaage zu legen. Bitte, kommen Sie!«

Ich bezweifle, daß ich irgend jemandem sonst den Gefallen getan hätte. Lucilla hatte mich heute wirklich zu sehr gekränkt. Aber Nugents magnetischer Zauber war unwiderstehlich. Ich folgte ihm ins Wohnzimmer.

Lucilla saß noch am gleichen Platz wie zuvor. Daß Oscar sie so plötzlich allein gelassen hatte (und sie konnte sich ja denken, warum), hatte ihre Laune nicht verbessert.

»Ach nein, Oscar, bist du wirklich schon wieder da?« fragte sie spitz. »Ich war durchaus darauf gefaßt, daß du Madame Pratolungo dein ritterliches Geleit nach Hause anbieten würdest!« Sie hielt stirnrunzelnd inne. Ihr feines Gehör hatte auch meine Schritte erkannt. »Was soll das heißen, Oscar?« fragte sie noch schärfer. »Warum ist Madame Pratolungo noch einmal zurückgekommen? Ich habe ihr nichts mehr zu sagen. – Antworte gefälligst! Deine Stummheit ist eine Niedertracht gegen mich! Ich gehe!«

Sie ließ ihrer Drohung so rasch die Tat folgen, daß Nugent, der zwischen ihr und der Tür stand, ihr nicht mehr ausweichen konnte. Lucilla prallte heftig mit ihm zusammen. »Da stehst du und sagst keinen Ton!« rief sie in heller Wut. »Hast du diesen gemeinen Trick mit ihr verabredet?« Ich war mehr als versöhnungsbereit gewesen, aber dieser letzte Hieb schlug dem Faß den Boden aus. Ich weiß nicht, wie eine englische Dame an meiner Stelle reagiert hätte – meine französische Ehre gebot mir jedenfalls, mich in stummem Zorn abzuwenden.

Zugleich aber funkelten Nugents Augen auf, als sei er in diesem Moment auf eine großartige Idee gekommen, und er antwortete Lucilla, als wäre er Oscar. Ob es reiner Mutwille war oder der Wunsch, in Oscars Namen Frieden mit Lucilla zu schließen, konnte ich in der Sekundenschnelle, in der sich die Szene abspielte, unmöglich feststellen. Ich hätte einschreiten müssen – heute weiß ich es. Aber damals kochte ich innerlich und dachte nur: Sehr gut, sie hat einen Nasenstüber verdient; nur zu, Mr. Nugent!

»Du fragst noch, warum ich schweige, Lucilla?« sagte er langsam. Es war fabelhaft, wie genau er dabei Oscars schwerfälligere Art nachahmte. Den Stimmklang brauchte er ja ohnehin nicht zu ändern, der war derselbe. Ich hätte darauf geschworen, Oscar sei im Zimmer, wenn ich nicht groß und breit Nugent vor mir gesehen hätte.

»Allerdings!« erwiderte Lucilla.

»Ich warte, Lucilla.«

»Worauf?«

»Daß du dich bei Madame Pratolungo entschuldigst.«

Sie wich namenlos verblüfft einen Schritt zurück. Oscar, der Sanftmütige, hatte zum erstenmal einen befehlenden Ton ihr gegenüber angeschlagen! Und in der gleichen Weise redete er auch schon weiter, ehe sie sich von ihrem Staunen erholt hatte: »Madame Pratolungo hat den besten Willen gezeigt, sich mit dir zu versöhnen. Es ist sehr schmerzlich für mich, dich in deiner Verstocktheit zu sehen und zu hören. Ich hätte nie gedacht, daß du so undankbar gegen deine beste Freundin sein kannst.«

Sie machte eine Bewegung, als traue sie ihren Ohren nicht. »Aber... Oscar!« rief sie.

»Ja, was ist?« antwortete Oscar, der im selben Augenblick ahnungslos zur Tür hereinkam. Lucilla fuhr wie der Blitz herum. Die Erkenntnis, daß sie einem Betrug aufgesessen war, entlud sich in einem wütenden Aufschrei. Oscar eilte erschrocken zu ihr und wollte sie in den Arm nehmen, aber sie stieß ihn zurück.

»Ein schmutziger, gemeiner, feiger Betrug!« schrie sie außer sich. »So wird meine Blindheit ausgenutzt! Dein Bruder hat dich eben kopiert, Oscar, und diese Person, die sich meine Freundin nennt, hat danebengestanden und sich amüsiert! Die beiden haben das niederträchtige Täuschungsmanöver unter sich ausgeheckt! Bringe mich bloß aus ihrer Nähe, ich bitte dich! Sie hat dich von Anfang an nicht leiden können; sie hat mit deinem Bruder gemeinsame Sache gemacht, seit er hier ist. Wir müssen uns heimlich trauen lassen, weit, weit weg, wo sie uns nicht finden,

sonst sind sie imstande, mich noch vor dem Altar irrezuführen! Sie haben sich gegen uns verschworen! Oh, Oscar, hüte dich vor ihnen – hüte dich und mich!... Was sind das für Schritte? Hat er sich schon wieder an deinen Platz gedrängt? Rede ich überhaupt noch mit dir? O Gott, diese Blindheit, diese Blindheit! Gibt es ein hilfloseres Wesen auf Erden als ein Geschöpf, das nicht sehen kann?!«
Nichts konnte fürchterlicher und anklagender sein als das Elend, das aus ihr schrie. Es schnitt mir ins Herz. Ich war nicht mehr beleidigt, ich war erschüttert. Soviel Mißtrauen, soviel Argwohn! Hatte ich das verdient, trotz unseres kleinen Zwistes? Nie und nimmer! Ich sank in einen Sessel und brach in Tränen aus. Ich erstickte fast an meinen Tränen und hemmungslosen Schluchzern. Hätte ich Gift zur Hand gehabt, so hätte ich mich in diesem Augenblick umgebracht. Meine Ehre war zu tief verletzt, mein Herz war zerrissen – ich konnte nicht mehr.
Der einzige, der auf Lucillas Ausbruch vernünftig zu antworten wußte, war Nugent. Er hatte den Mut! Er stand an der anderen Wand des Zimmers, mehrere Schritte von Oscar entfernt, und stellte – nun unverkennbar in seiner eigenen Redeweise – die schicksalsschwere Frage, die ihr noch kein Mensch je gestellt hatte.
»Wissen Sie ganz bestimmt, Lucilla, daß Sie Ihr Leben lang blind bleiben werden?«
Plötzliche Totenstille folgte diesen Worten.
Ich trocknete mir hastig die Augen und blickte auf. Lucilla stand wie zur Statue erstarrt mitten im Zimmer, das Gesicht Nugent zugewandt. Mit jeder Faser ihres Wesens schien sie dem Satz nachzulauschen, dessen volle Bedeutung sich langsam einen Weg in ihr Bewußtsein bahnte. Nie, weder als Kind noch als junges Mädchen, hatte sie die leiseste Möglichkeit erörtern hören, daß sie ihre Sehkraft zurückerhalten könnte. Ihr Gesicht war ganz still. Keine Spur der kaum verrauchten Wut war in ihrem Ausdruck, auch keine Spur der nervösen Abneigung, die sie sonst gegen Nugent hegte. Sie stand da wie betäubt und wartete mit angehaltenem Atem auf mehr.
Oscar sah Lucilla so atemlos gespannt an wie sie Nugent. Während die Pause sich hinzog, trat etwas wie Angst in sein dunkles

Gesicht: unbestimmte Angst um Lucilla, unbestimmte Angst um sich selbst. »Überlege dir, was du tust!« sagte er leise zu Nugent. »Mute ihr nicht zuviel zu – sieh sie doch an!«
Nugent kam langsam auf ihn zu. »Habe ich dich beleidigt?« fragte er unvermittelt.
»Mich beleidigt – wieso? Wie könntest du, der soviel für mich getan hat, mich je beleidigen?«
»Aber irgend etwas ist dir im Moment nicht recht.«
»Ich bin verblüfft über deine Frage, Nugent – das ist alles.«
»Ich werde mich gleich deutlicher erklären.«
Ich beachtete den leisen Wortwechsel zwischen den Brüdern kaum; Lucilla nahm meine Aufmerksamkeit völlig gefangen. Ihr Kopf hatte sich langsam mitgedreht, als Nugent den Platz wechselte, sonst rührte sie sich nicht. Offenbar hörte sie kein Wort. Ihr ganzes Wesen konzentrierte sich auf die Frage, die Nugent ihr gestellt hatte.
»Um Gottes willen, reden Sie weiter!« sagte ich heftig zu Nugent. »Lassen Sie sie nicht unnötig lange in dieser unerträglichen Spannung!«
»Ich habe Sie geärgert, Lucilla. Ich hoffe, ich kann es mit einer ganz besonderen Nachricht wiedergutmachen. Während meines Aufenthalts in New York habe ich einen deutschen Augenarzt kennengelernt, der in Amerika einen bedeutenden Ruf genießt. Seine chirurgische Geschicklichkeit ist einzigartig. Es ist ihm gelungen, sogar solche Fälle von Blindheit zu heilen, die von anderen namhaften Fachärzten als hoffnungslos bezeichnet wurden. Ich habe mit ihm über Sie gesprochen. Natürlich kann er sich über Ihren Fall erst eine Meinung bilden, wenn er Sie untersucht hat. Dazu hat er sich bereits erbötig gemacht. Wenn die leiseste Hoffnung besteht, daß Ihnen zu helfen ist, wird er Ihnen helfen. Er ist vor wenigen Tagen in England eingetroffen. Ein Wort von Ihnen – und ich bringe ihn nach Dimchurch.«
Lucilla faßte sich langsam an den Kopf, als müsse sie ihren Verstand zusammenhalten. Ihr Gesicht wurde jählings rot und dann wieder bleich. Sie atmete tief und zitternd auf, ließ die Hände allmählich wieder sinken – und begann zu lächeln. Die Verwandlung, die mit ihr vorging, machte uns alle drei zu atemlosen Zuschauern. Es war wunderbar und beängstigend zugleich, dieses

langsam durchbrechende, überirdische Leuchten auf ihrem Gesicht zu sehen. Seligste Hoffnung erblühte auf ihren Lippen. Sie war wie entrückt. Ich war von ihrem Anblick bezaubert, und doch rieselte mir kalte Furcht durch die Adern. Die Brüder schienen ähnlich zu empfinden. Nugent bat mich mit einer stummen Geste, Lucilla zuerst anzusprechen. Ich hatte keine Ahnung, was ich sagen sollte. Meine Stimme gehorchte mir nicht. Ich mußte ein paarmal ansetzen, ehe ich stockend herausbrachte: »Lucilla!«

Sie kehrte mit einem kleinen Ruck auf die Welt zurück, wandte sich in meine Richtung und flüsterte: »Kommen Sie her!«

Im nächsten Moment hielten wir einander in den Armen. Ihr Madonnenköpfchen sank an meine Brust. Wir waren versöhnt – ohne ein Wort. Ich war wieder ihre Freundin, ihre ältere Schwester. »War ich ohnmächtig? Hab' ich geträumt?« fragte sie in leisen, immer noch weltfernen Flüsterlauten. »Bin ich noch in Browndown?« Sie hob plötzlich den Kopf. »Sind Sie da, Nugent?«

»Ja, hier.«

Sie entzog sich sanft meinen Armen und näherte sich mit vorsichtigen Schwebeschritten Nugent.

»Haben Sie mir eben von einem Augenarzt erzählt? Haben Sie zum erstenmal die Möglichkeit angedeutet, daß ich vielleicht nicht mein Leben lang mit Blindheit geschlagen bin? Oder habe ich mir das nur eingebildet? Nein, nein – Sie sagten ja, er wolle mich untersuchen!« Ihre Stimme hob sich jubelnd. »Er – er wird mich vielleicht operieren! Vielleicht ist die Zeit nicht mehr fern, in der ich – sehen kann!«

»Ja, Lucilla, es ist möglich.«

»Oscar! Oscar! Oscar!!«

Ich nahm Lucillas Hand, um sie zu ihm zu führen. Nugent hielt mich mit einer kleinen Bewegung zurück und deutete schweigend auf Oscar, der vor dem Wandspiegel stand und sich mit einer Verzweiflung betrachtete, die mir durch Mark und Bein ging. Nie werde ich den Ausdruck vergessen, mit dem er sein armes, mißfarbenes Gesicht ansah. Während ich aus purem Mitgefühl noch zögerte, hatte Lucilla ihn schon gefunden. Sie legte ihm die Hand auf die Schulter, und ihr liebliches Gesicht erschien hinter

dem seinen im Spiegel. Sie stellte sich auf die Zehenspitzen, sagte innig: »Oh, wenn ich dich endlich sehen dürfte, Liebster – dich!«, drehte sein Gesicht mit beiden Händen zu sich um und küßte ihn.
Er senkte den Kopf tief, als sie ihn losließ, legte beide Hände vor die Augen und unterdrückte ein Aufstöhnen. Ich zog Lucilla rasch weg, damit sie nichts merkte. Irgend etwas merkte sie aber doch, denn sie fragte verwundert: »Was ist los? Warum lassen Sie mich nicht bei Oscar?«
Ich war mit meiner Geistesgegenwart am Ende. »Es kommt jemand«, behauptete ich aufs Geratewohl. Der Himmel stand mir bei. Im selben Moment klopfte es an der Tür. Der Diener kam herein und überbrachte Nugent einen Brief aus dem Pfarrhaus.

29. Der Familienrat

Willkommener Bote! Nach der Erschütterung, die wir durchlitten hatten, bedurften wir alle einer kleinen Erholungspause. Für mich war es geradezu ein Wonnegefühl, endlich in den schlichten, normalen Alltag zurückzukehren.
»Was gibt's?« fragte ich.
»Mr. Finch hat mir geschrieben«, erwiderte Nugent, während er den Brief öffnete und durchlas. Als er fertig war, wandte er sich zu Lucilla und erklärte:
»Sie müssen wissen, ich hatte nach Ihrem Vater geschickt und ihn gebeten, wegen einer wichtigen Sache herzukommen. Er erwidert mir nun schriftlich, daß seine Pflichten als Gatte, Vater und Seelsorger ihn heute ans Haus binden, und er finde dieses – das Haus – ohnehin geeigneter für einen Familienrat als Browndown. Also gut, begeben wir uns nach Dimchurch. Würden Sie vielleicht mit Madame Pratolungo schon vorgehen?«
Lucilla wurde sofort wieder argwöhnisch.
»Warum gehen wir nicht alle zusammen?« fragte sie.
»Ach, Sie kennen ja Ihren Vater am besten«, erwiderte Nugent lächelnd. »Er scheint ein bißchen beleidigt zu sein, weil ich nicht zuerst zu ihm gekommen bin und auch sonst die Form nicht ge-

wahrt habe. Wenn Sie und Madame Pratolungo fünf Minuten vor uns ankämen, könnten Sie ihn diesbezüglich schon etwas besänftigen. Ich hatte wirklich nicht die Absicht, ihn zu verletzen. Richten Sie ihm Oscars und meine respektvollsten Grüße aus! Wir folgen Ihnen auf dem Fuße und finden dann hoffentlich den Weg zu einer vernünftigen Diskussion schon geglättet.«
Ich bewunderte Nugent im stillen. Auf die geschickteste Weise gewann er die nötigen zehn Minuten, um allein mit seinem Bruder zu sprechen, ihn seelisch aufzurichten und für das Kommende zu stärken. Lucilla erhob keine Einwände mehr. Sie und ich verließen das Zimmer, das uns als Schauplatz einer lebensentscheidenden Szene ewig im Gedächtnis bleiben sollte.

Eine halbe Stunde später waren wir alle im Pfarrhaus versammelt. Die Debatte, die stark an eine Parlamentssitzung erinnerte (dafür sorgte der Hauptredner Finch), führte zu nichts, ausgenommen einen Vorschlag, der von mir selbst ausging. Zunächst aber donnerte Mr. Finch einen Monolog ins Publikum. Thema: seine gekränkte Würde.
Ich habe auf den nächsten Blättern zuviel wirklich wichtige Ereignisse zu berichten, als daß ich die eindrucksvolle Rede des würdigen Geistlichen wörtlich wiedergeben könnte und möchte. Eine kurze Zusammenfassung genügt.
Reverend Finch erhob sich, reckte sich zu voller Höhe auf (knapp fünf Fuß) und protestierte – gegen alles. Erstens dagegen, daß man ihn mit ein paar hingeschleuderten Worten auf einer Visitenkarte nach Browndown zitiert habe, statt ihm einen wohlgesetzten Brief mit Anrede und Schlußfloskel zu schreiben. Zweitens: daß man ihn zuletzt (statt zuerst) über Mr. Nugent Dubourgs wilde Ideen betreffs seiner heimgesuchten Tochter informierte. Drittens: gegen die Zuziehung eines deutschen Augenarztes, dem schon deshalb nicht zu trauen sei, weil alle Ausländer verdächtig wären. Viertens: weil das nichts als Geldverluste bedeuten könnte. Fünftens: daß man der britischen Wirtschaft durch die Konsultation eines Ausländers ins Gesicht schlage. Sechstens und letztens: Mr. Nugents Vorschlag bedeute sündhafte Rebellion gegen die Allweisheit der Vorsehung und eine sträfliche Gemütsverwirrung seiner (Mr. Finchs) Tochter,

die, von seinem väterlichen Vorbild geleitet, in christlicher Ergebung herangewachsen sei, nun aber von ihm (Mr. Nugent Dubourg) auf unverantwortliche Weise aufgewiegelt werde. Nach Abschleudern dieses letzten Blitzstrahls setzte sich Reverend Finch und wartete erhobenen Hauptes auf eine Entgegnung.
Mr. Nugent Dubourg ließ ihn nicht lange warten. Wider parlamentarischen Brauch blieb er gemütlich sitzen und erklärte, er habe die Sache eingeleitet, denke aber nicht daran, irgend jemanden zu irgend etwas zu zwingen. Seiner Meinung nach liege die Entscheidung der strittigen Fragen einzig und allein bei Miß Lucilla Finch. Mr. Oscar (der seinen Stuhl so gerückt hatte, daß er halb hinter seinem Bruder verborgen war) hatte dem nichts hinzuzufügen. Er schloß sich der Meinung seines Bruders an.
Miß Lucilla Finch, nunmehr zur eigenen Meinungsäußerung aufgefordert, hatte nur eine Antwort zu geben. Bei allem schuldigen Respekt für ihren Vater glaube sie, daß weder er noch sonst irgendein Sehender sich ganz in ihre Lage hineindenken könne. Wenn für sie auch nur die leiseste Möglichkeit bestehe, ihr Augenlicht wiederzuerlangen, wünsche sie diese Möglichkeit zu nutzen, und sie bitte Mr. Nugent Dubourg, den erwähnten deutschen Augenarzt so schnell wie möglich nach Dimchurch zu bringen.
Nun wurde auch Mrs. Finch um ihre Meinung gebeten. Ihre Äußerung verzögerte sich ein wenig, da sie ihr Taschentuch verlegt hatte. Nachdem es gefunden war, erklärte sie sich prinzipiell mit der Meinung ihres Gatten einverstanden, da er, solange sie ihn kannte, in allen Dingen immer die weisesten Entscheidungen getroffen habe. Allerdings, falls der deutsche Arzt doch komme – und Mr. Finch nichts dagegen habe –, ja, dann würde sie ihn eigentlich sehr gern bitten, auch die Augen des Jüngsten zu untersuchen, ja. Nein, nein, nicht daß sie bisher etwas Besorgniserregendes bemerkt habe, aber das sei nun mal so ... Als Mutter hätte man doch gern eine fachärztliche Bestätigung (wenn möglich, gratis), daß dem Kleinen nichts fehle ... ja ... Sie hätte noch lange ziellos ins Blaue geschwatzt, wenn Reverend Finch sie nicht streng zur Ordnung gerufen und nunmehr Madame Pratolungo um ihre Meinung ersucht hätte.
Madame Pratolungo bemerkte, daß die Frage, ob der deutsche

Arzt zugezogen werden sollte oder nicht, bereits durch die Hauptbeteiligte, Miß Finch, entschieden sei. Sie, Madame Pratolungo, fühle sich nur noch berechtigt, auf die Folgen der Konsultation hinzuweisen, die, wie auch immer das Resultat ausfalle, ernstlich überlegt werden müßten. Ihr Vorschlag lautete daher: Zwei Fachärzte um ihr Urteil zu bitten, nicht nur einen, auch wenn dieser eine die größte lebende Autorität auf diesem Gebiete sei. Daher solle – womit sie Mr. Finchs Meinung in gewisser Weise stütze – außer dem deutschen auch einer der besten englischen Augenärzte zugezogen werden, und die beiden Kollegen sollten gemeinsam über den Fall beraten. Weitere Diskussionen im Familienkreise seien bis nach erfolgter ärztlicher Untersuchung zu vertagen.

Nun hatten alle Parlamentsmitglieder ihre Meinung geäußert. Die Abstimmung folgte. Ergebnis:

Vier Ja-Stimmen. Miß Finch, Mr. Nugent Dubourg, Mr. Oscar Dubourg, Madame Pratolungo.

Zwei Nein-Stimmen: Reverend Finch (der die nun drohenden Doppelkosten doppelt fürchtete), Mrs. Finch (die sich selbstverständlich ihrem Gatten unterordnete).

Vorschlag mit fünfzig Prozent Majorität angenommen. Weitere Debatten bis nach der Untersuchung vertagt.

In aller Frühe des folgenden Morgens war Nugent Dubourg bereits auf dem Weg nach London. Mittags erhielten Lucilla und ich ein Telegramm von ihm:

›Freund Grosse steht zu Ihrer Verfügung Stop Gegen englischen Kollegen kein Einwand Stop Treibe besten auf Stop Weiteres nachmittags‹

Das zweite Telegramm kam gegen Abend:

›Alles abgemacht Stop Englischer und deutscher Augenarzt ankommen morgen mit mir Zug 12.40 Uhr‹

Ich schickte beide Telegramme, nachdem Lucilla und ich sie zur Kenntnis genommen hatten, an Oscar nach Browndown weiter. Ob und wieviel Schlaf wir alle drei in der folgenden Nacht fanden – das mögen Sie selbst beurteilen!

30. Doktor Grosse

Ich kann beim besten Willen nicht beschreiben, wie wir den Vormittag vor der Ankunft der beiden Augenärzte verbrachten. In meiner Erinnerung fließt alles wild durcheinander. Ich sehe die graziöse, rosagekleidete Gestalt meiner blinden Lucilla ruhelos hin und her huschen, vom Haus in den Garten, vom Garten ins Haus, einmal hoffnungsfroh, einmal angstgepeinigt... Ich sehe auch Oscar zwischen Browndown und Dimchurch hin und her irren, ein Opfer der für ihn ganz besonders komplizierten neuen Lage – und doch nicht Manns genug, diese einzigartige Gelegenheit zu einer offenen Aussprache mit seiner Braut wahrzunehmen. Zwischendurch stolziert eine wichtigtuerische kleine Figur in den Vordergrund, ein gewaltiger Baß dröhnt mir in den Ohren: Reverend Finch erklärt mir zum soundsovielten Mal, daß sein christlicher Standpunkt unerschütterlich sei – er werde unsere frevelhaften Versuche, der unerforschlichen Vorsehung in den Arm zu fallen, niemals gutheißen und durch seine Anwesenheit sanktionieren. Er versinkt im Nebel meiner Erinnerung, und sein feuchtes Weib nebst Baby und Roman taucht an seiner Stelle aus den Wogen empor. Es fleht mich mit wasserblauen, kläglich aufgerissenen Augen an, die Herren Augenärzte doch bitte, falls sie kämen, zu einer Gratisuntersuchung ihres Jüngsten zu bewegen, ja... Stellen Sie sich bitte dieses dauernde, alptraumhafte Durcheinander vor, geneigter Leser, denken Sie sich meine eigenen Sorgen und Pflichten dazu, und Sie werden mir nicht verübeln, daß ich viele Stunden überspringe.

Nur zwei Tatsachen gaben mir Stütze und Halt. Erstens hatte ich eigenhändig einen Tisch für unsere illustren Gäste gedeckt und einen Imbiß vorbereitet, dessen Glanzstück eine gewaltige Schüssel Geflügelsalat war, *à la parisienne,* ein Kunstwerk... Ich sage nichts weiter. Zweitens trug ich mein schönstes apfelgrünes Kleid mit den kostbaren, von meiner lieben Mama geerbten Spitzen – auch dieses ein Kunstwerk. Bei jedem Blick in den Spiegel konnte ich mich vergewissern, daß ich meine glorreiche Nation würdig vertrat. Angesichts dieses Geflügelsalats und dieser Robe mußte jeder zivilisierte Besucher unseres weltverlassenen Dörfchens stutzen und sich sagen: *La France suprême!*

Die Kaminuhr schlug silbrig Viertel nach drei. Lucilla streckte wohl zum hundertstenmal ihr Köpfchen aus der Schlafzimmertür in den Salon und fragte: »Kommen sie noch immer nicht?«
»Ich hab' noch nichts gehört, Liebling.«
»Oh, diese schreckliche Warterei!«
»Geduld, Lucilla, Geduld!«
Sie zog sich mit einem müden Seufzer zurück. Wenige Minuten später öffnete Nanny vorsichtig die Korridortür und flüsterte: »Ich glaube, sie sind da, Madame. Eben hält eine Chaise am Gartentor!«
Ich zupfte mein apfelgrünes Kleid zum letztenmal zurecht, warf einen letzten prüfenden Blick auf den gedeckten Tisch und hörte Nugents frische Stimme durch das offene Fenster: »Hier entlang, meine Herren – darf ich vorangehen?« Spannende Pause. Schritte im Kreuzgang. Dann öffnete sich die Tür abermals, und Nugent komplimentierte die beiden Augenärzte herein.
»Dr. Grosse aus Amerika, Madame Pratolungo, Dr. Sebright aus London.«
Der Deutsche machte eine überraschte kleine Bewegung, als mein Name fiel; der Engländer blieb davon unberührt. Typisch: der weitgereiste Mann kannte natürlich den Ruhm meines teuren Pratolungo – der andere interessierte sich für die Befreiung der Menschheit so wenig wie ein Botokude. Schon aus diesem Grunde verdient Herr Grosse an dieser Stelle eine genaue Personenbeschreibung.
Figur: untersetzt, breitschultrig, O-beinig (er bewegte sich in einer Art Seemannsgang, mit kurzen, stampfenden Schritten); formloser, schäbiger, ungebürsteter alter Anzug; vierkantiges Löwenhaupt mit dichter, eisengrauer Mähne; ungesunde Gesichtsfarbe (gallenleidend?); buschige schwarze Brauen, darunter wildstarrende, vorquellende, funkelnde schwarze Augen hinter dicken, kreisrunden Brillengläsern; ungepflegte grauschwarz-melierte ›Schifferkrause‹ von einem Ohr zum andern und ebensolcher Schnauzbart; prachtvoller Siegelring auf dem Zeigefinger der behaarten Rechten; silberne Schnupftabaksdose von der Größe einer mittleren Teebüchse in der Linken; knarrende Stimme, diabolisch-humorvolles Lächeln, polternd-kurze Redeweise, dabei aber absolut vertrauenerweckend, freimütig

und zum Freimut auffordernd, seiner selbst und seines Könnens sicher – das war der Mann, in dessen Händen (laut Nugent) Lucillas künftiges Schicksal lag!
Der englische Augenarzt war seinem deutschen Kollegen so unähnlich, wie ein menschliches Wesen es einem anderen nur sein kann. Dr. Sebright war schlank, groß und hager und peinlich adrett gekleidet. Auf seinem schwarzen Maßanzug war weder ein Stäubchen noch ein Schmuckstück zu sehen, nicht einmal die übliche Uhrkette. Sein dünnes blondes Haar war schnurgerade in der Mitte gescheitelt und lief vor den wohlgeformten Ohren in zwei haarscharf gestutzte Koteletten aus, zwei Finger lang, einen breit, kein Millimeterchen zuviel oder zuwenig. Anstand und Zurückhaltung sprachen aus jeder seiner Bewegungen, Höflichkeit aus seiner Stimme, kühle Aufmerksamkeit aus seinen hellgrauen Augen. Seine dünnen, aber feingeformten Lippen schienen beständig zu sagen: Ich stehe zu Ihrer Verfügung, aber ich dränge mich nicht auf. – Ein unantastbarer Gentleman, zweifellos, und sicher auch ein tüchtiger Mann in seinem Fach – aber Gott bewahre mich vor solchen Tischherren oder Reisegefährten!
Ich empfing die beiden angesehenen Mediziner mit größter Liebenswürdigkeit. Dr. Grosse schüttelte mir eine halbe Minute lang die Hand und sagte, was ich schon vermutet hatte, der Name Pratolungo erfülle ihn mit Bewunderung. Dr. Sebright verbeugte sich lediglich und bemerkte, daß heute schönes Wetter sei. Nachdem die Vorstellungszeremonie erledigt war, sah sich der Deutsche unbefangen im Zimmer um. Sein Blick blieb begehrlich an dem reizend gedeckten Tisch hängen. Der Engländer sah vornehm aus dem Fenster. »Darf ich Ihnen nach der Reise eine kleine Erfrischung anbieten, meine Herren?« fragte ich.
Dr. Grosses Löwenhaupt nickte begeisterte Zustimmung. Seine wilden Augen hinter den blitzenden Brillengläsern bohrten sich förmlich in den Geflügelsalat.
»Aaah, das sieht lecker aus!« sagte er knarrend und wies mit dem beringten Zeigefinger auf mein Kunstwerk. »Huhn oder Hummer? Ich mag Hummermayonnaise am liebsten, aber Geflügel ist auch nicht schlecht. Und wie hübsch garniert! Anchovis, Oliven, rote Rüben: braun, grün, rot auf cremeweiß – das Auge ißt ja mit.

Worauf warten wir eigentlich noch? Madame Pratolungo – darf ich bitten?«
Zu schade, daß ich Dr. Grosses Sprechweise auf dem Papier nur andeutungsweise wiedergeben kann. Sein Akzent war ein herrliches Gemisch von deutsch und amerikanisch, seine Syntax rein deutsch, und das englische ›th‹ verweigerte sich seiner Zunge vollständig. Ich bin die letzte, ihn deswegen zu bespötteln – wer im Glashaus sitzt, soll bekanntlich nicht mit Steinen werfen. Es tut mir nur leid, daß ich meine Leser in puncto Lautmalerei auf ihre eigene Vorstellungskraft verweisen muß.
Dr. Sebright riß seinen berühmten Kollegen diskret, aber unerbittlich von der verlockenden Schüssel los.
»Darf ich mir die Bemerkung gestatten, daß es vielleicht angebracht wäre, zunächst die junge Dame zu untersuchen? Ich muß leider mit dem nächsten Zug nach London zurück.« Dr. Grosse, der sich schon einen Stuhl zurechtgerückt und nach der Serviette gegriffen hatte, starrte ihn kläglich an, schüttelte die Löwenmähne und kehrte dem Geflügelsalat schweren Herzens den Rücken.
»Meinetwegen«, knarrte er, »erst die Arbeit, dann das Vergnügen. Wo ist die Patientin? Los, los, keine Umstände!« Er seufzte noch einmal tief auf, tröstete sich mit einer ausgiebigen Prise aus seiner Schnupftabaksdose und wiederholte dann, nun sichtlich gereizt: »Wo ist die Patientin? Warum war sie nicht gleich hier?«
»Sie wartet schon lange«, sagte ich besänftigend. »Ich werde sie holen. Sie haben sicher Verständnis dafür, meine Herren, daß sie heute ein bißchen aufgeregt ist?«
Dr. Sebright beantwortete meinen Appell mit einer stummen Verbeugung. Dr. Grosse grinste diabolisch in seinen Bart und sagte: »Keine Angst, meine liebe Dame. Ich bin kein solcher Wüterich, wie ich aussehe!«
Ich kenne die englische Etikette. Man öffnet die Tür eines Damenschlafzimmers niemals, wenn sich einer oder mehrere Herren im angrenzenden Raum befinden. Ich ging daher zur Korridortür, um Lucilla auf diesem Umweg zu holen. »Wo ist Oscar?« fragte ich Nugent, der sich die ganze Zeit bescheiden zurückgehalten hatte, im Vorbeigehen.

»Nachdem er seine Meinung mindestens ein dutzendmal geändert hat«, flüsterte er zurück, »fand er es richtiger, der Untersuchung nicht beizuwohnen.«
Er hatte kaum ausgesprochen, als sich die Tür, auf die ich eben zuging, öffnete und Oscar eintrat. Also hatte er seine Meinung zum dreizehntenmal geändert – und da war er!
»Ach Gott!« platzte Dr. Grosse bei seinem Anblick heraus, »der Kerl hat Silbernitrat genommen! Höchste Zeit, daß da mal was Besseres entdeckt wird ... Dem seine Gesichtsfarbe ist für immer versaut.« Er wandte sich ab, räusperte sich und spuckte in hohem Bogen durch das offene Fenster. Oscar war peinlich berührt, Dr. Sebright vornehm angewidert, Nugent amüsierte sich königlich. Ich verließ den Salon und schloß die Tür hinter mir.
Ich war noch nicht zwei Schritte weit gekommen, als ich die Tür wieder klappern hörte und zu meinem Erstaunen Dr. Grosse direkt hinter mir gewahrte. Er starrte mich wild durch seine Brillengläser an und flüsterte heiser: »Pscht! Das bleibt unter uns. Ich will Ihnen helfen.«
»Helfen?« wiederholte ich verwirrt.
Dr. Grosse nickte so heftig, daß die Brille auf seiner Nase auf und ab hüpfte.
»Sie haben eben gesagt, die Patientin ist aufgeregt. Na, das werden wir gleich haben! Ich gehe mit, dann ist's nicht so feierlich. Ich bin nicht halb so schlimm, wie ich aussehe. Los, Los! Wo steckt sie?«
Ich zögerte, aber nur sekundenlang. Ein Blick auf Dr. Grosse entschied die brennende Frage, ob ich ihn in Lucillas Schlafzimmer lassen dürfte. Schließlich war er Arzt – und so vertrauenerweckend häßlich! Ich öffnete ihm auf eigene Verantwortung die Tür.
Lucilla fuhr von einem Sofa auf, als sie die stampfenden Männerschritte neben meinen hörte.
»Wer ist denn da?« rief sie bebend.
»Bloß ich, mein Kind«, erwiderte Dr. Grosse. »Ach Gott, was für ein süßes Ding! Ganz mein Typ – Schneeweißchen und Rosenrot! – Ich will nur mal nachsehen, meine reizende Miß, ob ich was für Ihre Augen tun kann. Wenn ich's kann – kriege ich dann einen Kuß? Werden Sie mich häßlichen, struppigen, alten Teu-

tonen dann liebhaben? Soso... haken Sie sich bei mir ein. Wir gehen jetzt nach nebenan. Da wartet nämlich noch einer, der Sie kurieren will. Zwei große Augenchirurgen für eine süße kleine Miß – ist das nichts? Na, das will ich meinen! Wär' ja gelacht, wenn wir es nicht schafften! Nehmen Sie ruhig meinen anderen Arm, Madame Pratolungo. Was ist? Sie gucken so komisch – ach so, wieder Schnupftabak auf dem Ärmel. Pfui über mich! Aber nebenan ist ja Kollege Sebright, der Anblick wird Sie trösten. Los, los! Vorwärts marsch!«

Wir nahmen wieder den Weg über den Korridor. Nugent erwartete uns bereits und öffnete uns zeremoniell die Salontür. »Ist er nicht ein Juwel?« flüsterte er mir zu, während wir an ihm vorbei unseren großen Auftritt in Szene setzten. Ich war Dr. Grosse unendlich dankbar. Er hatte genau das Richtige getan, um Lucilla von einem großen Teil ihrer Angst und Befangenheit zu befreien. Er hatte sie zum Lachen gebracht! Sie schritt der kommenden Untersuchung wesentlich beherzter entgegen, als ich es je für möglich gehalten hätte.

Dr. Sebright und Oscar sprachen leise miteinander, als wir eintraten. Der korrekte, zurückhaltende Engländer und er schienen sich gesucht und gefunden zu haben. Doch selbst Dr. Sebright blieb vom Anblick Lucillas nicht unberührt. Seine kühle Miene ließ zumindest einen Schimmer echter menschlicher Teilnahme durchblicken, als ich ihn Lucilla vorstellte. Er rückte eigenhändig einen Stuhl für sie ans Fenster und bat sie mit bisher nicht vernommener Wärme, dort Platz zu nehmen. Lucilla setzte sich. Dr. Sebright trat zurück, verbeugte sich vor Dr. Grosse und bedeutete ihm mit einer höflichen Handbewegung: Nach Ihnen!

Dr. Grosse wehrte lebhaft ab und schüttelte die Mähne mit einem Gesichtsausdruck, der nicht minder deutlich besagte: Nie würde ich mich unterstehen, Ihnen vorzugreifen!

»Verzeihen Sie«, säuselte Dr. Sebright. »Sie als älterer, berühmterer Facharzt – und zudem als Gast in England – haben selbstverständlich den Vortritt.«

Dr. Grosse schüttelte störrisch den Kopf und nahm aus Verlegenheit eine übergroße Prise. Eine peinliche Pause entstand. Nugent vermittelte.

»Miß Finch wartet. Los, Grosse, stellen Sie sich nicht so an – so

kenne ich Sie ja gar nicht. Ich habe Ihnen zuerst von Lucilla erzählt, also untersuchen Sie sie auch als erster.«
Dr. Grosse zupfte Nugent gutmütig am Ohrläppchen.
»Der Bursche findet doch immer das rechte Wort«, bemerkte er und begab sich stampfenden Schrittes zu Lucilla. Inzwischen hatte sich Oscar über sie geneigt und ihre Hand in die seine genommen, um ihr irgend etwas zuzuflüstern. »Nanu!« rief Dr. Grosse und markierte größte Verblüffung. »Haben wir noch einen Augenarzt? He, Sir, Sie glauben wohl, Sie können die junge Miß durch Händchenhalten kurieren? Sie sind ein Kurpfuscher, Sir! Weg da!« Oscar zog sich hastig zurück. Eine witzige Entgegnung war von ihm zuviel verlangt. Dr. Grosse zog einen zweiten Stuhl dicht vor Lucilla, setzte sich schwerfällig und nahm seine Brille ab. Als Kurzsichtiger sah er vemutlich nahe gelegene Objekte so besser. Er beugte sich vor, bis seine und Lucillas Nasen fast aneinanderstießen, zog mit plötzlich sehr zarten Fingern ihre Augenlider auseinander und spähte aufmerksam erst in das eine, dann in das andere Auge.
Wir Zuschauer verharrten in atemloser Spannung. Wer mochte wissen, was sich in diesen Sekunden entschied? Wie gebannt unsere Blicke an den buschigen Brauen und durchbohrenden Froschaugen des deutschen Arztes hingen – und wie uns das erste Resultat der Untersuchung enttäuschte! Lucilla schauderte nämlich nach einer halben Minute zusammen, als könne sie nicht einmal diese Präliminarien aushalten. Dr. Grosse lehnte sich sofort zurück und betrachtete sie mit seinem wohlwollend-teuflischen Lächeln.
»Aha«, sagte er, »ich stinke. Ich schnupfe, ich rauche – das läßt sich nicht verleugnen. Die arme kleine Miß hat ein feines Näschen. Herrgott, sagt sie innerlich, wie dieser Urwaldgermane stinkt!«
Lucilla brach in unaufhaltsames Lachen aus. Dr. Grosse, von Herzen erleichtert, lachte ebenfalls, nahm mit schnellem Griff ihr Taschentuch und beschnüffelte es. »Eau de Cologne«, sagte er. »Haben Sie mehr davon? Her damit!« Ich beeilte mich, ihm mein eigenes Taschenflacon zu geben. Er befeuchtete das Tuch ausgiebig und steckte es Lucilla wieder in die Hand. »So, Miß, halten Sie sich das vor Ihr süßes Näschen, dann riechen Sie den

alten Grosse nicht mehr.« Er nahm eine Lupe aus der Tasche, wartete, bis Lucilla sich ausgelacht hatte, und nahm seine Untersuchung wieder auf. So grotesk das Ganze wirkte, so ernst war es. Dr. Grosse betrachtete Lucillas Augen abwechselnd durch das Vergrößerungsglas, während Lucilla sich das Taschentuch vor die Nase hielt. Eine Minute oder mehr herrschte absolute Stille. Dann steckte Dr. Grosse die Lupe mit einem befriedigten Grunzen in die Tasche zurück, nahm Lucilla das Tuch weg und schwenkte es verächtlich durch die Luft.

»Scheußliches Parfüm«, bemerkte er, »da ist mir mein Tabak wahrhaftig lieber. Kann ich jetzt reden? Ich halte einen Meter Distanz – Sie riechen mich nicht mehr.«

»Bitte, bitte, Sir, reden Sie!« flehte Lucilla. »Können Sie mir helfen?«

»Wenn ja – kriege ich dann einen Kuß?«

»Oh, bitte, machen Sie keine Witze! Überlegen Sie doch, was für mich alles davon abhängt! Sprechen Sie – bitte!« Sie rang flehend die Hände und wollte aufspringen. Er drückte sie freundlich in ihren Stuhl zurück.

»Ruhig, ruhig! Brav sein und erst noch eine Frage beantworten. Wenn Sie spazierengehen und die liebe Sonne scheint, merken Sie das?«

»Ja!«

»Nur an der Wärme, oder an sonst noch was?«

»Es… es ist ein ganz anderes Gefühl.«

»Nicht dasselbe, wie wenn Sie in stockdunkler Nacht im warmen Bett liegen?«

»Nein, ganz anders! Irgendwie – ich kann es nicht richtig ausdrücken – ist hinter meinen Augen ein rötlicher Schimmer, wenn ich in der Sonne bin.«

»Na also! Wenn Sie das merken, sind Sie überhaupt nie richtig blind gewesen!«

Lucilla faltete überwältigt die Hände. »Wo ist Oscar?« fragte sie in tiefster Bewegung. Ich sah mich nach Oscar um. Er war nicht mehr im Zimmer. Während Nugent und ich atemlos die Untersuchung verfolgten, mußte er hinausgegangen sein.

Zum Glück hatte Lucilla keine Zeit, nach Oscars Verbleib zu forschen, denn Dr. Grosse hatte sich inzwischen erhoben und seinen Platz dem englischen Kollegen eingeräumt. Dieser wirkte ernsthafter und reservierter denn je, als er seinerseits eine Lupe hervorzog und Lucillas getrübte Augen auf die gleiche Art prüfte. Lucilla brauchte diesmal kein mit Eau de Cologne getränktes Taschentuch; dafür dauerte die Untersuchung erheblich länger. Dr. Sebright enthielt sich jeglichen Kommentars. Als er fertig war, stand er wortlos auf. Lucilla war in einen Zustand seliger Entrückung versunken – sie träumte von dem Tage, an dem sie sehen konnte – *sehen!*

Nugent hielt die Spannung nicht mehr aus. »Nun«, wandte er sich ungeduldig an Dr. Sebright, »und was sagen Sie?«

»Vorläufig nichts.« Er ließ Nugent kühl stehen und erwählte mich als einzig vernünftige Gesprächspartnerin. »Soviel ich weiß, ist Miß Finch schon im Alter von einem Jahr erblindet?«

»Mir wurde es so erzählt«, erwiderte ich.

»Ist jemand im Hause, der damals dabei war?«

Ich klingelte nach Nanny. »Ihre Mutter ist tot«, erklärte ich leise. »Und ihr Vater ... ist heute leider nicht anwesend. Aber ihre alte Kinderfrau wird am besten Bescheid wissen.« Nanny erschien. Dr. Sebright stellte ihr die nötigen Fragen.

»Waren Sie bei Miß Finchs Geburt zugegen?«

»Ja, Sir.«

»Wurde bei oder bald nach der Geburt schon irgendein Augenfehler festgestellt?«

»Nein, Sir.«

»Woran merkten Sie, daß sie als kleines Kind noch sehen konnte?«

»Na, weil sie guckte wie andere kleine Kinder auch, Sir! Ich meine, wenn man eine Uhr vor ihrer Nase baumeln ließ oder eine Kerze anzündete – da hat sie sich gefreut. Und wenn man ihr einen Finger hinhielt, hat sie sich dran festgehalten wie alle andern Kinder.«

»Woran merkten Sie, daß ihre Sehkraft nachließ?«

»Auf dieselbe Weise, Sir. Sie kriegte allmählich einen glasigen, starren Blick, das arme Würmchen, und faßte immer daneben, schließlich merkte sie nicht einmal mehr, ob man ihr mit der angezündeten Kerze beinahe ins Gesicht fuhr.«

»Das kam allmählich, sagen Sie?«

»Ja, Sir. Erst fiel es nicht sehr auf, aber dann machten wir all die üblichen Proben und merkten, daß alles bei ihr in Ordnung war, nur die Augen nicht. Sie war ein Jahr alt und konnte schon ganz nett laufen – da war es aber schon sicher, daß sie blind war.«
»Sind in ihrer Familie schon öfters Augenleiden vorgekommen?«
»Nicht daß ich wüßte, Sir.«
Dr. Sebright wandte sich zu Dr. Grosse, der am Tisch stand und resigniert den Geflügelsalat betrachtete.
»Haben Sie noch Fragen an Miß Finchs Kinderfrau?«
Dr. Grosse zuckte die Achseln und deutete mit dem Daumen über die Schulter auf Lucilla.
»Mir ist der Fall klar wie Kloßbrühe«, sagte er (ich referiere den Ausdruck, wie er im Wörterbuch steht). »Wozu brauche ich noch eine Kinderfrau? Mein schöner Appetit ist beinah weg. Essen wir bald?«
Dr. Sebright entließ Nanny mit einer frostigen Verbeugung. Seine unverbindliche Haltung hatte mich ziemlich herabgestimmt. Ich fragte leise, was denn er zu dem Fall meine.
»Gestatten Sie, daß ich erst mit meinem Kollegen berate, ehe ich eine Meinung äußere«, erwiderte er abweisend.
Daraufhin konnte ich nichts anderes tun, als Lucilla aus ihrer Trance zu erwecken. Ihre erste Frage galt wieder Oscar. Ich sagte, er sei im Garten, und brachte sie so dazu, mit mir aus dem Zimmer zu gehen und den beiden Ärzten das Feld zu überlassen. Nugent schloß sich uns an, nicht ohne Dr. Grosses gemurmelte Bitte mit auf den Weg zu nehmen: »Um Himmels willen, bleiben Sie nicht zu lange draußen, damit wir endlich essen können!«
So überließen wir das ungleiche Paar seinem fachärztlichen Meinungsaustausch.

31. Wer soll entscheiden, wenn sich die Gelehrten nicht einig sind?

Wir ›lustwandelten‹ noch keine zehn Minuten im Garten, als rauhe, in jeder Weise unenglische Laute aus dem offenen Salonfenster an unser Ohr drangen. »He – hoi – hallo!«
Erschrocken aufblickend, gewahrten wir ein heftig wedelndes rotes Taschentuch und dahinter Dr. Grosses interessanten Charakterkopf.
»Essen!« schrie der berühmte Mann zu uns herunter. »Die Besprechung ist vorbei. Jetzt wird endlich gegessen. Los, los, vorwärts marsch!«
Lucilla, Nugent und ich gehorchten augenblicklich. Oscar blieb im Garten. Er hatte mich, als wir hinunterkamen, zeichensprachlich angefleht, seine Anwesenheit nicht zu verraten, und sich schleunigst hinter dem Gebüsch verborgen. Ich ließ ihn gewähren. Seine Aufregung war so offensichtlich, daß seine Gesellschaft Lucilla in diesen spannungsgeladenen Minuten nicht zuzumuten war.
Ich muß noch erwähnen, daß ich inzwischen Nanny mit ein paar Zeilen zu Reverend Finch in den anderen Teil des Pfarrhauses geschickt hatte: Er möge doch bitte – und sei es nur der Form halber – kurz erscheinen, um die Meinung der Ärzte zu hören: es handle sich immerhin um die Zukunft seiner Tochter.
Nanny traf uns im Kreuzgang und überreichte mir Pfarrer Finchs Antwort – eine erstaunliche Menge hastig hingeworfener Zeilen auf dem Konzeptpapier, das er für seine Predigten zu benutzen pflegte. Und es war auch eine Art Predigt. Er, der Seelsorger von Dimchurch, lehnte es ab, sich dermaßen formlos und hastig irgendwohin zitieren zu lassen. Er müsse Madame Pratolungo ernsthaft daran erinnern, daß er fest zu seinen Überzeugungen stehe. Was sie vorhabe, sei auf jeden Fall ein frevelhafter Eingriff in das Walten der unerforschlichen Vorsehung. Er werde sich an besagtem Frevel niemals beteiligen. Seinen Standpunkt habe er Madame Pratolungo bereits dargelegt.
Ich steckte diese Antwort achselzuckend in die Tasche und öffnete die Salontür. Unsere beiden berühmten Augenärzte saßen weit voneinander entfernt, jeder mit stillen Privatstudien be-

schäftigt. Dr. Sebright studierte eine Fachzeitschrift. Dr. Grosse studierte meinen Geflügelsalat.
Ich nahm Lucilla bei der Hand, die eiskalt geworden war. Das arme, liebe Ding zitterte am ganzen Leibe, und ich konnte ihr sehr gut nachfühlen, welche Höllenqualen sie in diesen Momenten vor der Urteilsverkündung ausstand. Ich bin weiß Gott nicht sentimental, aber mein Herz blutete für sie – der Ausdruck ist nicht übertrieben. »Mut!« flüsterte ich ihr zu und drückte das kalte Händchen.
»Nun, meine Herren«, nahm Nugent das Wort, »dürfen wir das Resultat Ihrer Unterredung erfahren? Haben Sie sich geeinigt?«
»Nein«, erwiderte Dr. Sebright, indem er sorgfältig seine Fachzeitschrift zusammenfaltete.
»Nein«, sagte auch Dr. Grosse zerstreut, in den Anblick des Geflügelsalats versunken.
Lucilla wandte mir ihr erbleichendes Gesicht zu; ihr Atem stockte. Wieder flüsterte ich ihr etwas Tröstliches zu. »Einer von den beiden glaubt also an Ihre Heilung!« Die Logik dieses Satzes leuchtete Lucilla ein; sie wurde sofort etwas ruhiger. Nugent setzte seine sachliche Befragung fort.
»Und worüber gehen Ihre Meinungen auseinander? Wollen Sie uns bitte Ihr ungeschminktes Urteil abgeben?«
Hierauf wurde das ermüdende Höflichkeitszeremoniell zwischen den beiden Kapazitäten von neuem veranstaltet. Dr. Sebright machte seinem deutschen Kollegen eine Verbeugung: »Nach Ihnen!« Dr. Grosse machte seinem englischen Kollegen eine Verbeugung: »Nach Ihnen!« Das wäre ein halbdutzendmal hin und her gegangen, wenn mein Temperament nicht wieder einmal alle Etikette über den Haufen geworfen hätte.
»Reden Sie gleichzeitig oder tun Sie sonst was!« sagte ich scharf. »Nur lassen Sie uns nicht noch länger in Ungewißheit! Kann Miß Finch ihr Augenlicht zurückerhalten oder nicht?«
»Ja«, sagte Dr. Grosse. Lucilla stieß einen unterdrückten Freudenschrei aus.
»Nein«, sagte Dr. Sebright.
Lucilla sank auf einen Stuhl und tastete hilfesuchend nach mir.
»Sind Sie sich wenigstens über die Ursache ihrer Blindheit einig?« fragte Nugent besonnen.

»Star«, antworteten die beiden Ärzte wie aus einem Mund.
»Star ist heilbar«, fuhr Dr. Grosse fort.
»Mit Einschränkungen«, sagte Dr. Sebright. »Star ist *manchmal* heilbar.«
»*Dieser* Star ist heilbar!« polterte Dr. Grosse.
»Bei allem Respekt vor Ihrem überlegenen Können«, erwiderte Dr. Sebright höflich, »muß ich leider auf meiner Meinung beharren. Miß Finch ist ein unheilbarer Fall.«
»Ihre Gründe, Sir?« fragte ich.
»Meine Gründe basieren auf den heutigen chirurgischen Möglichkeiten, Ma'am«, antwortete Dr. Sebright. »Ich vermute, daß Sie darüber nicht so ganz im Bilde sind, und kann Ihnen hier keinen Fünfminutenvortrag über Dinge halten, die jahrelanges Studium erfordern. Ich kann Ihnen nur nach bestem Wissen und Gewissen versichern, daß Miß Finch leider unheilbar ist. Jeder Versuch, ihre Sehkraft wiederherzustellen, wäre – meiner Meinung nach – unverantwortlich. Miß Finch müßte nicht nur die Operation über sich ergehen lassen, sondern danach mindestens sechs bis acht Wochen mit bandagierten Augen in einem verdunkelten Zimmer auf das Resultat warten. Ich brauche wohl kaum darauf hinzuweisen, daß sie sich in dieser Zeit der Abgeschlossenheit und erzwungenen Untätigkeit den wunderbarsten Hoffnungen hingäbe – das tun alle Patienten. Lange Erfahrungen und, in diesem Fall, meine absolute Überzeugung, daß die Operation erfolglos wäre, zwingen mich zu dem Urteil, daß man die Patientin gar nicht erst nutzlosen Quälereien aussetzen sollte. Die Folgen auf ihr seelisches Gleichgewicht wären nicht abzusehen. Miß Finch ist von klein auf daran gewöhnt, blind zu sein. Ich fühle mich als Arzt und Mensch zur Aufrichtigkeit verpflichtet, auch wenn sie hart klingt. Und deshalb sage ich klar und deutlich: In Fällen wie diesen ist es unverantwortlich, die Resignation des Patienten zu stören. Ich halte es nicht nur für nutzlos, sondern geradezu für gefährlich, irgendwelche Experimente an Miß Finchs Augen zu machen.«
Lucillas Hand umkrampfte die meine. »Wie grausam! Wie mitleidlos!« hörte ich sie tonlos hervorstoßen. Ich befahl ihr mit einem kleinen Händedruck Geduld und sah mich – wie Nugent – nach Dr. Grosse um, dessen Meinungsäußerung noch aus-

stand. Dr. Grosse riß sich endlich vom Anblick des gedeckten Tisches los und stapfte auf unsere Gruppe zu.
»Sind Sie fertig, Herr Kollege?« fragte er kurz.
Dr. Sebright antwortete mit der üblichen stummen Verbeugung.
»Gut! Nun bin ich dran«, knarrte er in seinem deutsch-amerikanisch-englischen Jargon. »Ich hab' nicht so viel Gescheites zu sagen wie Mr. Sebright, obwohl ich nicht bezweifle, daß er auf dem laufenden ist. Ich kann dem Streit meiner werten Fachkollegen in aller Welt nur entgegenhalten, was ich – Grosse – mit diesen meinen Händen schon getan habe, statt meine Zeit mit Fachsimpeleien zu vergeuden. Miß Finch hat eine Sorte Star, den ich schon x-mal mit Erfolg gestochen habe.«
Er drehte sich überraschend behend zu Lucilla um, schob seine Manschetten zurück und zog mit geübtem, sanftem Griff ihre Augenlider auseinander, um noch einmal in die getrübte Iris zu blicken.
»Mein Messerchen wird da das Licht 'reinlassen«, fuhr er fort. »Ehrenwort! Der alte Grosse weiß, wann er sein Ehrenwort geben kann – und wann nicht. Ach Gott, wie wird unsere süße kleine Finch erst aussehen, wenn die Äuglein funkeln! Nicht auszudenken! Aber erst muß sie mal ganz ruhig und bei bester Gesundheit sein. Sie muß brav sein wie nie und alles tun, was der alte Grosse befiehlt. Aber dann geht's hokuspokus-eins-zwei-drei – und unsere kleine Finch kann sehen!«
Er legte beide Hände auf ihre Schultern, starrte sie mit wild vorquellenden Augen durch seine dicken Brillengläser an und gab ihr einen geräuschvollen Kuß auf die Stirn. Hierauf stampfte er zum Tisch zurück und rief: »Haben wir genug geredet? Können wir endlich essen?«
Lucilla erhob sich halb betäubt von ihrem Stuhl.
»Herr Grosse«, rief sie schüchtern, »wo sind Sie?«
»Hier, Schätzchen!«
Sie ging seiner Stimme nach. Er war, unfähig, seinen Appetit länger zu zügeln, gerade dabei, sich die Serviette um den Hals zu binden.
»Sie sprachen von ›Messerchen‹ und ›Stechen‹«, sagte Lucilla sehr ruhig.

»Klar, Kindchen. Keine Angst, es tut nicht weh, Sie kriegen eine örtliche Betäubung.«
Sie versetzte ihm einen kräftigen Schlag auf die Schulter.
»Haben Sie Ihr Messerchen bei sich? Ich bin zur Operation bereit – auf der Stelle!«
Nugent, Dr. Sebright und ich fuhren zusammen. Ich weiß nicht, welchen Eindruck Lucillas Kühnheit auf die beiden Herren machte. Was mich betrifft, so muß ich leider gestehen, daß ich der größte Feigling auf der Welt bin, wenn an mir oder anderen herumgeschnitten werden soll. Ich stürzte Hals über Kopf auf Lucilla zu – ich fürchte sogar, daß ich einen spitzen Aufschrei ausstieß.
Dr. Grosse hatte sich erhoben und lächelte diabolisch.
»Mein süßes Dummerchen, erstens habe ich mein Messerchen nicht bei mir, und zweitens steche ich keinen Star, solange ich vor Hunger kaum noch geradestehen kann. Im Moment benutze ich nur die Gabel – so!«
Er spießte zielsicher ein Stückchen Hühnerbrust auf und schob es zwischen Lucillas halboffene Lippen.
»Gut kauen! Das ist meine ärztliche Verordnung für heute. Hm, fein, was? Setzen wir uns endlich zu Tisch! Los, los!«
Seine Einladung war unwiderstehlich. Wir nahmen sämtlich unsere Plätze ein.
Dr. Sebright, Lucilla, Nugent und ich aßen. Dr. Grosse schlemmte. Nach dem Geflügelsalat versuchte er meine Marmeladentörtchen, kehrte zum Geflügelsalat zurück, nahm dann ein Schinkenbrötchen und Vanillepudding zu sich und – so wahr ich Pratolungos Witwe bin! – ›machte Rest‹, wie er es nannte, mit dem Geflügelsalat. Mit dem Trinken verfuhr er ebenso großzügig wie mit dem Essen: Bier, Wein, Brandy – er lehnte nichts ab und trank alles unbekümmert durcheinander. Die leichteren Kleinigkeiten, die auf dem Tisch standen, Oliven, Ingwer, Mandeln, Rosinen, kandierte Früchte, nahm er handvollweise als Zukost. Endlich, als er wirklich nicht mehr konnte (und alle Schüsseln leer waren), knüpfte er seine Serviette ab, knüllte sie neben seinem Teller zusammen und wurde vor Dankbarkeit geradezu fromm. »Lieber Gott«, sagte er, die beringte Rechte gefühlvoll über dem Magen gespreizt, »wie groß ist deine Güte, daß du uns

wenigstens Essen und Trinken gegeben hast! Wie wäre das Dasein sonst auszuhalten?«
Dr. Sebright sah auf die Uhr.
»Wenn Sie noch etwas zu der Operation zu sagen haben«, bemerkte er, »sollten Sie es gleich tun. Wir haben nur noch knappe fünf Minuten Zeit. Meine Meinung haben Sie bereits gehört. Ich bleibe dabei.«
»Ich bei der meinen auch«, sagte Dr. Grosse und nahm eine Prise.
Lucilla drehte das Gesicht in die Richtung, aus der sie Dr. Sebrights Stimme gehört hatte.
»Ich bin Ihnen für Ihre Mühen und Ihre ehrliche Meinungsäußerung sehr verbunden, Sir«, sagte sie leise und fest. »Ich bin entschlossen, es trotzdem mit der Operation zu versuchen. Sollte sie fehlschlagen, so bin ich nicht viel schlechter daran als jetzt. Sollte sie gelingen, so eröffnet sich mir ein neues Leben. Auf diese Chance hin bin ich zu allem – allem! – bereit.«
Mit diesen schlichten Sätzen, die ich nie vergessen werde, zeichnete Lucilla den großen Wendepunkt für sich und alle nah Beteiligten vor.
Dr. Sebright antwortete höflich wie immer:
»Ihr Entschluß überrascht mich nicht, Miß Finch. Ich bedauere ihn, aber er ist in einem solchen Fall nur natürlich.«
Lucilla wandte sich wieder zu Dr. Grosse.
»Wann können Sie mich operieren, Sir? Je eher, desto besser. Wenn Sie morgen bereit sind – ich bin es!«
»Eine kleine Frage noch, Miß«, erwiderte der Deutsche mit einem plötzlichen Ernst, der uns vollkommen neu an ihm war. »Wissen Sie auch ganz genau, was Sie wollen?«
»Ja!« antwortete Lucilla ebenso ernst.
»Gut. Man muß nämlich wissen, Schätzchen, wann man nur mit einem Gedanken herumspielt und wann es blutiger Ernst wird. Jetzt wird es blutiger Ernst. Und darum hören Sie gut zu: Ich habe noch ein paar Worte zu sagen, ehe ich abfahre. Sie können sich alles noch mal überlegen, bis ich wiederkomme.«
Er starrte sie wild und eindringlich durch seine funkelnden Brillengläser an wie ein alter Uhu und begann in seinem unbeholfenen, oft unfreiwillig komischen Englisch eine Rede, bei der kei-

ner von uns auch nur zu lächeln wagte. Er war großartig. Man merkte erst jetzt, daß eine Persönlichkeit sprach, deren Autorität man sich unterzuordnen hatte. Erstens machte er Lucilla darauf aufmerksam, daß die Operation nur einmal gewagt werden könne. Mißglückte sie, so sei kein zweiter Versuch möglich, und sie müsse sich damit ihr Leben lang abfinden. Um die Gefahr eines solchen Mißerfolges möglichst auszuschließen, müßte die Patientin selbst, ihre Verwandten und Freunde auf jede Weise mitarbeiten und die strengsten Bedingungen erfüllen. Dr. Sebright habe bereits erwähnt, daß man nach einer Staroperation wochenlang mit verbundenen Augen im dunklen Zimmer verweilen müsse – ohne zu wissen, ob diese Qual sich am Ende lohne oder nicht. Damit habe sein Kollege vollkommen recht. Lucilla könnte unter gar keinen Umständen darauf hoffen, vor Ablauf von sechs Wochen auch nur das kleinste Lichtstrählchen zu sehen. Außerdem müsse sie während der ganzen Zeit – und noch Monate danach – körperlich und seelisch in so ausgezeichnetem Zustand sein, daß nichts die allmähliche Erstarkung ihrer Sehkraft gefährde. Sie und ihre Umgebung dürften sozusagen an nichts mehr als an Lucillas Augen denken; andernfalls könne die Operation auch nach schönstem Anfangserfolg noch mißlingen. Jegliche Aufregung müsse von der Patientin ferngehalten werden; die Genesungszeit fordere allen eine lähmend langweilige, nur durch den Zweck geheiligte Disziplin ab, die erst gelockert werden dürfe, wenn er – der Arzt – es erlaube. Seine bisherigen Erfolge seien hauptsächlich auf seine unerbittliche Strenge in diesem Punkt zurückzuführen. Aber bei einem so empfindlichen Organ wie dem menschlichen Auge räche sich jede Nichtbeachtung seiner Regeln bitter.
Nachdem Dr. Grosse Lucilla soweit darüber aufgeklärt hatte, was ihrer wartete, appellierte er an ihren eigenen gesunden Menschenverstand. Sie müsse sich die Sache überlegen und mit ihren Nächsten besprechen, ob, wann und wie sie sämtliche Voraussetzungen erfüllen könne. Vom Tage der Operation an sei sie mindestens ein Vierteljahr lang nur Patientin – und nichts weiter. Er, der Arzt, müsse absolute Vollmacht haben, selbst in ihre privatesten Angelegenheiten einzugreifen, wenn sie seinen Kurvorschriften zuwiderliefen. Sobald sie das alles mit den Ihren be-

sprochen und geregelt habe und sich in jeder Weise gerüstet fühle, brauche sie ihm nur an sein Londoner Hotel zu schreiben. Er würde dann eilends kommen, noch eine Generaluntersuchung vornehmen und, wenn diese ihn befriedige, ihre Augen operieren.

Hiermit beendigte Dr. Grosse eine sprachlich holperige, aber im Sinn sehr deutliche Rede mit einem langen »Puuuh!« und wandte sich zur Tür, gerade als Nanny klopfte und uns meldete, der bestellte Wagen für die Herren Ärzte warte vor dem Gartentor. Dr. Sebright, offenbar im Zweifel, ob sein berühmter deutscher Kollege für heute fertig sei, bemerkte, er könne auch allein zurückfahren. »Es tut mir leid, aber ich muß heute wieder zurück...«

»Ich auch«, unterbrach Dr. Grosse, »ich will nämlich nicht zu spät in die Oper kommen.« Ohne das schockierte Gesicht Dr. Sebrights zu beachten, fuhr er munter fort: »Ich bin ein Musikfex, müssen Sie wissen. Und die Londoner Oper ist gut. Aber, lieber Himmel, was nehmt ihr hier für unverschämte Preise! Ich keuche auf den Olymp, und selbst dafür muß ich fünf Silbershilling blechen. Zu Hause krieg' ich dasselbe für fünf Groschen – und manchmal besser. Na, auf jeden Fall«, wandte er sich abrupt an mich, »ich danke Ihnen aus tiefstem Herzensgrunde, *chère Madame,* für den Geflügelsalat. Wenn ich mal wiederkomme... Wir verstehen uns.« Sein Abschied von Lucilla war von einer Gewohnheitsgeste begleitet: Er zog noch einmal mit Daumen und Zeigefinger ihre Lider auseinander. »Und Sie, süßes Finkchen, überlegen sich schön, was Papa Grosse gesagt hat. Diese Augen können geöffnet werden – aber zur richtigen Zeit und unter meinen Bedingungen. Herrje, wenn Sie auch noch liebäugeln – arme Männer!« Er drückte Lucillas Hand theatralisch an sein Herz, seufzte laut, ›faßte‹ sich mit einem Schütteln seiner grauen Mähne, zwinkerte mir durch die Brille zu und folgte Dr. Sebright, der bereits die paar Stufen in den Garten hinunterstieg.

Wer hätte gedacht, daß dieser amüsante ältere Herr die Zukunft meiner blinden Lucilla in Händen hielt?

32. Heirat wieder verschoben

Lucilla und ich waren plötzlich allein; Nugent hatte die beiden Ärzte ans Gartentor begleitet.
Ich wußte, was jetzt kam: Oscars Abwesenheit, die Lucilla im Lauf der lebensentscheidenden letzten Stunde kaum aufgefallen war, mußte ihr nun wieder zum Bewußtsein kommen. Sie öffnete gerade den Mund zu einer Frage, als ein fürchterliches Gekreisch aus dem Garten an unser Ohr drang. Ich stürzte an eines der Kreuzgang-Bogenfenster und sah folgende Szene, die ich Lucilla (froh, sie ablenken zu können) brühwarm berichtete.
Das unselige feuchte Weib, Mrs. Finch, hatte ihren Vorsatz wahr gemacht und den beiden Ärzten aufgelauert, um, wenn möglich, eine Gratisuntersuchung der Augen ihres Jüngsten durchzusetzen. Da hastete sie in Unterrock und Schal über den Rasen, den Kleinen am Busen, das Taschentuch (o Wunder!) in der Hand; nur den Roman hatte sie verloren, er lag aufgeblättert auf dem Kiesweg. Dr. Grosse, unbekümmert um seinen internationalen Ruf, gab vor diesem Bild penetranter Mutterschaft eindeutig Fersengeld. Er hatte beide Zeigefinger in die Ohren gestopft und rannte zum Wagen, so schnell ihn seine O-Beine trugen. Nugent beeilte sich verständnisvoll, das Gartenpförtchen aufzureißen. Dr. Sebright, dem seine Würde verbot, zu rennen, wurde Mrs. Finchs Opfer. Immer wieder hielt sie das strampelnde Kind flehend empor, und immer wieder hob er höflich abwehrend beide Hände. Nugent, der sich vor Lachen bog, schob auch ihn hilfreich durchs Gartentor und in den Wagen, in dem sein deutscher Kollege bereits saß und »Los, los!« schrie. Mrs. Finch wäre zweifellos noch in den Wagen geklettert, wenn nicht der Lenker ihres Lebens auf der Szene erschienen wäre: Reverend Finch in höchsteigener Person. Der Lärm hatte ihn in seinem Allerheiligsten gestört und ihn bewogen, einzuschreiten. Sein Eheweib erstarrte zur Salzsäule, als er heranstolzierte und sie in tiefstem Baß anherrschte: »Was hat dieses ungehörige Geschrei zu bedeuten?«
Der Wagen fuhr ab. Nugent schloß die Gartenpforte. Er sprach ein paar Sätze zu Mr. Finch, die für mich unhörbar waren, sich aber vermutlich auf die beendete ärztliche Visite bezogen. Mr.

Finch wandte sich nach ein oder zwei Minuten sichtlich beleidigt ab. Gleichzeitig tauchte auch Oscar wieder auf; er hatte offenbar nur die Abfahrt der Ärzte abgewartet. Der Pfarrer nahm väterlich seinen Arm, winkte, plötzlich milde, seiner verschüchterten Gattin und hakte sie auf der anderen Seite unter. So wandelte er zwischen den beiden der eigenen Seite des Pfarrhauses zu, vollauf beschäftigt, seine Autorität zum soundsovieltenmal nach allen Seiten zu bestätigen. Seine dröhnende Stimme erreichte auch uns – nur von den letzten disharmonischen Schreien des erschöpften Kindes unterbrochen. »Oscar!« sprach der Papst von Dimchurch, »ich wünsche, daß wir uns ganz verstehen. Ich bin und bleibe bei der Meinung, daß jeder Versuch, meiner schwergeprüften Tochter das Augenlicht wiederzugeben, ein Frevel gegen die unerforschliche Vorsehung ist. – Mrs. Finch! Ich verzeihe dein hysterisches Benehmen gegenüber zwei fremden Herren nur in Anbetracht des delikaten Zustandes, in dem du dich befindest.« Hier muß ich einflechten, daß ich erst in diesem Moment Mrs. Finchs ›delikate‹ Umstände bemerkte. Da sie nie richtig angezogen war und immer ein Kind an der Brust trug, hatte selbst mein erfahrenes Auge in den letzten Monaten keine besonderen Veränderungen festgestellt. Jetzt sah ich sie allerdings: Bei Finchs war abermals, und zwar ziemlich bald, Familienzuwachs zu erwarten.
»Seit deiner vorletzten Niederkunft«, fuhr Mr. Finch tönend fort, »handelst du zuweilen verwirrt. Keine Widerrede! Du handelst verwirrt. Ich mache dir keinen Vorwurf daraus, ich weiß, du meinst es gut. Ich rufe dich lediglich zur Ordnung: auch ich meine es gut. – Oscar! Ich werde nach wie vor an keiner Beratung teilnehmen, die eine etwaige Operation meiner schwergeprüften Tochter zum Thema hat. Das bin ich meiner Selbstachtung schuldig. Mein Standpunkt als Seelsorger und Vater ist bekannt. Ich weiche keinen Fingerbreit davon ab. Ich kann Ihnen nur raten: Seien auch Sie standhaft im Glauben! – Mrs. Finch! Wann hast du zum letztenmal Nahrung zu dir genommen? Vor zwei Stunden? Ist das sicher? Gut, dann können wir ein warmes Bad zur Beruhigung anwenden. Ich verordne dir hiermit ein warmes Bad. Lasse es dir bereiten, steige hinein und bleibe darin, bis ich komme. Achtunddreißig Grad, entspannte Haltung. – Oscar! Sie

sind noch nicht ganz im Glauben gefestigt, mein lieber Sohn. Widerstehen Sie entschieden allen frevelhaften Plänen, der Vorsehung in den Arm zu fallen und meine unglückliche Tochter zu sinnlosen Geldausgaben zu veranlassen. – Achtunddreißig Grad, nicht mehr und nicht weniger, Mrs. Finch – hast du mich verstanden? – Oscar! Ich ermächtige Sie, falls Sie sich selbst nicht durchsetzen können, mein moralisches Gewicht in die Waagschale zu werfen. Dann werden wir ja sehen! Sagen Sie ruhig, daß Sie in meinem Auftrag sprechen – daß Sie sozusagen mein Sprachrohr sind. Unterrichten Sie mich unverzüglich über die Entschlüsse meiner Tochter – nachdem Sie mein moralisches Gewicht in die Waagschale geworfen haben. – Mrs. Finch! Nach dem warmen Bad legst du nur eine leichte Hülle an. Nichts Beengendes, kein Korsett. Ich verbiete dir strikt alles Beengende. Ebenso Tee, Kaffee und aufregende Unterhaltung. Denke an deinen Zustand!«
Sein Getön verlor sich in der Ferne. Das Ehepaar Finch verschwand in Richtung des eigenen Heims. Oscar kehrte allein in unseren Garten zurück, wo Nugent ihn erwartete. Lucilla und ich begaben uns in unseren Salon.
Die Brüder kamen uns wenig später nach. Ich hatte die Zwischenzeit zum Nachdenken benutzt, und dabei war mir nachträglich aufgefallen, daß auch Nugent sich während der ärztlichen Visite so weit wie möglich im Hintergrund gehalten hatte. Er hatte zwar sowohl Dr. Grosse als auch Dr. Sebright gebeten, Lucilla zu untersuchen, aber weiter schien er sich nicht einmischen zu wollen. Das zeigte sich besonders, als wir uns nun zu viert zu der ernsthaftesten Beratung unseres Lebens zusammensetzten.
»Oscar weiß«, sagte er zu Lucilla, »daß die Meinungen der beiden Augenärzte sehr auseinandergehen. Ich habe ihm auch gesagt, daß Sie sich Dr. Grosses Kunst anvertrauen wollen. Die Einzelheiten weiß er natürlich noch nicht.«
Nach dieser kurzen Information stand Nugent auf und setzte sich ans andere Ende des Zimmers.
»Warum warst du denn nicht dabei, Oscar?« fragte Lucilla mit sanftem Vorwurf. »Warum hast du mich in dieser aufregenden Stunde allein gelassen?«

»Weil ich mich auch furchtbar aufgeregt habe«, erwiderte Oscar. »Nimm's mir nicht übel, Lucilla – ich fürchtete, mit meiner Sorge um dich unangenehm aufzufallen. Ich hätte nur gestört.«
Ich fand diese Antwort für Oscar erstaunlich diplomatisch. Und da er dabei auch noch einen hilfesuchenden Blick auf seinen Bruder warf, wurde mir klar, daß er in diesem Moment nur nachsprach, was Nugent ihm souffliert hatte.
Lucilla war mit dieser fadenscheinigen Antwort rührend zufrieden. Sie lächelte beglückt, als hätte sie soeben eine neue Liebeserklärung empfangen, und erzählte:
»Dr. Sebright hält mich für unheilbar, aber Dr. Grosse erklärt das genaue Gegenteil: Eine Staroperation kann mich, wenn einige Vorschriften beachtet werden, wieder sehend machen. Muß ich dir noch sagen, an wessen Meinung ich mich halte? Wenn es nach mir gegangen wäre, hätte Dr. Grosse mich gleich heute operiert.«
»Hat er das abgelehnt?«
»Ja.«
»Warum?«
Lucilla berichtete ihm wortwörtlich, was Dr. Grosse gesagt hatte. Oscar hörte ängstlich gespannt zu – und sah wieder zu seinem Bruder, ehe er antwortete.
»Wenn ich dich recht verstanden habe«, sagte er mühsam, »mußt du nach der Operation mindestens sechs Wochen im verdunkelten Zimmer bleiben und dich noch weitere sechs Wochen in jeder Kleinigkeit nach den Vorschriften des Arztes richten. Hast du schon bedacht, Lucilla, daß unsere Heirat dadurch wieder um ein Vierteljahr verschoben wird?«
»Natürlich habe ich das bedacht. Aber wenn du an meiner Stelle wärst, Oscar, wäre auch dir kein Preis zu hoch. Bedenke doch, Liebster, was es für mich bedeutet, dich endlich sehen zu dürfen!«
Dieses selige Bekenntnis brachte Oscar zum Schweigen. Der Ärmste saß zufällig dem Spiegel gegenüber. Er drehte hastig seinen Sessel herum, damit er sich nicht mehr sehen mußte.
Ich bemerkte soeben, daß ich vergessen habe, die Gründe des bisherigen Heiratsaufschubs zu erwähnen. Lucilla und Oscar hatten ja schon im April heiraten wollen, sobald keine Rückkehr

seiner Krampfanfälle mehr zu befürchten war. Alles war vorbereitet: Das Brautkleid war im Hause, Reverend Finch hatte eine zweifellos welterschütternde Predigt geschrieben... Da wurde Miß Batchford in London krank. Lucilla erklärte es für unmöglich, Hochzeit zu feiern, solange die Tante, die an ihr gewissermaßen Mutterstelle vertreten hatte, zwischen Tod und Leben hing, und Reverend Finch schloß sich dieser Meinung an. Es handelte sich immerhin um eine Erbtante, auch wenn er und seine Schwägerin sich gegenseitig haßten wie die Pest. Kurz und gut, die Heirat wurde vertagt. Seit etwa einer Woche hatten wir nun wieder bessere Nachrichten von Miß Batchford. Sie war auf dem Wege der Genesung und hoffte in vierzehn Tagen imstande zu sein, an der Hochzeit ihrer Nichte teilzunehmen. Und jetzt kam wieder die – für Lucilla – so wunderbare Möglichkeit der Augenoperation dazwischen! Was sollte man da raten? Ich saß wie auf Kohlen. Wenn Oscar auch jetzt noch nicht den Mut fand, sie über sein verändertes Äußeres aufzuklären? Wenn Lucilla wirklich genügend Sehkraft zurückerhielt, um bereits vor der Heirat mit eigenen Augen zu erkennen, daß sie in einem so wichtigen Punkt getäuscht worden war? Wie würde sie sich verhalten? Der weiseste Prophet wäre vor dieser unlösbaren Frage verzweifelt. Und das, lieber Leser, war die eigentliche Zwickmühle, in der wir uns alle – teils bewußt, teils unbewußt – nach dem Besuch der beiden Augenärzte befanden!
Nugent, der vergebens versucht hatte, seinem Bruder mit stummer Augensprache etwas zu signalisieren, mußte nun wohl oder übel selbst reden.
»Ich halte es für meine Pflicht, Lucilla«, sagte er ernst, »Ihre Begeisterung ein wenig zu dämpfen – nur damit Sie nichts außer acht lassen. Das ist auch Ihre Pflicht. Bedenken Sie erstens, daß es für Oscar sehr hart ist, den bereits festgelegten Hochzeitstag wieder in nebelhafte Fernen entschwinden zu sehen. Und zweitens ist Grosse, bei allem Respekt vor seinem Können, nicht unfehlbar. Die Operation kann mißlingen, und dann haben Sie die Heirat völlig sinn- und zwecklos verschoben und sind in trüberer Stimmung als je zuvor. Heiraten Sie doch lieber erst und lassen Sie sich dann operieren! Das wäre die menschlichste Regelung, meine ich. Kann der erste Sehversuch, an den Sie fast

zweiundzwanzig Jahre lang nicht gedacht haben, nicht noch ein paar Wochen warten?«

Lucilla schüttelte ungeduldig den Kopf.

»Da spricht einer, der nie blind war«, sagte sie. »Wären Sie es und hätte sich Ihnen heute dieselbe Hoffnung eröffnet wie mir, so würden auch Sie keine Stunde mehr vergeuden wollen. Sie machen mich auf meine Pflichten aufmerksam. Ich weiß, was ich meinen Nächsten schulde. Aber ich bitte auch Sie um Verständnis und Rücksicht. Denken Sie an die vielen Jahre, die ich verloren habe. Denken Sie an die atemberaubende Glücksmöglichkeit, daß ich als Braut vor den Altar trete und den Mann, dem ich mein Leben weihe, sehen kann! Das soll ich wie etwas Nebensächliches um einen Monat verschieben? Ebensogut könnten Sie mich für einen Monat lebendig begraben. Jetzt, wo ich weiß, daß ein Arzt, der meine Heilung für möglich hält, in Reichweite ist, ist es unmenschlich, mir Geduld zu predigen. Wer das nicht verstehen kann, dem sage ich: Ich bin Gott sei Dank mündig. Und wenn ihr Dr. Grosse nicht in den allernächsten Tagen wieder nach Dimchurch holt, werde ich ihn auf eigene Faust in London aufsuchen!«

Beide Brüder sahen mich an.

»Haben Sie nichts dazu zu sagen?« fragte Nugent. Oscar war zu aufgeregt, um ein Wort hervorzubringen. Er kam nur leise zu mir, ergriff meine Hand und drückte sie einen Moment flehentlich an seine blauen Lippen.

Halten Sie mich meinetwegen für herzlos. Oscars Appell rührte mich in keiner Weise. Lucillas Wünsche stimmten zu sehr mit den meinen überein. Ich hatte von Anfang an die Meinung vertreten, daß sie über Oscars Entstellung Bescheid wissen müsse, ehe sie ihn heiratete. Da sie nun selbst zu baldiger Operation entschlossen war, ersparte sie mir eine schmerzliche und undankbare Aufgabe. Falls sie auch nur einen Schimmer ihrer Sehkraft zurückerhielt, würde sie die Wahrheit mit eigenen Augen erkennen und sich in voller Kenntnis der Sachlage für oder gegen Oscar entscheiden. Ich dachte nicht daran, den ›frommen‹ Betrug der Brüder weiterhin zu unterstützen.

»Ich bin nicht berechtigt, mich irgendwie einzumischen«, sagte ich. »Außerdem kann ich mich nur zu gut in Lucillas Lage hineinversetzen. Wäre ich einundzwanzig Jahre lang blind gewesen, so würde ich wahrscheinlich auch zuerst an meine Augen denken – und dann an alles andere.«

Oscar ließ tief enttäuscht meine Hand fallen, trat ans Fenster und starrte hinaus. Lucilla lächelte mich dankbar an: »Sie verstehen mich!« Nugent erhob sich mit finsterer Miene und ging zur Tür. Es war nur zu klar, daß er immer noch gehofft hatte, Lucilla würde seinen Bruder blind verliebt heiraten. Jetzt kam es auf die Bestätigung ihrer Gefühle an... und wer konnte sagen, wie die Entdeckung der Wahrheit auf sie wirkte?

»Madame Pratolungo«, sagte er steif, »hoffentlich bereuen Sie – wir – nicht eines Tages unsere heutigen Entschlüsse. Sie sind Ihre eigene Herrin, Lucilla. Mehr habe ich nicht zu sagen.«

Er verließ in bewundernswerter Haltung das Zimmer. Ich konnte nicht umhin, ihn – zum wievielten Male? – mit seinem schwachen Bruder zu vergleichen, und wieder fiel der Vergleich zuungunsten Oscars aus. Dessen erste Regung war natürlich, seinem Bruder zu folgen, aber auf halbem Wege blieb er doch noch einmal stehen. Im letzten Moment fiel ihm ein, daß er noch einen kleinen Trumpf in der Hand hatte, nämlich Reverend Finchs ›moralisches Gewicht‹. »Eins mußt du noch bedenken, Lucilla«, sagte er zaghaft, »bevor du unwiderrufliche Schritte unternimmst. Ich habe mit deinem Vater gesprochen. Er ist absolut gegen alle Experimente!«

Lucilla stieß einen matten Seufzer aus. »Nun ja. Es ist nicht das erste Mal, daß ich bei meinem Vater auf Verständnislosigkeit stoße. Ich bin betrübt, aber keineswegs erstaunt. Wirklich betrübt und erstaunt«, fügte sie plötzlich heftiger hinzu, »bin ich über dich! Du behauptest, mich zu lieben – und doch zeigst du keine Spur Verständnis für mich, die ich auf der Schwelle eines neuen Lebens stehe. Lieber Himmel! Ist es nicht in unser beider Interesse, daß ich ein kompletter Mensch werde? Daß ich dich sehen kann, ehe wir unser gemeinsames Leben beginnen? Daß ich dir, wie andere Bräute, tief in die Augen sehe, wenn ich vor dem Altar gelobe, dich zu lieben, zu ehren und dir zu gehorchen, bis der Tod uns scheidet?«

Sie wandte sich unvermittelt zu mir. »Begreifen Sie, was er hat? Warum er herumredet und Schwierigkeiten macht? Warum er

mir – schrecklich zu sagen – das Augenlicht beinahe nicht zu gönnen scheint?«
Ich gab Oscar einen unmißverständlichen Wink. Jetzt war der Augenblick gekommen, Lucilla in die Arme zu nehmen und ihr alles zu gestehen! Eine solche vom reinen Gefühl gelenkte Gelegenheit ergab sich vielleicht nie wieder. Oscar erkannte das so gut wie ich. Ich sah, daß er die Gelegenheit zu nützen versuchte, daß er mit sich kämpfte – und doch nicht den letzten Mut aufbrachte.
»Ich habe einen Grund, Lucilla«, stammelte er und stockte. Er rang nach Atem und setzte noch einmal an. »Einen Grund, der... schwer auszusprechen ist...« Weiter kam er nicht. Der Schweiß perlte auf seiner blaugrauen Stirn.
»Welchen Grund?« fragte Lucilla scharf. Ihr Ton setzte Oscar vollends außer Gefecht. Er wandte das Gesicht ab, als fürchte er schon jetzt von ihr gesehen zu werden. Im letzten Moment flüchtete er sich in eine feige, jämmerliche Ausrede.
»Ich... ich glaube Herrn Grosse eben nicht so wie du«, murmelte er. Lucilla wandte sich, schwer enttäuscht, ihrer eigenen Zimmertür zu. »Wenn du blind wärest«, sagte sie beherrscht, »und nicht nur ich, würdest du mit mir glauben und hoffen. Aber ich scheine zuviel von dir erwartet zu haben. Gut, daß ich's weiß. Man lernt nie aus!« Sie ging rasch in ihr Zimmer und schloß die Tür hinter sich. Ich ertrug es nicht länger. Ich schickte mich an, Lucilla zu folgen und ihr die paar Sätze zu sagen, die Oscar wieder einmal nicht zustande gebracht hatte. Meine Hand lag schon auf der Klinke, als Oscar mich zurückhielt. Ich sah ihn schweigend an.
»Nein!« flüsterte er wild, »ich sage es ihr – oder niemand!«
»Dummes Gerede«, erwiderte ich kühl. »Sie raffen sich nie auf. Lassen Sie mich los!«
»Sie haben mir versprochen, mein Geheimnis zu wahren, bis ich selbst rede. Ich verbiete Ihnen jede Einmischung!«
Ich erwiderte mit der südeuropäischen Geste äußerster Verachtung: einem Fingerschnippen dicht vor seinem Gesicht.
»Das halte ich von meinem Versprechen und Ihrem Verbot! Mich interessiert jetzt nur noch Lucillas Wohlergehen – und danach werde ich handeln. Lucilla!«

Oscars Hand packte meinen Arm fester. Jähzorn, wie ich ihn selbst bei ihm noch nie gesehen hatte, funkelte aus seinen Augen.
»Wenn Sie jetzt reden«, stieß er tonlos zwischen den Zähnen hervor, »nenne ich Sie eine Lügnerin! Ich weiß, was ich will – so gut wie Sie! Ich nehme jeden Meineid auf mich! Lucilla glaubt mir immer noch mehr als Ihnen, und...«
Lucilla öffnete die Tür. »Was ist jetzt schon wieder los?« fragte sie matt.
Ich wußte, daß Oscar in diesem Moment zu allem – außer zu einem aufrichtigen Geständnis – fähig war. Schwache Menschen sind im Zustand der Verzweiflung nicht zu bändigen. Und ich scheute trotz meines Zorns davor zurück, Lucilla die jämmerlichste Seite des Mannes, den sie liebte, zu enthüllen. Es hätte sich nicht vermeiden lassen, wenn ich ihn hier auf der Zimmerschwelle zur Rede gestellt hätte. Ich hatte Erbarmen mit den beiden jungen Menschen und unterließ es.
»Ich möchte noch eine Besorgung im Dorf machen, bevor es dunkel wird, Lucilla«, sagte ich. »Kann ich etwas für Sie erledigen?«
»Wenn Sie noch fünf Minuten warten wollen«, erwiderte sie, »würde ich Ihnen gern einen Brief mitgeben.«
Sie zog sich zurück und machte die Tür wieder hinter sich zu. Entweder hatte sie Oscars Anwesenheit nicht bemerkt, oder – was wahrscheinlicher war – sie ignorierte ihn im Moment absichtlich. Er war hastig einige Schritte zurückgetreten. Ich würdigte ihn keines Blickes mehr und strebte an ihm vorbei auf mein eigenes Zimmer zu. »Ihr Glück!« murmelte er verbohrt. »Sie haben Ihr Versprechen also doch lieber gehalten!«
»Nicht Ihretwegen«, versetzte ich. »Adieu.«
»Ich werde mit Lucilla reden, wenn ich es für richtig befinde«, sagte er hinter mir her.
Eine wirklich kluge Frau hätte ihn reden lassen und gar nicht mehr geantwortet. *Hélas!* Ich bin keine wirklich kluge Frau – wenigstens nicht immer.
»Wenn Sie es für richtig befinden!« wiederholte ich erbittert. »Das heißt: nie! Dr. Grosse hat uns klar und deutlich gesagt, daß Lucilla, wenn sie erst einmal operiert ist, monatelang vollkom-

mene Ruhe haben muß. Sie werden bald eine wunderbare Entschuldigung für Ihr Schweigen haben, Mr. Oscar Dubourg!«
»Sparen Sie sich Ihren Hohn, Sie oberflächliches Frauenzimmer!« zischte er. »Was liegt mir an Ihrer Hoch- oder Geringschätzung? Lucilla liebt mich. Nugent fühlt mit mir. Das genügt!«
Das genügte auch mir, mich zu der bösesten Antwort hinreißen zu lassen, die ich ihm geben konnte.
»Arme Lucilla! Wieviel besser stünde es um ihre Zukunft, wenn sie mit Nugent verlobt wäre statt mit Ihnen!«
Oscar zuckte zusammen wie unter einem Dolchstich. Er sagte nichts mehr – und schlich wie ein geprügelter Hund aus dem Zimmer. Dieser Anblick kühlte meine weißglühende Wut sofort ab. Vergebens sagte ich mir, daß er mich herausgefordert und unverschämt beleidigt hatte. Oberflächliches Frauenzimmer! Und doch... Jetzt wäre ich ihm am liebsten nachgelaufen, um meine eigenen bitterbösen Worte zurückzunehmen. Ich war die Ältere und Lebenserfahrene; ich hätte demgemäß abgeklärter sein müssen. Andererseits konnte ich, Pratolungos Witwe, diesem verweichlichten (wenn auch unglücklichen) jungen Mann nicht immer und immer wieder Zugeständnisse machen. Mit ihm, mir und der ganzen Welt bitter unzufrieden, blieb ich im Salon sitzen und wartete auf Weiteres. Meine Einsamkeit wurde nicht von Lucilla, sondern von Nanny unterbrochen, die mir einen Brief überbrachte – von Oscar! Ich hatte mich inzwischen soweit gefaßt, daß ich keine Miene verzog (Nanny hatte Besorgungen gemacht und den ganzen Ärger zum Glück nicht miterlebt), ihr freundlich dankte und den Umschlag erst öffnete, als sie wieder draußen war. Der Brief lautete:

›Madame Pratolungo!
Ihr vernichtendes Urteil hat mich schwerer getroffen, als ich mit Worten ausdrücken kann. Ich weiß, daß mein Charakter nicht der beste ist, und bitte Sie herzlich um Verzeihung: wenn ich aufbrause, bin ich noch weniger ernst zu nehmen als sonst. Sie hingegen sind ernst zu nehmen, und daher komme ich über Ihre harten Worte nicht hinweg. Wenn Sie wüßten, wie ich Lucilla vergöttere, würden Sie mir mildernde Umstände zubilligen. Es

hat mich in tiefster Seele getroffen, daß Sie Lucilla lieber mit Nugent verheiratet sähen als mit mir. Haben Sie diesen grausamen Satz nur im Zorn gesagt – oder meinen Sie es wirklich? Er klingt mir unaufhörlich in den Ohren. Bitte schreiben Sie mir ein paar Worte.

Oscar‹

Ich stöhnte auf. ›Bitte schreiben Sie mir‹ – das war so echt Oscar! Unsere Häuser lagen nur einen Zehnminutenspaziergang auseinander; es stand ihm jederzeit frei, mit mir zu reden – aber nein, er mußte schreiben und dasselbe von mir verlangen! Als ob man sich nicht mündlich in der halben Zeit einigen könnte! Ich hatte jedenfalls keine Lust, mich auf solche kindischen Formalitäten einzulassen. Dumm genug, daß Oscars briefliches Gestammel mich schon wieder ärgerte: dem wollte ich jetzt mit einer vernünftigen mündlichen Aussprache ein Ende machen. Der Maiabend war kühl, im Kamin brannte ein kleines Feuer, das mir zur Vernichtung dieses blamablen Dokuments gerade recht war. Ich knüllte den Brief zusammen und warf ihn (wie ich meinte) in die Glut... Erst viel später erfuhr ich, daß ich schlecht gezielt hatte und der Brief gleich hinter dem Kamingitter liegengeblieben war. Damals achtete ich nicht darauf. Ich war bereits in meinem Zimmer, um mir einen Hut auf den Kopf zu stülpen und unverzüglich nach Browndown zu eilen. Daß Lucilla mir einen Brief mitgeben wollte, hatte ich inzwischen völlig vergessen.
Es war wirklich ein Kreuz mit Oscar. Er hatte sich im Hinterzimmer seines Häuschens verkrochen wie ein Einsiedlerkrebs und war nur durch massive Drohungen zu bewegen, allmählich wieder die Fühler vorzustrecken – und schließlich meine zur Versöhnung dargebotene Hand zu nehmen.
Es lohnt sich nicht, die Szene im einzelnen zu schildern. Genug: unsere Freundschaft wurde wieder ins Lot gebracht. Ich glaube, der arme Kerl hatte sich mit seinen Gewissensbissen und Zweifeln inzwischen genügend herumgeschlagen, um innig dankbar zu sein, daß ich mir trotz allem noch solche Mühe mit ihm gab. Erst Monate danach (Sie werden davon hören) hatte ich Grund zu bedauern, daß ich die Versöhnung mündlich und nicht schriftlich herbeiführte. Hätte ich sein Dokument behalten und

selbst eine Antwort geliefert, schwarz auf weiß, so wären manche kommenden Verwicklungen niemals möglich gewesen. Aber wer ahnt so etwas? An jenem Abend war ich überzeugt, für den Moment das einzig Richtige getan zu haben.
Oscar und ich verabschiedeten uns aufs herzlichste. »Übrigens, haben Sie Nugent nicht auf dem Weg hierher getroffen?« fragte er, als ich mich zum Gehen wandte.
»Nein, ich habe die Abkürzung quer über die Felder benutzt und bin nicht durchs Dorf gegangen«, erwiderte ich. »Wieso? Wollte er noch einmal zu uns?«
»Er sagte es.«
»Wozu?«
»Ach, das ist nur seine übliche Herzensgüte. Er war ganz Ihrer Meinung, daß Schreibereien zwischen uns überflüssig sind. Er lachte bloß, als er hörte, daß ich Ihnen geschrieben hätte, und rannte – wieder einmal! –, um ein gutes Wort für mich einzulegen. Wenn Sie durchs Dorf gegangen wären, hätten Sie ihn treffen müssen.«
Zehn Minuten später hörte ich von Nanny, daß Nugent während meiner Abwesenheit tatsächlich vorgesprochen habe. Er hatte eine Weile im Salon auf mich gewartet und war dann wieder gegangen. Lucilla hatte er gar nicht erst belästigen wollen. Sie war kurz danach aus ihrem Schlafzimmer gekommen und hatte ebenfalls nach mir gefragt. Da ich nicht da war, hatte sie Nanny einen Brief zum Einwerfen gegeben und sich wieder zurückgezogen. Bei diesem Bericht fiel es mir schwer auf die Seele, daß ich Lucillas Auftrag ganz vergessen hatte. Ich ging schleunigst zu ihr, um mich zu entschuldigen. Sie war nach den Ereignissen des Tages begreiflicherweise sehr müde und wollte sich gerade ins Bett legen.
»Ach, das macht doch nichts, daß Sie nicht gewartet haben«, sagte sie lächelnd. »Schreiben dauert bei mir so furchtbar lange! Aber diesen Brief wollte ich unbedingt selbst schreiben. Erraten Sie schon, mit wem ich neuerdings korrespondiere? Mit dem zweiten Mann meines Herzens! Ja, da staunen Sie! Mit Dr. Grosse.«
»Heute schon?«
»Worauf soll ich noch warten? Mein Entschluß steht fest, ich bin

bei guter Gesundheit, der Familienrat hat stattgefunden. Folglich habe ich Dr. Grosse geschrieben, daß ich jederzeit zur Verfügung stehe und nur hoffe, ich müsse ihn nicht in London belästigen: denn das täte ich bestimmt, wenn er nicht sofort wieder herkäme. Ich glaube, er kommt. Meine Formulierung ist unmißverständlich. Morgen nachmittag bekommt er den Brief. Und übermorgen ist er hier, so er ein Ehrenmann ist, der zu seinem Wort steht!«
»O Gott, Lucilla – schon zur Operation?«
»Natürlich zur Operation. Wozu denn sonst?«

33. Der Tag vor der Operation

Der eine Tag, der zwischen Dr. Grosses erstem und zweitem Auftritt lag, brachte zwei Ereignisse mit sich, die ich an dieser Stelle erwähnen muß.
Schon am frühen Morgen erhielt ich wieder einen vertraulichen Brief von Oscar Dubourg. Er hatte, wie sehr viele schüchterne Leute, geradezu die Manie, zur Feder zu greifen, statt sich offen auszusprechen. Da sein Stil in keiner Weise elegant war, konnte ich darüber nur den Kopf schütteln. Ich erlaube mir eine leichte Abwandlung von Mr. Finchs stehender Redensart und sage nichts als: ›Unerforschliche Menschennatur!‹
Die sachliche Information, die Oscars Brief enthielt, war folgende. Er war mit dem ersten Morgenzug nach London gefahren, um ›mit einem Herrn, der im Umgang mit Blinden erfahrener sei als wir alle‹, über seine bedrängte Lage zu sprechen. Zwei Absätze weiter gestand er ein, daß er damit Dr. Sebright meinte.
›Dr. Sebright‹, schrieb Oscar wörtlich, ›ist mir so sympathisch, wie Dr. Grosse mir unsympathisch ist. Meine gestrige kurze Unterhaltung mit ihm hat den angenehmsten Eindruck bei mir hinterlassen. Er ist gütig, verständnisvoll, diskret. Ich glaube, daß er, wenn ich alle meine Schwierigkeiten darlege, am ehesten raten kann, wie ich meiner geliebten Lucilla die Wahrheit eingestehen kann – falls ihre Sehkraft wiederherzustellen ist –, ohne ihr gesundheitlichen oder seelischen Schaden zuzufügen. Bitte,

verehrte Madame Pratolungo, glauben Sie nicht, daß ich Ihren Rat unterschätze. Ich möchte nur außerdem, um ja keinen Fehler zu begehen, noch den Rat eines erfahrenen Fachgelehrten einholen.‹

Schlichter ausgedrückt, hieß das nichts weiter, als daß Oscar sein Gewissen beruhigen und die Stunde der Wahrheit noch möglichst weit hinausschieben wollte. Am Schluß des Briefes ›vertraute er auf meine Diskretion‹ und bat mich, ihm um acht Uhr abends auf der Landstraße entgegenzukommen. Dann könne er mir unter vier Augen über das Resultat seiner Unterredung mit Dr. Sebright berichten.

Soweit Oscars Brief. Bald danach hatte ich am Frühstückstisch ein vertrauliches Gespräch mit Lucilla. Auch sie hatte ein Billettchen von Oscar empfangen und glaubte seine lahme Entschuldigung, er habe geschäftlich in London zu tun, keineswegs. Das arme Ding argwöhnte, er wolle Dr. Grosse irgendwie daran hindern, das Experiment an ihren Augen durchzuführen. Glücklicherweise gelang es mir, sie in dieser Hinsicht zu beruhigen. »Oscar ist ein so empfindsamer junger Ästhet, Liebling«, sagte ich, »daß er diesen tabakstinkenden Urwaldgermanen bestimmt nicht aufsucht. Zwischen den beiden liegen Abgründe. Aber darum brauchen Sie sich jetzt wirklich nicht zu kümmern.«

Eine lange Stille folgte diesen Worten. Als Lucilla wieder zu sprechen anfing, erkannte ich mit Trauer, daß all das Hin und Her sie sehr deprimiert hatte. Sie machte eine Bemerkung, die ich von ihr nie im Leben erwartet hätte – nämlich über den Segen der Blindheit!

»Wissen Sie was?« sagte sie ganz nebenbei, während sie in ihrer Teetasse rührte. »Wenn ich nicht mit Oscar verlobt wäre, hätte ich wahrscheinlich nie daran gedacht, irgendeinen Augenarzt zu bemühen ...«

»Jetzt verstehe ich nicht ganz«, erwiderte ich ehrlich. »Wollen Sie damit sagen, Sie wären nicht unter allen Bedingungen froh, diese große Chance zu haben?«

»Genau das meine ich.«

»Aber noch gestern haben Sie doch Grosse sozusagen die Pistole auf die Brust gesetzt, damit er Sie so schnell wie möglich operiert!«

»Nur wegen Oscar. Ich möchte ihn sehen. Und selbst ihn möchte ich nur sehen, weil ich ihn liebe. Wenn das nicht wäre... Ich glaube nicht, daß ich mich so danach sehnen würde, meine Augen zu gebrauchen. Ich habe sie ja mein Leben lang kaum vermißt.«

»Aber –«, stotterte ich, »als Nugent zum erstenmal die Möglichkeit andeutete, daß Sie operiert werden könnten, sahen Sie aus wie im siebenten Himmel...«

»Natürlich, weil es so überraschend kam«, entgegnete Lucilla. »Nugent hat mich gewissermaßen überrumpelt. Ich fühlte mich wie ein Kind im Märchen. Inzwischen bin ich wieder zu Verstand gekommen, und die erste Begeisterung hat sich gelegt. Ach, ihr Sehenden, ihr legt so übertriebenen Wert auf eure Augen! Ich habe statt dessen meinen Tastsinn, der oft zuverlässiger zu sein scheint als das Gesicht. Wie oft habe ich erlebt, daß Sehende mit offenen Augen an Hindernisse rennen und sich blaue Flecken stoßen – was mir nie passieren könnte. Also, wie gesagt, wenn Oscar nicht wäre... Wissen Sie, was ich mir vom Himmel erflehen würde, wenn ich einen Wunsch frei hätte? Nicht das Augenlicht!« Sie schüttelte den Kopf, und plötzlich erschienen die zwei schalkhaften Grübchen in ihren Wangen. »Aber was ich immer gern gehabt hätte, ist leider nicht möglich!«

»Was, Lucilla?«

»Daß ich meine Arme zu unerhörter Länge ausstrecken könnte! Unheimlich lange Fühler – die habe ich mir von Kind an gewünscht. Damit würde ich mehr erkennen als ihr mit euren Augen, Lupen, Fernrohren und wie das Zeug alles heißt. Ich würde euch Sehenden alles über die Sterne sagen, wenn ich nur mit den Fingern bis dahin reichte!«

»Das ist ein entzückender poetischer Blödsinn, Lucilla.«

»Schön, bleiben wir im prosaischen Alltag. Wer findet sich im Dunkeln besser zurecht – Sie oder ich? Wer kann sich Tag und Nacht auf sein Fingerspitzengefühl verlassen – Sie oder ich? Ich rede jetzt wieder im Ernst, liebe Freundin. Und wenn ich nicht so unendliche Sehnsucht hätte, das Gesicht meines Liebsten zu sehen, würde ich es tatsächlich vorziehen, mein Tastgefühl immer weiter zu verfeinern, statt erst den Gebrauch eines Sinnes zu erlernen, den ich nicht habe. Ehe Oscar in mein Leben trat,

habe ich die Sehenden nie wirklich beneidet – ganz gleich, was man so manchmal sagt, um andere Leute zur Rücksicht zu zwingen oder so ... Das tun alle. Jeder weist auf irgendein Leiden hin, wenn er zart behandelt werden möchte, und meine Blindheit war für mich in manchen Fällen eine ganz herrliche Entschuldigung.«
»Sie verblüffen mich wirklich, Lucilla!«
»Können Sie Ihren Augen immer ganz trauen, selbst am hellichten Tag?« ereiferte sie sich. »Ich bemerke oft, daß sämtliche Sehenden um mich her sich irren. Wie war das noch neulich, als die halbe Familie im Garten zusammen war und sich über einen ungewohnten Gegenstand in der Ferne nicht einigen konnte?«
»Ich erinnere mich. Sie meinen den Gegenstand auf der Landstraße an der Kirchhofsmauer?«
»Ja. Sie waren alle verschiedener Meinung, trotz ihrer wundervollen Augen. Sie sagten, es sei unbeweglich. Mein Vater sagte, es bewege sich. Oscar sagte, es sei ein Mann. Mrs. Finch hielt es für ein Kalb. Nugent lief schließlich hin und besichtigte das Streitobjekt aus der Nähe. Und was war es? Ein morscher Baumstamm, den der Wind über Nacht auf die Straße geworfen hatte! Was ist ein Sinn wert, der Ihnen täglich solche Streiche spielt und bei Nacht überhaupt nicht zu gebrauchen ist? Nein, nein! Wenn ich mir von Dr. Grosse den ›Star stechen‹ lasse, wie er es nennt, so nur, weil ich kurz vor der Heirat mit einem geliebten Mann stehe und mir einbilde, ich könnte ihn noch mehr lieben, wenn ich alle fünf Sinne beisammen habe. Vielleicht bin ich eine Gans. Vielleicht bliebe ich besser in der Welt meiner Illusionen!«
Ich dachte beklommen an Oscars entstelltes Gesicht und versuchte das Thema zu wechseln. Aber Lucilla war jetzt nicht mehr von ihren Gedankengängen abzubringen.
»Ob ich wohl die richtigen Vorstellungen von Formen und Farben habe?« fuhr sie halb zu sich selbst fort. »Ob Lichtes wirklich so himmlisch licht ist – und Dunkles so grauenvoll dunkel?«
»Über vieles werden Sie sich wohl auf jeden Fall sehr wundern«, sagte ich. Ich hielt das für die beste und sachlichste Antwort, aber zu meiner Bestürzung zeigte sich Lucilla schon davon beunruhigt.

»Meinen Sie, ich stelle mir Oscars Gesicht ganz und gar falsch vor?« fragte sie hastig. »Sehen Menschen überhaupt ganz anders aus, als ich denke? Aber nein, so sehr kann mein Tastsinn doch nicht täuschen! Ich verwechsle nie einen Gegenstand mit einem anderen, ich spiele Klavier... und selbstverständlich ist mir jedes Gesicht meiner Umgebung vertraut, und Oscars am allermeisten. Von klein auf brauchte ich ja nur mein eigenes Gesicht als Maßstab zu nehmen, so...«, sie ließ die Fingerspitzen hauchleicht über die eigenen Züge gleiten. »Ich weiß, wie lang und wie breit es ist, wo Brauen, Augen und Nase sitzen, welche Form Ohren, Wangen und Kinn haben. Und wenn ich all diese Einzelheiten bei mir und anderen vergleiche, weiß ich genau, wie der Gesichtstyp des anderen ist. Mir entgeht nicht die winzigste Kleinigkeit, glauben Sie mir! Innerlich sehe ich Oscar so deutlich, wie Sie mich jetzt über den Frühstückstisch hinweg sehen. Was könnte mich an ihm noch überraschen, wenn meine Augen ihn wirklich eines Tages sehen sollten wie bisher meine Hände?«

Sie stand erregt auf, ging ein paarmal im Zimmer auf und ab (wobei ich wieder einmal Gelegenheit hatte, die mühelose Anmut zu bewundern, mit der sie sich zwischen all den Möbeln und dem verspielten Krimskrams bewegte, ohne auch nur ein Stuhlbein zu streifen) und blieb schließlich mit einem zornigen kleinen Fußstapfen vor mir stehen. »Ach, Madame Pratolungo«, brach es ihr aus tiefster Seele, »ich wünschte, ich könnte die nächsten sechs Wochen in einer Chloroformnarkose verschlafen und erst in dem Moment wieder erwachen, wenn Dr. Grosse mir die Bandage von den Augen nimmt!« Sie beruhigte sich etwas, setzte sich wieder hin und wurde plötzlich philosophisch. »Die größte Tugend«, sinnierte sie, »ist doch diejenige, die der Mensch am schwersten durchhält – nicht wahr?«

»So ähnlich hab' ich's oft gelesen«, erwiderte ich verblüfft. Sie trommelte mit beiden Fäusten einen kurzen Wirbel auf der Tischkante. »Diese Tugend heißt: Geduld!« erklärte sie positiv. »Oh, liebe Freundin, wenn Sie wüßten, was für ein untugendhaftes Frauenzimmer ich in diesem Moment bin!« Sie mußte lachen. Ich mußte lachen. Und damit endete unser Frühstücksgespräch.

Später, als ich über einige ihrer Äußerungen ernsthaft nachdachte, zog ich daraus einen gewissen Trost. Falls Dr. Sebright recht behielt und die Operation zu nichts führte, wußte ich nun, daß die Enttäuschung für Lucilla nicht zu groß sein würde. Nie hatte sie mir so deutlich gemacht wie heute, daß Blindheit für Blinde nicht die furchtbare Heimsuchung ist, als die wir sie sehen – eben weil wir sehen!
Um halb acht Uhr abends konnte ich, ohne mich bei meiner sehr müden Lucilla extra entschuldigen zu müssen, allein ausgehen, um Oscar, seiner Bitte gemäß, bei seiner Rückkehr von London abzupassen.
Ich hörte ihn auf der dämmrigen Landstraße schon von weitem, ehe ich ihn sah. Er sang! Und beim Näherkommen erkannte ich, daß der arme Junge strahlte, soweit man bei seiner blaugrauen Verfärbung von einem Strahlen reden konnte. Er schwenkte seinen Spazierstock triumphierend in der Luft und rief mir entgegen: »Gute Nachrichten! Dr. Sebright hat meinen Seelenfrieden gerettet!«
Noch nie war er – im Wesen – Nugent so ähnlich gewesen wie jetzt, als wir einander erreicht hatten und uns die Hand schüttelten.
Dann bot er mir galant den Arm, und wir gingen langsameren Schrittes zusammen nach Browndown zurück. Ich bat ihn, mir alles genau zu erzählen.
»Also erstens«, begann er, »bleibt Dr. Sebright fest bei seiner Meinung, daß die Operation gar keinen Sinn hat. Sie wird fehlschlagen.«
»Sind das Ihre guten Nachrichten?« fragte ich vorwurfsvoll.
»Nein, natürlich nicht«, versicherte er schnell, »obwohl ich zu meiner Schande gestehen muß, daß ich große Angst vor der Operation hatte. Ich habe mir die eventuellen Nebenwirkungen viel zu dramatisch ausgemalt. Dr. Sebright hat mich diesbezüglich beruhigt. Er sagt, ich hätte so gut wie nichts zu fürchten, falls – wohlgemerkt, falls! – die Operation gegen alle ärztliche Erfahrung gelingt. Vor Ablauf von zwei Monaten kann Lucilla auf jeden Fall nichts sehen. Und dann... Aber Sie wollen ja alles von Anfang an wissen. Ich war selbstverständlich von vornherein vollkommen ehrlich: dazu hatte ich Dr. Sebright ja aufgesucht.

Ich informierte ihn also zunächst, daß ich mit Lucilla verlobt bin.«

»...woraufhin er sich schweigend verbeugte«, ergänzte ich.

»Stimmt!« lachte Oscar. »Und dann schilderte ich ihm meine Bedenken. Ich erzählte ihm von Lucillas instinktiver Abneigung gegen alles Dunkle – speziell gegen dunkelhäutige Menschen. Wissen Sie, was er mir darauf erwiderte?«

Ich sagte, das könne ich nicht erraten; so genau sei mir Dr. Sebright noch nicht bekannt.

»Er erklärte diese Abneigung als ein ganz typisches Krankheitssymptom aller Blinden, besonders solcher, die von Kind an blind sind und gar keine selbsterworbenen Begriffe von Farben haben können. Die seelischen Auswirkungen körperlicher Gebrechen gehörten zu den großen Geheimnissen, denen die Wissenschaftler noch auf der Spur sind. Man beobachte auf seinem Fachgebiet ständig die irrationale Antipathie Blinder gegen ›Dunkles‹, ohne eine Erklärung dafür zu finden. Diese Antipathie sei unüberwindlich... außer in den seltenen Fällen, in denen von Kind an Blinde geheilt werden könnten. An diesem Punkt wollte Dr. Sebright nicht weitersprechen, ehe ich ihm nicht alles gesagt hätte.«

»Haben Sie ihm alles gesagt?«

»Alles. Ich habe mich nicht geschont. Ich habe ihm gebeichtet, daß Lucilla noch heute glaubt, Nugent sei der Bruder mit dem blauschwarzen Gesicht – und nicht ich. Und dann fragte ich ihn, was ich tun sollte.«

»Und –?«

»Er sagte mir wörtlich – oh, ich habe mir jedes seiner Worte gemerkt! –: ›Falls Ihre Braut blind bleibt, und ich bin davon überzeugt, kann ich Sie nicht beraten. Das ist eine Sache Ihres eigenen Ehrgefühls und Ihres Gewissens. Sollte die Operation jedoch wider jedes Erwarten von Erfolg gekrönt sein, so lautet mein Rat: Warten Sie einfach ab, wie Ihre Braut sich verhält. Sehen lernen ist eine solche Umwälzung, daß alle vorherigen Maßstäbe nicht mehr gelten.‹ Das waren Dr. Sebrights Worte. Ich kann gar nicht sagen, was für eine Last er mir damit von der Seele genommen hat!«

Ich verstand nun Oscars gute Laune. Dr. Sebrights Rat, Lucilla

weiterhin zu täuschen, war mir weniger verständlich. Ich fragte Oscar eindringlich, ob er nicht nur das für ihn Bequemste aus der ärztlichen Meinungsäußerung herausgehört habe.
»Aber nein«, erwiderte er halb beleidigt. »Nachdem er gehört hatte, daß Lucilla sich auf jeden Fall der Operation unterziehen will, warnte er mich ausdrücklich, sie noch vorher mit einem ›Geständnis‹ zu beunruhigen. Wie sein Kollege Grosse ganz richtig betont habe, sei absolute Ruhe die erste Voraussetzung für einen Erfolg – besonders bei so geringen Chancen. Niemand dürfe das körperliche und seelische Gleichgewicht der Patientin auch nur im geringsten gefährden, bis sie – so oder so – keiner Pflege mehr bedürfe. So lange müsse das bisherige Schweigen also von allen Beteiligten unbedingt weiter bewahrt bleiben.«
»Und wenn sie nach sechs oder acht Wochen sehen kann?«
»Natürlich habe ich Dr. Sebright gefragt, ob ich ihr meinen Anblick in diesem Fall sofort zumuten könne, ohne sie vorher irgendwie darauf vorbereitet zu haben.«
Jetzt wurde es interessant. Ich blieb in atemloser Spannung stehen. Engländer bleiben grundsätzlich nie mitten auf der Straße stehen, auch wenn das Gespräch, das sie im Gehen führen, zu den dramatischsten Höhepunkten gelangt.
»Fehlt Ihnen etwas?« fragte Oscar besorgt.
»Weiter!« sagte ich ungeduldig.
»Ich kann nicht weiter. Sie halten mich ja fest!«
»Himmel, Sie sollen weiterreden, nicht gehen!«
Oscar resignierte. Vielleicht erinnerte er sich von früheren Reisen her an die verrückte südländische Gewohnheit, im Stehen zu debattieren.
»Dr. Sebright hat meine Frage mit der Gegenfrage beantwortet, wie ich Lucilla vorzubereiten gedächte.«
»Und?«
»Ich sagte ihm, ich würde Dimchurch, falls die Operation glücklich verliefe, am liebsten für eine Weile verlassen und ihr auf schonende Weise brieflich mitteilen, was es mit mir für eine Bewandtnis hätte.«
»War Dr. Sebright damit einverstanden?«
»Nein, er war dagegen. Er empfahl mir dringend, dabeizusein, wenn Lucilla ihre ersten Sehversuche machte – falls es je dazu

käme. Es sei für unser künftiges gegenseitiges Verständnis von größter Wichtigkeit, daß sie ihre absurden Vorstellungen sofort durch den eigenen Augenschein korrigieren könne.«
Ich dachte an mein Morgengespräch mit Lucilla, und meine Füße setzten sich mechanisch wieder in Bewegung.
»Absurde Vorstellungen!« murmelte ich gedankenvoll. »Dr. Sebright hat damit in seiner Praxis natürlich schon reichliche Erfahrungen gemacht?«
»Und wie? Zwei Fälle hat er mir erzählt. Der erste war der Fall eines kleinen Mädchens von zehn Jahren, das sein Augenlicht schon als Baby verloren hatte, genau wie Lucilla. Die Kleine war die Tochter eines Kolonialoffiziers und in Indien geboren. Ihre indische Amme hatte die Familie nach England zurückbegleitet. Nun, die Kleine wurde erfolgreich operiert, und der Tag kam, an dem ihr die Binde abgenommen wurde, um zu prüfen, ob und wieweit sie zunächst einmal dunkel und hell unterscheiden konnte. Das erste Gesicht, das die Kleine sah, war das ihrer Mutter, einer blonden, hellhäutigen Engländerin. Sie schlug erstaunt die Händchen zusammen – aber das war alles. Dann kam ihre heißgeliebte indische Amme an die Reihe – und die Kleine brach angesichts ihrer dunklen Haut in entsetztes Geschrei aus. Dr. Sebright war so ratlos wie alle anderen. Wieder einmal diese unvernünftige Angst vor allem Dunklen, und das bei einem zehnjährigen Kind, das bis zu diesem Tag nie eine Farbe gesehen hatte! – Sie können sich denken, wie mir an diesem Punkt der Erzählung zumute wurde. Aber Dr. Sebright tröstete mich. Es habe kaum eine Woche gedauert, und das Kind hing wieder so an seiner Amme wie eh und je. Es hatte sich vollkommen an das dunkle Gesicht gewöhnt – mehr als an das seiner hellhäutigen, aber etwas kühlen Mama. So ein Beispiel ist sehr ermutigend für mich, nicht wahr?«
»Sehr. Sie sehen, es kommt nur auf die menschliche Beziehung an.«
»Das zweite Beispiel war noch eindrucksvoller. Diesmal handelte es sich um einen erwachsenen Mann, und Dr. Sebright erzählte mir seine Geschichte, hauptsächlich um mir klarzumachen, wie abstrus und wirklichkeitsfremd Blinde sich manchmal ihre Umgebung vorstellen. Der betreffende Patient war verhei-

ratet, und der Tag kam, an dem er seine Frau zum erstenmal sehen sollte – wie Lucilla mich vielleicht eines Tages zum erstenmal sieht. Seine Frau hatte ihm vor der Heirat gesagt, sie sei durch eine häßliche Narbe an der Wange sehr entstellt. Nun zitterte sie – oh, wie gut ich ihr das nachfühlen kann! – vor dem Moment, in dem ihm die Binde abgenommen wurde. Ihr Mann, der sie innig liebte, tröstete sie während seiner Genesungszeit fortwährend damit, daß er ihre Narbe ja durch den Tastsinn längst kenne und ihr Äußeres ihm durch Personenbeschreibungen völlig vertraut sei, kurzum, daß ihn nichts erschrecken könne. Dr. Sebright hielt ihm lange Vorträge, daß lebenslang Blindgewesene sich dennoch falsche Vorstellungen von der Wirklichkeit machten – umsonst. Der Patient war überzeugt, er wisse, was er wisse, und hielt im entscheidenden Moment, ganz ›starker Mann‹, die Hand seiner angstbebenden Frau in der seinen. Sein erster Blick galt ihr – worauf er mit einem Schrei in Ohnmacht fiel. Stellen Sie sich die Gefühle der Frau vor! – Erst als Dr. Sebright den Mann mit vieler Mühe wieder zu sich gebracht hatte, erklärte er lachend und weinend zugleich, daß er sich das Gesicht seiner Frau ja unbeschreiblich viel fürchterlicher vorgestellt hatte, als es wirklich war. Im Vergleich mit seinen Illusionen war sie schön wie ein Engel! Aber da er sie nun einmal liebte und seine Vorstellungen von ihr hatte, war er entsetzt, sie... einfach ganz anders zu finden. Von Schönheit oder Häßlichkeit hatte er ja überhaupt keinen realen Begriff. Im Laufe einiger Wochen lernte er das; er konnte seine Frau mit anderen Frauen vergleichen, Bilder erkennen und beurteilen; kurz, er ›sah‹ wie unsereins, und seinem normalen Eheglück stand nichts mehr im Wege.«

»Welche Parallele zog Dr. Sebright von diesem Fall zu Ihrem Fall?« fragte ich etwas zweifelnd, dann ich sah keine.

»Er erzählte mir diesen Fall nur als Beweis seiner Theorie, daß Blinde sich stets falsche Vorstellungen von der Wirklichkeit machen. In Lucillas Phantasie hätte ich keinerlei Ähnlichkeit mit mir selbst, Hautfarbe hin, Hautfarbe her. Sie müsse sich auf jeden Fall erst an mein Äußeres gewöhnen. Unter einem Ritter Blaubart stelle sie sich Gott weiß was für eine Teufelsfratze vor; die Wirklichkeit sei dagegen ja immer noch gemäßigt (wie bei der armen Frau mit der Narbe). Ich solle also unbedingt zugegen sein, wenn Lucilla je ihren ersten Sehversuch mache. Selbst wenn sie im ersten Moment nicht von mir begeistert sei, würde sie sich rasch umgewöhnen (wie das Kind mit der indischen Amme). Vielleicht würde sie mir eine Weile übelnehmen, daß ich ihr nicht schon vor Monaten Bescheid gesagt habe, aber wenn ich ihrer Liebe sonst sicher sei, könnte ich auch ihrer Verzeihung sicher sein. Und im übrigen, fügte er nur noch hinzu, glaube er nicht, daß diese Probe bei uns je stattfinde. Lucillas Chancen, ihre Sehkraft zurückzuerlangen, stünden nach seinem Untersuchungsbefund etwa eins zu fünfhundert. – Damit trennten wir uns.«

Nach diesem erschöpfenden Bericht setzten Oscar und ich unseren Weg eine Weile schweigend fort. Dr. Sebrights Meinung, die zweifellos auf jahrelangen Erfahrungen beruhte, hatte ihren Eindruck auf mich nicht verfehlt. Er kannte sein Handwerk – und er kannte Blinde im allgemeinen. Aber Lucilla war kein alltäglicher Charakter. Dr. Sebright wußte nicht halb so gut wie ich, welcher Überraschungen man bei ihr gewärtig sein mußte. Je länger ich an alle künftigen Möglichkeiten dachte, desto weniger fühlte ich mich imstande, Oscars neuen Optimismus zu teilen.

Indessen wäre es so zwecklos wie grausam gewesen, Oscar in diesem Moment herabzustimmen. Ich tat also sehr zuversichtlich und fragte ihn nur, ob er sich in allen Stücken an Dr. Sebrights Rat halten wolle.

»Mit einer kleinen Einschränkung – ja«, erwiderte er. »Die ist mir erst auf dem Rückweg eingefallen.«

»Darf ich fragen –?«

»Gewiß. Ich werde Nugent bitten, Dimchurch zu verlassen, solange Lucilla ihre ersten Sehversuche macht. Er wird mich bestimmt verstehen und mir den Gefallen tun.«

»Sehr vernünftig«, lobte ich. »Zwei Zwillinge sind fürs erste sicher zuviel. Sie werden also allein zugegen sein, wenn Lucilla die Bandage abgenommen wird?«

»Ja.«

»So daß sie weiß, daß ihr erster Blick auf Sie fällt?«

»Nein... Eine kleine Vorsichtsmaßnahme will ich doch lieber treffen. Sie hält ja Nugent für ›Blaubart‹. Ich werde also so tun, als hätte ich Dimchurch für kurze Zeit verlassen, und lasse sie bei dem Glauben, sie sehe Nugent und nicht mich. Wenn Mr.

Sebrights Erfahrungen zutreffen und sie meine Hautfarbe gar nicht so schrecklich findet, wie ich immer gefürchtet habe, kann ich ihr alles gestehen. So ist die Gefahr eines Schocks am geringsten. Ich glaube, das ist die beste Idee, die ich seit dem Schlag auf den Kopf je gehabt habe.«

Er sagte diesen Unsinn so triumphierend, daß ich es nicht übers Herz brachte, ihn schon jetzt zu entmutigen.

»Vergessen Sie nicht, Oscar«, sagte ich nur, »daß die gescheitesten Pläne von der Gnade des Augenblicks abhängen. Sie müssen sich darauf gefaßt machen, daß irgend etwas Sie im entscheidenden Moment doch zwingt, im wahrsten Sinne des Wortes Farbe zu bekennen.«

Wir hatten Browndown erreicht. Nugent schlenderte vor dem Hause auf und ab und wartete auf seinen Bruder. Ich überließ die beiden ihrem nun fälligen Gedankenaustausch und kehrte allein in die Pfarre zurück.

Schon von weitem hörte ich Lucilla Klavier spielen. Das heißt, sie donnerte in die Tasten, wie ich es ihren sensiblen Händen nie zugetraut hätte, und sang dazu aus vollem Halse. Text und Begleitung waren ihre eigene Komposition: »Bald seh' ich ihn! Bald seh' ich ihn!« Diesen vier Worten unterlegte sie alles, was sie an rauschenden Akkorden und perlenden Läufen nur zusammenbringen konnte. Ich hielt mir die Ohren zu, als ich in den Salon trat, und beeilte mich, den Klavierdeckel mit Brachialgewalt zu schließen.

»Um Gottes willen, Lucilla!« rief ich, als der Lärm verstummte. »Erstens schlagen Sie das Klavier kaputt, und zweitens sind Sie morgen ein nervöses Wrack, wenn Dr. Grosse kommt!«

Das Zauberwort ›Dr. Grosse‹ genügte. Sie war sofort still und schämte sich wie ein Kind.

»Verraten Sie mich nicht«, bat sie kläglich. »Sonst lehnt er morgen womöglich ab, mich zu operieren... Bitte, bitte, beruhigen Sie mich irgendwie! Vielleicht lesen Sie mir etwas Schönes vor?«

Ich wählte einen Band Lyrik aus dem Bücherregal. Ach, der arme Dichter! Weder Lucilla noch ich zollten ihm die mindeste Aufmerksamkeit. Schlimmer: wir beschimpften ihn als den Schuldigen, klappten ihn unehrerbietig mitten im Vers zu, schoben ihn lieblos ins Regal zurück und beschlossen, zu Bett zu gehen.

Lucilla stand am Fenster, als ich noch einmal vorsichtig zu ihr hineinsah. Ihr liebliches Gesicht schimmerte im sanften Mondlicht. »Der Mond ist aufgegangen«, murmelte sie. »Ich habe ihn noch nie gesehen, aber ich fühle ihn! Wann werde ich ihn wohl zum erstenmal sehen?« Sie wandte sich rasch vom Fenster ab und streckte mir ihr Handgelenk entgegen. »Fühlen Sie mal meinen Puls! Ist er in Ordnung? Ich bin jetzt wieder ganz ruhig. Dr. Grosse kann doch morgen nichts an mir auszusetzen haben – oder?«
Ich fühlte ihren Puls. Er raste.
»Über Nacht kommt bestimmt alles in Ordnung«, sagte ich und gab ihr einen Gutenachtkuß.
Eine Viertelstunde später schlief sie wirklich – ein Bild des Friedens. Glückliche, elastische Jugend!
Ich selbst verbrachte eine schaurige Nacht. Morgens war ich so erschöpft, daß ich Lucillas liebevollem Zureden, mich nach dem Frühstück noch einmal hinzulegen, gern folgte. »Dr. Grosse kommt ja erst mit dem Nachmittagszug – wenn er überhaupt heute schon kommt«, meinte sie.
Wir hatten beide nicht mit dem sprunghaften Temperament unseres Teutonen gerechnet. Ich war kaum in unruhigen Halbschlummer gesunken, als Nanny mich wieder aufrüttelte.
»Bitte, Madame, stehen Sie auf! Der deutsche Arzt ist eben gekommen. Er hat schon den Frühzug von London benutzt.«
Ich brachte mich so schnell in menschenwürdigen Zustand, wie es irgend ging, und eilte in den Salon hinüber.
Dr. Grosse hockte am Tisch und sortierte mit satanischer Lust den blitzenden Inhalt eines mitgebrachten Instrumentenkastens. Mir wurde beinahe schlecht, als ich all diese Scheren, Sonden und Skalpelle sah. Neben dem Kasten türmten sich Verbandspäckchen, Watte und Binden. Wer aber hing dem Arzt, aufs lebhafteste interessiert, über die Schulter? Lucilla! Und was tat sie? Sie betastete angelegentlich eines der gräßlichen Instrumente, um zu wissen, womit sie noch heute geschnitten oder gestochen werden sollte!

Zweiter Teil

1. Nugent deckt die Karten auf

Am Tage der Operation ließ ich den ersten Teil meiner Erzählung enden.

Der zweite Teil beginnt am 9. August 1859.

Heute, nach rund zehn Jahren, muß ich mir große Mühe geben, um mir die wenigen Ereignisse der (für uns) schrecklich langgezogenen Pause ins Gedächtnis zu rufen. Der schönste Teil des Jahres mußte diesmal in stumpfsinniger Untätigkeit verbracht werden. Ich weiß nicht mehr, wie wir diese Zeit des Hangens und Bangens überhaupt aushielten. Lucilla ertrug alles mit dem zähen, selbstverleugnenden Mut, den nur die Hoffnung verleiht. Sie spazierte zwischen Schlafzimmer und Salon hin und her, immer bei verdunkelten Fenstern, immer mit der Binde über den Augen, ausgenommen bei den regelmäßigen Visiten Dr. Grosses, der sich unter besonderen Vorsichtsmaßnahmen von den Fortschritten ihrer Heilung überzeugte, etwas Ermutigendes grunzte und nach reichlicher Nahrungsaufnahme wieder verschwand. Ich erleichterte Lucillas Einkerkerung (und, was schlimmer war, die Last der Ungewißheit) mit Büchern, Musik und Geplauder, so gut ich konnte. Mehr als alles das half ihr freilich die Liebe. Lucilla zählte mit wunderbarer Fassung die Stunden, bis die schicksalsschwere Frage sich endgültig entscheiden mußte: Welcher der beiden Augenärzte behielt recht? Dr. Grosse oder Dr. Sebright? Bei der entscheidenden Untersuchung war ich nicht zugegen. Ich war im Garten, wo ich Oscar traf, der seinen Nerven in dieser Stunde ebensowenig traute wie ich den meinen. Wir schritten nebeneinander, ohne ein Wort zu wechseln, auf dem Rasen hin und her wie die sprichwörtlichen Tiere im Käfig. Nur Nanny war dank ihres schlichteren Gemüts imstande, der Untersuchung beizuwohnen, und Nugent wartete im Nebenzimmer, um uns das Resultat aus dem Fenster zu verkünden. Als es soweit war, kam Dr. Grosse ihm jedoch zuvor. Wir hörten sein unverkennbares »He – hoi – hallo!« und sahen, wie er sein großes rotseidenes Taschentuch schwenkte. Mir schwindelte. Nie hatte ich mich einer Ohnmacht näher gefühlt. Die drei nächsten Worte, die Dr. Grosse in den Garten hinunterschrie, behoben alle Zweifel: »Sie wird sehen!«

Du meine Güte, wie erbarmungslos wir über Dr. Sebright herzogen, als wir alle in Lucillas Salon wieder zusammentrafen! Nach der ersten freudigen Aufregung mußten wir uns freilich noch auf zahlreiche kommende Schwierigkeiten gefaßt machen. Unsere Lucilla wurde von der Sekunde an, in der Dr. Grosse ihr versichert hatte, die Operation sei gelungen, ein anderer Mensch. Mit ihrer Engelsgeduld war es aus. Sie rebellierte täglich und stündlich gegen die Vorschriften, die ihr einstweilen noch streng untersagten, die Binde auf eigene Faust zu lüften. Es bedurfte meiner ganzen Überredungsgabe und Oscars flehentlicher Bitten, sie von überstürzten, den ganzen Erfolg wieder gefährdenden Schritten abzuhalten. Es war nur ein Glück, daß Dr. Grosse in dieser Beziehung nicht mit sich spaßen ließ! Er konnte sehr grob werden, wenn es darauf ankam. Wenn Lucilla außer Rand und Band geriet und ihn ins Gesicht hinein beschimpfte, blieb er ihr nicht nur nichts schuldig, sondern fluchte in einem so herrlichen Volapük eigener Erfindung, daß sie stets als erste lachen mußte – womit sich für diesmal alles in Wohlgefallen auflöste. Ah, wie ich unseren guten Grosse beim Niederschreiben dieser Erinnerungen wieder vor mir sehe! Er pflegte die bandagierte Lucilla wütend durch seine dicken Brillengläser anzufunkeln und den Raum mit den Worten zu verlassen: »Machen Sie, was Sie wollen, Finkchen – aber mich sehen Sie dann auf keinen Fall wieder! Verdammt noch mal! Adieu!«

Lucilla war daraufhin für eine Weile wieder brav und rührte ihre Augenbinde nicht an. Ich kann Ihnen in der Zwischenzeit über die Zwillingsbrüder berichten.

Oscar hatte sich nach der beruhigenden Zwiesprache mit Dr. Sebright während der langen, bangen Wartezeit mustergültig benommen. Er tat wirklich alles, um Lucilla zu zerstreuen und zu ermuntern, er war immer zur Stelle, wenn sie ihn brauchte, er enttäuschte sie nie. Seine Geduld und Ergebenheit waren ohne Grenzen. Im Hinblick auf spätere Ereignisse tut es mir geradezu weh, daran zu denken, aber als Chronistin bin ich Ihnen vollkommene Sachlichkeit schuldig. Er sicherte sich eigentlich erst jetzt, in dieser Prüfungszeit, den Platz in ihrem Herzen, an dem er (nicht sie) vorher noch gezweifelt hatte. Seine Besuche waren für sie die schönsten Stunden. Oh, wie hingerissen sie sich über ihn erging, wenn wir abends allein waren! Entschuldigen Sie, geneigter Leser, wenn ich auf Einzelheiten nicht näher eingehe. Sie kennen sie aus allen idealen Liebesgeschichten. Und mir ist es in diesem Fall einfach zu schmerzlich, das uns hundertmal Bekannte zum hundertunderstenmal wiederzukäuen. Reden wir von etwas anderem.

Nun ist Nugent an der Reihe. Ich gäbe hundert Pfund darum, ungeachtet meiner immer noch mageren Börse, ihn gar nicht mehr erwähnen zu müssen. Aber das geht leider nicht. Ich muß über den unseligen Nugent noch eine Menge schreiben, und Sie müssen es lesen, wenn Sie ans Ende meiner Geschichte gelangen wollen, ob Sie es nun mögen oder nicht.

Ich hatte ihn ja von Anfang an sehr gern, wie Sie wissen. Aber während Lucillas langer Dunkelhaft enttäuschte mich mein Favorit. Er und sein Bruder vertauschten die Plätze in meiner Hochachtung. Nun war es Nugent, der mir im Vergleich mit Oscar weniger wert erschien. Zunächst betrübte er seinen Bruder in dieser schweren Zeit noch zusätzlich, indem er Browndown verließ.

›Ich habe alles getan, was menschenmöglich ist‹, hatte er gesagt. ›Ich muß mal wieder ein bißchen an meine eigene Karriere denken. Ich ersticke in diesem Nest! Und da ich hier niemandem mehr von Nutzen bin, laß mich bitte gehen.‹

Oscars Einwände und Bitten nützten nichts. Nugent war eines Tages von der Bildfläche verschwunden. Er hatte sich weder von Lucilla und mir noch vom anderen Teil des Pfarrhauses richtig verabschiedet, da er angeblich nur eine Woche wegbleiben wollte. Er blieb jedoch über einen Monat weg. Nachrichten von seinem wilden Treiben in leichtsinniger Gesellschaft erreichten selbst unser weltabgelegenes Dimchurch. Er sei von einer Rastlosigkeit ergriffen, hieß es, die sogar im Kreise seiner Künstlerkollegen ungewöhnlich sei.

Eines Tages war er wieder da, so plötzlich, wie er uns verlassen hatte.

Er fiel nun übergangslos ins andere Extrem, schlich wie ein reuiger Sünder umher, glaubte weder an sich noch an die Zukunft – geschweige denn an seine Zukunft als großer Tröster – und wollte abwechselnd zurück nach Amerika oder in die Fremdenlegion. Hätten Sie dieses jugendlich-wirre Gebaren richtig gedeutet? Ich bezweifle es. Sie hätten ihm vermutlich ebenso wenig Bedeutung beigemessen, wie ich, wenn Sie Tag für Tag mit Wichtigerem, wie zum Beispiel der Pflege Lucillas, beschäftigt gewesen wären. Auch wenn ich von Natur argwöhnisch wäre – was ich, Gott sei Dank, nicht bin –, hätte ich in jenen endlosen Wochen weder Lust noch Kraft gehabt, mich mit dem Seelenleben eines verwöhnten jungen Nichtstuers zu befassen. Die Atmosphäre in unseren verdunkelten Räumen lähmte jede Geistestätigkeit. Nichts bewegte mich von früh bis spät als die einzige Frage: Wird diese Quälerei wenigstens zu irgend etwas führen? Das dürfte zur Überbrückung der Pause zwischen dem ersten und dem zweiten Teil meiner Erzählung genügen.

Der zweite Teil beginnt also, wie schon gesagt, am 9. August 1859. Dieses denkwürdige Datum hatte Dr. Grosse für Lucillas ersten Sehversuch anberaumt. Ich brauche gewiß nicht zu beschreiben, wie wir alle diesem großen Ereignis entgegenfieberten. Die Nacht vorher erinnerte mich unwiderstehlich an die aufregendsten Stunden meiner Vergangenheit, als mein heroischer Pratolungo und ich der Macht des Schicksals und der Tyrannen weichen mußten und nach England flohen, um das nackte Leben zu retten. Märtyrer der undankbaren Republik (sie lebe dennoch!), hatten wir alles geopfert, ich mein Geld und mein edler Gatte seine Gesundheit. Er starb im Exil, wie Sie wissen.
Ich war am 9. August zuerst auf den Beinen und betrachtete aus meinem Fenster den wunderschönen, klaren Sonnenaufgang, der mir als gutes Omen erschien. Gerade als ich mich abwenden wollte, sah ich eine dunkle Gestalt aus der Tiefe des Gartens näher kommen. Oscar!
»Was machen Sie denn schon so früh hier?« rief ich leise hinunter. Er legte den Finger an die Lippen und flüsterte: »Pst! Wekken Sie Lucilla nicht! Könnten Sie herauskommen? Ich möchte gern etwas mit Ihnen besprechen.«

Ich war in drei Minuten bei ihm und sah sofort, daß irgend etwas nicht stimmte.
»Ist in Browndown etwas passiert?« fragte ich ängstlich.
»Das nicht – aber Nugent scheint mich im Stich lassen zu wollen.«
»Wieso?«
»Erinnern Sie sich noch an den Abend, als wir uns auf der Landstraße getroffen haben, nachdem ich bei Dr. Sebright in London war?«
»Selbstverständlich.«
»Damals habe ich Ihnen meine Pläne für den Fall, daß Lucilla ihr Augenlicht zurückerhält, dargelegt. Ich wollte Nugent bitten, so lange unsichtbar zu bleiben, bis Lucilla sich an den Anblick meiner scheußlichen Verfärbung gewöhnt hätte.«
»Ja, und?«
»Er will nicht unsichtbar bleiben.«
»Haben Sie ihm Ihre Gründe deutlich genug erklärt?«
»Mehrfach. Wie sollte ich ihm sonst begreiflich machen, daß ich – ausgerechnet ich – zum erstenmal in unserem Leben etwas ohne ihn unternehmen möchte? Ich habe ihm immer wieder auseinandergesetzt, daß Lucillas erste Seheindrücke für unsere gemeinsame Zukunft wahrscheinlich von entscheidender Bedeutung sind. Ihr erster Blick solle also ruhig, laut Dr. Sebright, auf mich häßlichen Menschen fallen. Für welchen der Zwillingsbrüder sie mich hält, sei dabei gar nicht so wesentlich: Hauptsache, sie gewöhne sich an den Anblick. Sobald das geschehen sei, könne auch er erscheinen, und wir würden sie gemeinsam über ihren Irrtum aufklären. Aber was, meinen Sie, hat Nugent darauf geantwortet?«
»Hat er ausdrücklich abgelehnt?«
»Das nicht. Er überlegte sich die Sache eine Weile und machte mich dann, wenigstens für den Augenblick, mit meinem eigenen Argument mundtot. Dr. Sebright habe mir ja gesagt und mir Beispiele aus seiner Praxis erzählt, daß Blinde sich alles verzerrt vorstellten und, wenn sie geheilt würden, die Wirklichkeit nicht halb so schlimm fänden wie ihre Phantasiegebilde. Warum solle er jetzt also plötzlich gehen? Warum solle Lucilla nicht gleich erfahren, daß das blauschwarze Gesicht meines sei – und nicht

seins? Daraufhin stopfte Nugent die Hände in die Taschen und kehrte mir den Rücken, als hielte er die Sache für erledigt.«
»Haben Sie dazu noch etwas gesagt?«
»Ja. Ich sagte: ›Und wenn Dr. Sebright sich nun gerade in Lucillas Fall irrt? Es ist ihm bestimmt noch nicht vorgekommen, daß Zwillingsbrüder wie wir beim ersten Sehversuch einer Blinden gleichzeitig zugegen waren. Warum fällt es dir gerade jetzt so schwer, Dimchurch für ein paar Tage zu verlassen?‹ – ›Das will ich dir sagen‹, erwiderte er heftig. ›Ich habe diese dauernden Komplikationen satt. Jetzt, da Lucillas Heilung wahrscheinlich ist, finde ich es so blödsinnig wie grausam, den Betrug noch weiter zu treiben. Halte dich an Dr. Sebrights Rat und zeige dich ihr, wie du bist.‹ Damit verließ er das Zimmer. Ich weiß nicht, was ihn plötzlich so verstimmt hat. Bis jetzt hatte er doch immer soviel Verständnis für mich! Bitte, Madame Pratolungo, versuchen Sie zu ergründen, warum er jetzt auf einmal umschwenkt. Sie sind meine letzte Hoffnung.«
Ich gestehe, daß ich mich keineswegs berufen fühlte, mich hier einzumischen. Nugents plötzliche Meinungsäußerung war zwar auch mir rätselhaft, aber im Grunde, fand ich, hatte er recht. Andererseits hatte sich Oscar in den letzten bangen Wochen so bewährt und sah jetzt so verzweifelt aus, daß ich seine Bitte um Vermittlung nicht rundweg abschlagen konnte. Außerdem drängte die Zeit. Diese brüderliche Uneinigkeit hatte mir am Tage aller Tage gerade noch gefehlt! Ich versprach zu tun, was sich tun ließe, und hoffte im stillen, der Gang der Ereignisse würde mich der Notwendigkeit entheben, überhaupt etwas zu tun.
Leider tat mir der Gang der Ereignisse nicht den Gefallen. Ich mußte gleich nach dem Frühstück ins Dorf, um noch etwas besonders Leckeres zur Bewirtung unseres Doktors einzukaufen, und dabei begegnete mir Nugent. Mir fiel sofort seine finstere und verstockte Miene auf, die mich an unser letztes vertrauliches Gespräch in Lucillas Garten erinnerte.
»Ich gehe wohl nicht fehl in der Annahme«, begann er ohne alle Formalitäten, »daß mein Bruder Sie heute schon in aller Herrgottsfrühe belästigt hat?«
»Oscar hat mit mir gesprochen«, erwiderte ich.

»Über mich?«
»Ja. Sie haben ihn enttäuscht –«
»Ich weiß, ich weiß!« unterbrach er mich ungeduldig. »Oscar ist schlimmer als ein verzogenes Kind. Ich verliere allmählich die Geduld.«
»Diesen unfreundlichen Ton höre ich nicht gern, Nugent. Ich wundere mich über Sie. Bisher haben Sie Oscar doch soviel brüderliches Verständnis entgegengebracht. Warum hören Sie nun gerade heute damit auf? Seine ganze Zukunft hängt vielleicht davon ab, was sich in wenigen Stunden in Lucillas Salon abspielt.«
»Ach was, Oscar macht aus jeder Kleinigkeit ein Drama – und Sie auch!«
Ich verwahrte mich mit einiger Schärfe gegen diese Grobheit. »Sie sind der letzte, der ein Recht hat, so zu reden. Daß Oscar sich Lucilla gegenüber in eine schiefe Lage gebracht hat, geschah mit Ihrem Wissen und Ihrer Zustimmung. Ihrem Bruder zuliebe haben Sie sich zu diesem frommen Betrug hergegeben. Ihrem Bruder zuliebe könnten Sie nun auch noch ein paar Tage weiter Verständnis für seine Lage aufbringen und sich von Dimchurch fernhalten, wie er Sie gebeten hat. Warum machen Sie auf einmal solche Schwierigkeiten?«
»Weil ich mich zu Ihrer Meinung bekehrt habe. Bei unserem denkwürdigen Gespräch in der Laube sagten Sie sehr richtig, es sei grausam, Lucillas Blindheit auszunutzen und ihr die Wahrheit zu verheimlichen. Gut! Ich lehne es von heute an ausdrücklich ab, mich weiter an dieser Grausamkeit zu beteiligen! Ich weigere mich, sie an dem größten Tag ihres Lebens, an dem sie zum zweitenmal wieder sehen soll, zu betrügen!«
Die Heftigkeit, fast Wildheit, mit der er diese Sätze hervorstieß, lähmten sekundenlang meine Zunge. Was sollte ich dazu sagen? Ich trat einen Schritt näher und sah ihm forschend ins Gesicht. Er hielt meinem Blick ohne ein Wimpernzucken stand.
»Nun?« fragte er schließlich mit einem harten, spöttischen Lächeln. Sein Gesicht verriet mir nichts. Aber mein weiblicher Instinkt warnte mich, seine Erklärung so ohne weiteres gelten zu lassen. »Sie wollen also trotz der Bitten Ihres Bruders in Dimchurch bleiben?« fragte ich.
»Allerdings!«

»Und wo gedenken Sie sich aufzuhalten, während Dr. Grosse Lucilla zum erstenmal in unserer Gegenwart die Binde abnimmt?«
»In Lucillas Salon, wie Sie alle. Denken Sie etwa, ich sei an diesem großen Moment weniger interessiert als die andern?«
»Nein! Das dürfen Sie nicht!«
»Wer sollte mich daran hindern?«
»Sie vergessen eins, Mr. Nugent Dubourg!«
»So, Madame Pratolungo? Was denn?«
»Daß Lucilla Sie für den Bruder mit dem verfärbten Gesicht hält – und Oscar nach wie vor für eine Art Lichtgestalt. Ferner haben Sie vergessen, daß Dr. Grosse ausdrücklich verboten hat, die Patientin irgendwie aufzuregen, bevor ihre Sehkraft vollkommen wiederhergestellt und gesichert ist. Daher ist es ausgeschlossen, daß sie schon heute mit der notwendigen Erklärung behelligt wird. Wenn Sie beide anwesend sind, muß Lucilla Sie und Oscar auf jeden Fall verwechseln, und die Verwirrung wird noch heilloser, als sie ohnehin schon ist. Das alles scheinen Sie bei Ihrer heutigen Weigerung, den Betrug fortzusetzen, vergessen zu haben. Und nun sehen Sie hoffentlich ein, daß Ihr eigener Entschluß Sie verpflichtet, dem Pfarrhaus fernzubleiben, bis Lucilla die Wahrheit ohne nachhaltigen Schaden vertragen kann.«
Jetzt hatte ich ihn in der Zange. Er erbleichte und schlug zum erstenmal die Augen vor mir nieder.
»Danke für die Erinnerung«, sagte er sehr leise. »Ja... Ich hatte es wirklich vergessen.«
Mein Herz klopfte plötzlich dumpf und warnend. Sein veränderter Ton, seine gesenkten Augen erfüllten mich mit vagen Befürchtungen. »Also schließen Sie sich nun meiner Ansicht an?« fragte ich kurz.
»Ja.«
»Und was werden Sie heute und in den nächsten Tagen tun?«
»In Browndown bleiben.«
Ich fühlte, daß er log. Fragen Sie mich nicht, warum: ich fühlte es eben.
»Warum fahren Sie nicht zur Sicherheit nach London?« drängte ich. »Dort brauchen Sie sich wenigstens nicht zu langweilen, und Sie –«

Er hob die Augen so plötzlich, wie er sie gesenkt hatte, und unterbrach mich zornig: »Denken Sie eigentlich alle, ich wäre aus Holz oder aus Stein?«
»Was meinen Sie jetzt?«
»Wem schulden Sie in erster Linie Dank dafür, daß es überhaupt zu dem heutigen großen Ereignis kommt?« fuhr er fort, sich in immer heftigere Leidenschaft steigernd. »Mir! Wer von euch allen hat sich nicht träge damit abgefunden, daß Lucilla lebenslänglich blind sein sollte? Nur ich – ich allein! Wer hat den Arzt herbeigeschafft, der ihr helfen konnte? Ich! Und nun bin ich der einzige, der im spannendsten Moment nicht dabeisein darf. Alle andern sind zugelassen – ich werde weggeschickt. Vielleicht ist einer so freundlich, mir zu schreiben (obwohl ich kaum damit rechne; ihr habt jetzt weiß Gott an Wichtigeres zu denken als an mich), wie sie aussah, was sie getan und gesagt hat... in diesem langersehnten, überirdischen ersten Augenblick... beim ersten Blick ihrer Augen in die ihr neugeschenkte Welt!« Er brach in bitteres Gelächter aus. »Meine Aufregung scheint Sie zu verblüffen, Madame? Wie unfein und zudringlich von mir, nicht wahr, daß ich mich als unerwünschter Zaungast unter das heutige Premierenpublikum mischen wollte? Was geht *mich* das Ganze an? O Gott! Was geht mich die Frau an, der ich ein neues Leben geschenkt habe? Was habe ich weiter mit ihr zu schaffen?« Seine Stimme brach schluchzend bei den letzten Worten. Er riß sich den Kragen auf, als sei er am Ersticken, drehte sich abrupt um – und ließ mich allein.
Ich stand wie angewurzelt da. Mein Atem stockte. In diesem Moment erst kam mir die erschütternde Erkenntnis. Auch Nugent liebte Lucilla!
Meine erste Tat, als ich aus meiner Erstarrung zu mir kam, war, in höchster Eile zum Pfarrhaus zurückzukehren. Mich quälte die wahnsinnige Idee, Nugent könnte mir zuvorgekommen sein und sich – in dieser Verfassung! – den Eintritt bei Lucilla erzwungen haben. Erst als ich feststellte, daß bei uns alles still und friedlich war, beruhigte ich mich etwas. Ich befahl Nanny, keine Besucher, wer es auch sei, einzulassen; Lucilla müsse heute bis zur Ankunft Dr. Grosses unbedingte Ruhe haben. Dann ging ich in den Garten hinunter, um einen Schlachtplan zu entwerfen.

Ich hatte keine Menschenseele, der ich mich anvertrauen konnte, und was für den Fall, daß Nugent weitere Verwicklungen schuf, auf meinen eigenen Kopf angewiesen. In der Raserei seiner Leidenschaft, die er so lange vor uns allen verborgen gehalten hatte, war er zweifellos imstande, sogar seinen Bruder zu verraten. Ich mußte damit rechnen – obgleich es mir schwerfiel, meinem einstigen Favoriten Nugent eine solche Schurkerei zuzutrauen. Vorläufig blieb mir freilich nichts übrig, als abzuwarten und wachsam zu sein.
So weit war ich in meinen Überlegungen gekommen, als Nanny erschien und mich zu Lucilla bat. Die Ärmste hatte sich schon beklagt, daß ich sie an diesem großen Tag so lange allein ließ. Ihr Seelenfrieden war jetzt das Wichtigste. Ich begab mich eilends zu ihr.

2. Lucillas erster Sehversuch

Sie saß allein im abgedunkelten Salon, die Binde über den Augen, die hübschen, wohlgepflegten Hände geduldig im Schoß gefaltet. Mein Herz schwoll vor Liebe und dem ungestümen Wunsch, sie jetzt und immer vor allen drohenden Gefahren zu schützen. »Verzeihen Sie, daß ich so lange weggeblieben bin«, sagte ich so ruhig wie möglich. »Ich bin im Dorf leider etwas aufgehalten worden.«
Sie tastete nach meiner Hand – und bemerkte augenblicklich, daß ich nicht so ruhig war, wie ich vorgab.
»Sie haben ja auch Angst!« sagte sie.
»Wieso... auch, mein Liebes?« stotterte ich einigermaßen töricht. Ihr Feingefühl verblüffte mich immer von neuem. »Haben Sie denn Angst?«
»Ja. Jetzt, wo der große Moment so nahe ist, schwindet mir der Mut. Ich fürchte mich vor allen möglichen schrecklichen Zwischenfällen. Ach, wann wird das endlich vorüber sein? Wird Oscar dem Bild gleichen, das ich mir von ihm mache?«
Ich beantwortete nur die erste Frage. Wer konnte die zweite beantworten?

»Dr. Grosse kommt mit dem Vormittagszug. Die erste Probe ist bald vorbei.«
»Wo ist Oscar?«
»Sicher schon auf dem Weg hierher.«
»Beschreiben Sie ihn mir noch einmal, bitte!« sagte sie voller Eifer. »Damit ich ihn bestimmt gleich erkenne ... Seine Augen, sein Haar, seinen Teint – alles!«
Ich kann und mag mir nicht vorstellen, wie ich mich dieser qualvollen Aufgabe entledigt hätte, wenn ich ihrem unschuldigen Wunsch hätte nachkommen müssen. Doch blieb mir dies zu meiner großen Erleichterung erspart, denn ich hatte kaum beim Unverfänglichsten, Oscars Haar, angefangen, als mich das Eintreffen einer Familienabordnung unterbrach.
Der erste, der feierlich hereinstolzierte, die Hand pathetisch auf der Herzgegend seiner schwarzen Weste, war selbstverständlich Reverend Finch. Ihm folgte in ehrerbietigem Abstand seine Gattin, ein neugeborenes Baby auf dem Arm (sie war Ende Juni zum fünfzehntenmal niedergekommen), im übrigen jedoch ohne alle gewohnten Requisiten: ohne Merinojacke, ohne Schal, ohne (wenigstens ohne sichtbaren) Unterrock, ohne Roman, ohne Taschentuch. Dafür war sie zum erstenmal, seit ich sie kannte, in ein komplettes, nahezu ordentliches Kleid gewandet. Es war kaum zu glauben, wie das feuchte Weib dadurch verändert wurde. Hätte sie nicht das Baby am Busen gehabt, so hätte ich sie im Dämmerdunkel des Zimmers auf den ersten Blick für eine Fremde gehalten. Sie blieb schüchtern im Türrahmen stehen, da sie offenbar nicht recht wußte, ob ihr Besuch genehm sei. Wer aber versuchte sich an der breiten mütterlichen Gestalt vorbeizuzwängen und piepste mit wohlbekannter Stimme zwischen Rock und Tür: »Will auch dabeisein!«? Jicks!
Reverend Finch nahm die Hand von der Weste und hielt sie schwach protestierend hoch, worauf Mrs. Finch sich mechanisch in Bewegung setzte und das Zimmer betrat. Hinter ihr schlüpfte Jicks herein, die schmuddlige, bis auf den Holzkopf restlos zerlumpte Puppe zärtlich an sich gedrückt und selbst von altem und neuem Wanderstaub bedeckt. Ihre Schuhe hinterließen kalkweiße Spuren auf dem Teppich, als sie schnurstracks auf mich zulief. Sie spähte angelegentlich durch das Dämmer in mein Ge-

sicht empor, schlug mir dann den hölzernen Puppenkopf energisch aufs Knie und befahl: »Nimm mich hoch!«
Ich rieb mein schmerzendes Knie und nahm Jicks dann auf den Schoß. Gleichzeitig schritt Mr. Finch majestätisch auf Lucilla zu, legte ihr eine Hand aufs Haupt, erhob die Augen zur Decke und tremolierte im tiefsten Heldenvater-Baß: »Gott segne dich, mein Kind!«
Beim Klang der prächtigen, vertrauten Stimme ihres Herrn fand Mrs. Finch sich selbst wieder. Nach einem leisen »Guten Tag« setzte sie sich in eine Ecke, knöpfte das Kleid auf und begann das Jüngste zu stillen.
Mr. Finchs väterlichem Segen folgte die unvermeidliche Ansprache. »Mein Rat ist mißachtet worden, Lucilla. Mein Vaterwort wurde ignoriert. Mein moralisches Gewicht wurde, sozusagen, beiseitegeschoben. Versteh mich wohl: Ich beklage mich mit keiner Silbe. Ich stelle lediglich die traurigen Tatsachen fest.« (Hier wurde er plötzlich meiner Anwesenheit gewahr.) »Guten Morgen, Madame Pratolungo; ich hoffe, es geht Ihnen gut? – Wir hatten schwere Meinungsverschiedenheiten, Lucilla. Doch jetzt komme ich mit heilendem Balsam auf meinen Schwingen – ›heilender Balsam‹ ist im vorliegenden Fall als mein Versöhnungswort zu verstehen. Ja, da komme ich und bringe sogar meine Gattin mit (sie ist erst kürzlich aus dem Wochenbett erstanden, wie du weißt; ich reiche dir sozusagen über einer Wiege die Hand). Mrs. Finch, rede jetzt nicht. Meine inniggefühlten Wünsche, meine heißesten Gebete gelten an dem heutigen, so bedeutsamen Tage dir, meine Tochter. Nicht weltliche Neugier hat meinen Schritt hierhergelenkt. Kein Laut wird meinen Lippen bezüglich der bangen Zweifel entschlüpfen, die mich angesichts der frevelhaften Kühnheit, mit der man der unerforschlichen Vorsehung so in den Arm gefallen ist, immer noch beschleichen wollen. Kein Wort davon! Ich stehe hier als Vater, Seelsorger und Friedensbringer. Mrs. Finch begleitet mich – sprich nicht! – als Stiefmutter und Stieffriedensbringerin. (Sie verstehen den feinen dialektischen Unterschied, Madame Pratolungo? Ich danke Ihnen. Gutes Geschöpf.) Wie könnte ich Verzeihung aller Sünden von der Kanzel predigen, ohne meiner Gemeinde auch im eigenen Heim mit gutem Beispiel voranzuge-

hen? Wie könnte ich mein eigen Kind an solch einem Tage ohne väterlichen Zuspruch lassen? (Sie hatten nie Kinder, wenn ich mich recht erinnere, Madame Pratolungo? Ah, dann ist es unmöglich, daß Sie verstehen, was jetzt in meinem übervollen Herzen vorgeht! Nun, nun, Sie können nichts dafür. Sie tun Ihr Bestes, ich weiß.) – Lucilla! Ich vergebe dir. Aus übervollem Herzen, Tränen in beiden Augen, vergebe ich dir und biete dir, mein Kind, den Friedenskuß.« Er beugte feierlich das borstige Haupt und deponierte seinen Friedenskuß auf Lucillas Stirn, richtete sich wieder auf, seufzte aus tiefster Brust und streckte im Übermaß seiner Großmut auch mir die Hand hin. »Meine Hand, Madame Pratolungo! Fassen Sie sich. Nicht weinen. Gott segne Sie.«

Mrs. Finch, von den edlen Wallungen ihres Gatten heftig ergriffen, begann haltlos zu schluchzen. Auch das Baby verlor den Halt (an der Mutterbrust) und schrie jämmerlich. Reverend Finch beeilte sich, seinen heilenden Balsam auch in diese Ecke zu bringen. »Deine Tränen machen dir Ehre, meine Beste, sind aber unter diesen Umständen sofort einzustellen. Fasse dich im Interesse des Kindes – du weißt, daß die Produktion der nährenden Substanz durch übergroße Gemütsbewegungen beeinträchtigt werden kann. Geheimnisvolle Natur!« orgelte er lauter und lauter, da auch das Baby immer lauter schrie. »Wunderbare und himmelsreine Sympathie zwischen Mutter und Kind, die sich schon so früh in gleichen Gefühlsäußerungen offenbart! Welche Rätsel, welche Kräfte umgeben uns, selbst hier schon im irdischen Dasein! Natur! Mutterschaft! Unerforschliche Vorsehung!«

Reverend Finchs Stichwort ›Unerforschliche Vorsehung‹ brachte fast immer einen neuen Auftritt – so auch diesmal. Zu seinem Ärger, denn er war mit seiner Rede sichtlich noch nicht zu Ende, öffnete sich die Tür, und Oscar kam herein. Lucilla hatte trotz des Lärms sofort seinen Schritt erkannt und winkte ihn wie erlöst herbei. »Hast du noch nichts von Dr. Grosse gehört, Oscar?« fragte sie nach der zärtlichen Begrüßung.

»Er wird gleich hier sein. Ich habe seine Chaise von weitem herankommen sehen.«

Er setzte sich an Lucillas Seite, nahm ihre Hand in die seine und warf mir durch das Dämmer einen flehenden Blick zu, in dem klar und deutlich zu lesen stand: »Lassen Sie mich nicht im Stich!« Ich nickte ihm beruhigend zu. Es war schwer zu sagen, wer von den beiden die letzten Warteminuten schwerer ertrug, er oder sie. Jedenfalls habe ich nie etwas Rührenderes gesehen als diese beiden armen jungen Menschen, die da ganz still Hand in Hand saßen und den Moment nahen fühlten, der über Glück oder Elend ihrer gemeinsamen Zukunft entscheiden sollte.

»Und wo steckt Ihr Bruder?« warf ich so nebensächlich wie möglich hin, um meine beklemmende Angst nicht zu verraten.

»Er ist Dr. Grosse entgegengegangen.« Wieder trafen Oscars Augen die meinen, beschwörender denn je. Ihm war so klar wie mir, daß Nugent den Arzt als ahnungsloses Werkzeug benutzen wollte, ins Haus zu gelangen. Wenn Grosse ihn mit hereinbrachte, konnte ihm kein anderer den Eintritt verwehren.

Mrs. Finch und das Baby waren inzwischen verstummt; nichts hinderte nun Mr. Finch, den zweiten Teil seiner Rede zu halten; wir waren ihm wehrlos ausgeliefert. Er schritt auf Oscar zu und legte auch diesem mit großer Geste die Hand aufs Haupt.

»Da wir nun alle im gleichen Raum vereint sind«, dröhnte er im feierlichsten Kanzelton, »alle beseelt von der gleichen Hoffnung, kann ich nicht umhin, auch Sie zu segnen, mein lieber Sohn. (Sieh her, Mrs. Finch, ich segne unseren Sohn!) Als Vater und Seelsorger drängt es mich, Ihnen ein paar trostreiche –«

Die gute, kluge, bewundernswerte Tür unterbrach den Sermon abermals. Sie öffnete sich, und Dr. Grosses untersetzte Figur und funkelnde eulenhafte Brillengläser erschienen auf der Schwelle. Und hinter ihm stand, genau wie ich befürchtet hatte, Nugent Dubourg. Lucilla wurde totenblaß. Sie hatte auch den Arzt am Schritt erkannt, noch ehe er seine freundlich knarrende Stimme hören ließ. Oscar fuhr auf, stahl sich zu mir und flüsterte mir zu: »Um Gottes willen, schaffen Sie Nugent aus dem Zimmer!« Ich drückte ihm heimlich die Hand, stellte Jicks auf den Boden und erhob mich, um unseren guten Grosse zu begrüßen.

Jicks ließ mich freilich nicht so rasch an ihn heran. Sie und der berühmte Mann hatten sich während einer seiner ärztlichen Visiten im Pfarrgarten kennengelernt und einander rückhaltlos ins Herz geschlossen. Von da an erschien Dr. Grosse nie, ohne die

Taschen voller unbekömmlicher Leckereien für Jicks zu haben, und Jicks lohnte es ihm mit so vielen Küßchen, wie er nur haben wollte. Außerdem genoß er als einziger lebender Mensch die Ehre, ihre Lumpenpuppe untersuchen zu dürfen. Mit ebendieser Puppe, deren Kopf sie als Trommelschlegel benutzte, bearbeitete Jicks jetzt die O-Beine des Arztes, um ihre Monopolstellung zu behaupten: Wehe, wenn er sich unterstand, irgendwen im Zimmer vor ihr zu beachten! Er hob sie lachend in die Höhe, plauderte in seinem komischen Englisch mit ihr und wehrte gutmütig die verlegenen Entschuldigungen des Elternpaares ab. Nugent nahm die Gelegenheit wahr, mich geheimnisvoll in den Korridor zu winken. Ich sah, wie Oscar uns mit den Blicken folgte, und die Qual in seinem Gesicht bestärkte mich in meinem Entschluß, mich von Nugent nicht mehr umstimmen zu lassen. Daß er nichts Gutes im Schilde führte, bewies er ja durch seine heutige Anwesenheit. Nun, in puncto Taktik fühlte ich mich ihm gewachsen – mehr als das!
»Ich möchte mich für mein sonderbares Benehmen im Dorf entschuldigen«, begann er im gedämpftem Ton. »Wissen Sie, ich fühle mich schon seit einiger Zeit gar nicht wohl. Manchmal ist mir, als ob ich Fieber habe. Ich glaube, das Klima hier bekommt mir nicht.« Er hielt inne und forschte scharfäugig in meiner Miene, um zu erraten, was ich von seiner Erklärung dachte.
»Darüber wundere ich mich nicht besonders«, erwiderte ich. »Mir ist in letzter Zeit schon öfters aufgefallen, daß Sie nicht gut aussehen.«
Mein Ton und meine Haltung drückten höfliches Bedauern aus, und sonst nichts. Soviel Gelassenheit hatte Nugent sichtlich nicht bei mir vermutet. Er versuchte es noch einmal. »Ich hoffe, ich habe Sie nicht durch irgendeine Grobheit beleidigt?«
»Aber nein!«
»Ich war erregt – fieberhaft erregt. Sie sind sehr gütig, daß Sie mir meinen Fauxpas nicht weiter übelnehmen. Dennoch hielt ich es für nötig, mich zu entschuldigen.«
»Aber mein lieber Nugent! Natürlich waren Sie aufgeregt, ich aber nicht minder. Wir dürften heute alle im gleichen Zustand sein, und bei einer solchen Gelegenheit finde ich jede Art Aufregung verzeihlich.«

Nicht mit dem leisesten Zeichen verriet ich, daß ich seine Leidenschaft durchschaut hatte und begründeten Argwohn gegen ihn hegte.
An seinem verdutzten Gesichtsausdruck merkte ich, daß es mir gelungen war, ihn mit seinen eigenen Waffen zu schlagen. Er stellte mir eine letzte Falle und versuchte mich mit meinem bekannten Temperament zu ködern. Im Zorn ließ ich mir vielleicht doch das eine oder andere Wort entschlüpfen, das ihm ganz genau zeigte, woran er war.
»Sie sind zweifellos erstaunt und ungehalten, mich hier zu sehen«, fuhr er fort. »Ich habe mein Versprechen nicht vergessen. Zürnen Sie mir nicht! Ich bin nämlich nicht auf eigenen Wunsch hier, sondern auf ärztliche Weisung.«
»Wieso das?« fragte ich knapp und kühl.
»Ich möchte es Ihnen gerade erklären. Sie wissen ja, daß wir unseren Freund Grosse von Anfang an wegen Oscars heikler Lage ins Vertrauen gezogen haben.«
»Daran brauchen Sie mich kaum zu erinnern«, erwiderte ich gelassener denn je. »Schließlich war ich die erste, die auf den Gedanken kam, daß Dr. Grosse in Unkenntnis der Sachlage durch ein einziges Wort das schlimmste Unheil anrichten könnte.«
»Wissen Sie auch noch, wie Grosse unsere Warnung aufnahm?«
»Ich weiß es wie heute. Er versprach – im Interesse seiner Patientin – äußerste Vorsicht, verbat sich aber zugleich ziemlich barsch, in weitere Familiensorgen hineingezogen zu werden. Die interessierten ihn nicht und behinderten seine ärztliche Bewegungsfreiheit, die für ihn grundsätzlich allem vorginge. Habe ich den Sinn seiner Worte exakt wiedergegeben?«
»Ja. Ihr Gedächtnis ist großartig. Nun werden Sie auch verstehen, daß Grosse sich gerade heute mit allem Nachdruck auf seine ärztliche Bewegungsfreiheit beruft. Er hat es mir auf dem Weg hierher auseinandergesetzt. Lucilla darf keinesfalls erschreckt werden, wenn sie zum erstenmal in Gegenwart anderer Personen ihre neue Sehkraft erprobt. Nun würde sie mit tödlicher Sicherheit erschreckt, wenn ihr Blick zuerst auf Oscars Gesicht fiele – auch wenn sie theoretisch darauf vorbereitet ist, daß einer von uns Zwillingsbrüdern entstellt ist. Darum hat Grosse von mir verlangt, daß ich ebenfalls zugegen bin, und zwar an gut sichtba-

rer Stelle. Fragen Sie ihn selbst, Madame Pratolungo, falls Sie mir nicht glauben.«

»Warum sollte ich Ihnen nicht glauben?« erwiderte ich. »Es ist selbstverständlich sinnlos, die Anweisungen des Arztes jetzt noch – in letzter Minute – zu diskutieren.«

Damit ließ ich Nugent stehen und kehrte in den Salon zurück. Meine Haltung drückte leichten Unwillen aus, wie ihn jede Dame in dieser Situation gezeigt hätte, aber nicht den Hauch eines Verdachts. Da ich aber nun wußte, was unter der glatten Oberfläche schwelte, konnte ich mir den Verlauf von Nugents Unterhaltung mit Dr. Grosse leicht zusammenreimen. Nugent hatte die Harmlosigkeit des einzig von seinem Beruf besessenen Arztes ausgenützt, um ihn auf seine Seite zu bringen und unter dem Deckmantel der ärztlichen Autorität seine eigenen Pläne zu verfolgen – welcher Art auch immer diese sein mochten. Ich zitterte innerlich vor Wut und Furcht. Nugent durfte im kritischen Moment keinesfalls in Lucillas Nähe sein. Aber sosehr ich mir das Hirn zermarterte – vorläufig sah ich noch kein Mittel, dies zu verhindern.

Im Salon hatte sich während meiner kurzen Abwesenheit nicht viel verändert. Oscar und Lucilla standen schweigend nebeneinander im Hintergrund. Mr. Finch war noch nicht mit seiner zeremoniellen Vorstellungs- und Begrüßungsrede fertig. Jicks saß abseits auf einem Fußschemel und schlug die Zähne mit kannibalischem Genuß in ein Pfefferkuchenpferd, das die gleiche gallig-ungesunde Farbe hatte wie das Gesicht ihres berühmten Freundes.

»Ach, da sind Sie ja, liebe Madame Pratolungo!« Dr. Grosse, sichtlich bestrebt, Mr. Finch loszuwerden, kam mir entgegen und schüttelte mir herzlich die Hand. »Was gibt's heute Schönes? Ich habe extra nicht gefrühstückt und demgemäß einen Wolfshunger mitgebracht. Nun gucken Sie bloß mal, wie das Kind futtert!« Er wies zärtlich auf Jicks. »Goldige kleine Kröte – ich glaube, ich habe mich unsterblich in sie verliebt. Die Pfefferkuchen habe ich eigens für sie aus Nürnberg schicken lassen. Klebt's an den Zähnen, Jicks? Macht nichts – das ist der gute, reine Honig, der da drin ist! Na, dir schmeckt's, wie ich sehe.« Seine Froschaugen funkelten schalkhaft hinter den Brillengläsern, während er meine Hand gefühlvoll an seine Brust drückte. »Versprechen Sie mir ein Kind wie Jicks, und ich heirate Sie auf der Stelle! So, nun habe ich Ihnen meine ganze Seele bloßgelegt. Fühlen Sie, wie mein Magen knurrt? – Genug davon. Jetzt kommt mein hübsches Finkchen an die Reihe. Los, los, keine Müdigkeit vorschützen!«

Er stampfte auf Lucilla zu und beauftragte Nugent, der unvermerkt hereingekommen war, die Fensterläden zu öffnen.

»Licht, Licht für mein Finkchen!« rief er munter. »Läden auf – und dann nur die Tüllgardinen wieder vor. Heute darf mein Finkchen zum erstenmal die liebe Sonne sehen!« Nugent begann mit dem entfernteren Fenster und endete bei dem, neben welchem Lucilla stand. Er brauchte nun nur stehenzubleiben und das Weitere abzuwarten: Lucillas erster Blick mußte so unweigerlich auf ihn fallen! Und er tat es! Der Schuft tat es wirklich! Ich machte unwillkürlich eine Bewegung auf ihn zu, um ihn wegzureißen, und blieb im nächsten Moment wieder stehen. Unmöglich, direkt vor Lucillas Nase eine Szene zu machen! Ich wußte nicht mehr, was ich tun oder sagen sollte. Ich hätte meinen dummen Kopf am liebsten an der nächsten Wand eingeschlagen. Aber das verhalf mir auch nicht zu dem leisesten Schimmer einer Idee. Dr. Grosse streckte inzwischen schon die behaarten Hände aus und faßte den Knoten der Binde, um ihn aufzuknüpfen. Lucilla zitterte vom Scheitel bis zur Sohle.

Dr. Grosse zögerte, sah sie scharf an, ließ den Knoten los und faßte statt dessen nach Lucillas Puls.

In der eintretenden Stille kam mir endlich, undeutlich und verschwommen, der rettende Gedanke.

»Was ist hier los?« polterte Grosse und ließ Lucillas Hand ärgerlich fallen. »Wer hat meinem Finkchen Angst gemacht? Woher dieser Schüttelfrost, dieser miserable Puls? Heraus mit der Sprache! Was heißt das?«

Mein Gedanke präzisierte sich blitzartig.

»Das heißt«, sagte ich schnell, »daß einfach zuviel Publikum im Zimmer ist. Das muß sie ja verwirren und ängstigen. Gehen Sie lieber mit ihr ins Schlafzimmer, Dr. Grosse, und lassen Sie uns zu ihr, wann und wie Sie es für richtig halten – immer nur einen auf einmal.«

Unser großer Mann griff meine Idee begeistert auf. »Sie sind ein Juwel unter den Frauen«, sagte er bewundernd. »Was an Ihnen fabelhafter ist, Ihre Kochkunst oder Ihr Grips, wage ich nicht mehr zu entscheiden.« Er wandte sich erstaunlich sanft wieder zu Lucilla. »Kommen Sie, armes Finkchen, wir beide unterhalten uns erst noch mal allein. Vielleicht ist es doch noch zu früh für den ersten großen Auftritt.«
Lucilla rang flehend die Hände.
»Sie haben es mir doch versprochen! Ach, lieber Dr. Grosse, Sie haben es mir ganz bestimmt für heute versprochen!«
»Konnte ich neulich wissen«, konterte Grosse, »daß ich Sie heute dermaßen zittrig vorfinden würde und so weiß wie mein Hemd, wenn es frisch gewaschen ist?«
»Ich bin wieder ganz in Ordnung«, beteuerte sie nicht sehr glaubwürdig. »Sie können mir die Augenbinde wirklich schon hier abnehmen!«
»Weiß das Finkchen schon wieder besser Bescheid als ich? Wer ist eigentlich der Augenarzt von uns beiden? Schluß damit. Hier ist mein Arm. Wir verziehen uns in Ihr Privatgemach.«
Er nahm ihren Arm und führte sie mit sanfter Gewalt zur Korridortür.
Dort aber wurde sie plötzlich rebellisch. Ihr Rückgrat steifte sich, und die Röte kehrte in Wangen und Lippen zurück. Zu meinem Schrecken entriß sie Grosse ihren Arm und weigerte sich rundweg, das Zimmer zu verlassen.
»Nein!« sagte sie fest. »Meine kleine Schwächeanwandlung ist vorüber, und es besteht nicht der geringste Grund, daß Sie Ihr Versprechen brechen. Ich will jetzt und hier die Binde von den Augen haben. Ich will und muß Oscar sehen – hier!«
Ich hatte Angst – buchstäblich Angst –, in diesem Moment in Oscars Richtung zu blicken. Statt dessen blickte ich auf Nugent. Er wartete mit einem versteckten, bösen Lächeln, das mich beinahe wahnsinnig machte.
»So, so, sie will und muß!« wiederholte Grosse. »Nun passen Sie mal schön auf, mein Kind.« Er zückte seine Taschenuhr. »Ich gebe Ihnen eine Minute Bedenkzeit. Wenn Sie dann nicht brav mitkommen, werden Sie mal sehen, was *ich* will und muß. Die Minute geht los!«

»Warum sind Sie denn auf einmal so störrisch, Lucilla?« fragte ich sie leise.
»Weil ich will, daß alle zusehen. Wieviel Leute sind hier?«
»Fünf Erwachsene: Ihr Vater und Mrs. Finch, die Brüder Dubourg und ich.«
»Schade, daß nicht fünfhundert Menschen um mich sind statt nur fünf!«
»Warum das?« fragte ich verblüfft.
»Weil ich dann allen zeigen könnte, daß ich Oscar auf den ersten Blick erkenne. Unter Tausenden würde ich ihn herausfinden!«
Mein Gott – immer noch die feste Überzeugung, Oscar sei die Lichtgestalt, die in ihren Träumen lebte! Ich hätte ihm einen Trostblick zuwerfen müssen, aber ich war zu feige. Ich vermochte es nicht. Dr. Grosse steckte seine Uhr ein. »Die Minute ist um«, sagte er. »Kommen Sie jetzt gutwillig mit oder nicht? Kapieren Sie endlich, daß ich Sie nicht vor all diesen Leuten untersuchen kann? Ja oder nein?«
»Nein!« schrie sie und stampfte kindisch mit dem Fuß auf. Grosse knöpfte demonstrativ seinen Rock zu, rammte die Brille fester auf seine Nase und griff nach seinem Hut. »Adieu«, sagte er. »Dann habe ich mit Ihnen und Ihren Augen nichts mehr zu tun. Kurieren Sie sich selbst weiter, Sie Grünschnabel von einem Finkchen. Ich fahre nach London zurück.«
Er öffnete die Tür. Dieser Taktik gegenüber mußte selbst Lucilla nachgeben. Sie wußte gut genug, was es bedeutete, wenn der behandelnde Arzt in diesem Stadium alles hinwarf.
»Scheusal!« fauchte sie ihn an – und nahm seinen Arm.
Grosse grinste teuflisch in seinen Schnurrbart. »Ich bin kein solches Scheusal, wie ich aussehe«, versicherte er, und das war das letzte, was wir von ihm hörten, ehe sich die Tür hinter den beiden schloß. Wir warteten. Allen anderen mochte die Spannung noch an den Nerven zerren wie vorher – ich für mein Teil war jetzt so friedlich im Gemüt wie das Baby, das in Mrs. Finchs Mutterarmen schlief. Dank meiner Idee und Grosses Mitarbeit hatte ich Nugents hinterlistigen Plan vereitelt. Es war jetzt unmöglich, daß Lucillas erster Blick auf ihn fiel, selbst wenn Dr. Grosse ihr drüben die Binde abnahm und ihr einige Sehversuche auf einzelne Personen gestattete. In dieser Ausnahmesituation durfte

ihr Verlobter sicherlich ihr Schlafzimmer betreten (natürlich in meiner oder Mr. Finchs Begleitung), nie aber Nugent. Zum erstenmal in meinem Leben pries ich die unerbittliche Strenge der englischen Anstandsregeln. Mr. Nugent Dubourg hatte manierlich zu warten, bis er Lucilla irgendwann einmal im Salon wiedersah, falls er es unter diesen Umständen nicht vorzog, Dimchurch zu verlassen. Auf jeden Fall hatte ich die Angelegenheit unter Kontrolle, und ich war entschlossen, kein Durcheinander mehr zu dulden, ehe Lucilla wußte, wer von den Brüdern Oscar und wer Nugent war. Ein köstliches Triumphgefühl durchrieselte mich. Ich konnte kaum der Versuchung widerstehen, Nugent zu beobachten: Wie wurde er wohl mit seiner Niederlage fertig? Aber dann hätte mein Gesicht ihm zweifelsfrei verraten, daß ich alles wußte und mir innerlich nicht wenig darauf zugute tat, ihn übertrumpft zu haben. Ich nahm damenhaft, mit gesenkten Augen, in einem Sessel Platz, kreuzte die Hände im Schoß und machte ein Gesicht, als könnte ich nicht bis drei zählen – es muß ein erbaulicher Anblick gewesen sein.

Die Pause zog sich in die Länge. Wir verharrten alle in tiefem Schweigen; sogar Mr. Finch litt zum ersten und einzigen Mal an einer akuten Stimmbandlähmung. Er und seine Frau saßen in einer Ecke, Oscar und ich in einer anderen. Nugent stand für sich allein vor dem Fenster, starrte in den Garten und überlegte wahrscheinlich fieberhaft, wie er mir die Durchkreuzung seiner Pläne heimzahlen könnte.

Oscar war der erste, der die Stille brach.

»Wo ist eigentlich Jicks geblieben?« fragte er plötzlich.

Ich hatte das Kind vollkommen vergessen. Auch ich schaute mich nun im Zimmer um, stellte aber fest, daß Jicks wirklich verschwunden war. Hier mischte sich Mrs. Finch mit einer schüchternen Erklärung ein. Ihr Mutterauge hatte gesehen, daß Jicks gleich nach Dr. Grosse und Lucilla aus der Tür geschlüpft und ihrem Freund auf den Fersen gefolgt war. Solange sie in dessen Taschen noch mehr Pfefferkuchen vermutete, war die katzenflinke kleine Nomadin wohl kaum aus seiner Nähe wegzubringen. Das sei nun mal nicht anders, ja... Aber wenn Jicks den Herrn Doktor Grosse nicht störe, sei es ja wohl nicht weiter schlimm, ja.

Gleich nach dieser Erklärung hörten wir, wie Lucillas Schlafzimmertür zum Korridor hin geöffnet wurde und Dr. Grosse nach Nanny rief. Zwei Minuten später kam Nanny zu uns herein und teilte uns im Auftrag des Arztes mit, er könne Lucilla heute noch keinen größeren Sehversuch bei Tageslicht gestatten.
»Ist sie sehr enttäuscht?« fragte Oscar ängstlich.
»Das weiß ich nicht recht, Sir. Sie ist irgendwie gar nicht sie selbst. Ich hab' noch nie erlebt, daß Miß Lucilla so zahm und ruhig war, wenn es nicht nach ihren Wünschen ging. Zu mir sagte sie nur: ›Geh in den Salon, Nanny, und sag's den andern.‹ Kein Wort mehr.«
»Soll ich vielleicht hinüberkommen?« fragte ich.
»Nein, Madame. Ich war so frei, Miß Lucilla danach zu fragen, aber sie schüttelte bloß den Kopf. Der Doktor setzte sich wieder neben sie aufs Sofa und sagte, ich sollte sie allein lassen, sie hätten noch miteinander zu reden.«
Da die Stille nun einmal gebrochen war, fand auch der Papst von Dimchurch seine Stimme und seine Haltung wieder. »Treten Sie zu mir, gute Frau«, tönte er gütig, »und beantworten Sie mir folgende Frage: Hat Miß Finch, solange Sie im Zimmer waren, nicht vielleicht den Wunsch nach geistlichem Beistand geäußert? Wenn dem so wäre, würde ich ihr als Vater und Seelsorger selbstverständlich den nötigen Trost nicht vorenthalten.«
»Ich habe nichts dergleichen gehört, Sir«, erwiderte Nanny schlicht.
Mr. Finch beendete die Audienz mit der Geste eines gekränkten Königs. Nanny wollte das Zimmer verlassen, wurde aber von Nugent aufgehalten.
»Haben Sie sonst gar nichts zu berichten?« fragte er mit unterdrückter Erregung.
»Nein, Sir.«
»Warum kommen sie nicht wieder, auch wenn aus dem Sehversuch heute nichts wird? Was machen sie denn so lange da drüben?«
»Das, was ich schon sagte, Sir: Sie sitzen auf dem Sofa und reden miteinander. Und Jicks«, fügte Nanny, vertraulich zu mir gewandt, hinzu, »wühlte gerade in Dr. Grosses Rocktaschen, als ich hineinkam.«

Nun stellte auch Oscar eine Frage, nicht eben in seiner besten Manier.
»Was redet denn Miß Lucilla mit dem Doktor?«
»Ich weiß nicht, Sir.«
»Etwas müssen Sie doch gehört haben!«
»Nein, Sir. Solange ich drin war, hat Miß Lucilla nur geflüstert.«
Hierauf gab es nichts mehr zu fragen und zu sagen. Nanny beeilte sich, in die Küche zurückzukommen, in der sie an Grosse-Tagen immer besonders viel zu tun hatte. In ihrer Hast ließ sie die Tür hinter sich nur angelehnt. Wir Zurückbleibenden sahen einander stumm an. Was mochte dieses lange Tête-à-tête da drinnen nur bedeuten? Oscar konnte zwar trotz seines leicht entflammbaren Gemüts unmöglich auf den Arzt seiner Braut eifersüchtig sein (geschweige denn auf einen so alten und häßlichen), aber etwas sonderbar war die Sache doch. Der rein medizinische Teil der heutigen Visite war ja mit der Erklärung, Lucillas Sehversuch müsse vertagt werden, eindeutig erledigt.
Nugent kehrte an seinen Platz am Fenster zurück und versank in tiefe Gedanken. Reverend Finch, innerlich brodelnd von unausgesprochenen Worten, erhob sich gewichtig von der Seite seiner Gattin. Auf jeden Fall hatte er jetzt die beste Gelegenheit zu einer weiteren Ansprache.
»Meine christlichen Freunde –«
Nugent, längst immun gegen Mr. Finchs Orgelbaß, sah ungerührt weiter aus dem Fenster. Oscar, dem jetzt alles egal war außer Lucilla, flüsterte mir dringend zu, während das Baßgedröhn an unseren Ohren vorbeirauschte: »Bitte, gehen Sie zu Lucilla! Sie brauchen ja keine Zeremonien bei ihr einzuhalten. Ich muß endlich wissen, was nebenan vorgeht!«
»... die Gelegenheit erfordert meinen geistlichen Rat, welcher da lautet: Bleibet fröhlich, meine Freunde, selbst in Trübsal und Bedrängnis ...«
»Tun Sie mir den Gefallen!« flüsterte Oscar weiter. »Was machen die beiden nur so lange?«
»Ich möchte mich nicht aufdrängen«, flüsterte ich zurück. »Sie wollten ausdrücklich allein –«
Ein Stoß in den Rücken unterbrach mich. Ich drehte mich um

und entdeckte Jicks, die eben zum zweitenmal mit dem Puppenkopf nach mir ausholte. Als sie sah, daß sie ihren Zweck erreicht und meine Aufmerksamkeit erregt hatte, ließ sie von ihrem Vorhaben ab, packte mich am Rock und versuchte mich unmißverständlich zur Tür zu zerren.
»Hinaus mit dem Kind!« donnerte der Pfarrer, der den Faden seiner Rede verloren hatte.
Ich bückte mich zu Jicks, die immer heftiger an meinem Rock zerrte. Irgend etwas mußte einen sehr aufregenden Eindruck auf sie gemacht haben; ihr Gesichtchen war hochrot und die hellblauen Augen weit aufgerissen. »Komm mit!« verlangte sie ungeduldig. »Sie zanken!«
Im selben Moment hörten wir alle Lucillas zornig erhobene Stimme: »Lassen Sie mich los! Ich bin ein erwachsener Mensch – ich bin kein kleines Kind mehr!«
Wir lauschten wie erstarrt. Auf dem Korridor näherte sich uns das Rascheln eines Kleides. Und nun hörten wir auch Grosse in wütender Erregung schreien: »Nein! Nein! Kommen Sie sofort zurück!«
Das Rascheln näherte sich schnell. Oscar packte mich am Arm. Er und ich standen links von der Tür, Nugent und der Pfarrer rechts. Alles geschah wie ein Blitz aus heiterem Himmel. Mir stand das Herz still. Ich konnte kein Wort herausbringen. Ich konnte mich nicht rühren.
Die halboffene Tür flog plötzlich mit einer Gewalt auf, als wäre von der anderen Seite ein Mann, nicht eine Frau, dagegengestürzt. Mit unsicher ausgestreckten Armen, wie ich sie in den Tagen der Blindheit nie gesehen hatte, taumelte Lucilla in den Salon. Allmächtiger! Die Binde war weg – sie sah! Wo einst der trübe Schleier über ihren Augen gelegen hatte, funkelte jetzt der unverkennbare Glanz des Lebens. Er verwandelte ihr ganzes Gesicht und erleuchtete es mit einer neuen Schönheit, die beinahe furchterregend war. Sie sah! Sie sah!
Einen Moment blieb sie schwankend stehen, geblendet, betäubt von der unvermuteten Helle. Sie blickte auf den Pfarrer und Mrs. Finch, schüttelte verwirrt den Kopf und legte die Hand über die Augen. Dann trat sie etwas weiter vor, dem Licht entgegen – und plötzlich warf sie, hysterisch lachend, beide Arme hoch empor.

Ihr Lachen endete in einem Triumphschrei, der mir durch Mark und Bein ging. Zugleich stürzte sie schon auf Nugent zu, so außerstande, die Entfernung abzuschätzen, daß sie ihn fast umwarf. »Ich kenne ihn – ich kenne ihn!« rief sie und umklammerte ihn mit beiden Armen. »Oh, Oscar! Oscar!« Sie preßte sich an ihn, als wollte sie ihn nie mehr loslassen, und verbarg ihr Gesicht in einer wahren Wonneekstase an seiner Schulter.
Alles das geschah in höchstens einer halben Minute, ehe irgendeiner von uns recht zur Besinnung kam. Grosse, der mit leeren Händen hinter Lucilla hergelaufen war, kehrte noch einmal rasch um und kam mit der drüben vergessenen Augenbinde wieder. Er war der erste, der seine Geistesgegenwart zurückgewann.
Schweigend näherte er sich Lucilla von hinten mit der bereitgehaltenen Binde. Sie hörte ihn jedoch, ehe er sie ihr überraschend wieder über die Augen streifen konnte. Im selben Moment, als ich mich entsetzt Oscar zuwandte, hob sie den Kopf von Nugents Schulter, um sich nach dem Arzt umzusehen. Ihr Blick fiel auf Oscars Gesicht. Sie sah die schwärzlich-blaue Verfärbung seiner Haut im unbarmherzigen Tageslicht.
Ein Schreckenslaut entfuhr ihr; sie griff schaudernd nach Nugents Arm. Grosse gab ihm einen strengen Wink, ihr Gesicht vom Fenster wegzudrehen, und hob die Binde von neuem. Diesmal griff sie selbst mit fieberhafter Begierde danach. »Ja, ja, genug für heute!« keuchte sie atemlos. »Ich habe genug gesehen. Ich habe schon zuviel gesehen...«
Grosse befestigte die Augenbinde sorgfältig und trat abwartend ein wenig beiseite. Lucilla hielt immer noch Nugents Arm umklammert. Ich machte eine zornige Bewegung auf die beiden zu, um sie zu trennen, aber Grosse hielt mich zurück. »Machen Sie das Ganze nicht noch schlimmer!« sagte er leise zu mir, und ich sah ein, daß er recht hatte. Meine nächste Sorge galt Oscar. Er stand wie angewurzelt an der Stelle, auf der er schon bei Lucillas Hereinstürzen gestanden hatte, ohne sich zu regen. Seine Augen starrten ohne einen Wimperschlag ins Leere. Ich ging zu ihm und berührte seine Hand. Er schien es nicht zu spüren. Ich sprach ihn an. Ich hätte ebensogut einen Stein anreden können.
Die anderen Vorgänge im Zimmer lenkten mich momentan von ihm ab. Grosse war bemüht, Lucilla wieder hinauszuführen,

aber sie schüttelte den Kopf und schmiegte sich enger an Nugent.
»Du sollst mich führen, Oscar«, flüsterte sie zärtlich. »Wenigstens bis an die Tür.«
Wieder versuchte ich unwillkürlich einzuschreiten, und wieder vertrat mir Grosse den Weg.
»Nicht heute!« sagte er streng.
Dann gab er Nugent ein Zeichen, Lucillas Arm zu nehmen, und nahm selbst den andern. So führten sie sie zwischen sich hinaus. Grosse schloß die Tür hinter sich. Es war vorbei.

3. Die Zwillinge sprechen sich aus

Leises Schniefen und Schluchzen drang von der anderen Seite des Salons an mein Ohr und erinnerte mich, daß Mr. Finch und seine Gattin noch unter uns weilten und alles miterlebt hatten. Die furchtbare Szene hatte Mrs. Finchs schwache Nerven überfordert. Sie war wehklagend in ihrem Sessel zurückgesunken, während Reverend Finch ihr geistesgegenwärtig das Baby abgenommen hatte und sie – ausnahmsweise gedämpft – beschwor, sich zu fassen. Ich hätte der armen Frau vielleicht meine Hilfe anbieten sollen, muß aber zu meiner Schande gestehen, daß ihr Seelenschmerz mich im Moment kaltließ. Meine Gedanken kreisten einzig und allein um Oscar. Ich wandte mich wieder zu ihm.
Diesmal bemerkte er mich. Er drehte ein wenig den Kopf und sah mich an. Nie werde ich den dumpfen, tränenlosen Schmerz in diesen Augen vergessen!
Ich nahm seine Hand und gab ihm einen sanften, mütterlichen Kuß auf die arme bläulichschwarze Wange. »Nur Mut, Oscar«, sagte ich dann, »das bringen wir schon in Ordnung. Vertrauen Sie auf meine Hilfe.«
Er atmete tief und zitternd auf und drückte dankbar meine Hand. »Ist Nugent draußen?« flüsterte er.
Ich ging in den Korridor. Er war leer. Ich sah behutsam in Lucillas Schlafzimmer. Außer ihr, Grosse und Nanny war niemand anwesend. Ich winkte Nanny heraus und fragte sie, wo Nugent

geblieben sei. Er hatte Lucilla vor der Schlafzimmertür hastig Lebewohl gesagt und das Haus verlassen. Nanny hatte gerade noch gesehen, wie er mit langen Schritten durch den Garten eilte und einen Feldweg einschlug, der vom Dorf weg ins Hügelland führte.

Ich kehrte in den Salon zurück und erstattete Oscar Bericht.

»Ich möchte jetzt auch gehen«, war alles, was er erwiderte. Der ängstliche Gedanke durchfuhr mich, daß er – in seinem jetzigen Zustand! – mit Nugent zusammengeraten könnte. »Bleiben Sie noch etwas«, bat ich inständig. »Sie müssen sich erst erholen.«

Er schüttelte den Kopf. »Ich muß jetzt allein sein und mit mir ins reine kommen. Ich gehe nach Hause.«

»Nach Browndown?«

»Ja.«

»Lassen Sie mich mitkommen!«

»Haben Sie Dank für Ihre Güte, aber ich möchte lieber allein gehen. Ich lasse im Laufe des Tages von mir hören.« Seine Gefaßtheit war erschütternd. Keine Tränen, kein Toben, kein Ausbruch irgendwelcher Art – und das bei Oscars sonst so leicht aufbrausendem Temperament! Ich wußte, was seine Ruhe bedeutete: Es war die Ruhe der Verzweiflung. Sanft und doch fest machte er sich von meiner Hand los, die ihn instinktiv zurückhalten wollte, und ging hinaus.

Meine Knie wurden weich; ich sank bebend in den nächsten Sessel. Ich konnte mich der Ahnung nicht erwehren, daß uns allen eine lange Kette noch schlimmerer Komplikationen bevorstand. Ohne es zu wissen, begann ich ein heftiges französisches Selbstgespräch – ich war momentan aus jeder Façon geraten. Erst Mrs. Finchs Reaktion brachte mich wieder zu mir; ich sah wie in einem wirren Traum, daß sie sich die Augen trocknete und mich entsetzt anstarrte. Reverend Finch nahte und bot mir seinen geistlichen Beistand an. Das genügte, ich brauchte keinen Beistand mehr. Das Leben hatte mich von Jugend an in eine harte Schule genommen und mich an Prüfungen aller Art gewöhnt. »Vielen Dank, Sir«, sagte ich trocken und stand auf. »Ich glaube, es wäre jetzt am besten, wenn Sie Ihre Frau und das Baby wieder ins eigene Heim hinüberbrächten.« Sein zu salbungsvoller Rede geöffneter Mund klappte verblüfft zu. Da ein Blick auf die Seinen

ihm jedoch bewies, daß mein Rat sachlich unanfechtbar war, befolgte er ihn – zu meiner unaussprechlichen Erleichterung.
Was ich jetzt vor allem brauchte, war frische Luft. Ich ging hinaus in den Kreuzgang und wandelte dort eine Weile hin und her. Plötzlich bemerkte ich neben dem Blumenkasten in einer der Fensternischen eine zusammengekauerte kleine Gestalt: Jicks! Sie lugte mit kugelrunden Augen hinter der schützend vorgehaltenen Puppe hervor und piepste, als ich mich ihr näherte: »Bitte nicht hauen!« Das arme kleine Ding spürte, daß irgend etwas in der unverständlichen Erwachsenenwelt entsetzlich mißglückt war, und fürchtete wohl, man könnte ihr die Schuld daran geben. Ich versicherte ihr, daß keiner daran denke, und gewann damit rasch ihr Vertrauen zurück. Nach und nach entnahm ich ihrem unbefangenen Geplauder, was sich in Lucillas Schlafzimmer abgespielt hatte, bevor Jicks Angst bekam, weil der Doktor und ihre große Schwester sich zu zanken anfingen, und mich zu Hilfe holen wollte. Der Doktor habe Lucilla die Binde abgenommen, und, oh, wie schön sie ausgesehen habe! Aber gleich darauf sei sie wild geworden. Hätte ich Jicks' zerrenden Händchen schneller nachgegeben, so hätte ich die Katastrophe vielleicht noch verhindern können. Ich hätte Lucilla zumindest noch im Korridor abgepaßt, sie in ihr Zimmer zurückgedrängt und mit Grosses tatkräftiger Hilfe dort eingeschlossen.
Aber nun nützte alles ›Hätte ich doch ...!‹ nichts mehr. Ich hörte Jicks mit bleischwerem Herzen zu, streichelte sie schließlich und versicherte ihr noch einmal, daß sie brav gewesen sei.
Sie ging daraufhin sekundenlang ernsthaft mit sich zu Rate, rutschte dann plötzlich aus der Nische auf den Boden und forderte den verdienten Lohn für ihr Bravsein: »Ich will 'raus!« Der Wandertrieb hatte sie wieder ergriffen! Ich hinderte sie nicht, als sie ihre Puppe schulterte und davonmarschierte. Die Art, wie sie die Stufen in den Garten überwand, erinnerte mich an die eines Bauarbeiters auf einer Leiter. Dann durchquerte sie den Garten selbst und verschwand jenseits der Mauer. Ach, hätte ich doch auch so unbeschwert durch die Gegend zigeunern können wie Jicks!
Ich hatte das Kind kaum aus den Augen verloren, als Dr. Grosse den Kreuzgang betrat und auf mich zukam.

»Sie habe ich gerade gesucht«, knarrte er mit erleichtertem Aufatmen, »endlich ein vernünftiges Frauenzimmer! Ein schönes Schlamassel haben wir da angerichtet. ich muß bei Finkchen bleiben – von wegen Finkchen, ich hab' eine Mordswut auf die Fink! Kann ich hier irgendwo übernachten?«
Ich sagte, daß wir ihn ohne weiteres in unserem geräumigen Klosterteil unterbringen könnten, was ihm sehr lieb zu hören war, denn er hatte, wie er offen zugab, große Sorgen um Lucilla. Die extremen Gemütsbewegungen des heutigen Tages, ganz zu schweigen von ihrem regelwidrigen und unbeaufsichtigten Starren ins helle Licht, konnten den Erfolg der Operation ganz oder teilweise wieder zunichte machen. Er habe ihr jetzt ein Beruhigungsmittel gegeben und hoffe, daß es bald wirke, denn absolute Ruhe sei jetzt unerläßlich. Er müsse Lucilla heute unter Aufsicht behalten und ihre Augen nach vierundzwanzig Stunden wieder untersuchen. Vorher lasse sich nicht mit Bestimmtheit sagen, ob die heutige Eigenmächtigkeit ihr unwiderruflich geschadet habe oder nicht.
»Wie ist es überhaupt dazu gekommen?« fragte ich.
Er zuckte die Achseln. »Bei manchen Gelegenheiten werden Frauen eben verrückt«, sagte er sarkastisch, »und Männer nicht minder. Heute war so eine Gelegenheit.«
Meine arme Lucilla hatte, wie er dann erzählte, so kläglich darum gebettelt, wenigstens drüben im Schlafzimmer einen Sehversuch machen zu dürfen, und so bittere Enttäuschung bekundet, daß Grosse schließlich nachgegeben hatte, um sie nicht noch mehr aufzuregen. Das Dämmerlicht des Schlafzimmers war ungefährlich, und er hatte sich in letzter Zeit bei jeder Untersuchung von ihrer zunehmenden Sehkraft überzeugt, obgleich er ihr noch nie erlaubt hatte, irgend etwas in unserem Sinne zu ›betrachten‹; vorerst genügte es, daß sie Lichteinwirkungen in wohlabgestufter Reihenfolge wahrnahm. Die große Sehpremiere im Salon, die er ihr für heute versprochen hatte, wäre in seinem Beisein (und falls ihre Nerven in besserer Verfassung gewesen wären) nach dem gleichen System abgewickelt worden. Um Lucillas Enttäuschung zu mildern, hatte er ihr nun erlaubt, zu versuchen, ob sie einige Gegenstände in ihrem Schlafzimmer richtig erkennen könne. Lucilla hatte versprochen, sich für heute damit zu begnü-

gen, und er war so dumm gewesen, sich auf ihr Versprechen zu verlassen. Kaum aber hatte er ihr die Binde abgenommen, so war sie nicht mehr zu bändigen gewesen – und das Weitere hatten wir ja alle miterlebt.
Nein, von normaler Sehschärfe sei natürlich noch keine Rede, setzte mir Grosse auf meine nächsten Fragen auseinander. Immerhin sei Lucilla bereits in der Lage, größere Gegenstände und Personen undeutlich zu unterscheiden. Der einzige hochgewachsene, hellhaarige Mann, den sie im Salon erblickte, war nun eben Nugent gewesen, und selbstverständlich sei sie sofort auf ihn zugestürzt. Jetzt blieb uns allen nichts weiter übrig, als das geschehene Urteil an dem Punkt, zu dem es gelangt war, einzudämmen und nicht etwa noch zu verschlimmern. Nicht die leiseste Anspielung auf den schrecklichen Irrtum, in dem sie sich befand, dürfe Lucilla zu Ohren kommen. Wenn irgend jemand ihr ein Wort sage, bevor er, Grosse, seine Genehmigung erteile, lehne er jede weitere Verantwortung ab und werde sich um die ganze Geschichte nicht mehr kümmern.
»In den nächsten Tagen darf niemand zu ihr als Sie und die brave Nanny«, schloß Dr. Grosse seine von sprachlichen Absonderlichkeiten durchsetzte, aber deshalb nicht minder ernste und eindrucksvolle Rede. »Und nun gehe ich in den Garten – ich muß endlich eine Pfeife rauchen. Wissen Sie was, Madame Pratolungo? Nachdem Gott das Weib erschaffen hatte, taten ihm die armen Männer leid, und er schuf zu ihrem Trost schnell noch die Tabakpflanze. Die hatte er nämlich in den ersten sechs Schöpfungstagen vergessen.«
Mit dieser Bibelauslegung (zu der ich gern Mr. Finchs Meinung gewußt hätte) schüttelte Dr. Grosse sein graues Löwenhaupt und begab sich stampfend in den Garten.
Ich kehrte in das Haus zurück, öffnete vorsichtig Lucillas Tür und sah hinein. Sie lag auf dem Bett und fragte schläfrig, wer denn da sei – glücklicherweise schien sie gerade im Begriff, in Schlummer zu sinken. Nanny saß auf einem Stuhl in der Nähe. Ich wurde nicht gebraucht und war zum erstenmal froh, aus Lucillas Nähe wegzukommen. In einem Zwiespalt meines Wesens, den ich nicht erklären kann, fühlte ich mich Lucilla im Moment etwas entfremdet – ja, meine Sympathie für Oscar artete fast in

Feindseligkeit gegen sie aus. Es war völlig unsinnig, denn das arme ahnungslose Ding konnte ja nichts dafür, und doch erbitterte es mich, sie so friedlich ruhen zu sehen und dabei an den armen Kerl zu denken, der jetzt einsam und verlassen in Browndown saß.

Was nun? fragte ich mich. Ich hielt es in der Stille nicht allein aus. Ich setzte also meinen Hut auf und unternahm einen ziellosen Gang durch das Dorf.

Ich weiß nicht, was größer war: meine Sorge um Oscar oder mein zorniger Wunsch, herauszubekommen, was Nugent nun vorhatte. Würde er wenigstens jetzt noch einsehen, wie niederträchtig er an seinem Bruder gehandelt hatte, und die einzig anständige Konsequenz ziehen, nämlich auf Nimmerwiedersehen zu verschwinden? Der bloße Gedanke, daß er das nicht tun könnte, erfüllte mich mit einem solchen Grauen vor der Zukunft, daß meine Füße mir den Dienst versagten. Ich mußte mich gleich hinter dem Dorf auf einen Meilenstein setzen und warten, bis mein Herzschlag sich beruhigte und mein schwindliger Kopf sich klärte.

Nach wenigen Minuten schreckten mich Männerschritte aus der entgegengesetzten Richtung auf. Das Herz fuhr mir in den Hals. Ich dachte, es wäre Nugent.

Aber es war nur Mr. Gootheridge, der Gastwirt. Er zog bei meinem Anblick den Hut und blieb vor mir stehen.

»Fühlen Sie sich nicht wohl, Ma'am?« fragte er teilnahmsvoll.

»Doch, doch«, log ich und zwang mich zu einem Lächeln. »Ich bin nur ein bißchen müde. Übrigens – haben Sie zufällig Mr. Nugent Dubourg irgendwo gesehen?«

»O ja, Ma'am, ich habe ihn vor fünf Minuten getroffen.«

»Wo?«

»Auf dem Weg nach Browndown.«

Ich sprang auf die Füße wie von der Tarantel gestochen. Der gute Mr. Gootheridge starrte mich mit offenem Mund an. Ich wünschte ihm hastig guten Tag und eilte stracks nach Browndown. Die Brüder jetzt schon zusammen im Haus ...! Mir wurde eiskalt bei der Vorstellung, was alles passieren könnte, aber diesmal beflügelte die Sorge meinen Schritt, statt ihn zu lähmen. Ich mußte die beiden auseinanderbringen! Wirr schoß mir der Ge-

danke durch den Kopf: Mich bringen sie zuerst um, wenn ich mich in ihre Auseinandersetzung einmische! Und dann tröstete ich mich mit dem genauso irren Gedanken: Ah bah, sie sind von Haus aus beide Kavaliere, sie können einer Dame unter keinen Umständen etwas tun!
Als das Haus hinter der letzten Wegbiegung in Sicht kam, sah ich Oscars Diener müßig vor der Tür stehen, was schon an sich ein Zeichen war, daß drinnen Ungewöhnliches vorging. Der Mann war mir als ordentlich und fleißig bekannt; nie erlaubte er sich die kleinste Unregelmäßigkeit. Er kam mir ein paar Schritte entgegen. Ich sah ihm forschend ins Gesicht, entdeckte aber nichts, was auf Angst oder Aufregung hindeutete.
»Ist Mr. Oscar nicht zu Hause?«
»Doch, Madame Pratolungo. Aber ich darf Sie leider nicht hineinlassen. Er und Mr. Nugent haben etwas Wichtiges zu besprechen.«
Ich beherrschte mich so gut wie möglich. »Aber mich wird er doch wohl empfangen?« fragte ich.
»Leider nein, Madame. Mr. Oscar hat mir ausdrücklich befohlen, vor der Haustür Wache zu halten und jedem etwaigen Besucher – ohne Ausnahme – zu sagen, er sei beschäftigt.«
Die Haustür stand halb offen. Ich spitzte die Ohren, während der Diener noch mit mir redete. Wenn die Brüder einen heftigen Wortwechsel gehabt hätten, müßte man es in der Stille der Hügellandschaft bis auf den Vorplatz gehört haben. Aber es war nichts zu hören.
Sonderbar – unfaßbar! Ich war zunächst erleichtert. Nachdem ich den Diener gebeten hatte, Mr. Oscar zu sagen, ich sei dagewesen und er möchte später von sich hören lassen, setzte ich meinen Weg ein Stückchen auf der Landstraße fort. Hierbei kam mir eine andere Schreckensidee. Vielleicht war es im Hause nur so still, weil die Zwillinge sich nach den ersten drei Worten gegenseitig erdolcht hatten? Ich mußte mir Gewißheit verschaffen. Der altvertraute Weg zur Rückseite des Hauses und in nächster Nähe des Wohnzimmerfensters war schnell zurückgelegt, ohne daß der Diener mich beobachten konnte. Ich wurde zum zweitenmal von einer grauenvollen Zwangsvorstellung befreit. Die Brüder lebten noch! Ich hörte ihre Stimmen, konnte allerdings

kein Wort verstehen, da sie sehr leise und vertraulich miteinander redeten. Der Tonfall ließ bei keinem von beiden eine Spur von Zorn oder Vorwurf erkennen. Als ich mich vorsichtig zurückzog, wußte ich überhaupt nicht mehr, was ich davon halten sollte, und platzte beinahe vor Neugier. So rasch wechseln bei einer echten Frau die Gefühle!

Nach einer halben Stunde ziellosen Umherschweifens kehrte ich heim. Lucilla schlief noch. Ich löste Nanny ab und schickte sie in die Küche. Eine Stunde später erschien Grosse, in Tabakduft gehüllt, examinierte die Augen seiner Patientin, fühlte ihr den Puls, befahl ihr barsch, liegenzubleiben, stopfte seine Pfeife und nahm brummig seine Promenade durch den Garten wieder auf.

Der Tag schleppte sich hin. Mr. Finch sprach kurz vor, um sich nach Lucillas Befinden zu erkundigen, kehrte aber gleich zu seiner Gattin zurück, deren Zustand er als ›verstört‹ bezeichnete; er habe ihr bereits ein warmes Bad verordnet. Meine Einladung zum Dinner lehnte er zu meiner geheimen Erleichterung ab.

»Nach dem, was ich durchlitten habe, nach dem, was ich blutenden Herzens mit ansehen mußte, weise ich jeden Gedanken an diese Prassereien und weltlichen Gaumenkitzel weit von mir! Ich weiß, Sie meinen es gut, Madame Pratolungo. Aber mir ist nicht nach Feiern zumute. Ein schlichtes Abendmahl am Lager meiner hartgeprüften Gattin, einige trostreiche Bibelworte – so geziemt es sich für mich in meiner Doppeleigenschaft als Seelsorger und Gatte, den Abend still und würdig hinzubringen. Ich wende nichts gegen Ihr kleines Festmahl ein. Guten Tag! Guten Tag!«

Nach einer zweiten Augenuntersuchung konnte ich Doktor Grosse an den gedeckten Tisch bitten. Als er die guten Sachen sah, besserte sich seine Laune merklich. Wir zwei speisten heute allein; Grosse sorgte dafür, daß Lucilla eine Auswahl der schönsten Leckerbissen nebst einem Glas Wein am Bett serviert bekam. Während des Essens sagte er mir, Lucilla scheine noch einmal glimpflich davongekommen zu sein, aber vor morgen könne er noch nichts sagen.

Meine Stimmung war gedrückt. Ich konnte mir nicht erklären, warum Oscar immer noch nichts von sich hören ließ. Die Ungewißheit setzte mir mehr zu als alles andere. Mehrmals funkelte mich Grosse erstaunt und ärgerlich durch seine dicken Brillen-

gläser an, weil ich ihm nur zerstreute Antworten gab. Er hatte Grund, sich über mich zu wundern – nie im Leben war ich eine so schlechte Gesellschafterin gewesen wie heute.
Wir waren schon beim Dessert, als endlich Nachricht von Browndown kam. Nanny meldete mir, Oscars Diener sei da und bitte mich, einen Moment zu ihm in den Korridor zu kommen. Ich entschuldigte mich bei meinem Gast und eilte hinaus.
Ich brauchte nur das Gesicht des Dieners zu sehen, um zu wissen, daß er nichts Gutes brachte. Oscar hatte ihn immer sehr freundlich behandelt, und er war seinem Herrn treu ergeben.
»Ich habe einen Brief für Sie, Madame«, sagte er mit zitternden Lippen.
»Wie geht es Mr. Oscar?« fragte ich.
»Nicht sehr gut, Madame – jedenfalls ging es ihm nicht sehr gut, als er von mir Abschied nahm.«
»Abschied nahm? Was heißt das? Ist er –«
»Mr. Oscar ist abgereist, Madame.«

4. Sie tauschen die Plätze

Ich hatte mich überschätzt, als ich glaubte, ich sei gegen jedes Unheil gewappnet. Die letzten Worte des Dieners trafen mich unvorbereitet. Die schlimmsten Möglichkeiten hatte ich erwogen – nur nicht diese. Ich stand wie versteinert da, starrte den Unglücksboten hilflos an und brachte kein Wort heraus.
Er seinerseits litt unter keinen solchen Sprachhemmungen. Ich habe schon oft mit Verwunderung festgestellt, daß es einfacheren Leuten, besonders in England, einen perversen Genuß zu bereiten scheint, des langen und breiten über ihr eigenes Unglück zu sprechen. Vielleicht erhebt es sie in ihren eigenen Augen, daß das Schicksal gerade sie zum Opfer auserkoren hat. Oscars Diener erging sich in einer Art düsterer Wonne über seine beklagenswerte Lage: des besten aller Herren beraubt, wieder einmal in die Welt hinausgestoßen, um sich einen anderen Dienst zu suchen, ohne jede Hoffnung, eine neue Stellung zu finden, die der verlorenen auch nur annähernd gleichkam ... Seine Jeremiaden gingen

mir nach wenigen Minuten so auf die Nerven, daß ich aus purer Notwehr die Sprache wiederfand. »Ist Mr. Oscar ganz allein abgereist?« schnitt ich ihm das Wort ab.
»Ja, Madame, ganz allein.«
»Wann war das?«
»Vor über zwei Stunden.«
»Und warum höre ich erst jetzt davon?«
»Auf Mr. Oscars ausdrücklichen Befehl, Madame. Ich durfte nicht früher kommen.«
Mir wurde noch elender zumute. Dieser Befehl ließ nur zu deutlich darauf schließen, daß Oscar nicht nur ungehindert abreisen, sondern uns auch über seine weiteren Pläne im unklaren lassen wollte. »Ist Mr. Oscar nach London gefahren?« forschte ich.
»Ich weiß nicht, Madame, aber ich vermute es. Er hat Grootheridges Chaise nebst Kutscher gemietet, um sich nach Brighton fahren zu lassen. Und beim Abschied sagte er mir wörtlich, er werde nie wieder nach Browndown zurückkehren. Das war alles.«
Er werde nie wieder nach Browndown zurückkehren! Um Lucillas willen weigerte ich mich vorläufig, daran zu glauben. In diesem Moment fiel mir ein, daß ich ja Oscars Brief in der Hand hatte und diesem alles entnehmen würde, was Oscar mir im Vertrauen mitzuteilen wünschte; es war also vollkommen überflüssig, den Diener zu befragen. Nur eins noch... So unangenehm es mir war, Nugents Namen überhaupt noch einmal in den Mund zu nehmen, mußte ich doch wissen, was aus ihm geworden war.
»Und wo ist Mr. Nugent?« fragte ich.
»In Browndown.«
»Soll das heißen, daß er allein in Browndown wohnen bleiben will?«
»Das weiß ich nicht genau, Madame. Bis jetzt hat er keine Anstalten gemacht, das Haus ebenfalls zu verlassen, und er hat mir auch nichts gesagt, was auf eine derartige Absicht schließen läßt.«
Ich hatte die größte Mühe, meine Gefühle vor dem Diener zu beherrschen, obwohl ich fast daran erstickte. Unter diesen Umständen war es das beste, ihn zu entlassen. Glücklicherweise

dachte ich gerade noch rechtzeitig an eine letzte Vorsichtsmaßnahme.
»Haben Sie schon irgend jemandem hier im Pfarrhaus erzählt, daß Mr. Oscar abgereist ist?« fragte ich.
»Nein, Madame.«
»Dann tun Sie es bitte auch jetzt nicht, falls Sie jemandem begegnen. Gute Nacht.«
So war wenigstens die Gefahr vermieden, daß irgendwelche Gerüchte noch heute abend Lucillas Ohr erreichten. Ich kehrte ins Zimmer zurück und entschuldigte mich noch einmal bei Dr. Grosse wegen der Unterbrechung. Er war eben dabei, fürsorglich einen Teller über den Rest der Omelette soufflée zu legen, die wir als Dessert gehabt hatten.
»Rasch, rasch, setzen Sie sich!« rief unser berühmter Gast. »Diese Omelette ist köstlich – zwei Drittel habe ich selbst gegessen; nun lassen Sie das letzte Drittel ja nicht kalt werden. Es wäre ein Jammer darum!«
»Vielen Dank, Sie sind wirklich rührend. Aber ich habe so schlimme Nachrichten bekommen –«
»Ach Gott, verschonen Sie mich damit!« unterbrach er mich unhöflich. »Ich flehe Sie an, keine schlechten Nachrichten nach so einem Göttermahl! Aufregungen schlagen mir auf die Leber. Lassen Sie mich in Ruhe verdauen, liebe, gute Madame Pratolungo, wenn Sie noch einen Funken Zuneigung für mich übrig haben!«
»Darf ich Sie dann Ihrer Verdauung überlassen und mich in mein eigenes Zimmer zurückziehen?«
Dr. Grosse sprang eilfertig auf und öffnete mir die Tür.
»Aber ja! Aber gern! Ich habe das größte Verständnis für Ihren Wunsch, jetzt allein zu sein. Gute Nacht, beste Madame Pratolungo, gute Nacht!«
Ebenso diensteifrig schloß er die Tür hinter mir. Ich hörte das hartgesottene alte Scheusal einen befriedigenden Grunzlaut ausstoßen. Wahrscheinlich rieb er sich vor Vergnügen die Hände, daß er mich so schnell losgeworden war.
Im Korridor blieb ich unschlüssig stehen. Das Gegebene war natürlich, mich so schnell wie möglich in meinen eigenen vier Wänden einzuschließen und Oscars Brief zu lesen. Aber, um die

Wahrheit zu gestehen, ich hatte Angst davor. Solange ich die Bestätigung nicht schwarz auf weiß hatte, konnte ich mir immer noch einreden, der Diener habe Oscars Worte, er wolle uns für immer verlassen, mißverstanden. Um mir noch eine Art Galgenfrist zu gewähren, beschloß ich, erst nach Lucilla zu sehen und ihr gute Nacht zu sagen. Ich konnte sie im Schein des trüben Nachtlämpchens gerade noch erkennen. Sie brauchte ja noch kein Licht – nur der Doktor und Nanny hätten sich sonst an allen Möbeln gestoßen, wenn sie zu ihr wollten. Die weiße Binde über den Augen, aber allem Anschein nach glücklich und zufrieden, saß Lucilla in ihrem kleinen Korbsessel – einem ihrer Lieblingsplätze – und strickte!

»Langweilen Sie sich nicht, Lucilla?«

Sie wandte mir das Köpfchen zu und antwortete heiter: »Kein bißchen. Mir geht's herrlich.«

»Warum ist Nanny nicht bei Ihnen?«

»Weil ich sie weggeschickt habe. Ich kann mich nicht ordentlich auf meine schönen Gedanken konzentrieren, wenn immer einer dabeisitzt. Wie können Sie nur denken, ich langweilte mich – nachdem ich *ihn* gesehen habe! Mein Gott, ich habe ihn gesehen! Ich bin so überglücklich, daß ich stricken muß, damit ich ruhig bleibe und nicht anfange, in der Stube herumzutanzen. Wo ist Oscar? Dieser abscheuliche Grosse... nein, so darf ich den guten Papa Grosse nicht nennen! Ihm verdanke ich ja alles! Aber trotzdem ist es grausam von ihm, daß er dauernd behauptet, ich sei zu aufgeregt, und solange ich mich nicht bessere, dürfte Oscar mich nicht besuchen. Darum stricke ich... und, bitte sehr, ich habe noch keine einzige Masche fallen lassen. Ist Oscar vielleicht nebenan oder im Garten? Ist er nicht auch sehr traurig, daß wir so lange getrennt werden? Sagen Sie ihm, daß ich fortwährend an ihn denke – und mit so wunderbaren neuen Gedanken, seit ich ihn gesehen habe!«

»Oscar ist heute abend nicht hier, Liebes.«

»Nein? Dann ist er in Browndown... bei seinem armen entstellten Bruder. Wissen Sie, Madame Pratolungo, ich bin über meinen ersten Schreck längst hinweg. Es war dumm und taktlos von mir, mich so anzustellen. Nugent sieht ja wirklich furchtbar aus, aber jetzt tut er mir nur leid – obwohl ich ihn nie besonders lei-

den konnte, wie Sie wissen. Wie muß sich ein Mensch mit einer so schrecklichen Gesichtsfarbe vorkommen –! Reden wir von etwas anderem ... oder reden wir lieber gar nicht mehr.«
Sie nahm ihre Strickerei emsig wieder auf, und ich sah ihrem Gesicht an, daß sie mir in ihre eigene glückliche Traumwelt entglitt. Ich ging mit einem leisen ›Gute Nacht‹ hinaus. Mehr hätte ich ohnehin nicht mit unverfänglicher Stimme sagen können, denn unter der Last dessen, was ich wußte, brach es mir beinahe das Herz, sie so zu sehen und zu hören. Draußen sagte ich Nanny, ich wolle schlafen gehen; man möge mich nicht mehr stören.
Endlich allein! Nun halfen mir freilich keine Ablenkungsmanöver mehr. Ich mußte Oscars Brief öffnen. Er lautete:

›Liebe, verehrte Freundin,
verzeihen Sie mir: dieser Brief wird Sie schmerzlich berühren. Er ist ein Dank für all Ihre Güte – und zugleich mein letzter Abschiedsgruß.
Damit Sie meine Handlungsweise verstehen, will ich Ihnen berichten, was heute noch geschah, nachdem ich das Pfarrhaus verlassen hatte.
Nugent traf erst eine Weile nach mir in Browndown ein. Seine ersten Worte waren: „Oscar, ich bin nur noch einmal hergekommen, um deine Verzeihung zu erbitten und dir Lebewohl zu sagen."
Es ist mir unmöglich, Ihnen den Ton zu beschreiben, in dem er diese Worte aussprach. Sie wären Ihnen ebenso ins tiefste Herz gedrungen wie mir. Ich konnte ihm statt jeder Antwort nur stumm die Hand hinstrecken; doch Nugent seufzte tief auf und nahm sie nicht.
„Warte, bis du meine Beichte gehört hast", sagte er, „ehe du mir die Hand bietest, und gib sie mir hinterher – sofern du es dann noch über dich bringst!"
Zunächst wollte er sich nicht einmal setzen. Er blieb stehen, als ob er mein Untergebener wäre. Erst als ich ihm sagte, damit zwänge er mich, ebenfalls aufzustehen, nahm er Platz und begann: ––– Nein, ich kann Ihnen hier das Gespräch nicht in allen Einzelheiten wiedergeben. Ich brauche meine Kraft noch für andere Dinge. Außerdem ist für Sie nur das Resultat wichtig. Es

läßt sich in drei Worten zusammenfassen. Erschrecken Sie nicht: Nugent liebt Lucilla. Stellen Sie sich die Wirkung dieses Geständnisses auf mich vor, nachdem ich meine ahnungslose Lucilla in seinen Armen gesehen hatte, nachdem ich ihre Seligkeit bei seinem Anblick und ihr Zurückschaudern vor dem meinen erlebt hatte! Brauche ich Ihnen zu schildern, was in mir vorging?
„Das einzige, was mir zu tun bleibt", schloß Nugent, „um das Unrecht, das ich dir und ihr getan habe, auszulöschen, ist, für immer aus eurem Gesichtskreis zu verschwinden. Drück mir jetzt noch einmal die Hand, Oscar, und laß mich gehen."
Hätte ich eingewilligt, so könnte mein Bericht damit enden. Ich willigte nicht ein. Der Bericht endet anders. Sie erraten nun schon, wie.‹

Ich mußte die Lektüre unterbrechen. Der Brief tat mir dermaßen weh und erfüllte mich zugleich mit so flammender Wut, daß nicht viel fehlte, und ich hätte den Rest ungelesen zerrissen und wäre darauf herumgetrampelt. Ich ging mit heftigen Schritten im Zimmer hin und her; ich tauchte ein Taschentuch in kaltes Wasser und kühlte mir die Stirn. In ein paar Minuten hatte ich mich so weit gefaßt, daß ich den Brief weiterlesen konnte:

›Ich kann jetzt schon ganz ruhig darüber schreiben. Bitte versuchen Sie den Erwägungen, die mich zu meinem Schritt bestimmten, mit der Ihnen eigenen Sachlichkeit zu folgen.
Statt Nugent die Hand zum Abschied zu schütteln, sagte ich ihm, ich müsse vorher noch einen Spaziergang machen und mir alles reiflich überlegen. Er möge solange im Zimmer auf mich warten. Nugent wollte nichts davon hören, aber ich blieb fest. Zum erstenmal in unserem Leben tauschten wir die Rollen; ich setzte mich durch, und Nugent gab nach. Ich ging allein in die South Downs hinaus.
Der Himmelsfriede und die Einsamkeit unserer Landschaft halfen mir bald, die Situation im richtigen Licht zu sehen. Ich beschloß, das Opfer, das mein Bruder hatte bringen wollen, selbst zu bringen. Mir war völlig klargeworden, daß es um Lucillas und Nugents willen meine Pflicht war – nicht seine –, Dimchurch zu verlassen. Hatte ich nach dem, was Nugent mir gestanden und was ich mit eigenen Augen gesehen hatte, noch das Recht, Lucilla

an mich zu fesseln und auf unserem Verlöbnis zu bestehen? Nein. Wie könnte ich sie, die glückselig an Nugents Brust ruhte und ihre Augen mit Abscheu von mir wandte, noch für mich beanspruchen? Unsere Heirat ist unmöglich geworden. Die Schuld liegt bei mir. Daß mein Glück vernichtet ist, habe ich mit mir selbst auszumachen. Lucillas Lebensglück zu zerstören, wäre ein Verbrechen. Ich gebe sie frei.

Das ist meine Pflicht gegen Lucilla, wie ich sie jetzt sehe.

Nun zu Nugent. Ich danke es ihm einzig und allein, daß ich überhaupt noch lebe und dem schmählichen Tod am Galgen entgangen bin. Eine solche Dankesschuld kann man nie begleichen. Der Bruder, der mich gerettet hat, und der Bruder, der Lucilla liebt, sind ein und derselbe Mensch. Davon abgesehen, wäre ich unter den Umständen ohnehin verpflichtet, ihm den Weg zu Lucilla freizumachen. Er kann und darf offen und loyal um sie werben. Sobald Dr. Grosse erklärt, daß seelische Erschütterungen ihren Augen nicht mehr schaden können, soll der Irrtum, in dem sie bisher (durch meine Schuld) befangen war, aufgeklärt werden. Zeigen Sie ihr bitte diesen Brief, der für Lucilla mit bestimmt ist, und lassen Sie meinen Bruder die notwendigen Ergänzungen hinzufügen. Lucilla liebt ihn jetzt – im Glauben, er sei Oscar. Ob sie ihn weiterlieben wird, wenn sie seinen richtigen Namen erfahren hat? Diese Frage kann nur die Zeit beantworten. Sollte die Antwort zugunsten Nugents ausfallen, so wird auch die Vermögensfrage geregelt werden. Ich habe die nötigen Vorkehrungen bereits getroffen. Mein Bruder wird alljährlich eine ausreichende Summe erhalten, um sein Genie, unbehindert von pekuniären Sorgen, frei entfalten zu können. Ich behalte mehr als genug für meine einfachen Bedürfnisse übrig und wüßte das Geld, das ich nicht brauche, für gar keinen besseren Zweck anzulegen.

Sie kennen nun meinen Entschluß und seine Gründe. Der Rest ist mit wenigen Worten gesagt. Ich verlasse Browndown für immer und werde weit entfernt von allem, was mir lieb war, leben oder sterben, wie es Gott gefällt.

Vielleicht ist es mir vergönnt, Nugent und Lucilla nach Jahren einmal im Kreise ihrer Kinder wiederzusehen und die Hand der geliebten Frau als Bruder zu drücken. Vielleicht – wenn ich so lange am Leben bleibe. Sollte ich irgendwo sterben, so werden sie es nie erfahren. Mein Tod soll keinen Schatten auf ihr Glück werfen.

Für den Fall, daß Sie mir einmal schreiben müssen, lege ich die Adresse meiner Londoner Bankiers bei, denen ich gesonderte Instruktionen gebe. Wenn Sie wahres Mitgefühl mit mir haben, versuchen Sie nicht, meinen Entschluß zu erschüttern. Sie würden mich damit nur quälen, ohne etwas zu erreichen. Schreiben Sie mir am besten nicht, bevor Nugent Gelegenheit gehabt hat, für sich selbst zu sprechen, und Lucilla in der Lage ist, frei über ihr künftiges Leben zu bestimmen.

Und nun nochmals Dank für die Nachsicht, mit der Sie meine früheren Schwächen und Torheiten ertragen haben.

Leben Sie wohl.

Oscar‹

Über die Wirkung, die dieser Brief auf mich ausübte, schweige ich lieber. Noch heute, wo alles lange zurückliegt, bringt mich die Erinnerung an das, was ich damals durchlitt, zum Zittern. Ich beschränke mich in Ihrem und meinem Interesse auf die Entschlüsse, die ich faßte: erstens, mit dem frühesten Zug am nächsten Morgen nach London zu fahren und über die Bankiers Oscars nächstes Reiseziel ausfindig zu machen; zweitens, dafür zu sorgen, daß dieser Schuft Nugent uns nicht mehr ins Haus kam. Mein einziger Trost in jener Nacht war, daß Dr. Grosse bis auf weiteres jeden Besuch verboten hatte. Außerdem sicherte ich mir noch einen Bundesgenossen, und zwar – Sie werden staunen – in der Person des Reverend Finch. Ich stattete ihm noch zu später Stunde einen Besuch in seinem Arbeitszimmer ab und erzählte ihm alles, bis auf eine Kleinigkeit, die ich wohlweislich für mich behielt, nämlich Oscars hirnverbrannte Großmut in puncto Geldsachen. Ich ließ Mr. Finch ruhig im Glauben, Oscar habe Lucilla zugunsten eines Mannes aufgegeben, der ein notorischer Verschwender und Habenichts war. Mr. Finchs empörte Reaktion auf die Zumutung, der Werbung eines solchen räudigen Schafes wohltuend zuzusehen, war denkwürdig. Ich will den Gesamtwortlaut seiner Rede aber (aus Respekt vor der Kirche) lieber nicht auf diesen Blättern verewigen.

In aller Frühe des nächsten Morgens fuhr ich nach London. Am Abend desselben Tages kehrte ich nach Dimchurch zurück. Ich hatte nichts, aber auch gar nichts erreicht.
Oscar hatte einige hundert Pfund von seinem Konto abgehoben und den Bankiers mitgeteilt, sie würden in absehbarer Zeit eine Adresse erhalten, über die sie ihm schreiben könnten. Dann war er in Richtung Kontinent abgereist. Ich konnte nichts weiter tun, als mich mit einem Rechtsanwalt in Verbindung zu setzen und ihn zu bitten, die in solchen Fällen üblichen Suchmaßnahmen zu treffen. Während dieser nutzlosen Gänge packte mich abwechselnd Verzweiflung, wenn ich an Lucilla, und Wut, wenn ich an die Zwillinge dachte. In der ersten Bitterkeit und Enttäuschung war ich auf Oscar genauso wütend wie auf Nugent. Aus tiefstem Herzensgrunde verfluchte ich den Tag, der sowohl den einen als auch den andern nach Dimchurch geführt hatte.
Bei der Rückfahrt, angesichts der sanften grünen Landschaft, die am Abteilfenster vorbeiglitt, stellte sich mein seelisches Gleichgewicht allmählich wieder her. Sosehr ich Oscars Verhalten nach wie vor beklagte und verurteilte, mußte ich doch einräumen, daß er diesmal eine Festigkeit bewiesen hatte, die ich ihm bis zum gestrigen Tage nie zugetraut hätte. Zögernd, erstaunt und nicht ohne Selbstvorwürfe erkannte ich, wie oberflächlich und falsch ich die Brüder eingeschätzt hatte. Da außer mir niemand im Abteil war, konnte ich die Sache ungestört durchdenken und gelangte zu einer Erkenntnis, die mir bei späteren Verwicklungen noch oft nützen sollte.
Unsere körperliche Konstitution bestimmt den Verlauf unseres Lebens und die Meinung, die sich andere Leute über uns bilden, weitaus mehr, als gemeinhin erkannt oder zugegeben wird. Ein Mensch mit empfindlichen, leicht erregbaren Nerven sagt und tut oft Dinge, die ihn in den Augen der Umwelt herabsetzen; er präsentiert sich zu seinem Unglück fast immer von der schlechtesten Seite. Ein Mensch mit robusten Nerven und entsprechender Gesundheit dagegen hat es leicht, die Leute für sich einzunehmen und zu der irrigen Ansicht zu verleiten, sein Charakter entspreche dem gewinnenden Äußeren. Das ist natürlich eine ganz allgemeine Typisierung. Aber ich wußte nun, daß Nugent den zweiten Typ vertrat und Oscar den ersten. Alle Schwächen

und Fehler seines Wesens waren mir in der Vergangenheit nur allzu deutlich gewesen, während seine vielfältigen Leiden und die daraus resultierende Nervosität mir die innere Stärke seiner Natur verborgen hatten. Aber nun hatte dieser überempfindliche junge Mann gerade dem härtesten Schicksalsschlag, der ihn getroffen hatte, standgehalten und gezeigt, wieviel Energie in ihm steckte – auch wenn sie meiner Ansicht nach vollkommen falsch angewandt war.

Jedenfalls befeuerte mich meine neue Wertschätzung Oscars trotz der Hoffnungslosigkeit der Lage zu kühnen Vorsätzen. Solange ich Leben und Kraft in mir hatte, sollte Lucilla den Mann nicht verlieren, dessen beste Eigenschaften ich leider zu spät entdeckt hatte. Als ich im Pfarrhaus eintraf, hörte ich als erstes, Mr. Finch wünsche mich zu sprechen. Ich ließ ihm ausrichten, er möge sich noch ein paar Minuten gedulden, und eilte zunächst zu Lucilla.

»War es ein sehr langer Tag, mein Liebes?« fragte ich nach der herzlichen Begrüßung.

»Ganz im Gegenteil, der Tag war mir viel zu kurz«, erwiderte sie fröhlich. »Ach, es war wunderbar! Papa Grosse hat einen Spaziergang mit mir gemacht, ehe er nach London zurückfuhr. Erraten Sie schon, wohin?«

Mich durchlief es kalt. Ich trat unwillkürlich einen Schritt zurück und betrachtete das Madonnengesicht unter der weißen Binde nicht nur ohne das sonstige zärtliche Entzücken, sondern mit den übelsten Vorahnungen.

»Wohin?« wiederholte ich kurz.

»Natürlich nach Browndown!«

»Au diable avec ce Grosse!« knirschte ich. Ich wäre explodiert, wenn ich meiner Wut nicht irgendwie Luft gemacht hätte, und in solchen Fällen pflege ich mich meiner Muttersprache zu bedienen. Lucilla lachte. »Ruhig, ruhig! Es war meine Schuld, ich habe dem armen Grosse furchtbar zugesetzt. Sobald er sich nach meinen Wünschen richtete, benahm ich mich musterhaft. Ich habe nicht etwa von ihm verlangt, daß er mir die Binde abnehme; ich wollte ja nur mit Oscar sprechen. Das genügte. Unser lieber alter Grosse – er ist nicht halb so eigensinnig wie Sie und mein Vater – ist die ganze Zeit dabeigesessen. Es ging also hochmora-

lisch zu. Ach, liebste Madame Pratolungo, es hat mir so gutgetan! Schelten Sie bitte nicht mit mir! Meinen Augen hat es bestimmt nicht geschadet, ich war ja unter ärztlicher Aufsicht. Und Sie brauchen nicht zu befürchten, daß Sie mich morgen ausführen müssen: Oscar wird meinen Besuch hier erwidern.«
Diese Ankündigung war alles, was mir nach dem langen, anstrengenden Tag noch gefehlt hatte. ›Ehe ich heute zu Bett gehe‹, sagte ich mir ingrimmig, ›werde ich die Sache mit Mr. Nugent Dubourg bereinigen!‹
Laut sagte ich nur: »Darf ich mich jetzt für ein Weilchen entschuldigen? Ich muß in den anderen Teil des Hauses hinüber. Ihr Vater wünscht mich zu sprechen.«
»Weswegen?« frage Lucilla zusammenzuckend.
»Wegen der Geschäftsangelegenheiten, die ich heute in London erledigt habe«, antwortete ich ausweichend und entzog mich durch die Flucht allen weiteren Fragen.
Mr. Finch erwartete mich, sichtlich bereit, seinen üblichen Redestrom über mich zu ergießen. Aber in der Laune, in der ich war, hätte ein Dutzend Reverends seinesgleichen mich nicht mundtot machen können. Zu seinem maßlosen Erstaunen begann ich das Gespräch – und nicht er.
»Ich komme eben von Lucilla, Mr. Finch. Ich weiß, was heute geschehen ist.«
»Einen Moment, Madame Pratolungo! Zuallererst möchte ich mir die Bemerkung gestatten und bitte Sie, derselben das gebührende Gewicht beizumessen, nämlich, daß mir in keiner Weise ein Vorwurf –«
»– zu machen ist«, vollendete ich. »Selbstverständlich nicht. Wenn ich nicht so dagegen gewesen wäre, daß Nugent Dubourg ins Haus kommt, hätte Lucilla nicht nach Browndown zu gehen brauchen.«
»Halt!« tönte Mr. Finch und hob mit einer pastoralen Gewohnheitsgeste beschwichtigend die Hand. »Meine gute Dame, Sie sind im Begriff, sich hysterisch zu überstürzen. Ich bestehe darauf, daß Sie mich anhören! Ich habe nicht nur meine Einwilligung verweigert, sondern mich in jeder Beziehung klar ausgesprochen. Sie kennen mich: die Vorsehung hat mich mit einer nicht gewöhnlichen Macht der Rede ausgestattet. Als dieser

Grosse nun zu mir kam und wegen Lucilla mit mir sprechen wollte, zermalmte ich ihn mit den Worten: ›Sir! Als Vater und Seelsorger habe ich meinen Standpunkt –‹«

»Ich verstehe, Mr. Finch. Unbeschadet Ihrer Redegewalt dürfte Ihr Standpunkt Herrn Grosse egal gewesen sein.«

»Madame Pratolungo –!«

»Er fand, daß Lucilla sich wegen der ihr unverständlichen Trennung von Oscar in eine schädliche Erregung hineinsteigerte, und berief sich auf seine ärztliche Handlungsfreiheit.«

»Madame Pratolungo –!«

»Sie legten ihm redegewaltig Ihren Standpunkt dar: Nugent dürfe nicht ins Haus. Dr. Grosse, obwohl nicht so redegewaltig, behielt seinen Standpunkt bei und ging mit Lucilla nach Browndown.«

»Schweigen Sie!« brüllte Mr. Finch und schlug mit der flachen Hand auf den Tisch.

Ich schlug ebenfalls mit der flachen Hand auf den Tisch (mein Schlag klatschte lauter als seiner) und zischte ihn nieder.

»Eine Frage noch, Sir, ehe ich gehe. Nach dem unglückseligen Besuch Ihrer Tochter in Browndown standen Ihnen mehrere Stunden zur Verfügung. Haben Sie Mr. Nugent Dubourg Ihrerseits einen Besuch abgestattet?«

Der Papst von Dimchurch, eben noch hochaufgerichtet, um den Bannstrahl auf mich zu schleudern, wurde plötzlich ganz klein und häßlich.

»Dieser Punkt bedarf einiger Erläuterungen«, begann er auffallend höflich. Ich war unhöflich genug, nicht auf seine Erläuterungen zu warten.

»Sie waren also nicht bei ihm«, stellte ich trocken fest.

»Nein, ich war nicht bei ihm«, echote Mr. Finch. »Mein Verhältnis zu Mr. Nugent Dubourg ist sehr... diffizil, Madame Pratolungo. In meiner Eigenschaft als Vater möchte ich ihm den Hals umdrehen. In meiner Eigenschaft als Seelsorger empfand ich es jedoch als unerläßlich, mich zu zügeln... und ihm lieber einen wohlüberlegten Brief zu schreiben. Verstehen Sie die Verantwortung, die meine geistliche Würde mit sich bringt? Verstehen Sie den feinen Unterschied zwischen väterlichem Zorn und einer Art Hirtenbrief?«

Ich verstand vor allem, daß er Angst hatte. Ich würdige ihn keiner Antwort mehr. Feiglinge sind mir ein Greuel! Stumm, mit einer kaum merklichen Kopfneigung, wandte ich mich zur Tür. Mr. Finch verbeugte sich hilflos. »Wollen Sie schon gehen?« fragte er töricht.
»Ja. Ich gehe nach Browndown.«
Wenn ich gesagt hätte, ich begäbe mich an einen Ort, den er an den dramatischen Höhepunkten seiner Predigten oft und gern erwähnte, hätte Reverend Finchs Antlitz kaum heftigeren Schrecken widerspiegeln können. Er hob beschwörend die Hand. Er öffnete die Lippen. Doch bevor mich die Macht seiner Rede von neuem erreichen konnte, war ich schon draußen.

5. Gibt es keine Entschuldigung?

Oscars Diener – nun bis auf weiteres Nugents Diener – öffnete mir die Tür. Trotz der späten Stunde schien er nicht besonders verwundert, mich zu sehen.
»Ist Mr. Nugent zu Hause?« fragte ich.
»Ja, Madame. Ich glaube«, fügte er gedämpft hinzu, »Mr. Nugent hat Sie schon seit geraumer Zeit erwartet.«
Mit diesem Hinweis erwies er mir, beabsichtigt oder nicht, einen guten Dienst. Ich mußte sehr auf der Hut sein. Nugent Dubourg kannte mich offensichtlich besser als ich ihn. Er hatte gewußt, daß ich ihn nicht ungeschoren lassen würde, sobald ich erfuhr, was hinter meinem Rücken vorgegangen war, und hatte sich entsprechend vorbereitet. Während ich dem Diener folgte, mußte ich gegen einen Anflug von Nervosität kämpfen. Doch fiel diese unwürdige Schwäche im selben Moment von mir ab, als der Diener mir die Tür öffnete. Ich betrat das Zimmer im Vollbesitz meiner Haltung – als Pratolungos Witwe! Eine grünbeschirmte Leselampe war die einzige Beleuchtung. Nugent lehnte behaglich in einem Sessel, ein Buch in der Hand und eine Zigarre im Mundwinkel. Bei meinem Eintritt erhob er sich, legte das Buch auf den Tisch und nahm die Zigarre in die Linke. Ich beobachtete jede Kleinigkeit, die mir vielleicht helfen konnte, diesen Men-

schen klarer zu durchschauen. So interessierte mich auch das Buch, mit dem er sich bis zu meiner erwarteten Ankunft die Zeit vertrieben hatte. Siehe da – es waren Rousseaus *Confessions*. Er kam mir mit seinem charmantesten Lächeln entgegen und bot mir die Hand, als ob nichts geschehen wäre. Ich trat einen Schritt zurück und sah ihn fest an.

»Wollen Sie mir nicht die Hand geben?« fragte er.

»Erst eine Frage, Mr. Nugent Dubourg. Wo ist Ihr Bruder Oscar?«

»Ich weiß nicht.«

»Wenn Sie es wissen – und wenn Sie es durchgesetzt haben, daß Ihr Bruder in dieses Haus zurückkehrt –, werde ich Ihre Hand nehmen. Vorher nicht.«

Er verbeugte sich mit einem kleinen ironischen Achselzucken und bot mir einen Sessel an. Ich wählte mir meinen Platz selber aus, und zwar so, daß ich ihn besser sehen konnte, wenn er sich wieder in seinen Lehnsessel niederließ. Er stand noch mitten im Zimmer und deutete mit der Zigarre auf das halboffene Fenster.

»Soll ich die Zigarre hinauswerfen?« fragte er.

»Nicht meinetwegen. Rauchen stört mich nicht.«

»Danke.« Er nahm seinen verlassenen Platz wieder ein. Sein Gesicht war halb im Schatten des Lampenschirms. Nachdem er einige Sekunden schweigend an seiner Zigarre gesogen hatte, fragte er, ohne mich anzusehen: »Darf ich fragen, aus welchem Grund Sie mich mit diesem späten Besuch beehren?«

»Aus zwei Gründen. Erstens wünsche ich, daß Sie Dimchurch morgen früh verlassen. Zweitens verlange ich, daß Sie Ihren Bruder zu seiner Braut zurückbringen.«

Nugent sah rasch auf. Am meisten überraschte ihn wahrscheinlich die vollkommene Gelassenheit, mit der ich seine Frage beantwortet hatte. Dann heftete er die Augen wieder auf das glühende Ende seiner Zigarre, streifte sorgfältig die Asche ab und ließ sich Zeit mit der Antwort.

»Auf die Frage, ob ich Dimchurch verlasse oder nicht, gehe ich später ein«, sagte er. »Haben Sie nicht einen Brief von Oscar erhalten?«

»Doch.«

»Haben Sie ihn gelesen?«

»Ja.«
»Dann wissen Sie also, daß wir uns einig sind?«
»Ich weiß, daß Ihr Bruder Ihnen das größte Opfer gebracht hat, das ein Mensch bringen kann – und daß Sie seine Großmut auf die gemeinste Weise ausnutzen.«
Er reckte sich steil auf. Seine Augen funkelten gefährlich.
»Sie haben als Dame gewisse Vorrechte«, sagte er mühsam beherrscht. »Aber treiben Sie es nicht zu weit. Was Oscar getan hat, war sein freier Wille.«
»Was Oscar getan hat«, entgegnete ich, »war beklagenswert töricht und grausam falsch. Dessenungeachtet waren seine Motive hochherzig und vornehm. In Ihren Motiven, Mr. Nugent, sehe ich jedoch nichts als Feigheit, Egoismus und Niedertracht.«
Nugent sprang auf und schleuderte die halbgerauchte Zigarre in den leeren Kamin.
»Madame Pratolungo! Ich habe nicht die Ehre, in Ihre Familienverhältnisse eingeweiht zu sein. Ich kann von einer Dame, die mich beleidigt, keine Satisfaktion fordern. Haben Sie zufällig einen männlichen Verwandten in oder außerhalb Englands?«
»Ich habe zufällig ein vollkommen ausreichendes Äquivalent dafür«, erwiderte ich, »nämlich eine herzliche Gleichgültigkeit gegenüber Drohungen aller Art und die Gewohnheit, offen herauszusagen, was ich denke.«
Nugent ging rasch zur Tür und öffnete sie weit.
»Ich werde Ihnen keine Gelegenheit zu weiteren Äußerungen geben. Das Zimmer steht zu Ihrer Verfügung. Guten Abend.«
Das war nun nicht der Zweck meines Kommens. Im nächsten Moment war auch ich an der Tür.
»Kehren Sie ruhig zu Ihrer Lektüre zurück«, sagte ich. »Unsere Unterredung ist beendet. Zum Abschied will ich Ihnen nur noch eins versichern: Sie verschwenden Ihre Zeit, wenn Sie in Dimchurch bleiben.«
»Überlassen Sie das meinem Urteil«, sagte er kalt und trat zurück, um mich vorbeizulassen.
»Pardon. Sie sind gar nicht in der Lage, dies zu beurteilen. Sie wissen nicht, was ich zu tun gedenke, sobald ich zu Hause angelangt bin.«
Nugent trat sofort zwischen mich und den Türrahmen.

»Was haben Sie vor?« fragte er lauernd.
»Ich werde Sie zur Abreise zwingen.«
Er lachte geringschätzig. Ich ließ mich davon nicht anfechten und fuhr ruhig fort: »Gestern und heute haben Sie bei Lucilla die Rolle Ihres Bruders übernommen, Mr. Nugent Dubourg. Sie werden diese angenehme Rolle nicht weiterspielen können.«
»Nein? Und wer sollte mich daran hindern?«
»Ich.«
Jetzt merkte er endlich, daß es mir ernst war.
»Wie wollen Sie das bewerkstelligen?«
»Sehr einfach. Ich werde Lucilla noch heute die ganze Wahrheit sagen.«
Er schrak zusammen, faßte sich aber gleich wieder.
»Sie scheinen vergessen zu haben, Madame Pratolungo, wie die ärztlichen Vorschriften lauten.«
»O nein, ich weiß sie auswendig. Dr. Grosse lehnt jede Verantwortung ab, wenn wir die Genesung seiner Patientin durch Worte oder Taten irgendwie beeinträchtigen.«
»Und –?«
»Vor die Wahl gestellt, Sie Lucilla heiraten zu lassen und zwei Herzen zu brechen, nicht nur eins, oder Dr. Grosses Mahnungen in den Wind zu schlagen, wähle ich den zweiten Weg, so furchtbar er ist. Ich verantworte lieber, daß Lucilla wieder blind wird, als daß sie irrtümlich den Falschen heiratet!«
Nugents bisherige Selbstsicherheit hatte natürlich auf der Überzeugung beruht, daß jedermann sich der ärztlichen Autorität beugen müsse. Meine Worte warfen seine Berechnungen über den Haufen. Er wurde so bleich, wie ich ihn noch nie gesehen hatte.
»Das glaube ich Ihnen nicht!« brachte er mühsam heraus.
»Sprechen Sie morgen im Pfarrhaus vor«, entgegnete ich, »und Sie werden sehen. Und nun lassen Sie mich bitte vorbei.«
(Eine Bemerkung für Sie, geneigter Leser. Vermutlich denken Sie an dieser Stelle meiner Memoiren, ich hätte Nugent nur Angst einjagen wollen. Nichts dergleichen! Ob Sie nun empört sind oder Beifall klatschen: ich war fest entschlossen, meine Drohung wahr zu machen, als ich sie aussprach. Ob mein Mut auch später, Lucilla gegenüber, standgehalten hätte, ist eine andere Frage. Es

kam nicht zu dieser äußersten Entscheidung. Ich möchte hier nur unterstreichen, daß jedes Wort, das ich in Browndown zu Nugent sagte, todernst gemeint war – und daß er diesen Ernst spürte.)

»Sie ... Satan!« zischte er und trat dicht an mich heran. Die ganze Leidenschaft, die den Unseligen an Lucilla fesselte, drückte sich in diesen zwei Worten aus.

»Titulieren Sie mich, wie Sie wollen«, gab ich kalt zurück. »Von Ihnen erwarte ich sowieso nicht mehr, daß Sie der Denkweise anständiger Menschen folgen können. Zum letztenmal: Lassen Sie mich vorbei!«

Statt mich vorbeizulassen, schloß er rasch die Tür, drehte den Schlüssel um und steckte ihn in die Tasche.

»Bitte nehmen Sie noch einmal Platz«, sagte er leise und in einer Haltung, die mir einen tiefgreifenden Umschwung ankündigte. »Lassen Sie mich eine Minute ruhig nachdenken.«

Wir kehrten beide schweigend an unsere vorigen Plätze zurück. Nugent beugte sich in seinem Sessel vornüber und verbarg das Gesicht in den Händen. Ich wartete minutenlang. Ein- oder zweimal sah ich zu ihm hin, ohne daß er seine Haltung veränderte. Der Schatten des Lampenschirms fiel auf sein Haar und die gesenkte Stirn. Zwischen seinen Fingern begann es sonderbar zu glitzern ... Ich stand vorsichtig auf und reckte ungläubig den Hals. Tränen! Wahrhaftige Tränen quollen ihm zwischen den Fingern hervor! Ich war gerade im Begriff gewesen, ihn mit einem barschen ›Nun?‹ anzufahren. Ich setzte mich wieder – so leise, wie ich aufgestanden war.

Endlich sagte Nugent, ohne sich zu rühren oder die Hände vom Gesicht zu nehmen: »Was wollen Sie von mir? Was soll ich tun? Sprechen Sie sich aus.« Diese ersten halberstickten Worte klangen so todestraurig, so gefaßt, so hoffnungslos, daß ich, die ich als bitterste Feindin nach Browndown gekommen war, nichts Eiligeres zu tun hatte, als abermals aufzustehen und ihm tröstend die Hand auf die Schulter zu legen. Ich, die ihn vor fünf Minuten noch mit Wonne niedergeschlagen hätte, bemitleidete ihn nun aus ganzer Seele. Typisch weiblich! werden viele meiner Leser sagen.

»Handeln Sie gerecht und ehrenhaft, Nugent«, sagte ich leise.

»Seien Sie wieder der Mensch, als den ich Sie kennen- und schätzengelernt habe. Mehr verlange ich nicht.«
Er wandte sich von mir ab, warf die Arme auf den Tisch, wühlte den Kopf hinein und brach in furchtbares Schluchzen aus. In diesem Moment glich er seinem Bruder derart, daß ich kaum noch wußte, welchen der Zwillinge ich vor mir hatte. Genau dasselbe hatte ich vor mehr als einem Jahr mit Oscar in diesem selben Zimmer erlebt!
»Beruhigen Sie sich«, sagte ich besänftigend, als sein Schluchzen allmählich abebbte. »Wir werden alles noch einmal durchsprechen und uns am Ende gegenseitig achten und verstehen.«
Nugent hob den Kopf, schüttelte gereizt meine Hand ab und wandte das Gesicht geflissentlich aus dem Lichtkreis der Lampe weg.
»Nun versuchen Sie bloß nicht, mich mit Ihrem berühmten Verständnis zu ködern!« sagte er. »Ihre ganze Sympathie gehört Oscar. Er ist das Opfer, er ist der Märtyrer, er hat alle Nachsicht und alles Mitleid gepachtet. Ich bin dagegen nur der feige Schurke ohne Ehre und ohne Herz. Wenn man mich mit Füßen tritt wie ein giftiges Reptil, ist mir nur recht geschehen. Bei einem Schuft wie mir wäre jegliche Anteilnahme verschwendet – ist es nicht so?«
Ich war im Moment wirklich um eine Antwort verlegen. Alles, was er sagte, hatte ich noch vor kurzem gedacht. Und nicht ohne Grund – er hatte sich niederträchtig benommen und jedes Recht auf besondere Rücksichtnahme verwirkt. Und doch... Einer Frau fällt es schwer, einen Mann unerbittlich zu verurteilen, wenn sie weiß, daß hinter seinem Tun, und sei es noch so frevelhaft, eine Frau steckt.
»Lassen wir das«, sagte ich schließlich. »Es liegt ganz in Ihrer Hand, Nugent, sich meine alte Sympathie zurückzuerobern.«
»Ach, wirklich?« erwiderte er verächtlich. »Leider weiß ich es besser. Sie reden im Moment nicht mit Oscar, falls ich Sie erinnern darf, sondern mit einem Mann, der bereits einige Erfahrungen mit Frauen hinter sich hat. Ich weiß, wie sie alle auf ihren Meinungen beharren – nur weil es ihre Meinungen sind. Ob sie recht haben oder nicht, spielt dabei überhaupt keine Rolle. Ein Mann würde meine Situation verstehen und mich bemitleiden –

eine Frau niemals. Auch die gescheiteste Frau hat ja keine Ahnung, was Liebe für einen Mann bedeutet! Was wissen Sie von der wahnwitzigen Leidenschaft, die unsereinen packen kann! Der Frau sind von der Natur gewisse Schranken gesetzt – uns nicht. Der Mann verliert den Verstand, die Ehre, die Selbstachtung – er wird zum blöden Vieh – er versinkt in Schwachsinn oder bricht in Raserei aus. Das Gütigste, was Sie für mich tun könnten, wäre, mich in ein Irrenhaus einzuliefern. Ich sage Ihnen hiermit, daß ich für meine Handlungen nicht mehr voll verantwortlich bin. Für mich und andere wäre es wahrscheinlich das beste, wenn ich Selbstmord beginge. Das sind schockierende Reden, was? O ja, ja, Sie wollen mir eben sagen, ich müsse dagegen ankämpfen. Jeder anständige Mensch könne sich beherrschen. Hahaha! Da steht eine kluge Frau – eine erfahrene Frau. Sie hat mich hundertmal in Lucillas Gesellschaft gesehen – und nicht ein einziges Mal etwas Ungewöhnliches an mir bemerkt! Meine inneren Kämpfe gingen spurlos an ihr vorbei! Vom ersten Moment an, in dem mir dieses Himmelsgeschöpf vor Augen kam, fechte ich ein einziges langgezogenes, fürchterliches Duell mit mir selbst aus, ich lebe in einer Hölle von Scham, Verzweiflung und Gewissensbissen – und diese meine gescheite, erfahrene mütterliche Freundin hat die ganze Zeit so wenig bemerkt und weiß so wenig von mir, daß sie mein Verhalten nur mit hoher sittlicher Entrüstung beurteilen kann: als das Verhalten eines feigen Schurken!«
Er stand auf und lief im Zimmer umher. Ich war bestürzt, aber auch leicht verärgert über die Maßlosigkeit seiner Ausdrucksweise. Daß er sich einbildete, Männer verstünden mehr von Liebe als Frauen, war der reine Blödsinn.
»Daß Sie mir jetzt Vorwürfe machen, ist der Gipfel der Ungerechtigkeit«, sagte ich gemessen. »Ich hatte einfach eine zu gute Meinung von Ihnen, um Ihnen etwas Derartiges zuzutrauen. Seien Sie versichert, daß ich nicht noch einmal denselben Fehler mache!«
Er kam zu mir zurück, blieb dicht vor mir stehen und sah mir scharf ins Gesicht.
»Wollen Sie wirklich behaupten, Sie hätten sich nach meiner ersten Begegnung mit Lucilla keine Gedanken gemacht? Sie waren

doch dabei! Merkten Sie nicht, daß ich, nachdem ich mir mit allen anderen meine üblichen Späßchen erlaubt hatte, bei ihrem Anblick wie gelähmt war? Ist Ihnen auch später nie etwas Besonderes aufgefallen? Ich durchlitt Höllenqualen, wenn ich sie nur ansah – und Sie haben mir meine innere Bewegung nie vom Gesicht abgelesen?«

»Ich habe lediglich bemerkt«, versetzte ich, »daß Sie in Lucillas Nähe nie so unbefangen waren wie mit uns anderen. Ich führte das auf Ihren Respekt vor ihrem Leiden zurück, weil Sie mir sympathisch waren und ich Ihnen vertraute. Das ist alles.«

»Und Sie haben sich auch bei allem, was ich in der Folge tat, nichts gedacht? Habe ich Lucillas Vater nicht fortwährend zugesetzt, er solle Oscars und Lucillas Heirat beschleunigen?«

Das stimmte. Er hatte in meiner Gegenwart oft genug auf baldige Hochzeit gedrängt.

»Und als wir zuerst besprachen«, fuhr Nugent fort, »ob Lucilla nicht beizeiten über Oscars Entstellung informiert werden müßte, war ich nicht ganz Ihrer Meinung, daß ehrlich am längsten währt? Daß Oscar sie von Anfang an über die Nebenwirkung seiner Kur hätte unterrichten müssen? Er hat Lucilla offenbar für dümmer und uneinsichtiger gehalten, als sie ist. Wäre er beherzter vorgegangen, so wäre es nie zu der Szene gekommen, die wir gestern erlebt haben.« Auch das stimmte. Ich konnte nicht leugnen, daß Nugent meine Meinung dringlich unterstützt hatte.

»Und an dem Tag, an dem sie beinahe mit der Nase draufgestoßen wurde – als der fatale Spitznahme ›Blaubart‹ ihr vor unserer eigenen Haustür zu Ohren kam –, wer hat da seine ganze Überredungskraft eingesetzt, um Oscar endlich zu dem längst fälligen Geständnis zu bringen? Was tat ich, als Oscar sich dazu aufraffte, aber an irgendeinem lächerlichen Mißverständnis scheiterte? Wie reagierte ich auf Lucillas Irrtum, *ich* sei der Mann mit dem entstellten Gesicht?«

Die Kühnheit der letzten Frage verschlug mir einen Moment den Atem. Dann antwortete ich indigniert: »Sie haben Oscar weiterhin bei seinem grausamen Betrug geholfen! Sie haben ihn bei seiner jämmerlichen Vertuschungspolitik unterstützt!«

Das zornige Erstaunen, mit dem Nugent mich nach dieser Ant-

wort betrachtete, übertraf das meinige noch um mehrere Grade. »Lieber Himmel, das ist also der vielgerühmte weibliche Instinkt! Sie sehen auch in der Tatsache, daß ich den Prügelknaben für Oscar gespielt habe, nur die niedrigsten Beweggründe?«
Ich erinnerte mich schwach, daß ich seine Haltung damals sogar, im Gegensatz zu der Haltung Oscars, bewundert hatte. Aber... Ich gestehe, daß mir sein Ton nicht paßte. Was fiel ihm ein, plötzlich den Spieß umzudrehen und mich in die Defensive zu zwingen? In dieser Lage hätte ich jedermann gern meine eigenen Irrtümer eingestanden, nur nicht Nugent. *Voilà!*
Er schwieg eine Weile und sagte dann, bedeutend ruhiger und sanfter: »Werfen Sie bitte einen ganz sachlichen Rückblick auf die vergangenen Wochen und Monate. Vielleicht sehen Sie selbst ein, wie hart Sie mich verurteilen. Bei der letztgenannten Gelegenheit, als der kleine Dorflümmel wieder einmal den ominösen Spitznamen gebraucht hatte, ergriff ich mit wahrer Begierde die letzte Chance, einen Trennungsstrich zwischen mir und Lucilla zu ziehen. Ich ließ mich in ihrer blinden Phantasie zum Schreckgespenst, zum Popanz abstempeln. Aus eigenen Kräften war ich kaum noch in der Lage, ihr aus dem Wege zu gehen – meine letzte Rettung war, daß sie mir aus dem Wege ging, weil sie mich für Blaubart hielt! Und bei diesem diplomatischen Schachzug, der ja auch die erwünschte Wirkung tat, ließ ich es nicht bewenden. Ich verließ Dimchurch. Einen vollen Monat lang riß ich mich aus ihrer Nähe los und spielte den leichtlebigen Künstler. Hätte Oscar mich nicht mit Bittbriefen gedrängt, zurückzukommen – er wüßte ohne mich nicht mehr aus noch ein –, so hätten Sie mich nie wiedergesehen. Heute weiß ich, daß ich besser hart geblieben wäre. Oscars Flehen machte mich weich. Immerhin sind wir Zwillingsbrüder, vergessen Sie das nicht, unsere Empfindungen ähneln sich unheimlich, auch wenn sie sich äußerlich verschieden ausdrücken. Nun denn – das alles mußte zur Katastrophe führen. Bin ich deswegen ein Schurke? Hätte ein Schurke seine finsteren Absichten so oft verraten wie ich Ihnen gegenüber bei unserem Gespräch in der Laube? Ich sagte Ihnen wörtlich, daß ich wünschte, nie nach Dimchurch gekommen zu sein. Wäre die natürliche Gegenfrage nicht ein ›Warum?‹ gewesen?«
»Ich hatte keine Gelegenheit, Sie zu fragen«, unterbrach ich hit-

zig. »Lucilla rief nach mir, Sie verschwanden, und ich wurde durch andere Angelegenheiten von Ihnen abgelenkt. Sie tun ja geradezu, als müßte ich mich jetzt verteidigen!« rief ich, mehr und mehr in Wut geratend. »Mit welchem Recht erlauben Sie sich ein Urteil über mein Verhalten?«
Er sah mich mit einer Art zerstreuter Überraschung an.
»Habe ich mir denn ein Urteil erlaubt?« fragte er.
»Ja!«
»Verzeihen Sie, das war nicht meine Absicht. Vielleicht habe ich immer das Gefühl gehabt, Sie hätten meine Verliebtheit gleich erkennen und sie in Schranken halten müssen. Nein, Unsinn!« widersprach er sich selbst, ehe ich es tun konnte. »Niemand hätte diese Leidenschaft unterdrücken können, ich nicht und Sie nicht – nur der Tod kann sie auslöschen. Versuchen wir uns auf dieser Grundlage irgendwie zu einigen. Ich bemühe mich, Sie zu verstehen. Wollen Sie sich auch bemühen, mich zu verstehen?«
Ich bemühte mich schon die ganze Zeit. Obwohl mich manches, was Nugent sagte, unerträglich reizte, konnte ich mich, wie bereits eingestanden, eines geheimen Mitgefühls nicht erwehren. Nur sein gestriges Verhalten hatte ich ihm noch nicht verziehen: wie er bewußt und rücksichtslos Lucillas ersten Blick auf sich gelenkt hatte; daß er auch heute wieder vor der Arglosen in die Rolle seines Bruders geschlüpft war; daß er Oscars freiwilligen Rücktritt geduldet hatte, obwohl er genau wußte, daß das Schicksal seines unglücklichen Zwillings damit besiegelt war. Nein! Ich konnte zwar eine Menge verstehen, aber nicht alles verzeihen. Ich kehrte zu meinem Sessel zurück, setzte mich hin und schwieg mich aus.
Nugent formulierte seine nächsten Sätze mit ausgesuchter Höflichkeit. Dennoch erschreckten sie mich mehr, als seine vorigen Maßlosigkeiten mich erschrecken konnten.
»Eins möchte ich wiederholen, Madame Pratolungo. Ich bin für mein zukünftiges Tun und Lassen nicht mehr voll zurechnungsfähig. Ich garantiere für nichts. Da ich im Moment noch fähig bin, die Wahrheit zu sagen, warne ich Sie, mir in Zukunft zu trauen. Notfalls erinnern Sie sich bitte später daran, daß ich Ihnen heute abend meine Karten offen auf den Tisch gelegt habe.«
»Hören Sie auf!« rief ich. »Das ist doch alles müßiges Ge-

schwätz! Jeder Mensch ist für sein Tun und Lassen verantwortlich!«
Er fegte meinen Einwand mit einer ungeduldigen Handbewegung beiseite.
»Streiten wir nicht darüber, Madame Pratolungo – Sie werden ja sehen. Der Tag, an dem wir unser denkwürdiges Gespräch in der Laube führten, ist in meinem Kalender rot angestrichen. Es war mein letzter Versuch, meinem armen Bruder Oscar die Treue zu wahren. Alle Anstrengungen, die ich seitdem noch machte, waren mehr oder minder Verzweiflungsausbrüche. Nichts war mehr imstande, die Leidenschaft zu ersticken, die mein ganzes Wesen ausfüllt. Reden Sie mir nicht von Selbstüberwindung! Auch die hat ihre Grenzen. Und nun habe ich Ihnen lange genug erzählt, wie ich gegen die Versuchung ankämpfte. Mir bleibt nur übrig, Ihnen auch noch zu erklären, warum ich ihr schließlich erlag.«
Der schamlos-oberflächliche Ton, in dem er die letzten Sätze hinwarf, nahm mich wieder heftig gegen ihn ein. Das fortwährende Hin und Her seiner Stimmungen war wirklich aufreizend. Quecksilber war leichter zu fassen als dieser Mensch.
»Erinnern Sie sich an den Tag«, fuhr er fort, »an dem Lucilla so böse auf Sie war und sich, als Sie ihr nach Browndown folgten, so schlecht benahm?«
Ich nickte nur.
»Damals habe ich zum erstenmal – in Ihrem Beisein und mit Ihrer Billigung – Oscars Rolle gespielt. Haben Sie sich nach den Gründen gefragt?«
»Soweit ich mich erinnere«, antwortete ich zögernd, »verstand ich das damals als einen mutwilligen Einfall, Lucilla den Kopf zurechtzusetzen. Sie hatte ja wahrhaftig eine Lehre verdient!«
»Wirklich? Sie dachten, ich amüsiere mich auf Lucillas Kosten? Die Wahrheit ist, daß ich damals zum erstenmal meiner verzehrenden Leidenschaft nachgab. Ich wollte von ihr berührt und vertraulich angeredet werden, auch wenn es nur irrtümlich geschah. Das Experiment gelang so gut, daß sich mir unabweislich der Gedanke aufdrängte, wie leicht ich sie bis zur letzten Konsequenz täuschen und selbst heiraten könnte, wenn es mir nur gelänge, sie unbeobachtet an einen weitentfernten Ort zu entfüh-

ren. Ich war wie vom Teufel besessen und weiß nicht, wie die Szene ausgegangen wäre, wenn Oscars Eintritt sie nicht unterbrochen hätte – und wie Lucilla reagierte, wissen Sie. Ihre verzweifelte Empörung rief noch einmal mein besseres Ich in mir wach. Überstürzt, ohne sie im geringsten vorzubereiten, warf ich daher die Frage auf, ob sie sich schon fürs Leben mit ihrer Blindheit abgefunden habe... Nur auf diese Weise lenkte ich sie von meinem Übergriff ab, der mich, wie ich wenigstens glaubte, beinahe verraten hätte. Diese Sorge hätte ich mir sparen können, wie mir unser heutiges Gespräch beweist, Madame Pratolungo. Ein unglücklich Liebender glaubt wohl immer, sich mit jedem Wort und jedem Blick zu verraten – er rechnet nicht mit der Gleichgültigkeit der Umwelt. Was ich in der folgenden Nacht durchmachte, hätte selbst Sie, Madame Pratolungo, moralisch zufriedengestellt. Und bei der nächsten Gelegenheit leistete ich Oscar gegenüber auch tätige Buße. Ich trat für ihn ein, wo und wie ich nur konnte; ich soufflierte ihm sogar die Worte, die er Lucilla zu sagen hatte...«

»Wann?« unterbrach ich. »Wo? Wie?«

»Nach der gemeinschaftlichen Visite der beiden Augenärzte. Eine Weile drehte sich die hitzige Diskussion um die Frage, ob Lucilla erst heiraten und sich dann operieren lassen sollte – oder umgekehrt. Sie erinnern sich vielleicht, daß ich dringend zuredete, die Heirat voranzustellen. Alles zwecklos! Sie waren auf Lucillas Seite und widersprachen mir. Für mich war nun schon alles einerlei. Meine edle Aufwallung war eine Ausgeburt der Verzweiflung; sie hielt nicht lange vor. Schon der nächsten Versuchung erlag ich wie ein Schurke, um mich Ihres Ausdrucks zu bedienen.«

»Ich habe nie dergleichen gesagt«, erwiderte ich kurz.

»Aber gedacht. Es kommt auf eins heraus. Nun, gestern vormittag, als wir uns im Dorf trafen, haben Sie ja endlich etwas gemerkt, nicht wahr?«

Ich bejahte mit einer stummen Kopfneigung.

»Sie haben es meisterhaft verborgen«, fuhr Nugent fort, »als ich es später herausbekommen wolle. Oh, ihr untadeligen Leute seid auch recht begabte Heuchler, wenn es euch darauf ankommt! Ich brauche Ihnen nicht mehr zu sagen, warum ich gestern trotz meines Versprechens anwesend war. Den ersten Blick ihrer neugeschenkten Augen – diesen ersten Liebes- und Freudenblick – den Ausdruck ungläubigen Staunens auf ihrem Himmelsantlitz – das alles sollte ich mir entgehen lassen? Diesen Lichtstrahl aus dem Paradies sollte ich einem anderen gönnen? Madame Pratolungo, das war zuviel verlangt. Das ging über Menschenkraft. Kein irdisches Wesen aus Fleisch und Blut hätte in dieser Situation anders gehandelt als ich. Ich hätte vor Grosse niederknien mögen, als er mir in seiner Ahnungslosigkeit selbst den Vorschlag machte, mich seiner Patientin zuliebe so aufzustellen, daß sie bei ihrem ersten Sehversuch nicht durch Oscars befremdliches Äußere verwirrt würde. Zu dieser Zeit hatten Sie mich allerdings schon durchschaut und taten Ihr möglichstes (Ihre Taktik war bewundernswert), meine Wünsche in letzter Minute zu durchkreuzen. Ich sah mit Staunen, daß die feinsten Damen im Notfall über genauso wirksame Tricks verfügen wie... Nun, lassen wir das. Sie hatten diesmal Pech. Die Sonne leuchtet nun einmal unparteiisch über Gerechte und Ungerechte, das Glück stand mir bei und gewährte mir trotz allem Lucillas ersten Liebesblick! Ich fühlte mich ohne weiteres Zutun von ihr umarmt, ihren süßen Körper an meinen geschmiegt, ihr –«

Ich erhob mich abrupt. Ich ertrug es nicht länger.

»Schließen Sie die Tür auf, und lassen Sie mich hinaus!« befahl ich. »Ich schäme mich, daß ich noch immer mit Ihnen in einem Raum bin!«

»Kein Wunder«, erwiderte er leise. »Was ich sage, muß einer Dame ja die Schamröte ins Gesicht treiben. Ich schäme mich meiner selbst.« Er sagte dies ohne eine Spur von Zynismus. Er, der eben noch mit seinem auf unanständigste Weise erschlichenen Triumph geprahlt hatte, schien sich im nächsten Moment ehrlich zu genieren. Hätte ich mit Bestimmtheit gewußt, daß er mich nur verhöhnte oder aus Zweckgründen heuchelte, so wäre mir klargewesen, was ich zu tun hatte. Aber – so unwahrscheinlich es klingt – seine Reue war echt. Ich habe in meinem bewegten Leben die sonderbarsten Käuze kennengelernt und mir eine gewisse Praxis angeeignet, mit ihnen umzugehen. Nugent setzte mich im Moment außer Gefecht. Ich blieb ratlos auf halbem Wege zur Tür stehen.

»Glauben Sie mir nicht?« fragte er.
»Ich verstehe Sie nicht mehr«, antwortete ich.
Er nahm den Schlüssel aus der Tasche und legte ihn auf den Tisch. »Bedienen Sie sich nach Wunsch«, sagte er. »Ich weiß, daß ich den Kopf verliere, wenn ich von Lucilla spreche oder nur an sie denke. Ich wünschte, ich könnte alles, was ich eben gesagt habe, wieder ungesagt machen, aber das geht leider nicht. Ich glaube, nicht einmal Lucillas Gegenwart hätte mich von meinem Ausbruch abhalten können. Es ist also besser, Sie gehen, ehe ich mich wieder schlecht benehme. Da liegt der Schlüssel. Nur noch eine Frage, ehe Sie mich verlassen. Sie sind doch mit einem bestimmten Vorhaben gekommen, wenn ich mich recht erinnere? Vielleicht können Sie jetzt Ihren Einfluß geltend machen. Vielleicht gelingt es Ihnen, mich in letzter Minute an der Ehre zu packen. Tun Sie, was Ihnen beliebt. Ich überlasse es Ihnen.«
Wie reagierte ich auf diesen letzten Appell? Wie eine gute Christin oder wie eine Idiotin? Tatsache ist jedenfalls, daß ich zu meinem Sessel zurückkehrte und mich bereit erklärte, Nugent noch einmal anzuhören.
»Das ist nett von Ihnen«, sagte er. »Sie geben mir neuen Mut. Offenbar bin ich Ihnen doch einen letzten Versuch wert. Gestern hatte ich auch schon eine hochherzige Anwandlung – hier, in diesem selben Zimmer. Es wäre nicht bei der Anwandlung geblieben, wenn Oscar mich nicht wieder in Versuchung geführt hätte.«
»In welche Versuchung?«
»Das müssen Sie doch Oscars Brief entnommen haben!«
»Ich habe nichts dergleichen aus Oscars Brief herausgelesen.«
»Hat er Ihnen nicht geschrieben, daß ich für immer aus Dimchurch verschwinden wollte? Es war mein voller Ernst. Die Haltung des armen Kerls, als Grosse und ich Lucilla aus dem Salon führten, war mir in die Seele gedrungen. Während ich durch das Tal rannte, wurde mir klar, daß es so nicht weitergehen könnte. Ich war ehrlich zum Verzicht bereit. Hätte Oscar meine ausgestreckte Hand genommen und mir Adieu gesagt, so wäre ich gegangen. Er tat es nicht. Er bestand darauf, vorher seinerseits durch das Tal zu rennen und nachzudenken. Und als er zurückkam, wollte *er* verzichten.«

»Und warum haben Sie das akzeptiert?«
»Weil er mich, wie gesagt, in Versuchung führte.«
»Was heißt Versuchung?«
»Wie sonst würden Sie das Angebot nennen, daß ich selbst – mit seinem Wissen und Einverständnis – um Lucilla werben dürfte? Er eröffnete mir damit Perspektiven, denen kein Sterblicher an meiner Stelle widerstanden hätte. Verdammen Sie die Leidenschaft, die mir Leib und Seele verzehrt, nicht mich!«
Ich warf einen unwillkürlichen Blick auf das Buch, das auf dem Tisch lag und bei dessen Lektüre ich ihn angetroffen hatte. Nugents letzte Sophistereien waren unverkennbar Rousseau, zweiter Aufguß. Schön! Wenn er mir verfälschten Rousseau servierte, konnte ich ihm unverfälschten Pratolungo entgegensetzen. Ich war gerade in der richtigen Stimmung dafür.
»Sie sind ein intelligenter Mensch, Nugent«, sagte ich. »Wie können Sie sich dermaßen selbst betrügen? Wie stellen Sie sich Ihre Zukunft mit Lucilla vor? Es gibt keine Zukunft für Sie, die nicht ein einziges Grauen wäre. Angenommen – es geschieht nur über meine Leiche, aber nehmen wir es immerhin an –, Sie brächten Lucilla wirklich dazu, Sie zu heiraten? Lieber Himmel, was für ein elendes Leben würden Sie von Stund an führen – alle beide! Sie lieben Ihren Bruder, Nugent. Glauben Sie wirklich, Sie könnten auch nur für einen Moment Seelenfrieden finden, wenn Sie Ihr sogenanntes Glück mit seinem Unglück erkauft haben? Immer und ewig müßten Sie sich sagen: ›Ich habe Oscar um die geliebte Frau betrogen, ich habe sein Leben zerstört und ihm das Herz gebrochen.‹ Jeder Blick, jedes Wort, jede Liebkosung zwischen Ihnen und Lucilla wäre von diesem unerträglichen Vorwurf belastet. Und wie soll Lucilla eine Ehe mit Ihnen führen, wenn sie weiß, auf welche Weise Sie sie gewonnen haben? Sie müßte abwechselnd sich selbst und Sie verabscheuen. Jeder Mann, der ihr künftig begegnet, würde in ihr aufs neue den Gedanken wachrufen: ›Wäre der fähig, so gemein zu handeln wie mein Mann?‹ Jede andere Ehefrau ihres Bekanntenkreises wäre für sie ein Gegenstand des Neides. ›Ganz gleich, welche Fehler dein Mann hat‹, würde sie denken, ›ganz gleich, ob ihr euch streitet oder was sonst in eurer Ehe los ist: ihr habt jedenfalls leichteren Herzens geheiratet als mein Mann und ich.‹ Und Sie,

Nugent, erträumen sich unter solchen Umständen noch eine glückliche oder auch nur erträgliche Ehe? Ich verwette meinen letzten Penny, daß Sie und Lucilla binnen eines halben Jahres wieder getrennt wären, und zwar mit beiderseitiger Zustimmung. Genug davon. Was wollen Sie tun? Wollen Sie Oscar nachreisen oder hierbleiben? Wollen Sie Oscar – als Bruder und anständiger Mensch – an den Platz zurückbringen, an den er gehört, oder sich und alle fürs Leben unglücklich machen?«

Nugent hatte mir mit steigender Erregung zugehört. Seine Augen leuchteten, sein Gesicht rötete sich. Er sprang auf die Füße und schloß eigenhändig die Tür auf. Was hatte er vor? Wollte er unverzüglich abreisen – oder mich hinauswerfen?

»James!« schrie er in den Korridor.

»Ja, Sir?« antwortete die Stimme des Dieners aus einem der anderen Räume.

»Schließen Sie das Haus ab, wenn Madame Pratolungo und ich gegangen sind. Ich komme nicht zurück.«

»Sir –!«

»Packen Sie mir das Nötigste und schicken Sie es mir morgen nach. Nagle's Hotel, London.«

Er machte die Tür wieder zu und kam rasch zu mir.

»Als Sie herkamen, wollten Sie mir nicht die Hand drücken, Madame Pratolungo. Wie ist es jetzt? Ich verlasse Browndown gleichzeitig mit Ihnen, und ich kehre nicht zurück, wenn ich nicht Oscar mitbringe.«

»Hier haben Sie beide Hände!« rief ich beglückt und tat nach meinen Worten. Mehr konnte ich nicht sagen. Mein Kopf wirbelte. Träumte ich? Wachte ich? Gehörte ich ins Irrenhaus, oder durfte man mich noch frei herumlaufen lassen?«

»Kommen Sie!« sagte Nugent feurig. »Ich begleite Sie bis zum Gartentor des Pfarrhauses.«

Mir fiel etwas ein. »Sie können heute nicht mehr nach London reisen. Der letzte Zug ist seit Stunden weg.«

»Das hindert mich nicht, zu Fuß nach Brighton zu gehen und dort zu übernachten. Dann bekomme ich den ersten Frühzug. Nichts kann mich dazu bewegen, noch eine Nacht in Browndown zu verbringen... Halt! Nur eins noch, ehe ich die Lampe lösche.«

»Ja?«
»Haben Sie irgendwelche Spuren von Oscar ausfindig gemacht, als Sie heute in London waren?«
»Das nicht. Ich war bei einem Rechtsanwalt und habe ihn beauftragt, das Übliche zu arrangieren.«
»Hier ist mein Notizbuch. Bitte schreiben Sie mir Namen und Adresse des Rechtsanwalts auf.«
Ich tat es. Nugent löschte die Lampe und führte mich in den Korridor, wo der völlig verwirrte Diener wartete.
»Gute Nacht, James«, sagte Nugent munter. »Bald haben Sie Ihren richtigen Herrn wieder.«
Damit nahm er Hut und Stock, bot mir den Arm und schritt mit mir in die Dunkelheit hinaus.
Auf dem Zehnminutenweg zum Pfarrhaus war er von einer fieberhaften Redseligkeit. Er vermied sorgfältig jede Anspielung auf unser eigentliches Thema und erging sich, wie einst, ausschließlich über seine großen Zukunftspläne als Landschaftsmaler. Ich hatte lange nichts mehr davon gehört und war daher recht froh, daß der Große Tröster noch nicht ganz gestorben war. Nugent hatte zumindest eine Beschäftigung, die ihm über den ersten Schmerz hinweghelfen würde. Er hörte erst damit auf, als wir vor dem Gartenpförtchen standen.
»Nun«, fragte er leise, »sind Sie mit mir zufrieden? Hat der böse Schurke vielleicht doch noch seine guten Seiten? Der Mensch ist ein sonderbar zusammengesetztes Lebewesen. Sie sind jedenfalls eine großartige Frau. Erlauben Sie, daß ich Sie zum Abschied küsse.«
Er küßte mich nach ausländischer Manier auf beide Wangen.
»Und nun auf zur Brudersuche!« sagte er heiter, schwenkte den Hut und verschwand in der Finsternis. Ich blieb am Gartentor stehen, bis seine raschen Schritte in der Ferne verklangen.
Ich hätte froh sein sollen, aber ich war unglaublich deprimiert. Die Ursache war, daß ich, kaum daß ich allein war, an Nugents guten Vorsätzen zweifelte. Ich fragte mich, ob ich nicht alles, was ich heute abend getan hatte, in absehbarer Zeit abermals tun mußte.
Mr. Finch hatte mir aufgelauert und erwischte mich, bevor ich mich, wie ich es dringend wünschte, unbehelligt in unsere Pri-

vatgemächter zurückziehen konnte. Er hielt mir feierlich ein umfangreiches Manuskript unter die Nase.
»Mein Hirtenbrief«, erkärte er im tiefsten Orgelbaß.
»Mein christlicher Aufruf an Nugent Dubourgs Gewissen!«
»Nugent Dubourg ist nicht mehr da«, versetzte ich kurz und unterrichtete ihn in so wenigen Worten wie möglich vom Erfolg meiner Mission.
Reverend Finch betrachtete seinen Hirtenbrief. Sollte er alle diese wortmächtigen Seiten für nichts und wieder nichts geschrieben haben? Nein, das konnte nicht sein – das war nicht im Sinne der Vorsehung und ging ihm wider die Natur. »Sie haben gewiß das Ihre getan, Madame Pratolungo«, räumte er gönnerhaft ein. »In Anbetracht der Lage muß ich Sie zu Ihrem Erfolg beglückwünschen. Indessen... Ich glaube nicht, daß es weise gehandelt wäre, diesen Brief voreilig zu vernichten. Zweifelsohne wird er eines Tages noch gebraucht werden.« Er faltete sein Manuskript mit zärtlicher Sorgfalt, steckte es ein und blickte mit wissend-nachsichtigem Lächeln zu mir auf. »Lassen Sie sich nach Ihrem schönen Erfolg nicht entmutigen, Madame Pratolungo«, fügte er mit gespielter Bescheidenheit hinzu. »Ich sage nur eins: Ich traue diesem Nugent Dubourg nicht.« Es war die Bemerkung eines Dummkopfs, die ungesagt geblieben wäre, wenn er nicht seinen wunderbaren Hirtenbrief geschrieben hätte. Dennoch stimmte ich zufällig mit meinen eigenen quälenden Zweifeln überein. Und, was schlimmer war, sie stimmte auch mit dem überein, was Nugent mir selbst gesagt hatte: er sei nicht mehr voll zurechnungsfähig und garantiere für nichts. Ich behielt das für mich, wünschte dem Pfarrer gute Nacht und setzte schweren Herzens meinen Weg ins Haus fort.
Lucilla schlief, als ich vorsichtig in ihr Zimmer spähte. Ich mußte mich sehr bald vom Anblick ihres friedlichen, gelösten Gesichtes abwenden; das Herz tat mir zu weh. Mr. Finchs selbstgefällige Prophezeiung ließ mich nicht los. Und als ich in mein eigenes Zimmer ging, ertappte ich mich dabei, daß ich seine Worte vor mich hin murmelte: »Ich traue diesem Nugent Dubourg nicht!«

6. Lucilla lernt sehen

Die Sorgenlast, mit der ich zu Bett ging, war am nächsten Morgen nicht leichter geworden. Im Gegenteil, einige Überlegungen, für die ich bisher keine Zeit gehabt hatte, gesellten sich noch hinzu. Lucilla erwartete heute den versprochenen Gegenbesuch aus Browndown. Was sollte ich ihr sagen, wenn der vermeintliche Oscar ausblieb?

In was für ein unentwirrbares Lügenknäuel hatten wir uns alle verstrickt, seit die Wahrheit zum erstenmal unterdrückt worden war! Daraus hatte sich mit fataler Folgerichtigkeit eine Vertuschung nach der anderen ergeben, kleine Peinlichkeiten hatten sich summiert und schließlich zur Katastrophe verdichtet – und nun, da ich ganz allein mit den harten Notwendigkeiten der so geschaffenen Situation fertig werden sollte, sah ich keinen anderen Weg vor mir, als Lucilla noch weiter zu täuschen. Ich hatte es sterbenssatt und schämte mich aus tiefster Seele.

Beim Frühstück erfuhr ich, daß Lucilla ihren Besuch erst am Nachmittag erwartete. Das war eine kleine Erleichterung; ich brauchte nichts weiter dazu zu sagen. Eine Weile gelang es mir, sie am Klavier abzulenken. Als sie musikmüde wurde und wieder von Oscar zu sprechen anfing, schützte ich eine dringende Besorgung im Dorf vor (die ich sonst Nanny aufgetragen hätte), nur um wegzukommen und nicht schon wieder lügen zu müssen. Das Wetter begünstigte mich: Es sah bedrohlich nach Regen aus, und Lucilla hatte daher keine Lust, mich zu begleiten.

Mein Besorgungsgang führte mich zu einem Bauernanwesen an der Landstraße nach Brighton. Nachdem ich meinen Einkauf getätigt hatte, ging ich noch ein Stück weiter, obwohl es gerade zu regnen begann. In meinem Gemütszustand nahm ich lieber ein nasses Kleid in Kauf, als daß ich mich mit dem Nachhausekommen beeilte.

Nachdem ich etwa eine Meile gegangen war, schreckte mich Räderrollen aus meinen tiefen Gedanken auf: Eine Chaise mit heruntergeklapptem Verdeck näherte sich mir. Ich trat an den Straßenrand, um sie vorbeizulassen, aber im gleichen Moment rief eine Stimme, die unverkennbar Dr. Grosse gehörte, dem Kutscher zu, er solle halten. Unser galanter Freund und Helfer fragte mich barsch, was in aller Welt ich hier so mutterseelenallein auf der Landstraße im Regen triebe, und bestand darauf, daß ich augenblicklich zu ihm in den Wagen käme. Ich tat ihm gern den Gefallen, denn ich war mittlerweile schon ziemlich durchgeweicht.

»Welch freudige Überraschung«, sagte ich, als die Chaise weiterrollte. »Ich hatte Sie laut Ihrer gestrigen Ankündigung erst am Wochenende wieder erwartet.«

Grosse verdrehte die Augen hinter seiner Brille, seufzte übertrieben laut und legte die Hand mit einer pathetischen Geste, die Mr. Finchs würdig gewesen wäre, aufs Herz.

»Soll ich Ihnen die tiefsten Geheimnisse meines Busens bloßlegen?« raunte er mir in seinem schönsten Lesebuch-Englisch zu. »Sie sehen in mir einen unheilbar Liebeskranken. Schaufeln Sie nur immer schon mein Grab. Und wer ist schuld an meinem langsamen Dahinsiechen? Das süße, verflixte Finkchen! Bin ich ferne von ihr, so bin ich nur ein halber Mensch. Bejammern Sie mich, Madame! Ich wälze mich schlaflos im Bett und schwitze vor Angst – buchstäblich – um die reizendste aller Patientinnen. Mein Gehirn schlägt Blasen, wenn ich an das verdammte Kuddelmuddel mit den Zwillingsbrüdern denke. Darum bin ich heute schon wieder hier. Finkchens Augen machen mir die geringste Sorge, da geht alles nach Wunsch. Sie, Madame, und die andern in dieser idiotischen Pfarre – Sie machen mir Sorge! Wenn das noch lange so weitergeht, werde ich das reinste Nervenbündel. Eines Tages tuschelt ihr doch todsicher irgendein Rindvieh irgend etwas in die allerliebsten Öhrchen, wenn ich nicht aufpasse, und dann kriegt sie Zustände und – ade, liebes Augenlicht! Nun aber mal ganz im Ernst, Madame Pratolungo. Können Sie Lucilla noch zwei Monate in Ruhe lassen? Wenn ich dessen sicher sein könnte, lieber Gott, dann würde ich ihre schwachen neuen Augen getrost sich selbst überlassen und meinen sauer verdienten Urlaub in London genießen. Aber so – nein!«

Ich hatte eigentlich vorgehabt, Dr. Grosse wegen seiner gestrigen Eigenmächtigkeit scharf zur Rede zu stellen. Was er jetzt sagte, verschloß mir den Mund. Ich sah ein, daß es zwecklos war, ihn zu meinen Ansichten bekehren zu wollen.

»Sie müssen das natürlich am besten wissen«, sagte ich lahm.

»Nur schade, daß Sie sich bei Ihren Vorschriften nie ganz klar zu sein scheinen, was Sie den unglücklichen Leuten zumuten, die sie auszuführen haben.«

»Beurteilen Sie selbst, ob es nicht der Mühe wert ist, noch ein Weilchen den Mund zu halten«, erwiderte Grosse. »Wenn ich heute mit Finkchens Augen zufrieden bin, werde ich ihr die erste Seh-Lektion erteilen. Sie werden dabeistehen, Sie halsstarrige Person, und hoffentlich aus dem, was Sie erleben, ihre eigenen Konsequenzen ziehen. Sehen lernen ist nämlich nicht so einfach, wenn jemand sein Leben lang blind gewesen ist. Die arme Kleine wird dabei Blut und Wasser schwitzen. Wenn Sie hinterher immer noch der Meinung sind, daß Sie diesen verdammten Anstrengungen und Depressionen noch weitere Belastungen hinzufügen dürfen, können Sie es mir sagen. Nun zu etwas anderem. Wie geht's meinem gescheiten jungen Freund Nugent?«

Mir wurde siedend heißt. »Gut«, erwiderte ich vorsichtig – und kein Wort weiter.

»Halten Sie sich immer vor Augen – Ihre Augen sind ja, Gott sein Dank, in Ordnung«, fuhr Grosse fort, »daß mein gescheiter junger Freund Nugent jetzt eine äußerst wichtige Aufgabe zu erfüllen hat. Er hält mein kleines Piepmätzchen bei guter Laune. Ich wünsche, nein, ich verlange, daß er sie täglich besucht, ganz egal, was dieser aufgeplusterte Finkenvater dagegen einwendet. Nugent ist bis auf weiteres die beste Medizin für mein Finkchen.«

Nun half keine Ausflucht mehr. Ich mußte Grosse sagen, daß Nugent Browndown verlassen hatte – und daß ich die treibende Kraft gewesen war.

Das Hagelwetter von deutsch-amerikanisch-englischen Flüchen, das daraufhin auf mein schuldiges Haupt niederprasselte, ist auf dem Papier nicht wiederzugeben. Ich habe einige Ausdrücke später im Lexikon nachgeschlagen: sie kämen sowieso nicht durch die Zensur. Ich konnte von Glück sagen, daß die berühmte Hand des großen Augenchirurgen mich nicht rechts und links ohrfeigte. Es genügt, wenn ich Ihnen mitteile, daß er Nugents fragwürdige Maskerade für lebenswichtig erklärte, zumindest solange Oscar nicht wieder aufzutreiben war. Lucilla sei ein so feinnerviges und jeder Stimmung ausgeliefertes Wesen, daß

jede Störung ihres seelischen Gleichgewichts sich gerade jetzt aufs verhängnisvollste auswirken könne. Ich beteuerte vergebens, daß Nugent mit dem Vorsatz abgereist sei, die Geschichte mit Oscar wieder einzurenken und seinen Bruder nach Dimchurch zurückzubringen. Grosse ließ sich auf solche unsicheren Projekte nicht ein. Er erkärte (unter weiteren lästerlichen Flüchen), meine Einmischung hätte seinen ärztlichen Behandlungsplan dermaßen durcheinandergebracht, daß nur seine zärtliche Sorge um Lucilla ihn hindere, auf der Stelle umzukehren und ›den ganzen Krempel hinzuschmeißen‹.
Erst beim Aussteigen vor dem Gartentor beruhigte er sich ein wenig. Vor der Patientin, schärfte er mir ein, müßten wir uns alle beide ›höllisch‹ zusammennehmen. Er wünsche aus verschiedenen Gründen, daß ich bei Lucillas erster ernsthafter Seh-Lektion zugegen sei. »Unter anderem«, sagte er, »damit Sie selbst erkennen, ob es gut und klug wäre, ihr ausgerechnet jetzt zu erzählen, daß sie dem falschen Bruder um den Hals gefallen ist. Kommen Sie nach der Lektion zu mir und sagen Sie mir, ob Sie dann noch die Stirn haben, ihr in dürren Worten mitzuteilen: Ätsch, mein Kind, Blaubart ist der Richtige!«
Wir fanden Lucilla im Salon vor. Ihre überraschten Fragen, wieso er schon wieder da sei, schnitt er mit der gutmütig-brummigen Erklärung ab, bei dem Nieselwetter langweile er sich in London, und deshalb könne er ebensogut etwas Vernünftiges tun. »Und Sie auch, Schätzchen. Heute werden Sie Papa Grosse mal zeigen, ob die neuen Augen schon etwas taugen.« Mit diesen Worten nahm er ihr die Binde ab, zog ihr mit dem gewohnten Griff die Lider auseinander und prüfte das Augeninnere, erst ohne und dann mit seiner Lupe.
»Alles in Ordnung?« fragte Lucilla ängstlich gespannt.
»Famos! Erstklassig – wie meine amerikanischen Freunde sagen. So, und nun dürfen Sie sich nach Belieben umgucken. Erst ein liebevoller Blick auf Papa Grosse – aaah! Bravo! Das geht ja sogar einem alten Knacker wie mir durch und durch! Und nun vorwärts marsch – erobern Sie sich die Welt!«
Sein Ton und sein Ausdruck sprachen Bände. Er war nicht nur zufrieden mit dem Erfolg seiner Operation – er triumphierte. Er nickte mir mit dem grauen Löwenhaupt zu und knarrte hände-

reibend: »Welch ein Jammer, daß Kollege Sebright nicht dabei ist!« Ich ging tiefbewegt auf Lucilla zu. Zum erstenmal seit der Operation durfte ich ihre Augen aus der Nähe sehen. Ein ganz leichter, kaum merklicher Schleier lag auch jetzt noch über der Iris, aber darunter glühte der Funke des Lebens. Eine weitere Veränderung war, daß sie die Augäpfel, die zur Zeit ihrer Blindheit starr und wie unbeweglich gewesen waren, jetzt, offenbar unwillkürlich, rastlos nach allen Seiten bewegte, wodurch sie manchmal ein wenig wild wirkten. Aber der Charme und die Lebendigkeit ihres Gesichtes wurden durch den neugeschenkten Sinn unbeschreiblich gesteigert. Ihr Lächeln, das schon immer reizend gewesen war, strahlte jetzt auch aus den Augen, als bräche ein inneres Leuchten aus ihr. Ich fühlte das unwiderstehliche Verlangen, sie zu umarmen, zu küssen, ihr zu gratulieren, aber Grosse hielt mich zurück.

»Nichts da! Stellen Sie sich am anderen Ende des Zimmers auf – Lucilla soll zu Ihnen gehen.«

Wie alle Leute, die ohne jede Erfahrung mit frischoperierten Blinden sind, war auch ich in keiner Weise auf die jammervoll hilflose Art gefaßt, in der Lucilla dem ärztlichen Befehl nachzukommen versuchte. Sehen lernen ist für erwachsene Menschen, die ihr Leben lang blind waren, mit ebensolchen Anstrengungen und tolpatschigen Mißerfolgen verknüpft wie das Gehenlernen für kleine Kinder. Ohne Grosses souveräne Art, sie zu meistern, wäre die Szene, die jetzt folgte, eine einzige Qual gewesen. Ich hatte, naiv wie alle Uneingeweihten, gedacht, an so einem Tag könne nur eitel Jubel und Freude herrschen, und statt dessen mußte ich mich mehrfach mit Gewalt zusammennehmen, um angesichts meiner armen, verwirrten Lucilla nicht in Tränen auszubrechen!

Grosse legte Lucilla eine Hand auf die Schulter und wies mit der anderen auf mich. »Da steht sie«, sagte er. »Sehen Sie sie? Können Sie allein zu ihr gehen?«

»Natürlich!« erwiderte Lucilla unwillig erstaunt.

»Ich wette zehntausend Pfund gegen Sixpence, daß Sie's nicht schaffen! Topp? Also los! Verdienen Sie Ihre zehntausend!«

Lucilla antwortete mit einer trotzigen kleinen Grimasse und machte drei hastige Schritte in meine Richtung. Dann stockte ihr

Fuß. Nervös und furchtsam trippelte sie auf der Stelle, obwohl sie kaum den halben Weg zu mir zurückgelegt hatte, und wandte sich schließlich herzzereißend kläglich an Grosse.
»Eben stand sie doch noch hier!« sagte sie und zeigte direkt vor ihre Füße. »Und nun ist sie weg – das heißt, ich sehe sie natürlich, so nah, daß ich Angst hatte, ich würde mit ihr zusammenprallen – und doch –« (sie wagte noch einen Schritt und griff mit beiden Händen in die leere Luft), »– und doch kann ich sie nicht erreichen! O Gott, was bedeutet das?«
»Das bedeutet: Her mit meinen sechs Pennies!« sagte Grosse. »Ich habe die Wette gewonnen!«
Seine Munterkeit ärgerte sie. Sie schüttelte eigensinnig den Kopf, und die wohlbekannte kleine Falte erschien zwischen ihren reizenden Brauen.
»Einen Moment«, sagte sie. »So leicht lasse ich Sie Ihre Sixpence nicht verdienen. Passen Sie auf!«
In der nächsten Sekunde hatte sie mich erreicht, so leicht wie eh und je, so leicht, wie auch ich zu ihr gelangt wäre.
»Noch eine Wette!« rief Grosse, der jetzt hinter ihr stand, mir über ihren Kopf hinweg zu. »Zwanzigtausend gegen vier Pennies! Sie hat gemogelt! Sie hat die Augen zugemacht! Na, stimmt's?«
Es stimmte. Sie hatte sich in ihren lebenslang gewohnten Zustand geflüchtet und die Augen geschlossen. Allein mit Hilfe ihres Tastgefühls und des berühmten sechsten Sinns der Blinden konnte sie jede Entfernung auf den Millimeter genau abschätzen – was ihr mit offenen Augen nicht gelang. Von uns beiden ertappt, setzte sich das arme Ding mit einem tiefen, entmutigten Seufzer in den nächsten Sessel. »So hätte ich mir das nie vorgestellt«, sagte sie zu mir. »War die ganze Operation der Mühe wert, wenn ich nicht einmal durch mein eigenes Zimmer gehen kann?«
»Alles zu seiner Zeit!« sagte Grosse und trat zu ihr. »Geduld, Finkchen. Selbstverständlich sind Ihre Augen noch hilflos wie neugeborene Säuglinge – und jedes Neugeborene muß eine Menge lernen. Klar? Also los, immer tapfer weitermachen! Reden wir mal zur Abwechslung von Farben. Sie haben so Ihre eigenen Vorstellungen von Farben, was? Sie haben sich während

Ihrer Blindheit ganz bestimmte Vorlieben und Abneigungen gebildet? Nun sagen Sie mir mal Ihre Lieblingsfarben.«
»Weiß vor allem«, erwiderte Lucilla neu belebt. »Und dann rot – ich meine helles, leuchtendes Rot.«
»Weiß – das ist verständlich«, erwiderte Grosse sinnend. »Weiß ist die Lieblingsfarbe aller jungen Mädchen. Aber warum gerade knallrot? Haben Sie als Blinde je rot gesehen?«
»Beinahe«, sagte Lucilla. »Wenn mir etwas ganz leuchtend Rotes gezeigt wurde, hatte ich immer das Gefühl – ich kann's nicht genau beschreiben –, vor meinen Augen zöge wirklich so etwas wie ein roter Schimmer vorbei.«
»Merkwürdig«, murmelte Grosse in seinen Bart, »das sagen alle Star-Patienten. Ich muß unbedingt dahinterkommen, wieso der Sehnerv auf Rot beinahe noch anspricht. Und welche Farbe«, wandte er sich wieder zu Lucilla, »mögen Sie am wenigsten?«
»Schwarz!«
Grosse nickte zustimmend. »Hab ich mir schon gedacht. Das sagen auch alle Star-Patienten. Schwarz ist ihnen ein Greuel. Auch das muß einen organischen Grund haben – und ich muß dahinterkommen.«
Nachdem er uns diese Forschungsabsichten kundgetan hatte, ging er an Lucillas Schreibtischchen, nahm ein Blatt weißes Briefpapier, einen runden Tintenwischer aus feuerrotem Filz, sah sich um, stapfte auf seinen schwarzen Filzhut los, den er in der Nähe der Tür auf einen Stuhl gelegt hatte, kam zu uns zurück und legte die drei Gegenstände – den weißen, den roten und den schwarzen – in einer Reihe vor Lucilla auf den Tisch. Ehe er zu Worte kam, zeigte Lucilla mit deutlichem Mißfallen auf den schwarzen Hut.
»Nehmen Sie das weg«, sagte sie, »das gefällt mir nicht.«
Ich wollte meinem Erstaunen Ausdruck geben, aber Grosse ließ mich nicht dazu kommen.
»Moment«, tuschelte er mir ins Ohr. »Es ist nicht so fabelhaft, wie Sie denken. Alle geheilten Blinden können Dunkles in der ersten Zeit nicht ausstehen. – So, Finkchen«, fuhr er lauter fort, »nun zeigen Sie mir mal Ihre Lieblingsfarbe.«
Sie ignorierte verächtlich den Hut, nahm den Tintenwischer, sah ihn an und legte ihn wieder hin, nahm das Blatt Papier, sah es

an und legte es wieder hin, ohne sich zu äußern, zögerte – und schloß rasch die Augen.

»Nein!« rief Grosse. »Schiebung! Unterstehen Sie sich nicht, in meiner Gegenwart die Blinde zu markieren! Ich habe mich beinahe überschlagen, um Sie wieder sehend zu machen, und was tun Sie, undankbares Geschöpf? Sie machen die Augen zu! Auf damit – oder ich stelle Sie in die Ecke wie ein ungezogenes kleines Mädchen. Ich will Ihre Lieblingsfarbe gezeigt kriegen! Los, los, vorwärts marsch!« Lucilla öffnete – notgedrungen – die Augen und betrachtete noch einmal angestrengt den Tintenwischer und das Briefpapier.

»Meine Lieblingsfarbe ist überhaupt nicht dabei«, sagte sie schließlich. »Nichts ist auch nur annähernd so hell.«

Grosse hielt das Briefpapier in die Höhe und bohrte gnadenlos weiter. »Das ist so weiß, wie weiß nur sein kann. Weißer als weiß gibt's nicht.«

»Doch! In meinem Kopf ist weiß tausendmal so weiß!«

»So? Nun passen Sie mal auf.« Er zog ihr, wie schon früher einmal, das Tüchlein aus der Kleidertasche und wedelte es neben dem Blatt hin und her. »Dieses Taschentuch ist ebenfalls weiß – blütenweiß. Zwischen dem Papier und dem Taschentuch besteht kein Farbunterschied. Ja ja, Schätzchen, erste Lektion! Sie sehen hier in meinen Händen nichts anderes als Ihre Lieblingsfarbe, wie sie wirklich ist!«

»Das?« rief Lucilla verdutzt, empört, enttäuscht – ich weiß nicht, wie ich ihren Ausdruck nennen soll. Grosse legte das Papier und das Taschentuch zu den anderen Sachen auf den Tisch. Lucilla wandte sich verwirrt dem Tintenwischer und dem Hut zu, um beide noch einmal eingehend zu prüfen, und drehte mehrmals hilfeflehend den Kopf zu mir, während Grosse stumm das Resultat abwartete. Es stellte sich bald heraus, daß rot nicht halb so rot und schwarz nicht halb so schwarz war, wie Lucilla sich beide Farben zur Zeit ihrer Blindheit ausgemalt hatte. Sie hätte ihr Selbstvertrauen vollständig verloren, wenn der schwarze Hut nicht gewesen wäre. Zwar fand sie die Farbe nicht mehr so grauenvoll wie einst in der Phantasie, aber alles Dunkle berührte sie immer noch unangenehm (darum war sie auch vor dem armen Oscar so zurückgeschreckt, obgleich sie, wie ich jetzt erkannte, noch gar keinen wirklichen Farbensinn hatte). »Das ist also schwarz?« sagte das arme Kind nach mehrmaliger Prüfung zögernd. »Ich hätte es, offen gestanden, nicht als schwarz erkannt – ich sah nur auf den ersten Blick, daß ich diese Farbe nicht mag.«

Während sie sich so zu rechtfertigen versuchte (als ob das nötig gewesen wäre!), wollte sie den mißliebigen Hut vom Tisch auf den danebenstehenden Stuhl werfen. Wieder überschätzte sie die Entfernung auf tragisch-groteske Weise: der Hut flog hoch über die Stuhllehne an die Wand und fiel, mindestens sechs Fuß von seinem eigentlichen Ziel entfernt, zu Boden.

»Ich ungeschickter Trampel«, brach sie aus, blutrot vor Demütigung und Verlegenheit. »Mein Gott, lassen Sie Oscar nie bei einer solchen Lektion zusehen! Ich würde sterben, wenn ich mich vor ihm so blamierte!« Sie drehte sich rasch zu mir um und flehte: »Entschuldigen Sie mich bei ihm, wenn er zufällig früher kommen sollte, als ich ihn erwarte. Ich bin vielleicht heute den ganzen Tag nicht imstande, ihn zu empfangen.«

Ich versprach ihr gern, sie zu entschuldigen. Dies war eine unerwartete Chance, die schwierige Lehrzeit zu überbrücken und sie mit Oscars Abwesenheit auszusöhnen.

»Und nun weiter!« herrschte sie Grosse an. »Lassen Sie mich etwas tun, bei dem ich mich nicht wie ein Idiot benehme, oder legen Sie mir die Binde wieder um! Meine Augen nützen mir gar nichts – hören Sie?« Sie begann zu schreien und ihn mit aller Kraft zu schütteln. »Gar nichts! Ich wäre besser blind geblieben!«

»Na, na, na!« sagte Grosse. »Wenn Sie bei der ersten kleinen Schwierigkeit schon vor Wut bersten, Sie kleiner Feuerteufel, kann ich Ihnen mit Sicherheit nichts beibringen. Wollen Sie sehen lernen oder nicht?« Er drückte sie sanft in ihren Sessel zurück und legte ihr das Blatt Briefpapier und den Federwischer in den Schoß.

»Können Sie mir auf Anhieb sagen, welcher dieser beiden Gegenstände viereckig und welcher rund ist?«

Statt zu antworten, erbat Lucilla ungehalten meine Meinung zu diesem Ansinnen.

»Ist es nicht blamabel? Muß ich mir solche kindischen Fragen

gefallen lassen? Er glaubt, ich könnte rund nicht von viereckig unterscheiden! Niederschmetternd! Erzählen Sie bloß Oscar nichts davon!«
»Also sagen Sie mir schon, was rund und was viereckig ist«, beharrte Grosse. »Sehen Sie sich die beiden Sachen an – aber ohne sie zu betasten. Sind vielleicht beide rund? Oder beide viereckig? Oder ist die Form doch verschieden? Gebrauchen Sie Ihre Augen.«
Sie starrte die beiden Gegenstände an – und schwieg.
»Nun?« forderte Grosse nach einer langen Pause.
»Wie soll ich das sagen«, rief Lucilla gereizt, »wenn Sie die ganze Zeit daneben stehen und mich durch Ihre gräßlichen Brillengläser anstarren! Sie machen mich verrückt! Gehen Sie außer Sichtweite, dann sage ich's Ihnen sofort.«
Grosse zog sich augenblicklich mit seinem mephistophelischen Grinsen zurück, gab mir aber ein Zeichen, gut achtzugeben. Lucilla atmete auf, schloß die Augen... und tastete hastig die Form der beiden Prüfungsobjekte mit den Fingerspitzen ab.
»Dies ist rund – und dies ist viereckig«, sagte sie mit unschuldsvoll aufgerissenen Augen, als er sich ihr wieder näherte.
»Hm!« machte er nur. Er nahm ihr das Papier und den Federwischer weg, legte sie auf den Tisch und hielt ihr statt dessen einen bronzenen Untersatz und ein Buch vor die Augen. »Welches ist rund – und welches ist viereckig?« fragte er unbarmherzig weiter. Diesmal konnte sie die Finger nicht zu Hilfe nehmen. Ihre Augen liefen verzweifelt zwischen den beiden neuen Gegenständen hin und her. Sie war eindeutig außerstande, seine Frage zu beantworten.
»Nun wissen Sie nicht mehr aus noch ein, Finkchen, was?« knarrte Grosse gemütlich. »Diesmal können Sie nicht mogeln. Ich sehe Sie, und Sie kriegen die neuen Prüfungsobjekte nicht in die Finger. Also?«
Lucilla wurde abwechselnd rot und blaß. Ich befürchtete bereits eine Nervenkrise, aber Grosse wußte genau, wie weit er gehen durfte. Das Taktgefühl dieses ältlichen, häßlichen, wunderlichen Außenseiters übertraf alles, was ich je zuvor an Takt erlebt hatte.
»Na, dann machen Sie nur ruhig die Augen zu«, sagte er besänf-

tigend. »Nur auf diese Weise lernt man nämlich sehen. Hier haben Sie die beiden Sachen. Und nun sagen Sie mir, was rund und was viereckig ist.«
Lucilla gab augenblicklich die richtige Antwort.
»Fein! Und nun öffnen Sie die Augen und überzeugen Sie sich, daß Sie den Untersetzer in der rechten Hand und das Buch in der linken Hand haben. Sehen Sie den Unterschied in der Form, nachdem Sie ihn gespürt haben? Sehr, sehr schön, das haben Sie begriffen. Legen Sie die Sachen auf den Tisch. Was machen wir nun?«
Lucilla hatte wieder Mut gefaßt. »Darf ich etwas schreiben?« fragte sie eifrig. »Ich möchte so gern wissen, ob ich die Feder auch mit den Augen statt nur mit den Fingern führen kann!«
»Nein! Dreimal nein!« antwortete Grosse mit ungeheurem Nachdruck. »Lesen und Schreiben sind vorläufig strengstens verboten. Das kommt bei einer späteren Lektion dran, keine Sorge. Im Moment weiß ich etwas Besseres. Kommen Sie mal her – zum Fenster. Wir wollen mal sehen, was Sie auf größere Entfernungen erkennen.«
Während unserer Experimente hatte sich der Himmel teilweise aufgeklärt. Es regnete nicht mehr. Zwischen den auseinandereilenden Wolken brach die Sonne durch, das Blau war reingewaschen wie nach jedem Regen, und die Wolkenschatten, die über die Landschaft glitten, vervollständigten das bewegte Bild auf romantisch-ideale Weise. Lucilla hob in wortlosem Entzücken beide Hände, als Grosse das Fenster weit aufriß und sie hinausblicken ließ.
»Sagen Sie jetzt nichts!« hauchte sie. »Fassen Sie mich nicht an! Lassen Sie mich das ganz in mich aufnehmen! Hier ist keine Enttäuschung. Der Himmel! Wie wunderbar! So schön habe selbst ich ihn mir nie erträumt!«
Grosse warf mir einen stummen Blick zu und wies mit einer kurzen Kopfbewegung auf Lucilla, die geisterbleich geworden war und am ganzen Leib bebte – so sehr ergriff sie der erste Anblick des Himmels und der Erde. ›Sehen Sie nun‹, deutete er mir wortlos, aber unmißverständlich, ›mit was für einem empfindsamen Geschöpf wir es zu tun haben? Halten Sie es immer noch für möglich, ihr mit brutaler Offenheit zu kommen?‹

Auch ich erbebte – im Gedanken an die nächste Zukunft. Die Zwillinge hatten Dimchurch verlassen. Lucillas Wohl hing von Nugents Vertrauenswürdigkeit ab. Und Nugent hatte mir selbst gesagt, er könne für nichts garantieren!
Es war eine Erleichterung für mich, als Grosse Lucilla vom Fenster zurückzog. Sie bat inständig, noch ein Weilchen hinausschauen zu dürfen, aber er erlaubte es nicht. Daraufhin flog sie von ihrer Verzückung ins andere Extrem und wurde wütend.
»Dies ist mein Zimmer – ich kann machen, was ich will!«
Grosse blieb ihr die Antwort nicht schuldig.
»Bitte schön. Übermüden Sie nur ruhig Ihre schwachen neuen Augen – dafür können Sie dann morgen gar nichts mehr sehen. Meiner Meinung nach haben Sie für heute genug, aber Sie wissen es ja am besten.«
Er hatte wieder einmal die richtige Tonart gefunden. Lucilla gab augenblicklich nach. Sie half Grosse sogar eigenhändig beim Wiederanlegen der Augenbinde.
»Darf ich jetzt in mein Schlafzimmer gehen?« fragte sie dann mit kindlicher Einfachheit. »Ich muß mit den letzten herrlichen Eindrücken erst fertig werden.«
Grosse zeigte sich von Herzen einverstanden. Gegen den Wunsch nach Ruhe und Alleinsein hatte er nie etwas einzuwenden.
»Wenn Oscar kommt«, flüsterte Lucilla mir zu, während sie mit der alten, gewohnten Sicherheit der Blinden zur Korridortür ging, »rufen Sie mich! Aber verraten sie ihm ja nicht, wie schrecklich ich mich heute blamiert habe!« Sie stand plötzlich still und drehte sich noch einmal um. »Ich weiß selbst nicht, was mit mir los ist. In meinem ganzen Leben war ich nicht so glücklich, und doch könnte ich... beinahe... weinen. Papa Grosse? Kommen Sie her. Ich muß Ihnen einen Kuß geben. Sie waren sehr, sehr gut zu mir.« Sie legte ihm beide Hände auf die Schultern, küßte ihn leicht auf die ledergelben Wangen, drückte mich im Vorbeigehen kurz an sich – und war verschwunden.
Grosse kehrte mir unhöflich den Rücken und ging ans Fenster. Dort benutzte er sein großes rotes Seidentaschentuch zu einem Zweck, dem es (wie ich vermute) seit langen Jahren nicht mehr gedient hatte.

»Madame Pratolungo?«
»Doktor Grosse?«
Er steckte umständlich sein Taschentuch ein und wandte sich vom Fenster wieder mir zu. In der Hand hatte er jetzt seine überdimensionale silberne Schnupftabaksdose.
»Was sagen Sie nun, nachdem Sie alles gesehen und gehört haben? Können Sie es immer noch verantworten, unserer Lucilla reinen Wein einzuschenken und ihr ganz grob zu sagen, daß der richtige Bräutigam Fersengeld gegeben hat?«
Ich war gerade im Begriff gewesen, zuzugeben, daß ich es nicht verantworten konnte. Aber – ich weiß nicht, wie es anderen Frauen geht – wenn ein Mann mir meinen Irrtum derart unter die Nase reibt, werde ich starrköpfig. Selbstverständlich mußte Lucilla in den nächsten Wochen geschont werden. Das wußte ich nach dem eben Erlebten so gut wie er. Wozu brauchte er noch meine ausdrückliche Bestätigung? Nein, nun gerade nicht!
»Denken Sie täglich und stündlich daran«, fuhr er mahnend fort, »daß jede Sorge, jeder Ärger, jeder Kummer zuallererst Lucillas schwächste Stelle trifft, und das ist nun mal ihr hochempfindlicher, eben erst zu neuem Leben erweckter Sehnerv. Der ist noch so nackt und bloß, daß ich heute wieder hier übernachten muß, damit ich morgen früh gleich sehe, ob ich ihn mit der ersten Lektion nicht schon überanstrengt habe. Und nun frage ich Sie zum letztenmal, Madame: Hätten Sie den sogenannten Mut, unserem Finkchen unter diesen Umständen die Wahrheit zu sagen?«
Der scheußliche alte Uhu ließ nicht locker! Ungern, aber notgedrungen gab ich zu, daß auch ich im Moment keinen anderen Weg sah, als den Mantel der Barmherzigkeit über die schlimme Wahrheit zu decken. Nachdem ich mich dazu herbeigelassen hatte, fragte ich ihn, wie ich Lucilla nun eigentlich das Verschwinden der Zwillinge erklären sollte. Er lehnte (typisch Mann!) rundweg ab, mir einen brauchbaren Rat zu geben.
»Schlangentänze und Schwindeleien sind Weibersache«, sagte er.
»Im richtigen Moment wird Ihnen schon das Richtige einfallen. Kein Mann auf Erden kann einer Frau in dieser Beziehung etwas beibringen. Gehen wir ein bißchen in den Garten? Erstens

möchte ich noch über etwas anderes mit Ihnen reden, und zweitens brauche ich dringend – dies.«
Er zog ›dies‹ in Form seiner schauderhaften Pfeife aus der Rocktasche. Ich folgte ihm resigniert in den Garten.
Nachdem Grosse ein paar dicke blaugraue Rauchwolken in die Luft gepafft hatte, enthüllte er seine nächsten Pläne, die mich zunächst etwas außer Fassung brachten, aber bei näherem Nachdenken gar nicht so dumm waren. Er wünschte Lucilla so rasch wie möglich in einen Seebadeort zu bringen. Auch hierfür hatte er zwei Gründe. Erstens sei nichts besser geeignet als Seeluft, Lucillas Allgemeinzustand zu kräftigen, und zweitens müsse sie aus der häuslichen Gefahrenzone entrückt werden. Täglich und stündlich mußte man ja damit rechnen, daß ihr irgendwelcher Dorfklatsch zu Ohren kam. Grosse hatte die schlechteste Meinung von Dimdurch und insbesondere von Lucillas Vater, den er als ›geschwätzigen Pavian‹ bezeichnete und dem er jeden Unsinn zutraute. Der Meereskurort, den er ins Auge gefaßt hatte, war Ramsgate. Es lag in sicherer Entfernung von Dimchurch, aber auch nahe genug bei London, daß er Lucilla häufig besuchen konnte. Das einzige, dessen er sich versichern mußte, war meine Mitarbeit. Wenn ich dazu bereit war, wollte er mit dem ›Pavian‹ sprechen, und wir würden noch vor dem Wochenende nach Ramsgate abreisen.
Ich erklärte mich nach kurzem Nachdenken gern zu allem bereit. Mich hielt nichts in Dimchurch, und meine einzige andere Sorge – außer Lucilla – war seit Monaten friedlich entschlummert. Mein guter Papa hatte, laut den Nachrichten meiner Schwestern, nach der Italienreise endlich eingesehen, daß er nicht mehr in der Jugend Maienblüte stand, sämtlichen Liebeshändeln und Duellen entsagt und sich mit dem ihm verbliebenen Feuer auf Schmetterlingsammeln und Gitarrespielen geworfen. Ich konnte also meine ganze Kraft Lucilla widmen, und je mehr ich mir einen gemeinsamen Seeaufenthalt ausmalte, desto mehr erwärmte ich mich dafür. Allein mit ihr, allem Geschwätz entrückt, konnte ich am wohltätigsten auf sie einwirken, die momentane Situation am besten vertuschen und sie ihrem echten Bräutigam bewahren. Darauf schüttelte ich Grosse von Herzen die Hand. Wir trennten uns als Freunde und Verschworene. Er begab sich in den anderen

Teil des Pfarrhauses, um mit dem nötigen ärztlichen Nachdruck mitzuteilen, was er beschlossen hatte, und ich eilte zu Lucilla, um ihr, neu beschwingt, klarzumachen, daß sie aus den und den (erfundenen) Gründen in den nächsten Tagen auf Oscars Besuche verzichten müsse.

»Abgereist, ohne mir Lebewohl zu sagen! Abgereist, ohne mir wenigstens eine Zeile zu schreiben!«
Das war Lucillas erste Reaktion, obgleich ich mich redlich bemühte, Oscars Abwesenheit so harmlos wie möglich zu erklären. Ich hatte, wie ich glaubte, den einfachsten Weg gewählt, indem ich die Wahrheit ein bißchen umdrehte und ihr erzählte, Nugent sei auf dem Kontinent in – mir unbekannte – Schwierigkeiten geraten, und Oscar sei ihm natürlich sofort zu Hilfe geeilt. Vergebens erinnerte ich Lucilla an Oscars längst bekannten Horror vor Abschiedsszenen aller Art, vergebens betonte ich seine Zwangslage und Zeitnot, vergebens behauptete ich, er würde ihr natürlich schreiben, sobald er könnte. Lucilla hörte mich an, war aber nicht recht zu überzeugen. Daß Oscar sie so plötzlich verlassen haben sollte, ohne auch nur die kleinste gewohnte Rücksicht auf sie zu nehmen, ging ihr nicht in den Kopf. Vergebens suchte ich sie mit dem neuen Reiseplan abzulenken. Ramsgate war Lucilla vollkommen gleichgültig. »Hat Oscar nicht wenigstens eine Postlageradresse hinterlassen?« beharrte sie.
Ich konnte nur die verlegene Antwort murmeln: »Nein. Er wußte doch selbst nicht, Lucilla, wohin er sich auf dem Festland zunächst wenden muß. Was nützt da eine Postlageradresse? Geduld, Sie erfahren in den nächsten Tagen bestimmt alles Nötige.«
»Diese überstürzte Abreise kränkt mich mehr, als Sie denken«, sagte sie in erstaunlich gemäßigtem Ton. »Ich glaube, Oscar hat nur Angst, mir diesen unseligen Bruder noch einmal vor Augen zu bringen. Ich bin mir klar darüber, daß ich mich vorgestern im ersten Schreck albern und taktlos benommen habe – aber ist das ein Grund, daß zwei kluge, erwachsene, sehende Menschen sich gleich noch dümmer und taktloser benehmen? Ich hätte jetzt gern Gelegenheit gehabt, Oscar zu sagen, daß Nugents Entstellung mir keinerlei Abscheu mehr einflößt, sondern nur noch

Teilnahme. Ich fange an, die absurden, verzerrten Vorstellungen, die ich während meiner Blindheit hatte, zu berichtigen, und hätte von Ihnen allen dabei ein bißchen mehr Verständnis und Mithilfe erwartet. Sie gehen sehr hart mit mir um. Ich habe einige Ursache, mich zu beklagen.«
Ihr kühler, sachlicher Ton schmerzte mich mehr als macher ihrer früheren Wutausbrüche. Mein einziger Trost war das, was sie über die Berichtigung ihrer absurden Vorstellungen sagte. Oscars verfärbter Teint würde ihr also eines Tages, wenn das gräßliche Durcheinander endlich entwirrt war, keinen besonderen Abscheu mehr einflößen! Daran hielt ich mich. Ich gestehe, daß ich diesen Trost bitter nötig hatte.
Am nächsten Morgen stand ich vor purer Abgespanntheit so spät auf, daß ich Grosse nur noch kurz sah, ehe er nach London zurückfuhr. Er war in ausgezeichneter Laune und erklärte sich mit seiner Patientin höchst zufrieden. Die gestrige Sehlektion hatte ihren Augen nicht geschadet; im Gegenteil, sie hatte heute früh einige weitere Prüfungen glänzend bestanden. Lucilla brauche nun weiter nichts, wie Grosse behauptete, als eine Stärkung ihres Allgemeinzustandes durch die klare, salzhaltige Seeluft von Ramsgate. Wir sollten nur so schnell wie möglich dorthin aufbrechen. Reverend Finch hatte natürlich alles mögliche eingewendet (wegen der Kosten!), aber Reverend Finchs Meinung konnte uns absolut egal sein, da Lucilla ihre eigene Herrin war und mit ihrem eigenen Geld machen konnte, was sie wollte. Grosse verpflichtete mich, für baldigste Abreise zu sorgen und ihm regelmäßig zu schreiben. Er würde uns, so oft es irgend ging, in Ramsgate besuchen. »Und inzwischen«, lauteten seine letzten ärztlichen Vorschriften, ehe er uns verließ, »soll Finkchen die neuen blanken Äuglein täglich benutzen – im ganzen zwei gute Stunden, aber nicht mehr. Was sie sich anguckt und wie sie damit zurechtkommt, ist ihre Sache. Nur zweierlei ist noch streng verboten – achten Sie darauf, Madame Pratolungo! –, nämlich Lesen und Schreiben. Das ist schon für viele normale Menschen Augenpulver, und für Finkchen wäre es verheerend. Im übrigen macht sie sich prachtvoll. Ha, wenn ich nächstens mit meinem untadeligen Kollegen Sebright zusammenkomme – wie ich da Kikeriki schreien werde!«

Damit verabschiedete sich Grosse von uns und beeilte sich, Gootheridges Chaise zu besteigen, um den Londoner Mittagszug in Brighton zu erwischen.
Ich war im Hinblick auf die vor mir liegende zweite Tageshälfte etwas nervös, aber Lucillas Haltung überraschte mich wieder einmal. Sie entschuldigte sich nicht nur für ihre gestrige ›Unvernunft‹, sondern zeigte sich sogar mit Oscars zeitweiliger Abwesenheit völlig ausgesöhnt. Sie (nicht ich) betonte, daß er keine bessere Zeit zu seiner Festlandreise hätte wählen können als diese, da sie zu ihrer Beschämung noch runde von viereckigen Gegenständen unterscheiden lernen mußte. Sie (nicht ich) pries den Aufenthalt am Meer als willkommene Unterbrechung des langweiligen Einerleis in Dimchurch. Mit einem Wort, wenn sie einen glühenden Liebesbrief von Oscar erhalten hätte, wäre ihr neuerlicher Stimmungswechsel nicht plausibler gewesen. Und eben dies war der Grund, warum ich keine ungemischte Freude über Lucillas Sanftmut und Fügsamkeit empfinden konnte.
Ich spürte nämlich unter all ihren vernünftigen und freundlichen Reden eine gewissen Verlegenheit, die eine bisher unbekannte und mir höchst peinliche Nuance in unser Freundschaftsverhältnis brachte. Nannys Verhalten bestärkte dies unbehagliche Empfinden. Ich bemerkte sehr bald, sowohl in Lucillas Gegenwart als auch mit ihr allein, daß diese schlichte, aufrichtige alte Seele mir irgend etwas verbarg. Daraus konnte ich nur einen Schluß ziehen: Lucilla und ihre alte Kinderfrau wußten etwas, was ich nicht wissen sollte. Sie waren zum erstenmal in einer Art Komplott gegen mich – und schämten sich dementsprechend.
Ich habe auf diesen Seiten, glaube ich, schon einmal irgendwo gesagt, daß ich von Natur nicht argwöhnisch bin. Ehe ich jemandem mißtraue, muß ich einen ganz bestimmten Anlaß haben. Heute war dies der Fall. »Auf diese oder jene Weise«, sagte ich mir im stillen, »steckt Nugent Dubourg dahinter!«
Ob er ihr vielleicht – in Oscars Rolle – einen Brief geschrieben hatte?
Der bloße Gedanke entsetzte mich so, daß ich Lucilla unverhohlen sagte, ich fände ihr Benehmen gegen mich sonderbar.
»Ist heute vormittag etwas Besonderes vorgefallen?« fragte ich geradezu.

»Wie kommen Sie darauf?« war Lucillas kühle Gegenfrage.
»Ich bemerke eine Veränderung der Atmosphäre.«
»Das verstehe ich nicht«, erklärte Lucilla noch kühler und wandte sich von mir ab.
Daraufhin mußte ich verstummen. Wären wir bisher nicht so herzlich verbunden gewesen, hätte ich ihr vielleicht kalt und sachlich sagen können, ich sei kein Dummkopf und ließe mich nicht hinters Licht führen. Aber wie konnte ich Lucilla – meiner Lucilla! – auf den Kopf zusagen, daß sie mich belog? Das wäre das Ende unserer Freundschaft gewesen. Wenn zwei Menschen, die sich lieben, kein Vertrauen mehr zueinander haben, ist alles verloren. Man muß wieder zum fremd-gesellschaftlichen Zeremoniell zurückkehren, wenn man noch einiges retten will. Feinfühlige Leser wissen, was ich meine. Lucilla hatte mich in meine Schranken gewiesen – und ich schwieg.
Bald danach ging ich allein ins Dorf und ›plauderte‹ unverfänglich sowohl mit dem Gastwirt Gootheridge als auch mit dem in Browndown zurückgelassenen Diener James. Wenn Nugent heimlich umgekehrt wäre, wäre es mir in dem winzigen Klatschnest Dimchurch nicht verborgen geblieben. Aber nein – niemand hatte die Brüder Dubourg gesichtet. Demnach konnte Nugent sich nicht an Lucilla herangeschlichen haben, es sei denn, klüger und unter den obwaltenden Umständen auch wirksamer, auf dem Postwege.
Mit diesen unerfreulichen Gedanken ging ich nach Hause. Es war, laut Grosses Vorschriften, an der Zeit, Lucilla noch einmal die Augenbinde abzunehmen (zum erstenmal trug ich allein die ganze Verantwortung) und sie noch einige Sehversuche anstellen zu lassen. Mein Verdacht, daß sie mir etwas verbarg, wurde sofort bestätigt: Lucilla vermied von der ersten Sekunde an, mir in die Augen zu blicken. Wie sehr mich das schmerzte, vermag ich nicht zu schildern. Aber ich tat natürlich, als ob mir nichts auffiele, und wiederholte lediglich Grosses Worte: Sie dürfte ihre Sehkraft an allem erproben, nur nicht an Lesen und Schreiben.
»Dieses Verbot ist höchst überflüssig«, sagte Lucilla kurz.
»Wieso? Haben Sie es schon versucht?«
»Ja. Ich wollte mir heute in Grosses Beisein ein paar Kupferstiche ansehen, die ich vom Gefühl her fast auswendig kenne. Es

hatte keinen Zweck. Mit den Augen kann ich die Linien nicht unterscheiden, alles verschwimmt.«
»Haben Sie vielleicht auch schon zu schreiben versucht?« fragte ich. Es war mir gräßlich, ihr mit dieser Frage gewissermaßen eine Fußangel zu legen, aber ihr verändertes Benehmen ließ mir keine andere Wahl.
Ich mußte wissen, ob sie nicht hinter meinem Rücken schon eine verhängnisvolle Korrespondenz begonnen hatte.
»Nein«, sagte sie, »ich habe nicht zu schreiben versucht.«
Aber bei dieser Antwort wechselte sie die Farbe.
Verehrter Leser! Sie wissen so gut wie ich, daß Lucilla ihre Augen nicht brauchte, um eine Korrespondenz zu führen. Sie hatte als Kind mit Hilfe plastischer Buchstaben sowohl Lesen als auch Schreiben gelernt und war, obgleich es sie große Mühe kostete, durchaus imstande, kurze Briefe zu schreiben. Und empfangene Post hatte sie sich von eh und je von einer Vertrauensperson – wie Nanny – vorlesen lassen.
Daran dachte ich aber erst später. Im Moment deutete ich ihr Erröten als Ärger darüber, daß ich ihr mit meinen mißtrauischen Fragen so zusetzte. Es tat mir leid, aber ich konnte mein einmal erwachtes Mißtrauen nicht unterdrücken. Nugent war, wie er mir selbst gesagt hatte, nicht mehr zurechnungsfähig. Nichts lag näher als der Verdacht, daß er Lucilla nicht nur einen wilden Liebesbrief geschrieben, sondern sie auch bestimmt hatte, seine neuen Annäherungsversuche aus irgendwelchen Gründen vor mir zu verheimlichen.
Als wir uns an diesem Abend trennten, wäre ich fast dem Impuls gefolgt, Nanny in ein scharfes Verhör zu nehmen. Ich überlegte es mir aber noch einmal – und ließ es. Ich kannte Nannys fast sklavische Ergebenheit mittlerweile in- und auswendig. Sie hätte mir gegenüber die Unwissende gespielt – und ihrer jungen Herrin dann unverzüglich mitgeteilt, ich hätte sie aushorchen wollen. Ein offener Streit wäre daraufhin, bei der ohnehin gespannten Lage, die unvermeidliche Folge gewesen. Dazu wollte ich es auf keinen Fall kommen lassen. Ich beschloß also, zu schweigen und in den nächsten Tagen sämtliche Post persönlich entgegenzunehmen.
Schon am folgenden Morgen kam ein aufregender Brief. Er war

aber weder von Oscar noch von Nugent Dubourg geschrieben. Er kam von einer meiner Schwestern und war an mich adressiert. Der Umschlag enthielt ein Telegramm und ein paar hastige Begleitzeilen: Unser armer Papa lag schwerverletzt in einem Marseiller Krankenhaus.
Meine Schwestern waren bereits bei ihm und beschworen mich, ihnen so rasch wie möglich zu folgen.
Muß ich Ihnen, liebe Leser, noch erläutern, wie unser guter Papa zu seiner lebensgefährlichen Wunde gekommen war? Natürlich... wegen einer Frau. Der Schmetterlinge und des Gitarrespiels müde, hatte er die Braut eines jungen Mannes, der sein Enkel hätte sein können, entführt und anschließend ein ritterliches Duell ausgefochten. Ich habe Ihnen wohl schon einmal erzählt, daß Papa im *point d'honneur* hochempfindlich und zu jeder Stunde bereit war, sich dafür zu schlagen. Großer Gott! Mit sechsundsiebzig!! ›Die Katze läßt das Mausen nicht‹, sagen die Engländer. Und so weiter, und so weiter. Lassen wir den Vorhang fallen.

8. Schwere Zeiten für Madame Pratolungo

Natürlich hätten meine Schwestern und ich nach den langjährigen Erfahrungen mit unserem armen Vater auf so etwas gefaßt sein müssen. Die Läuterung, die nach der Italienreise von seinem Wesen Besitz ergriffen hatte, war zu dramatisch, um nicht den Keim des Rückfalls in sich zu tragen. Wir hatten nur zu gern die Augen davor geschlossen und uns, solange es dauerte, in falscher Sicherheit und trügerischen Hoffnungen gewiegt. Alles zugegeben. Aber wer setzt sich nicht über die trüben Ahnungen seines tiefsten Innern hinweg, wenn er seine Kraft dringend für andere Dinge braucht und sich monatelang mit dem Trostsatz beschwichtigt: Ach was, es wird schon gutgehen? Ich weiß, meine Damen und Herren, daß dieser Satz nicht gerade intelligenzsprühend ist. Aber die Grundlage des menschlichen Seelenfriedens und des halbwegs erträglichen Zusammenlebens ist eine sanfte Isolierschicht von Stumpfsinn, ohne die unsere Nerven

fortwährend aufgerieben würden – viele machen sich das nur niemals so ganz klar.
Es unterlag keinem Zweifel, was ich nach Erhalt der neuesten Hiobsbotschaft zu tun hatte. Die Pflicht rief mich ans Schmerzenslager meines armen Vaters. Der Fährzug London–Dover ging abends um acht ab. Demnach mußte ich am zeitigen Nachmittag von Dimchurch aufbrechen.
Und Lucilla verlassen?
Ja. Nicht einmal Lucilla – so sehr ich an ihr hing – ging in dieser Notlage vor. Zum Glück hatte ich noch mehrere Stunden Zeit und konnte zu Lucillas Schutz die besten und wirksamsten Vorsichtsmaßnahmen treffen. Meine Abwesenheit würde auf jeden Fall nicht lange dauern. In Anbetracht des hohen Alters unseres verwundeten Duellanten mußte es sich sehr bald entscheiden, ob er sich noch einmal erholte oder allen irdischen Liebeswirren für immer entrückt wurde.
Ich bat Lucilla in mein Zimmer und las ihr den Brief vor.
Sie war ehrlich betrübt, von meinem abermaligen Mißgeschick zu hören. Als sie mir in einfachen Worten ihre Teilnahme aussprach, waren ihre Stimme und ihr Ausdruck offen und herzlich wie in unseren besten Zeiten. Doch verschanzte sie sich sofort wieder hinter der seltsamen Barriere, die sie zu meiner Pein seit kurzem zwischen uns aufgerichtet hatte, als ich lebhaft bedauerte, daß unsere gemeinsame Reise nach Ramsgate dieses Zwischenfalls wegen um einige Tage verschoben werden müsse. Lucilla antwortete darauf nur etwas Unverbindliches (sie sah dabei aus, als forme sich in ihrem Kopf in diesem Moment eine neue Idee) und hatte es auffallend eilig, sich zurückzuziehen. »Sie haben bis zum Aufbruch noch eine Menge zu denken und zu tun; ich will jetzt nicht länger stören. Wenn Sie mich brauchen, so wissen Sie ja, wo ich bin.« Mit dieser kurzen Entschuldigung ließ sie mich allein.
Selten in meinem Leben habe ich mich so ratlos und verwirrt gefühlt wie jetzt bei Lucillas eiligem Abgang. Mich beschlich der Verdacht, sie sei geradezu froh, mich für ein paar Tage loszuwerden! Ich packte mechanisch meine Reisetasche. Viel brauchte ich ja nicht mitzunehmen, es ging im Handumdrehen, aber ich hatte tatsächlich Angst, meine Nerven würden nachgeben, wenn ich

mich nicht irgendwie beschäftigte. In allen früheren Notlagen hatten mir meine Energie und blitzschnelle Entschlußfähigkeit über die Krise hinweggeholfen. Aber was sollte ich diesmal beschließen, da ich über die gegebenen Tatsachen nicht mehr vollständig im Bilde war? Wo sollte ich ansetzen?
Hilflos sank ich in einen Sessel, als ich mit dem Packen fertig war. Mein einziges Verlangen war eine klärende Aussprache mit Lucilla, bevor wir uns trennten. Aber bei ihrer jetzigen kühlen Reserve würde sie es schwerlich dazu kommen lassen... Zu meiner Wut und Beschämung stiegen mir sogar Tränen in die Augen und drohten überzufließen! Das gab mir den nötigen Ruck. Immerhin war ich Pratolungos Witwe; es war meiner absolut unwürdig, tatenlos dazusitzen und zu greinen wie ein altes Weib. Hinaus in die frische Luft! Die Kampfjahre an der Seite meines heroischen Gatten hatten mich an lange Fußmärsche gewöhnt, und ich hatte Wind und Wetter stets als das beste Mittel gegen geistige Erschöpfungszustände empfunden. Wenige Minuten später durchquerte ich den Garten, der mir heute für meinen Lufthunger nicht groß genug war, und klomm an der Kirche vorbei den nächsten Hügel hinan.
Durch die offene Tür der Kirche hörte ich die dröhnende Stimme des Pfarrers, der die Dorfkinder gerade in biblischer Geschichte unterwies. Gott sei Dank, der konnte mir wenigstens nicht in die Quere kommen! Ich marschierte in raschem, gleichmäßigem Tempo weiter. Luft und Bewegung taten mir auch heute außerordentlich gut. Als ich nach etwa anderthalb Stunden zurückkehrte, war ich so gut wie neu.
Reste von Unentschlossenheit waren freilich noch immer in mir, das heißt, ich hielt es nach wie vor für zwecklos, die getrübten Beziehungen zwischen Lucilla und mir durch eine erzwungene persönliche Aussprache, obendrein unter Zeitdruck, klären zu wollen. Womöglich erreichte ich damit das genaue Gegenteil. Ich setzte mich also an meinen Schreibtisch, schrieb alles, was ich Lucilla zu sagen hatte, in ein paar einfachen, kurzen Sätzen nieder und klingelte nach Nanny.
Ich klingelte einmal, zweimal. Nichts rührte sich.
Ich sah in der Küche nach. Nanny war nicht da. Ich klopfte an der Tür ihrer Schlafkammer und sah schließlich hinein, da ich

keine Antwort erhielt: Nichts. Mir blieb kaum etwas anderes übrig, als Lucilla mein Briefchen eigenhändig zu überreichen, so albern das auch aussehen mochte – oder doch noch mit ihr zu sprechen. Nein, der schriftliche Weg war besser. Wie sie sich dann verhielt, war ihre Sache: Sie sah jedenfalls, daß ich nicht beabsichtigte, sie zu irgend etwas zu zwingen. Ich ging den Korridor zurück an die Tür ihres Schlafzimmers und klopfte.
Auch hier ertönte kein Herein. Nach mehrmaligem Klopfen und Lauschen öffnete ich die Tür. Das Zimmer war leer. Aber auf einem Tischchen lag gut sichtbar ein großer, weißer, an mich adressierter Brief. Der Text war in Nannys Handschrift geschrieben, aber Lucilla hatte, wie gewohnt, ihren Namen in die rechte untere Ecke gesetzt, um zu zeigen, daß der Brief von ihr diktiert war. Mir fiel ein Stein vom Herzen, als ich das Schreiben aufnahm. Zwei Seelen, ein Gedanke! Dies war wieder einmal ein Beweis für die schöne Übereinstimmung unserer feinfühligen Naturen! Auch Lucilla hatte unter der Entfremdung gelitten – auch Lucilla fand die Lage so verfahren, daß sie im Moment vor einer persönlichen, die Gefahr neuer Mißverständnisse bergenden Aussprache zurückscheute. Sie hatte sich für eine Weile zurückgezogen, um ihren Brief für sich sprechen zu lassen und später in wiederhergestellter Harmonie von mir Abschied zu nehmen.
Mit diesen angenehmen Vorgefühlen begann ich zu lesen. Stellen Sie sich vor, verehrter Leser, wie mir bei der Lektüre zumute wurde.

›Liebe Madame Pratolungo,
Sie werden mir zweifellos zustimmen, wenn ich Ihnen nach reiflicher Überlegung mitteile, daß ich die Fahrt nach Ramsgate – nach allem, was Dr. Grosse gesagt hat – nicht aufschieben möchte. Da Sie zu meinem Bedauern nicht in der Lage sind, mich zu begleiten, habe ich mich entschlossen, unverzüglich meine Tante, Miß Batchford, in London aufzusuchen und diese um ihre Begleitung zu bitten. Ich bin sicher, daß sie mir diesen Gefallen sehr gern tun wird, und Sie sind somit von jeder Verantwortung befreit. Nanny und ich fahren mit dem Mittagszug und haben keine Zeit mehr zu verlieren; es ist mir daher leider nicht mög-

lich, Ihre Rückkehr abzuwarten und Ihnen selbst auf Wiedersehen zu sagen. Aber manche Leute haben ja ohnehin einen Horror vor Abschiedsszenen aller Art, und Sie haben so großes Verständnis dafür bewiesen, daß ich nicht fürchten muß, Sie mit diesem formlosen Adieu zu beleidigen.
Ich wünsche Ihnen gute Reise und Ihrem Vater recht gute Besserung. Um mich machen Sie sich keine Sorgen. Ich werde mich in London sofort mit Dr. Grosse in Verbindung setzen, damit die Behandlung vorschriftsmäßig weitergeht.

Ihre sehr ergebene Lucilla‹

Nur ein Satz in diesem grausamen Brief hielt mich davon ab, augenblicklich mit meiner Kündigung zu antworten. Es war der Satz, in dem sie mir sarkastisch meine eigenen Worte, mit denen ich Oscars plötzlichen Aufbruch zu entschuldigen gesucht hatte, unter die Nase rieb. Mein Verdacht, daß Nugent dahintersteckte, befestigte sich zur absoluten Gewißheit. Er mußte sich irgendwie – in Oscars Rolle! – an sie herangemacht und ihr Vertrauen zu mir, von deren Mitwisserschaft er alles zu fürchten hatte, völlig zerstört haben.
Im Licht dieser Erkenntnis fiel es mir nicht schwer, Lucilla alles zu verzeihen. Weit entfernt davon, ihr das grausame Verschwinden während meiner Abwesenheit und diesen geradezu boshaften Abschiedsbrief übelzunehmen, wälzte ich die ganze Schuld auf Nugent ab. Trotz meiner schweren eigenen Sorgen bewegte mich jetzt vor allem die Gefahr, in der sie sich befand, und das fürchterliche Unrecht, das Oscar geschah. Es war eine Aufgabe – bei dem Gedanken durchglühte mich wieder etwas von dem alten Pratolungo-Geist –, Nugents Intrigen zu vereiteln und Lucilla wieder mit ihrem echten Bräutigam zusammenzubringen!
Was war also zunächst zu tun? Mir stand nicht mehr viel Zeit zur Verfügung. Wie konnte ich Nugent daran hindern, mit Lucilla in Ramsgate Verbindung aufzunehmen, wenn statt meiner nur die ahnungslose alte Tante als Schutz- und Ehrengeleit dabei war?
Hatte es Sinn, die alte Dame vertraulich in alles, was vorgefallen war, einzuweihen? Diese schwierige Frage wagte ich nicht zu entscheiden, ehe ich nicht mit dem Haupt der Familie gespro-

chen hatte, auf dessen Schultern schließlich die Hauptverantwortung ruhte, besonders solange ich mich in Frankreich aufhielt.

Gedacht, getan. Ich begab mich auf die andere Seite des Hauses. Reverend Finch hatte die Bibelstunde beendet und war seinerseits zurückgekehrt, denn das Baßgedröhn seiner Stimme drang mir schon von weitem aus seinem Arbeitszimmer entgegen. Mein Eintritt unterbrach ihn nur kurz in einer erregten Ansprache an die unglückliche Mrs. Finch und das Baby, die wie gewöhnlich verschüchtert in einer Ecke hockten. Reverend Finchs Redestrom wurde nun lediglich von ihnen ab- und auf mein Haupt gelenkt. (Falls Sie sich erinnern, daß der Pfarrer und seine Schwägerin seit undenklichen Zeiten auf Kriegsfuß standen, werden Sie schon ungefähr ahnen, was jetzt kommen mußte.)

»Gut, daß Sie da sind – gerade wollte ich nach Ihnen schicken!« begrüßte mich der Papst von Dimchurch. »Reden Sie Mrs. Finch nicht an – sie ist sowieso am Rande des seelischen Zusammenbruchs. Mrs. Finch, verhalte dich ruhig. Madame Pratolungo, reden Sie ausschließlich mit mir. Fassen Sie sich! Sie wissen noch nicht, welch ein Schlag uns wieder betroffen hat. Ich werde es Ihnen mitteilen!« Ich versuchte einzuwerfen, daß Lucilla mich bereits über ihre plötzliche Abreise informiert habe, aber Mr. Finch winkte nur belästigt ab, als sei jede Äußerung meinerseits so grenzenlos unwichtig, daß sie keine Sekunde Aufmerksamkeit verdiente.

»Ja, ja, ja!« sagte er ungeduldig. »Oberflächlich mögen Sie Bescheid wissen, meine Gute – aber was die Flucht meiner Tochter wahrhaft bedeutet, können Sie auch nicht annähernd erfassen! Raffen Sie Ihren Mut zusammen, erschrecken Sie meine Gattin nicht durch unbeherrschte Angstbekundungen... Wie fühlst du dich, Beste? Gut? Und wie geht es dem Kind? Auch gut? Dank der allweisen Vorsehung! – Nun, Madame Pratolungo, folgen Sie bitte meinen Worten. Die Flucht meiner Tochter – ich wiederhole ausdrücklich: Flucht, denn ihre Abreise ist nur als solche zu bezeichnen – bedeutet einen weiteren Keulenschlag des Schicksals. Einen Keulenschlag, der vorsätzlich von der Verwandtschaft meiner ersten Frau gegen mein Haus geführt wird! Miß Batchford«, Mr. Finch erhitzte sich eingedenk der alten Familienfehde immer mehr und dröhnte immer lauter, »Miß Batchford (Lucillas Tante, Madame Pratolungo!) weiß, daß sie mich am besten über meine harmlose zweite Gattin und meinen unschuldigen Säugling zermalmen kann. (Bist du sicher, Mrs. Finch, daß der Säugling noch nicht erkrankt ist?) Ich bitte um Ihre volle Aufmerksamkeit, Madame Pratolungo. Sie scheinen etwas zerstreut. Offenbar haben Sie noch nicht ganz die monströse Tatsache erfaßt, daß nur Miß Batchford meine Tochter angestiftet hat, das Vaterhaus zu verlassen. Ramsgate ist ein nur zu durchsichtiger Vorwand! Und *wie* hat sich meine Tochter entfernt? Nicht nur, ohne sich von mir zu verabschieden – ich bin ja ein Niemand! –, sondern auch ohne die geringste Rücksicht auf Mrs. Finchs Mutterschaft und immer noch schonungsbedürftigen Zustand. Bereits im Reisekostüm betrat sie eilig das Kinderzimmer (›platzte herein‹, wie meine Frau es sehr anschaulich ausdrückte), während Mrs. Finch soeben das Kleinste stillte – eine Situation, die das Herz eines Wilden gerührt hätte! Unempfindlich gegen das seit Urzeiten von allen Völkern als heilig verehrte Bild, erklärte diese meine unnatürliche Tochter (heute abend werde ich etwas *König Lear* lesen, erinnere mich daran, meine Teure) – erklärte diese unnatürliche Tochter, Sie seien wegen eines familiären Mißgeschicks nicht in der Lage, sie in den Badeort zu begleiten. – Meine herzliche Teilnahme, Madame Pratolungo. Vertrauen Sie Ihre Bürde der Vorsehung an! – Nachdem sie meine Frau bereits mit dieser herzzerreißenden Nachricht erschreckt hatte, setzte meine Tochter allem die Krone auf, indem sie ihr mit dürren Worten mitteilte, sie müsse sofort abfahren, um den Mittagszug nicht zu versäumen, und könne nicht auf mich warten. So verließ sie das Vaterhaus! Der Mittagszug war ihr wichtiger als meine väterliche Umarmung und mein geistlicher Segen! Oh, wie ich daran Miß Batchfords verderblichen Einfluß erkenne! Die Herzlosigkeit dieses Abschieds, um abermals mit meiner Frau zu reden – du hast sehr, sehr milde Ausdrücke, meine Beste! –, hätte die Milch der frommen Denkart, die das unschuldige Kind gerade zu sich nahm, in gärend Drachengift verwandeln können – eine Folge, die auch jetzt noch zu befürchten ist. Ich werde dir ein alkalisches Pulver mischen, Mrs. Finch – dreimal täglich nach den Mahlzeiten. Laß

mich deinen Puls fühlen. Dein Puls gefällt mir nicht. Du solltest dich legen. Würden Sie uns bitte die Tür öffnen, Madame Pratolungo, und so gütig sein, Mrs. Finchs Taschentuch aufzuheben? Nein, nicht den Roman – das Taschentuch!«
Während der Pfarrer Weib und Kind zur Tür geleitete, das dürre Ärmchen schützend, aber sehr tief um ihre stattliche Hüfte geschlungen, nahm ich die Gelegenheit wahr, die einzige Frage zu stellen, derentwegen ich hergekommen war.
»Haben Sie die Absicht, Sir, mit Ihrer Tochter zu korrespondieren oder sie in Ramsgate zu besuchen? Ich frage danach, weil ich dann –«
Mr. Finch fuhr herum (wodurch er seine Gattin nötigte, sich mit umzudrehen) und maß mich mit einem Blick hoheitsvoller Entrüstung von oben bis unten.
»Ist es möglich, Madame Pratolungo? Sie können dieses Bild doppelter Zerrüttung vor sich sehen« – er deutete mit der freien Hand großartig auf Mutter und Kind – »und noch fragen, ob ich mich mit meiner abtrünnigen Tochter oder anderen Personen, die für ihr unqualifiziertes Benehmen verantwortlich sind, in Verbindung setzen werde? Mrs. Finch! Begreifst du eine solche Frage? Muß ich annehmen – nimmst du es an –, daß Madame Pratolungo mich wissentlich beleidigt?«
Es war zwecklos, mit dem Mann sachlich reden zu wollen. Auch Mrs. Finch, die ein paar vergebliche Versuche machte, ein oder zwei Worte einzuwerfen, um ihren aufgebrachten Gatten zu besänftigen, sah die Zwecklosigkeit ihres Unterfangens ein. Das arme feuchte Weib kam kaum dazu, mich um Nachrichten aus Frankreich zu bitten. »Es tut mir sehr leid, daß Sie solche Sorgen haben, und ich würde mich sehr freuen, von Ihnen zu hören.« Sie wurde sofort wieder von der Donnerstimme ihres Gatten übertönt, der mich abermals aufforderte, mir dieses ›Doppelbild der Zerrüttung‹ anzusehen und wenigstens die heilige Mutterschaft zu respektieren, wenn ich ihn nicht respektierte – worauf er nebst Weib und Kind aus der Tür schritt.
Ich wußte nun jedenfalls, woran ich war. Mr. Finchs Eitelkeit war durch Lucillas formlosen Aufbruch an der empfindlichsten Stelle getroffen. Das verzieh er ihr erst, wenn die nächste Mietzahlung fällig wurde – die vorherige Versöhnung verstand sich

von selbst –, aber bis dahin war es noch lange hin, und zweifellos verbot ihm seine gekränkte Würde vorläufig jede Verbindung mit den ›Abtrünnigen‹ in Ramsgate. Solange ich nicht in England war, erfuhr Lucillas Tante also ebensowenig von der gefährlichen Position Lucillas zwischen den beiden Zwillingsbrüdern wie Lucilla selbst. Ich mußte unbedingt eingreifen – aber wie? Unter dem momentanen Zeitdruck sah ich nur einen gangbaren Weg. Falls Grosse Lucilla für geheilt erklärte, bevor ich aus Frankreich zurück war, mußte Miß Batchford in der Lage sein, statt meiner die Wahrheit zu enthüllen. Andererseits durfte ich im Interesse von Lucillas Genesung keine vorzeitige Enthüllung provozieren. Diese verzwickte Aufgabe löste ich, so gut ich konnte, indem ich mich wieder hinsetzte und zwei Briefe schrieb – nicht nur einen.

Den ersten adressierte ich an Lucilla. Ohne ein Wort über ihr kränkendes Benehmen zu verlieren, setzte ich so taktvoll wie möglich und so klar wie nötig auseinander, wie und warum sie in ihre jetzige prekäre Lage zwischen den beiden Brüdern geraten war. Die Wahrheit meiner Worte werde ihr von ihren Verwandten in Dimchurch bestätigt werden. ›Ich überlasse es Ihnen‹, schloß ich, ›ob Sie mir auf diesen Brief antworten oder nicht. Überzeugen Sie sich zunächst, daß meine Warnung auf reinen Tatsachen fußt. Und wenn Sie sich wundern, warum man Sie so lange in Ihrem Irrtum gelassen hat, wenden Sie sich an Dr. Grosse, nach dessen strengen Verordnungen wir anderen uns richten mußten.‹

Zu meiner eigenen Verteidigung schrieb ich kein Wort. Erstens rechtfertigten mich die Tatsachen am besten, und zweitens hatten mich Lucillas Kälte und vor allem ihr Ton, wie ich gestehen muß, zu tief verletzt, als daß ich es über mich gebracht hätte, irgendwie an ihre alten Gefühle zu appellieren (auch wenn ich Nugent die Hauptschuld an unserer Entfremdung gab).

Nachdem ich diesen Brief zugeklebt hatte, schrieb ich einen weiteren an Lucillas Tante.

Es war nicht ganz einfach für mich, mich vertraulich an Miß Batchford zu wenden, die ich im März mit meinen republikanischen Ansichten so heftig schockiert hatte – wir waren damals beinahe in Streit geraten und hatten uns nicht gerade als Bu-

senfreundinnen getrennt. Aber da es sich jetzt nicht um politische Meinungsverschiedenheiten handelte, sondern um unser gemeinsames Sorgenkind, und ich außerdem wußte, daß die alte Dame, ungeachtet ihrer bornierten Klassenvorurteile, im Grunde ihres Wesens ein im besten Sinne vornehmer Mensch war, vertraute ich darauf, daß sie mir in dieser Sache Gerechtigkeit widerfahren lassen würde (wie ich ihr ja auch). Ich bat sie also in sehr höflichen und respektvollen Wendungen, ihrer Nichte den beiliegenden Brief an dem Tage zu übergeben, an dem Dr. Grosse sie für völlig geheilt und nicht mehr besonders pflegebedürftig erklärte. Bis dahin, beschwor ich Miß Batchford, möge sie in Lucillas Interesse striktes Stillschweigen bewahren. Der Grund dafür gehe aus dem Brief an Lucilla hervor, den ich sie ebenfalls zu lesen bäte, sobald der Tag, an dem er Lucilla unbedenklich übergeben werden könne, herangekommen sei.
Auf diese Art konnte Nugent, wie ich sicher glaubte, in meiner Abwesenheit nicht allzuviel Unheil anrichten. Mochte seine zügellose Leidenschaft ihn auch zu Liebesbriefen oder sogar persönlichem Auftauchen in Ramsgate verleiten, so war es doch unmöglich, daß er Lucilla etwa zur Heirat drängte, ehe Dr. Grosse die Nachkur für beendet erklärte. An diesem selben Tag aber würde Lucilla meinen Brief erhalten und über den scheußlichen Betrug, den Nugent an ihr verübt hatte, aufgeklärt werden.
Nugent selbst ausfindig zu machen und auch ihm zu schreiben kam mir gar nicht in den Sinn. Wo er auch im Moment steckte, auf dem Kontinent oder irgendwo in England: Es war auf jeden Fall nutzlos, noch einmal an seine Ehre zu appellieren. Ich hätte mich mit einem derartigen Versuch nur lächerlich gemacht. Die einzige Art, seine Pläne zu durchkreuzen, war, ihn vor Lucilla bloßzustellen – sobald dies möglich wurde.
Ich schloß den Brief an Lucilla in den an ihre Tante ein, versiegelte auch den zweiten Umschlag und war gerade damit fertig, als der gute Mr. Gootheridge, den ich während meines Spazierganges bestellt hatte, mich abholen kam. Er fuhr mich in eigener Person mit einem leichten Wägelchen nach Brighton, da die von Lucilla gemietete Chaise noch nicht zurück war. Ich erreichte meinen Zug ohne Hetzerei und hatte nach meiner Ankunft in London abermals eine Stunde Aufenthalt, die ich zu einer

Droschkenfahrt zu Miß Batchfords Haus benutzte. Nur so konnte ich sicher sein, daß mein inhaltsschwerer Brief nicht verlorenging, und ich sah denn auch mit eigenen Augen, daß der Droschkenkutscher ihn in die Hände des zuverlässigen Hausdieners legte.
Es war ein bitterer Moment für mich, als ich mir den Schleier übers Gesicht zog – für den Fall, daß Lucilla oder Nanny gerade am Fenster sein und mich sehen könnte! Aber außer dem Diener ließ sich niemand von den Hausbewohnern blicken. Fast wäre ich weich geworden und hätte Lucilla doch noch eine kleine persönliche Botschaft geschickt. Nein, es war richtiger und klüger, einstweilen jeden Annäherungsversuch zu unterlassen. Doch verzieh ich ihr schon jetzt aus Herzensgrunde und sehnte die Zeit herbei, in der alles aufgeklärt und unsere Freundschaft wiederhergestellt sein würde. Hauptsache, ich hatte mein möglichstes getan, sie in jeder Beziehung vor weiterem Unheil zu schützen.
Meine Gedanken wandten sich nun Oscar zu. Da ich ohnehin auf den Kontinent reiste, nahm ich mir vor, nichts unversucht zu lassen, um ihn selbst – trotz der verschwindend geringen Chancen – an seinem jetzigen Aufenthaltsort aufzuspüren. Die bloße Hoffnung, wieder von ihm zu hören, würde mich auch etwas von den Sorgen um meinen armen Vater ablenken. Es ist immer gut, in solchen traurigen Fällen noch etwas anderes im Kopf zu haben und aktiv zu bleiben, statt nur in dumpfer Schicksalsergebenheit an einem Krankenbett zu sitzen.
Der Weg zum Hauptbahnhof führte an dem Büro des Rechtsanwalts vorüber, den ich neulich mit den Nachforschungen nach Oscar beauftragt hatte. Ich hatte das Glück, ihn noch bei der Arbeit anzutreffen.
Nein, bis jetzt hatte sich leider keine Spur gefunden. Aber mein Besuch war doch nicht ganz unnütz, denn der Rechtsanwalt gab mir ein Einführungsschreiben an ein Auskunftsbüro in Marseille mit, das seine Agenten in allen europäischen Großstädten hatte und für schwierige Suchaktionen daher besonders geeignet war. Ein Mann von Oscars auffälligem Äußeren konnte nicht so leicht unerkannt verschwinden, wenn die richtige Maschinerie in Gang gesetzt wurde. Natürlich würden die Kosten entsprechend sein,

aber ich zögerte keinen Moment, meine gesamten Ersparnisse für diesen Zweck einzusetzen.
Die Überfahrt über den Kanal verlief ziemlich stürmisch. Ich blieb die ganze Zeit an Deck; Wind und Kälte waren mir lieber als die stickige Atmosphäre in den Kajüten. Die bewegte schwarze Wasserwüste, durch die das Schiff sich hindurchpflügte, symbolisierte sehr passend die düsteren Aussichten, die vor mir lagen. Immerhin drang ab und zu etwas Mondschein durch Wolken und Nebel und malte eine schwache, flimmernde Bahn über die Wogen: wie das unsichere Licht der Hoffnung, von dem ich mich künftig leiten lassen mußte.

9. Lucillas Tagebuch

Sie werden sich erinnern, daß Lucilla, kaum daß sie ihre ersten Sehübungen machen durfte, besonderen Wert darauf legte, sich auch im Schreiben zu versuchen.
Der Grund dafür war der gleiche wie bei jedem anderen weiblichen Wesen, besonders wenn es verliebt ist. Jede Frau möchte sich dem geliebten Mann so vorteilhaft wie möglich zeigen, und Lucilla hatte ungeheuren Ehrgeiz, sich in jeder Kleinigkeit zu bewähren.
Da sie die Feder ihr Leben lang nur nach dem Tastgefühl, langsam und mit Mühe hatte führen können und sich bewußt war, wie traurig ihr kindliches Gekrakel von der eleganten Handschrift anderer Frauen abstach, quälte sie Grosse so lange, ›endlich mit den Augen statt nur mit den Fingern schreiben zu dürfen‹, daß er eines Tages, schon um des lieben Friedens willen, nachgab. Außerdem machte ihre Sehkraft in der frischen, stärkenden Seeluft, wie von ihm vorausgesagt, so befriedigende Fortschritte, daß er die härtere Beanspruchung ihrer Augen verantworten konnte. Lucilla ging sogleich mit Feuereifer ans Werk. Nach und nach, jeden Tag etwas mehr, meisterte sie die schwierige Aufgabe, die Buchstaben nun auch auf dem Papier zu erkennen (als Kind hatte sie mit Hilfe hölzerner Lettern schreiben gelernt) und sorgfältig abzumalen. Bald schrieb sie jedes

Briefchen selber und lehnte jede Hilfe stolz ab, und der nächste Schritt war die Führung eines Tagebuches. Das Tagebuch war die Idee (und das Geschenk) ihrer Tante, in deren Jugendtagen die Leute noch Zeit gehabt hatten, sich viel mit ihrem eigenen Seelenleben zu beschäftigen, und es zum guten Ton gehörte, alles schriftlich für die staunende Nachwelt niederzulegen.
In Lucillas Fall wurde das Tagebuch wirklich ein wichtiges Dokument. Es wurde mir, wie alle anderen damaligen Dokumente, Jahre später zur beliebigen Verwendung überlassen und liegt jetzt vor mir auf dem Schreibtisch.
Ursprünglich hatte ich vor, es bei der Fortführung meiner Erzählung nur als Gedächtnisstütze zu benutzen, aber jetzt glaube ich, der Leser erhält die frischesten und unmittelbarsten Eindrücke, wenn ich Lucilla selbst zu Wort kommen lasse. Ich war damals ja ohnehin nicht dabei, sondern in Frankreich. Ich schreibe also ihren eigenen Bericht über den Aufenthalt in Ramsgate ab und schiebe nur, wo es für Ihr Verständnis notwendig ist, gelegentlich einen Kommentar dazwischen. Ich werde diese Kommentare in eckige Klammern setzen und mit einem P kennzeichnen.
Und somit beginne ich mit Lucillas Tagebuch.

East Cliff, Ramsgate, 28. August 1859

Tante Batchford und ich sind nun schon seit vierzehn Tagen am Meer. Es ist sehr schön hier. Nanny habe ich von London aus nach Dimchurch zurückgeschickt, sie kann bei ihrem Rheuma keine Seeluft vertragen, die Ärmste.
Meine Schrift wird schon besser. Ich führe die Feder leichter und schneller und komme mir nicht mehr ganz so wie ein unbegabtes Schulkind vor. Bis ich mit Oscar verheiratet bin, werde ich so gut schreiben wie jede andere Dame.

[P. – Das arme Ding war damals nicht verwöhnt. Ihre neue Kursivschrift ist kaum leserlicher als ihre alten Blockbuchstaben – manchmal geht alles drüber und drunter. Damit will ich Lucilla selbstverständlich nicht tadeln, sondern mich entschuldigen, falls mir bei der Abschrift ein paar kleine Lesefehler unterlaufen.]

Ja, wann wird wohl endlich unsere Hochzeit sein? Ich habe Oscar noch nicht wieder zu Gesicht bekommen. Irgend etwas – er drückt sich nicht klar darüber aus, aber es handelt sich natürlich um die Schwierigkeiten seines Bruders – hält ihn auf dem Kontinent zurück. Seine Briefe sind merkwürdig gehemmt und beunruhigen mich. Bin ich nach der gelungenen Operation so glücklich, wie ich es mir vorgestellt habe? Bis jetzt nicht.
Oscar kann nichts dafür. Wenn ich ab und zu niedergeschlagen bin, ist es meine eigene Schuld. Ich habe meinen Vater schwer gekränkt, und manchmal fürchte ich auch, daß ich ungerecht gegen Madame Pratolungo gewesen bin. Diese Gedanken verfolgen mich.
Mißverständnisse scheinen mein Schicksal zu sein. Ich wollte meinen Vater mit einem plötzlichen Aufbruch nicht beleidigen. Ich war einfach nicht imstande, die Frau, an der ich so hän... hing, noch einmal zu sehen und ein Gesicht zu machen, als ob nichts geschehen wäre. Ich habe ihr so grenzenlos vertraut! Die Gelegenheit, einem abermaligen Treffen zu entgehen, war zu günstig – ich habe sie wahrgenommen. Dies habe ich meinem Vater auch in einem Brief von hier angedeutet, aber er hat bis heute nicht darauf geantwortet. Ich habe auch an meine Stiefmutter geschrieben. Sie meint, der Grund seines Schweigens sei nur das Zerwürfnis mit meiner Tante. Ist dieses Durcheinander nicht furchtbar – und beinahe lächerlich? Er ist böse auf Miß Batchford, und ich muß dafür büßen!
Nun, ein Trost bleibt mir. Seit ich über eigenes Geld verfüge, ist mein Vater mir noch nie sehr lange böse gewesen. Wenn ich nach Dimchurch zurückkomme, wird er mich gerührt in die Arme schließen, und alles geht weiter wie eh und je.
Ach, könnte ich nur dasselbe auch von Madame Pratolungo sagen!
Sie hat auf den Brief, den ich ihr in meinem Zimmer hinterließ, nicht geantwortet. Ich kann es ihr nicht verdenken. Oft wünschte ich, ich hätte ihn überhaupt nicht geschrieben. Nun weiß ich weder, wie es ihr geht, noch, ob wir uns je wiedersehen. Wenn diese gräßliche Ungewißheit nicht wäre! Muß ich sie kniefällig um Verzeihung bitten – oder den Tag verfluchen, an dem ich sie als Freundin und Gefährtin in mein Herz schloß?

Mit diesen Fragen quäle ich mich tagtäglich, und auch nachts, denn ich schlafe schlecht. Ich muß jetzt (mindestens zum zwanzigstenmal) Oscars Brief lesen.

[P. – Ich kopiere auch diesen Brief. Er wird Ihnen, verehrte Leser, vieles verständlicher machen, als es damals der armen Lucilla und mir war! Nugents gute Vorsätze nach unserem nächtlichen Gespräch reichten bis Paris. Dann war es mit der edlen Aufwallung vorbei, und er schrieb – in Oscars Rolle – folgendes:]

›Geliebteste Lucilla!
Ich bin in Paris und benutze die erste Gelegenheit, Dir zu schreiben. Madame Pratolungo hat Dir sicher ausgerichtet, daß ich meinem Bruder schleunigst nachreisen mußte. Ich habe ihn noch nicht getroffen. Bevor es so weit ist, fühle ich mich jedoch verpflichtet, Dir die Hintergründe unserer überstürzten Trennung mitzuteilen. Es fällt mir entsetzlich schwer, Liebste, aber es muß sein. Mache Dich auf etwas sehr Unangenehmes gefaßt. Deine Freundin und Vertraute, Madame Pratolungo... ist unsere schlimmste Feindin!
Ich traute ihr schon seit einiger Zeit nicht mehr, und nun hat sich mein Verdacht bestätigt.
Vielleicht hätte ich Dir meine Zweifel schon früher sagen sollen. Ich unterließ es. Dich traurig zu sehen bricht mir das Herz. Erst jetzt, da ich fern von Dir bin und fürchten muß, daß meine Feigheit Dich schutzlos den gemeinsten Intrigen aussetzt, finde ich den Mut, dieser Person die Maske vom Gesicht zu reißen und sie Dir zu zeigen, wie sie wirklich ist. Nähere Einzelheiten mündlich, sobald wir wieder zusammen sind. Ich werde Dir die Wahrheit meiner Worte nur zu gut beweisen!
Inzwischen denke an einige Vorkommnisse zurück, bei denen die tückische Französin sich – wie sie zu ihrem Entsetzen selbst merkte – schon beinahe verraten hätte. Erinnerst Du Dich an den Tag, an dem Du so wütend auf sie warst, weil sie gesagt hatte, Du hättest Dich in meinen Bruder verliebt, wenn Du ihn zufällig zuerst begegnet wärst? Kurz danach, zweifellos auf ihr Betreiben, mißbrauchte Nugent Deine Blindheit zu einer häßlichen Irreführung, die Dich bitterlich kränkte. Mein Dazwischenkom-

men beendete das grausame Spiel, und Du sagtest – ungefähr – diese zornigen und prophetischen Worte:
‚Sie hat dich von Anfang an nicht leiden können, Oscar! Sie hat mit deinem Bruder gemeinsame Sache gemacht, kaum daß er nach Dimchurch kam. Laß uns weit, weit von Dimchurch entfernt heiraten! Die beiden sind fähig, ihre Verschwörung bis vor den Altar durchzuführen. Hüte dich! Hüte mich!'
Geliebte Lucilla – Du warst damals so hellsichtig wie immer. Es ist leider kein Geheimnis mehr, daß mein unglücklicher Bruder Dich ebenfalls liebt. Und aus irgendwelchen, mir unbekannten Gründen hat Madame Pratolungo eine Schwäche für ihn, die sie niemals für mich hatte. Sie würde alles tun, um mich – auf Deine und meine Kosten – zum Sieg zu verhelfen. Hüte Dich!
Sobald wir wieder zusammen sind, werde ich selbst meine Maßnahmen treffen. Bis dahin laß Madame Pratolungo keinen Verdacht schöpfen, daß wir sie durchschaut haben. Sie ist an allem schuld, glaube mir. Mit meinem armen, durch ihre Einflüsterungen verführten Bruder werde ich mich friedlich einigen, sobald ich ihn finde. Befürchte keinen tragischen Bruderzwist! Wir kennen und lieben uns, und ich weiß, daß er – fern von schlechten Einflüssen – wie ein Gentleman handeln wird. Der Vorwand, den ich Madame Pratolungo angab, wird sie davon abhalten, sich einzumischen. Nun weißt Du auch, Liebste, warum ich mich, blutenden Herzens, wort- und grußlos von Dir losriß: Es geschah nur, um diese Intrigantin in Sicherheit einzulullen!
Halte mich bitte auf dem laufenden über Deine und ihre Vorhaben. Ich füge eine Adresse bei, über die mir Deine Briefe zugeleitet werden, wo ich auch sein mag.
Selbstverständlich schreibe ich Dir, sooft ich kann. Daß größte Verschwiegenheit vonnöten ist, brauche ich Dir und Deiner treuen Nanny wohl nicht mehr klarzumachen. Bald bin ich selbst wieder bei Dir, um Dich – möglichst schon mit dem Recht des Gatten – von der Betrügerin zu befreien, die unser Vertrauen so schändlich mißbraucht hat.

Ich liebe Dich. Oscar‹

[P. – Liebe Leser! Muß ich Sie auf die geradezu teuflische Geschicklichkeit – ich finde kein anderes Wort – aufmerksam machen, mit der Nugent hier die Tatsachen verdreht?
Um auch ihm gerecht zu werden – nach so vielen Jahren kann man das –, füge ich hinzu, daß nur der Rest seines Gewissens ihn hinderte, sofort zu Lucilla zu eilen, sobald er erfuhr, daß sie ohne mich und sonstige unbequeme Mitwisser in Ramsgate war. Ehe er dieser Versuchung erlag, muß sein besseres Ich ihm schwer zu schaffen gemacht haben. Unnötig zu sagen, daß er niemals ernstliche Nachforschungen nach Oscars Verbleib anstellte. Sein hochherziger Entschluß reichte gerade bis Paris – und keinen Schritt weiter.]

Eben habe ich Oscars Brief, den ich längst auswendig kenne, noch einmal mit eigenen Augen gelesen. Er ist durch und durch ehrenhaft und wäre nie einer üblen Nachrede fähig, wenn er nicht schwerwiegende Gründe dafür hätte. Und natürlich erinnere ich mich sehr gut an meine ›prophetischen‹ Worte – aber auch daran, daß ich damals vor Wut außer mir war und mich schrecklich schlecht benahm. Ist es deshalb nicht möglich, daß der Schein auch Oscar getrogen hat? Oh, Madame Pratolungo! Ich habe sie so über alle Maßen geliebt und geschätzt! Sollte ich mich zum erstenmal in meinem Leben dermaßen getäuscht haben? Mein Instinkt war doch immer so zuverlässig! Und – was hätte sie eigentlich davon, Intrigen zu spinnen? Nur ein widernatürliches Vergnügen daran, andere Menschen ins Unglück zu stürzen? Gerade von ihr kann ich mir das nicht denken. Es paßt so gar nicht zu ihr. Ich verstehe nichts mehr.
In einem bin ich ganz Oscars Meinung: Seinem armen Bruder Nugent ist kein Vorwurf zu machen, so schlimm und traurig es auch ist, daß er sich in mich verliebt hat. Der arme entstellte Mensch tut mir furchtbar leid. Hoffentlich findet er bald eine gute, verständnisvolle Frau. Was muß er schon alles durchgemacht haben!

Ramsgate, 29. August

Gestern habe ich an Oscar geschrieben. Die Sache mit Madame Pratolungo läßt mir keine Ruhe. Ich habe ihn gebeten, so bald wie möglich nach Ramsgate zu kommen und mir alles zu erklären. Aber Gott weiß, ob und wann mein Brief ihn erreicht!

[P. – Dieser unschuldige Brief beendete Nugents Gewissenskampf. Da er sich, wie gesagt, nicht von Paris weggerührt hatte, brach er sofort nach Erhalt in Richtung England auf.]

31. August

Beim Frühstück ein Telegramm von Oscar! Ich schreibe entsetzlich – die Buchstaben laufen mir vor lauter Glück davon. Macht nichts. Oscar kommt! Gottes Segen über den Mann, der die Telegramme erfunden hat – wer war's doch schnell?

10. Nugent in Ramsgate
(Fortsetzung des Tagebuchs)

1. September

Nun bin ich wieder so weit, daß ich mein Tagebuch weiterführen kann. Schreiben ist wirklich ein sehr gutes Mittel, sich über seine eigenen Gedanken und Gefühle Rechenschaft zu geben.
Ich habe ja keinen vertrauten Menschen mehr, dem ich mein Herz ausschütten könnte. Madame Pratolungo ... lieber nicht an sie denken. Meine Tante ist lieb und gut zu mir, aber so viel älter als ich und so altmodisch in ihrem ganzen Sein und Denken, daß ich von ihr schwerlich irgendwelches Verständnis verlangen kann. In dieser Einsamkeit ist das Tagebuch mein einziger Freund. Heute sah ich zwei junge Mädchen am Strand, die sich stundenlang, ihrem Ausdruck nach zu schließen, höchst aufregende Sachen anvertrauten ... Ich habe sie ordentlich beneidet!
Also, liebes Tagebuch: Was habe ich eigentlich empfunden, als meine Sehnsucht sich gestern erfüllte und Oscar mich endlich wieder in die Arme schloß?
Schrecklich, es zu gestehen – aber du bist ja zum Glück verschließbar –, ich war beinahe zu Tränen enttäuscht.

Nein. Enttäuscht ist nicht das richtige Wort. Ich weiß nicht, wie ich meinen Gemütszustand nennen soll. Es gab Momente, in denen ich fast wünschte, wieder blind zu sein (so schauderhaft und undankbar das auch klingt)!
Er umarmte mich, er hielt lange meine Hand in der seinen. Aber das Wonnegefühl, das mich früher bei der kleinsten Berührung von Kopf bis Fuß durchrieselte, blieb diesmal aus. Es ist unbegreiflich – nachdem ich mich doch so nach ihm gesehnt hatte! Wäre sein Bruder an seiner Stelle gewesen, so hätte ich nicht kühler bleiben können. Seitdem schließe ich manchmal heimlich die Augen, wenn er mich anfaßt, und versuche mich in die Zeit meiner Blindheit zurückzuversetzen, um des alten Wonnegefühls wieder teilhaftig zu werden. Das Resultat bleibt dasselbe. In mir rührt sich nichts – gar nichts!
Liegt es an seinen Hemmungen? Er ist gehemmt Ich merkte es bei der ersten Begrüßung und merke es immer wieder. Aber das ist mir bei Oscar ja eigentlich nichts Neues. In der ersten Zeit unserer Liebe, und auch später, war ich immer diejenige, die ihm über seine Schüchternheit hinweghalf. Aber wir empfanden diese kleine Klippe alle beide nie als störend. Damals war ich eben nicht so sonderbar gefühlsstumpf wie jetzt.
Ich erkläre es mir mit dem, was Grosse schon gelegentlich angedeutet hat. Für Blinde bedeutete es eine ungeheure Umwälzung, den Gesichtssinn zurück- oder, wie in meinem Fall, überhaupt erst neu zu gewinnen. Dafür schrumpfen die Ersatzsinne, die man sein Leben lang zu höchster Feinheit ausgebildet hat. Man wird ein anderer Mensch. Mir ist das nie so klargeworden wie gestern, als ich zum erstenmal nach der Trennung wieder in Oscars Armen lag.
Ist es denkbar, daß ich das Glück des Sehens mit der Aufgabe anderer Glücksempfindungen bezahlen muß? Ich werde Grosse bei der nächsten Visite danach fragen.
Meine zweite Enttäuschung ist mehr äußerlich. Ich finde Oscar nicht halb so schön, wie ich ihn mir in meiner blinden Phantasie vorgestellt hatte.
Bei dem aufregenden ersten Sehversuch, den ich mir erzwang und bei dem ich glückselig auf Oscar zustürzte, sah ich ihn ja nur ganz verschwommen. Ich bemerkte einige schattenhafte Figuren

im Salon, von denen nur einer – der große, hellhaarige und hellhäutige Mann – Oscar sein konnte. Mein Vater, klein und grau, die beiden Frauen und der unselige blauschwarze Nugent schlossen jeden Irrtum aus. Ich habe mir Oscar gar nicht richtig angesehen. Erst jetzt erkenne ich seine Züge in allen Einzelheiten, und – das dürfte ich keiner lebenden Seele anvertrauen – ich bin enttäuscht. Solange ich mich nur auf mein Fingerspitzengefühl verließ, war Oscar für mich eine Art strahlender Erzengel. Was ich jetzt sehe, ist ein leidlich hübscher junger Mann, wie es Dutzende gibt. Nur seine Stimme übt noch ihren alten, ungebrochenen Zauber auf mich aus. Ich wende mich manchmal ab, wenn er spricht, und mache schnell die Augen zu – und dann, nur dann, ist es wieder wie einst, und mein Herz schlägt schneller.

Soll das alles sein, was ich mit der Operation und der langen, qualvollen Zeit meiner anschließenden Einkerkerung gewonnen habe?

Pfui, wie undankbar! Ich sollte mich schämen! Ich sehe Land und Meer, grandiose Wolkengebilde und Sonnenschein – ist das nichts? Ich sehe fröhliche Kindergesichter, ich beobachte täglich neue und erstaunliche Dinge – ist das nichts?

Meine Tante ist von Oscar ganz begeistert. Sie findet ihn *sehr* hübsch und sagt, er benehme sich wie ein echter Gentleman. Ein höheres Lob gibt es bei ihr nicht, zumal ihr die heutige Jugend sonst in Bausch und Bogen ein Greuel ist. Echte Gentlemen gab es eigentlich nur zu ihrer Zeit, aber Oscar macht eine rühmliche Ausnahme.

Glücklicherweise scheint er sich bei näherer Bekanntschaft auch an sie zu gewöhnen. Zuerst war seine Schüchternheit in ihrer Gegenwart geradezu peinlich. Ich vermute, daß die majestätische Haltung meiner Tante ihn im ersten Moment außer Fassung gebracht hat.

[P. – Hier ist unbedingt wieder eine Randbemerkung fällig. ›Majestätische Haltung‹ – daß ich nicht lache! Selbige besteht aus einer Hakennase, einem Lorgnon und einem Korsett, mit dessen Hilfe sich Miß Batchford steif hält wie ein Ladestock. Damit konnte sie einem erfahrenen jungen Mann wie Nugent Dubourg

sicher nichts vormachen. Was er fürchtete, war die Gefahr der Entdeckung. Er wußte zwar, daß die alte Dame seinen Bruder nie persönlich kennengelernt, mußte aber damit rechnen, daß sie dies oder das über die Ereignisse in Dimchurch erfahren hatte. Solange er das Terrain nicht gründlich sondiert hatte, konnte er sich nicht sicher fühlen. Und Lucilla redet von Miß Batchfords ›majestätischer Haltung‹! Armer, ahnungsloser Engel!
Nun denn – weiter im Text.]

Die erste Frage, die ich Oscar stellte, als meine Tante uns zartfühlend allein ließ, bezog sich natürlich auf Madame Pratolungo. Er sah mich flehend an und bat, ihm und mir nicht die Freude des Wiedersehens mit einem so schmerzlichen Thema zu verderben; wir könnten ja in den nächsten Tagen darauf zurückkommen. Ich riskierte daraufhin – zögernd – eine Frage nach seinem Bruder. Oscars Gesicht wurde noch trauriger.
›Mein Bruder und ich verstehen einander, Lucilla‹, sagte er. ›Er wird bis auf weiteres im Ausland bleiben. Wollen wir damit auch dieses Thema fallenlassen? Ich möchte viel lieber hören, was du zu berichten hast. Wie geht's daheim in Dimchurch? Seit du mir schriebst, daß Madame Pratolungo zu ihrem Vater nach Frankreich gefahren ist und du deinen Kuraufenthalt in Begleitung deiner Tante angetreten hast, weiß ich ja gar nichts mehr von der Familie. Wird dich dein Vater einmal hier besuchen?‹
Das war nun ein Thema, das mir nicht paßte. Ich hatte durchaus keine Lust, Oscar in all unsere kleinlichen Familienschwierigkeiten einzuweihen. Darum sagte ich nur, ich würde meinem Vater jetzt schreiben, daß er in Ramsgate eingetroffen sei, und daraufhin sicher die letzten Neuigkeiten hören. Bis jetzt gebe es nichts Besonderes.
Oscar machte ein seltsames Gesicht. Ich hatte beinahe den Eindruck, daß ihm der Gedanke an eine Korrespondenz zwischen meinem Vater und mir unlieb sei.
›Du würdest dich über einen Besuch deines Vaters hier in Ramsgate sicher sehr freuen?‹ fragte er zögernd.
›Ich glaube kaum, daß er kommt‹, erwiderte ich achselzuckend.
›Warum nicht?‹ fragte Oscar. Es war erstaunlich, wie lebhaft er sich plötzlich für meinen Vater interessierte.

›Weil er und Miß Batchford einander nicht leiden können‹, sagte ich notgedrungen, ohne auf nähere Einzelheiten einzugehen. ›Solange ich in ihrer Gesellschaft bin, kommt er bestimmt nicht. Aber ich möchte ihm natürlich schreiben, daß du jetzt hier bist. Hast du etwas dagegen?‹

›Ich?‹ rief er mit allen Anzeichen des Erstaunens. ›Was bringt dich denn auf die Idee? Nein, schreib ihm nur recht bald – und laß mir ein bißchen Platz übrig; ich würde gern ein paar persönliche Zeilen anhängen.‹

Diese normale und nette Antwort erleichterte mich mehr, als man glauben sollte. Seit ich sehen kann, bin ich im Umgang mit Menschen viel unsicherer als früher und suche hinter den einfachsten Äußerungen oft versteckte Motive. Ach, meine armen neuen Augen – wann werde ich mich so auf euch verlassen können wie einst auf mein Gefühl?

[P. – Sie bemerken, verehrte Leser, wie schlau Nugent sich nach allen Seiten absicherte und wie unwahrscheinlich ihn die Umstände dabei begünstigten. Miß Batchford hatte keine Ahnung, hielt ihn daher selbstverständlich für den richtigen Bräutigam und schreckte obendrein Lucillas Vater ab, der, wenn er nach Ramsgate gekommen wäre, den abscheulichen Schwindel sofort aufgedeckt hätte. Oscar ist weit weg, ich ebenfalls, Nanny ist ihres Rheumas wegen schon von London nach Dimchurch zurückgeschickt worden. Der Arzt, der Oscar zuerst behandelt hatte und einen lästigen Zeugen hätte abgeben können, sitzt in Indien. Und Dr. Grosse hat nur ein einziges Ziel im Auge: Lucillas Genesung. Er wird seinem jungen Freund Nugent gewiß nichts in den Weg legen. Alles sonstige Drum und Dran ist ihm grundsätzlich einerlei. Mit einem Wort: Lucilla hat keinen Schutz außer ihrem treuen Instinkt, der sie beständig in Form eines vagen Unbehagens, das sie selbst nicht begreift, vor dem falschen Mann warnt.]

2. September

Heute regnet es. Meine Tante hat sich – in Oscars Gegenwart – längere Zeit damit unterhalten, mir alle möglichen Sehaufgaben zu stellen. Ich merke dabei immer wieder, wie furchtbar schwie-

rig es ist, Dinge zu erkennen und voneinander zu unterscheiden, die man nie gesehen hat.
Die Leute nebenan haben einen Hund und eine Katze. Wer würde es für möglich halten, daß ich die beiden Tiere neulich – das war schon vor Oscars Ankunft – verwechselt habe? Erst als ich sie streichelte, merkte ich meinen Irrtum: Das weiche, elektrisierende Katzenfell faßt sich so völlig anders an als das eines Hundes! (Ich habe dabei heimlich wieder die Augen zugemacht... Grosse hätte ›Schiebung!‹ geschrien, wenn er dabeigewesen wäre. Oh, wann werde ich wohl ganz ohne Tastsinn auskommen?) Nun habe ich mir ein paar äußere Unterschiede bewußt eingeprägt und erkenne Hund und Katze auf den ersten Blick richtig.
Was mir auch noch große Mühe macht, ist das Abschätzen von Entfernungen.
Nichts genieße ich mehr als den Blick ins Freie, über Land und Meer – vorausgesetzt, daß mich niemand fragt, wie nah und wie fern, wie klein oder wie groß bestimmte Details sind. Mir ist zumute wie einem Gefangenen, der aus einer düsteren, dunklen Zelle befreit ist, wenn ich über die herrliche, leuchtende Strandbucht, die kühn hineinragende Felsspitze und das weite, weite Meer blicke. Wir haben das alles direkt vor den Fenstern, und ich kann mich an der Schönheit des Bildes nicht satt sehen. Aber kaum fängt die Tante an, mich (natürlich in bester Absicht) zu schulmeistern, so macht sie mein Entzücken zur Qual. Zum Beispiel fragt sie dauernd, für wie groß ich die Boote und Schiffe halte, die auf dem Meer zu sehen sind. Wenn nur ein Boot da ist, halte ich es für größer, als es ist. Im Vergleich mit einem Schiff hingegen kommt es mir viel zu winzig vor. Diese Unfähigkeit, Größen richtig einzuordnen, amüsiert meine Tante köstlich und bringt mich zur Verzweiflung. Neulich zeigte sie mir aus dem Fenster einen Wagen mit einem vorgespannten Pferd, und wofür hielt ich es? Für einen Hundekarren! Zu meiner Entschuldigung kann ich nur sagen, daß ich, solange ich blind war, Pferde und Wagen für doppelt so groß hielt, wie sie in Wirklichkeit sind, weil ich sie nur stückweise abtasten konnte und nie in ihrer Gesamtheit in den Griff bekam. Sie waren für mich also im wahrsten Sinne des Wortes ›unermeßlich‹.

Meine Tante kann das, glaube ich, nicht verstehen; sie findet meine vielen Irrtümer ›drollig‹ und lacht darüber, als wäre ich ein tolpatschiges kleines Kind.
Und Oscar? Wenn ich meinen Augen trauen könnte, würde ich sagen, daß er im Laufe der heutigen Lektion melancholisch wurde. Aber ich irre mich vielleicht auch im Hinblick auf seinen Gesichtsausdruck. Er schien mir vergrämt, grüblerisch, traurig. An sich wäre es kein Wunder – er muß ja spüren, daß ich mich verändert habe und ihm gegenüber zwiespältige Gefühle hege. Ich könnte mir die Haare einzeln ausraufen! Endlich habe ich meinen Oscar wieder – und doch ist er für mich nicht mehr derselbe, mit dem ich mich als Blinde von Anfang an wie ein Herz und eine Seele fühlte. Es klingt paradox, aber ich wußte stets genau, wie er mich ansah, als ich es noch nicht sehen konnte. Jetzt frage ich mich immerzu, was hinter seinen Blicken steckt. Liebe? Ja, gewiß, aber was sonst noch? Seine Blicke beunruhigen mich, was früher nie der Fall war. Ich kann meine früheren Vorstellungen und mein jetziges Sehen nicht in Einklang bringen, und das wirkt natürlich auch auf ihn zurück: Er sieht mit Trauer, daß ich ihn nicht mehr recht verstehe. Ach du lieber Himmel, warum habe ich den guten Papa Grosse nicht früher kennengelernt? Dann hätte er dieses neue Wesen aus mir gemacht, ehe ich Oscar traf, und ich hätte nicht mit so vielen blinden Vorurteilen zu kämpfen. Nun, es hat nicht sollen sein, und ich werde mich auch so an alle die Veränderungen gewöhnen. Ich sehe im Moment sicher zu schwarz (wie genau diese Redensart meinen Zustand ausdrückt!). Als wir heute zu Tisch gingen, nahm Oscar mich hinter Tante Batchfords Rücken um die Taille und drückte mich einen Moment zärtlich an sich. Noch vor wenigen Wochen hätte alles in mir gejubelt... Wenn ich an die Zeit denke, als ich immer mit der Augenbinde umherlief und er so rührend gut und lieb zu mir war! Und jetzt – nichts, nichts...
Hier ist eine Träne aufs Papier gefallen. Grosse wäre wütend, wenn er das sähe: Weinen streng verboten! Was bin ich auch für ein dummes Ding! Also rasch zu etwas anderem.
Ich habe heute zum zweitenmal an meinen Vater geschrieben und ihm mitgeteilt, daß Oscar hier ist. Keine Bemerkung darüber, daß er meinen ersten Brief nicht beantwortet hat. Die beste

Art, mit meinem Vater zurechtzukommen, war und ist immer, von seinem Beleidigtsein gar keine Notiz zu nehmen. Oscar hat ein Postskriptum hinzugefügt. Ich holte inzwischen etwas aus meinem Zimmer, und als ich zurückkam, hatte er den Brief schon zugeklebt. Es war nicht der Mühe wert, ihn noch einmal zu öffnen, wie er mir anbot – er hatte nur ein paar Höflichkeitsfloskeln geschrieben.

[P. – Hier folgt, was Nugent wirklich geschrieben hatte. Sie werden sehen, daß er guten Grund hatte, Lucilla aus dem Zimmer zu schicken und den Umschlag zuzukleben, ehe sie sein Postskriptum lesen konnte.
Daß die Handschrift der Zwillinge völlig gleich war, habe ich früher schon erwähnt. Auch Reverend Finch mußte den Schreiber folgender Zeilen also für Oscar halten.]

›Verehrter Schwiegervater,
wie aus Lucillas Brief hervorgeht, bin ich wieder zur Vernunft gekommen und zu meiner geliebten Braut zurückgekehrt. Bitte vergessen Sie meinen Wahnsinns- und Verzweiflungsanfall, und lassen Sie uns weiterleben, als ob nichts geschehen wäre.
Nugent hat seinen ganzen Edelmut bewiesen, indem er sein Versprechen an Madame Pratolungo einlöste, mich ausfindig machte und mich zu Lucilla zurückschickte. Er bleibt einstweilen im Ausland.
Darf ich Sie um einen großen Gefallen bitten, wenn Sie uns mit einer Antwort auf diesen Brief erfreuen wollen? Lucilla ist jetzt so weit, daß sie selbst lesen kann. Vermeiden Sie jede Anspielung auf den wirklichen Grund meiner Abwesenheit – sie ist ja der Meinung (und soll es bleiben), ich sei Nugent nur nachgereist, um ihm aus einer vorübergehenden Schwierigkeit zu helfen.
Ferner wäre es gut, wenn Sie meine häßliche Verfärbung nicht erwähnten. Lucilla beginnt eben, sich daran zu gewöhnen, aber es ist noch ein wunder Punkt zwischen uns, und je weniger davon gesprochen wird, desto besser.
Herzliche Grüße Ihnen und der ganzen Familie!

Oscar‹

[P. – Dieses Postskriptum ist ein kleines Meisterstück. Nugent kannte Mr. Finchs Eitelkeit gut genug, um zu wissen, daß er jetzt erst recht nichts von sich hören lassen würde: dazu hätte es eines langen Sonderbriefes voller Entschuldigungen und demütiger Verbeugungen bedurft. Allerdings setzte sich Nugent damit auch der Gefahr aus – jeder Betrug, auch der raffinierteste, hat eine schwache Stelle –, daß Mr. Finch oder seine Frau nun *mich*, seine stärkste Gegnerin, in aller Harmlosigkeit über sein Ränkespiel informierte. Der kluge Nugent befand sich auf sehr schwankendem Boden. Doch nun hat Lucilla wieder das Wort.]

3. September

Oscar scheint in seinem Postskriptum an meinen Vater etwas vergessen zu haben. Er fragte mich gestern nachmittag, ob der Brief schon abgegangen sei, und sah etwas verdrossen aus, als ich dies bejahte. Dann sagte er, es sei nicht so wichtig, er könne ja bei Gelegenheit wieder schreiben. ›Ach‹, fügte er dann hinzu, ›da wir gerade von Briefen reden: Korrespondierst du noch mit Madame Pratolungo?‹ Ich erwiderte, es sei nicht sehr wahrscheinlich, daß sie mir nach dem Vorgefallenen zuerst schreiben würde, und ich wisse ihre Adresse nicht.

Ich fand es merkwürdig, daß er auf einmal auf Madame Pratolungo zurückkam, nachdem er dieses schmerzliche Thema tagelang vermieden hatte.

›Glaubst du, daß sie mit deinem Vater oder deiner Stiefmutter korrespondiert?‹ fragte er weiter.

›Eine Korrespondenz mit meinem Vater halte ich für unwahrscheinlich‹, sagte ich, ›aber es ist möglich, daß sie meiner Stiefmutter einmal schreibt. Die arme Frau hat ihr immer irgendwie leid getan.‹

Hierauf wechselte Oscar das Thema und fragte mich, wie lange ich eigentlich in Ramsgate zu bleiben gedächte.

›Das bestimmt vor allem Dr. Grosse‹, sagte ich. ›Wenn er das nächste Mal kommt, werde ich ihn fragen.‹ Und da Oscar sich hierauf leicht verwirrt, wie mir schien, zum Fenster wandte, fügte ich hinzu: ›Hast du Ramsgate nach den paar Tagen schon satt?‹

Er kam rasch zu mir und nahm meine Hand – ach, diese fühllose

Hand, die auf seine Berührung einfach nicht mehr reagieren will!
›Wenn wir verheiratet wären, Lucilla‹, flüsterte er heiß, ›würde ich gern ewig mit dir in Ramsgate bleiben, oder an jedem anderen Ort, der deiner Gesundheit dienlich ist – nur dieser Zustand ist für mich kaum zu ertragen!‹
Seine liebende Ungeduld hätte mir schmeicheln müssen, aber – ich weiß nicht, warum – irgend etwas in seinem Ausdruck erschreckte mich. Ich antwortete nicht. Er fuhr hastig fort:
›Warum heiraten wir nicht so rasch wie möglich? Wir sind beide volljährig. Wir brauchen niemanden mehr zu fragen.‹
›Du vergißt‹, erwiderte ich erstaunt (so viel Draufgängerei habe ich bei Oscar noch nicht erlebt), ›daß wir einige Rücksicht auf meinen Vater nehmen müssen. Es war immer abgemachte Sache, daß er uns in Dimchurch traut.‹
Oscar lächelte. Sein Lächeln ist leider nicht halb so lieb, wie ich es mir als Blinde immer vorgestellt habe.
›Darauf können wir lange warten, fürchte ich‹, sagte er sarkastisch.
›Wieso?‹
›Das hängt mit dem traurigen Thema Madame Pratolungo zusammen. Ich werde, wenn es nötig ist, später darauf zurückkommen. Inzwischen sage mir nur eins: Glaubst du, daß dein Vater unseren Brief beantworten wird?‹
›Auf dein Postskriptum hin – natürlich!‹
Wieder dieses nicht sehr angenehme Lächeln... Und dann verließ er mich unvermittelt, um mit meiner Tante Piquet zu spielen.
Das alles war gestern abend. Ich war mit mir und der Welt zerrissen, als ich schlafen ging. Lag es an Oskar? Lag es an mir? Wahrscheinlich an uns beiden.
Der heutige Tag ließ sich zunächst besser an. Das Wetter ist wieder herrlich, und wir gingen zusammen auf den Klippen spazieren. Ach, diese unvergleichliche Meeresbrise, diese Ausblicke nach allen Seiten! Oscar genoß es auch, er wurde fröhlich und unkompliziert, und ich war richtig verliebt in ihn. Erst zum Schluß verdarb ihm ein Nichts die Laune – und mir natürlich auch. Es kam so:

Auf meinen Wunsch kehrten wir über den Strand zurück. Ramsgate ist noch voll von Kurgästen, und das rege Strandleben hat für mich, die so etwas nie gesehen hat, einen Reiz, den mir andere Leute vermutlich nicht so ganz nachfühlen können. Oscar verabscheut Menschenansammlungen jeglicher Art und gebraucht dafür abfällige Worte wie ›die Meute‹ oder ›der Pöbel‹. Nun ja, sicher sind nicht alle so vornehm wie er, aber es sind doch unsere Mitmenschen, und ich freue mich, daß ich sie endlich sehe! Immerhin erklärte er sich bereit, mit mir an den Strand zu gehen, wenn es mein Herzenswunsch sei. Es *war* mein Herzenswunsch. Nun gerade! Also gingen wir. Wir mieteten uns zwei Stühle und sahen uns gemächlich um.
Es herrschte Hochbetrieb. Drehorgelmänner mit tanzenden Affen, Stelzenläufer, Zauberer, eine Negerkapelle: alle waren am Werk, die Kurgäste zu unterhalten und sich ein bißchen Geld zu verdienen. Ich fand das bunte Bild vor dem Hintergrund der blauen See im strahlenden Sonnenschein ganz entzückend und hätte gern ein Dutzend Augen gehabt statt meiner zwei, um alles gleichzeitig in mich aufzunehmen! Neben mir saß eine reizende alte Dame, mit der ich ins Gespräch kam und die mir aus ihrer geräumigen Strandtasche gleich Biskuits und Sherry anbot. Oscar lehnte angewidert ab – ich war von seinem Benehmen sehr enttäuscht. Er fand meine nette alte Dame ordinär und nannte alles, was mich erfreute, einen ›schauderhaften Rummel‹. Ich ließ ihn vor sich hin schimpfen und widmete mich betont freundlich meiner alten Dame, denn Snobismus kann ich auf den Tod nicht ausstehen. Plötzlich verstummte er jedoch und rückte seinen Stuhl hastig so, daß er mir die Aussicht auf die Strandpromenade versperrte. Zufällig hatte ich aber gerade eine Dame in einem sehr aparten Kleid bemerkt, das mich interessierte. Ich schob Oscar also ein wenig beiseite und fragte ihn, warum er sich so ungeschickt hinsetzen müsse? Ehe er antworten konnte, war die Dame an uns vorbei. Ihr folgten zwei bildhübsche Kinder und ein stattlicher Herr, der... die gleiche bläulich-schwarze Gesichtsfarbe hatte, die mich an Oscars armem Bruder zuerst so erschreckt hatte! Nun verstand ich freilich Oscars Abwehrreaktion, und ich gestehe auch, daß der Anblick des Herrn mich einen Moment bestürzte, aber eigentlich nur der seltsamen Wiederho-

lung wegen – er sah trotzdem nicht schlecht aus (Dunkles hat seinen Schrecken für mich verloren: auch die Neger am Strand waren nicht halb so schwarz, wie ich sie mir als Blinde vorgestellt hatte!) Auf jeden Fall blieb ich so gelassen, daß ich meine Äußerungen auf das geschmackvolle Kleid der Dame und die auffallend hübschen Kinder beschränkte. Oscar hielt es trotzdem für nötig, mir in beinahe vorwurfsvollem Ton zu sagen: ›Ich habe dir diesen Anblick ersparen wollen. Wenn du jetzt entsetzt bist, hast du es dir selber zuzuschreiben.‹
›Ich bin gar nicht entsetzt‹, erwiderte ich scharf.
Oscar forschte ungläubig in meinem Gesicht – und sagte kein Wort mehr.
Um so mehr redete die nette alte Dame an meiner anderen Seite. Sie kannte das Ehepaar mit den beiden hübschen Kindern schon lange vom Sehen, und sie kannte auch die Wirtin, bei der die Familie wohnte. Der Mann sei ein Kolonialoffizier außer Dienst, erzählte sie mir. ›Schade, daß er diese häßliche Gesichtsfarbe hat‹, meinte sie harmlos, ›aber seine Frau stört es nicht, und das ist ja wohl die Hauptsache. Ihre Wirtin sagt, so eine glückliche Familie hätte sie noch nie im Quartier gehabt. Was macht schon die Hautfarbe aus, wenn sonst alles stimmt – nicht wahr, Miß?‹
Ich stimmte aus vollem Herzen zu. Aber unser freundliches Geplauder schien Oscar aus unerforschlichen Gründen auf die Nerven zu gehen. Er stand plötzlich auf und sah auf seine Uhr.
›Deine Tante wird sich schon um uns sorgen‹, sagte er. ›Und du hast jetzt sicherlich genug Strandleben genossen?‹ Ich hatte noch lange nicht genug und wäre gern noch ein Weilchen unter dem ›Pöbel‹ geblieben, wollte aber Oscars Geduld nicht zu sehr auf die Probe stellen. Also verabschiedete ich mich mit herzlichem Dank von meiner freundlichen Gesprächspartnerin und ging – ungern.
Oscar schwieg, bis wir den belebten Strand hinter uns hatten. Dann kam er, der Himmel weiß warum, auf den Offizier mit dem verfärbten Gesicht zurück. Es schien fast, als sei er unzufrieden mit mir, weil ich bei dem Anblick nicht hysterisch geworden war.
›Du warst außer dir, als du meinen Bruder zum erstenmal gesehen hast!‹ bohrte er.

›Das war nur die Nachwirkung meiner blinden Phantasie‹, versuchte ich zu erklären. ›Ich hatte vor dunkelhäutigen Menschen Angst, solange ich nie einen *gesehen* hatte. Jetzt, da ich sehe, finde ich alles nur halb so schlimm. Auch an deinen Bruder hätte ich mich binnen weniger Tage gewöhnt, wenn ich ihn täglich gesehen hätte.‹

›Ach, das sagst du ja nur so...!‹ fuhr Oscar mir über den Mund. Ich weiß nicht, wie es anderen geht, aber ich finde nichts aufreizender, als wenn mir jemand ins Gesicht sagt, meine Äußerungen seien unglaubwürdig. Und wenn ich mich ärgere, benehme ich mich daneben. Meine Antwort war nicht sehr taktvoll (nachdem ich von Oscar weiß, daß der arme Nugent in mich verliebt ist), aber ich erwiderte trotzdem: ›Es ist mein voller Ernst. Bevor ich wußte, daß dein armer Bruder eigentlich vor mir geflohen ist, wollte ich ihm schon den Vorschlag machen – da ihr beiden doch so eng verbunden seid –, nach unserer Heirat zu uns zu ziehen.‹

Oscar ließ abrupt meinen Arm los.

›Das sagst du jetzt, weil du ärgerlich auf mich bist!‹

Ich wiederholte in aller Ruhe, daß ich lediglich die Wahrheit sagte.

›Du hättest es wirklich ausgehalten, Tag für Tag sein blauschwarzes Gesicht zu sehen?‹

›Selbstverständlich – wenn ich gewußt hätte, daß mein Anblick ihn nicht quält!‹

Wir waren inzwischen vor unsere Haustür gelangt. Oscar sagte mit merkwürdig gepreßter Stimme: ›Entschuldige, wenn ich nicht mit hineingehe. Ich muß mich noch ein bißchen auslaufen. Beim Dinner sehen wir uns.‹ Damit ließ er mich stehen. Lieber Gott, er wird doch nicht etwa eifersüchtig auf seinen Bruder sein? Das wäre allzu erniedrigend. Ich schäme mich, daß mir der Gedanke überhaupt in den Sinn gekommen ist. Aber wie soll ich mir Oscars Verhalten sonst erklären?

[P. – Mit Gewissensbissen. Wir müssen dem unseligen Nugent Gerechtigkeit widerfahren lassen. Vielleicht hätte er nie so schändlich gehandelt, wenn er nicht im festen Glauben gewesen wäre, Oscars Entstellung sei ein unüberwindliches Hindernis auf dem Wege zu einer glücklichen Ehe mit Lucilla. Nun mußte er aus ihrem eigenen Munde hören, daß sie das vermeintliche Hindernis ›nicht halb so schlimm‹ fand!]

Nachts

Ich bin endlich allein in meinem Schlafzimmer, aber noch zu nervös, um zu Bett zu gehen. Besser, ich schreibe mir erst den Rest des Tages von der Seele.

Oscar kam, wie verabredet, zum Dinner, sah aber sehr schlecht aus und war so zerstreut, daß er manchmal ganz verkehrte Antworten gab. Er entschuldigte sich bei mir für seine schlechte Laune während des Spazierganges, und ich tat mein Bestes, ihm entgegenzukommen. Dieser gezwungene Ton zwischen uns ist ja eine Qual – früher hat es das nie gegeben, oder doch nur minutenweise. In meiner Erinnerung ist Oscar so anders als jetzt! Ich höre die geliebte Stimme, aber was sie sagt, ist mir fremd. Ist das der Preis dafür, daß ich ihn sehen darf?

Was sein Benehmen betrifft: Er war ja immer sehr still und zog sich am liebsten von allen Leuten zurück, aber einen so hoffnungslosen und deprimierten Unterton wie heute hatte er im Gespräch mit mir nie. Nun ja, früher habe ich nicht gesehen, was für ein Gesicht er dabei machte; es ist also sinnlos, Vergleiche zu ziehen. Wie ich jetzt Madame Pratolungo vermisse! Welch eine Erleichterung wäre es, wenn ich ihr alles sagen könnte, was mich bedrückt! Sie war so welterfahren und klug – aber ich darf ja auch ihr nicht mehr trauen. Ich muß mich bis morgen gedulden. Oscar hat mich um ein Rendezvous an einem einsamen Plätzchen unterhalb der Klippen gebeten, wo wir mit Sicherheit ungestört reden können. Offenbar will er mir etwas sagen, was ich bisher nicht weiß und was für uns beide sehr wichtig ist. Ich bin ungeheuer gespannt.

Es kam so. Nach dem heutigen Spaziergang fand ich einen Brief meines lieben alten Grosse vor, in dem er seinen Besuch für morgen ankündigt. Beim Dinner teilte ich dies Oscar und meiner Tante mit und fügte bedeutsam hinzu: ›Er kommt zum Lunch!‹, denn wir alle wissen ja mittlerweile, wie gern Papa Grosse etwas Gutes ißt. (Oh, Madame Pratolungos Geflügelsalat! Ich darf gar nicht daran denken...)

Tante Batchford blickte rasch von ihrem Teller auf, ging aber

nicht auf die Küchenfrage ein, wie ich gehofft hatte. Statt dessen sagte sie: ›Hoffentlich drückt er sich verbindlicher über deinen Zustand aus als das letztemal, Lucilla. Ich werde energisch darauf bestehen. Meiner Meinung nach bist du nämlich geheilt.‹
›Du möchtest sicher gern nach London zurück, liebe Tante?‹ wagte ich zu antworten. ›Ramsgate muß ja furchtbar langweilig für dich sein!‹
Sie funkelte mich gekränkt an. ›Ramsgate gefällt mir so gut wie jeder andere Kurort. Aber ich bin es müde, einen Brief für dich aufzubewahren. Ich hasse Geheimnistuerei!‹
›Einen Brief für mich?‹ rief ich erstaunt.
›Ja. Aber ich darf ihn dir erst geben, wenn Dr. Grosse ausdrücklich erklärt, daß er deinen Augen nicht mehr schadet.‹
Ich war verwirrt, und Oscar, der sich bis dahin kaum am Gespräch beteiligt hatte, hielt die Gabel auf halbem Weg zum Mund in der Luft, erblaßte sichtlich und starrte meine Tante atemlos an.
›Was ist das für ein Brief?‹ fuhr ich fort. ›Von wem? Warum darf ich ihn erst sehen, wenn ich ganz geheilt bin?‹
Meine Tante schüttelte böse den Kopf – sie war, wie ich gut sah, böse auf sich selbst – und wiederholte, sie hasse Geheimnisse. Wenn Dr. Grosse es morgen erlaube, würde sie mir den Brief mit Wonne überreichen. Für heute habe sie leider schon zuviel gesagt.
Ich kenne Tante Batchford. Sie ist ein Charakter – das ist ja auch der Grund, warum wir uns so gern haben –, und daher unterließ ich jeglichen Versuch, sie ›auszuholen‹. Oscar hatte während des kurzen Gesprächs sein Besteck niedergelegt und aß keinen Bissen mehr. Dafür trank er erstaunlich viel – er, der sonst immer maß hält! Später, beim Kartenspiel mit meiner Tante, machte er so viele blödsinnige Fehler, daß sie ihn indigniert beurlaubte. Ich versuchte die allgemeine Mißstimmung mit Klavierspiel zu überbrücken, aber es hatte keinen Sinn. Niemand hörte zu, und auch ich war nicht bei der Sache. Endlich, als Oscar sich verabschiedete, flüsterte er mir zu: ›Kann ich dich morgen allein sprechen – bevor Grosse kommt?‹
›Warum nicht?‹
›Sagen wir: um elf an der großen Klippe?‹

›Gern‹, sagte ich. ›Ich bin bestimmt pünktlich.‹
Damit verließ er mich, in heftiger, wenn auch unterdrückter Aufregung, die ich nur zu deutlich spürte. Ob Oscar weiß oder ahnt, von wem der geheimnisvolle Brief ist? Es scheint so. Oh, wäre es doch schon morgen!

11. Fortsetzung des Tagebuchs

4. September

Dieser Tag war einer der traurigsten meines Lebens. Oscar hat mir Madame Pratolungo in ihrer wahren Gestalt gezeigt. Er hat mir Beweise genannt, denen ich nichts mehr entgegenzusetzen habe. Meine Liebe, meine Freundschaft, mein Vertrauen – alles an eine Intrigantin weggeworfen! Sie hat weder Ehrgefühl noch Anstand. Von Dankbarkeit will ich gar nicht reden, denn dankbar war ja nur ich für die große Hilfe, die ich in ihr sah... Genug! Mir wird ganz elend, wenn ich mir die Vergangenheit ins Gedächtnis zurückrufe. Ich will diese Frau nie mehr sehen.

[P. – Liebe Leser! Waren Sie je in der Lage, eine solche Mißdeutung Ihres Charakters eigenhändig abschreiben zu müssen? Wenn ja: Was haben Sie getan, um nicht zu explodieren? Sie werden zumindest, wie ich, einige Randbemerkungen hinzugefügt haben. Sich vollkommen in vornehmes Schweigen zu hüllen, ginge über Menschenkraft.]

Ich war pünktlich um elf an der großen Klippe. Oscar führte mich zum West-Pier, der um diese Vormittagszeit ganz verlassen war. Die paar Fischer und Matrosen, die dort zu tun hatten, beachteten uns nicht weiter. Das Wetter war wunderbar. Diese milde Herbstsonne, diese leuchtenden Farben, diese würzige Seeluft! Es war ein Tag, den man mit allen Poren und Nerven hätte in sich aufnehmen sollen und der gar nicht zu dem Gespräch paßte, das wir führten: einem Gespräch über Lügen, Ränkespinnerei und grausame Täuschungen...
Mein armer Oscar scheute sich natürlich, davon anzufangen. Ich war es, die zur Sache kam.

›Als meine Tante gestern abend erwähnte, sie habe einen Brief für mich‹, sagte ich, ›kam es mir so vor, als wüßtest du, von wem er ist. Stimmt das?‹
›Ich weiß es nicht‹, erwiderte er mit einem schweren Seufzer, ›aber ich ahne es. Bei soviel Geheimnistuerei kann es sich ja nur um einen letzten Hieb unserer schlimmsten Feindin handeln.‹
›Schlimmste Feindin? Du meinst doch hoffentlich nicht... Madame Pratolungo?‹
›Doch, leider. Madame Pratolungo.‹
Ich widersprach. Madame Pratolungo und meine Tante waren wegen politischer Meinungsverschiedenheiten in Streit geraten; eine vertrauliche Korrespondenz zwischen den beiden war deshalb höchst unwahrscheinlich. Oscar beharrte auf seiner Vermutung. Ich fragte, ob er auch den Inhalt erraten könne – und warum ich den Brief erst bekommen solle, wenn Grosse mich für völlig geheilt erklärte. ›Den genauen Inhalt des Briefes kann ich natürlich nicht erraten‹, sagte Oscar, ›nur das Thema.‹
›Und was wäre das?‹
›Das ständige, von dem sie förmlich besessen ist: unserer Heirat jedes nur denkbare Hindernis in den Weg zu legen.‹
›Aber was hätte sie denn davon?‹
›Persönlich nichts. Sie intrigiert für meinen Bruder.‹
›Verzeih, Oscar, aber das kann ich einfach nicht von ihr glauben.‹
›Du hast es schon ein paarmal geglaubt‹, erwiderte er ernst und leise.
›Ja‹, sagte ich verwirrt, ›solange wir noch zusammen unter einem Dach wohnten, wußte ich manchmal nicht mehr, was ich von ihr halten sollte. Aber ich gerate so leicht in Zorn ... ich bin durchaus nicht unfehlbar. Jetzt, da ich von ihr getrennt bin, fehlt sie mir an allen Ecken und Enden. Mich quälen schwerste Zweifel, ob ich ihr nicht bitter unrecht getan habe. Ich verstehe mich selbst nicht mehr. Mein Herz spricht für sie. Auf logische Art kann ich es nicht erklären.‹
Oscar forschte in meinem Gesicht. ›Du mußt dich mit ihr sehr verbunden gefühlt haben, da du auch jetzt noch ihre Partei nimmst. Womit hat sie sich nur soviel Zuneigung verdient?‹
Womit – lieber Gott! Wenn ich jetzt all meine Erinnerungen ein-

zeln durchgegangen wäre, hätte ich geweint wie ein kleines Kind. Ich nahm mich zusammen, um Oscar eine vernünftige Antwort zu geben.

›Ich brauche dir nur zu schildern, wie sie sich benahm, nachdem ich deinen Brief erhalten hatte. Glücklicherweise – für mich – fühlte sie sich an dem bewußten Morgen nicht recht wohl und erschien erst am späten Vormittag. Ich hatte also Zeit, mich zu fassen und auch Nanny, die mir deinen Brief vorgelesen hatte, mit den nötigen Verhaltensmaßregeln zu versehen. Am Vortag hatte mich die Art, in der Madame Pratolungo mir deine plötzliche, gruß- und wortlose Abreise erklärte, sehr verletzt. Als ich sie nun wiedersah – deinen Brief Wort für Wort im Gedächtnis –, entschuldigte ich mich bei ihr mit den Worten, die sie, wie ich dachte, angemessen finden würde. In meiner inneren Aufregung habe ich aber wohl übertrieben, denn sie fragte mich sofort, ob irgend etwas vorgefallen sei – die Atmosphäre sei so merkwürdig verändert! Ich behauptete schnippisch, das verstehe ich nicht, und schnitt alle weiteren Erörterungen damit ab. Aber natürlich wußte sie, daß ich ihr etwas verbarg. Nur ihr Stolz und ihr Takt verboten ihr jede weitere Frage. Nie vergesse ich ihren Blick! Ein Mensch, der sich selbst schuldig weiß, kann sich nicht so würdevoll zurückziehen. Eine Intrigantin hätte doch gerade jetzt nicht geschwiegen, sondern mit allen Mitteln weitergeforscht, um herauszufinden, ob ich ihr Komplott nicht schon aufgedeckt hätte. – Das ist es, Oscar, warum ich jetzt, nachdem ich viel Zeit zum Nachdenken gehabt habe, nicht an deine Theorie glaube. Du mußt dich deinerseits geirrt haben. Der Schein trügt so oft. Bist du sicher, daß er nicht dich getrogen hat?‹

Wir hatten uns während des Gespräches auf eine sonnenwarme Kaimauer gesetzt. Oscar wandte das Gesicht von mir ab und blickte über den See. Ich wurde nicht klug aus ihm. Sein anhaltendes Schweigen beunruhigte mich.

›Du bist doch nicht gekränkt, weil ich dir widerspreche?‹ fragte ich nach einer langen Pause.

Er drehte sich rasch zu mir um, aber seine Augen schweiften auch jetzt noch von den meinen ab. Er war sehr bleich. ›O Gott, nein!‹ erwiderte er. ›Du bist ein wunderbares, großzügiges Wesen... Reden wir lieber von etwas anderem.‹

›Das kann ich jetzt nicht‹, sagte ich. ›Nach all diesen Andeutungen muß ich die Wahrheit wissen. Unmöglich, jetzt noch in Allerweltsgeplauder auszuweichen.‹
Oscar seufzte wieder schwer auf.
Es war schon mehr ein Stöhnen, wie man es nur bei heftigsten Anstrengungen von sich gibt.
›Du bestehst darauf?‹ fragte er.
›Ja, ich bestehe darauf.‹
Er erhob sich von der Mauer. Ich folgte mechanisch seinem Beispiel, und wir gingen Arm in Arm bis ans äußerste Ende der Mole. Dort begann er endlich zu sprechen, den Blick immer noch auf die See, nicht auf mich gerichtet.
›Ich würde nie von dir verlangen‹, sagte er stockend, ›daß du dich bedingungslos meinem Urteil anschließt. Ich erinnere dich nur an einiges, was du selbst mit Madame Pratolungo erlebt hast. Wenn du ihre Worte und Taten genau überlegst, wirst du deine eigenen Schlüsse daraus ziehen.‹
›Nur eins noch‹, unterbrach ich. ›Wann und warum hast du zuerst Verdacht gegen sie geschöpft?‹
›Auf deine Äußerungen hin!‹ erwiderte Oscar. ›Darauf habe ich mich ja auch in meinem Brief berufen. Sie verriet sich dir gegenüber, soviel ich weiß, zum erstenmal während einer Auseinandersetzung in deinem Garten. Behauptete sie da nicht, du hättest dich ohne weiteres in meinen Bruder verliebt, wenn du ihm zufällig zuerst begegnet wärst?‹
›Ja, das ist wahr‹, gab ich zu. ›Aber wir waren in dem Moment beide gereizt, und da sagt man alles mögliche, was man gar nicht so meint!‹
›Erinnern wir uns weiter, Lucilla. Sie folgte dir nach Browndown, um sich in aller Form bei dir zu entschuldigen. War sie da immer noch gereizt?‹
›Nein. Nur ich.‹
›Wenige Minuten später nutzte Nugent deine Blindheit aus, um meine Rolle zu spielen und dich irrezuführen. Hat Madame Pratolungo ihn daran gehindert?‹
›Nein.‹
›Warum nicht? Wenn sie doch gar nicht mehr gereizt war?‹
Darüber habe ich in den letzten Wochen oft genug nachgedacht.

Ich mußte sie gerechtigkeitshalber verteidigen. ›Oscar‹, sagte ich, ›trotz ihrer äußeren Ruhe könnte ich ihr nicht verdenken, wenn sie innerlich noch verärgert war. Schließlich hatte sie, die Ältere, den ersten Schritt zur Versöhnung getan – und ich habe mich daraufhin so kindisch und schlecht benommen, daß ich mich noch heute schäme.‹ Oscar war inzwischen kühl und sachlich geworden wie ein Advokat. ›Fassen wir die Tatsachen zusammen‹, sagte er. ›Sie verglich mich zu meinen Ungunsten mit meinem Bruder und gestattete, daß du ihm an den Hals flogst, ohne sich einzumischen. Nehmen wir an, daß sie in beiden Fällen nur ihrer inneren Wut Luft gemacht hat. Schön – jeder von uns benimmt sich im Ärger anders als bei ruhiger Überlegung. Aber denken wir weiter zurück. Wer von uns Zwillingsbrüdern war von Anfang an Madame Pratolungos Favorit?‹
Hierüber bestand kein Zweifel. Sie hatte sich immer betont freundlich über Nugent geäußert. Ich erinnerte mich, ihr schon zu einem sehr frühen Zeitpunkt einmal vorgeworfen zu haben, sie sei ungerecht gegen Oscar.
›Siehst du‹, fuhr Oscar fort. ›Und nun denken wir an die Diskussion zurück, die wir alle über deine Augenoperation führten. Eine der Hauptfragen war, ob wir vorher oder erst nachher heiraten sollten. Ich war natürlich für möglichst baldige Heirat. Madame Pratolungo war dagegen.‹
Ich verteidigte sie immer noch. ›Nur weil sie sich mehr als alle anderen in meine Situation hineinversetzen konnte‹, sagte ich. ›Ich wollte dich doch sehen, wenn wir vor dem Altar die Ringe tauschen!‹
›Schön‹, sagte Oscar erstaunlich gelassen, ›das ist ein Motiv, das sich hören läßt. Aber ganz gleich, welches Motiv dahintersteckt: unsere Heirat wurde zum soundsovieltenmal auf ungewisse Zeit hinausgeschoben. Madame Pratolungo stimmte für den Aufschub.‹
›Dein Bruder aber nicht‹, warf ich ein, ›Er war – mit großem Nachdruck – für möglichst baldige Heirat. Wie stimmt das mit deiner Meinung überein, daß die beiden gegen dich – gegen uns – gemeinsame Sache gemacht hätten?‹
›Ach‹, seufzte Oscar, ›laß meinen armen Bruder aus dem Spiel. Damals versuchte er noch, wie ein Ehrenmann zu handeln und

seine persönlichen Gefühle der Pflicht zu opfern. Lassen wir ihn im Moment beiseite und beschränken wir unsere Gedanken auf dich, mich und Madame Pratolungo. Mein Bruder ging damals als erster. Dann zogst du dich zurück, und ich blieb mit Madame Pratolungo allein im Salon. Erinnerst du dich?‹
Selbstverständlich erinnerte ich mich. ›Du hattest mich bitter enttäuscht‹, gestand ich noch nachträglich ein. ›Du zeigtest überhaupt kein Verständnis für meinen glühenden Wunsch, endlich ein normaler, sehender Mensch zu werden – wie ihr alle. Du brachtest Einwände vor und machtest Schwierigkeiten. Ich weiß noch, daß ich dir vorwarf, du hättest eben nicht den gleichen Zukunftsglauben und die Hoffnung wie ich. Und dann flüchtete ich in mein Zimmer. Es war das einzige, was ich tun konnte, um dir in meiner damaligen Gemütsverfassung nicht noch bösere Dinge an den Kopf zu werfen.‹
Oscar hörte mich stumm an und fuhr dann fort:
›Nun, bei dieser Gelegenheit war Madame Pratolungo völlig deiner Meinung und äußerte sie in erheblich stärkeren Ausdrükken. Bei eurem Gespräch im Garten hat sie dir ja unmißverständlich gesagt, was sie von mir hielt, und später sagte sie es auch mir selbst. Ihr französisches Temperament – gewiß, gewiß! Du entschuldigst so vieles damit, und ich stimme darin ganz mit dir überein. Was sie in deiner Abwesenheit zu mir sagte, hätte sie nie gesagt, wenn sie ihren klaren, eiskalten Verstand ganz beisammengehabt hätte.‹
Seine Andeutungen ängstigten mich immer mehr.
›Warum erzählst du mir das alles erst jetzt?‹ fragte ich. ›Hattest du solche Angst, mich zu betrüben?‹
›Ich hatte Angst, dich zu verlieren‹, antwortete Oscar.
Ich entzog ihm meinen Arm. Seine Antwort bedeutete nicht mehr und nicht weniger, als daß er an meiner Treue gezweifelt hatte! Er sah, wie verletzt ich war, und beeilte sich, hinzuzufügen:
›Denke daran, daß du ohnehin schon zornig auf mich warst – und daß du noch nicht weißt, was Madame Pratolungo mir anschließend ins Gesicht hinein zu sagen wagte!‹
›Was? Nun sag's schon endlich!‹
›„Lucilla wäre besser daran, wenn sie mit Ihrem Bruder verlobt

wäre statt mit Ihnen.“ – Ich habe dir ihren Satz wörtlich wiederholt. So etwas vergißt man nicht.‹

›Hast du dich bestimmt nicht verhört?‹ fragte ich nach einer Pause. ›Eine derartige Grobheit kann ich mir von ihr so wenig vorstellen wie von mir selbst.‹

Oscar zückte statt jeder Antwort seine Brieftasche, kramte darin und brachte ein zerknittertes Papier zum Vorschein. Er faltete es auseinander, glättete es und zeigte es mir.

›Erkennst du meine Schrift?‹ fragte er.

Ich erkannte sie. Seit ich sehen kann, habe ich seine Schrift ja häufiger und liebevoller studiert als alles andere.

›Versuche es zu lesen‹, sagte er, ›und urteile selbst.‹

[P. – Verehrte Leser! Sie kennen den bewußten Brief aus dem 32. Kapitel des ersten Bandes. Wenn Sie sich die Mühe nehmen, zurückzublättern, finden sie dort sämtliche Begleitumstände. Ich hatte es überflüssig gefunden, Briefe mit einem Menschen zu wechseln, mit dem ich mich jederzeit persönlich aussprechen konnte, den Brief – meiner Meinung nach – ins Feuer geworfen und mich sofort nach Browndown begeben, um mit Oscar ins reine zu kommen. Nach meiner Rückkehr erfuhr ich, Nugent sei dagewesen, hätte ein Weilchen im Salon auf mich gewartet und sei dann unverrichteter Dinge wieder gegangen. In dieser Zeit hatte er sich also den vermeintlich verbrannten Brief angeeignet und ihn ›auf jeden Fall‹ aufbewahrt ... Lucilla hat ihn in ihr Tagebuch eingeheftet. Da ich weiß, daß viele Leser jegliches Zurückblättern hassen, bringe ich ihn an dieser Stelle noch einmal. Welcher Berufsschriftsteller nähme soviel Rücksicht auf seine Leser? ... Aber um nicht in den üblen Geruch des Eigenlobs zu kommen, gebe ich Lucilla wieder das Wort.]

Ich nahm den Brief und las ihn. Oscar hat ihn mir dann auf meine Bitte überlassen: er ist meine Rechtfertigung, daß ich Madame Pratolungo aus meinem Herzen verbannt habe.

›Madame Pratolungo!

Ihr vernichtendes Urteil hat mich schwerer getroffen, als ich mit Worten ausdrücken kann. Ich weiß, daß mein Charakter nicht der beste ist, und bitte Sie herzlich um Verzeihung: Wenn ich aufbrause, bin ich noch weniger ernst zu nehmen als sonst. Sie hingegen sind ernst zu nehmen, und daher komme ich über Ihre harten Worte nicht hinweg. Wenn Sie wüßten, wie ich Lucilla vergöttere, würden Sie mir mildernde Umstände zubilligen. Es hat mich in tiefster Seele getroffen, daß Sie Lucilla lieber mit Nugent verheiratet sähen als mit mir. Haben Sie diesen grausamen Satz nur im Zorn gesagt – oder meinen Sie es wirklich? Er klingt mir unaufhörlich in den Ohren. Bitte schreiben Sie mir ein paar Worte. Oscar‹

Ich ergriff in aufwallendem Mitgefühl Oscars Arm und schmiegte mich einen Moment an ihn.
›Darf ich auch den Antwortbrief lesen?‹ fragte ich nach einer Pause.
›Den kann ich dir leider nicht zeigen‹, erwiderte Oscar.
›Hast du ihn verloren?‹
›Ich habe nie einen bekommen. Madame Pratolungo hielt es nicht für nötig, mir zu antworten.‹
Mir stockte der Atem. Wer – außer einem eiskalten, herzlosen Geschöpf – konnte einen so rührenden Appell, aus dem die ganze Seelenqual eines Verzweifelten sprach, unbeantwortet lassen? Ich zermarterte mein Hirn nach einer Erklärung, einer Entschuldigung. ›Sie hat ihn vielleicht nie erhalten‹, sagte ich schnell. ›Wieso ist er denn überhaupt wieder in deinem Besitz?‹
›Das ist es ja eben‹, antwortete Oscar. ›Ich weiß, daß sie ihn erhalten und auch gelesen hat – denn ich fand ihn später zusammengeknüllt hinter dem Kamingitter in deinem Salon. Wahrscheinlich hat sie ihn ins Feuer werfen wollen, aber nicht richtig gezielt. Auf jeden Fall hat sie mir deutlich gezeigt, was sie von mir und meinem Kummer hielt! Nun, Lucilla – handelt so eine wahre Freundin? Oder bist du immer noch der Meinung, daß ich sie verleumde?‹ Ein paar Schritte von uns entfernt stand ein Bänkchen. Ich ging schweigend von Oscar weg und setzte mich. Meine Knie drohten zu versagen. Da saß ich nun wie betäubt, unfähig zu weinen, unfähig, etwas zu sagen. Ich fühlte nur dumpf, wie sich zwischen der Frau, an der ich so gehangen hatte, und mir ein Abgrund auftat, der uns für immer trennte.

Oscar folgte mir. ›Es ist mir entsetzlich, dir weh zu tun, Lucilla‹, begann er leise von neuem, ›aber wenn du unter diesem neuen Gesichtswinkel deine eigenen Beobachtungen aneinanderreihst, wirst du vollends einsehen, wie sie von Anfang an gegen mich – und damit auch gegen dich – intrigiert hat. Sie hat mich nie leiden können und mich immer ins Unrecht gesetzt. Nugent war ihr Favorit, und von dem Moment an, da sie wußte, daß auch er dich liebt, bildete sich in ihrem Kopf der Plan, daß er dich bekommen sollte und nicht ich. Jedes Mittel war ihr recht, um Mißverständnisse und Zwietracht zwischen uns zu säen. Wundert es dich da noch, daß mir vor ihren nächsten Machenschaften graut? Es wäre nicht das erste Mal, daß treue Liebende durch Heimtücke und Betrug auseinandergebracht werden! Madame Pratolungo ist klug und gewissenlos genug, um unser künftiges Glück auch jetzt noch zu unterminieren. Woher sollen wir wissen, ob sie nicht in diesem Moment mit Nugent gegen uns in Verbindung steht?‹
Hier mußte ich Oscar unterbrechen. Ich hielt es nicht mehr aus.
›Du hast doch mit deinem Bruder über alles gesprochen! Du hast mir immer wieder versichert, daß ihr beide euch liebt und versteht, daß er ein Ehrenmann ist wie du selbst! Was hast du demnach von ihm zu fürchten?‹
›Seine Liebe und Madame Pratolungos verderbliche Einflüsterungen‹, erwiderte er. ›Leidenschaft zu einer Frau ist eine stärkere Triebfeder als Bruderliebe und Ehre ... Darüber müssen wir uns klar sein. Ich bin überzeugt, daß Nugent es mir gegenüber bei unserer letzten Aussprache ernst und ehrlich meinte, als er mir versprach, dir in Zukunft fernzubleiben. Aber kann ich mich auf ein solches Versprechen verlassen, seit mein Einfluß von dem Madame Pratolungos abgelöst ist? Irgend etwas geht bereits vor, ich spüre es! Mich beunruhigt dieser geheimnisvolle Brief, den deine Tante in Verwahrung hat und dir nur unter bestimmten Bedingungen aushändigen soll. Mich beunruhigt das hartnäckige Schweigen deines Vaters. Er hätte deinen Brief und mein Postskriptum längst beantworten können. Hat er es getan?‹
Ich verneinte verlegen, fügte aber hinzu, daß die nächste Post ja eine Antwort meines Vaters bringen könne.
›Gut, warten wir bis zum Ende der Woche‹, sagte Oscar. ›Aber

wenn bis dahin immer noch nichts kommt, weder an dich noch an mich – wirst du dann zugeben, daß sein Schweigen zumindest sehr eigenartig ist?‹

›Es wäre unhöflich gegen dich‹, gab ich zu. ›Ich erwarte, offengestanden, nicht viel, solange ich mit Miß Batchford zusammen bin.‹

›Ach, du denkst wirklich nur an die alte Fehde zwischen deinem Vater und Miß Batchford? Drängt sich dir nach allem, was du jetzt weißt, nicht auch der Gedanke auf, daß Madame Pratolungo ihren erheblichen Einfluß im Pfarrhaus dazu benutzt, deinen Vater gegen unsere Heirat aufzuhetzen?‹

Das hielt ich nun im stillen für unmöglich. Meinem Vater war Oscar als wohlhabender Schwiegersohn von Anfang an viel zu willkommen gewesen. Aber da ich mich genierte, dieses Argument vorzubringen, blieb ich bei der bislang völlig ungeklärten Frage nach Madame Pratolungos Motiven.

›Was hätte sie davon?‹ brach es förmlich aus mir heraus. ›Ich begreife nur, daß sie dich nicht mochte und es deshalb vielleicht wirklich lieber sähe, ich heiratete ihren Favoriten. Ich verstehe *nicht*, warum sie sich all diese Mühe machen sollte, noch dazu für ein Unternehmen, dessen Aussichtslosigkeit einer klugen Frau wie ihr doch in die Augen springen muß. Sie weiß, daß ich dich treu und unwandelbar liebe und nie einen anderen Mann heiraten würde – am allerletzten Nugent, gegen den ich von Anfang an eine nervöse Abneigung gehabt habe! Was soll's also? Und nochmals: Was hätte sie davon?‹

Ich hielt diese Frage für unbeantwortbar, aber Oscar belehrte mich eines anderen.

›Wenn du mehr von der Welt gesehen hättest, Lucilla‹, sagte er ernst und gedämpft, ›so wüßtest du, daß die pure Lust am Bösen für manche Menschen ein ausreichendes Motiv für scheinbar unbegreifliche Taten ist. Eine echte, reine Liebe wie die deine ist für eine Frau wie Madame Pratolungo ein Rätsel – und zugleich ein Stachel. Sie versteht es nicht, sie glaubt nicht daran. Sie weiß sich fähig, jede Verlobung auseinanderzubringen, und sie beurteilt deine Treue nach dem, was sie selbst darunter versteht. Auch das abschreckende Äußere meines Bruders ist für sie kein Hindernis mehr, zumal du ja in letzter Zeit mehrfach erklärt hast, du seist über deinen blinden Abscheu gegen dunkelhäutige Menschen längst hinweg. Sie, die Welterfahrene, dürfte Dutzende von Fällen erlebt haben, in denen reizende Frauen Männer heirateten, die noch weitaus abstoßender aussahen als mein Bruder. Lucilla, Lucilla! Ich habe das untrügliche Vorgefühl, daß ihre Rückkehr nach England für uns entsetzliche Folgen haben wird, wenn das Band, das uns verbindet, nicht stärker ist als jetzt. Sind solche Ahnungen eines Mannes unwürdig? Mag sein... In diesem Fall übe Nachsicht mit mir, mein Engel. Nur meine Liebe zu dir flößt mir ja diese unbeschreibliche, instinktive Furcht vor den Machenschaften unserer Feindin ein!‹

Ich sagte, das könne ich verstehen. Er rückte näher und legte den Arm um mich.

›Sind wir nicht schon seit einer Ewigkeit verlobt?‹ flüsterte er. ›Sind wir nicht beide volljährig und Herren unserer Entschlüsse? Würdest du mich nicht von allen Sorgen erlösen, wenn du könntest?‹

›Das weißt du doch!‹

›Dann tu's, Lucilla! Gib mir endlich das Recht des Gatten. Laß uns in London heiraten. Dann kann uns in vierzehn Tagen niemand mehr trennen.‹

Ich zuckte aus seinem Arm zurück und starrte ihn sprachlos erstaunt an.

›Ich verlange nichts Unschickliches von dir‹, fuhr er hastig fort. ›Ich habe bereits mit einer Verwandten von mir, einer verheirateten Dame, gesprochen, die dich während der zweiwöchigen Wartezeit gern bei sich aufnehmen würde. Sie wohnt nahe bei London. Du kennst ja gewiß das englische Heiratsgesetz: Wenn man vierzehn Tage an einem Ort gewohnt hat, kann man sich in dem betreffenden Kirchspiel trauen lassen. Schreibe ruhig nach Hause, daß du bei Verwandten von mir zu Besuch bist, damit man sich keine Sorgen um dich macht, aber vergiß den Ort anzugeben. Madame Pratolungo darf auf keine Weise in die Lage versetzt werden, uns aufzuspüren und im letzten Moment noch Unheil zu stiften. Sowie wir getraut sind, enthülle deiner Familie alles. Dann mag die ganze Welt wissen, daß wir Mann und Frau sind und daß niemand mehr etwas daran ändern kann!‹

Sein Arm bebte merklich, sein Gesicht flammte, seine Augen

verschlangen mich. Den meisten Mädchen hätte dieses stürmische Drängen wahrscheinlich geschmeichelt, aber mir – ich weiß nicht, warum – jagte es Schreck und Angst ein.
›Das ist ja wie eine Entführung!‹ stammelte ich verwirrt.
›Eine Entführung? Bei Brautleuten, die schon seit mehr als einem Jahr verlobt sind und niemandem Rechenschaft schulden?‹
›Ich schulde sie zumindest meinem Vater und meiner Tante. Sie wären beide tödlich gekränkt. Ich kann doch nicht so einfach durchbrennen und mich vor ihnen verstecken!‹
›Von Durchbrennen und Verstecken ist keine Rede. Du bist bei einem respektablen Ehepaar meiner Verwandtschaft eingeladen und stattest ihm einen vierzehntägigen Besuch ab – weiter nichts. Später erfahren dein Vater und deine Tante, daß du dich vor deiner ärgsten Feindin in Sicherheit gebracht hast, bis du meine Frau bist und für immer unter meinem rechtmäßigen Schutz stehst. Ist mein Vorschlag wirklich so furchtbar, daß du erbleichen und mich so ängstlich anschauen mußt? Habe ich nicht mit der Einwilligung deines Vaters um dich geworben? Sind wir nicht verlobt? Sind wir nicht mündig? Wenn das Gesetz nicht wäre, läge nicht der geringste Grund vor, daß wir nicht schon morgen heiraten. Warum dieses Zögern? Oh, Lucilla – du nötigst mich, dir den Zweifel einzugestehen, der mich schon all die Tage, die ich hier bin, verfolgt und unglücklich macht.‹ Er stand auf, lehnte sich über die Kaimauer und stützte den Kopf in die Hände.
›Bist du wirklich so verändert, wie du mir manchmal scheinst? Liebst du mich nicht mehr so aufrichtig und bedingungslos wie früher?‹
Ich blieb sitzen und wußte nicht, was ich tun oder sagen sollte. So schrecklich es war: Ich hatte ihm seit unserer Wiederbegegnung hier in Ramsgate wirklich oft Grund gegeben, sich über meine Kühle zu beklagen. Andererseits konnte er nicht von mir erwarten, daß ich sofort begeistert auf einen Vorschlag einging, gegen den jede Frau an meiner Stelle Bedenken geäußert hätte. Doch seine letzte Frage traf mich tief. War es mein Gewissen, das mir zuflüsterte: Es gab eine Zeit, in der du seinem Flehen und seinen Argumenten gegenüber nicht lange gezögert hättest? Oscars verzweifelte Haltung bewog mich endlich, aufzustehen und zu ihm an die Mauer zu treten.

›Diese Sache ist zu ernst, als daß ich sie leichtfertig entscheiden könnte‹, sagte ich. ›Willst du mir nicht wenigstens etwas Bedenkzeit geben?‹
›Du bist deine eigene Herrin‹, entgegnete er bitter. ›Was brauchst du mich zu fragen? Nimm dir nur Zeit – und tu, was du willst.‹
›Ich bitte dich nur, noch bis zum Ende der Woche zu warten. Sollte mein Vater starrköpfig bleiben und weder dir noch mir auf unseren Brief antworten, so wäre unsere Eigenmächtigkeit in gewisser Weise gerechtfertigt. Er kann es uns dann nicht verübeln, daß wir uns an einem fremden Ort und von einem fremden Geistlichen trauen lassen. Aber bis dahin... dränge mich nicht, Oscar! Es handelt sich ja nur um ein paar Tage.‹
Irgend etwas schreckte ihn aus seiner gebeugten Haltung auf – vielleicht der Ton echter Qual in meiner Stimme. Er drehte sich rasch zu mir um und sah, daß mir die Tränen in den Augen standen.
›Um Himmels willen, nicht weinen!‹ flüsterte er heiser. ›Selbstverständlich soll alles nach deinen Wünschen gehen. Reden wir also bis zum Wochenende nicht mehr davon.‹
Er küßte mich hastig und gab mir den Arm, um mit mir zurückzugehen.
›Grosse kommt heute‹, sagte er. ›Er darf dich nicht in diesem Zustand sehen, sonst wird er rasend. Du mußt dich vorher noch etwas ausruhen. Ich bringe dich nach Hause.‹
Ach, wie traurig und schwer war mir auf diesem Heimweg ums Herz! Die Frau, die ich einst für meine beste Freundin gehalten hatte, stand als Intrigantin, mit der ich besser nie ein Wort geredet hätte, entlarvt da. Ich würde wohl nie wieder an die Freundschaft einer Frau glauben können. Und ich meinerseits hatte Oscar eine schmerzliche Enttäuschung zugefügt. Nie zuvor war mir das Leben so trüb, öde und sinnlos vorgekommen wie heute an der Mole von Ramsgate.
Vor der Haustür meiner Tante drückte mir Oscar sanft und ermutigend die Hand.
›Ich komme später wieder, um zu hören, was Grosse sagt, ehe er zurückfährt. Aber jetzt leg dich ein Weilchen hin, Lucilla, mir zuliebe!‹
Stampfende Schritte hinter uns bewogen uns zu gleichzeitigem

Umdrehen. Wir hatten offenbar mehr Zeit versäumt als gedacht. Da stand Grosse schon!

Mein Anblick schien ihn zu entsetzen. Nie habe ich ihn so wild und besorgt durch seine Brille starren sehen wie in diesem Moment. Dann wandte er das Löwenhaupt mit einem Ruck von mir ab und durchbohrte Oscar mit einem Blick voller Zorn und Mißtrauen (jedenfalls war dies mein Eindruck, obwohl ich nach all den Aufregungen nicht mehr sehr klar sehen konnte). Er sagte kein Wort. Oscar mußte die peinliche Stille brechen.

›Ich will Sie und Ihre Patientin jetzt nicht aufhalten‹, sagte er. ›In einer Stunde komme ich wieder.‹

›Sie werden jetzt gleich mit reinkommen, Freundchen‹, knarrte Grosse mit zusammengezogenen Brauen und zeigte mit seinem siegelringgeschmückten Zeigefinger diktatorisch auf die Tür. ›Ich habe wahrscheinlich ein paar Worte mit Ihnen zu reden.‹

Oscar zog die Klingel. Im selben Moment erschien meine Tante, die uns wohl reden gehört hatte, auf dem Balkon über dem Eingang.

›Ah, da sind Sie ja, Dr. Grosse‹, rief sie hinunter. ›Guten Tag. Ich hoffe, Sie sind mit Lucilla zufrieden. Meiner Meinung nach ist sie wieder ganz gesund.‹

Grosse zog den Hut, erwiderte mürrisch den Gruß meiner Tante und sah mich dann nochmals so scharf und prüfend an, daß mir immer unbehaglicher zumute wurde.

›Ich bin nicht der Meinung Ihrer Tante‹, grollte er mir leise ins Ohr. ›Sie sehen miserabel aus. Hinein mit Ihnen!‹

Der Diener hielt uns wartend die Tür auf, und ich ging wortlos hinein. Grosse ließ Oscar den Vortritt, aber entschieden nicht aus Höflichkeit. Oscar machte ein finsteres und verwirrtes Gesicht. Ich ahnte, daß die Prüfungen dieses Tages noch nicht zu Ende waren.

4. September (Fortsetzung)

Im Salon meiner Tante angekommen, placierte mich Doktor Grosse wie gewöhnlich vor dem Fenster und examinierte meine Augen – von nahem, von weitem, durch das Vergrößerungsglas. Er nahm meine Hand, um mir den Puls zu fühlen, und ließ sie fallen, als ob sie etwas Ekliges wäre. Dann kehrte er sich ab und sah in grimmigem Schweigen zum Fenster hinaus, ohne sich im geringsten um die übrigen Anwesenden zu kümmern.

Schließlich nahm meine Tante in recht scharfem Ton das Wort.

›Dr. Grosse! Darf ich vielleicht um eine Meinungsäußerung bitten? Finden Sie nicht auch, daß der Zustand meiner Nichte –‹

Er drehte sich um und unterbrach sie unhöflich: ›Der Zustand Ihrer Nichte ist schlecht, sehr schlecht! Was habe ich dauernd gepredigt? Ruhe! Keine Aufregung! Meine Anordnungen sind nicht befolgt worden. Das arme Ding ist ja total durcheinander! Was ist da passiert? Wer ist daran schuld?‹ Er ließ seine Augen wild zwischen Oscar und meiner Tante hin und her rollen, wandte sich wieder zu mir, legte mir beide Hände schwer auf die Schultern und forschte noch einmal mit seltsamer, sozusagen verärgerter Güte in meinem Gesicht. ›Mein Piepmätzchen läßt den Kopf hängen, mein Piepmätzchen ist krank. Wo steckt das einzige vernünftige Frauenzimmer – unsere gute, liebe Pratolungo? Noch bei ihrem Vater in Frankreich? Schicken Sie ihr sofort ein Telegramm! Sie wird hier dringender gebraucht als bei ihrem Alten.‹

Meine Tante erhob sich und schien um einige Zoll zu wachsen.

›Wie soll ich Ihre Bemerkungen verstehen, Sir? Wollen Sie etwa andeuten, ich hätte es meiner Nichte gegenüber an Sorgfalt fehlen lassen?‹

›Ich deute gar nichts an, Madam. Ich stelle fest: Trotz der guten Seeluft geht es Ihrer Nichte aus irgendwelchen Gründen hier schlechter denn je. Ich habe sie hergeschickt, damit sie sich rote Backen holt und ein bißchen mehr Fleisch ansetzt. Und wie finde ich sie diesmal vor? Käsebleich, dünn, bemitleidenswert nervös. Das kann in dieser ausgezeichneten Seeluft nur einen Grund haben: Sie härmt und grämt sich innerlich. Das ist Gift für ihre Augen, verdammt noch mal, wie oft muß ich das noch sagen! Wenn sie dergleichen nicht verhindern können, Madam, schicken Sie sie lieber wieder nach Hause. Sie geben hier nur unnütz Geld aus.‹

Meine Tante richtete sich noch höher auf. Sie glich jetzt absolut einer beleidigten Königin.

›Du wirst mir nachfühlen können, Lucilla‹, sagte sie zu mir, ohne Grosse noch eines Blickes zu würdigen, ›daß ich mir diese Redeweise nicht bieten lasse. Ich ziehe mich in mein Zimmer zurück. Falls es dir gelingt, Dr. Grosse zur Einsicht zu bringen, sage ihm, er möge sich schriftlich bei mir entschuldigen.‹ Damit rauschte sie hinaus. Ihr majestätischer Abgang verfehlte seine Wirkung auf Grosse, da er, die Hände in den Hosentaschen, schon wieder aus dem Fenster starrte.

›Werde ich hier noch gebraucht?‹ meldete sich Oscar aus der Ecke, in die er sich nach Betreten des Zimmers zurückgezogen hatte. Grosse schien im Begriff, ihn barsch zum Bleiben aufzufordern, sah aber noch rechtzeitig, daß ich ihm einen kleinen bitteren Wink gab: Ich hatte den dringenden Wunsch, Grosse erst einmal allein zu sprechen. Er nickte mir zu und fragte Oscar kurz: ›Logieren Sie auch hier im Haus?‹

›Nein, in dem Hotel an der nächsten Ecke.‹

›Dann gehen Sie jetzt in Ihr Hotel und erwarten Sie mich dort.‹

Zu meinem Erstaunen ließ sich Oscar diesen Befehlston widerspruchslos gefallen. Er drückte mir schweigend die Hand und ging. Grosse zog sich einen Sessel dich an meinen heran und setzte sich auf seine alte, väterlich-vertrauliche Art zu mir.

›Na, mein Finkchen, was haben Sie nun wirklich auf dem Herzen? Schütten Sie's Ihrem Papa Grosse rückhaltlos aus. Nur keine falsche Scham!‹

Er hatte seine schlechte Laune offenbar restlos an meiner Tante und Oscar ausgelassen. Zu mir war er rührend sanft und geduldig. Nichts mehr von durchbohrenden Blicken hinter der funkelnden Brille: Er sah mich ausgesprochen lieb an und ermutigte mich so zu einer fast vollständigen Beichte. Über meinen Schmerz wegen Madame Pratolungos Verrat konnte und mochte ich zwar noch nicht reden, aber ich gestand ihm offen ein, wie traurig meine Gefühle gegen Oscar sich gewandelt hätten.

›Ich bin nicht krank, Papa Grosse. Ich bin nur enttäuscht von mir selbst und sehe mit einigem Bangen in die Zukunft. Seit ich sehen kann, scheine ich ein anderes Wesen geworden zu sein. Und ich habe mir schon seit Tagen vorgenommen, Sie in diesem Zusammenhang etwas zu fragen. Ist es möglich, daß der Gewinn des Augenlichts mich einen Teil meiner früher so ausgeprägten Gefühlskraft gekostet hat? Mein Fingerspitzengefühl – sowohl im körperlichen als auch im seelischen Sinn – scheint von Tag zu Tag abzunehmen. Kommt das wieder, wenn ich mich erst richtig an die neue Situation gewöhnt habe? Werde ich je in Oscars Gegenwart so selig sein wie einst, vor der Augenoperation ... in jenen glücklichen Tagen, als ich für die Leute noch die „arme Miß Finch" war und jeder mich bemitleidete?‹
Grosses Reaktion ließ mich betroffen innehalten. Sein grauer Kopf sank tiefer und tiefer, während ich sprach, und er legte die großen, behaarten Hände nach einer unwillkürlichen Verzweiflungsgeste auf die Knie. Diese Geste und vor allem sein völliges Schweigen brachten mich aus dem Konzept. ›Was ist?‹ fragte ich ängstlich. ›Ich habe Sie doch hoffentlich nicht beleidigt? Sie dürfen nicht glauben, daß ich undankbar bin; ich wollte nur ...‹
Er riß sich zusammen und nahm wieder mit der Sanftmut, die an dem oft so groben Mann das Erstaunlichste war, meine Hand.
›Nichts, nichts, Schätzchen‹, sagte er. ›Ich bin heute trübsinnig – manchmal kommt das so über mich – liegt vielleicht am englischen Klima. In Deutschland nennen wir das Katzenjammer. Ich werde mal ein Weilchen spazierengehen und ihn auslüften ... Dann bin ich wieder besser zu genießen.‹ Er stand hastig auf, erinnerte sich offenbar, daß ich ihn etwas gefragt hatte, und versuchte eine Art Erklärung, die allerdings, wahrscheinlich aus Mangel an passenden englischen Vokabeln, nicht sehr lichtvoll ausfiel. ›Ach ja, diese Sache mit Sehen und Fühlen ... ja, ja, das ist ganz normal. Das kommt bei Augenoperierten immer erst mal ein bißchen durcheinander. Ein funkelnagelneuer Sinn – der muß ja den alten in die Quere kommen, nicht? Wenn er nicht mehr so funkelnagelneu ist ... gleicht sich alles wieder aus. Dann können Sie fühlen wie immer ... und außerdem noch sehen, was Sie früher nicht konnten. Summa summarum: Gewinn, kein Ver-

lust. Das ist meine Erfahrung und meine Meinung. Und nun geh' ich mich auslüften. Hinterher sind wir wieder vergnügt. Bis bald, Finkchen. Bye-bye!‹

Er drückte mir seinen Schnauzbart kurz auf die Stirn, griff auf dem Weg zur Tür nach seinem schäbigen Hut und stapfte in höchster Eile hinaus.

Was hatte das zu bedeuten? Ob er mich doch für ernsthaft krank hielt?

Ich kann jetzt nicht weiterschreiben. Es ist schon ein Uhr nachts, und ich habe morgen noch eine Menge nachzutragen. Aber die Augen tun mir weh, und ich kann trotz sehr guter Beleuchtung kaum mehr die Zeilen unterscheiden. Die Tinte scheint im Moment zu verblassen, in dem sie aus der Feder kommt. Wenn Grosse wüßte, was ich jetzt tue! Er hat mir Lesen und Schreiben wieder streng verboten. Er hat gut reden. Mit wem sollte ich mich noch aussprechen, wenn nicht mit meinem Tageb...

Ich gehöre ins Bett.

[P. – Ich habe die Abschrift des Tagebuchs möglichst lange nicht unterbrochen. Hier ist der gegebene Punkt, Ihnen mitzuteilen, was Lucilla damals nicht wissen konnte und was auch ich erst nachträglich von den beteiligten Personen erfuhr: nämlich die Aussprache zwischen Dr. Grosse und Nugent im Hotel. Die Berichte der beiden weichen nur in einer Nebensächlichkeit voneinander ab; das Ergebnis war dasselbe.

Grosse war von Nugents Anwesenheit in Ramsgate wie vor den Kopf geschlagen. Seine Kenntnis der Vorgänge in Dimchurch ermöglichte es ihm natürlich, Nugents jetzige Pläne sofort zu durchschauen. Nach der alarmierenden Feststellung, daß es Lucilla schlechter ging statt besser, und besonders nach ihren eigenen Bekenntnissen wußte er, was er zu tun hatte. Er ging schnurstracks in das Hotel und betrat Nugents Zimmer mit den Worten: ›Packen Sie Ihre Sachen und verschwinden Sie!‹

Nugent bot ihm kühl einen Stuhl an und bat um nähere Erklärungen.

Grosse lehnte es ab, sich zu setzen, nicht aber die Erklärungen. Was er sagte, wurde mir zwar grammatikalisch verschieden überliefert, kam aber sinngemäß auf folgendes hinaus: ›In meinem Beruf unterlasse ich es von jeher und grundsätzlich, mich in Privatangelegenheiten meiner Patienten einzumischen, die mich nichts angehen. Auch im Falle Miß Finchs waren mir ihre Familienwirrnisse zunächst egal. Meine Aufgabe war und ist, ihr das Augenlicht wiederzugeben und es auf die Dauer zu sichern. Solange die junge Dame sich wohlfühlt und ihre Genesung fortschreitet, frage ich nicht nach dem Wie und Warum. Aus diesem Grunde habe ich zu Ihren Schwindeleien lange genug geschwiegen, ja, sie sogar – notgedrungen – durch mein Stillschweigen gefördert. Aber jetzt ist die Situation verändert, Mr. Nugent! Ich habe heute entdeckt, daß Ihr Komödienspiel – diese Personifikation Ihres Bruders, die einst der Beruhigung der Patientin diente – in eine Tragödie umzuschlagen droht. Miß Finch ist körperlich und seelisch schwer angegriffen, und daher verbiete ich in meiner Eigenschaft als Arzt und aus rein medizinischen Gründen jede Fortsetzung. Sie haben in meiner Patientin bereits Gefühlskonflikte ausgelöst, Mr. Nugent, die ihre Gesundheit gefährden. Jede Gesundheitsgefährdung ist bei ihr aber vor allem eine Gefährdung der Augen. Das dulde ich nicht! Und darum wiederhole ich mit allem Nachdruck meine Aufforderung: Packen Sie Ihre Sachen und verschwinden Sie! Was Sie weiter tun, ist Ihre Sache. Nach dem, was Sie selbst gesehen und erkannt haben müssen, überlasse ich es Ihnen, ob Sie Ihren Bruder zu seiner Braut zurückbringen oder nicht. Hauptsache, Sie verschwinden. Reden Sie sich heraus, wie Sie wollen und können – aber verschwinden Sie. Sie haben genug Unheil angerichtet. Was, Sie schütteln den Kopf? Sie wollen nicht? Ich gebe Ihnen einen Tag Bedenkzeit. Leider muß ich heute nach London zurück, weil ich auch dort Patienten habe, aber übermorgen bin ich wieder hier. Wenn ich Sie dann noch vorfinde, erzähle ich Miß Finch, daß Sie so wenig ihr echter Bräutigam sind wie ich. In ihrem jetzigen Zustand halte ich die Gefahr vollkommener Aufrichtigkeit für sehr viel geringer als die Ihres Verweilens in ihrer Nähe, das sie nur quält und sie aus ihr unbegreiflichen Gründen unaufhörlich beunruhigt. Wenigstens diese Qual soll sie loswerden, so wahr ich Grosse heiße! Das ist mein letztes Wort. Mein Zug geht in einer Stunde. Wenn Sie ein kluger Mann sind, sehen wir uns auf dem Bahnhof wieder.‹

Nach dieser Rede weichen die beiden Berichte etwas voneinander ab. Nugent behauptet, Grosse noch bis zu Miß Batchfords Tür zurückbegleitet und seinen Standpunkt dargelegt zu haben, während Grosse nichts davon erwähnt. Aber das ist nebensächlich. Das Resultat der Auseinandersetzung stimmt in beiden Berichten wieder überein: Als Grosse einen Retourzug nach London bestieg, war Nugent Dubourg *nicht* am Bahnhof. Und Lucillas nächste Tagebucheintragungen beweisen, daß er noch 24 Stunden in Ramsgate blieb.]

5. September, 6 Uhr früh

Immer wieder bin ich aus furchtbaren Träumen hochgeschreckt. Ich bin wie zerschlagen. Draußen wird es allmählich hell. Da stehe ich lieber auf und versuche mein Tagebuch weiterzuführen.

Heute ist es so neblig, wie ich es während des ganzen Aufenthalts in Ramsgate noch nicht erlebt habe. Nun ja, der Herbst kommt. Ich kann kaum Land und Meer unterscheiden, alles ist ein verschwommenes Weißgrau. Der Nebel scheint sogar ins Zimmer einzudringen. Er wallt vor den Möbeln und zieht über das Papier, so daß ich mich tief bücken muß, um zu sehen, was ich schreibe. Hoffentlich löst die Sonne später den Nebel auf. Bis dahin geht es auch so.

Grosse hat mir, wie schon erwähnt, nach seinem gestrigen Spaziergang wieder Lesen und Schreiben verboten, gab aber diesmal keine Gründe dafür an. Natürlich müßte ich ihm trotzdem gehorchen. Ich habe ihm gegenüber etwas Gewissensbisse. Er sah mich ein paarmal so merkwürdig an – als hätte er etwas ganz Neues an mir entdeckt. Und dann wäre er beinahe gar nicht abgefahren. Er war schon halb und halb entschlossen, in Ramsgate zu übernachten, als er ein dringendes Telegramm aus London bekam, von einem seiner dortigen Patienten. Daraufhin stürzte er in schlechtester Laune davon, rief mir aber noch zwischen Tür und Angel zu, er käme morgen wieder.

Oscar kam bald nach Grosses Abgang. Auch er war nicht ganz er selbst: erst beklemmend still und höflich und später so übertrieben lustig und redselig, daß meine Tante mich fragte, ob er vielleicht zuviel getrunken habe. Dann wollte er zu meiner Klavierbegleitung singen, was ihm kläglich mißriet – worauf er sich in eine Ecke verkroch und (wie ich fürchte) weinte. Es war eine Qual, ihn anzusehen und ihm nicht helfen zu können. Erst als meine Tante über ihrem Buch einschlief, nahm ich (nicht er!) die Chance wahr, uns miteinander in einem Nebenzimmerchen auszusprechen. Er wollte erst nicht, ich mußte ihn höchst undamenhaft am Arm hinüberzerren.

›Was ist denn bloß mit dir los?‹ flüsterte ich.

›Das alte Leiden.‹

›Was für ein altes Leiden?‹

›Das weißt du ja!‹

›Ich habe keine Ahnung.‹

›Du würdest mich verstehen, wenn du mich noch liebtest.‹

›Oscar! Schäme dich, so etwas zu sagen. Wie kannst du an meiner Liebe zweifeln?‹

›Wie sollte ich nicht? Ich zweifle sehr. Es wird allmählich schon ein altes Leiden. Achte nicht darauf!‹

Ich hatte die größte Lust, mich auf diese häßlichen und ungerechten Worte hin einfach zurückzuziehen. Aber ach! Er sah so gottverlassen und schicksalsergeben aus, wie er da saß, mit gesenktem Kopf und über die Knie hängenden Händen, daß ich es nicht übers Herz brachte, ihn so sitzenzulassen. Hätte ich es tun sollen? Ich habe keine Ahnung, wie man Männer richtig behandelt (und keine Ratgeberin mehr...) Wie dem auch sei, ich blieb und setzte mich wieder neben ihn.

›Du solltest mich für diese Worte – und, schlimmer noch, für diese Gedanken – um Verzeihung bitten‹, sagte ich.

›Du hast recht‹, erwiderte er geknickt. ›Ich bitte dich um Verzeihung.‹

Wie hätte ich dem Ausdruck seiner Stimme widerstehen können? Ich legte ihm die Hand auf die Schulter und fuhr fort: ›Versprich mir, daß du mir in Zukunft mehr vertraust.‹

›Ich will es versuchen, Lucilla. Versprechen kann ich es nicht – wie die Dinge liegen.‹

›Was meinst du nun wieder mit dieser Einschränkung? Du sprichst heute abend in Rätseln!‹

›Heute vormittag auf der Mole habe ich mich deutlich genug erklärt.‹

Das war stark – nachdem er mir ausdrücklich bis zum Wochenende Bedenkzeit gewährt hatte! Ich nahm meine Hand von seiner Schulter. Früher hätte Oscar mich nie in so kurzer Zeit so oft gepeinigt und enttäuscht.
›Willst du mich zwingen?‹ fragte ich. ›Heute vormittag hast du noch behauptet, eben das wolltest du nicht!‹
Er stand matt und nachlässig auf wie jemand, dem es auf nichts mehr ankommt.
›Habe ich das? Verzeih abermals. Ich weiß kaum noch, was ich sage und tue. Ich bin ein elender Kerl, Lucilla, und deiner ganz unwürdig. Es wäre besser, wenn du mich nie wiedersähest!‹
Er nahm mich bei den Händen und sah mir tiefernst und traurig in die Augen. ›Gute Nacht, Liebste‹, sagte er leise, ließ meine Hände dann rasch wieder los und wandte sich zum Gehen.
›Willst du schon weg?‹ fragte ich bestürzt. ›Es ist doch noch gar nicht so spät!‹
›Es ist besser für uns beide, wenn ich gehe.‹
›Warum?‹
›Ich bin in furchtbarer Stimmung. Vielleicht wird mir wohler, wenn ich allein bin.‹
›Das klingt ja geradezu wie ein Vorwurf gegen mich!‹
›Im Gegenteil. Ich weiß, daß alles meine Schuld ist. Gute Nacht.‹
Er erhob Einwände. *So* wollte ich ihn nicht gehen lassen. Sein Wunsch, allein zu sein, war unter diesen Umständen kränkend. Solche Schwierigkeiten hätte er mir früher nie gemacht – und ich sagte es ihm.
Statt jeder Antwort faßte er nach der langen Schmachtlocke, die an meinem Hals herunterhing, und hob sie mit zarten Fingern hoch. Ich hatte mich heute abend, meiner Tante zu Gefallen, auf altmodische Art frisiert.
›Ich möchte dich um etwas bitten‹, sagte er mit sonderbarem Ausdruck.
›Ja?‹
›Du hast so schönes Haar, Lucilla. Könnte ich eine Locke davon zum Andenken haben?‹
›Eine Locke –?‹
›Warum nicht?‹
Ich mußte einen Moment tief Luft holen.

›Aber du hast doch schon eine – seit einer Ewigkeit! Hast du das vergessen?‹

Oscar wurde blutrot und schlug die Augen vor mir nieder. Er hatte es also wirklich vergessen! *Seine* Locke, die er mir damals als Austausch-Liebespfand gegeben hatte, trug ich immer, auch heute abend, in einem Medaillon um den Hals. Er hatte dieses Zeichen meiner Treue direkt vor Augen. Wenn er das vergessen konnte, hatte ich sicherlich mehr Grund, an ihm zu zweifeln, als er an mir. Ich war so verletzt, daß ich ihm den Ausgang freigab.

›Du wolltest doch gehen? Ich halte dich nicht.‹

Nun war die Reihe, mir gut zuzureden, an ihm.

›Wenn ich dir nun sage, daß mir dein Andenken... entwendet worden ist? Von jemandem, den ich jetzt lieber nicht erwähne?‹

Ah, nun verstand ich! Natürlich meinte er seinen unseligen Bruder. Mein Handarbeitskörbchen war in greifbarer Nähe. Ich schnitt rasch eine Locke aus meinem Haar, band das Ende mit einem hübschen blauen Bändchen fest zusammen und gab sie Oscar mit den einfachen Worten: ›Ist nun alles wieder gut?‹

Er riß mich heftig in seine Arme, preßte mich dermaßen an sich, daß er mir weh tat, und küßte mich so wild, daß es mich verwirrte statt beglückte. Doch ehe ich wieder zu Atem kam, hatte er mich schon losgelassen, beinahe von sich gestoßen, und war so Hals über Kopf davongestürzt, daß er ein mit Büchern beladenes Tischchen umwarf und das Gepolter meine Tante weckte.

Sie rief mich in ihrem strengen Ton zu sich und machte mir eine Szene. Ihr Batchford-Blut war in Wallung. Erst war Grosse nach London zurückgefahren, ohne sich bei ihr zu entschuldigen – und nun benahm sich auch noch Oscar wie ein Flegel. Tante Batchfords Empörung brauchte ein Opfer, und da sonst kein geeignetes Objekt vorhanden war, erwählte sie mich. Sie erkannte zum erstenmal klar und deutlich, daß sie sich zuviel zugemutet hatte, als sie einwilligte, ihre Nichte als Anstandsdame nach Ramsgate zu begleiten.

›Ich lehne es ab, weiterhin die volle Verantwortung zu tragen. Das ist mir in meinem Alter zu anstrengend. Ich muß an deinen Vater schreiben, Lucilla. Du weißt, daß ich ihn immer verabscheut habe und immer verabscheuen werde, da seine Ansichten über Religion für einen Geistlichen einfach himmelschreiend sind. Dennoch ist er leider dein Vater, und ich erachte es für meine Pflicht, dich – nach den Anwürfen jenes ungehobelten Ausländers – entweder dem Vaterhaus zurückzuerstatten oder die offizielle Genehmigung deines Vaters einzuholen, daß du bis auf weiteres unter meiner Aufsicht bleibst. Auf jeden Fall bin ich dann wenigstens von einem Teil meiner Verantwortung entbunden. Im übrigen vergebe ich mir nichts. Ich kenne meine Position. So hatte ich mich auch schon einmal bereiterklärt, als Hochzeitsgast unter dem Dach deines Vaters zu weilen, wenn ich damals nicht erkrankt wäre und die Hochzeit stattgefunden hätte. Daraus folgt, daß ich es mit meiner Würde vereinbaren kann, deinem Vater formell mitzuteilen, wie der letzte ärztliche Befund lautet. Mag dieser Dr. Grosse seine Meinung auch noch so grob ausgesprochen haben, so war es doch immerhin die Meinung deines Arztes, und ich bin verpflichtet, deinen Vater davon in Kenntnis zu setzen.‹

Da ich nur zu gut weiß, wie innig mein Vater Miß Batchfords Abneigung erwiderte, versuchte ich sie von ihrem Entschluß abzubringen und erreichte wenigstens, daß sie ihn noch um ein bis zwei Tage verschob. Darauf sagten wir uns so herzlich gute Nacht wie immer; die Zornausbrüche meiner Tante dauern glücklicherweise nie sehr lange.

Allein in meinem Zimmer, dachte ich natürlich gleich wieder an Oscar und sein seltsames Benehmen, und später träumte ich von ihm … Es waren so gräßliche Träume, daß ich mich hüten werde, sie niederzuschreiben und auf diese Weise noch einmal durchzumachen. Wird mich die Wirklichkeit heute trösten? Wird er vernünftiger reden und handeln?

Er hat ja recht. Ich gebe ihm Grund zu Verzweiflungsanfällen. Mein Gewissen peinigt mich – und doch, Gott weiß, ich kann nichts dafür, daß ich so verändert bin. Meine Augen schmerzen, und die Nebelschwaden werden immer dichter. Ich werde das Fenster schließen und mich noch einmal ins Bett legen.

Neun Uhr

Eben kam das Mädchen zum Wecken. Sie ging, wie gewöhnlich, gleich zum Fenster, um es zu öffnen, und ich fragte, ob der Nebel draußen immer noch so dicht sei.

Das Mädchen starrte mich verwundert an. ›Welcher Nebel, Miß?‹
›Haben Sie ihn nicht bemerkt?‹
›Nein, Miß?‹
›Wann sind Sie denn aufgestanden?‹
›Um sieben, Miß.‹
Um sieben saß ich noch an meinem Tagebuch, und das Zimmer glich einer dunstigen Waschküche. Ich habe oft festgestellt, daß einfache Leute überhaupt keine Naturerscheinungen beobachten. Als ich noch blind war, konnte ich von Bauern oder Dienstboten nie eine brauchbare Landschaftsbeschreibung der Gegend um Dimchurch erhalten. Was nicht mit ihrem Acker oder ihrer Küche zusammenhing, interessierte sie nicht. Ich schlüpfte aus dem Bett und trat neben das Mädchen ans Fenster.
›Na, bitte!‹ sagte ich. ›Der Nebel ist zwar nicht mehr ganz so dicht wie vor zwei Stunden, aber immer noch unübersehbar, sollte ich meinen!‹
Sie sah verwirrt zwischen mir und der Aussicht hin und her.
›Nebel?‹ stotterte sie. ›Verzeihen Sie, Miß, aber es ist wunderschön sonnig und klar – genau wie gestern.‹
›Klar?‹ wiederholte ich. ›Auch über der See?‹
›Die See ist blau bis zum Horizont, Miß. Nah und fern sieht man die Schiffe.‹
›Schiffe? Wo?‹
Das Mädchen zeigte aus dem Fenster. ›Da vorn ist gleich ein großer Dreimaster. Und ein Stückchen dahinter ein kleineres mit nur einem Mast.‹
Ich strengte meine Augen an, um der Richtung ihres ausgestreckten Zeigefingers zu folgen. Ich sah nichts als trübweißen Dunst mit ein paar flimmernden dunklen Punkten oder Flecken darin.
Allmählich verstand ich, daß der vermeintliche Nebel eine Trübung meiner eigenen Augen war. Ein leichter Schrecken durchzuckte mich. Ich sagte: ›Ach ja, jetzt sehe ich sie – natürlich‹, wandte mich vom Fenster ab und entließ das Mädchen so bald wie möglich, um mir unbeobachtet die Augen mit einer der von Grosse verordneten Lotionen zu waschen. Zu meiner Erleichterung half das; ich sehe meine Schreiberei jetzt besser als heute

früh. Das eben geschilderte kleine Erlebnis sollte mir allerdings eine Mahnung sein, Grosses Anweisungen in Zukunft besser zu befolgen als bisher. Ob er bei der gestrigen Untersuchung schon etwas bemerkt hat, was er mir verschweigt? Unsinn! Grosse ist nicht der Mann, der mit seiner ärztlichen Meinung zurückhielte. Meine Augen sind vom Schreiben überanstrengt – das ist alles. Ich werde jetzt brav sein, mein Buch schließen und zum Frühstück gehen.

Zehn Uhr

Nun muß ich das Buch doch wieder aufklappen – ich bin so wütend! Das Mädchen (dumme schwatzhafte Gans!) hat meiner Tante die Sache mit dem Nebel erzählt, und meine Tante hat sich darüber so aufgeregt, daß sie sofort an Grosse und an meinen Vater schreiben will. Sie ist durch nichts mehr aufzuhalten. Was darauf folgt, kann ich mir an den Fingern abzählen. Mein Vater hegt gerade jetzt eine solche Bitterkeit gegen Miß Batchford, daß er ihr entweder gar nicht oder höchst beleidigend antworten wird. Auf jeden Fall bin ich die Leidtragende, denn meine Tante wird ihren Zorn dann wieder an mir auslassen. Früh und spät wird sie mir vorhalten, daß ich der Sproß einer Mesalliance bin – und so weiter, und so weiter. Ich bin niedergeschlagen und nervös genug, auch ohne immer wieder in diese alten Familienzwiste hineingezogen zu werden. Ich habe es satt! Wahrhaftig, im Moment könnte ich meiner Undankbarkeit die Krone aufsetzen und von der guten Tante weglaufen!

Zwei Uhr mittags

Soeben kam die letzte Prüfung, die mir das Leben hier vollends unerträglich macht. Ein Hoteldiener überbrachte mir persönlich einen Brief von Oscar. Darin steht, daß er sich entschlossen hat, Ramsgate mit dem nächsten Zug zu verlassen. Der nächste Zug geht in fünfzig Minuten. Großer Gott! Was soll ich tun?

Meine Augen brennen. Ich weiß, daß Weinen ihnen schadet, aber wer könnte in meiner Lage die Tränen zurückhalten? Wenn ich Oscar allein abfahren lasse, ist alles zwischen uns vorbei – das geht aus seinem Brief deutlich hervor. Warum war ich so kalt gegen ihn? Um das wiedergutzumachen, müßte ich jetzt eigentlich

jedes Opfer bringen, jedes ... und doch wehrt sich in mir immer noch irgend etwas dagegen. Ist das meine Treue? O Gott, was soll ich tun?
Meine Augen versagen, ich kann nicht mehr schreiben. Ich muß nachdenken.

[P. – Hier sei der Brief beigefügt.
Laut Nugents späterer Behauptung schrieb er ihn in einem Moment der Reue, um Lucilla Gelegenheit zum endgültigen Bruch zu geben. Er habe ehrlich geglaubt, sie würde über sein Verhalten so empört sein, daß sie die Gelegenheit wahrnähme.
Der Wissende kann aus dem Brief aber natürlich auch etwas ganz anderes herauslesen. Nugent mußte Ramsgate ohnehin verlassen, um nicht von Grosse am nächsten Tag als Betrüger bloßgestellt zu werden. Er ergriff also seinerseits die Gelegenheit, einen letzten Druck auf Lucilla auszuüben, um sie zur gemeinsamen Flucht nach London zu bewegen.
Fragen Sie nicht nach meiner Meinung. Aus Gründen, die Ihnen später klarwerden, möchte ich sie in diesem Fall zurückhalten. Lesen Sie den Brief und ziehen Sie Ihre eigenen Schlüsse.]

›Mein Liebstes,
nach einer schlaflosen Nacht habe ich mich entschlossen, Ramsgate zu verlassen, und zwar mit dem Zug 14.50. Nach unserem Gespräch an der Mole und der Erfahrung des gestrigen Abends muß ich einsehen, daß meine Nähe Dich nur quält. Irgend etwas oder irgend jemand hat Dein Herz gewandelt. Ich brauche nicht bis zum Wochenende zu warten, um zu erfahren, ob Du unter den Bedingungen, die ich Dir gestern angab, meine Frau werden willst: Ich weiß schon jetzt, daß Du auch dann nein sagen wirst. Es wird Dir leichter fallen, mir dieses Wort zu schreiben, als es auszusprechen – darum reise ich ab. Wenn Du Deine Freiheit zurückhaben möchtest, gebe ich sie Dir, koste es mich, was es wolle. Ich liebe Dich zu sehr, um Dich gegen Deinen Willen an mich zu fesseln oder Dir irgendeinen Vorwurf zu machen. Meine Londoner Adresse füge ich bei. Leb wohl!

Oscar‹

Lucillas Tagebuch enthält nach diesem Brief nur noch wenige Zeilen, die von Tränen verwischt und nicht mehr zu entziffern sind. Die paar erkennbaren Buchstaben sind unsichere Krakelfüße, weitaus schlimmer als diejenigen, die sie zur Zeit ihrer Blindheit zustandegebracht hatte.
Wofür sie sich in ihrer Zwangslage entschied, geht aus einem Zettel Nugents hervor, der eine Stunde später von einem Gepäckträger bei Miß Batchford abgegeben wurde. Er lautete:

›Madam,
ich schreibe Ihnen auf Lucillas Wunsch, um Ihnen jegliche Sorge zu nehmen, sobald Sie bemerken, daß Ihre Nichte nicht mehr in Ramsgate ist. Sie begleitet mich zu einer Verwandten von mir, einer verheirateten Dame, in deren Haus und unter deren Obhut sie bis zu unserer Heirat verweilen wird. Die Gründe, die sie zu diesem Schritt veranlaßt haben und sie hindern, vorläufig ihre neue Adresse anzugeben, werden Ihnen und Mr. Finch nach unserer Heirat offen und detailliert dargelegt werden. Einstweilen bittet Lucilla Sie nur, ihren plötzlichen Aufbruch zu verzeihen und diesen Brief an Ihren Vater weiterzuleiten. Bitte ziehen Sie beide in Betracht, daß Lucilla mündig ist und den Mann heiratet, mit dem sie seit langem mit voller Billigung der ganzen Familie verlobt ist.
Ich verbleibe, Madam, mit vorzüglicher Hochachtung

Ihr sehr ergebener
Oscar Dubourg‹

Miß Batchford erhielt diesen Zettel fast im gleichen Moment, in dem das Hausmädchen ihr meldete, Miß Finch sei unauffindbar und auch ihre Reisetasche sei aus ihrem Zimmer verschwunden. Der Londoner Zug war um diese Zeit natürlich schon abgegangen. Miß Batchford reiste noch am selben Tag nach Dimchurch, um die Sache persönlich in Mr. Finchs Hände zu legen.

13. Der italienische Dampfer

Sie wissen nun aus Lucillas Tagebuch alles, was das arme Kind selbst zu dieser Phase ihres Lebens zu sagen hatte. Gestatten Sie, daß ich wieder auf der Szene erscheine. Um das englische Publikum zu amüsieren, müßte ich schreien: ›Hoppla, da bin ich! Seid ihr noch alle da?‹... Aber da ich damit an eine geheiligte Nationaleigenschaft rühre und diese Seite des britischen Humors für die meisten Ausländer unergründlich ist, verzichte ich lieber auf alle Clownerien.

Wenn ich mich recht erinnere, kam ich am 15. August in Marseille an. Ich kann bei Ihnen kaum Interesse für das Schicksal meines guten Papas voraussetzen. Darum erledige ich dieses Thema so rasch, wie kindliche Achtung und Zuneigung es mir erlauben. Das Duell (hoffentlich erinnern Sie sich wenigstens an das Duell?) war diesmal mit Pistolen ausgefochten worden, und die Kugel steckte noch in der Lunge unseres greisen Ritters, als ich meine verzweifelten Schwestern am Krankenlager umarmte. Der verehrungswürdige Patient delirierte und erkannte mich nicht. Zwei Tage später konnte die Kugel endlich operativ entfernt werden, und danach besserte sich der Zustand unseres guten Papas, wenn auch mit zahlreichen Rückfällen. Am 1. September, nicht früher, konnten wir begründete Hoffnung schöpfen, daß er uns noch einmal erhalten bliebe.

Nun fand ich zum erstenmal wieder Zeit und Kraft, an Lucilla zu denken und an Mrs. Finch zu schreiben. Sie hatte mich ja beim Abschied so freundlich darum gebeten. Der Hauptgrund meines Briefes an das ›feuchte Weib‹ war, wie ich gestehen muß (obgleich ich es natürlich geschickt verbarg), über sie etwas von Lucilla zu erfahren. Nachdem ich diesen Brief eingesteckt hatte, führte ich noch einen anderen Vorsatz aus, den ich, solange mein Vater in Lebensgefahr schwebte, hatte zurückstellen müssen. Ich suchte den Chef des Detektivbüros auf, das mir von meinem Londoner Rechtsanwalt wegen seiner internationalen Verbindungen empfohlen worden war. Es arbeitete diskret, aber eng mit der Polizei zusammen. Wie man das nennt, kann ich mangels einschlägiger Fachausdrücke nicht genau sagen, vertraue aber auf das höhere Wissen meiner Leser.

Der Chef, zu dem ich dank meines Einführungsschreibens vordrang, war einer der elegantesten Herren, die ich je gesehen habe, und hatte die Manieren eines Grandseigneurs. Es war beinahe ein Privileg und auf jeden Fall wohltuend, mit ihm reden zu dürfen. Dennoch war er erstaunlich offen und ehrlich. Als ich ihm sagte, wieviel Zeit schon seit Oscars Verschwinden verstrichen war, wurde sein Gesicht lang, und er erklärte rundheraus, er bezweifle, daß er mir noch irgendwie von Nutzen sein könne. (Leute, denen es nur ums Geld zu tun ist, bezweifeln das nie!) Nur aus menschlichem Mitgefühl stellte er mir anschließend noch die Routinefrage nach besonderen Kennzeichen des Vermißten.

»Himmel, ja, das hätte ich beinahe vergessen!« platzte ich heraus – und erzählte ihm von Oscars Silbernitratkur und der davon herrührenden auffallenden Hautverfärbung.

Das Gesicht meines Grandseigneurs hellte sich auf.

»Ein Herr mit so auffälligem Äußeren müßte aufzufinden sein«, meinte er. »Ich werde vorerst an den französischen Bahnhöfen und Häfen nachforschen lassen. Das Resultat erfahren Sie morgen.«

Ich kehrte, soweit erleichtert, ans Krankenbett meines guten Papas zurück.

Schon am nächsten Tag beehrte mich mein Grandseigneur mit einem höchstpersönlichen Besuch.

»*Grand Dieu*, wissen Sie schon etwas?« schrie ich ihm entgegen.

»Etwas, Madame. Einer der Billettverkäufer – hier, an unserem eigenen Hafen – erinnert sich sehr gut an einen Kunden mit einem schrecklich verfärbten Gesicht, wie Sie es beschrieben haben. Leider hat er sich weder den Namen noch das Ziel des betreffenden Herrn gemerkt. Aber von Marseille kann er nur nach Italien oder in den Nahen Osten gefahren sein.«

»Und was machen wir nun?« fragte ich.

»Wenn Sie einverstanden sind, würde ich vorschlagen, daß wir zunächst eine telegrafische Personenbeschreibung an alle in Frage kommenden italienischen Häfen schicken. Wenn von dort keine positive Antwort eintrifft, versuchen wir es mit den Häfen des Nahen Ostens. Ist Ihnen das recht?«

Natürlich stimmte ich allen Schritten meines Grandseigneurs

von Herzen zu und erwartete mit aller Geduld, über die ich verfügte, seine weiteren Nachrichten.
Am nächsten Tag kam keine. Auch die Genesung meines armen Vaters schritt nur langsam voran. Das leichtsinnige Frauenzimmer, das an allem schuld war (und jetzt vermutlich in den Armen seines jungen Rivalen hohnlachte), spukte noch immer in seinen Gedanken, regte ihn auf und verhinderte seine Gesundung. Warum sperrt man solche mitleidlosen, koketten, doppelzüngigen Weibsbilder nicht ein? Niemand findet etwas dabei, daß man eine arme Tigerin im Zoo ausstellt, und die frißt doch nur, weil sie hungrig ist und nicht weiß, wie sie ihre süßen Kinderchen sonst ernähren soll. Aber zweibeinige Tigerinnen dürfen frei herumlaufen! Man merkt auf Schritt und Tritt, daß es Männer sind, die Gesetze machen. Arme Idioten! Aber nur Geduld – die weibliche Vernunft ist im Vormarsch. Jene zweibeinigen Tigerinnen werden nichts mehr zu lachen haben, wenn *wir* ins Parlament einziehen!
Schon am 4. September erhielt ich von meinem Grandseigneur neue Nachrichten über den vermißten Oscar.
Der ›blauschwarze Herr‹, wie er im Detektivjargon genannt wurde, war bei der Landung in Genua gesehen worden, und es war so gut wie sicher, daß er von dort mit der Eisenbahn nach Turin gefahren war. Daraufhin waren telegrafisch weitere Anfragen nach Turin durchgegeben worden. Inzwischen standen bewährte Mitarbeiter der Agentur für den Fall, daß der blauschwarze Herr über Marseille zurückkehrte, an allen Plätzen, die von Italienreisenden zu Wasser oder zu Land passiert werden mußten, auf dem Posten. Mein grandseigneuraler Oberregisseur ersuchte mich um Zustimmung zu allen diesen von ihm entworfenen Plänen, die ich ihm gern und mit dem Ausdruck meiner höchsten Bewunderung gab.
So vergingen die Tage – und mein armer Papa war noch immer nicht ganz außer Gefahr.
Meine Schwestern waren den Anforderungen nicht gewachsen und brachen, eine nach der anderen, zusammen. Alles blieb wie gewöhnlich auf mir hängen. Meine Aussichten, nach England zurückzukehren, rückten täglich ferner. Mrs. Finch antwortete nicht auf meinen Brief. Das allein hätte schon genügt, mich ner-

vös zu machen. Lucilla stand nun wieder im Vordergrund meiner Gedanken, und hundertmal war ich in Versuchung, meiner Schwäche nachzugeben und ihr zu schreiben. Aber jedesmal stieß ich mich an demselben Hindernis: Nach dem, was zuletzt zwischen uns vorgegangen war, konnte ich ihr nicht schreiben, ehe ich mich wieder im Vollbesitz ihrer Hochachtung wußte. Und wenn ich ihr schrieb, mußte ich Einzelheiten erwähnen, die ihr womöglich immer noch unbekannt waren und deren Enthüllung ihre Gesundheit gefährden konnte. Ich war ja nicht mehr auf dem laufenden!

An Miß Batchford konnte ich nicht noch einmal schreiben; ich hatte ihre Geduld schon zu sehr strapaziert. Wenn ich sie lediglich mit meinen eigenen Sorgen belästigte, war dieser unbeugsamen Royalistin durchaus zuzutrauen, daß sie meinen Brief ins Feuer warf und mich zudringliche Republikanerin mit hoheitsvollem Schweigen strafte. Und Grosse? Er hätte mir die genauesten Auskünfte geben können, aber... soll ich's gestehen? Ich traute mich einfach nicht, an ihn zu schreiben. Vielleicht hatte Lucilla ihm von unserer Entfremdung erzählt, und mein Stolz scheute vor einer möglichen groben Antwort zurück.

Erst am 11. war ich von der fortdauernden Spannung so zermürbt (was mochte Nugent in meiner Abwesenheit alles angestellt haben?), daß ich alles, auch Grobheiten, in Kauf genommen hätte, um nur etwas Genaueres zu erfahren. Es war ja immerhin möglich, daß Grosse von Lucilla nur den traurigen Grund meiner plötzlichen Reise nach Marseille wußte und sonst nichts. (Wie Sie wissen, traf diese Vermutung zu.)

Ich hatte mich gerade an den Schreibtisch gesetzt, um ihm nun doch zu schreiben, als der Arzt, der meinen Vater behandelte, mir die freudige Nachricht brachte, unser lieber Patient sei nun endgültig außer Gefahr.

»Dann kann ich also nach England zurück?« fragte ich eifrig.

»Nicht gleich, Madame. Sie sind seine einzige brauchbare Pflegerin und sein Liebling; Sie müssen ihm erst schonend beibringen, daß Sie ihn verlassen, sonst ist die Gefahr eines Rückfalls nicht ausgeschlossen.«

»Um Gottes willen, nur das nicht«, sagte ich seufzend. »Wann, meinen Sie, kann ich beruhigt abreisen?«

»Sagen wir, in einer Woche.«
»Am achtzehnten?«
»Schön, am achtzehnten.«
Ich legte mein Briefpapier in die Schublade zurück. Schreiben hatte keinen Zweck mehr. Grosses Antwort hätte mich nicht mehr in Marseille erreicht, und unter diesen neuen, für mich so belebenden Umständen war es mir auch bedeutend lieber, meine Nachforschungen allein und unabhängig weiterzuführen.
Von meinem Auskunftsbüro erhielt ich in der Zwischenzeit nur eine einzige Information über Oscars mutmaßlichen Verbleib, und die schien mir höchst unglaubwürdig.
Er sollte zuletzt in einem Lazarett gesehen worden sein, und zwar im piemontesischen Allessandria, wo er unter der Anleitung von Militärärzten Schwerverwundete pflegte! (Sie erinnern sich, daß im Jahr 1859, von dem ich berichte, der ruhmreiche Feldzug Frankreichs und Italiens gegen Österreich stattgefunden hatte und der Friede von Villafranca erst im Juli dieses Jahres unterzeichnet worden war.) Oscar als barmherziger Samariter, Tag und Nacht mit schweren und ekelerregenden Arbeiten beschäftigt: das Bild wollte mir nicht in den Kopf. Soviel Selbstüberwindung hielt ich bei einem jungen Aristokraten, Müßiggänger und Ästheten für undenkbar.
Am 17. September regelte ich meine Paßformalitäten und packte den größten Teil meiner Sachen, um am nächsten Morgen in aller Frühe reisefertig zu sein.
Mein armer Papa ließ mich, aller schonenden Vorbereitung zum Trotz, so ungern ziehen und klagte so ausdauernd und herzbewegend, daß ich eine Art Kompromiß schloß. Ich versprach ihm, sofort nach Marseille zurückzukehren, wenn ich meine Angelegenheiten in England erledigt hätte, und ihn, sobald er transportfähig sei, selbst in seine Pariser Wohnung zurückzubringen. Erst hierauf gab er sich halbwegs zufrieden, und ich belastete meine schmale Börse lieber mit doppelten Reisekosten, als noch länger in Ungewißheit über die Vorgänge in Ramsgate und Dimchurch zu bleiben. Ich weiß nicht, was stärker in mir war: mein Bestreben, mit Lucilla wieder ins reine zu kommen, oder meine unbestimmten Befürchtungen, Nugent könnte hinter meinem Rücken Nichtwiedergutzumachendes angerichtet haben.

Stündlich und minütlich fragte ich mich, ob Miß Batchford schon in der Lage gewesen sei, Lucilla meinen Brief zu geben, ob Lucilla nun dank meiner Aufklärung über Nugents wahren Charakter unterrichtet sei und ob es mir gelungen sei, sie Oscar zu erhalten.

Am frühen Nachmittag des 17. ging ich aus dem Hause, um ein bißchen Luft zu schnappen und mich mit einem Schaufensterbummel zu zerstreuen.

Ich war kaum fünf Minuten unterwegs, als ich meinen Grandseigneur traf.

»Gibt es etwas Neues?« fragte ich, nun schon gewohnheitsmäßig.

»Noch nicht.«

»Noch nicht? Erwarten Sie etwas?«

»Ja. Wir erwarten einen italienischen Dampfer, der heute nachmittag im Hafen einläuft. Wer weiß – vielleicht erfahren wir dann wieder etwas.«

Er ging mit einer Verbeugung weiter. Seine Mitteilung berührte mich nicht sonderlich. Seit Beginn unserer Nachforschungen waren so viele italienische Schiffe in Marseille eingelaufen, ohne irgendwelche Hinweise auf unseren Vermißten zu bringen, daß ich mir von der Routinearbeit unserer Detektive auch heute nichts versprach. Aber da ich sonst nichts zu tun hatte und sowieso spazierengehen wollte, konnte ich ebensogut zum Hafen hinunterschlendern und der Ankunft des Dampfers zusehen.

Der Dampfer war schon in Sicht, als ich am Kai ankam. Ich fand einen unserer Detektive treu und brav auf seinem Posten und unterhielt mich ein Weilchen mit ihm. Dank seiner Verbindung zur Hafenpolizei durfte ich die Schranken passieren und im Zollgebäude Platz nehmen – ein höfliches Anerbieten, dem ich gern Folge leistete, einfach weil ich etwas müde geworden war und das Bedürfnis verspürte, mich vor dem Heimweg an irgendeinem stillen Plätzchen auszuruhen. Nicht der Schatten einer Ahnung, daß heute etwas Besonderes geschehen könnte, streifte mich.

Der Dampfer legte an, und nach einer langen Pause begannen die Passagiere ins Zollgebäude zu strömen. Während ich gelangweilt das erste halbe Dutzend fremder Gesichter betrachtete, klopfte

mir plötzlich jemand von hinten auf die Schulter. Es war der Detektiv, der mich, vor unbeschreiblicher Aufregung beinahe stotternd, beschwor, mich zu fassen!
Ich war vollkommen gefaßt. »Wieso?« fragte ich verständnislos.
»Er ist da!« raunte mir der Detektiv ins Ohr. »Sehen Sie doch selbst!«
Er zeigte mit zitterndem Finger auf die lange Reihe der Passagiere, die auf ihre Zollabfertigung warteten. Ich folgte seinem Blick – und im nächsten Moment fuhr ich mit einem gellenden Schrei in die Höhe. Aller Augen wandten sich mir erschrocken zu. Ja! Da war das arme, liebe, verfärbte, unverkennbare Gesicht! Da war Oscar, der seinerseits bei meinem Anblick vom Donner gerührt war!
Ich stürzte auf ihn zu, riß ihm den Kofferschlüssel aus der Hand, gab ihn dem Detektiv mit dem Auftrag, sich um Oscars Gepäck zu kümmern und es nach der Abfertigung in meine Wohnung zu bringen, umklammerte Oscars Arm, zerrte ihn durch die Menge hinaus, durch die Schranke, und rief eine der Droschken, die am Dockausgang warteten. Ich hörte einige Leute teilnahmsvoll untereinander murmeln: »Die arme Frau! Es muß seine Mutter sein!« Idioten! Trotz meiner Aufregung hätte ihnen ja wohl klar sein müssen, daß ich dem Alter nach höchstens seine ältere Schwester sein konnte...!
Erst in der Droschke kam ich soweit wieder zu Atem, daß ich Oscar für all die Sorgen und Mühen, die er mir verursacht hatte, mit einem herzhaften Kuß belohnte. Ich hätte ihm tausend Küsse geben mögen! Er ließ alles vor Verblüffung wie gelähmt über sich ergehen. Das einzige, was er mit schwacher Stimme äußerte, war – immer wieder –: »Wie kommt denn das? Wie kommt denn das?«
»Das kommt davon«, stieß ich halb lachend, halb schluchzend hervor, »daß Sie Freunde haben, Sie Esel, die dumm genug sind, Sie unverdrossen gern zu haben – statt Sie laufenzulassen! Und die Dümmste von allen bin ich! Morgen fahren wir zusammen nach England; dann können Sie selber sehen, wie es sich diesbezüglich mit Lucilla verhält.«
Lucillas Name brachte ihn mit einem Ruck zu sich. Er begann

exaktere Fragen zu stellen – zunächst die unter den Umständen normalste, wieso ich in Marseille sei. Ich stellte meine zahlreichen eigenen Fragen zurück und erzählte ihm in Kürze von dem Unfall meines Vaters und den Nachforschungen, zu denen ich meinen Aufenthalt nebenbei benutzt hatte.
Oscar focht einen spürbaren inneren Kampf mit sich selbst aus, ehe er nach Lucilla und Nugent fragte, und ich zögerte einen Moment mit der Antwort. In diesem Augenblick zog mir alles durch den Sinn, was wir hatten durchmachen müssen, weil die Wahrheit verschwiegen worden war – und ich entschloß mich, Oscar die volle Wahrheit zu sagen. Ich begann mit meinem nächtlichen Gespräch mit Nugent in Browndown und endete mit den Vorsichtsmaßnahmen, die ich zu Lucillas Schutz während ihres Aufenthaltes in Ramsgate getroffen hatte, das heißt: dem Brief, den ihre Tante ihr übergeben sollte, sobald Grosse sie für völlig geheilt erklärte. Natürlich war ich sehr gespannt, wie Oscar alle diese Neuigkeiten aufnehmen würde.
Zweierlei war mir sofort sonnenklar: erstens, daß Zeit und Entfernung die Gefühle des armen Kerls für Lucilla nicht im geringsten verändert hatten; zweitens, daß nichts als ein unumstößlicher Beweis ihn dazu bewegen konnte, seinem Bruder etwas Schlechtes zuzutrauen. Vergebens suchte ich ihm klarzumachen, daß Nugent mir in jener Nacht gelobt hatte, ihn zu suchen und zurückzubringen. Was von diesem Gelöbnis zu halten war, ersahen wir ja daraus, daß er es mir überlassen hatte, ihn aufzuspüren. Oscar gab zwar zu, daß er seit seiner Flucht aus England von Nugent nichts gesehen oder gehört hatte, aber dieser Umstand reichte nicht hin, sein brüderliches Vertrauen zu erschüttern. »Nugent ist ein Mann von Ehre«, erklärte er wiederholt mit einem finsteren Seitenblick auf mich, dem deutlich zu entnehmen war, daß meine allzu offenen Meinungsäußerungen über seinen Bruder ihn bitterlich kränkten und beleidigten. Inzwischen hielt die Droschke vor dem Haus, in dem ich Quartier bezogen hatte. Oscar schien keine große Lust mehr zu haben, mit mir hineinzugehen und das Gespräch fortzusetzen.
»Haben Sie mir irgendwelche Beweise vorzulegen?« fragte er und blieb strörrisch mitten im Hof stehen. »Haben Sie neuere Nachrichten aus England?«

»Ich habe an Mrs. Finch geschrieben«, erwiderte ich, »aber leider keine Antwort bekommen.«
»Sonst haben Sie mit niemandem korrespondiert?«
Ich erklärte, warum ich mich lieber nicht noch einmal mit Miß Batchford oder Dr. Grosse in Verbindung gesetzt hatte. Oscars schwelender Ärger, seit ich gewagt hatte, die Ehrenhaftigkeit seines Bruders leise anzuzweifeln, flammte plötzlich lichterloh auf.
»Ich bin ganz und gar nicht Ihrer Meinung! Sie tun mit Ihren Vermutungen sowohl Lucilla als auch Nugent unrecht. Lucilla würde Grosse nie etwas Nachteiliges über Sie sagen, und Nugent ist einer heimtückischen Irreführung, wie Sie sie befürchten, absolut unfähig. Wieviel Undankbarkeit und Gemeinheit setzen Sie bei den beiden voraus! Ich habe Ihnen mit einer wahren Engelsgeduld zugehört – und ich danke Ihnen auch für das Interesse, das Sie an mir genommen haben –, aber nun ist Schluß. Ich möchte mich hiermit verabschieden. Ihr Argwohn, Madame Pratolungo, ist... einfach unmenschlich! Sie haben nicht die Spur von Beweisen! Ich werde einen Dienstmann wegen meines Gepäcks herschicken, wenn Sie gestatten, und mit dem nächsten Zug nach England fahren. Nach allem, was ich von Ihnen gehört habe, ruhe und raste ich nicht, bis ich die Wahrheit selbst entdecke.«
Das war der Lohn für mein unablässiges Bemühen, Oscar Dubourg ausfindig zu machen! Vom Geld will ich gar nicht reden (ich bin nicht reich genug, um geizig zu sein), aber die vergebliche Liebesmüh regte mich auf. Ich glaube, wenn ich ein Mann gewesen wäre, hätte ich Oscar in diesem Moment niedergeboxt. Als Frau blieb mir nichts anderes übrig, als ihm einen tiefen, ironischen Hofknicks zu machen und ihm einen kräftigen Stich mit der Zunge zu versetzen. »Wie es Ihnen beliebt, Sir«, sagte ich. »Ich habe Ihnen in jeder Weise gedient, und Sie werfen mir dafür Grobheiten an den Kopf. Gehen Sie nur! Sie sind nicht der erste Idiot, der sich mit seinen besten Freunden verzankt.«
Entweder der Hofknicks oder meine Rede – vielleicht beides – brachte ihn wieder halbwegs zu Verstand. Er stammelte eine Entschuldigung und machte dazu ein solches Schafsgesicht, daß meine gute Laune wiederkam. »Sie dummer Junge«, sagte ich,

indem ich seinen Arm nahm und ihn zur Treppe führte, »haben Sie mich in Dimchurch je unmenschlich oder argwöhnisch gefunden? Bitte um offene Antwort!«

Er antwortete mit wünschenswerter Offenheit, er hätte mich immer nur verständnisvoll, warmherzig und gut gefunden. Dennoch sei es wohl nur natürlich, daß er jetzt irgendwelche Beweise... Er unterbrach sich und kam sprunghaft auf meinen Brief an Mrs. Finch zurück. Daß ich darauf keine Antwort erhalten hatte, beunruhigte ihn offensichtlich. »Wann haben Sie ihr denn geschrieben?« erkundigte er sich.

»Am ersten September. Und heute ist schon der siebzehnte.«

Er versank in tiefes Sinnen. Wir stiegen schweigend die Treppe empor. Auf dem ersten Absatz blieb er plötzlich stehen.

»Mrs. Finch verliert und verlegt alles«, sagte er, halb zu mir, halb zu sich selbst. »Ist es nicht denkbar, wenn man sie sich so vorstellt, daß sie zwar eine Antwort geschrieben, aber inzwischen Ihren Brief verlegt hat wie ihr Taschentuch, ihren Roman oder alle sonstigen Gegenstände, die ihr in die Hände kommen – und daß Ihr Brief unauffindbar war, als sie Ihre Adresse davon abschreiben wollte?«

»Das sähe ihr allerdings ähnlich«, gab ich zu.

»Haben Sie nie am Postlagerschalter nachgefragt?« fuhr Oscar fort. Lieber Himmel, auf die Idee war ich überhaupt nicht gekommen! Die Erkenntnis durchzuckte mich wie ein Blitz, daß Oscar die einzig richtige Erklärung für Mrs. Finchs langes Schweigen gefunden hatte. Natürlich hatte sie meinen Brief verlegt, das ganze Haus deswegen auf den Kopf gestellt, und der Pastor hatte den Aufruhr endlich mit der donnernden Mahnung gedämpft, es mit ›Marseille, poste restante‹ zu versuchen. Ich schämte mich ordentlich, daß Oscar dieses eine Mal logischer gedacht hatte als ich. Wer hätte soviel Dummheit bei mir für möglich gehalten? Aber erinnern Sie sich bitte, wieviel ich seit meiner Ankunft in Marseille zu tun gehabt hatte. Ein so gehetztes Wesen wie ich kann nicht an alles denken. Ich wette, selbst Ihnen, meine klugen Leser, wäre in meiner Situation der eine oder andere kleine Fehler unterlaufen. ›Zuweilen schläft selbst Homer‹, wie das Sprichwort lautet, und was Homer recht ist, sollte Madame Pratolungo billig sein.

»Macht es Ihnen etwas aus, ein Stückchen mit mir zurückzugehen?« fragte ich hastig. »Fragen wir sofort auf der Post nach. Ich habe bisher nie daran gedacht.«
Selbstverständlich war Oscar gern bereit. Wir stiegen die Treppe wieder hinunter, und ich benutzte den Weg zum Postamt, ihm nun meinerseits einige Fragen zu stellen.
»Laut Bericht meiner Agentur sollen Sie in Italien in einem Lazarett als Krankenpfleger gearbeitet haben. Das kann doch wohl nicht wahr sein?«
»Doch, es ist wahr.«
»Sie haben Schwerverwundete gepflegt?«
»Ja, drei Monate lang.«
Ich fand keine Worte, um mein Erstaunen auszudrücken. Ich konnte nur stehenbleiben und ihn anstarren.
»Hatten Sie dieses Ziel schon vor Augen, als Sie England verließen?« fragte ich endlich.
»Ich hatte überhaupt kein Ziel vor Augen«, antwortete Oscar. »Der Grund, England zu verlassen, war der, den ich Ihnen in meinem Brief angegeben habe. Nach dem, was geschehen war, schuldete ich es Lucilla und Nugent, ihnen aus dem Wege zu gehen – wohin, war mir völlig gleichgültig. Als ich in Paris ankam, ging der nächste Zug zufällig nach Lyon, und den nahm ich. In Lyon las ich, wiederum zufällig, einen Zeitungsbericht über die Leiden der Verwundeten nach der Schlacht von Solferino und den Mangel an Pflegepersonal. Das gab mir einen kleinen moralischen Ruck. So elend ich war, konnte ich doch immer noch anderen Leidenden in *ihrem* Elend helfen, statt in Selbstmitleid zu versinken, und mein sinnlos gewordenes Leben wenigstens nützlich gestalten. Ich meldete mich bei der Militärbehörde in Turin und wurde nach Überwindung einiger formaler Schwierigkeiten als Lazaretthelfer nach Alessandria geschickt. Was ich da an Siechtum und Verstümmelungen gesehen habe, war sehr... lehrreich für mich. Meine Verfärbung ist wirklich eine Bagatelle dagegen. Einigen der Genesenden konnte ich dann auch finanziell ein bißchen helfen; sie mußten sich ja alle erst ein neues Leben aufbauen.«
Mit diesen einfachen, nicht die Spur wehleidigen Worten berichtete Oscar über die Zeit seiner Abwesenheit. Sie bestätigten mir,

was ich am Tage der schwersten Prüfung in Dimchurch schon einmal gespürt hatte: daß in diesem jungen Mann, der mir einst so weichlich vorgekommen war, verborgene Kraftreserven steckten, die erst in der äußersten Not – dann aber rückhaltlos – eingesetzt wurden. Natürlich hatte sich Oscar auch etwas vom Zeitgeist leiten lassen, als er sich als Lazarethelfer meldete. Die Art, wie sich Verzweiflung und Liebeskummer kundtun, wandelt sich wie die Kleidermode. Früher gingen unglückliche junge Männer wie Oscar zu den Soldaten oder ins Kloster. Heute ist es in solchen Fällen *chic*, möglichst niedrige und abstoßende Dienste zu leisten. Aber daß Oscar unbewußt der Modeströmung folgte, minderte den Wert seiner Arbeit keineswegs. Er hatte Entschlossenheit und Mut bewiesen und immerhin drei Monate zäh durchgehalten (was man nicht von allen seinesgleichen sagen kann). Ich war auf dem besten Wege, ihn zu bewundern!

»Wohin wollten Sie jetzt eigentlich?« fragte ich. »Gab es keine Verwundeten mehr in Italien?«

»In dem Lazarett, dem ich zugeteilt war, wurde ich jedenfalls nicht mehr gebraucht«, antwortete Oscar. »Und für mich als protestantischen Ausländer war es nicht ganz einfach, meine Arbeit, wie ich es zunächst vorhatte, unter der armen Zivilbevölkerung fortzusetzen. Diese Hindernisse wären sicher nicht unüberwindlich gewesen; in Italien ist man nicht so engherzig. Aber bei näherem Überlegen sagte ich mir, daß ich doch in erster Linie meinen eigenen Landsleuten verpflichtet bin. Das Elend, das zum Beispiel in den Londoner Slums herrscht, ist in Italien in *dem* Grade unbekannt. Ich entschloß mich also, nach England zurückzukehren und mich dem Pfarrer oder Arzt irgendeines Armenviertels als freiwilliger Helfer zur Verfügung zu stellen.« Nach einer kleinen Pause fügte er leise hinzu: »Das war einer der Gründe, warum ich zurück wollte. Ehrlicherweise muß ich Ihnen eingestehen, daß ich dabei noch einen Nebengedanken hatte.«

»Nugent und Lucilla«, warf ich ein.

»Ja. Mißverstehen Sie mich bitte nicht! Ich denke nicht daran, das, was ich Nugent zugestanden habe, rückgängig zu machen. Er hat nach wie vor die Freiheit, um Lucilla zu werben, seinen

Charme, sein Talent, kurz, all seine persönlichen Vorzüge ins hellste Licht zu rücken. Ich werde ihn nicht dabei stören und uns beiden das Herz zerreißen, indem ich etwa nach Dimchurch fahre. Aber ich ertrage die Ungewißheit nicht länger. Ich muß endlich erfahren, wie weit die Sache inzwischen gediehen ist und wie sie wohl enden wird! Ersparen Sie mir alle weiteren Worte. Ich kann noch nicht ohne Schmerz von Lucilla reden. Als ich Sie vorhin am Hafen sah, hatte ich die wildesten Hoffnungen, von Ihnen alles zu hören, was ich wissen wollte. Ich muß Sie noch einmal um Verzeihung bitten, daß ich meine bittere Enttäuschung so unhöflich ausdrückte, als Sie mir nichts anderes zu sagen hatten als...« Er stockte, drückte meinen Arm einen Moment begütigend an sich und fragte unvermittelt: »Ob wohl ein Brief von Mrs. Finch postlagernd auf Sie wartet?«
»Hoffentlich.«
»Vielleicht enthält er die Nachricht, die mich am meisten interessiert.«
»Was interessiert Sie denn am allermeisten?« fragte ich etwas hinterhältig, denn die Antwort konnte natürlich nur sein: Ob Lucilla noch ledig ist. Oscar antwortete überhaupt nicht. Das war für mich die klarste Bestätigung.
»Werden Sie mir den Inhalt des Briefes mitteilen?«
»Soweit Sie es wünschen, ja«, erwiderte ich kühl. Wenn er mir immer noch nicht voll vertraute – nun, ich drängte mich ihm gewiß nicht auf!
»Auch wenn der Inhalt für mich... schmerzlich ist?«
»Ja«, wiederholte ich einsilbig.
»Wäre es zuviel verlangt, wenn ich Sie bäte, mich den Brief selbst lesen zu lassen?«
Ich bin keine Heilige. Meine Geduld hat Grenzen. Ich entzog Oscar heftig meinen Arm und maß ihn mit dem, was der arme Pratolungo meinen ›römischen Blick‹ zu nennen pflegte.
»Mr. Oscar Dubourg! Sagen Sie lieber geradeheraus, daß Sie mir mißtrauen.«
Er beteuerte unter vielem Gestotter, daß er es selbstverständlich nicht so gemeint habe, ohne mich im geringsten zu überzeugen. Allmählich reichte es mir, was ich wegen dieses Menschen schon ausgestanden hatte und noch ausstehen mußte – als ob ich nicht

genügend eigene Sorgen hätte! Immer hatte ich nur das Beste gewollt, bei Lucilla, bei Oscar, und zum Dank wurde ich von allen Seiten vor den Kopf gestoßen. Ich glaube, lieber Leser, auch die Sanftmütigsten unter Ihnen wären nach mehreren solchen Erfahrungen im Laufe der Zeit ein wenig mißmutig geworden.
Ohne Oscars verlegenes Gesicht zu beachten, kramte ich wildwütig in meiner Tasche, kritzelte etwas auf eine Visitenkarte und hielt sie ihm ruckhaft mitsamt meinem Paß hin.
»Hier«, sagte ich, »haben Sie meine hiesige Adresse, und hier haben Sie meinen Paß, falls er benötigt wird.«
Ich zwängte beides in seine willenlose Hand.
»Was soll ich denn damit?« fragte er töricht.
»Sie können allein an den Postlagerschalter gehen. Wenn ein Brief aus Dimchurch für mich da ist, ermächtige ich Sie, ihn zu öffnen und zu lesen. Seien Sie so gütig, ihn mir anschließend zustellen zu lassen. Sind Sie nun zufrieden?«
Er erklärte im Brustton der Empörung, das ginge zu weit, und versuchte mir die Dokumente wieder aufzudrängen, was ihm aber nicht gelang.
»Machen Sie, was Sie wollen!« fauchte ich ihn an. »Ich bin fertig mit Ihnen und Ihren Angelegenheiten. Mrs. Finchs Brief ist mir egal. *Ich* nehme mir bestimmt nicht mehr die Mühe, auf der Post danach zu fragen – meinetwegen kann er da bis in alle Ewigkeit liegen. Was geht mich Lucillas Gesundheit an? Was kümmert es mich, ob sie verheiratet ist oder nicht? Ich habe mit meinem Vater und meinen Schwestern genug zu tun. Wenn Sie an Mrs. Finchs Brief interessiert sind, sofern überhaupt einer da ist, holen Sie ihn. Adieu!«
Das entschied die Sache. Oscar setzte wohl oder übel seinen Weg zum Postamt fort, und ich begab mich zurück in meine Wohnung.
Wirklich, ich hatte es satt, mich noch irgendwie mit der ganzen Geschichte zu befassen. Warum sollte ich jetzt noch meinen armen alten Papa verlassen, um nach England zu fahren und mich weiter in Lucillas Schicksal einzumischen? Nach Lucillas Abschiedsbrief war es geradezu würdelos, mich noch einmal einer schnippischen Zurückweisung auszusetzen! Mochte Oscar ruhig allein fahren – mochte er sehen, wie er zurechtkam – mochten

Lucilla und die Zwillinge ihr Problem zu dritt lösen, so gut sie konnten! Was hatte ich, Pratolungos Witwe, mit all diesem spießigen Familienkram zu tun?
Es war sehr warm im Zimmer. Pratolungos Witwe handelte endlich wie eine vernünftige Person und machte es sich bequem. Sie vertauschte ihr Reisekostüm mit einem Hausmantel, öffnete den schon verschlossenen Koffer zum Wiederauspacken – und ging rastlos im Zimmer auf und ab. Ich hätte nicht in Ihrer Haut stekken mögen, wenn Sie ihr damals zufällig in den Weg gekommen wären!
(Übrigens: Was halten Sie eigentlich von der Standfestigkeit meines Charakters? Rechnen Sie mal nach, ungefähr, wie oft ich im Laufe dieses wahrheitsgetreuen Berichtes meine Meinung geändert habe. Dauernd widerspreche ich mir selbst; meine Handlungsweise ist oft so unlogisch, daß sie an das Unglaubwürdige grenzt. Bei Ihnen, verehrte Leser, könnte das nicht vorkommen. Sie widersprechen sich nie, Sie lassen sich weder von Ihrem Temperament mitreißen noch von äußeren Umständen beeinflussen. Gott bewahre, Ihr Charakter ist unwandelbar, Sie stehen wie der sprichwörtliche Fels in der Brandung. Und ich? Ich bin eben nur ein menschliches Wesen. Ein Glück, daß ich nur einen Tatsachenbericht schreibe und keinen Roman. Als Romanfigur wäre ich heutzutage unmöglich!)
Etwa eine halbe Stunde später brachte mir das Mädchen meiner Quartierwirtin einen dicken Umschlag, den ›ein fremder Herr mit englischem Akzent und einem fürchterlichen Gesicht‹ für mich abgegeben hatte. Besagter Herr wollte in einer Weile noch einmal persönlich vorsprechen. Das dralle, sonst immer fröhliche junge Ding zitterte, als hätte sich der leibhaftige Satan bei mir angemeldet, und fragte ängstlich, ob ich ihn wirklich empfangen würde.
Ich bejahte kurz, schickte sie hinaus und öffnete den Umschlag. Er enthielt meinen Paß und – wirklich – einen Brief von Mrs. Finch.
War er geöffnet? Natürlich. Der Versuchung hatte Oscar nicht widerstehen können. Wenigstens hatte er noch ein paar eigene Bleistiftzeilen hinzugefügt. Sie lauteten:
›Sobald ich wieder zum Reden imstande bin, komme ich, um

Ihre Verzeihung zu erflehen. Im Moment wage ich mich noch nicht vor Ihre Augen. Wenn Sie Mrs. Finchs Brief gelesen haben, wissen Sie, warum.‹

Ich las den Brief. Er war vom 5. September datiert. Die ersten Zeilen waren nicht gerade welterschütternd: Dank für meinen Brief – gute Besserungswünsche für meinen Vater – Baby hat Durchfall – Mr. Finchs letzte Predigt – weitere Informationen über eine mir völlig unbekannte Person, die mich, wie Mrs. Finch glaubte, freudig überraschen würden. Und so weiter, und so – Was!!! ›Oscar Dubourg ist nun auch wieder da. Zur Zeit leistet er Lucilla in Ramsgate Gesellschaft.‹

Der Brief knisterte in meiner unwillkürlich geballten Faust. Nugent hatte meine schlimmsten Ahnungen wahr gemacht! Mit welchen Gefühlen mochte der echte Oscar hier in Marseille die unschuldige Nachricht gelesen haben, ›er‹ befinde sich in Ramsgate? (Schlimm, aber wahr: Ich konnte mich eines flüchtigen Triumphgefühls nicht erwehren. Der Mensch ist böse von Jugend an.)

Ich schüttelte die unschöne Anwandlung ab, schämte mich, war wieder brav, glättete den Brief und suchte nach Neuigkeiten über Lucillas Gesundheitszustand. Wenn sie geheilt war, mußte Miß Batchford ihr meinen Brief inzwischen ausgehändigt haben, mußte Lucilla über Nugents Betrug aufgeklärt und somit auf die Rückkehr des echten Bräutigams vorbereitet sein. Alles würde wieder gut werden – dank wem? Selbst mein Liebling Lucilla würde es nun tiefgerührt eingestehen: Nur dank mir!

Aber leider kam nach dem Satz über Ramsgate seitenlang nichts als *twaddle,* wie die Engländer sagen, müßiges Geschwätz. Mrs. Finch beklagte lang und breit, daß sie (hellsichtiger Oscar!) meinen Brief verlegt habe und daher in Verlegenheit wegen meiner Adresse sei. Vielleicht finde sich der Brief bis morgen wieder, sonst müsse sie es mit *poste restante* versuchen, wie die Köchin ihr geraten habe. (Also nicht Mr. Finch; da hatte ich mich geirrt.) Die Köchin habe nämlich Verwandte im Ausland und wisse in solchen Dingen sehr gut Bescheid. So ging es milde und freundlich in Mrs. Finchs dünner, liederlicher Handschrift weiter und weiter bis zum Ende der dritten Seite.

Ich wendete das Blatt ungeduldig um. Himmel! Schon der optische Eindruck verhieß nichts Gutes. Die Schrift wurde fahriger denn je, zwei Tintenkleckse verunzierten das Papier, und der Stil war leicht hysterisch. Am besten schreibe ich wörtlich ab, damit Sie sich selbst ein Bild machen:

›Einige Stunden später – Teezeit – oh, liebe Freundin, ich zittere so, daß ich kaum die Feder halten kann – denken Sie sich, Miß Batchford ist gekommen – außer sich – Lucilla ist mit Oscar durchgebrannt – kein Mensch weiß, warum und wohin, nur daß sie weg sind. Oscar hat Miß Batchford nur einen kurzen Abschiedswisch hinterlassen – ohne jede vernünftige Erklärung – bitte, bitte, kommen Sie her, sobald Sie können – Mr. Finch wäscht seine Hände in Unschuld – will mit der ganzen Sache nichts zu tun haben – Miß Batchford hat wütend kehrtgemacht – Familienkrach schlimmer denn je – das ist nun mal nicht anders – muß jetzt zu Baby, das sich blau im Gesicht schreit – Kommen Sie bald!

Ihre unglückliche
Amelia Finch‹

Alle Wutanfälle meines bewegten Lebens waren zahm im Vergleich mit dem, den ich jetzt erlitt. Also hatte Nugent mich und meine Vorsichtsmaßnahmen doch überlistet! Ungehindert und ungestraft, auf die gemeinste Art hatte er Oscar die Braut geraubt! Ich ließ jede damenhafte Zurückhaltung vermissen. Ich setzte mich mit einem Bums, streckte die Beine irgendwie von mir wie ein Mann und rammte die Fäuste in die Taschen meines Hausmantels. Wahrscheinlich denken Sie, ich hätte vor Zorn geweint. Ein Wort in Ihr Ohr – sagen Sie's nicht weiter: Ich fluchte!
Ein leises Klopfen an der Tür störte mich. Ich riß sie in meiner Wut sperrangelweit auf – und sah mich Oscar gegenüber.
Sein Gesichtsausdruck bewirkte, daß ich augenblicklich still wurde, und in seiner Stimme war etwas, das mir sogar die Tränen in die Augen trieb, als er sagte:
»Ich fahre in zwei Stunden nach England ab, Madame Pratolungo. Wollen Sie mir vorher verzeihen?«
Nichts weiter. Aber hätten Sie ihn in dieser Minute gesehen und gehört, so wären auch Sie bereit gewesen, ihm nicht nur zu ver-

zeihen, sondern mit ihm durch dick und dünn zu gehen, bis ans Ende der Welt, wenn es sein müßte. Und Sie hätten es ihm auch gesagt, wie ich es tat.
Zwei Stunden später saßen wir miteinander im Zug.

14. Heimkehr nach England

Vermutlich sind Sie jetzt einigermaßen neugierig, wie Oscar die Enthüllung des brüderlichen Schurkenstreichs aufnahm. Es ist für mich gar nicht so einfach, Ihrer Neugierde Genüge zu tun. Oscars Verhalten verblüffte mich nämlich selbst.
Der erste nennenswerte Satz, den er wieder an mich richtete, fiel erst auf dem Weg zum Bahnhof. Oscar fragte mich, aus tiefen Gedanken heraus, welche Schlüsse ich aus Mrs. Finchs Brief gezogen hätte.
Ich versuchte eine direkte Antwort zu umgehen, aber Oscar ließ sich auf diese Allerweltsart nicht abspeisen.
»Sie täten mir wirklich einen Gefallen«, sagte er ernst, »wenn Sie mir jetzt eine schonungslose Antwort gäben. Der Brief hat in mir einen so furchtbaren Argwohn gegen meinen lieben, guten Bruder erweckt, mit dem ich doch immer ein Herz und eine Seele war, daß ich mich lieber für geistesgestört erklären lasse, als daran zu glauben. Entnehmen *Sie* Mrs. Finchs Brief, daß Nugent sich unter meinem Namen bei Lucilla eingeschlichen hat? Glauben *Sie*, daß er sie wochenlang irregeführt und sogar zur gemeinsamen Flucht überredet hat – und sie bei alledem stets unter dem Eindruck ließ, sie gäbe *meinen* Bitten nach und vertraue sich *mir* an?«
Ich antwortete kurz und bündig:
»Ja. Genau das hat Ihr Bruder getan.«
Er atmete tief ein. Seine letzten Zweifel waren nun offenbar behoben.
»Das hat mein Bruder getan«, murmelte er. »Nach meinem größten Opfer. Nach meinem ausdrücklichen Appell und meinem Glauben an seine Ehre. Was verdient so ein Mensch?« fuhr er nach einer Pause in bedrohlich leisem Ton fort.

»Er verdient«, sagte ich schnell, »was er erhalten wird, sobald wir in England sind. Sie brauchen ja nur zu erscheinen: die Blamage wird für ihn bis ans Ende seiner Tage ein Denkzettel sein. Gibt es für einen jungen Draufgänger wie Nugent eine schlimmere Strafe als Bloßstellung und Niederlage?«
Oscar wandte das Gesicht ab und schwieg, bis wir am Bahnhof aus der Droschke stiegen. In der Schalterhalle zog er mich einen Moment beiseite.
»Ich weiß eigentlich gar nicht, warum ich Sie von Ihrem armen Vater wegreiße«, sagte er abrupt. »Ich sehe jetzt erst ein, wie egoistisch ich bin.«
»Seien Sie ganz beruhigt«, erwiderte ich. »Wenn wir uns heute nicht getroffen hätten, wäre ich morgen sowieso nach England gefahren, um mich nach Lucilla umzusehen. Mein Koffer war schon gepackt.«
»Aber da ich nun fahre«, beharrte er, »könnten Sie sich doch die Reise sparen! Ich halte Sie über alles auf dem laufenden. Sie machen sich ganz überflüssige Mühen und Ausgaben.«
»Noch ein Wort dieser Art«, bemerkte ich, »und ich weiß, daß Sie mich bei dieser Englandreise gern los sein möchten.« Er warf mir einen mehrdeutigen Seitenblick zu – und ging mir ohne weitere Widerrede voran zum Billettschalter. Mir gefiel sein Umschwenken durchaus nicht. Es war mehr als sonderbar.
Schweigend lösten wir unsere Fahrkarten, schweigend stiegen wir ins Zugabteil. Bei der Abfahrt wollte ich ihm etwas Aufmunterndes sagen, aber alles, was er darauf erwiderte, war:
»Geben Sie sich bitte keine Mühe mit mir. Ich werde schon selbst damit fertig. Haben Sie nur die Güte, mir etwas Zeit zu lassen.«
Er hatte sich wirklich sehr verändert. Früher hatte er sich über jeden Kummer unbedingt aussprechen müssen und meine Teilnahme in Anspruch genommen, ja zuweilen stark überfordert. Jetzt, wo die Lage tatsächlich ernst war: nichts dergleichen! Die verborgenen Kraftreserven in ihm, die sich am Tage von Lucillas erstem Sehversuch zum erstenmal bewährt hatten, schienen in den vergangenen Monaten einen neuen Menschen aus ihm gemacht zu haben.
Soweit war ich mit seinem Wandel durchaus einverstanden. Aber im Gegensatz zu früher konnte ich jetzt beim besten Willen nicht

mehr erraten, was unter der stillen Oberfläche vorging. Ich kann nur sagen, daß sich unbestimmte Befürchtungen in mir regten, besonders nach seinem merkwürdigen Versuch, mich noch in letzter Minute abzuhängen. Nicht um eine Million hätte ich ihn allein nach England fahren lassen!

Auf mich selbst angewiesen, beschäftigte ich mich während der ersten Stunden der Fahrt mit der Überlegung, wohin wir uns in England zuerst wenden sollten. Ich kam zu dem Schluß: direkt nach Dimchurch. Dort konnten wir am ehesten mit neuen Nachrichten von Lucilla rechnen.

Für den Fall, daß Lucilla selbst wieder im Pfarrhaus war und Oscars plötzliches Erscheinen für sie immer noch ein gefährlicher Schock sein könnte (was wußte ich von ihrem Gesundheitszustand?), mußte durch Benachrichtigung Grosses vorgesorgt werden. Wenn er es für richtig und nötig hielt, konnte er dann bei unserer Ankunft zugegen sein und alles, was geschah, ärztlich überwachen.

Ich unterbreitete Oscar das Resultat meiner Gedanken und fragte ihn nach seiner Meinung. Er erklärte sich kurz mit allem einverstanden. Mit anderen Worten: Er überließ wieder einmal alles mir.

In Lyon hatten wir einen längeren Aufenthalt, den ich dazu benutzte, an Mr. Finch und Dr. Grosse zu telegrafieren. Bei guten Zug- und Schiffsanschlüssen könnten wir schon am frühen Abend des nächsten Tages in Dimchurch eintreffen (also am 18. September); man möge uns demgemäß erwarten.

Nachdem dies erledigt war und ich noch etwas Reiseproviant am Bahnhofsbüfett eingekauft hatte, bestiegen wir wieder den Zug für die lange Strecke nach Paris.

Unter den Neuzugestiegenen war ein junger Engländer in klerikalem Gewand. Zum erstenmal in meinem Leben begrüßte ich den Anblick eines Priesters. Ein schwerer Zweifel nagte an meiner Seele (und auch an Oscars, wie ich vermute, obgleich wir darüber noch kein Wort gesprochen hatten), und dieser junge Gottesmann kam mir geradezu zupaß. Ich mußte ihm nämlich eine sehr wichtige Frage stellen. Konnten Lucilla und Nugent womöglich schon verheiratet sein?

Der Zug war kaum aus der Station heraus, als ich, die Pfaffenfeindin, diesen Pfaffen aufs liebenswürdigste unter meine Fittiche nahm. Er war, wie gesagt, jung und außerdem schüchtern, aber unter der Sonne meiner Huld taute er alsbald auf. Als die übrigen Abteilgenossen (mit Ausnahme Oscars) sich zum Schlafen zurechtrückten und die Lampe heruntergeschraubt wurde, war unser Geplauder so weit gediehen, daß ich meine Frage unverfänglich einflechten konnte.

»Wie ist es eigentlich mit den Heiratsfristen, Sir? Nehmen wir mal an, ein Herr und eine Dame, beide mündig, seien am Fünften dieses Monats innerhalb Englands von einem Ort an einen anderen umgezogen: Wie lange dauert es, bis sie an dem neuen Ort rechtsgültig getraut werden können?«

»Sie meinen doch eine kirchliche Trauung?« war natürlich die erste Gegenfrage des jungen Klerikers.

»Selbstverständlich.«

(Hierin konnte ich mich bei der Pfarrerstochter Lucilla schwerlich irren.)

»Vorausgesetzt«, dozierte mein Pfäfflein, »daß mindestens einer der Heiratskandidaten ununterbrochen an dem Ort bleibt, an den er am Fünften gezogen ist, kann die Heiratslizenz am Einundzwanzigsten des Monats erteilt werden – unter Umständen auch schon am Zwanzigsten.«

»Früher nicht?«

»Nein, früher keinesfalls.«

Ich drückte meinem geistlichen Berater unter dem Schutz der Dunkelheit dankbar die Hand und flüsterte Oscar, der an meiner anderen Seite saß, ins Ohr:

»Noch ist nicht alles verloren. Morgen ist erst der Achtzehnte. Wir haben noch Zeit, Lucilla zu retten!«

»Wenn wir sie finden!« flüsterte Oscar zurück.

Richtig – diese Schwierigkeit hatte ich im Moment ganz vergessen. Lucillas jetzigen Aufenthalt konnten wir, wenn überhaupt, frühestens im Pfarrhaus von Dimchurch erfahren. Bis dahin konnten wir nichts tun, als geduldig weiterzuhoffen.

Mit der Beschreibung unserer Reise verschone ich Sie. Sie war, wie alle Reisen, voll von unangenehmen und günstigen kleinen Zwischenfällen. Einige Anschlüsse waren schlecht, so daß wir

erst kurz vor Mitternacht des 18. September das Pfarrhaus von Dimchurch erreichten.
Reverend Finch in eigener Person öffnete uns das Gartentor, eine Laterne in der Hand. Beim Anblick Oscars erhob er fromm die Augen (und die Lampe) gen Himmel, und seine ersten Worte waren: »Unerforschliche Vorsehung!«
»Haben Sie Lucilla gefunden?« fragte ich.
Mr. Finch, dessen Aufmerksamkeit völlig auf Oscar konzentriert war, hörte gar nicht hin. Er streifte mechanisch meine Hand und erklärte mich für ein ›gutes Geschöpf‹, worauf er sich beeilte, Oscar beim Aussteigen behilflich zu sein. Ich konnte sehen, wie ich mir selbst half. Wenn nicht ich, sondern ein Hund in Oscars Begleitung gewesen wäre, hätte er mich nicht gönnerhafter abtun können. Mein innnigster Wunsch in diesem Moment war, wirklich ein Hund zu sein. Dann hätte ich das unschätzbare Privileg gehabt, Mr. Finch zu beißen!
»Haben Sie Madame Pratolungo nicht gehört?« fragte Oscar scharf. »Ist Lucilla gefunden?«
»Jetzt, da Sie hier sind, mein lieber Oscar – hoffen wir sie zu finden.«
Mit dieser Antwort gab Mr. Finch, wenigstens für mich, das Geheimnis seines außerordentlichen Herumscharwenzelns um Oscar preis. In ihm sah er die letzte Chance, Lucillas Heirat mit einem jungen Habenichts zu verhindern: Oscar war für ihn im wörtlichsten Sinne nur mit Gold aufzuwiegen.
Während wir ins Haus gingen, fragte ich nach Grosse. Die tönende Baßstimme Mrs. Finchs kippte vor Erstaunen, daß ich jemand anderen als Oscar zu erwähnen wagte, beinahe ins Tenorregister. Immerhin verschwendete er ein paar kostbare Sekunden zu einer Art Antwort.
»Beste Madame, belästigen Sie mich jetzt nicht mit Grosse! Der liegt krank in London. Er hat Ihnen geschrieben, glaube ich... Vorsicht, Stufe, lieber Oscar«, fügte er im selben Atemzug im samtigsten Baß hinzu. »Mrs. Finch erwartet Sie mit offenen Armen. Wir beide haben Sie so sehnlichst erwartet, mit Ungeduld und zärtlichster Elternliebe, wenn ich mich so ausdrücken darf. Geben Sie mir Ihren Hut, bemühen Sie sich nicht. Ah, was Sie erduldet haben müssen! Teilen Sie meinen Glauben an die allgü-

tige Vorsehung, und tragen Sie auch diese letzte Prüfung, wie ich, mit christlicher Gelassenheit! Noch ist nichts verloren. Nur Mut! Nur Mut!« Er riß die Tür des Wohnzimmers auf und orgelte hinein: »Fasse dich, Mrs. Finch. Unser teurer Schwiegersohn – unser schwergeprüfter Oscar –, hier ist er!«
Mrs. Finch kam uns unsicher entgegen. Ist es noch notwendig, sie zu beschreiben? Trotz der späten Stunde war ihr Auftritt von sämtlichen gewohnten Requisiten begleitet: dem Roman, dem Baby, dem (eben verlorenen) Taschentuch, der unsterblichen blauen Merinojacke über dem schleppenden Morgenrock – und das feuchte Weib darin wirkte so feucht wie eh und je. Sie begrüßte Oscar mit heruntergezogenen Mundwinkeln und gramvollem Kopfwiegen, um ihre Anteilnahme zu zeigen, und wandte sich dann erleichtert zu mir. Die Veränderung ihres Ausdrucks war wundersam: Zu meinem Erstaunen sah ich die wasserblauen Augen regelrecht funkeln und ein breites, verschmitztes Lächeln ihre Lippen umspielen... Was mochte das bedeuten? Des Rätsels Lösung wurde mir alsbald zuteil. Als die Dame des Hauses mich für sich allein hatte (was bei Mr. Finchs ausschließlicher Besorgtheit um Oscar nicht schwer war), hielt sie mir triumphierend das Baby hin und flüsterte mir zu: »Was, meinen Sie wohl, ist passiert, während Sie in Frankreich waren?«
»Das kann ich wirklich nicht erraten«, sagte ich.
»Er bekommt die ersten beiden Zähnchen! Da, fühlen Sie mal selbst mit dem Finger nach!«
Alles Leid wurde bei Mrs. Finch durch unbändiges Mutterglück mehr als wettgemacht. Wie schön. Ich steckte dem Baby instruktionsgemäß den Finger in den Mund und wurde von dem mit Recht erbosten Kind augenblicklich gebissen. Mrs. Finch hätte beinahe aufgejubelt. Im Bestreben, dieses unziemliche Geräusch zu ersticken, bemerkte sie, daß ihr das Taschentuch fehlte, sah es in der Ecke, aus der sie gekommen war, und zog sich dorthin zurück, um es aufzuheben und das Kind in die gleichfalls dort befindliche Wiege zu legen.
Inzwischen hatte Mr. Finch zwei Briefe vom Kaminsims genommen. Den einen warf er belästigt auf den Tisch; den anderen behandelte er mit großer Zartheit und überreichte ihn Oscar unter schwerem Seufzen und märtyrerhaftem Augenverdrehen.

»Ermannen Sie sich, mein Sohn, und lesen Sie dies«, tremolierte er in den ergreifendsten Kontrabaßtönen. »Ich hätte Ihnen diesen bitteren Kelch gern erspart. Unser aller Hoffnung ruht bei Ihnen.« Oscar zog ein Notizbuchblatt aus dem Umschlag, überflog die ersten Worte, sah nach der Unterschrift – und schleuderte das Blatt zu Boden. In seinem Ausdruck mischten sich Zorn und Entsetzen. »Das lese ich nicht!« schrie er – zum erstenmal seit unserem Wiedersehen ließ er seiner Leidenschaft die Zügel schießen. »Wenn ich das lese... bringe ich ihn um!« Er sank auf einen Stuhl und bedeckte sein Gesicht mit den Händen. »Oh, Nugent, Nugent, Nugent!« stöhnte er unterdrückt.
Ich hob den Brief auf und las ihn, ohne um Erlaubnis zu bitten: jetzt war nicht der Moment für lange Zeremonien. Es war der Brief, den Sie bereits aus Lucillas Tagebuch kennen, in dem Nugent Miß Batchford über seine Flucht aus Ramsgate informierte. Unterschrift: Oscar. Zu ihrer Gedächtnisauffrischung brauche ich hier nur einige Zeilen wörtlich zu wiederholen:

›...Sie begleitet mich zu einer Verwandten von mir, einer verheirateten Dame, in deren Haus und unter deren Obhut sie bis zu unserer Heirat verweilen wird.‹

Mir fiel ein Stein vom Herzen. Nugents verheiratete Verwandte war ja nach ehernem Naturgesetz auch Oscars Verwandte! Oscar brauchte uns nur zu sagen, welche Dame in Frage kam und wo sie wohnte, und wir hatten Lucillas Spur gefunden!
Ich unterbrach Mr. Finch, der eben im Begriff war, Oscar mit seinem geistlichen Trost vollends zum Wahnsinn zu treiben.
»Überlassen Sie das Weitere mir«, sagte ich energisch. »Ich weiß jetzt, was wir brauchen.«
Dann wandte ich mich, ohne den fassungslosen empörten Blick des Pfarrers zu beachten, an Mrs. Finch.
»Wir haben eine lange, anstrengende Reise hinter uns. Besonders Oscar ist angegriffen. Würden Sie so gut sein und ihm sein Zimmer zeigen?«
Mrs. Finch stand sofort freundlich auf. Ihr Gatte öffnete die Lippen, um ein donnerndes Veto einzulegen, aber ich fuhr ihn abermals über den Mund:
»Lassen Sie ihn endlich in Ruhe. Ich verstehe ihn besser als Sie.«

Der Papst von Dimchurch rang zum erstenmal vergeblich nach Worten. Meine Kühnheit überstieg selbst seine Ausdrucksgewalt. Ich nahm Oscars Arm und sagte besänftigend: »Sie sind übermüdet. Gehen Sie in Ihr Zimmer. In ein paar Minuten bringe ich Ihnen einen heißen Schlaftrunk.« Er stand stumm auf, ohne mich oder die anderen anzusehen, und folgte Mrs. Finch hinaus. Ich holte mir inzwischen von der Anrichte, auf der ein Imbiß für uns späte Gäste bereitstand, alles Nötige, setzte den Teekessel auf den Spirituskocher, mischte mein Stärkungsgebräu nach eigenem Rezept und begab mich, als es fertig war, damit zur Tür. Mr. Finchs glotzende, fast hervortretende Augen folgten die ganze Zeit jeder meiner Bewegungen, ohne mich im geringsten zu stören. Erst als ich mit der freien Hand nach der Klinke griff, fand er seine Stimme wieder.

»Darf ich fragen, Madame Pratolungo, mit welchem Recht Sie sich hier so eigenmächtig zu schaffen machen?«

»Mit dem Recht der vertrauten Freundin«, erwiderte ich prompt. »Beruhigen Sie sich: morgen sind Sie uns beide los.« Damit schlug ich die Tür hinter mir zu. Wenn ich mit Mr. Finch verheiratet gewesen wäre (schrecklicher Gedanke!), hätte ich ihn vielleicht zu einem erträglichen Menschen zurechtgestutzt.

Mrs. Finch begegnete mir im oberen Korridor und zeigte mir Oscars Zimmertür. Ich traf ihn beim rastlosen Auf- und Abschreiten. Bei meinem Eintritt blieb er stehen und fing an, von Nugents Brief zu reden. Ich hatte diese schmerzliche Sache heute eigentlich nicht mehr erwähnen wollen und suchte ihn abzulenken, aber umsonst. Schließlich sah ich ein, daß er trotz meines Schlaftrunks kein Auge zutun würde, wenn ich nicht auf ihn einging.

»Ich will den Brief nicht lesen«, wiederholte er. »Ich will nur wissen, wie es Lucilla geht.«

»Lucilla ist gut aufgehoben und in Sicherheit«, erwiderte ich.

Er packte mich am Arm und durchforschte mein Gesicht. »Gut aufgehoben? Wo? Bei *ihm*?«

»Bei einer verheirateten Dame – einer Verwandten.«

Er ließ meinen Arm los und dachte einen Augenblick nach. »Das kann nur meine Cousine in Sydenham sein!« rief er aus.

»Wissen Sie, wo sie wohnt?«

»Ganz genau.«
»Dann fahren wir morgen hin. Lassen Sie sich für heute genügen, daß wir wissen, wo sie ist. Jetzt brauchen Sie unbedingt Ruhe.«
Ich reichte ihm die Hand. Er nahm sie geistesabwesend. »Habe ich unten im ersten Schreck dummes Zeug geredet?« fragte er plötzlich mit einem schnellen, mißtrauischen Blick.
»Nichts, was nicht jeder im ersten Schreck daherredet«, tröstete ich ihn. »Kein Mensch hat darauf geachtet.«
»Bestimmt nicht?«
»Bestimmt nicht. Gute Nacht.«
Ich verließ das Zimmer mit ähnlichen Gefühlen wie auf dem Bahnsteig von Marseille. Oscars gefaßte Haltung gefiel mir noch weniger als seine früheren Wutausbrüche. Sein Benehmen war unnatürlich – und unheimlich.
Im Wohnzimmer fand ich zu meiner Erleichterung nur noch Mrs. Finch an der Wiege vor. Der Gatte, Vater und Seelsorger hatte sich tief gekränkt zurückgezogen. Ich konnte in Frieden meinen Imbiß zu mir nehmen, während Mrs. Finch das Baby wiegte und ziellos, aber nach Herzenslust vor sich hin schwatzte.
Ab und zu waren unter ihren Familienneuigkeiten sogar solche, die mich interessierten.
Der neue Streit zwischen Mr. Finch und Miß Batchford, der die alte Dame nach kürzester Zeit wieder aus dem Hause getrieben hatte, wurzelte vor allem in Reverend Finchs ›christlicher Gelassenheit‹, als er von der Flucht seiner Tochter hörte. Er hatte natürlich gedacht, Lucilla sei aus unerfindlichen Gründen, vielleicht nur einer romantischen Laune, mit dem echten Oscar durchgebrannt, dessen Vermögensüberschreibung auf seine künftige Frau sicher in seinem, Finchs, Gewahrsam ruhte. Erst als Miß Batchford von Grosse, der am Tag nach der Flucht vergebens nach Ramsgate kam, die Wahrheit erfuhr und Mr. Finch brieflich mitteilte, nicht Oscar, sondern der nichtsnutzige Verschwender Nugent sei mit Lucilla durchgebrannt, wurde das Vaterherz von äußerster Sorge ergriffen. Von diesem Tage an hatten Miß Batchford, Mr. Finch und Dr. Grosse, jeder aus anderen Gründen und jeder auf seine Weise, nach den Verschwundenen gesucht – aber vollkommen ergebnislos. Erst meine tele-

grafische Ankündigung, Oscar und ich kämen nach England zurück, hatte etwas Hoffnung aufflackern lassen, daß die Eheschließung noch verhindert werden könnte, ehe es zu spät war. Die Erwähnung Grosses in Mrs. Finchs weitschweifiger Erzählung erinnerte mich daran, daß er mir ja geschrieben haben sollte. Nach kurzer Suche fanden wir den Brief da, wo Mr. Finch ihn verächtlich hingeworfen hatte, auf dem Tisch neben dem Kamin.

Der Text war nur kurz. Grosse schrieb mir in sonderbarem, aber herzlichem und offenem Englisch, daß er sich wegen Lucilla Tag und Nacht Sorgen mache, aber einen Gichtanfall habe (er nannte es ›Zipperlein‹) und bei jedem Versuch, den kranken Fuß zu bewegen, infernalische Qualen ausstehen müsse. ›Wenn Sie auf Ihrer Suche über London kommen, liebe, gute Madame Pratolungo‹, schloß der Brief, ›machen Sie mir bitte einen kurzen Besuch. Ich muß Ihnen etwas sehr Ernstes und Schlimmes sagen. Es handelt sich um die Augen meines armen kleinen Piepmätzchens.‹

Es ist nicht mit Worten zu schildern, wie mir dieser letzte Satz in die Seele schnitt, um so mehr, als Mrs. Finch mir erzählte, was Miß Batchford während ihres kurzen Streitgesprächs im Pfarrhaus zu diesem Thema gesagt hatte. Grosse war schon am 4. September (bei seiner letzten Visite in Ramsgate) ernstlich alarmiert und aufgebracht gewesen, und am 5. morgens hatte das Dienstmädchen berichtet, Lucilla sehe bei herrlichstem Wetter nur noch ›Nebel‹. Am gleichen Tag war sie mit Nugent entflohen und Grosses kundiger Behandlung somit entrückt...

Diese schlimmste aller Neuigkeiten hielt mich, ungeachtet meiner Reisemüdigkeit, noch lange wach. Trotzdem stand ich am nächsten Morgen um sechs auf. Meine Ungeduld, möglichst mit dem ersten Zug nach London zu kommen, hielt mich nicht länger im Bett.

15. Ein Besuch bei Dr. Grosse

Oscar hatte mich, was Frühaufstehen betraf, noch geschlagen. Er hatte bereits um fünf das Pfarrhaus verlassen, den braven Gastwirt Gootheridge aus dem schönsten Morgenschlummer gerissen und um den Schlüssel von Browndown gebeten.
Beim hastigen Frühstück im Pfarrhaus sagte er uns nur, er habe in Browndown einmal nach dem Rechten sehen und sich ein paar von den Sachen holen wollen, die in dem verlassenen Haus zurückgeblieben waren. Sein verschlossenes Gesicht und der Ton, in dem er diese kurze Erklärung abgab, gefielen mir weniger denn je, aber ich behielt das für mich. Später, beim Aufbruch, bemerkte ich, daß er seinen losen Reisemantel schief zugeknöpft hatte, und streckte als ordnungsliebende Frau die Hand aus, um ihm zu helfen. Oscar zuckte augenblicklich zurück, als ich dabei zufällig seine Brusttasche streifte. Hatte er etwas darin, was ich nicht fühlen sollte? Eine von den Sachen aus Browndown?
Wir erreichten den frühen Expreßzug nach London – leider zu dritt. Mr. Finch hatte sich an Oscar gehängt wie eine Klette und bestand darauf, mitzufahren. Der Fahrplan belehrte uns, daß wir in London eine Stunde warten mußten, ehe wir die kurze Strecke nach Sydenham weiterfahren konnten. Ich hatte also Zeit für einen kurzen Besuch bei Grosse. Da ich Oscar noch nichts über die Verschlechterung von Lucillas Zustand gesagt hatte und erst die fachärztliche Meinung hören wollte, ehe ich ihn auch noch mit dieser Sorge belastete, schützte ich irgendeine gleichgültige Besorgung vor, ließ die beiden Herren im Wartesaal und nahm mir vor dem Bahnhof eine Droschke.
Ich fand unseren berühmten Augenarzt in einem tiefen Großvatersessel vor, den kranken, mit kühlenden Kohlblättern umwickelten Fuß auf einen Schemel gelagert, und mit Augen, die vor Körper- und Seelenpein wütender durch die Brillengläser funkelten als je zuvor. Den Grad seiner Aufregung konnte ich daran ermessen, daß er auf mein freundliches ›Guten Morgen‹ drohend die Faust in der Luft schüttelte und mich anschrie:
»Von wegen ›Guten Morgen‹!« (Hierauf folgte ein klassisches Zitat, das ich von meiner Dresdener Zeit her kannte.) »Wo, wo, wo ist meine kleine Fink?«

Ich sagte ihm, daß wir zu ihr unterwegs seien. Grosse deutete mit wild schlenkerndem Zeigefinger auf den Kamin und befahl: »Nehmen Sie die Flasche da vom Sims – und die beiden Augenschälchen daneben auch. Reden Sie nicht so viel! Machen Sie, daß Sie wegkommen, und retten Sie Finkchens Augen! Passen Sie auf – so. Sie beugen ihr den Kopf weit nach hinten – so!« Er demonstrierte die gewünschte Position so gewaltsam am eigenen Leibe, daß er seinen kranken Fuß mit in die Höhe riß und einen schrillen Jammerlaut ausstieß. Nichtsdestoweniger fuhr er in seiner Beschreibung fort, nachdem er sekundenlang mit mahlenden Kiefern auf seinem Schnauzbart gekaut hatte. »Also – Kopf hintenüber. Augenschälchen mit der Lotion füllen – und drauf damit auf die offenen Augen. Sie kennt das – sie muß und wird mit den Lidern plinkern – tüchtig durchspülen – drei Minuten lang – Sie halten die Schälchen fest, notfalls nachfüllen – sechsmal täglich – und wenn sie kreischt, hören Sie nicht hin. Und vor allem: Bringen Sie sie auf dem schnellsten Wege zu mir. Um Gottes und aller Heiligen willen, bringen Sie sie her! – Wozu stehen Sie noch hier rum? Los, los, vorwärts marsch!«
»Ich habe noch eine Frage wegen Oscar«, sagte ich.
Grosse packte das Kissen, das ihm als Nackenstütze diente, offenbar in der Absicht, meinen Abgang durch einen gutgezielten Wurf zu beschleunigen. Ich zückte als beste Verteidigungswaffe meinen Fahrplan. »Wenn ich nicht hier herumstehe, muß ich auf dem Bahnhof herumstehen. Sehen Sie bitte selbst.«
Mit einiger Mühe überzeugte ich ihn, daß ich Sydenham auf keine Weise schneller als mit dem Zug erreichen konnte und daher noch eine gute Viertelstunde Zeit hatte. Grosse schloß die Augen und lehnte sich erschöpft zurück. »Was auch passiert«, bemerkte er matt, »Frauen müssen schwätzen. Also schwätzen Sie.«
Ich nahm unaufgefordert Platz und begann.
»Sie müssen wissen, daß ich in einer sehr schwierigen Lage bin. Oscar fährt mit zu Lucilla. Natürlich werde ich vor allem Sorge tragen, daß er und Nugent nicht aneinandergeraten. Aber ich weiß nicht, was ich in Lucillas Fall tun soll. Muß ich sie erst auf Oscars Anblick vorbereiten?«
»Meinetwegen können Sie ihr den Teufel höchstpersönlich zei-

gen«, knarrte Grosse, »Hauptsache, Sie bringen sie anschließend sofort zu mir! Bereiten Sie lieber Ihren Oscar auf eine peinliche Überraschung vor! Das arme Ding braucht keine Vorbereitung mehr – sie ist von ihm schon arg enttäuscht genug!«
»Enttäuscht? Von Oscar?« fragte ich benommen. »Pardon, jetzt verstehe ich gar nichts mehr.«
Er rückte sich mühselig in seinem Sessel zurecht und berichtete mir, nun in sanftem und betrübtem Ton, von dem Privatgespräch mit Lucilla in Ramsgate, das uns aus ihrem Tagebuch bekannt ist. Zum erstenmal hörte ich nun von den Veränderungen ihres Fühlens und Denkens, die ihr so schrecklich zu schaffen machten. Ich hörte von dem vielsagenden Ausbleiben des alten Wonnegefühls, wenn Nugent ihr die Hand drückte, und auch von ihrer Ernüchterung beim Anblick seiner Züge, die sie sich in ihrer blinden Phantasie so überirdisch schön und strahlend vorgestellt hatte.
»Aber sicherlich werden die alten Gefühle wiederkehren«, sagte ich bestürzt, »wenn ich ihr den echten Bräutigam bringe!«
»Die kehren nie wieder, nie... und wenn Sie ihr fünfzig Oscars bringen!«
Nun fing ich wirklich an, mich zu ängstigen. Ich konnte das unmöglich widerspruchslos hinnehmen. »Sie wollen doch nicht behaupten, daß der echte Oscar sie ebenso enttäuscht wie der falsche?«
»Gott, sind Sie blöd!« fuhr Grosse mir unhöflich über den Mund. »Ebenso? Noch mehr, liebe Dame, noch mehr! Da sie schon den Hübschen mit dem hellen Teint nicht mehr mag, sollte Ihnen ja Ihr eigener Verstand sagen, wie sie auf den Zwilling mit dem gruseligen Gesicht reagieren wird. Wissen Sie, wofür sie den halten wird? Für noch einen Betrüger, und zwar den schlimmeren von den beiden!«
Ich wies diese Prophezeiung entrüstet von mir.
»Sein Gesicht findet sie – vielleicht – noch enttäuschender als Nugents, aber da hört der Vergleich auf. Wenn Oscar ihre Hand ergreift, wird sie augenblicklich spüren, daß dies endlich wieder der richtige Mann ist und kein Betrüger.«
»Sie wird bei seinem Händedruck überhaupt nichts spüren – genausowenig wie Sie oder ich. Ich hatte einfach nicht die Courage,

ihr das zu sagen, als sie mich fragte. Aber Ihnen sage ich's. Halten Sie mal den Mund und hören Sie gut zu. All diese Wonnegefühle beim Händedruck und so weiter gehören einer vergangenen Zeit an: der Zeit, als sie mit den Fingern sah und nicht mit den Augen. Mit diesem fein-fein-superfeinen Fingerspitzengefühl der Blinden bezahlt sie nun das Privileg, die Welt mit offenen Augen sehen zu dürfen – und das ist, wie Sie zugeben werden, ein Opfer wert. Verstehen Sie? Die Natur schenkt einem nichts, sie handelt, sie hat mit unserem armen Finkchen ein Tauschgeschäft gemacht. Hie Augen – dort überfeinertes Empfinden. Beides zusammen gibt's nicht. Entweder das eine oder das andere. So! Haben Sie's nun kapiert?«

Ich war zu erschüttert, um zu antworten. Ich hatte so zuversichtlich damit gerechnet, daß ich Lucilla nur den richtigen Oscar zurückzubringen brauchte, und alles wäre wieder gut! Was nun? Ich saß stumm da und starrte blicklos vor mich hin auf das Teppichmuster.

»Ihre Viertelstunde ist um«, mahnte Grosse.

Ich rührte mich nicht. Seine Mattigkeit schwand; die wilden Augen hinter der Uhubrille begannen wieder zu funkeln.

»Hauen Sie ab!« brüllte er, als wäre ich taub. »Es dreht sich um Finkchens Augen, und Sie sitzen hier rum! Sie ist schon halb ruiniert vom Weinen und Grämen und all diesem blödsinnigen, gottverdammten Liebeskram... Nehmen Sie meinen heiligen Eid, daß ihre Augen schon vor vierzehn Tagen in äußerster Gefahr waren! Und seitdem hat sie keine Behandlung mehr gehabt – Himmelkreuzdonnerwetter! Soll ich Ihnen dieses große, harte Kissen an den Kopf schmeißen? Das geht bei mir eins-zwei-drei! Nein? Also ab – vorwärts marsch – und daß Sie sie mir ja auf dem Rückweg mitbringen!«

Niedergeschlagen kehrte ich zum Bahnhof zurück. Von all den Frauen, die ich in den Straßen sah, hatte in dieser Stunde sicher keine ein so schweres Herz wie ich.

Es wurde noch schwerer, als ich meine beiden Reisegefährten (den einen am Büfett, den anderen in rastlosem Hin- und Herwandern begriffen) wiedersah. Die Art, wie sie, jeder für sich, meinen Bericht entgegennahmen, war niederschmetternd. Mr. Finch brüstete sich förmlich mit seinem ›Ich hab's ja gleich gesagt!‹, das für viele Leute die schönste Selbstbestätigung zu sein scheint, nur daß er es nicht so kurz faßte wie die meisten seiner Gesinnungsgenossen. »Sie erinnern sich, Madame Pratolungo«, predigte er unter anderem, »daß ich von Anfang an auf höherer Warte stand? Daß ich Einspruch gegen das frevlerische Vorhaben dieses Grosse erhob, der unerforschlichen Vorsehung in den Arm zu fallen? Nun sehen Sie das Ergebnis! Aber mein väterlicher und geistlicher Rat wurde in den Wind geschlagen, mein moralisches Gewicht sozusagen beiseite geschoben. Der Herr läßt dergleichen nicht ungestraft. Nehmen Sie es sich zu Herzen, liebe Freundin. Möge es Ihnen eine Warnung für die Zukunft sein!« Er seufzte theatralisch und selbstzufrieden, wandte sich an die Bedienung hinter der Theke und fügte hinzu: »Noch einen Tee, bitte.«

Ich suchte Oscar auf dem Bahnsteig auf, unterbrach seine Wanderung und teilte auch ihm kurz mit, daß es um Lucillas Augen kritisch stehe. Oscars Reaktion war noch schlimmer als die Mr. Finchs (die ich vorausgesehen hatte). Ich übertreibe nicht, wenn ich sage, daß mir dabei Eiseskälte durch die Adern rann.

»Noch ein Punkt auf Nugents Schuldregister!« murmelte er, fast ohne die Lippen zu öffnen. Das war alles. Kein Wort der Teilnahme oder der Sorge, keine Frage. Nur diese leise, bedrohliche Bemerkung – und weiter nichts!

Während der Fahrt nach Sydenham beobachtete ich Oscar, der mir gegenübersaß, unablässig durch meinen Schleier, um zu sehen, ob seine Haltung nicht etwas weicher wurde, als wir unserem Ziel näher und näher rückten. Nein. Er wahrte von Anfang bis Ende das gleiche brütende Schweigen, die gleiche unheimliche Selbstbeherrschung. Ich hatte nicht die leiseste Ahnung, was hinter seiner blauschwarzen Stirn vorging. Ich wußte nur dies: Wenn ein Mann von Oscars ursprünglich weichem Temperament plötzlich zu Stein erstarrt, schweigt, keine Klage äußert, ist das ein Zeichen, das man ernst zu nehmen hat. In ihm braut sich etwas zusammen, das irgendwann mit verheerender Gewalt ausbrechen muß. Und wenn ein solcher Mann in einem menschlichen Konflikt eine Hauptrolle spielt, ist ein Drama zu befürchten, das man bis ans Ende seiner Tage nicht vergessen wird.

In Sydenham begaben wir uns ins nächste Hotel und mieteten

einen Salon, um in Ruhe zu besprechen, was wir im Zug, inmitten anderer Fahrgäste, nicht hatten besprechen können: wie wir uns am schnellsten und sichersten mit Lucilla in Verbindung setzen sollten.

16. In letzter Minute

In früheren Zweifelsfällen hatte sich Oscar meistens an die Meinung anderer gehalten. Diesmal eröffnete er die Diskussion – und zwar, indem er sie für überflüssig erklärte.

»Es ist zwecklos, daß wir erst lang und breit unsere verschiedenen Ansichten austauschen«, sagte er kurz. »Es gibt nur einen Weg. Ich bin derjenige, den die Sache am meisten angeht. Darum gehe ich jetzt unverzüglich zum Haus meiner Cousine. Erwarten Sie mich hier.«

Er nahm, ohne uns einen Blick zu gönnen, seinen Hut und wandte sich zur Tür. Sein Ton und seine Art zeigten mir immer deutlicher, daß Nugents Vertrauensbruch einen gefährlichen Mann aus ihm gemacht hatte und daß ich eine Begegnung der Brüder unbedingt verhindern mußte. Ich wollte gerade um Gehör ersuchen, als Mr. Finch gewichtig aufstand und Oscar den Weg zur Tür vertrat.

»Einen Moment, Oscar!« tönte er. »Sie vergessen *mich*!«

Oscar blieb mit verbissenem Ausdruck stehen und wartete. Mr. Finch machte eine Kunstpause. Offensichtlich wußte er selbst noch nicht, welche Worte in diesem Ausnahmefall zu wählen waren. Sein Respekt vor Oscars Vermögen war groß, aber sein Selbstrespekt, besonders in der gegenwärtigen Situation war, wenn möglich, noch größer. Der erstgenannte Respekt zwang ihn zur Höflichkeit, der andere zu männlicher Entschiedenheit.

»Gestatten Sie mir, mein lieber Oscar, Sie daran zu erinnern, daß die Sache mich als Lucillas Vater mindestens ebenso angeht wie Sie. In der Stunde der Not ist es meine väterliche Pflicht, zu meiner schwergeprüften Tochter zu eilen. Daher bestehe ich darauf, Sie zu begleiten.«

Oscar lehnte Mr. Finchs Begleitung rundweg ab.

»Danke. Ich möchte lieber allein gehen.«
»Darf ich mich nach Ihren Gründen erkundigen?«
»Ich möchte meinen Bruder zunächst unter vier Augen sprechen«, erwiderte Oscar, ohne uns anzusehen.
Mr. Finch suchte nach Worten, gab aber zum Glück die Tür noch nicht frei. Ich beeilte mich, einzugreifen.
»Erlauben Sie mir die Bemerkung, daß Sie es alle beide falsch anfangen. Auf diese Art werden Sie gar nicht ins Haus gelassen werden.«
Oscar und Mr. Finch drehten sich zu mir um und fragten beinahe wie aus einem Munde: »Wieso?«
»Sie können schließlich nicht die Tür einschlagen«, fuhr ich fort. »Sie müssen dem Diener, der Ihnen öffnet, Ihre Namen sagen – oder als Unbekannte Einlaß begehren. Im ersten Fall weiß Nugent, was ihm bevorsteht, und wird es zu verhindern wissen, daß Sie hereinkommen. Und Fremde läßt er erst recht abweisen. Lucilla würde in ihrer momentanen Lage vermutlich sowieso keine fremden Herren empfangen. Auf jeden Fall können Sie mir glauben, daß Sie unser Vorhaben nur komplizieren, wenn Sie übereilt vorgehen. Es ist ohnedies schwierig genug, diskret an Lucilla heranzukommen.« Am betroffenen Schweigen der beiden merkte ich, daß meine Argumente nicht so ohne weiteres von der Hand zu weisen waren.
»Und was schlagen Sie vor?« fragte Oscar dann. »Wollen *Sie* gehen?«
»Nein. Ich schlage vor, sie zunächst schriftlich von meinem Hiersein zu benachrichtigen. Ein Brief wird ihr wahrscheinlich ausgehändigt werden.«
Auch dieses Argument wurde schweigend anerkannt. Oscar fragte rauh, was ich Lucilla zu schreiben gedächte. Ich erwiderte, daß ich Lucilla vorläufig nur um eine persönliche Aussprache bitten wollte, weiter nichts.
»Und wenn sie ablehnt?« fragte Mr. Finch.
»Sie wird nicht ablehnen«, sagte ich rasch. »Vor meiner Reise nach Frankreich hatten wir nämlich ein kleines Mißverständnis, das noch nicht bereinigt ist. Ich werde die Sache als einzigen Grund für meine Bitte um eine klärende Aussprache angeben. Wie ich Ihre Tochter kenne, gibt sie mir dann die Gelegenheit,

mich zu rechtfertigen und unser schönes altes Freundschaftsverhältnis wiederherzustellen. Engherzig ist sie nie gewesen.«
Oscar, den Hut in der Hand, warf einen Blick auf Mr. Finch, der (ebenfalls den Hut in der Hand) immer noch die Tür verbarrikadierte und, wiewohl aufs höflichste, die unerschütterliche Absicht zu erkennen gab, Oscar zu begleiten, falls er sich darauf versteifte, das Haus seiner Cousine allein aufzusuchen. Zwischen zwei Feuern – einem von seiner Bedeutung durchdrungenen Pfarrer und einer energischen Frau – blieb ihm nichts anderes übrig, als einem von uns (und sei es nur scheinbar) nachzugeben, wenn er nicht öffentliches Ärgernis erregen wollte. Ich war vermutlich das kleinere Übel, denn er wandte sich an mich und fragte:
»Was gedenken Sie zu tun, falls Sie Lucilla besuchen dürfen?«
»Ich werde sie bitten, entweder mit hierher zu kommen oder einen Rendezvousort zu nennen, an dem Sie und ihr Vater sie treffen können.«
Oscar zog die Klingel und verlangte Schreibmaterial.
»Noch eine Frage«, sagte er dann. »Falls Lucilla Sie empfängt – werden Sie auch mit... mit jemand anderem eine Aussprache herbeiführen?« Seine Augen vermieden die meinen wie seine Zunge den Namen seines Bruders.
»Ich will niemanden sehen als Lucilla«, sagte ich. »Was Sie und Ihr Bruder miteinander abzumachen haben, geht mich nichts an.« (Der Himmel mochte mir die Lüge verzeihen!)
»Gut, dann schreiben Sie jetzt Ihren Brief. Ich bin mit Ihrem Vorschlag einverstanden, aber nur unter der Bedingung, daß Sie mir sowohl Ihre Zeilen als auch die etwaige Antwort zeigen.«
»Ich brauche wohl nicht zu betonen, daß ich die gleiche Bedingung stelle«, orgelte der Pfarrer. »In meiner Eigenschaft als Vater und –« Ich erkannte seine sämtlichen Eigenschaften an, bevor er ausreden konnte, setzte mich hin und schrieb folgenden kurzen Brief:

›Liebe Lucilla,
ich bin eben erst aus Frankreich zurückgekehrt. Um der Gerechtigkeit und unserer einstigen Freundschaft willen bitte ich Sie, mich zu einer Privatunterredung zu empfangen, möglichst ohne

Wissen anderer Personen. Ich glaube Sie binnen weniger Minuten überzeugen zu können, daß ich nie Ihres Vertrauens und Ihrer Zuneigung unwürdig gewesen bin.
Der Überbringer wartet auf Antwort. M. P.‹

Mr. Finch las meine Zeilen ohne Kommentar. Sein gewaltiges und eindrucksvolles Schweigen bewies, wie tief es ihn kränkte, nur noch als unbedeutende Nebenfigur behandelt zu werden.
Oscar sagte, der Brief sei in Ordnung und er wolle nun erst die Antwort abwarten, ehe er weitere Schritte unternehme. Dann diktierte er mir die Adresse und klingelte wiederum nach dem Hoteldiener, dem ich den Brief selbst in die Hand gab.
»Ist es weit von hier?« erkundigte ich mich.
»Knapp zehn Minuten, Ma'am.«
»Wenn Sie den Brief abgegeben haben, warten Sie bitte auf Antwort.«
»Sehr wohl, Ma'am.«
Der Mann entfernte sich. Bis zu seinem Wiedererscheinen verstrich mindestens eine halbe Stunde. Keiner von uns dreien sprach auch nur eine Silbe. Schon daran mögen Sie ermessen, welch qualvoller Druck auf unserer Seele lastete. Für einen Gedankenleser wäre es sicher interessant gewesen, während dieser halben Stunde in jeden einzelnen unserer Köpfe hineinzusehen.
Als der Hoteldiener zurückkam, brachte er wirklich einen Brief!
Meine Finger zitterten dermaßen, daß ich ihn kaum öffnen konnte, und beim Entfalten des Blattes zuckte ich zusammen, noch ehe ich ein Wort gelesen hatte. Der Text war von einer fremden Hand geschrieben – nur die Unterschrift war in den mir nur zu gut bekannten großen, kindlichen, ungelenken Buchstaben hingekrakelt... Ganz so hatte Lucilla ihr erstes Briefchen an Oscar geschrieben, als sie noch blind war.
Der Text lautete:

›Leider kann ich Sie nicht hier empfangen, aber ich kann und will Sie im Hotel aufsuchen, wenn Sie bereit sind, unbestimmte Zeit auf mich zu warten. Einen genauen Zeitpunkt anzugeben, ist mir nicht möglich. Ich verspreche aber, die erste Gelegenheit wahrzunehmen – Ihretwegen und meinetwegen.‹

Diese Sätze waren nur auf eine Art zu deuten: Lucilla durfte sich nicht mehr frei bewegen! Angesichts dieser Tatsache mußten Oscar und sogar Mr. Finch zugeben, daß meine Idee die einzig richtige gewesen war. Wenn schon ich nicht im Haus empfangen wurde – wie wäre es ihnen erst ergangen? Oscar zog sich nach Kenntnisnahme des Briefes schweigend ans andere Ende des Salons zurück. Mr. Finch hingegen beschloß, aus seiner unerträglichen Nebenrolle hervorzutreten und sich wieder Geltung zu verschaffen. »Sie nehmen doch nicht an, Madame, daß es mir, Lucillas Vater, verwehrt ist, mein eigenes Kind zu besuchen?«
»Lucillas Brief ist deutlich genug, finde ich«, gab ich zurück. »Wenn Sie sich trotzdem bei ihr melden lassen, wird das einzige Ergebnis sein, daß Sie sie hindern, herzukommen.«
»In meiner Eigenschaft als treusorgender Vater«, fuhr Mr. Finch mit Emphase fort, »kann ich jedenfalls nicht untätig bleiben. Ich werde meinen hiesigen Amtsbruder aufsuchen. Möglicherweise ist bei ihm schon das Aufgebot für diese monströse Hochzeit bestellt worden. Falls es sich so verhält, ist es nicht nur meine Pflicht gegenüber mir selbst und meiner Tochter, sondern meine Pflicht gegenüber der Kirche, meinen irregeführten Amtsbruder aufzuklären. Ich werde mit ihm konferieren.« Er stolzierte hocherhobenen Hauptes zur Tür und fügte über die Achsel hinzu: »Sollte meine Tochter inzwischen kommen, so erteile ich Ihnen Vollmacht, Madame Pratolungo, sie bis zu meiner Rückkehr hier festzuhalten.« Mit dieser gnädigen Anweisung ging er hinaus.
Ich sah Oscar mit gehobenen Brauen an. Er näherte sich mir zögernd. »Sie wollen hier warten?« fragte er.
»Natürlich. Und Sie?«
»Ich werde ein Weilchen ausgehen.«
»Zu einem bestimmten Zweck?«
»Nein, nur um die Zeit totzuschlagen. Diese Warterei macht mich krank.«
Ich war insgeheim sicher, daß er nun, da Mr. Finch endlich aus dem Wege war, geradenwegs zum Haus seiner Cousine zu gehen gedachte, um die finsteren Pläne, die er seit Marseille ausgebrütet hatte, in die Tat umzusetzen.
»Bedenken Sie«, sagte ich, »daß Sie Lucilla verpassen können,

wenn Sie jetzt ausgehen. Ihre Gegenwart ist aber dringend nötig. Wenn sie mir nun die fast unglaubliche Geschichte, die ich ihr zu erzählen habe, tatsächlich nicht glaubt? Ich brauche Sie unbedingt als Zeugen. In Lucillas und Ihrem eigenen Interesse muß ich Sie bitten, sich hier mit mir zu gedulden, bis sie kommt.«
Meinen Hauptgrund, ihn zurückzuhalten, gab ich wohlweislich nicht an. Ich war nicht wenig gespannt auf seine Antwort, die ziemlich lange auf sich warten ließ. Endlich sagte er mit geheuchelter Gleichgültigkeit: »Wie Sie wollen!« und ging wieder ans andere Ende des Zimmers, wobei er vor sich hin murmelte: »Es ist ja nur ein Aufschub!«
»Aufschub von was?« fragte ich.
Er sah sich kurz nach mir um.
»Nur Geduld«, erwiderte er. »Sie werden es früh genug erfahren.« Ich hielt es daraufhin für das klügste, zu schweigen. Worte waren jetzt nutzlos, vielleicht sogar gefährlich.
Nach längerer Zeit – wie lang, kann ich nicht sagen – hörte ich endlich Schritte und Kleiderrascheln draußen auf dem Korridor und gleich danach ein Klopfen an der Tür. Ich gab Oscar hastig einen Wink, sich in ein Nebenzimmer zurückzuziehen und dort hinter der angelehnten Tür (wenigstens vorläufig) außer Sicht zu bleiben. Er begriff meine Zeichensprache zum Glück sofort, und ich sagte so ruhig wie möglich: »Herein!«
Eine mir unbekannte Frau, der Kleidung nach ein anständiges Dienstmädchen, erschien auf der Schwelle und einen Moment nach ihr, von ihrer Hand geleitet, Lucilla. Mein erster Blick auf sie sagte mir die furchtbare Wahrheit: Sie war wieder blind. Ihr Gesicht war mir zugewandt, aber ihre Augen, starr und unempfindlich gegen das einfallende Licht, fanden mich nicht mehr. O Gott! Nach den Qualen der Operation, des endlosen Wartens, der ersten Sehversuche, des mühseligen Lernens nur ein paar kurze Wochen wirklichen Sehens – und schon wieder blind!
Unter dem Schock dieser jammervollen Entdeckung vergaß ich alles andere. Ich eilte auf sie zu und schloß sie in die Arme. Ein zweiter Blick in ihr blasses, verhärmtes Gesicht gab mir den Rest: Ich brach an ihrer Schulter in Tränen aus. Sie streichelte sanft meinen Kopf und wartete mit Engelsgeduld, bis ich mich einigermaßen beruhigt hatte.

»Weinen Sie nicht über meine Blindheit«, hörte ich die liebe, wohlbekannte Stimme über mir sagen. »Die Wochen, in denen ich sehen konnte, waren die unglücklichsten meines Lebens. Wenn ich bekümmert aussehe, so ist das nicht wegen meiner Augen.« Sie hielt seufzend inne. »Ihnen kann ich's ja sagen«, flüsterte sie dann. »Es ist schon eine Erleichterung und ein Trost, es endlich einmal sagen zu dürfen – und gerade Ihnen. Ich mache mir solche Sorgen wegen meiner Heirat.«
Dieses leise Geständnis brachte mich zu mir. Ich hob den Kopf und gab ihr einen Kuß. »Deswegen bin ich ja hier!« sagte ich. »Ich bin gekommen, um Sie zu trösten, und was tue ich? Ich heule mich an Ihrer Schulter aus wie ein kompletter Idiot!«
Lucilla lächelte flüchtig. »Das klingt schon mehr nach Ihnen«, bemerkte sie und klopfte leicht mit den Fingerspitzen auf meine Wange. Diese kleine, vertraute Geste, die zu ihren früheren Gewohnheiten gehörte, hätte meine Tränen beinahe aufs neue zum Fließen gebracht. Ich erstickte fast beim Bemühen, sie hinunterzuschlucken. Lucilla bemerkte meine Würgerei, löste sich von mir und sagte saft, aber bestimmt: »Nein, nun wird nicht mehr geweint. Gibt es hier irgendeine Sitzgelegenheit? Wir wollen uns hinsetzen und miteinander plaudern, als wären wir daheim in Dimchurch.«
Ich führte sie zum Sofa. Wir setzen uns dicht nebeneinander, und Lucilla schlang den Arm um meine Taille. Wieder flackerte ein Lächeln wie der Schimmer einer erlöschenden Kerze über ihr so blaß und schmal gewordenes Madonnengesichtchen. »Wir sind schon ein schönes Paar«, meinte sie mit einem Anflug ihres alten Humors. »Sie sind meine ärgste Feindin – und brechen vor Rührung in Tränen aus, kaum daß Sie mich wiedersehen. Und ich halte meinen Arm um eine Person, von der ich weiß, daß sie auf nichts als Lug und Trug sinnt – und ich werde diese Person nicht um eine Million wieder hergeben!« Ihr Gesicht und ihre Stimme wurden ernst. »Nun müssen Sie mir aber sagen, wie es so weit zwischen uns kommen konnte. Oscar hat mir in Ramsgate versichert und mir sogar handgreifliche Beweise gegeben, daß Sie mein Vertrauen mißbraucht hätten und ich Sie für immer aufgeben müßte. Ich habe mich überzeugen lassen – ja, Liebe, das ist nicht zu leugnen – und mich Oscars Meinung angeschlossen,

aber nur für eine kleine Weile. Je mehr mein Augenlicht schwand, desto eigensinniger wandte sich mein Herz wieder Ihnen zu; es ließ sich nichts befehlen. Und heute, als das Mädchen mir Ihren Brief vorlas – ach! Da war alles wieder gut, ich brannte darauf, zu Ihnen zu kommen. Und da bin ich nun und weiß, ehe Sie ein Wort zu Ihrer Rechtfertigung sagen, daß Sie nur das Opfer eines scheußlichen Mißverständnisses sind.«

Ich war noch immer außerstande, meine Gedanken auf das zu sammeln, was sie hören wollte und mußte. Die Entdeckung, daß sie wieder blind war, ging mir nicht aus dem Kopf.

»Geben Sie mir ein paar Minuten Zeit«, bat ich, »dann erfahren Sie alles. Ich kann jetzt noch nicht von mir sprechen, nur von Ihnen. Oh, Lucilla, warum sind Sie nicht in Grosses Behandlung geblieben? Ich war heute bei ihm – er ist halb verrückt vor Sorge um Sie und hat mir aufgetragen, Sie sofort zu ihm zu bringen. Kommen Sie mit, Lucilla! Lassen Sie ihn helfen – bevor es zu spät ist!«

»Es ist zu spät«, sagte sie ruhig. »Ich war vor einigen Tagen bei einem anderen Augenarzt, hier in Sydenham. Er sagte mir, was schon Dr. Sebright gesagt hatte. Ich hätte nie eine echte Heilungschance gehabt. Man hätte mich gar nicht erst operieren sollen.«

»Aber die Operation hatte doch Erfolg!« rief ich erregt. »Warum gehen Sie zu einem Fremden, der Sie und Ihre Krankengeschichte überhaupt nicht kennt? Warum sind Sie nicht bei Grosse geblieben?«

»Das müssen Sie Oscar fragen«, sagte Lucilla. »Er hatte etwas gegen Grosse.«

Natürlich. Ich konnte mir nun schon denken (was ich hinterher in Lucillas Tagebuch bestätigt fand), warum Nugent plötzlich etwas gegen seinen ehemaligen Freund Grosse hatte. Er hatte gefürchtet, daß Grosse, der nur am Wohl seiner Patientin interessiert war und deren Gefühlsveränderung bemerkte, ihn bloßstellen würde.

Ich behielt diesen Gedankengang vorläufig für mich und beschwor Lucilla noch einmal, gleich heute mit mir zu ihrem alten Freund zu fahren.

Sie schüttelte entschieden den Kopf. »Erinnern Sie sich an das

Gespräch, das wir kurz vor der Operation über dasselbe Thema geführt haben? Ich sagte Ihnen damals, ich sei an meine Blindheit gewöhnt und legte eigentlich nur Wert auf die Wiederherstellung meines Sehvermögens, um Oscar zu sehen. Und dann sah ich ihn – und was geschah? Sie wissen es ja nicht; Sie waren nur das eine Mal dabei, als ich in meinem Freundentaumel halb von Sinnen war. Aber später! Ach, liebe Freundin, die Enttäuschung war so schrecklich, daß ich am liebsten gleich wieder blind geworden wäre. Nun fahren Sie doch nicht so zusammen! Ich weiß, was ich sage. Ihr Sehenden legt so übertriebenen Wert auf eure Augen... Wissen Sie noch? Das habe ich schon vor der Operation gesagt, und heute weiß ich aus eigener bitterer Erfahrung, wie wahr es ist.«
Ja, ich erinnerte mich. Vom ersten Tag an hatte sie mir oft durch Wort und Tat bewiesen, daß sie die Sehenden nicht ernstlich beneidete. Des öfteren hatte sie sich sogar über unsere plumpen Finger und unsere Hilflosigkeit im Dunkeln lustig gemacht und die Leistungen unserer Augen geringschätzig mit denen ihres Tastsinns verglichen. Ich erkannte das alles an, und doch konnte es mich nicht über die jetzt hereingebrochene Katastrophe hinwegtrösten. Wenn sie sich nicht geweigert hätte, meine Argumente anzuhören, hätte ich noch stundenlang auf sie eingeredet. Sie unterbrach mich jedoch sehr bald mit den Worten: »Wir haben nicht mehr viel Zeit. Reden wir lieber von etwas Interessanterem, ehe ich Sie wieder verlassen muß.«
»Mich verlassen?« wiederholte ich. »Können Sie nicht nach Belieben über sich und Ihre Zeit verfügen?«
Ihr Gesicht verschattete sich.
»Ich kann nicht behaupten, daß ich wie eine Gefangene gehalten werde«, sagte sie verlegen, »aber ich werde... scharf beobachtet. Wenn Oscar nicht da ist, paßt seine Cousine auf – eine unsympathische, katzenfreundliche Person, nebenbei bemerkt; sie glaubt wohl, ich merke diese Bewachung nicht. Aber neulich hörte ich sie zu ihrem Mann sagen, wenn sie nicht scharf aufpaßte, wäre ich imstande, die Verlobung zu lösen. Wenn nicht eines der Hausmädchen auf meiner Seite wäre, wüßte ich oft nicht aus noch ein.« Sie wandte den Kopf suchend hin und her. »Wo ist sie denn übrigens geblieben?«

Ich hatte das Mädchen, das Lucilla geführt hatte, über unserem Gespräch ganz vergessen. Sie mußte gleich nach unserer Begrüßung taktvoll das Zimmer verlassen haben.
»Sicher wartet sie unten in der Halle«, meinte ich.
»Sie ist ein rührendes Geschöpf«, fuhr Lucilla fort. »Ohne sie wäre ich jetzt nicht hier. Zum Glück hat der Bote gerade ihr den Brief gegeben – ich bin nicht sicher, ob er sonst nicht erst durch andere Hände gegangen wäre. Jane brachte ihn mir natürlich sofort, las ihn mir vor und schrieb auch meine Antwort. Und dann kundschaftete sie die beste Gelegenheit aus, mich aus dem Haus zu bringen und herzuführen. Es traf sich sehr günstig, daß Oscar heute nicht da ist.«
Sie drehte plötzlich scharf den Kopf zum anderen Ende des Zimmers. Ein geringfügiges Geräusch, das mir entgangen war, hatte ihr feines Ohr erreicht.
»Ist da jemand?« fragte sie beunruhigt.
Ich sah in dieselbe Richtung. Oscar hatte sich hinter der Tür hervorgewagt und stand nun reglos lauschend da. Wie mochte ihm angesichts der Tatsache, daß Lucilla wieder blind war, zumute sein? Ihr Anblick und ihre Worte konnten nun nur noch einen besänftigenden Einfluß auf ihn ausüben; wenigstens hoffte ich es.
Ich gab ihm einen unmerklichen Wink, sich nicht zu rühren, und sagte zu Lucilla, wir seien allein. Wahrscheinlich habe sie irgend etwas von draußen gehört.
»Oscar ist heute früh nach London gefahren«, fuhr sie fort. »Wollen Sie raten, weswegen? Um die Heiratslizenz zu besorgen. Das kirchliche Aufgebot ist schon bestellt. Oh, Madame Pratolungo, Sie sind jetzt meine einzige Hoffnung! Oscar hat die Trauung auf den Einundzwanzigsten festgesetzt, also übermorgen! Ich habe um Aufschub gebeten, ich habe alle möglichen Einwände vorgebracht, aber er will nicht länger warten. Ach, wenn Sie wüßten...!« Sie brach mit einem erstickten kleinen Laut ab, nahm sich jedoch gleich wieder zusammen und fuhr fort. »Ich darf meine Zeit nicht mit unnützem Gejammer vergeuden, denn wenn Oscar zurückkommt, muß ich wieder im Haus sein. Geben Sie mir einen Rat, wie ich diese Heirat aufschieben kann! Ihnen fällt sicherlich etwas ein. Oscar und seine

Verwandten müssen einfach gezwungen werden, mir eine vernünftige Bedenkzeit zu gewähren!«
Ich bemerkte, daß Oscar, atemlos lauschend, unhörbar näher kam. Auf meinen warnenden Blick hin blieb er jedoch stehen.
»Nach einer so langen Verlobungszeit wird man darauf kaum eingehen«, sagte ich. »Lieben Sie ihn denn nicht mehr, Lucilla?«
Sie stieß einen tiefen Seufzer aus.
»Ich weiß nicht, was mit mir los ist. Ich weiß nur, daß ich mich auf eine geradezu unheimliche Art verändert habe. Solange ich sehen konnte, habe ich es mir damit erklärt, daß es den ganzen Menschen in Anspruch nimmt, sich an einen neuen Sinn zu gewöhnen, und alle anderen Sinne und Gefühle dabei vorübergehend zu kurz kommen. Aber nun bin ich wieder blind, der Zustand, an den ich mein Leben lang gewöhnt war, ist wiederhergestellt – nur meine Gefühle sind immer noch grauenhaft stumpf. Manchmal kann ich kaum glauben, daß der Mann, den ich heiraten soll, wirklich Oscar ist, so wenig empfinde ich für ihn. Wissen Sie noch, wie blind verliebt ich in ihn war? Daß ich mir keine größere Seligkeit vorstellen konnte, als ihn zu heiraten? Und jetzt...«
Oscar hatte sich inzwischen noch zwei Schritte nähergeschlichen. Ich sah seinem Gesicht an, daß Lucillas guter Einfluß übermächtig auf ihn einwirkte. Seine Augen standen voll Tränen; der verbissene, haßerfüllte, rachsüchtige Ausdruck war dem der Liebe und des Mitleids gewichen.
Lucilla sprach indessen weiter: »Ich will ja nicht weglaufen, ich will ihn nicht treulos verlassen. Alles, was ich erbitte, ist noch etwas Zeit. Mit der Zeit *muß* ich doch wieder so werden wie früher! Kann ein Intermezzo von wenigen Wochen denn alles auslöschen, was sich in den übrigen zweiundzwanzig Jahren meines Lebens gebildet hat? Nein, das glaube ich nicht! Mein Fingerspitzengefühl ist schon wieder da – ich gehe im Hause umher, ohne irgendwo anzustoßen; ich schätze Entfernungen sicherer ab, als ich es je mit den Augen gelernt habe; ich erkenne jeden Gegenstand mit Hilfe des Tastsinns wie früher. Auch die Seele wird wieder aufwachen, auch meine Gefühle für ihn müssen und werden zurückkehren! Ich brauche nur etwas Zeit! Nur Zeit!«
Beim letzten Wort sprang sie plötzlich vom Sofa auf. »Da weint

doch jemand«, sagte sie hastig und verwirrt. »Sie verbergen mir etwas – wer ist hier noch im Zimmer?«
Oscar stand uns gegenüber. Die Tränen strömten ihm übers Gesicht, und diesmal hatte auch ich sein unterdrücktes Schluchzen gehört. Ich nahm seine Hand in die Linke und Lucillas Hand in die Rechte und holte tief Atem. Wie das ausgehen mochte, wußte Gott allein. Der Moment der Wahrheit war gekommen.
»Wer ist da?« wiederholte Lucilla erregt.
»Raten Sie selbst, mein Liebes«, sagte ich und fügte die beiden Hände ineinander.
Lucilla wurde beängstigend bleich. Ihre blinden Augen erweiterten sich wie in tödlichem Schrecken. Sekundenlang stand sie wie versteinert. Dann, mit einem langen, leisen Stöhnen, sank sie gegen Oscar und umschlang ihn leidenschaftlich mit beiden Armen. Die Farbe des Lebens flutete in ihr Gesicht zurück; ihr liebliches Lächeln strahlte auf; ihr Atem ging rascher. Und so, in traumhaft-entzücktem Ton, die Lippen an seiner dunklen Wange, flüsterte sie: »Oh, Oscar! Jetzt kenn ich dich wieder!«

17. Am Ende der Reise

Es dauerte eine Weile, bis die beiden ins irdische Dasein zurückfanden. Dadurch gaben sie auch mir Zeit, meine Erschütterung zu überwinden und mich auf meine kommende Aufgabe vorzubereiten, denn Lucillas erste Frage war natürlich: »Wie ist das nur gekommen? Es ist wie ein Wunder... Ich habe doch gar nichts mehr für ihn empfunden, und nun sind auf einmal all meine alten Gefühle wieder da...«
Nugents Verrat, Oscars traurige Entstellung und, nicht zuletzt, meine eigene Rechtfertigung: das alles mußte ihr möglichst taktvoll, aber unmißverständlich klar auseinandergesetzt werden. Ich tat es, so gut ich konnte. Was in Lucilla vorging, während sie nach und nach die ganze Wahrheit erfuhr, war beim besten Willen nicht festzustellen. Sie saß jetzt neben Oscar auf dem Sofa, das Gesicht an seiner Brust verborgen, und hörte mich von Anfang bis Ende an, ohne mich auch nur mit einer einzigen Silbe

zu unterbrechen. Ab und zu sah ich sie erbeben und hörte einen leisen Seufzer. Auch als ich mit meiner Erzählung fertig war, ließ sie noch eine lange Pause verstreichen, ehe sie den Kopf hob und unser ängstlich gespanntes Schweigen mit den inbrünstig hervorgestoßenen Worten brach: »Gott sein Dank, daß ich blind bin!«

Ich schrie unwillkürlich auf. »Nein, nein – so etwas sagt man nicht! Nehmen Sie das zurück, bitte!«

Sie legte, nun ganz ruhig, ihren Kopf wieder an Oscars Brust. »Warum sollte ich es zurücknehmen? Es ist mein voller Ernst. Ich will Ihnen nun auch etwas erzählen, damit Sie mich besser verstehen. Am Strand von Ramsgate sah ich einmal eine glückliche Familie: Mann, Frau und zwei Kinder. Der Mann hatte die gleiche schreckliche Hautverfärbung wie Oscar. Der Anblick schockierte mich damals schon gar nicht mehr, sondern erfüllte mich nur mit Teilnahme, und ich stimmte von Herzen den Worten einer alten Dame zu, die mir sagte: ›Was macht schon die Hautfarbe aus, wenn in der Ehe sonst alles stimmt, nicht wahr?‹ – An dieses kleine Erlebnis habe ich, zumal es mit Nugent und mir so gar nicht ›stimmte‹, immer und immer wieder denken müssen. Aber zwischen der Frau jenes Unbekannten und mir besteht ein Unterschied. Sie war eine Sehende – sie war sicherlich nie blind gewesen. Sie hatte ihren Mann mit offenen Augen kennengelernt, sich mit offenen Augen in ihn verliebt, bei ihr stimmten die inneren Bilder mit der Wirklichkeit überein – was bei mir eben nie der Fall war –, sie war nie so auf ihre anderen Sinne angewiesen und eingestellt wie ich. Ich aber bin es nach zweiundzwanzig Jahren Blindheit in dem Grade, daß ich nie ein *normaler* sehender Mensch geworden wäre, sondern nur ein unselig zerrissenes Geschöpf, nichts Halbes und nichts Ganzes. Und darum danke ich Gott, daß ich wieder blind bin. Ich will Oscar in meiner Vorstellung aufs neue so sehen wie in jener herrlichen ersten Zeit, als er mich mit seiner Stimme und seinem Wesen bezauberte. Ich fange schon jetzt damit an, denn seine Berührung hat alles, was dazwischenlag, ausgelöscht wie einen bösen Traum. Sein geliebtes Bild steht wieder vor meiner Seele, unverwandelt und für alle Zeiten unwandelbar. Oh, wie wenig Sie von mir wissen! Sie halten Ihr Augenlicht natürlich nach wie vor für eines Ihrer kostbarsten Güter und beklagen meinen Verlust. Versuchen Sie mich zu verstehen. Die bittere Leidenszeit, die nun hinter mir liegt, hat mich wenigstens um eine klare Erkenntnis reicher gemacht: Ich weiß nun, daß ich ohne Liebe nicht leben kann. Aber ohne meine Blindheit könnte ich nicht lieben!«

Wenn Sie diese Rede mitangehört hätten, besonders die letzten beiden Sätze, in denen das ganze Geheimnis von Lucillas Existenz beschlossen war, wenn Sie ihr leuchtendes, gläubiges Gesicht dabei gesehen hätten – wären Sie noch imstande gewesen, ihr vom Standpunkt des sehenden, vernünftigen, scharfsinnigen Menschen zu widersprechen? Ich war es nicht. Ich sagte mir im stillen, Lucilla müsse schließlich selbst am besten wissen, was sie zu ihrem Glück brauche, und enthielt mich jeglicher Antwort.

Während Oscar und Lucilla auf dem Sofa sitzen blieben und leise miteinander sprachen, ging ich nachdenklich im Zimmer umher. Was war nun als nächstes zu tun? Schwer zu entscheiden. Die rein sachlichen Informationen, die ich von Lucilla erhalten hatte, waren begrenzt. Ich wußte, daß Nugent im Begriff gewesen war, seinen grausamen Betrug bis zum Ende durchzuführen, daß er bereits (auf Oscars Namen) das kirchliche Aufgebot bestellt hatte und heute in London war, um (ebenfalls auf Oscars Namen) die amtliche Heiratsgenehmigung zu holen. Was er sonst noch unternommen hatte, wußte ich nicht.

Lucilla stand plötzlich auf und gab zu erkennen, daß sie den gordischen Knoten nicht mühsam aufzuknüpfen, sondern auf die einfachste Art zu zerhauen gedachte.

»Warum sind wir eigentlich noch hier?« fragte sie. »Beeilen wir uns, wegzukommen. Um keinen Preis kehre ich noch einmal in jenes verhaßte Haus zurück!«

Ein schüchternes Klopfen an der Tür folgte diesen Worten. Auf mein ›Herein!‹ zeigte sich das Dienstmädchen, das Lucilla gebracht hatte. Sie wagte sich nur zwei Schritte in den Salon hinein, sah nervös von einem zum andern und fragte: »Kann ich Sie einen Moment sprechen, Miß?«

»Reden Sie nur frei heraus, Jane«, antwortete Lucilla. »Dieser Herr und diese Dame sind meine Freunde. Ich habe keine Geheimnisse vor ihnen. Was ist los?«

»Ich fürchte, man ist uns auf die Schliche gekommen, Miß.«
»Wer?«
»Vor einer Weile habe ich die Zofe der Gnädigen gesehen. Sie stand draußen vor dem Hotel, redete kurz mit einem der Bediensteten hier und ging dann in größter Eile zurück. Und das ist noch nicht das Schlimmste, Miß.«
»Was ist denn sonst noch passiert?«
»Wir haben uns im Fahrplan geirrt«, sagte das Mädchen. »Vor einer Viertelstunde ist ein Zug aus London angekommen, den ich übersehen habe. Vielleicht hat Mr. Dubourg ihn benutzt. Bitte, Miß, gehen wir schnell nach Hause, sonst ergeht es uns beiden schlecht!«
»Dann kehren Sie am besten gleich zurück, Jane«, sagte Lucilla.
»Allein?«
»Ja. Ich bleibe hier. Tausend Dank für alles – und wenn Sie meinetwegen Schwierigkeiten haben, so kündigen Sie auf der Stelle und melden Sie sich im Pfarrhaus von Dimchurch. Ich würde Sie sehr gut brauchen können. Auf Wiedersehen!«
Lucilla hatte kaum ihren Platz zwischen Oscar und mir wieder eingenommen, als die nur angelehnte Tür lautlos aufging. Eine lange, schmale, nervöse Männerhand wurde sichtbar, faßte das Mädchen am Arm und zog es in den Korridor hinaus. Zwei Sekunden später stand Nugent Dubourg an derselben Stelle, wo eben noch das Mädchen gestanden hatte, und schloß die Tür hinter sich. Er sprach kein Wort. Er sah Lucilla an. Er sah seinen Bruder an. Er sah mich an. Er sah den Betrogenen und die Verleumdete und dazwischen die Frau, um deretwillen er sich mit Schmach bedeckt hatte – und wußte, daß sein Spiel verloren war.
Oscar erhob sich langsam und zog auch Lucilla mit sich in die Höhe. Den Arm fest um seine Braut gelegt, näherte er sich seinem Bruder bis auf wenige Schritte.
Ich blieb beobachtend auf meinem Platz. Einen gewaltsamen Racheakt Oscars brauchte ich nicht mehr zu befürchten. Lucillas guter Geist hatte den Dämon in ihm besiegt. Jetzt war ich nur noch gespannt, wie die Brüder, der eine wie der andere, den letzten Akt des Dramas bestehen würden.
Oscar brach als erster das Schweigen.

»Nugent«, sagte er leise und gefaßt.
Lucilla erkannte erst jetzt die Situation und schauerte zusammen. Oscar führte sie behutsam an meine Seite zurück – ich schlang nun statt seiner den Arm um sie – und wandte sich dann wieder seinem Bruder zu. Sein dunkles Gesicht zeigte einen sonderbaren Mischausdruck der verschiedensten Empfindungen; nur Haß und Rachsucht waren nicht mehr dabei. Er legte die Hand auf Nugents Arm und redete ihn abermals an.
»Nugent! Bist du noch derselbe treue, gute Bruder, der mich vor dem Galgen gerettet hat? Derselbe noble, strahlende, begabte Junge, den ich von Kind an bewunderte und liebte und auf den ich so stolz war?«
Nugent hatte den Kopf tief gesenkt, um sein von Schmerz und Scham verzerrtes Gesicht zu verbergen. Um seinen Mund zuckte es, aber er brachte noch immer keinen Laut hervor. Oscar ließ ihm Zeit, sich zu sammeln, und richtete seine nächsten Worte an mich.
»Sie kennen Nugent, Madame Pratolungo. Sie erinnern sich gewiß, daß ich Nugent schon bei unserem ersten Gespräch meinen Schutzengel nannte? Und als er dann selbst nach Dimchurch kam, sahen Sie täglich, wie er mir in allen Dingen half, wie treu er mein Geheimnis wahrte, welch guter Freund er mir war. Was wir jetzt über ihn gehört haben, muß von Anfang bis Ende ein schreckliches Mißverständnis sein. Nugent soll ein Betrüger sein? Nugent soll versucht haben, mich armen Kerl des Einzigen und Liebsten zu berauben, das ich auf der Welt habe – er, dem alle Türen offenstehen und der unter Dutzenden von Frauen nur zu wählen braucht? Nein, das ist unmöglich. Er kann es jedenfalls nicht aus kalter, schurkischer Überlegung getan haben. Er ist gegen seinen eigenen Willen in diese Geschichte hineingeraten und immer weiter getrieben, er weiß selbst nicht, wie. Er braucht sich nicht zu verteidigen und zu demütigen. Kopf hoch, Nugent! Sage mir einfach, wie alles gekommen ist – und unserer Versöhnung steht nichts im Wege.«
Nugent hatte diesen Worten ruhig gelauscht, hob den Kopf und sah Oscar an.
Ungeachtet seiner bleichen, zerrütteten Züge stand jetzt etwas in seinen Augen, was mich an die zärtlich-überlegene Art erin-

nerte, in der er früher so oft mit mir über den ›armen‹ Oscar gesprochen hatte. Ich gedachte auch des unvergeßlichen letzten Gesprächs in Browndown, als er noch ehrlich mit seinem besseren Ich gerungen und die Reue über das schon Begangene ihn bis zu Tränen gequält hatte. Er war leichtfertig, wankelmütig und egoistisch – aber er war gewiß nicht durch und durch schlecht.
»Sprich doch!« drängte Oscar, als die Pause sich immer länger ausdehnte. »Sag mir, wie ich dein Verhalten auslegen soll!«
Nugent zog seine Brieftasche und entnahm ihr ein amtlich aussehendes, gestempeltes Papier.
»Lege es so aus, daß ich dir zwei Wege abgenommen habe«, antwortete er. »Ich habe dein Aufgebot in der hiesigen Kirche bestellt – und heute habe ich dir auch die nötige Lizenz in London besorgt. Da: auf deinen Namen. Geburtsdatum, Geburtsort und so weiter... Sogar die Unterschrift stimmt. Ich wünsche dir Glück, Oscar. *Du* verdienst es.«
Er umarmte seinen Bruder auf die alte, rasche, kameradschaftliche Weise. Hierbei mußte er etwas Hartes in Oscars Brusttasche gespürt haben, denn er griff blitzschnell zu und hatte im nächsten Moment einen kleinen Damenrevolver in der Hand.
»Wie hübsch!« sagte er mit schwachem Lächeln, indem er die Waffe von allen Seiten betrachtete. »Sollte das für mich sein? Armer Junge, du hättest es ja doch nie fertiggebracht! – Den Silbergriff hast du selbst ziseliert, wie ich sehe... Bravo, *das* kannst du wirklich! Ich werde das hübsche Ding als Andenken behalten.« Er ließ den Revolver in seiner eigenen Tasche verschwinden, beugte sich vor und küßte den Bruder rasch auf die dunkle Wange. »Nochmals alles Gute, Oscar. Ich werde mal wieder ein bißchen auf Reisen gehen. Natürlich lasse ich von mir hören, wohin. Gott segne dich – Gott segne euch beide. Leb wohl.«
Er drückte seinem Bruder fest und abschließend die Hand und wandte sich zur Tür. Ich war im Begriff, etwas zu sagen, unterließ es jedoch, als ich seinen Blick sah: den Blick eines vom Schicksal Gezeichneten, ernst, fern und von übermenschlicher Ruhe. Ich hatte das bestimmte Vorgefühl, daß wir ihn nie wiedersehen würden. An der Tür, die Klinke schon in der Hand, drehte er sich noch einmal um, heftete einen stummen Abschiedsblick auf Lucilla und grüßte uns alle mit einer Kopfnei-

gung. Dann schloß sich die Tür hinter ihm. Eben erst angekommen, hatte er uns schon wieder verlassen – für immer.
Die Lücke, die er hinterließ, war so lähmend spürbar, daß wir uns längere Zeit nicht rührten. Ich war die erste, die sich aus dem Bann löste, Oscar einen Wink gab, sich neben Lucilla zu setzen, und in die Hotelhalle hinunterging, um Mr. Finch bei seiner Rückkehr abzufangen. Ich wünschte nicht, daß er das Paar gerade jetzt mit seinem pathetischen Getön belästigte. Nach dem, was geschehen war, hatten die beiden es nötig, eine Weile allein zu sein.

Epilog

Madame Pratolungo verabschiedet sich

Das ist nun schon elf Jahre her.
Ich sitze an meinem Schreibtisch, blicke zweifelnd auf die Papierberge, die ich im Laufe vieler Monate angehäuft habe, und frage mich, was zur Abrundung meiner Erzählung noch fehlt.
Ja, einiges müssen Sie noch wissen, wenn auch nicht viel.
Oscar und Lucilla wurden am 21. September 1859 in der Kirche von Sydenham getraut. Es war eine stille Hochzeit; niemand machte viel Wesens darum außer Mr. Finch. In London trennten wir uns. Das junge Ehepaar kehrte nach Browndown zurück, der Pfarrer benutzte die Gelegenheit, einige Londoner Amtsbrüder aufzusuchen, und ich fuhr wieder nach Marseille zu meinem armen Papa, wie ich es ihm versprochen hatte.
Soviel ich mich erinnere, blieb ich etwa zwei Wochen drüben und bekam in dieser Zeit mehrere erfreuliche Briefe aus Browndown. Im letzten berichtete Oscar, Nugent habe ihm kurz vor seiner Einschiffung nach Amerika aus Liverpool geschrieben. Er wolle an einer Expedition in die Arktis teilnehmen, die gerade in den Vereinigten Staaten ausgerüstet wurde und den wissenschaftlichen Zweck hatte, das Polarmeer zwischen Spitzbergen und Nowaja Semlja zu erforschen. Nugent verspreche sich von dieser noch so gut wie unbekannten Welt ungeheure Inspirationen für seine Landschaftsmalerei. Das nötige Geld habe er sich durch Verkauf seiner Wertsachen beschafft. Vor dem Aufbruch der Expedition werde er sich noch einmal von Amerika aus bei uns melden.
Das war vorläufig alles. Als ich den Brief später selbst lesen durfte, sah ich, daß Nugent weder die Vergangenheit noch seinen derzeitigen Gemütszustand auch nur mit einem Wort erwähnt hatte.
Nachdem mein guter Papa, nun in jedem Sinne kuriert, wieder in seiner Pariser Wohnung untergebracht war, kehrte ich nach

England zurück und bezog das Zimmer, das Lucilla eigenhändig und liebevoll für mich in Browndown eingerichtet hatte.
Ich fand das junge Ehepaar so friedlich und glücklich, wie man es sich nur wünschen konnte. Der einzige Schatten, der ihr – und zuweilen auch mein – Glück ein wenig trübte, war der Gedanke an Nugents ungewisses Schicksal. Merkwürdigerweise beschäftigte uns der abwesende Nugent viel mehr, als der anwesende es je vermocht hätte, und von Groll war selbst bei mir, die dazu allen Anlaß gehabt hätte, keine Rede mehr. Lucilla war nach den überstandenen Leiden überhaupt stiller als in ihrer Mädchenzeit. Aber meine Gegenwart tat das Ihre, den sprühenden Witz und das nur zeitweise schlummernde Temperament in ihr neu zu erwecken – und als gar unser lieber alter Grosse zu Besuch kam, war sie auf erquickende Weise wieder sie selbst.
Sobald das ›Zipperlein‹ ihn nicht mehr allzusehr plagte, rückte Grosse nämlich eilends mitsamt seiner Instrumententasche in Browndown an und begehrte Lucilla zum zweitenmal zu operieren. »Wenn bei Ihnen nichts zu machen wäre, Finkchen«, erklärte er, »würde ich Sie in Ruhe lassen – aber bei Ihnen *ist* was zu machen, das habe ich mit meiner ersten Operation bewiesen. Und wenn bei der zweiten nicht so viele gottverdammten Dummheiten passieren, schenke ich Ihnen noch einmal zwei so hübsche blanke Augen, und wehe Ihnen, wenn Sie sich dann nicht nach Vorschrift benehmen!« Aber Lucilla lehnte jedes weitere Experiment mit größer Seelenruhe ab – und zwar viele Male, denn Grosse ließ nicht locker und kam immer wieder. Je mehr bei den Diskussionen, die sich während dieser Besuche entspannen, die Funken flogen, desto heiterer und selbstsicherer wurde sie. Ich hatte Grosse im Verdacht, daß dies einer der Hauptzwecke seiner Besuche war, da er Lucillas Argumente ja längst als stichhaltig anerkannt hatte. Aber er kam so gern zu seinem ›Finkchen‹ (er hörte nie auf, die nunmehrige Mrs. Dubourg so zu nennen), wie wir uns auf seine Besuche freuten. Bis zum heutigen Tage ist er unser bester alter Freud geblieben. Zwar ist er nun längst wieder in Amerika, aber er schreibt uns ziemlich regelmäßig, und jeder seiner köstlich skurrilen Briefe versorgt uns für Tage mit Lach- und Redestoff.
Als unparteiische Berichterstatterin darf ich nicht verschweigen,

daß damals, gleich nach der Hochzeit, auf Grosses Betreiben auch Dr. Sebright und eine andere Kapazität noch einmal konsultiert wurden. Beide erklärten ohne Zögern, Lucilla sträube sich mit Recht gegen eine abermalige Operation. Der Erfolg der Grosseschen Operation, so erstaunlich er an sich gewesen sei, hätte auf keinen Fall lange vorgehalten.

Wer hatte nun recht: Grosse oder seine beiden Kollegen? Wer von uns Laien könnte und wollte das entscheiden? Und schließlich ging es bei Lucilla, wie ihre Geschichte zeigt, um mehr als die Augen. Als Blinde ist sie Ihnen zuerst entgegengetreten – als Blinde wird sie Sie verlassen. Aber Sie werden sie nun wohl kaum mehr die ›arme‹ Lucilla nennen. Sie war im großen und ganzen gewiß glücklicher als mancher von Ihnen. Man darf nicht von sich auf andere schließen; jeder Mensch hat seine ganz eigenen Voraussetzungen zum Glück.

Von Nugent erhielten wir noch einen Brief aus Amerika, geschrieben am Vorabend seines Aufbruchs mit der Polarexpedition. Herzliche Grüße an Oscar und Lucilla – ohne Anspielung auf Vergangenes und ohne jede Rührseligkeit. Für mich war noch ein Extrabrief mit dem Vermerk ›Privat‹ in den allgemeinen eingeschlossen. Er enthielt Nugents rückhaltloses Schuldbekenntnis, das ich, wo es nötig war, in dieser Erzählung verwendet habe, und schloß mit den Worten: ›Nun wissen Sie alles. Verzeihen Sie, wenn Sie können, und bedenken Sie, daß auch ich nicht ungestraft davongekommen bin.‹ Ich habe nur diese letzten Zeilen zum Andenken aufbewahrt und das übrige verbrannt.

Zweimal, mit langen Abständen, gelangten Nachrichten über die Expedition in die amerikanischen und europäischen Zeitungen. Dann tauchte nach längerer gähnender Leere das erschreckende Gerücht auf, die Expedition sei verschollen. Doch erst nach einem vollen Jahr kam die amtliche Bestätigung, Schiff und Mannschaft müßten für verloren gelten.

Die schwache Hoffnung, daß die Männer irgendwo im noch unerforschten Gebiet ausharrten, bestand zwar – sie waren auf lange Zeit mit Vorräten aller Art versehen. Eine Suchexpedition wurde über Land und Packeis ausgeschickt und kehrte unverrichteter Dinge zurück. Die Behörden setzten den Walfängern hohe Belohnungen aus, falls sie irgendeine Spur fänden. Keiner

verdiente sich die verlockende Summe. Nun trugen wir Trauer um Nugent; unser Zusammenleben war von Melancholie umflort. Erst im dritten Jahr wurde das Schicksal der Expedition geklärt. Ein Walfangschiff, selbst vom Kurs abgekommen, stieß auf ein Wrack, das im ewigen Eis festsaß.
Ich gebe hier dem Kapitän des Walfängers das Wort. In seinem offiziellen Bericht heißt es:

›... Wir sichteten das Wrack zuerst als dunklen Punkt am Rande eines Eisbergs, zu dem eine offene Wasserrinne führte. Infolgedessen war es mir möglich, mit einigen Matrosen hinzurudern. Das Deck war völlig verschneit und menschenleer. Auf unser Rufen erhielten wir keine Antwort. Durch das vereiste Bullauge der Kajüte sah ich undeutlich einen am Tisch sitzenden Mann. Ich klopfte an das Glas, konnte aber seine Aufmerksamkeit nicht erregen. Hierauf gingen wir hinunter, ich voran, meine Leute hinterher. Ich sprach den Mann an. Er antwortete nicht. Ich sah genauer hin und berührte seine linke Hand, die auf dem aufgeschlagenen Logbuch lag. Erst jetzt bemerkte ich zu meinem Entsetzen, daß es die Hand einer hartgefrorenen Leiche war. Vernunft- und ordnungsgemäß sah ich in das Logbuch. Die letzte Eintragung lautete: »Nun sitzen wir schon seit siebzehn Tagen im Eis fest. Gestern ist unser Feuer ausgegangen. Unsere Bemühungen, es neu zu entfachen, waren vergebens. Über Nacht sind unser Schiffsarzt und zwei Matrosen erfroren. Wir anderen werden ihr Schicksal sehr bald teilen. Sollte man das, was von uns übrig ist, je finden, so bitte ich, dieses Andenken an Mrs. Dubourg ...«
An dieser Stelle war die Hand des Schreibers mitsamt der Feder vom Tisch gefallen. Die Linke lag, wie gesagt, noch auf dem Logbuch. Die gefrorenen Finger hielten eine lange Locke aus dunklem Frauenhaar, die mit einem blauen Bändchen zusammengebunden war. Die offenen Augen der Leiche starrten noch immer auf diese Locke.
Der Name des Mannes, den wir in seinen Ausweispapieren fanden, war Nugent Dubourg. Ich gebe hiermit diesen Namen bekannt, damit sich seine Verwandten gegebenenfalls melden können.

Die weitere Durchsuchung des Wracks ergab, daß sämtliche Mitglieder der Besatzung seit über zwei Jahren tot waren. Die Beschreibung der gefrorenen Leichen nebst Namen, soweit aus den bei ihnen gefundenen Papieren zu ersehen, ist folgende ...‹ Lucillas Locke ist nun wieder in ihrem Besitz und wird auf ihren ausdrücklichen Wunsch einmal mit ihr begraben werden.

Was soll ich nun noch erzählen? Um die Wahrheit zu gestehen: Ich trödle seit Tagen herum und versuche einen besonders effektvollen Schluß für mein Buch zu finden. Wenn man, wie ich, zum ersten- und bestimmt auch zum letztenmal einen solchen Wälzer geschrieben hat, fällt es einem schwer, sich davon zu trennen. Oscar hämmert an einer neuen Silberarbeit und pfeift fröhlich vor sich hin. Seine Sachen erregen seit einigen Jahren Aufsehen in Künstler- und Kennerkreisen. Im Nebenzimmer gibt Lucilla ihrer kleinen Tochter Klarvierunterricht. Auf meinem Schreibtisch liegt der neueste Brief von Mr. Finch – richtig! Sie müssen doch wissen, was aus Mr. Finch geworden ist! Oh, Sie ahnen es nicht: Reverend Finch ist in schwindelnde Höhen aufgestiegen. Er ist jetzt Bischof in einer der fernen Kolonien und beorgelt die Eingeborenen nach Herzenslust, und die naiven Eingeborenen finden das wunderbar und treten in Scharen zum Christentum über. Ist das nichts? – Nur Jicks, die Nomadin der Familie, gibt einigen Anlaß zur väterlichen und seelsorgerischen Klage. Sie ist jetzt fünfzehn, und man muß ernstlich befürchten, daß sie eines Tages mit einem Häuptling auf und davon geht. Was das ›feuchte Weib‹ betrifft, so mögen Sie es glauben oder nicht: Sie erwartet wieder ein Baby.
Lucillas Ältester (er heißt Nugent) hat sich soeben in mein Zimmer geschlängelt. Er schaut mich äußerst mißbilligend aus seinen strahlend blauen Augen an und sagt:
»Tante, jetzt hast du aber genug geschrieben. Komm endlich raus und spiel mit mir!«
Der Junge hat recht. Ich muß mein Manuskript und Sie verlassen. *Partir, c'est mourir un peu*... Kürzen wir den schmerzlichen Abschied ab. Hoffentlich finden Sie daheim so viele liebe Tröster vor wie ich. Ich liebe und werde geliebt, das weiß ich bestimmt, und, nicht zu vergesssen! – ich kämpfe weiter für das Prato-

lungo-Programm. Die Welt beginnt die Ideen meines heroischen Gatten zu begreifen. Es gärt überall. Glauben Sie mir, meine Freunde, die Große Revolution naht mit Riesenschritten! *Vive la République!* Leben Sie wohl.